Anna Stephens

WÄCHTER UND WÖLFE 2

ANNA STEPHENS

WÄCHTER UND WÖLFE

DAS ERWACHEN DER ROTEN GÖTTER

Roman

Deutsch von Michaela Link

blanvalet

Die Originalausgabe erschien 2018 unter dem Titel »Darksoul«
bei HarperVoyager, New York.

MIX
Papier aus verantwortungsvollen Quellen
FSC® C083411

Verlagsgruppe Random House FSC® N001967

1. Auflage

Redaktion: Alexander Groß
Umschlaggestaltung und Artwork: Isabelle Hirtz,
Inkcraft unter Verwendung von Motiven von © Shutterstock.com
(Alina_Stock; Daiquiri; Tide Luadthong)
Karte/Illustrationen: copyright © Sophie E. Tallis 2017
HK · Herstellung: sam
Satz: Uhl + Massopust, Aalen
Druck und Bindung: CPI books GmbH, Leck
Printed in the Czech Republic
ISBN 978-3-7341-6131-5

www.blanvalet.de

Für Mum, Dad und Sam.
Danke, dass ihr mich wild und verrückt
habt aufwachsen lassen.

DURDIL

Vierter Monat, siebzehnter Tag der Belagerung, morgens
Königliches Gemach, Palast, Rilporin, Weizenland

Das letzte Stück des vergilbten, verkrusteten Verbands löste sich mit einem leisen Schmatzen, und der widerlich süße, abscheuliche Geruch von Fäulnis stieg auf. Hallos rümpfte die Nase, Durdil hustete heftig und stieß dann schnaubend die Luft aus. Es konnte den Gestank nicht vertreiben. Auf der anderen Seite des Bettes gerieten zwei der Priester in ihrem Sprechgesang ins Stocken. Würgend brachen sie ab, dann stimmten sie wieder mit ein.

Durdil spähte Hallos über die Schulter. »Wie kann es sein…«

»Wie es sein kann, dass er immer noch lebt? Das wissen die Götter allein«, krächzte Hallos. Er bediente sich eines langen silbernen Löffels mit schlankem Kopf, um damit in der Wunde herumzustochern, und Durdil wurde übel, als es ihn daran erinnerte, dass er vorhin ein Puddingtörtchen gegessen hatte. Er schluckte und schmeckte Galle. »Doch das Ende ist nah, Durdil. Sehr nah.«

»Und der Feind tobt vor unseren Toren«, sagte Durdil besorgt. »Ich muss auf die Mauer. Aber… was ist, wenn er aufwacht?«

Hallos tippte mit dem Löffel gegen das säuberlich vernähte rote und gelbe, tränende Fleisch von Rastoths Brust. Der sterbende Mann stöhnte, regte sich jedoch nicht. »Er wird nicht wieder aufwachen, mein Freund«, sagte er leise. »Nicht auf dieser Seite des Lichts.« Er straffte sich und blickte Durdil an, und Durdil biss die Zähne zusammen, im Wissen, was nun kommen würde. Wieder einmal. »Er mag bewusstlos sein, aber er hat trotzdem unaussprechliche Schmerzen. Es ist an der Zeit, dass wir seine Qualen lindern.«

»Er ist der König, Hallos. Wenn wir sein Leben beendeten, wäre das Königsmord«, entgegnete Durdil. Seine Müdigkeit nahm seinen Worten alle Leidenschaft, sodass sie stattdessen einfach nur mutlos klangen. Die Stimme in seinem Hinterkopf pflichtete dem Arzt insgeheim bei und rief ihm ins Gedächtnis, dass er selbst, wäre er an der Stelle des Königs gewesen, sie angefleht hätte, genau das zu tun. Er schob den Gedanken von sich und sah Hilfe suchend zu den Priestern hinüber, aber der ranghöchste, Erik, nickte nur, während er weiterbetete, langsam und zustimmend. Von dort war keine Hilfe zu erwarten.

Hallos' schwarze Brauen, die mittlerweile grau gesprenkelt waren, zogen sich nach unten, und er berührte Durdil am Arm. »Es wäre eine Gnade, Durdil. Eine Gnade für Euren Freund.« Durdil öffnete den Mund, aber Hallos hob den Zeigefinger. »Würdet Ihr einem Soldaten – einem Offizier, selbst einem Prinzen – auf dem Schlachtfeld Euer Erbarmen verwehren? Nein. Ihr würdet seine Qualen beenden und ihn mit Gebeten in die Umarmung der Tänzerin geleiten. Rastoth war Soldat, hat jahrelang im Osten und im Süden Feldzüge geführt. Hat gegen die Kriker gekämpft und gegen die Listraner. Behandelt ihn ein letztes Mal wie einen Soldaten. Erweist ihm diese Ehre, und lasst uns ihm das Licht schenken.«

Bei seinen Worten veränderte sich der Gesang der Priester, und Durdil erkannte das Lied der Trauer und der Feier eines gut gelebten Lebens. Sie sangen, als sei der König bereits tot, und Durdil wurde die letzte Entscheidung abgenommen.

Ihm brach das Herz; es war ihm jede Stunde dieser endlosen, aussichtslosen Belagerung gebrochen. Er war zu müde, um klar denken zu können, an Leib und Seele zu erschöpft, um irgendeine Entscheidung zu treffen, bei der es nicht unmittelbar darum ging, die Stadt für einen weiteren Tag zu halten. Er hatte keine Ahnung, was er tun sollte, wusste nicht, warum diese Entscheidung gerade ihm zufallen musste. *Ich bin der Oberbefehlshaber der Truppen, nicht Richter über Leben und Tod der Könige. Jedenfalls nicht, was meinen König angeht. Nicht für Rastoth.*

Das Gesicht des Königs war aschfahl, bis auf die hektischen roten Fieberflecken. Schwarze Streifen breiteten sich von dem sorgfältig vernähten Riss in seiner Brust aus, und die Ränder der Wunde wölbten sich rot, entzündet und angeschwollen vor, sodass die Stiche, mit denen die Wunde vernäht war, stark unter Spannung standen. Es sah widerwärtig aus und war kurz davor zu platzen. Eine obszöne, überreife Frucht, die nur einer Berührung bedurfte, eines Lufthauchs, um zu bersten und ihr Grauen überfließen zu lassen.

Durdil hatte sich seit Beginn der Belagerung die Lippen zu Fetzen zerkaut, und als er sich jetzt wieder auf die Unterlippe biss, zuckte er zusammen. Er fuhr sich mit der Hand über Hinterkopf und Nacken. Erik nickte erneut, als er ihn Hilfe suchend ansah. Hallos wartete, seine Lippen und Augen verliehen seinem Flehen deutlichen Ausdruck: Gib ihm, was er sich nicht selbst erbitten kann. Hilf ihm, so wie du ihm dein Leben lang geholfen hast. Diene ihm.

»Ich werde dem Rat mitteilen, dass er seinen Verletzungen erlegen ist«, entschied Durdil schließlich. »Sie wissen, dass er nicht mehr zu retten ist, also lassen wir sie besser glauben, es sei ein natürliches Ende gewesen. Anderenfalls sind unsere ehrwürdigen Lords Lorca und Silais womöglich dumm genug, um uns inmitten dieses … Schlamassels des Hochverrats zu bezichtigen.«

Sämtliche Priester nickten, und ihr Gesang wurde lauter, drängten Rastoths Seele, ihre letzten Anker zu lösen, die ihn noch mit diesem sterbenden, verfaulenden Stück Fleisch verbanden.

»Opium?«, murmelte Hallos und wählte mit einer Hand, die nicht zitterte – obwohl Durdil fand, dass sie es eigentlich tun sollte –, ein kleines Gefäß aus.

»Ihr könnt ihn doch unmöglich dazu bringen, es zu schlucken, oder?«

Hallos' Lächeln war müde und traurig. »In meiner Kunst gibt es Dinge, die Ihr niemals wissen werdet, mein alter Freund. Keine Sorge. Nur … nehmt jetzt Abschied, ja? Nun, da die Entscheidung getroffen ist, sollten wir es schnell hinter uns bringen. Wir sollten ihm jede Fortsetzung dieses … Scheinlebens möglichst ersparen.«

Hallos trat aus dem Weg, und Durdil sah noch einmal seinen König an, den Mann, mit dem er seit Jahrzehnten befreundet gewesen war und der jetzt still und bleich auf den Kissen lag. Rastoths Atem ging in schwachen Stößen, und klammer Schweiß glänzte in der Düsternis. Seine Hände waren ineinander verkrallt. Vom offenen Fenster kamen die Rufe eines Knaben, der mit einem Wurf Welpen spielte, ohne sich um den sterbenden König und die Belagerung der Stadt zu kümmern.

Durdil kniete sich neben das Bett, und seine Rüstung klapperte an seinen Schultern. »Euer Majestät, vergebt mir«, flüsterte er, »ich hätte Euch beschützen, Euch vor aller Gefahr bewahren sollen …« Der Mann mochte alt und wahnsinnig sein, aber er war Durdils König und Durdils Freund. »Ich werde Rilporin retten, Rastoth. Ich werde unser Land und unsere Götter und unsere Menschen retten. Alles. Ich schwöre es bei meiner Hoffnung darauf, ins Licht zu treten. Wenn wir uns wiedertreffen, werde ich …« Er unterdrückte ein Schluchzen.

Hallos zwängte sich an ihm vorbei, und ein unwillkürlicher

Laut des Widerspruchs entwich Durdils Lippen. Er streckte die Hand aus, um den Becher auf seinem Weg zu Rastoths Mund aufzuhalten.

Erik kam um das Bett herum und zog Durdil sanft auf die Beine. »Eure letzte Tat für Euren König sollte jene sein, die ihm Frieden bringt, Fürstgeneral«, murmelte er. »Mischt Euch jetzt nicht ein. Betet.«

Durdils Lippen bewegten sich im Gebet, während die Priester sangen und Hallos Rastoths Kopf mitsamt der Kissen anhob, kleine, geduldige Quäntchen Wein und Opium in seinen Mund fließen ließ und dabei seine Kehle massierte, bis er schluckte. Rastoths Atmung verlangsamte sich, als ihm die Droge den Schmerz nahm, seine Glieder entspannte und seine Seele weit, weit fortbrachte von dem Wrack seines Körpers und den Trümmern seiner Herrschaft.

Durdil schob sich nah heran, fand Rastoths Bein unter den Decken und legte die Hand darauf. »Marisa wartet schon«, sagte er heiser. »Marisa und Janis, alle beide. Im Licht. Sie warten auf Euch. Richtet ihr aus, dass ich sie grüßen lasse und … bittet sie, mir zu vergeben. Ich habe euch im Stich gelassen, euch alle drei. Es tut mir leid. Es tut mir so leid.«

Etwas, das ein Lächeln hätte sein können oder auch nur das letzte Zucken ersterbender Muskeln, glitt über seine Züge, dann tat Rastoth der Gütige, Rastoth der Wahnsinnige, seinen letzten, gurgelnden Atemzug und starb.

Durdil ließ schweigend, die Fingerspitzen vor den Lippen aneinandergelegt, den Blick über den Rat schweifen, der sich im Konferenzraum versammelt hatte. Seine Augen waren rot vor Müdigkeit und Trauer, und er hatte die Neuigkeit von Rastoths Tod in eine Stille hinein verkündet, die zum Schneiden dick war von rivalisierenden Bündnissen und die vor taktischem Kalkül schwirrte. Wie erwartet, wetteiferten Lorca und Silais erkennbar darum, jeweils die Mehrheit des Rates für sich zu gewinnen und zur neuen Macht in Rilporin zu werden. Um dann vielleicht sogar auf dem Thron Platz zu nehmen.

»Meine Herren, so traurig diese Neuigkeit auch ist, ich werde sie weder der Bevölkerung noch der Truppe mitteilen lassen. Wir werden auch nicht die scharlachrote Fahne hissen oder eine offizielle Trauerwoche ausrufen, wie es eigentlich Sitte ist. Wir sind im Krieg, und von jetzt an gilt Kriegsrecht. Diejenigen von uns, die das Ende der Belagerung erleben werden, können dann auch die Begräbniszeremonien mit aller Pracht und Feierlichkeit durchführen. Doch im Augenblick hat uns allein der Kampf zu beschäftigen.«

»Das ist ungeheuerlich; Ihr habt nicht die Befugnis, das zu entscheiden«, hob Lorca zu sprechen an, dessen goldene Zunge für einen Moment all ihren Glanz verlor. »König Rastoth muss …«

»König Rastoth ist tot. Wir, die Lebenden, haben wichtigere Sorgen, als in Erinnerungen an ihn zu schwelgen oder uns über etwaige Übergangsregierungen zu streiten. Den Zustand der Stadtmauer zum Beispiel. Die Bliden des Feindes, mit denen sie unaufhörlich Steine gegen die Mauer schleudern, haben ihr nun seit Tagen schwere Schäden zugefügt. Leute von der Gilde der Steinmetze untersuchen sie täglich auf Schwachstellen. Ich habe sie gebeten …«

»Man bittet Steinmetze nicht«, murmelte Silais, »nicht wenn man will, dass sie auch wirklich etwas unternehmen. Man befiehlt es ihnen. Ich betone: *befiehlt.*«

»Danke für Eure Einschätzung, Lord Silais, aber sie arbeiten unablässig und erstatten regelmäßig Bericht«, erwiderte Durdil. »Es gibt nicht viel, was sie oder ich in diesem Punkt noch tun könnten. Ich habe außerdem mit dem Taubenmeister gesprochen, und es scheint, dass Prinz Rivil, während er in der Stadt gewesen ist …«

»Ihr meint gewiss König Rivil«, sagte jemand. Durdil richtete seinen Blick auf Questrel Chamberlain. Der Mann lächelte affektiert und strich sich glättend über sein geöltes Haar. »Durch Recht und Blut, meine Herren, Fürstgeneral, ist der Prinz jetzt unser König. Und da sollten wir ihn auf jeden Fall auch als solchen bezeichnen.«

Stimmengewirr erhob sich unter den Adligen, Hermelinpelze wallten durch die Luft, während sie gestikulierten, die Lautstärke schwoll an, der Tonfall wurde zornig und scharf. Durdil legte erneut die Fingerspitzen vor seinem Mund aneinander und lehnte sich abwartend auf seinem Stuhl zurück, ließ das Getöse der streitenden Männer von Adel über sich hinwegfluten.

Erst wurde es im Raum immer lauter und dann allmählich wieder leiser. Schließlich bemerkte ein Ratsmitglied nach dem anderen, dass Durdil keinerlei Anteil an der Debatte nahm. Alle bis auf den letzten Mann verachteten sie ihn, aber er war der Oberbefehlshaber der Truppen und leitete die Verteidigung der Stadt. Letztendlich lag die Entscheidung bei ihm. Entweder er öffnete Rivil die Tore und erklärte ihn zum König … oder er tat es nicht und erklärte sie alle zu Verrätern am Thron.

Eine ausgezeichnete Wahl. Ich kann gar nicht erwarten, sie zu treffen.

Durdil wartete, bis Stille eingetreten war, dann wartete er noch einige Momente länger, bis die Ratsmitglieder anfingen, unruhig auf ihren Stühlen hin und her zu rutschen.

»Meine Herren, Prinz Rivil hat versucht, einen Königsmord zu begehen. Zuvor war er in den Mord an seiner eigenen Mutter verwickelt und ist dem blutrünstigen Glauben unserer uralten Feinde beigetreten, wozu er seinen Bruder getötet hat, den rechtmäßigen Thronerben. Es gibt niemanden, der weniger tauglich wäre, unser großartiges Land zu regieren, als er. Wie ich gerade sagen wollte, der Taubenmeister hat bestätigt, dass alle Vögel, die dazu dressiert worden waren, nach Hochhalm in Listre zu fliegen, dem Zuhause des einzigen überlebenden möglichen Thronfolgers – ein entfernter Verwandter –, von Rivil oder Galtas Morellis getötet worden sind. Wir können also Lord Tresh nicht davon in Kenntnis setzen, dass Rastoth gestorben ist und Rivil von der Thronfolge ausgeschlossen wurde. Doch sobald diese Belagerung aufgehoben ist, werde ich in aller Eile einen Gesandten zu ihm schicken und ihm die Nachricht überbringen lassen, dass jetzt er unser König ist.«

»Tresh? Nie von ihm gehört«, murmelte jemand.

»Nicht einmal ein Reinblütiger«, flüsterte ein anderer. »Mehr Listraner als Rilpori. Ein Listraner, also wirklich!«

»Tresh ist ein Bastard, nicht wahr?«

»König Tresh«, blaffte Durdil, dessen Geduld zunehmend schwand, »ist, nach allem, was man hört, ein ernster und fleißiger Mann und zudem ein scharfsinniger Menschenkenner. Er wird einen guten König abgeben, vor allem mit einem Rat wie diesem im Rücken, der ihm beisteht.«

Der ihn behindert, ihm in den Arsch kriecht und ihn nach Strich und Faden ausnimmt, ihn für alles andere blind macht als die Wünsche der Ratsmitglieder, ihre eigenen Bedürfnisse und Begierden. Ach, wenn mir die Götter doch nur erlauben würden, jeden Einzelnen dieser verfluchten Kerle in einen Katapultkorb zu stecken und sie zu ihren Feinden hinüberzuschleudern.

Durdil verkniff sich ein Lächeln, als er sich das lang gezogene empörte Wutgeheul vorstellte, das Lorca von sich geben würde, während er himmelwärts flog. *Bitte, Tänzerin, nur einen Einzigen.*

»Bis dahin, meine Herren, befinden wir uns nach wie vor im Kriegszustand. Und stehen unter Kriegsrecht.«

»Ich unterstütze Euren Vorschlag«, meldete sich Lorca zu Wort. Freilich wussten sie beide, dass das eine Lüge war. »Ihr solltet Maßnahmen ergreifen, um die aufsässigen Bauern zu zügeln, die sogar jetzt noch Nahrungsmittel horten und sie den höherstehenden Leuten vorenthalten. Flößt unseren Männern neue Kraft ein, das wäre eine gute Sache. Einige von ihnen sind bereits fast am Ende.«

Bereits? Sie verteidigen diese Stadt schon mehr als vierzehn Tage lang. Sie haben in dieser Zeit mehr für Rilporin und seine Bewohner getan als du in deinem ganzen Leben. Sie geben ihr Leben hin wie wertlose Kupfermünzen, ohne sich überhaupt Gedanken zu machen, und sie tun es für die Stadt und den König. Sie tun es für mich, und die Götter mögen sie dafür lieben. Und ich muss ihnen befehlen, dass sie … beruhig dich, Durdil. Beruhig dich.

Durdil musste feststellen, dass seine Trauer und seine Erschöpfung ein gefährliches, reizbares Gebräu bildeten, das ihm zunehmend zu Kopf stieg. Er hob die Faust an den Mund, biss sich heftig in einen seiner Fingerknöchel und konzentrierte sich auf den Schmerz, während ringsum das Gemurmel von Neuem anschwoll.

»Wenn das alles ist, meine Herren, dann entschuldigt mich jetzt; ich habe eine Mauer zu verteidigen«, bellte er, schob seinen Stuhl quietschend über die Bodenfliesen zurück und brach so das Gespräch ruckartig ab.

Die Ratsmitglieder erhoben sich und hielten zögernd inne; normalerweise war das nun der Moment, wo sie sich vor dem König verneigten. Einige von ihnen senkten linkisch die Köpfe zu einem angedeuteten Salut. Lorcas bleiche Augen musterten Durdil einen Moment zu lange, dann rauschte er aus dem Konferenzraum, und seine Spießgesellen eilten sogleich hinter ihm her.

Silais blieb sitzen und begutachtete seine makellosen Fingernägel, bis Lorca zur Tür hinaus war. Es würde für ihn einfach nicht angehen, sich von dem Mann aufhalten zu lassen. Durdil widerstand dem Drang, auf den Tisch zu spucken, und stapfte aus dem Raum, während Hallos mit hängenden Schultern hinter ihm drein marschierte und Major Vaunt das Schlusslicht bildete. In den Tagen seit Beginn der Belagerung stellte die Stunde im Konferenzraum für die meisten seiner Offiziere die einzige Zeit des Tages dar, in der sie von der Mauer, der Kaserne oder dem Hospital wegkamen. Durdil hatte es sich zur

Gewohnheit gemacht, ihnen dieses Privileg im Wechsel zukommen zu lassen, sodass jeder von ihnen alle paar Tage einen Vorwand hatte, um ein Bad zu nehmen und die Kleider zu wechseln.

Und das betrachten sie inzwischen bereits als Luxus, dachte er. *Wie schnell doch das Unerträgliche normal wird. Und jetzt muss ich meinen Offizieren mitteilen, dass Rastoth tot ist und dass sie es geheim halten müssen.*

Und ich habe immer noch keine Nachricht von der Nordtruppe. Wo, verdammt noch mal, bleibt meine Verstärkung?

GALTAS

Vierter Monat, zweiundzwanzigster Tag der Belagerung, morgens Lager der Osttruppe vor Rilporin, Weizenland

Die Belagerung verläuft wie erwartet, Euer Majestät.« Galtas reichte Rivil das Fernglas und wartete ab, solange der Prinz die Mauer inspizierte sowie die Männer, die wie Ameisen oben auf der Mauerkrone und unten um ihren Sockel herumhuschten. »Wir machen gute Fortschritte.«

»Ach ja?« Rivil bedachte ihn mit einem verdrießlichen Blick, schlug sich mit dem Fernglas in die Hand und brachte damit ohne Zweifel die Ausrichtung der Linsen durcheinander. »Tun wir das wirklich? Habt Ihr den Eindruck? Denn mir kommt es so vor, als hätten wir drei Wochen lang auf unseren Ärschen gesessen, während unsere Männer vergeblich versucht haben, die Mauer einzunehmen. Wieder und wieder und wieder.«

»Die Belagerungstürme machen jetzt einen Unterschied«, begann Galtas, »und unser Beschuss mit Wurfwaffen zeigt Wirkung. Ihr könnt die Verunstaltung, die unsere Bliden angerichtet haben, in der Mauer links des Torhauses sehen.«

»Wirkung zeigen. *Verunstaltung*«, höhnte Rivil. »Euch ist schon klar, dass Ihr meine verdammte Stadt zerstört, um sie zu erobern, nicht wahr?« Er warf die Hände hoch. »Warum habe ich mich von Euch nur je zu diesem verrückten Plan überreden lassen?«

Weil du selbst keinen Plan gehabt hast und sich dein militärischer Sachver-

stand darauf beschränkt, wie viele Wagenladungen von Luxusgütern du auf einen Feldzug mitnehmen kannst, statt an Soldaten oder Waffen zu denken. Weil du ein verwöhnter kleiner Scheißer bist, der in seinem ganzen Leben keinen einzigen Tag gearbeitet hat und eine Belagerung nicht mal planen könnte, wenn dein Leben davon abhinge. Oder, warte, genau das tut es ja.

Genauso wie meines.

Statt irgendeinen der Gedanken auszusprechen, die ihm durch den Kopf schossen, bemerkte Galtas: »Da kommt General Skerris.«

Der dicke General der Osttruppe nahm schwabbelnd Haltung an und salutierte. »Prinz Rivil, Lord Galtas«, schnaufte Skerris, »wir sind gleich so weit, einen neuerlichen Vorstoß zu machen, wenn ihr vielleicht den Befehl dazu geben wollt? Die Mirak sind gerade dabei, ihren neuen Turm vorzubereiten – nach dem … Missgeschick mit dem ersten. Unsere Bliden werden den Beschuss fortsetzen, bis die Soldaten in Reichweite sind, und ihn dann einstellen, um Opfer zu vermeiden. Unser Ziel ist Sektion Zwei …« Er deutete mit seinem dicken Zeigefinger auf den zweiten Turm und die letzte Bastion, jenen Teil der Mauer, der sich links vom Torhaus befand. »Die Mirak werden Sektion Eins angreifen.« Er zeigte auf die erste Bastion und den ersten Turm zu ihrer Rechten.

Skerris' Worte riefen in Galtas ein lebhaftes Bild vom ersten Belagerungsturm der Mirak wach, lichterloh in Flammen, nachdem sich die Feuerpfeile der Verteidiger in das ungeschützte Holz gebohrt hatten. Er war rasend schnell niedergebrannt, was mehreren der darin befindlichen Angreifer das Leben gekostet und für ein fürchterliches Chaos gesorgt hatte. *Schöner Reinfall.*

»Die Verteidiger werden ihre Streitkräfte erneut aufteilen müssen. Wenn es uns diesmal gelingt, einen ordentlichen Brückenkopf zu errichten …« Skerris brach ab, und Rivil runzelte erneut finster die Stirn.

»Wie viele Männer haben wir bisher verloren?«, blaffte er.

»Einige Hundert, Euer Majestät.«

»Es geht zu langsam, Skerris. Das alles geht zu langsam. Wir mögen die West- und die Nordtruppe aufgerieben haben, aber das stümperhafte Vorgehen im Hafen vor zwei Wochen hat es Tausenden verdammten Soldaten der Südtruppe ermöglicht, in die Stadt zu gelangen, um die Verteidiger zu verstärken. Was ist, wenn sie jemanden ausgeschickt haben, um auch die Übrigen kommen zu lassen?«

»Euer Majestät, wir tun alles, was in unserer Macht steht. Wir machen stetig Fortschritte. Gestern haben wir fast drei Stunden lang einen Brückenkopf gehalten«, beteuerte Skerris.

»Was wollt Ihr, eine verdammte Medaille?«, herrschte Rivil ihn an. »Uns gehen allmählich die Geschosse für die Bliden aus, und ein Brückenkopf ist kein Brückenkopf, solange er nur den Tod unserer Männer und nichts anderes bewirkt.«

»Den Feind teilen und ihn dann besiegen ist eine bewährte Vorgehensweise, Euer Majestät, und die gleiche Taktik können wir auch anwenden, falls der Rest der Südtruppe tatsächlich hier eintrifft. Es mag nicht so aussehen, aber es läuft gut. Wir gewinnen.«

Es war wahrscheinlich das Schlimmste, was Skerris hätte sagen können. Rivils Gesicht lief purpurrot an, und Geifer troff ihm von den Lippen. »Gewinnen? Sieht so für Euch ein verdammter Sieg aus, Fettwanst? Wir leben in Zelten und scheißen in die Felder, während sie von den Vorräten einer ganzen Stadt leben. Sie haben da drinnen Nahrungsmittel für Monate, dazu Hospitäler, Waffenkammern, Gasthäuser, Köche und saubere Kleider …«

Rivil brach ab, und weder Galtas noch Skerris machten Anstalten, die Stille auszufüllen. Rivils Geduldsfaden war während der letzten Woche von Stunde zu Stunde kürzer geworden. Er wandte sich wieder der Stadt zu, gerade als die vorderste Blide ihre Steinfracht gegen die Mauer schleuderte. Der Boden vor der Mauer war übersät mit verschossenen Felsklötzen und gewaltigen Steinblöcken, die aus der äußeren Mauerfront herausgebrochen worden waren, und all das behinderte die Leitermannschaften und die Belagerungstürme nur noch mehr.

»Skerris, schickt die Männer aus, unsere und die der Mirak. Alle Mann zum Angriff. Galtas, Ihr geht mit ihnen.«

Galtas stieß ein prustendes Lachen aus. In die Stadt gehen? Er? Als Teil eines Angriffs mit Leitern? »Euer Majestät, ich bin kein geschulter Soldat. Ich bin auf der Leiter zu langsam. Ich könnte Euch viel besser dienen, wenn ...«

»Die Götter werden über Euch wachen«, unterbrach ihn Rivil. »Daher braucht Ihr Euch nicht zu fürchten. Wenn die Mirak den Mut dazu haben, habt Ihr ihn sicherlich ebenfalls. Ich will, dass Ihr nach Rilporin hineingeht, und ich will einen handfesten Beweis dafür, dass mein Vater tot ist. Diese Scheißkerle sind für meinen Geschmack einfach zu motiviert; dass der König sich womöglich noch immer an sein Leben klammert, könnte ihnen vielleicht Grund genug dafür geben. Außerdem will ich, dass Ihr etwas unternehmt, um uns reinzubringen, entweder über einen Frontalangriff oder mittels heimlicher Unterwanderung. Beides wäre akzeptabel.«

»Etwas unternehmen?«, wiederholte Galtas. »Was zum Beispiel?«

Rivil knurrte ihn an: »Improvisiert.«

Galtas' Gesicht war hölzern und zeigte keine Regung, aber es gelang ihm, sich zu verneigen und ein falsches Lächeln aufzusetzen. »Wie Ihr befehlt, Euer Majestät«, erwiderte er steif. »Ich werde sofort die entsprechenden Befehle ausgeben. General, wollen wir?«

Er schritt über das Feld, hinüber zur Hälfte des dritten Tausends, Männer, die heute an der Reihe waren zu sterben. Dabei spitzte er lauschend die Ohren, ob ihm Rivil vielleicht doch noch hinterherrief, dass er nur einen Scherz gemacht habe.

Doch da kam nichts. Galtas würde in einem Belagerungsturm nach oben rennen und über ein Laufbrett hinaus auf die Mauer, während Bogenschützen Pfeil um Pfeil auf ihn abschossen. Oder er würde zusammen mit den Kämpfern eine Leiter emporsteigen, mitten hinein ins feindliche Territorium, während Pfeile, Felsblöcke und siedendes Öl auf ihn herabregneten, und dann hinauf auf den Wehrgang springen und sich tausend Verteidigern entgegenstellen.

Galtas würde sterben.

»Seine Hoheit wird allmählich ein wenig verdrießlich, hm, mein Herr?«, meinte Skerris, als sie zu den Angriffstrupps hinübermarschierten. Auf seiner Rechten erblickte Galtas eine wimmelnde Masse blau gekleideter Mirak, die sich für den Kampf bereit machten. Ihr zweiter Belagerungsturm, nun von feuerfesten Tierfellen überzogen, rumpelte schon der Stadtmauer entgegen.

»Verdrießlich?«, wiederholte Galtas, dann verkniff er sich die Antwort, die ihm bereits auf der Zunge lag, und wählte andere, weniger heftige Worte. »Die Verzögerung verärgert ihn. Er selbst ist natürlich zu wertvoll, um ihn auf der Mauer in Gefahr zu bringen, und so gibt es nur wenig, was er tun kann, bis wir uns den Zutritt zur Stadt erzwungen haben. Er möchte an der Seite seiner Männer kämpfen und sie in die Schlacht führen.«

Galtas hegte den Verdacht, dass Rivil für sich selbst in Wirklichkeit nichts derartig Blutiges wollte, aber er konnte ja schlecht seine Theorie vorbringen, dass Rivil lediglich den großen Thron und die glänzende Krone haben und jemand anderen das eigentliche Regieren für ihn besorgen lassen wollte.

»Wenn es der Wille der Dunklen Dame ist, wird er die Gelegenheit dazu bekommen«, brummte Skerris. »Was nun Euch betrifft, was zieht Ihr vor? Turm oder Leiter?«

»Ich nehme an, ein stilles Schlüpfen durch ein Tor kommt nicht infrage?«, witzelte Galtas, und Skerris lachte und versetzte ihm einen Schlag auf den Rücken, der Galtas beinahe das Gleichgewicht gekostet hätte. »In diesem Punkt würde ich Eure geneigte Meinung zu schätzen wissen. Welche Möglichkeit von beiden dürfte mich eher umbringen? Und natürlich ist da die Frage meiner Tarnung, sobald ich in der Stadt bin.«

»Tarnung?«

Galtas klopfte sich auf den Arm, und zwischen dem kurzen Ärmel seiner Rüstung und der dicken, ledernen Armschiene wurde das Blau seines Hemdes sichtbar. »Ich bezweifle, dass ich in dieser Kleidung Zugang zu den Räumen des Königs oder zu sonst irgendeinem Ort bekommen werde.«

»Woran hättet Ihr denn gedacht?«

»Ich bräuchte das Hemd eines Eurer Toten«, erklärte Galtas. »Vorzugsweise sauber.«

Skerris nickte zögernd. »Ich verstehe. Was nun den Weg hinein angeht, so dürfte, wenn Ihr nur schnell seid und die Götter Euch lieben, die Leiter Euer Freund sein.«

Vermutlich ist die Leiter eher mein Tod, dachte Galtas säuerlich. *Wie auch immer. Es ist der Wille der Dunklen Dame.*

DIE GESEGNETE

Vierter Monat, zweiundzwanzigster Tag der Belagerung, morgens
Lager der Mirak vor Rilporin, Weizenland

Es lag ein Knistern in der Luft, und die feinen Härchen in Lantas Nacken und auf ihren Unterarmen richteten sich auf. Die Götter waren inzwischen so nah, so allgegenwärtig wie der Duft eines Geliebten auf der Haut. Sie brauchte nicht an einem heiligen Ort zu sein, um sie jetzt zu hören; ihre Stimmen waren überall, und ihre Befehle waren schlicht: Nehmt die Stadt ein, schlachtet ihre Bewohner ab, brennt die Tempel nieder. Tötet oder bekehrt, aber lasst niemanden am Leben, der die Tänzerin und den Fuchsgott in seinem Herzen trägt.

Befehle, die Lanta mit Glück und heiligem Feuer erfüllten. Es würden Tausende zu opfern sein, sobald die Stadt fiel, Tausende, deren Blut die Erde tränken würde, die der Dunklen Dame und Gosfath gewidmet war, dem Gott des Blutes.

»Euer Wille, Rote Götter. All das, um eure Pracht zu mehren, all das in eurem Namen. Rilporin wird fallen, und eure Kinder werden sich an seiner Stelle erheben. Gilgoras wird euer sein.« Lanta kniete sich in das Gras eines Frühlingsmorgens, umhüllt vom Gestank Tausender Krieger, die darauf warteten, dass die Reihe zu kämpfen und zu sterben an sie kam.

Keine von Feuern erleuchteten Felswände eines Höhlentempels überwachten ihre Gebete, kein kalter Stein grub sich ihr in die Knie, um ihren rituellen Schmerz zu bezeugen. Lanta kniete draußen im Licht der Welt, und die Götter waren hier, mit ihr, in einem Land, aus dem sie ein Jahrtausend zuvor vertrieben worden waren. Ein Schauder überlief sie. Sie befanden sich unter derselben Sonne wie sie, nicht mehr durch einen undurchdringlichen Schleier von ihr getrennt, sondern lediglich noch durch dessen zerfetzte Überreste. Gilgoras zitterte unter ihrer Gegenwart, und die Rache der Götter würde schrecklich und in ihrer Pracht wunderschön sein.

Sie wartete, aber die Dunkle Dame rief sie nicht zu sich. Lantas Enttäuschung war tief, doch sie verstand das Entzücken der Götter darüber, wieder in Gilgoras zu sein, wo sie nun frei durch Rilpor, Listre und Krike streifen und die Rückzugsorte der wahren Gläubigen aufsuchen konnten, die es nach Lantas Überzeugung immer noch geben musste. Die Götter würden zu ihr sprechen, wenn sich die Notwendigkeit dazu ergab. Sie kamen, wann sie wollten, nicht dann, wenn Lanta es sich wünschte. Eine Lektion, die sie viele Jahre zuvor schmerzlich hatte lernen müssen. Und bis es so weit war, wussten die Kinder des Dunklen Pfades, was sie zu tun hatten.

Die Gesegnete beendete ihre Gebete und erhob sich. Die Sonne strahlte ihr warm auf die Kopfhaut, und eine sanfte Brise strich ihr über die Wangen. Die Götter mochten nicht gesprochen haben, aber sie befanden sich trotzdem in der Nähe, ihre blutigen Flügel über der Armee ausgestreckt, um sie in ihr göttliches Recht zu hüllen. Der Sieg war versprochene Sache, und Lanta würde jeden Preis dafür zahlen, ihn sicherzustellen. Würde ihn froh und mit Vergnügen entrichten, im sicheren Bewusstsein, im Recht zu sein.

Sie ließ ihren Blick über die Stadt schweifen und dann über die weithin sich ausdehnende Fläche des Weizenlandes. Diese Gegend war als der Brotkorb Rilpors bekannt, und in diesem Jahr würde jener Teil der Ernte, der nicht zertrampelt und in den Schlamm getreten worden war, die Bäuche der Mirak füllen. Mehr Weizenfelder, als sie je gesehen hatte. Mehr Feldfrüchte und mehr Gras; mehr flaches Ackerland, als es Lanta je für möglich gehalten hatte, dehnte sich um sie herum und um die Stadt aus, die sich in die Umarmung der beiden mächtigen Flüsse Rilpors schmiegte. All das würde schon sehr bald ihnen gehören.

»So wie die Götter es wollen.« Lanta seufzte und schaute wieder zur Stadt hinüber, deren graue Mauern wie eine Gewitterfront über der Ebene aufragten, zerschunden und gezeichnet und trotzdem immer noch herrisch, im Wesentlichen unversehrt und all ihren Bemühungen spottend. Sie wischte sich Gras und Erdklümpchen vom Rock. Unter all den Dingen, die sie sich vom heiligen Krieg erwartet hatte, war ihr die Möglichkeit nie in den Sinn gekommen, dass die Belagerung langweilig werden könnte. Aber die Tage hatten sich in die Länge gezogen, und der eine war in den nächsten übergegangen, ohne bedeutsame Gewinne und mit zahlreichen Verlusten.

Lantas Gedanken wanderten zurück zur Adlerhöhe und zu den Frauen und Kindern, die im Schnee und Fels der Berge warteten. Die Schneeschmelze musste jetzt durch die schmalen, in den Fels gehauenen Kanäle in die Tiefe fluten, die Unachtsamen mit sich reißen, Kadaver, Äste und Steine vor sich hertreiben und das Land gereinigt zurücklassen. Die Sklaven mussten jetzt ihre eigenen ärmlichen Saaten aussäen, Karotten und Rüben auf hartem Boden, die sie mit Ziegenmist und Gebeten ins Leben lockten. Pask würde einen Mann für ihren Sieg opfern und eine Frau dafür, dass es keine Missernte geben und keine späten Stürme mehr übers Land ziehen würden.

Adlerhöhe – zu Hause. Sie seufzte und sah sich im Lager um, das vom Geplapper der Mirak erfüllt war. Es wäre gut, sobald sie sich den Sieg gesichert hatten, die Frauen, Kinder und Priester herbeizurufen, um sie wie eine heilige Flut in die Städte und Dörfer zu schicken, eine Flut, die alle vor sich hertrieb, die nicht unter ihrer Herrschaft leben wollten. Rilpor würde Mirak werden, und die Bewohner von Rilpor würden zu ihren Sklaven werden. Sobald die Stadt gefallen war und die Blumenhure und ihr Bastardsohn, der Gauner, tot waren, gab es nichts mehr, was sie nicht tun konnten.

Sobald die Stadt gefallen war. Lantas Lächeln war grimmig. So viel Arbeit lag noch vor ihnen, selbst sobald ganz Rilpor einmal ihnen gehörte.

»Was habt Ihr herausgefunden?«

Die Worte ließen sie zusammenfahren, und Lanta drehte sich um. Sie fasste Gilda ins Auge und lachte höhnisch. »Viele Dinge«, sagte sie. »Dinge, die du, befangen in deiner kleinlichen Wahnvorstellung, das Leben sei noch etwas anderes als brutal und voller Schmerz, nicht verstehen würdest. Du vermagst nicht zu sehen, dass wir stärker werden, indem wir diese Dinge anerkennen und für uns annehmen, um so unsere Götter zu ehren.«

Gilda faltete die Hände über dem Bauch und schaute für eine Weile zum Himmel empor. »Ihr habt recht«, sagte sie schließlich, und es lag ein Funkeln in ihren Augen, als sie den Blick nun auf Lanta richtete. »Ich verstehe wenig von eurer Religion, davon, warum ihr ein Leben in Angst und eine Ewigkeit des Schmerzes einer Welt des Lebens, des Lichts und der Schönheit vorzieht, einer Welt mit einem Jenseits voller Glück und Einigkeit. Denn das Leben ist hart, ja, aber es ist nicht brutal. Brutal ist das, was wir einander antun. Hart ist, was die Jahreszeiten uns antun. Aber ich habe eigentlich gemeint, ob Ihr irgendetwas über die Belagerung in Erfahrung gebracht habt. Das alles zieht sich jetzt schon eine ganze Weile hin, nicht wahr?«

»Wenn ich etwas erfahren hätte, würde ich es dir nicht verraten«, blaffte Lanta. »Das geht nur König Rivil, mich selbst und die Götter etwas an.«

Gildas Lippen verzogen sich spöttisch. »Aha«, sagte sie mit

ruhiger Stimme. »Ihr habt gesagt: ›Wenn ich etwas erfahren hätte.‹ Also habt Ihr nichts herausgefunden. Nicht das Geringste. Sind die Götter heute nicht in Gesprächslaune?«

Lanta ballte die Fäuste. »Treib es nicht zu weit, alte Frau«, fuhr sie Gilda an, griff nach der Kette, die an der Sklavenfessel um Gildas Hals befestigt war, und zerrte sie nach vorn. »Ich habe wenig Grund, dich noch länger bei mir zu behalten. Deine Opferung könnte die Belagerung vorantreiben und uns den Sieg umso früher bringen.«

Gilda griff nun selbst nach ihrer Kette und zog daran, sodass Lanta einen Schritt in ihre Richtung machen musste. Lanta legte ihre freie Hand auf ihr Messer. »Warum tut Ihr es dann nicht?«, zischte Gilda. »Statt endlose Drohungen auszusprechen? Warum tut Ihr es nicht einfach? Ich bin Eurer Gesellschaft müde, und offen gesagt, dieses Lager stinkt nach Scheiße. Wissen Eure Leute denn gar nicht, wie man eine Latrinengrube aushebt?«

Lanta zog ihr Messer. »Willst du, dass das deine letzten Worte waren?«, knurrte sie und drückte Gilda das Messer an den Bauch.

Gilda lachte, laut und ungezwungen. »Latrinengrube«, wiederholte sie und kicherte. »Warum nicht? Es ist etwas, das ich meiner Familie erzählen kann, wenn ich sie im Licht wiedersehe.«

Lanta grub die Messerspitze fest in Gildas Fleisch, und Gildas Belustigung verschwand wie Tränen in einem See. »Wenn du geopfert worden bist, alte Frau, wird es kein Licht mehr geben, in das du gehen könntest, o nein. Ein Opfer schickt dich an einen ganz anderen Ort. Schickt dich ins Jenseits, zu den Roten Göttern und all ihren getreuen Kindern. Und wenn sie erfahren, was du bist, werden sie die Ewigkeit damit verbringen, dich in Stücke zu reißen. Und du wirst es spüren. Du wirst alles spüren. Du wirst tausendmal am Tag sterben, jeden Tag. Bis in alle Ewigkeit.«

Auf Gildas Stirn standen Schweißperlen, und sie zog fest an der Kette, um etwas Abstand zwischen sie beide zu bringen. »Klingt nicht nach Spaß«, stieß sie hervor, doch das Feuer in ihrer Stimme war erloschen. »Aber dort werdet auch Ihr hingehen, nicht wahr? Warum wollt Ihr Euch selbst zu so etwas verurteilen?«

Lanta lachte höhnisch, ließ die andere Frau zurücktreten und steckte ihr Messer wieder in die Scheide. »Mein Schicksal ist das nicht. Ich werde bei den anderen Gesegneten sitzen und die Gesellschaft meiner Götter genießen. Ich werde zuschauen, während man den Toten alles gibt, was man ihnen für die jenseitige Welt versprochen hat – Speisen ohne Ende, Feinde ohne Ende zum Töten, endlose Rache. Sie werden bis in alle Ewigkeit im blutigen Gras des Jenseits umherlaufen und töten, sterben und ficken. Und du wirst ihr Lieblingsspielzeug sein.«

Gilda leckte sich die Lippen. »Ich verstehe. Nun gut, wenn Ihr irgendwann mal dazu kommt, mich umzubringen, erinnert mich doch daran, mir andere letzte Worte zu wählen, ja? Ich denke, ›Fick dich, Fotze‹ klingt besser, und in jedem Fall werde ich Gelegenheit bekommen, Euch das bis in alle Ewigkeit Tag für Tag entgegenzuschreien. Ich frage mich, wie viele Jahrhunderte es wohl brauchen wird, bis es Euch in den Wahnsinn treibt.« Jenes unerträgliche Grinsen legte sich wieder auf ihr Gesicht. »Ich freue mich darauf, Euch Euer jenseitiges Leben zu ruinieren.«

Lanta fletschte die Lippen, doch bevor sie reagieren konnte, wurden sie unterbrochen. Skerris, Corvus und Rivil kamen an der unsichtbaren Linie entlang, die den sicheren Abstand von den kleinen Katapulten markierte, die von der Stadt her auf sie gerichtet waren. Sie ragten aus den vier Türmen hervor, die die große Westmauer von Rilporin unterteilten, oder waren oben auf dem Torhaus angebracht.

»Ihr habt gemeint, die Sache mit der Nordtruppe sei in

Ordnung gebracht worden«, bemerkte Corvus, eine tiefe Falte zwischen den Brauen. Lanta trat näher an die Männer heran, und Gilda ging klirrend hinter ihr her wie ein widerstrebender Welpe an einer Leine.

»Wir haben darauf hingewirkt, die Nordtruppe auszuschalten, bevor wir die Forts verlassen haben, um hierherzukommen, ja«, erwiderte Skerris. »Ich baue auf den Erfolg dieses Plans, Euer Majestät, aber bislang haben wir noch keine Bestätigung, dass er wirklich aufgegangen ist, auch wenn jeder neue Tag, an dem sie nicht am Horizont auftauchen, meine Überzeugung stärkt, dass wir ihnen einen vernichtenden Schlag versetzt haben. Es ist allerdings möglich, dass der Rest der Südtruppe noch hier eintrifft, und wenn dem wirklich so ist, werden sie es zusammen mit den Verteidigern zahlenmäßig fast mit uns aufnehmen können. Wir schlagen vor, dass wir uns dem Süden in diesem Fall auf dem Feld entgegenstellen, während Eure Krieger solange dafür sorgen, dass die Stadt fester verschlossen bleibt als die Geldbörse eines Geizkragens. Wir sollten die Streitkräfte des Feindes voneinander getrennt halten und sie getrennt aufreiben.«

»Wenn dieser Tag kommt, General, werden wir tun, was Ihr vorschlagt«, erwiderte Corvus. »Aber ich hoffe, die Sache schon zuvor zu beenden. Ich verfüge über Männer, die auf den heutigen Vorstoß bestens vorbereitet sind.«

»Und ich genauso«, unterstrich Rivil. »Sollen wir genauso vorgehen wie zuvor? Ihr übernehmt die Sektion Eins, und wir greifen Sektion Zwei an? Einer meiner Männer, Galtas, wird die Truppen diesmal begleiten. Er hat Befehl, in den Palast einzudringen und möglichst viel an Informationen zusammenzutragen. Er wird versuchen, eines der Hafentore zu öffnen.« Er deutete auf die beiden Enden der Mauer. »Ihr habt gesehen, dass sie hinter den seitlichen Nebenmauern, die von den Türmen bis ganz hinunter ans Wasser reichen, gesichert sind, aber wenn er eines der Tore öffnen kann, werden wir uns weder von nassen Füßen noch von Pfeilregen aufhalten lassen. Wir sind nur Tage vom Sieg entfernt, ich spüre es.«

»Es ist der Wille der Dunklen Dame«, ergriff Lanta das Wort, und die Männer nickten zustimmend. »Der Sieg wird kommen, wenn die Götter es bestimmen. Fahrt fort, zu ihren Ehren Eure jeweiligen Rollen zu spielen, und dieser Sieg kommt vielleicht schon bald. Ich werde dafür beten, dass der Angriff erfolgreich ist.«

Corvus blieb stehen und drehte sich zu den Rilpori um. »Sagen wir, wir nehmen Rilporin ein, bevor die Verstärkung eintrifft, was dann? Dann sind am Ende wir diejenigen, die belagert werden. Gefangen in einer Stadt, die wir nicht kennen, während ihre Bürger und sämtliche überlebenden Soldaten der Palasttruppe jedes Gebäude und jede Gasse als möglichen Hinterhalt benutzen können, um uns zu erledigen, während die Südtruppe von draußen die Mauern angreift. Ihr seid nicht in Wachstadt dabei gewesen, Rivil, Ihr wisst nicht, wie sie sogar die Straßen selbst gegen uns eingesetzt haben. Wir würden abgeschlachtet werden. Warum stellen wir uns ihnen nicht auf freiem Feld entgegen und vernichten sie hier draußen? Ich sage, wir marschieren am besten aus Rilporin hinaus, sobald die Südtruppe gesichtet wird, und nehmen es in einer offenen Schlacht mit ihnen auf.«

Lanta verstand seine Vorsicht und teilte seine Sorge. Die Rilpori waren in höchstem Maße von der Leistungsfähigkeit ihrer Streitkräfte überzeugt, während die Mirak die Stadt nicht kannten und auf den Sturmleitern viel langsamer waren. Dass ihr Belagerungsturm nach dem Beschuss in Flammen aufgegangen war, war eine Schande, und der zweite war nun leichter und weniger stabil. Wer wusste schon, welchen Schaden ein direkter Treffer aus einem der Turmkatapulte anrichten würde? *Auch wenn der neue zumindest feuerfest ist.*

Corvus ließ seinen Blick über die kleine Gruppe schweifen, seine Miene nachdenklich. »Je länger ich über die ganze Sache nachgrüble, desto mehr frage ich mich, ob wir die Stadt denn wirklich einnehmen müssen. Ist die Eroberung Rilporins unsere einzige Möglichkeit?«

»Welche Alternativen gäbe es denn?«, fragte Rivil und breitete verwirrt die Hände aus. »Was schlagt Ihr vor, dass wir die Stadt zerstören?« Er lachte.

Corvus lachte nicht, und Lanta sah den Gang seiner Gedanken vor sich ausgebreitet. *Wir haben Wachstadt niedergebrannt und die Überlebenden getötet. Die Götter haben uns aufgetragen, das Land von den Heiden zu säubern. Warum sollten wir uns die Mühe machen, diese Stadt einzunehmen, wenn wir unsere Ziele auch mit ihrer Zerstörung erfüllen könnten?*

Wilde Erregung flammte in ihrem Bauch auf, und Gildas Kette rasselte, als sie sie fest umklammerte. Skerris und Rivil starrten sie mit der gleichen entsetzten Ungläubigkeit im Blick an.

»Wartet, das ist doch wohl nicht Euer Ernst?«, begehrte Rivil mit schneidender Stimme zu wissen. »Das hier ist meine Stadt, meine verdammte Hauptstadt und mein Zuhause, der Sitz meiner Königsherrschaft. Ich werde nicht zulassen, dass ihr sie niederbrennt und ihre Bewohner abschlachtet, nur weil das Schlamassel in Wachstadt euch zu Feiglingen gemacht hat …«

»Prinz Rivil«, sagte Lanta in einem Tonfall, der so glatt war wie Eis und genauso kalt, und ihre Worte kamen schneller, als Corvus' Hand zu seinem Messer fahren konnte. »Wir Mirak fürchten nur die Götter, wie es recht und billig ist. Eure Landsleute sind für uns nicht mehr als Fleisch, das wir unter unseren Absätzen zerquetschen. Darüber hinaus haben wir jahrhundertelang im Namen der Götter gekämpft und getötet, sind in ihrem Namen gestorben, und wir werden alles, einfach alles tun, was sie uns befehlen, um ihre so verdiente Rückkehr nach

Gilgoras erleben zu können. Ihr dagegen seid erst seit einer bloßen Handvoll von Jahren bekehrt, Eure Soldaten sogar erst seit wenigen Wochen. Wagt es daher nicht, zu uns von Feigheit zu sprechen oder uns zu beschuldigen, nicht alles zu tun, was die Götter von uns verlangen. Ihr habt nichts getan, als Forderungen an sie zu stellen, seit Ihr den ersten Fuß auf den Pfad gesetzt habt. Ihr solltet auf der Hut sein, dass die Dunkle Dame nicht die Geduld mit Euch verliert.«

Eine zornige Röte trat in Rivils Züge, aber Skerris' versteinerter Blick gab ihm warnend zu verstehen, seine Zunge zu hüten. »Ihr seid ebenso weise, wie Ihr liebreizend seid, und ich entschuldige mich für meine übereilten Worte«, erwiderte Rivil mit sichtlicher Anstrengung. »Der Gedanke, dass Rilporin womöglich zum Ruhm der Götter geopfert werden muss, ist ... verdrießlich für mich.«

»Nichts, was dem Ruhm der Götter dient, sollte jemanden verdrießen«, warf Corvus ein.

Hinter sich hörte Lanta Gilda schnauben und leise etwas vor sich hinmurmeln. »Es ist König Corvus, bei dem Ihr Euch entschuldigen solltet«, sagte Lanta, und Rivils Lippen zuckten. »Sein Mut ist es, den Ihr infrage gestellt habt, obwohl er selbst in Wachstadt gekämpft hat. Ihr hingegen habt bisher noch keinen Fuß aufs Schlachtfeld gesetzt.«

Diesmal war die Röte in Rivils Gesicht noch stärker, und Lanta gönnte sich einen kurzen Moment der Genugtuung darüber, obwohl sie wusste, dass sie ein gefährliches Spiel spielte. Es war nicht klug, ihre Verbündeten zu verhöhnen; und trotz ihrer Worte war ein Sieg alles andere als sicher. Wenn sich Rivil gegen sie wandte oder sich aus der Schlacht heraushielt, konnten sie immer noch alles verlieren.

»König Corvus, ich entschuldige mich«, murmelte der Prinz. »Der langsame Fortschritt der Belagerung macht mir zu schaffen. Aber ich werde nicht zulassen, dass Rilporin dem Erdboden gleichgemacht wird, es sei denn, es gibt keinen anderen Weg zum Sieg. Ich werde erst alle anderen Möglichkeiten erkunden, bevor ich einem solchen Vorhaben zustimme. Rilporin gehört mir, der Thron gehört mir, und die Götter werden dafür sorgen, dass ich in absehbarer Zeit meinen Platz darauf einnehme.«

Lanta biss sich auf die Zungenspitze, damit sie nicht angewidert die Lippen verzog. *Du bist ein quengelnder Knabe, der Wörter ausspuckt, die er nicht versteht. Ich wurde in der blutigen Umarmung der Götter geboren, meine Seele vermählt mit dem Dunklen Pfad, noch bevor du das erste Mal in die Windeln geschissen hast. Und doch maßt du dir an, den Willen der Götter zu kennen, ihre Wünsche an dich? Du hast keine Demut, Prinz, und daher wird dir keine Gnade zuteilwerden, weder in dieser Welt noch in der nächsten.*

»Wenn wir Rilporin wirklich zerstören würden«, warf Skerris ein, worauf Rivil mit offenkundigem Widerwillen reagierte, »dann würde uns das keine Alternativen mehr lassen, falls die Südtruppe herkommt. Die Eroberung der Stadt gibt uns die Macht zu verhandeln sowie Mauern, um unsere Verwundeten und unsere Heiligen zu schützen.« Er deutete auf Lanta. »Ohne Rilporin müssen wir schon am gleichen Tag, an dem der Feind eintrifft, kämpfen und siegen.«

»Wir drehen uns im Kreis«, stellte Corvus fest und tat Skerris' Worte mit einer geringschätzigen Handbewegung ab. »Und wir reden über Dinge, über die wir noch nicht verfügen können. Ich habe ein Drittel meiner Männer aus Katzental bereitstehen, um die Mauer anzugreifen, und ich habe weitere Männer in Reserve, sollte die erste Angriffswelle von Erfolg gekrönt sein. Die Sonne steht noch nicht hoch am Himmel; wir haben noch einen ganzen Tag des Tötens vor uns. Gehen wir ans Werk.«

Rivil öffnete den Mund, aber Skerris kam ihm zuvor, glattzüngig und scheinbar ahnungslos, als habe er nicht bemerkt, dass sein Prinz hatte sprechen wollen. »Das werden wir auf der Stelle, Euer Majestät. Mein König, die dritte Tausendschaft steht bereit, und ebenso Lord Morellis. Mit Eurer Erlaubnis?«

»Ja, ja, schickt sie in die Schlacht. Hoffen wir, dass sie diesmal eine blutige Schneise in die Verteidigungslinie des Feindes schlagen, hm?« Rivil verschränkte die Arme, trat neben Corvus und heuchelte Langeweile, als bedeute ihm der Ausgang der Angelegenheit gar nichts, während die beiden Trupps von Kämpfern auf die Flaggen- und Trommelsignale reagierten und sich in Bewegung setzten. Belagerungstürme holperten über die Ebene, Angriffskommandos schleppten lange, bewegliche Sturmleitern hinter sich her und versuchten, so lange wie möglich in Deckung zu bleiben.

Sie beschleunigten ihr Tempo und verringerten es erst dann wieder, als sie sich einen Weg durch die Trümmer am Fuß der Mauer bahnen mussten, bis sie die Leitern schließlich gegen den Stein lehnten und zu klettern begannen.

»Meine Füße sind auf dem Pfad«, murmelte Lanta. An ihrer Seite stieß Gilda ein lautstarkes Gähnen aus und scharrte mit dem Fuß über das Gras.

»Was gibt's zum Mittagessen?«, fragte sie.

Lanta knirschte mit den Zähnen.

DURDIL

Vierter Monat, zweiundzwanzigster Tag der Belagerung, nachmittags
Torhaus, Westmauer, Rilporin, Weizenland

Er verfügte über die dreitausend Mann der Palasttruppe sowie über die beiden Tausendschaften, die er von der Südtruppe abberufen hatte und die fünf Tage nach Beginn der Belagerung eingetroffen waren und sich dann vom Fluss Gil her den Weg in die Stadt erkämpft hatten. Verdammte fünftausend, oder zumindest waren das die Zahlen, die auf seiner Liste verzeichnet waren. Inzwischen waren es bereits Hunderte weniger, und noch mehr wurden jeden Tag verwundet. Fünftausend Soldaten und mehr als das Doppelte an verzweifelten Zivilisten, ein Hundertstel davon hysterische Adlige jeden Schlages und ein Fünftel der Männer von der Stadtwache, deren einzige Fähigkeit darin bestand, Betrunkene niederzuknüppeln und Steuern einzutreiben.

Durdil hatte seine Zahlen gern übersichtlich und leicht teilbar, im Moment jedoch hätte er sich mit jeder Zahl begnügt, an deren Ende mehrere Nullen standen, und jede einzelne davon auf der Seite der Verteidiger, gut bewaffnet und verdammt tödlich.

Sein Gesichtsausdruck war unbeteiligt, während er auf dem Dach des Torhauses stand, die Hände auf die hüfthohe Mauer gelegt. Den letzten Ansturm hatten sie nach Stunden des blutigen Nahkampfs zurückgeschlagen; Stunden, in denen es den

Soldaten der Osttruppe und den Mirak zeitweise gelungen war, mehrere Brückenköpfe um ihre Belagerungstürme und Sturmleitern herum zu errichten. Durdils Arme und Schultern schmerzten vom Kampf mit Schwert und Messer, Speer und Schild. Seine Stimme war inzwischen kaum mehr als ein Krächzen, und er trank Honigwasser im Versuch, ihr die alte Kraft wiederzugeben.

Drei Wochen gefüllt mit Frontalangriffen, mit Sturmleitern und Belagerungstürmen und diesen gottverdammten, nimmer endenden Attacken der Bliden, die Steine gegen die Mauer schleuderten.

Drei Wochen und immer noch keine Nordtruppe.

Vielleicht gibt es Unruhen an der Grenze. Vielleicht hat die Nachricht von unserer Lage Listre erreicht, und die Totenlegion drängt in unsere Länder und macht sich unsere Abgelenktheit für ihre eigenen Zwecke zunutze. Wenn die Legion genug Männer aufbringen kann, wird es General Tariq nicht riskieren, die Nordgrenze offen zu lassen …

Wir sind auf uns allein gestellt.

Durdil beobachtete, wie zwei Männer einem dritten ins Treppenhaus halfen, zweifellos auf dem Weg zum nächsten Hospital. Es erinnerte ihn an etwas, und seufzend fügte er das Überprüfen der Verletztenzahlen der endlosen Liste von Dingen hinzu, die er heute noch erledigen musste. So vieles verlangte seine Zeit, von der Ernennung eines neuen Majors, der den verstorbenen Wheeler ersetzen konnte, bis hin zur Bekämpfung des Hortens von Vorräten; von der Organisation der Herstellung von Ersatzwaffen bis hin zum Sich-Abmühen mit dem verdammten Rat der verdammten Adligen mit ihren unaufhörlichen verdammt dummen Forderungen.

Eine Gestalt kam aus dem Treppenhaus hervorgeschossen, das in das Torhaus hinabführte, drängte sich durch die Umstehenden. Staubwolken stiegen vom Bart und den gewaltigen Schultern des Mannes auf. Renik und Vaunt, Durdils überlebende Majore, wirbelten zu ihm herum, die Hände auf ihren Schwertgriffen, während sie zu dem Riesen emporblinzelten.

»Fürstgeneral Koridam? Ich bin es, Merle Steinmetz«, grüßte der riesenhafte Mann für den Fall, dass ihn irgendjemand mit jemand anderem verwechseln könnte, der nicht den ganzen Tag lang Steinblöcke herumschleppte. »Ihr habt da ein Problem, Fürstgeneral, also haben wir alle ein Problem.«

»Merle Steinmetz, was gibt es Neues?«, fragte Durdil bedrückt. »Ich hoffe, es ist kein großes Problem. Davon haben wir nämlich bereits genug.« Leichtfertigkeit war Merles Sache nicht, und diejenige Durdils ebenso wenig, und als sich die ehrliche Stirn des Steinmetzes in Falten zog, legte sich ein kaltes Gewicht schwer über Durdils Magen. »Ich habe heute Morgen mit einigen der Jungs die Mauer überprüft, so wie Ihr es angeordnet habt, Herr, wie wir das jeden Morgen machen. Sie ist seit Beginn dieser Belagerung heftiger rangenommen worden als eine Zwei-Kupfermünzen-Hure, und …«

Durdil biss sich kräftig in die Innenseite seiner Wange. »Und?«, fragte er und bemühte sich, ruhig zu bleiben. Er spürte den Schweiß an seinem Haaransatz perlen.

Merle strich sich über den Bart. Eine Staubwolke stieg auf, und kleine Steinchen rieselten auf sein Hemd hinunter. Er wischte den Schmutz weg und trat unbehaglich von einem Fuß auf den anderen. »Und wie besagte leicht zu habende Liebesdame ist die Mauer wirklich und wahrhaftig, nun ja … gefickt. Im Arsch, Fürstgeneral.«

Durdil wurde sehr still, sein Blut kribbelte in sämtlichen Gliedern, während ihm etwas zuschrie, dass er losrennen sollte, irgendwohin rennen, nur weg von hier. »Die Mauer ist was?«, krächzte er und widerstand dem Drang, die Hand auf seine Brust zu pressen, die sich langsam immer enger zuschnürte. Jetzt war wirklich nicht der richtige Zeitpunkt für einen weiteren Herzanfall.

»Wir haben ein wenig herumgestöbert, Fürstgeneral, auf der Mauer und im Zunfthaus. Jene Reparaturarbeiten, die Ihr vor drei Jahren angeordnet habt?« Er zeigte auf Sektion Zwei, das Ende der Stadtmauer, das die Osttruppe seit ihrem Eintreffen ständig unter Beschuss genommen hatte.

Durdil nickte stumm.

»Nix passiert. Ja, gut, sie haben da ein paar oberflächliche Arbeiten am zweiten Turm vorgenommen, damit es so aussieht, als würde alles nach Plan laufen, aber dabei handelt es sich lediglich um eine Fassade von gutem Stein über kaputten Steinen, die eigentlich hätten herausgeschlagen und ersetzt werden sollen. Wenn diese Mauer nur hinreichend geschwächt wird, stürzt sie ein, Herr. Keine Möglichkeit, das zu verhindern. Und …« Er machte eine verlegene Pause, und Durdils Brust schnürte sich noch ein wenig weiter zu. »Soweit wir das aus den Unterlagen erkennen können, nun ja, der Befehl, nur auszubessern, statt wirklich zu erneuern, kam aus dem Palast, Herr.«

Durdil atmete durch die Nase ein und stieß dabei einen hohen Grunzlaut aus. Seine Majore waren reglose Statuen des Nicht-wahrhaben-Wollens. Es war ein deutliches Zeichen für Durdils Verzweiflung, dass er Merle mit der Hand packte und ihn zur Außenseite der Mauer zerrte. Der riesige Mann hüpfte hinter ihm her wie ein Korken auf einem Bach.

Durdil beugte sich zwischen zwei Zinnen und deutete mit hektischen Fingerbewegungen nach beiden Seiten und nach unten. »Ihr wollt mir sagen, dass diese Mauer einstürzen wird? Wann? Wie lange kann sie noch standhalten?«

Merle erhob keinen Protest dagegen, so grob herumgeschubst zu werden. »Das Torhaus ist immer der schwächste Punkt, Fürstgeneral, wegen des verdammten Riesendurchgangs, der da unten hindurchführt, aber nachdem ich heute Morgen die ganze Mauer abgegangen bin und alles getan habe, um sie zu überprüfen, ohne Verdacht zu erregen, kann ich Euch versichern, dass der Abschnitt zwischen dem zweiten Turm und der letzten Bastion genauso schwach ist – also der Teil der Mauer, wo die Reparaturarbeiten hätten vorgenommen werden sollen, aber eben nicht vorgenommen worden sind. Noch gibt die Mauer nicht nach, doch wenn es so weit ist …«

»Sie haben es gewusst«, zischte Durdil und zeigte auf die Bliden und die Armee hinter ihnen. »Rivil und dieser einäugige Scheißkerl Galtas haben gewusst, dass diese Reparaturen in Wirklichkeit gar nicht durchgeführt worden sind. Haben sie das alles tatsächlich schon drei Jahre lang geplant?«

»Das kann ich nicht beurteilen, Fürstgeneral«, erwiderte Merle, als sei die Frage nicht rein rhetorisch gewesen.

Gemeinsam beobachteten sie, wie eine der Bliden einen Stein von der Größe eines Zugpferdes Richtung Stadt katapultierte. Der Felsblock wirbelte auf die Mauer zwischen dem zweiten Turm und der letzten Bastion zu und krachte mit einem so heftigen Aufprall gegen den Stein, dass sie die Erschütterung bis ins Torhaus spüren konnten. Merle beugte sich gefährlich weit über die Mauer und spähte an ihr entlang, als könnte er von hier aus den angerichteten Schaden sehen.

Dann trat er zurück und rieb sich klatschend die Hände. Er roch nach zerschmettertem Fels und nach Schweiß. »Wenn sie nicht aufgehalten werden, Fürstgeneral, und keine Notfallreparaturen vorgenommen werden, schätze ich, dass sie nur noch wenige Wochen brauchen dürften, um dort durchzukommen. Genauso sieht es beim Torhaus aus, falls sie sich das vornehmen sollten.«

»Mir gefällt dieses Gespräch überhaupt nicht, Merle«, bekannte Durdil und staunte selbst darüber, dass seine Stimme fest blieb. Galle überzog seine Zähne.

»Mir auch nicht, Herr«, erwiderte der große Mann, »aber das sind die Tatsachen.«

Major Renik war schneeweiß im Gesicht, und seine Hände umklammerten die heilende Wunde an seiner Seite, als hätten Merles Worte sie neu aufgerissen. Major Vaunt hatte sich an zwei Laufboten gewandt und sie zu Yarrow und Edris geschickt, Durdils Obersten.

Ungefähr drei Wochen, bis sie eine Bresche in die Mauer geschlagen haben, und keinerlei Verstärkung in Sicht. Nichts von Make und der Westtruppe zu hören, nichts von Tariq im Norden.

Drei Wochen, bis die Mirak und die Heiden mordend von Tür zu Tür ziehen werden und alles vergewaltigen, was sich bewegt.

Durdil kämpfte die in ihm aufwallende Übelkeit nieder, schnappte nach Luft und versuchte nachzudenken. Merle musterte ihn mit einem Gesichtsausdruck, der demjenigen ganz ähnlich war, mit dem ein Ochse das Schlachtbeil ansieht. Durdil wollte seine Faust gegen die Zinnen schlagen, wusste jedoch, dass ihm davon nicht nur die Knöchel wehtun würden, sondern dass es, wenn man Merle Glauben schenken durfte, die verdammte Mauer womöglich sogar zum Einsturz bringen könnte.

»Wie viele gute Steinmetze habt Ihr, Merle?« Er gab sich größte Mühe, einen gleichmütigen Tonfall beizubehalten.

»Acht.«

»Ist das genug?«

»Für das, was Ihr da offenbar andeuten wollt? Nein. Aber ich kann ein Dutzend talentierte Lehrlinge zum Schleppen und zur Ausführung der nötigen Arbeiten aufbringen, sobald wir die schlimmsten Steine herausgehauen haben. Natürlich schwächen wir dadurch die Mauer noch weiter. Ihr müsst uns diese Bliden mindestens einen Tag lang vom Hals halten. Mörtel braucht Zeit, um fest zu werden. Ein Tag und eine Nacht wären noch besser, zwei Tage und eine Nacht wären ideal.«

»Unmöglich«, murmelte Vaunt. »Es sei denn, wir schicken mitten in der Nacht ein Selbstmordkommando aus, um die Wurfmaschinen funktionsuntüchtig zu machen.«

»Im Moment gibt es keinen Vorschlag, über den nachzudenken ich nicht bereit bin, Selbstmordkommandos eingeschlossen«, blaffte Durdil.

Die Obersten Edris und Yarrow erschienen oben auf dem Torhaus, und Renik ging auf sie zu, sprach schnell und leise auf sie ein und brachte sie auf den neuesten Stand. Beide Männer fluchten laut und drängten sich dann um Durdil, um zuzuhören.

»Holt Eure Steinmetze und macht Euch an die Arbeit. Ich will die Steine bereitliegen haben, um sie in die Mauer einsetzen zu können, sobald die alten Steine entfernt worden sind. Aber ich will, dass Ihr damit erst anfangt, wenn Ihr von mir gehört habt.« Durdil schaute an Merle vorbei zu seinen Offizieren. Sie nickten, ihre Gesichter grimmig. »Wenn die Mauer hält, verspreche ich jedem der Steinmetze, dass ich ihn zum Lord erheben werde, und jeder der Lehrlinge erhält zehn Goldkönige«, fügte Durdil hinzu und fragte sich, ob er dieses Versprechen denn tatsächlich würde einhalten können.

Merle wirkte gekränkt. »Ich will nicht einmal einen Kupferritter, geschweige denn einen Goldkönig oder den Titel eines Lords, Fürstgeneral«, protestierte er und wedelte mit Händen, die groß wie Schinken waren, durch die Luft zwischen ihnen. »Ihr könnt mein Talent und meine Zeit und meinen Schweiß haben, und dafür verlange ich nicht mehr als genug Essen und Trinken, dass ich weiterarbeiten kann. Und das Gleiche kann ich für vielleicht die Hälfte meiner Männer sagen. Was die Übrigen angeht, nun ja, haltet diese Münzen am besten bereit. Ich werde das mit der Lordswürde nicht erwähnen, und mein Rat an Euch ist, dass Ihr das auch nicht tut. Wir haben schon genug jämmerliche Männer von Adel, die im Palast herumlungern, sodass ein solcher Titel weit weniger Verheißung mit sich bringt als Gold. Doch für mich gilt mein Versprechen. Gebt mir zu essen und genug Wasser und Dünnbier, und ich werde zusehen, dass Ihr dafür reichlich vergütet werdet.«

Durdil korrigierte im Geiste seine Meinung von dem Mann und schluckte den Kloß hinunter, der sich plötzlich in seiner Kehle gebildet hatte. *Die größte Stadt der Welt, heißt es,* dachte er, während er dem Impuls widerstand, die Arme um den massigen Steinmetz zu werfen.

»Verzeiht mir, Steinmetz, ich wollte Eure Ehre nicht in Zweifel ziehen. Es sind nun mal … schwierige Zeiten. Lasst mir die Zahl der Männer zukommen, die Ihr braucht, um die Steine zu behauen und zu transportieren, und setzt mich in Kenntnis, welche Hilfe Euch die Wachen und die Bürger dabei leisten können. Ich fürchte, wir werden leider keinerlei Soldaten für diese Unternehmung erübrigen können.«

»Schickt sie zu mir«, ging Yarrow dazwischen. »Sektion Zwei untersteht meinem Befehl. Ich werde dafür sorgen, dass die Sache erledigt wird, Herr.«

Durdil nickte und spürte, wie ein ganz klein wenig seiner Anspannung von ihm abfiel. Er hatte noch jemanden gefunden, der die Last mit ihm teilte. Den Göttern sei gedankt, dass er so viel Zeit in die Ausbildung seiner Untergebenen investiert hatte, dass er darauf bestanden hatte, dass die besten Leute in der Stadt stationiert wurden, um den König zu bewachen.

Nicht, dass ihn das hätte retten können.

Merle klatschte in die Hände. »Männer mit kräftigem Rücken, die nicht jammern, wären überaus willkommen. Mindestens sechzig, damit wir schnell vorankommen.«

»Ich werde sie bis Einbruch der Dämmerung ins Zunfthaus schicken, Steinmetz«, versprach Yarrow, salutierte und verschwand.

»Und das Torhaus?«, erkundigte sich Durdil, als er Richtung Treppe ging, Merle dicht hinter ihm. »Was können wir da tun?«

»Verriegelt und verrammelt die Tore, lasst Schutt an der Innenseite der Mauer aufhäufen, den man in den Durchgang schaufeln kann, um ihn zu verschließen. Wenn es danach aussieht, als würden sie durch das Fallgatter am anderen Ende kommen, schüttet Ihr den Durchgang zu. Und dann betet Ihr.«

»Danke, Merle. Ich denke, das werden wir alle tun«, erwiderte Durdil. »Ich werde hier oder im Palast sein, bis diese Belagerung aufgehoben wurde und wir gesiegt haben. Ihr werdet mich immer finden können.«

Merle nickte und zwängte sich wieder ins Treppenhaus hinein. Ein fernes Donnergrollen war zu hören, als drei Bliden ihre Geschosse durch die Luft schnellen ließen, Sekunden später gefolgt vom Pfeifen von Steinen, die sich mit großer Schnelligkeit bewegten, und dann war da das dreifache zerschmetternde Knallen des Aufpralls. Durdil klammerte sich an die Mauer und wusste nicht recht, ob er ihr Schwanken spüren konnte oder ob nur seine in Panik versetzte Fantasie seinen Sinnen einen Streich spielte. Es machte jedoch nicht den Eindruck, als gäbe es entlang der hinteren Sektion Opfer, und so hauchte er ein schnelles Dankgebet.

»Herr, sollen wir das Seil des Fallgatters durchschneiden? Nicht, dass sie das Tor nach oben schieben und den Zugmechanismus auslösen. Denn dann steigt es ganz nach oben, und sie können in den Durchgang und zum Tor hinein.«

»Nein. Trotz allem habe ich die Hoffnung nicht aufgegeben, dass die Nordtruppe noch hier auftaucht, auch wenn ich von ihr keinerlei Nachricht erhalten habe. Vielleicht kommen uns ja sogar mein Sohn und die Westtruppe zu Hilfe geeilt. Falls sie eintreffen, müssen wir sie draußen auf dem Schlachtfeld unterstützen. Das bedeutet, dass wir durch das Torhaus in Sektion Eins hinausmüssen, um ihnen zu helfen, diese Schweinehunde zu zermalmen. Also werden hier erst einmal keine Seile durchgeschnitten oder Durchgänge dichtgemacht.«

»Ich hoffe, dass Ihr recht habt, Herr«, sagte Vaunt ein wenig unsicher, und Durdil wurde bewusst, wie jung er noch war.

Er schlug ihm auf den Rücken. »Diese Belagerung wird eine blutige Sache, und sie könnte sich womöglich in die Länge ziehen, aber wir werden es schaffen, Major. Wir müssen es.«

Oberst Edris zwang sich zu einem aufmunternden Grinsen, das er offensichtlich so nicht empfand. »Verdammt noch mal, das werden wir«, fügte er hinzu. Eine Unruhe entstand im Bereich von Sektion Eins, und er salutierte und eilte dann zurück ins Treppenhaus und weiter, hin zu seinem Kommandobereich.

»Fürstgeneral Koridam?« Ein rotgesichtiger Palastbote blieb keuchend vor ihnen stehen.

Eine endlose Parade gottverdammter Boten, jeder mit schlimmeren Neuigkeiten als der vorangegangene, schoss es ihm durch den Kopf.

»Ja?«

»Der Rat der Adligen erbittet Eure Anwesenheit sowie die Eurer Obersten, um über Staatsangelegenheiten zu sprechen.«

Durdil blinzelte. »Staatsangelegenheiten? Du meinst den Krieg?«

»Man hat mich mit keinen entsprechenden Informationen vertraut gemacht, Herr«, antwortete der Bote. »Wenn Ihr Euch mit aller gebotenen Eile in den Palast begeben könntet?«

»Nein. Wenn es sich um keine militärischen Angelegenheiten handelt, vertraue ich darauf, dass sie ihr Problem selbst lösen. Die einzige ›Staatsangelegenheit‹, die mich interessiert, ist das Überleben dieser Stadt und unser Sieg. Wenn sie über die Fortschritte der Belagerung sprechen wollen, werde ich die nötige Zeit für sie finden.«

»Meine Befehle sind sehr konkret gehalten, Herr«, unterstrich der Mann, und jetzt waren Verlegenheit und Sorge die Gründe für die Röte seiner Wangen. »Ihr werdet eigens von Lord Silais und Lord Lorca gebeten zu erscheinen.«

Ah, ja, der Speichellecker und die Schlange. »Sehr zum Leidwesen der ehrwürdigen Herren wiegt meine Machtbefugnis in Kriegszeiten mehr als die ihre«, antwortete Durdil. »Keine Bange, du kannst sagen, du hättest alles in deiner Macht Stehende unternommen, um mich dazu zu zwingen zu erscheinen. Und jetzt fort mit dir. Vaunt, ich bin in den Hospitälern, um nach den Verwundeten zu sehen. Schick einen Laufboten, wenn sie einen weiteren Angriff versuchen, ja? Ich möchte, dass wir uns bei Einbruch der Nacht im Erdgeschoss des Torhauses wiedertreffen … Bist du immer noch da?«, fuhr er den Boten an, der so unglücklich wie überhaupt möglich aussah. Durdil kümmerte das nicht. Solange Lorca und Silais nicht ihre direkte Unterstützung im Kampf gegen die Belagerung anboten – und er wusste, dass sie das nicht tun würden –, gab es nichts, worüber sie sprechen müssten.

Durdils Schritte waren schwer, als er die Treppe hinabstieg und den Mann mit offenem Mund hinter sich zurückließ.

GALTAS

Vierter Monat, zweiundzwanzigster Tag der Belagerung, nachmittags
Sektion Zwei, Westmauer, Rilporin, Weizenland

Galtas würde niemals davon ausgehen, dass ihm die Götter gewogen waren, da das der sicherste Weg war, ihre Gunst zu verlieren. Doch blieb die Tatsache, dass er am Fuß der Mauer stand, lebendig und unversehrt, während Dutzende aufs Beste ausgebildete Soldaten schreiend herabstürzten, um Futter für die Krähen zu werden.

Er hatte drei Angriffswellen an sich vorbeirollen lassen, und dreimal hatte er die Angreifer scheitern sehen, die Männer sinnlos ausgelöscht. Aber er konnte das Unausweichliche nicht ewig hinauszögern, und die vierte Welle trug ihn mit sich, hilflos bis auf den kläglichen Schutz seines Schildes.

Skerris hatte ihm die Kurzversion der Kunst, wie man eine Mauer erklimmt, vermittelt: Beeil dich. Galtas musste die Leiter so schnell hinaufklettern wie der Mann vor ihm, sonst würde er nicht nur jene hinter ihm aufhalten, sondern auch eine Öffnung in der Reihe der Schilde aufreißen, die auf den Rücken eines jeden der Männer hingen, und sich so verwundbar machen. Solange er dicht an seinem Vordermann blieb, würde ihm dessen Schild einen gewissen Schutz vor den Pfeilen bieten, die ihre Feinde die Leitern herabhageln ließen.

Wenn sie es bei den Pfeilen belassen. Doch was ist, wenn sie Pech und Feuer verwenden? Oder siedendes Öl? Oder beschissene Steinblöcke? Was, wenn sie ihre Katapulte gegen uns richten? Galtas wischte sich den Schweiß von den Augenbrauen und atmete tief durch, während er versuchte, nicht an diese tragbaren Wurfwaffen zu denken, die Pfeile von der Größe von Pferden abschossen. Wenn einer davon eine der Sturmleitern hinunterflog, würde er ein halbes Dutzend Männer durchbohren wie Kaninchen auf einem Spieß.

»Der Wille der Dunklen Dame«, sagte er mit lauter, fester Stimme. Es beruhigte ihn, während er sich mitten im Trümmerfeld unter seinen Schild duckte und darauf wartete, dass die Reihe an ihn kam, sich den Schild über den Rücken zu hängen und nach oben zu klettern. Einige der anderen griffen seine Worte auf und wiederholten sie, aber Galtas erkannte in diesen Männern wahre Gläubige. Nicht ein Einziger von jenen, die gezwungen worden waren, sich zu bekehren, sprach ein Wort – die Tänzerin schenkte ihnen kein Gehör mehr, und sie weigerten sich, die Roten Götter um Hilfe zu bitten. Von den Göttern verlassen inmitten eines verdammten Schlachtfelds, während der Tod vom Himmel regnete. Galtas lief ein Schauder über den Rücken, und er war dankbar dafür, dass sein eigener Glaube stark war.

Auf dem Boden hinter ihm hockten Bogenschützen der Osttruppe und feuerten aus dem armseligen Schutz beweglicher Sperrwände aus Weidenruten ihre Pfeile auf die Männer oben auf der Mauer. Galtas schaute nicht hinauf, weil er gar nicht sehen wollte, wie viele Pfeile zu kurz gezielt waren und von der Mauer um die Leitern herum abprallten, wodurch sie für die Angreifer keine geringere Gefahr waren als der Feind.

Die Reihe der Männer bewegte sich schnell vorwärts. Galtas warf einen kurzen Blick hinter sich, und als er sich wieder umdrehte, waren ein Dutzend Männer auf der Leiter, und vor ihm klaffte eine Lücke.

»Scheiße«, ächzte er, stand auf und schlang sich seinen Schild über den Rücken, um dann einen Satz nach vorn und auf die erste Sprosse der Leiter zu machen. Er kletterte schnell, doch glitten seine Hände von den Sprossen ab, denn diese waren schlammig von den Stiefeln derjenigen, die sie bereits benutzt hatten. Ein Mann stürzte schreiend an ihm vorbei; Galtas unterdrückte den Impuls, an Ort und Stelle zu erstarren und sich an die Leiter zu klammern, zwang seine Hände und Beine, sich weiterzubewegen, weiterzuklettern, während sich der Mann vor ihm mit jeder Sekunde weiter von ihm entfernte.

Galtas' Stiefel rutschte auf der Sprosse ab, und er drohte zu straucheln. Sein Fuß fuhr hektisch durch die Luft und traf den Mann unter ihm an der Schulter. Der Soldat grunzte und fluchte, schimpfte, dass er sich verdammt noch mal beeilen solle, oder sie seien alle tot, und wie um seinen Worten Nachdruck zu verleihen, sirrte ein Pfeil an Galtas' Nase vorbei. Galtas schrie kurz auf und setzte sich wieder in Bewegung, kletterte, so schnell er konnte, während ihm der Atem in der Lunge pfiff und seine Oberschenkel brannten. Der Kampflärm und die Schreie wurden lauter, je höher er kam, und dann erbebte die Leiter und glitt zur Seite, hielt kurz in ihrer Bewegung inne, um dann weiterzugleiten. Er riskierte einen Blick nach oben – es war niemand mehr über ihm auf der Leiter, und da war auch niemand, der ihr oberes Ende verteidigt hätte. Dagegen waren da vier Männer in Uniformen der Palasttruppe, die sich mühten, die Leiter von der Mauer wegzustemmen.

Die Männer unter ihm kletterten immer noch weiter, stießen ihn an, drohten, ihn in die Tiefe zu kippen, wenn er sich nicht vorwärtsbewegte. *Alle, die vor mir hier heraufgeklettert sind, sind tot. Sie warten nur darauf, dass mein Kopf über der Brustwehr auftaucht, um ihn mir sogleich abzuschlagen. Das ist dumm und sinnlos.*

Galtas schaute nach unten. »Stopp!«, brüllte er. »Hört auf zu klettern. Rückzug.«

»Kletter weiter, du verfluchter Feigling!«, schrie der Soldat unter ihm. Der Mann versetzte seinem Bein einen Stoß und boxte ihm in die Wade. »Beweg dich oder stirb, Arschloch.« Galtas bewegte sich und kletterte weiter. Er konnte nichts anderes tun, und die Götter würden ihn entweder beschützen oder ihn an ihre Seite rufen, wenn es für ihn an der Zeit war zu sterben.

Bitte, lasst es für mich heute noch nicht an der Zeit sein.

Die Leiter schwankte erneut, und Galtas sah sich schon schreiend in die Tiefe stürzen, bis hinab zum Fuß der Mauer, wo sich bereits Leichen, Steinblöcke und verschossene Pfeile häuften. Und dann war er plötzlich oben auf der Leiter und senkte schnell die linke Schulter, sodass der Schild von seinem Rücken auf seinen Arm vorschwang. Er fummelte mit den Fingern an den Riemen herum und hätte den Schild fast aus der Hand verloren, dann bekam er ihn am Rand zu fassen und hieb ihn in das Gesicht des nächstbesten Soldaten, stieß ihn zurück, sodass er blutige Zähne ausspuckte. Währenddessen sprang Galtas durch eine Schießscharte auf den Wehrgang und zog sein Schwert. Weniger als eine Sekunde später gesellte sich ein anderer Soldat zu ihm, dann noch einer und noch einer. Die Osttruppe quoll auf die Mauer und fächerte sich auf, errichtete einen Brückenkopf.

»Ich lebe noch«, hauchte er, als eine ganze Traube von Soldaten auf ihn zustürmte. Lachend erwiderte Galtas ihren Angriff, ließ sein Schwert silberglänzend nach unten schwingen und dann blutig rot wieder nach oben. »Ich lebe noch!«, schrie er.

Der Angriff mit der Leiter zu seiner Rechten war weniger erfolgreich; Soldaten der Palasttruppe stießen sie mit langen Hakenstangen von der Mauer. Männer klammerten sich schreiend daran fest, während die Leiter in einem langsamen, eleganten Bogen von der Mauer wegschwang und sich dann mehr und mehr nach hinten neigte. Ein Mann ganz oben auf der Leiter stürzte sich verzweifelt in Richtung Mauer; er verfehlte die

Krone knapp, prallte gegen den Stein und rutschte die ganze Mauerlänge bis zum Boden hinab.

Die Leiter nahm Geschwindigkeit auf, als sie ihren unausweichlichen Sturz zur Erde begann, und die Schreie der Soldaten wurden leiser, je weiter sie sich entfernten, und brachen dann mit dem Aufprall unten jäh ab. Aber weitere Männer kamen Galtas' Leiter heraufgeklettert, fluteten in den Raum hinter ihm und drängten die Soldaten vor ihnen in beide Richtungen der Mauer weiter. Sie breiteten sich aus, nahmen neue Mauerteile ein und töteten die Verteidiger. Verdammt noch mal, sie gewannen.

Galtas kämpfte an der Seite der Soldaten, ohne Zeit zu haben, den Blick zu heben und sich umzuschauen, sich ein Bild davon zu verschaffen, wie es den Mirak erging; er konnte keinen Atemzug verschwenden, um sich um derlei zu kümmern. Es würde ihre Truppe sein, die diese Schlacht gewann, alle wussten es. Die Mirak waren kaum mehr als Leiber, die man in blankes Metall hineinwarf, für sie zählte allein das schiere zahlenmäßige Gewicht, nicht das soldatische Können, wenn es darum ging, den Angreifern einen möglichen Sieg zu sichern.

Er war dem zweiten Turm näher als dem Torhaus, was ihm nur recht war. Unauffällig ließ er es zu, dass sich in ihrer Kampfreihe kleine offene Stellen auftaten, in die die Angreifer der Osttruppe hineineilten. Zweifellos hielten sie ihn für einen schlecht ausgebildeten Idioten, weil er auf diese Weise ihren unsicheren Brückenkopf auf der Mauer gefährdete. Langsam näherten sie sich dem Turm, und Galtas fiel zurück in die Mitte der Angreifer. Er musste in den Sekunden, die er brauchte, um seine Verkleidung anzulegen, gut beschützt sein. Auch wenn, sobald er damit fertig war, das Risiko, von den eigenen Leuten getötet zu werden, genauso groß war wie die Gefahr, die ihm von den Verteidigern drohte.

Der Wille der Dunklen Dame, sagte er sich wieder. Einer der

Verteidiger preschte zu weit vor und brach durch die Frontlinie der Osttruppe in den Raum dahinter durch, wo sich Galtas aufhielt. Galtas grinste den um sich schlagenden Verteidiger an, boxte ihm gegen die Zähne, stieß seinen Arm hinab und unter das Knie des Mannes und wuchtete sein Bein nach oben. Der Mann kippte mit einem hohen Kreischlaut von der Mauer, der mehr Schock- als Angstschrei war, und dann war er fort.

Ein Pfeil zischte auf seiner blinden Seite an Galtas vorbei; offenbar war er von weiter unten auf der Galerie gekommen. Es erinnerte ihn daran, seine Augenklappe abzunehmen – der erste Teil seiner Tarnung bestand darin, das Ding zu entfernen, für das er am besten bekannt war. Er riss sich die Klappe vom Kopf und warf sie über die Mauer. Dann duckte er sich, um einem Schwertstreich auszuweichen, ließ den Mann neben ihm den Schlag abwehren, huschte hinter den Schild eines Dritten und stach dem Angreifer über den Kopf seines Kameraden hinweg in die Stelle, wo Hals und Schlüsselbein zusammentrafen. Er erwischte ihn in einem steil nach unten gerichteten Winkel, sodass das Schwert bis zur Hälfte im Körper des Mannes verschwand und ihm Lunge und Leber, vielleicht auch den Magen durchbohrte. Der Mann erbrach Blut, und Galtas riss sein Schwert wieder heraus, hob einen am Boden liegenden Schild auf und tastete sich, Stück für Stück, allmählich Richtung Turm vor.

Immer noch lebend.

GILDA

Vierter Monat, fünfundzwanzigster Tag der Belagerung, nachmittags
Lager der Osttruppe, vor Rilporin, Weizenland

Sie stand natürlich unter Bewachung, und das gefühlt seit Monaten. *Was daran liegt, dass es auch tatsächlich bereits Monate sind. Das ist ein tröstlicher Gedanke.* Aber trotz der Allgegenwärtigkeit ihres Bewachers Scell am anderen Ende des mit einer Kette versehenen Halsbandes, das sie die ganze Zeit über getragen hatte, waren die Heiler der Osttruppe viel zu sehr beschäftigt, um sich darum zu kümmern, dass sie eine Sklavin war.

Ich bin keine Sklavin, korrigierte sie sich. *Ich bin eine Gefangene. Da besteht ein Unterschied.*

Und es war tatsächlich ein Unterschied. Heute war es das erste Mal, dass sie sie hatten arbeiten lassen, während ihre Sklaven vom Tag ihrer Gefangennahme an bis zum Tag ihres Todes schuften mussten. *Eigentlich bin ich sogar eher eine Art Gast,* sagte sie sich. *Sie mögen mich so sehr, dass sie es nicht ertragen könnten, wenn ich fortginge.* Sie ließ die Kette gegen ihr Halsband klirren und schnaubte in leiser Belustigung.

Heute hatten die Heiler endlich eingestanden, dass die Zahl der Opfer beider Armeen zu groß geworden war, um allein damit fertigzuwerden. Jahrzehnte als Hohepriesterin der Tänzerin und des Fuchsgottes hatten Gilda reichlich Gelegenheit gegeben, ihre Fähigkeiten im Heilen und in der Geburtshilfe zu verfeinern – und auch darin, Menschen den Weg ins Licht zu erleichtern. Sie erwartete nicht, viel Anlass zu haben, das zweite dieser drei Talente einzusetzen, aber was das Heilen und das Gewähren von Gnade anging, war die Nachfrage hoch.

Scells Neugier hatte schon vor Stunden stark nachgelassen, und jetzt war er derjenige, der am Ende der Kette hinter ihr hertrottete, während sie die Reihen der Männer abschritt, die in den Hospitalzelten lagen, und Hilfe leistete, wo immer sie konnte. Leise wehte der Schlachtenlärm von Ferne noch immer über das Gras zwischen der Stadt und dem aufgeräumten, präzise quadratischen Feldlager der Osttruppe, das dem unordentlichen, heruntergekommenen und stinkenden Chaos von Lager, das die Mirak bewohnten, so unähnlich war. Dort hatten die Latrinengruben bereits begonnen überzufließen, und Gilda wusste, dass sich Krankheiten unter den Männern in Windeseile verbreiten würden, wenn sie nicht achtgaben. Die Tatsache, dass auch sie selbst sich mit irgendetwas anstecken könnte, machte ihr dagegen keine Sorgen; ein Tod durch Fieber war wahrscheinlich der leichteste, den sie würde erleiden können.

Man hatte ihr all ihre Amulette abgenommen, doch als sie sich neben einen Mann kniete, dessen linkes Bein oberhalb des Knies abgetrennt war, kamen ihr die Worte trotzdem, so leise, dass Scell sie nicht hören konnte. »Möge die Gnade der Tänzerin mit dir sein, Junge, und möge der Fuchsgott dir seine Gunst gewähren.«

Die Augen des Mannes waren schmerzgeweitet, aber jetzt wurden sie sogar noch größer, sodass Gilda das mit roten Punkten übersäte Weiß rings um ihre Ränder sehen konnte. »Das darfst du nicht«, hauchte er. »Es ist verboten.« Indes lag nicht viel Feuer in seiner Stimme. Er stöhnte, als ihn stechender Schmerz durchzuckte, und umklammerte seinen Beinstummel, während die Sehnen an seinem Hals hervortraten. »Es tut weh«, keuchte er. »Hilf mir, es tut so weh.«

Beide sahen sie zu Scell hinüber, aber der Mirak war viel zu beschäftigt damit, an einem frischen Leichnam herumzufummeln, um ihnen sonderlich viel Beachtung zu schenken. Angewiderte Faszination stand ihm ins Gesicht geschrieben.

»Ich werde tun, was ich kann, Soldat, wie wenig das auch sein mag. Ich kann mit dir und für dich beten.«

»Es ist verboten«, wiederholte er. Jetzt jedoch lag in seinem Tonfall keine trotzige Abwehr mehr, nur eine verzweifelte Hoffnung. Die Verbände um den Stumpf herum waren durchnässt, und Blut sickerte daraus auf die Pritsche und durch die dünne Strohmatratze hindurch. Gilda hörte es in den Schlamm darunter tropfen.

Armer Kerl. Sie klopfte mit dem Fingernagel auf ihr Kettenhalsband und zwinkerte dem Verletzten zu. »Es gibt nicht mehr viel, was sie mir antun können, Soldat. Sie haben mein Zuhause niedergebrannt und alle abgeschlachtet, die ich je gekannt und geliebt habe. Bald genug werden sie auch mich töten.« Sie beugte sich ganz dicht zu ihm vor. »Doch das bedeutet nicht, dass ich meinen Glauben aufgeben sollte, nicht wahr? Es bedeutet nicht, dass ich nicht helfen sollte, wo ich kann, dass ich keinen Trost anbieten sollte. Oder … Absolution.«

Sein Mund verzog sich vor Scham, und Tränen quollen ihm aus den Augenwinkeln. »Ich habe meinen Glauben aufgegeben«, murmelte er, »für etwas so Sinnloses wie Gold. Habe ihn aufgegeben, ohne einen Gedanken daran zu verschwenden.«

»Sich aus eigenem Antrieb den Roten Göttern zuzuwenden oder dazu überlistet zu werden sind zwei ganz verschiedene Dinge. Du bereust, nicht wahr?«, flüsterte Gilda, ihre Hand auf seiner Brust, während sie erneut einen raschen Blick in Scells Richtung warf. »Sag einfach Ja zum Licht, in Ordnung?«

»Ich kann nicht«, schluchzte der Mann. »Sie haben gesagt, ich könne das nicht mehr tun, sobald ich einmal geschworen hätte, gebunden zu sein. Gebunden an sie, die Dunkle Dame.«

»Blödsinn«, schnaubte Gilda und fragte sich, ob es das wirklich war. »Deine Seele gehört niemandem als dir selbst. Wenn du sie den Roten Göttern hingeben willst, meinetwegen. Wenn du sie der Tänzerin schenken willst, dann brauchst du nur zu beten. Hier, jetzt, mit mir.«

Hoffnung, Schmach und Angst rangen auf seinen teigigen Zügen miteinander. »Wer bist du?«, zischte er.

Sie schob sich das Haar hinters Ohr. »Gilda, Hohepriesterin von Wachstadt und Mitglied des Priesterrats – falls es so etwas noch gibt. Also, Junge, möchtest du beten? Willst du deine Seele vom Blut zurückholen und sie wieder dem Licht widmen?« Der Soldat nickte fiebrig. »Ich kann dir keine Reinigung anbieten – es gibt hier keinen Gottesteich –, daher werden wir das Beste tun, was wir können. Der Große Gauner freut sich immer über unseren Einfallsreichtum, nicht wahr?«

»Wird … wird die Tänzerin mich denn zurücknehmen wollen?«, flüsterte der Mann, und eine leise Hoffnung meldete sich in seiner Stimme.

Gilda griff nach dem Wasserschlauch des Soldaten, schüttelte ihn und lächelte dann, als sie den Inhalt hin und her schwappen hörte. Sie zog den Stöpsel heraus und senkte den Kopf. »Natürlich. Daran habe ich keinerlei Zweifel. Jetzt sei für einen Moment still.« Sie schloss die Augen und dehnte ihre Seele aus, ließ sie den Mann umfassen und ihn an sich ziehen, sodass er ruhig in ihrer engen Umarmung lag. Sie konnte die Tänzerin spüren. Trotz allem, hinter all dem Hass, der Angst, dem Blut, der Scheiße, schaute sie zu. Wartete, mit geöffneten Armen.

»Heilige Tänzerin, Dame gehüllt in Sonnenlicht, ich bitte dich, mich jetzt zu hören und dieses Wasser mit all der Heiligkeit deiner geheiligten Teiche zu segnen. Fuchsgott, Herr des Witzes und des Einfallsreichtums, segne diese unsere Bemühungen, damit wir diesen Mann …«

»Nils.«

»… diesen Mann, Nils, aus der Dunkelheit heraus und in dein heiliges Licht führen können.« Ein weiterer schneller Rundblick, dann tröpfelte Gilda Wasser über Nils' Gesicht und Hals und in seinen Mund. »Bade in diesem Wasser und sei gereinigt, von außen nach innen. Trinke von diesem Wasser und sei gereinigt, von innen nach außen. Weise die Dunkelheit von dir, weise den Hass und den Schmerz, die Schmach und die Angst von dir. Heiße das Licht und die Liebe und die Kameradschaft willkommen. Öffne dein Herz und deine Seele dem Licht, mein Freund. Lass es herein. Lass es deine Seele heiligen und deinen Geist reinigen, um dich gegen die Wasser des Bösen zu wappnen, um dich fest in der Liebe zu halten.«

Nils' Gesicht war ekstatisch, und er schloss die Augen, ließ den Kopf zurück in sein Kissen sinken. »Ich spüre sie«, flüsterte er. »Ich glaube, sie kommt. Die Tänzerin kommt.«

»Ich weiß«, sagte Gilda und hätte ihn am liebsten zum Schweigen gebracht, obwohl sie wusste, dass sie das nicht konnte. Eine federzarte Berührung huschte über ihren Geist hinweg, ein warmer Lufthauch von Lachen und überwältigender Liebe. Im gleichen Moment, als die Empfindung Gildas Herz flutete, trat Friede in Nils' Augen. »Kind des Lichtes, lass los. Lass den Schmerz los und die Angst und die Schmach. Lass alles los.«

»Danke, Priesterin«, murmelte er. Sein Atem war schwach, und er atmete immer flacher. »Ich bin bereit.«

»Danke, Nils, für deinen Glauben und deine Kraft«, antwortete Gilda. Sie beugte sich vor und küsste ihn sanft auf die Stirn. »Geh in Gnade, geh in Frieden und ruhe jetzt im Licht«, fügte sie hinzu, und Nils wandte das Gesicht von ihr ab, sodass sich ihr der richtige Winkel bot, um ihm ihr Messer mit der schlanken Klinge durch die Schläfe direkt ins Gehirn zu stoßen. Er starb ohne ein Zucken und mit einem Lächeln auf dem Gesicht.

»Was machst du da?«

Gilda zuckte zusammen, schaute auf und blickte in das Gesicht von Brevis, dem obersten Arzt der Osttruppe. Das rotfleckige Gesicht des Mannes kündete von zu viel Wein und zu wenig Schlaf, aber seine Hände waren ruhig, und Gilda hatte ihn mit großem Geschick mit der Knochensäge umgehen sehen.

Sie stand auf. »Nils war dabei zu verbluten und litt entsetzliche Schmerzen. Es war unmöglich, ihn zu retten. Er hat um Gnade gefleht; ich habe sie ihm gegeben.« Sie schob das Messer in die Scheide, das sie kurz zuvor aus Brevis' Operationszelt gestohlen hatte.

Brevis sah sie mit finsterem Blick an. »Du hast kein Recht, solche Entscheidungen zu treffen. Der Mann hätte uns vielleicht noch von Nutzen sein können.«

Gilda deutete auf den Beinstumpf und auf die Blutlache, die sich immer noch unter der Pritsche sammelte. Scell kam herbeigetrottet. Ihre erhobenen Stimmen und zweifellos auch der Anblick einer weiteren frischen Leiche hatten seine Neugier geweckt. Der Mann war wie eine Made, teilte die Gier der Maden nach totem Fleisch.

»Wäre es Euch lieber gewesen, ich hätte ihn in Todesqualen am Leben gelassen? Damit er nichts anderes tut, als Euch um Opium anzubetteln und Euch dann zu verfluchen, wenn Ihr es ihm verweigert hättet?«, fragte Gilda.

Brevis sah Scell an und musterte sein Messer und das Schwert, das er trug. »Die Gnade ist«, begann er. »Die Gnade ist …« Er brach ab, weil er außerstande war, das Dogma zu wiederholen, das man ihm aufgezwungen hatte.

»Die Gnade ist eine heidnische Praxis, die in der Osttruppe ebenso verboten ist wie unter den Mirak«, ergriff eine neue Stimme das Wort.

Gilda schaute an Brevis vorbei und machte einen Knicks. »General Skerris«, grüßte sie und fuhr fort: »Ich finde es seltsam, dass Ihr so etwas verbietet. Die Gnade ist schließlich eines der wenigen Dinge, deren Eure Soldaten eigentlich gewiss sein könnten – dass man ihnen, wenn sie tödlich verletzt sind, ein schnelles Ende bereitet, mit so wenig Schmerz wie möglich. Ihr riskiert doch sicherlich eine Rebellion, wenn Ihr ihnen das wegnehmt?«

»Sie kämpfen jetzt für ein höheres Ziel«, brummte Skerris. »Ihr Schmerz verherrlicht die Götter und bringt sie uns näher, daher sollten wir ihm kein vorzeitiges Ende bereiten.«

Gilda warf einen raschen Blick zu den Betten, die ihr am nächsten waren. Verletzte Soldaten starrten sie und die anderen ungläubig an oder wandten sich so weit wie möglich von Skerris ab. Die Schultern der Männer zitterten, während sie weinten. *Kein schnelles Ende, wenn sie Opfer einer Infektion werden, kein schmerzloses Dahinschwinden aus einer Welt voller Qual. Kein sekundenschneller Übergang vom Leben in den Tod, während ihnen eine Klinge ins Gehirn dringt. Stattdessen ein in die Länge gezogenes, sinnloses Sterben, das sie mit Verzweiflung und ihre Kameraden mit Entsetzen erfüllen wird.*

»Ihr Schwachköpfe«, blaffte sie, und es kümmerte sie nicht, mit wem sie sprach. »Ihr begeht einen schweren Fehler. Diese Männer sind Berufssoldaten. Sie haben gelobt, für euch zu kämpfen, eure Befehle zu befolgen und ihre Seelen euren widerlichen Göttern hinzugeben. Ihr habt ihnen bereits alles genommen, was sie zu geben haben. Man sollte sie zumindest in Würde sterben lassen, wenn schon der Tod ihr Los ist. Das könnt ihr ihnen unmöglich nehmen. Das dürft ihr nicht.«

»Pass auf, was du redest«, fuhr Scell sie an und zerrte an der Kette, als sei Gilda ein knurrender Hund. Sie taumelte und stöhnte, als ihr Halsband den Schorf wieder aufriss, wo das Metall ihren Hals wundgescheuert hatte.

»Du hast keine Ahnung, was die Männer in diesem Hospital verdienen oder nicht und wie sie ihre letzten Stunden verbringen sollten«, sagte Skerris mit bedächtiger Stimme, als belehre er einen neuen Rekruten. »Sie sind nicht mehr in den Illusionen deines Glaubens befangen. Sie gehören jetzt dem Blut, und wenn sie in Blut getränkt sterben müssen, werden sie das tun, um die Ziele unserer Götter, der wahren Götter, voranzubringen. Behandle sie und tue alles in deiner Macht Stehende, um ihr Leben zu retten, aber wenn sie im Sterben liegen, wirst du sie zu ihrer eigenen Zeit sterben lassen und dich bis dahin von ihnen fernhalten. Es wird ihre Seelen reinigen und für das Jenseits bereitmachen. Verstehst du das?«

Gilda schnalzte mit der Zunge und ließ den Blick über die nächststehenden Betten wandern. Alle Kranken und Verletzten spitzten die Ohren, und sie wusste ohne jeden Zweifel, dass sich die Neuigkeit bis zu jedem Soldaten im Hospital herumsprechen würde und dann bis zur ganzen Truppe, noch bevor die Abenddämmerung den Himmel färbte. Ob es genügen würde, um eine Rebellion anzuzetteln, wusste sie allerdings nicht.

Ich hoffe es. Jene, die sich gegen Tyrannei und die Götter erheben, denen sich zu verschreiben man sie gezwungen hat, werden, wenn ihre Zeit naht, wieder im Licht willkommen sein. Wenn sie die Kraft haben, sich mit ihren letzten Atemzügen der Sogkraft des Blutes zu verweigern, so wie es Nils getan hat …

Brevis streckte die Hand nach dem Messer aus, und Gilda ließ es ihm in die Hand klatschen. Er keuchte auf, weil er meinte, sie hätte ihn geschnitten, aber sie hatte die Klinge in der letzten Sekunde umgedreht, und seine Haut war unversehrt geblieben. Er sah sie mit hochgezogenen Lippen an, und sie lächelte zurück, der Inbegriff einer unschuldigen älteren Frau. *Wo kann ich ein neues Messer herbekommen? Kann ich es wagen, mir eines zu besorgen?*

Allein der Gedanke reichte fast, um sie laut auflachen zu lassen. Natürlich wagte sie es. Gilda gab sich keinen Illusionen hin, was ihr Schicksal betraf. Ihr einziges Ziel bestand jetzt darin, die Seelen so vieler Soldaten der Osttruppe zu retten, wie es ihr möglich war, bevor sie sie umbrachten. Selbst wenn diese Leute offiziell ihre Feinde waren.

»Ich werde tun, was Ihr verlangt«, sagte sie an Skerris gewandt und verwandelte seinen Befehl in eine Bitte. Skerris erhob keine Widerrede, so wie Corvus und Rivil es getan hätten oder sogar Lanta. Stattdessen nickte er nur knapp und winkte Brevis mit gekrümmtem Finger, ihm zu folgen, während er seinen Weg zwischen den Bettreihen fortsetzte.

»Lass sie niemanden töten«, blaffte Brevis Scell an, als dieser dem General nacheilte.

Gilda bedachte Scell mit einem Lächeln. »Ihr habt den Rilpori gehört, Scell. Lasst mich auf keinen Fall jemanden töten, ja?« Sie lachte. »Alle würden denken, dass ich eine Massenmörderin sei und nicht eure Priesterin. Dann kommt, schauen wir mal, wer der Nächste ist. Also, Kamerad, wie heißt Ihr? Hauptmann seid Ihr, nicht wahr? Habt Euch schön aus der Affäre gezogen, was?« Sie setzte sich auf das nächststehende Bett, bevor Scell reagieren konnte, und schlug die Decke des Mannes zurück, um sich daranzumachen, seine Verbände zu untersuchen. »Habt Ihr mich mit Nils sprechen hören?«, hauchte sie. Der Mann nickte verängstigt. »Ihr liegt nicht im Sterben, das sehe ich, aber ich kann trotzdem mit Euch beten, wenn Ihr es wollt? Wollt Ihr es vielleicht versuchen?«

Seine Augen bewegten sich in ihren Höhlen, als er seinen Blick über das Zelt schweifen ließ, erst Scell und dann Gilda ansah. Sein Mund öffnete und schloss sich einige Male wie ein Fischmaul. Dann nickte er.

Gilda lächelte.

DOM

Vierter Monat, achtzehntes Jahr der Herrschaft von König Rastoth
Straße nach Rilporin, Weizenland

Sie hatte ihm aufgetragen, den Fluss am Hafen der Westtruppe zu überqueren, und er hatte es getan. Sie hatte ihm aufgetragen, nach Südosten zu gehen, und er hatte es getan. Sie hatte ihm aufgetragen, keine Pause zu machen, es sei denn, es musste sein. Er hatte sich daran gehalten. Jetzt war er nur noch einen Wochenmarsch, vielleicht sogar weniger, von Rilporin entfernt; von jenem Ort, an dem er zu sein hatte.

Doms Füße waren voller Blasen, und seine Beinmuskeln zuckten ständig, auch noch wenn er sich hingesetzt hatte, aber er war seinem Ziel jetzt nah. War ihnen nah. War ihr nah, der Dunklen Dame. Die Wunde in seiner linken Hand, wo ihm der Gott des Blutes das Messer hindurchgerammt hatte, heilte gut, und auch wenn seine Finger noch immer steif waren und sich nur langsam schließen ließen, würde ihn das nicht aufhalten, wenn es zum Kampf kam. Er konnte die Hand wenn nötig immer noch an sein Schwert binden, solange er nur daran dachte, dass er sich dann mit dieser Hand nicht mehr am Hintern kratzen durfte. Oder an der Kehle. Er gab ein amüsiertes Schnauben von sich.

Auf den Feldern war es ruhig, der Winterweizen wuchs goldbraun in die Höhe, aber so nah an Rilporin und dem Feind bearbeiteten nur noch wenige Menschen das Land. Dom war sich nicht sicher, ob die Landbewohner geflohen waren oder sich lediglich in ihren Häusern verschanzten, aber ihre Abwesenheit hatte die Wildtiere ihre Scheu verlieren lassen, und Kaninchen und Hasen hoppelten zwischen den Halmen hin und her und knabberten an den süßesten. Dom saß zehn Schritte vom Feldrand entfernt auf einem festgetretenen Lehmpfad und wartete darauf, dass ihm etwas in seine Falle ging. Er hatte ein paar Stöcke für ein Feuer vorbereitet. Außerdem hatte er eine zerlumpte, nach Ruß stinkende Decke aus Wachstadt bei sich. Einen Wasserschlauch. Seine Waffen. Und die Götter.

Wachstadt. Heimat von Wölfen und von Wächtern. Heiden. Verrätern. Mördern. Dom stopfte sich sein rechtes Handgelenk in den Mund und kaute daran, nagte die juckende Haut, nagte die Narben weg, die sein Bluteid hinterlassen hatte. Auch wenn sich ihre Wege während der letzten Monate mehr und mehr getrennt hatten, hatte Dom sein Leben lang mit den Wächtern gelebt, und so hatte er getan, was er konnte, um die Toten aufzubahren, bevor sie ihm befohlen hatte zu gehen. Er konnte noch immer die Haut der Toten spüren, vom Feuer kross, wie sie in seinen Händen zerfiel, wie sie sich vom Fett darunter löste, um rosiges Fleisch sichtbar zu machen, Fleisch, das sich in großen Stücken von den verkohlten Knochen schälte. Selbst jetzt klebte es noch an seinen Händen, das Fett hatte den Verband an seiner Linken durchtränkt. Der Gestank haftete nach wie vor an seinen Haaren, seinen Kleidern. Die Wahrscheinlichkeit war groß, dass er ihn niemals mehr würde abwaschen können, ganz gleich, wie viele Bäder er auch nahm.

Ein Kreischen und Zappeln brachte ihn in die Gegenwart und auf das Feld zurück. Er eilte zu seiner Falle, tötete das Kaninchen, löste es aus der Schnur und brachte die Falle wieder in Ordnung. Mal ein Essen, das nicht sein eigener Arm war. Dom kicherte. *Ich brauche meine Kraft, nicht wahr, meine Liebste? Das hast du gesagt, und schau her, hier bin ich, bereit für eine Kaninchenmahlzeit.*

Er löste den Verband um seine linke Hand, während das Kaninchen über den Flammen seines Feuers briet, und stocherte in der verschlossenen Wunde herum, beschnupperte sie auf der Suche nach Anzeichen von Wundfäule, dann bespritzte er sie mit Wasser und ließ sie in der Sonne trocknen. Der Rauch seines Kochfeuers hatte Aufmerksamkeit erregt, und er sah Gestalten in seine Richtung spähen. Sie waren mit Stöcken und Mistgabeln bewaffnet sowie mit ein paar Sicheln, die doch eigentlich bis zum Herbst in irgendeinem Werkzeugschuppen gelagert sein sollten. Also waren die Anwohner immer noch da und sahen zu, wie ihre Ernte verkam.

Dom löste die Schnallen seines Schwergürtels und legte ihn demonstrativ auf der anderen Seite des Feuers auf den Boden. Dann setzte er sich mit dem Rücken zu ihnen hin. Niemand würde ihm etwas antun; das hatte sie ihm gesagt.

Summend stocherte er mit dem Messer am Fleisch herum, und das Knurren seines Magens bildete die passende Begleitmelodie zu seinem Gebrumme. Es war allzu lange her, dass er genug gegessen hatte, um davon satt zu werden, und viel zu lange hatte er seinen Magen mit nichts anderem als mit Fleisch füllen können. Was würde er jetzt nicht alles für einen herzhaften Eintopf mit Lauch und Kohl geben! Bei dem Gedanken ging sein Summen in ein tiefes Stöhnen über. Trotzdem, bald würde er dort sein, und dort würde es Vorräte geben, die sie mit ihm zu teilen bereit waren.

»Auf dem Weg nach Rilporin, Fremder?« Die Stimme kam von hinten, schroff, aber darunter lauerte eine Anspannung, die Angst erkennen ließ.

Ohne sich umzudrehen, zeigte Dom über das Ackerland hinweg. »Ihr müsst euch um diese Felder kümmern. Die Kaninchen machen euch die Ernte zunichte. Bearbeitet das Land, damit ihr Nahrung habt, die ihr essen und verkaufen könnt, sobald der Krieg vorbei ist. Ansonsten werdet ihr nicht überleben.«

Der Mann ging um ihn herum, bis er ihm gegenüberstand, und Dom wusste, dass da noch andere hinter seinem Rücken waren. Der Fremde war groß und stämmig, und ein Leben auf den Feldern hatte seine Arme, seine Muskeln und seinen Rücken stark und kräftig gemacht. Er stellte sich breitbeinig vor ihn hin, die Füße rechts und links von Doms Schwert; Doms Blick ging schnell zu seiner Waffe und dann wieder weg von ihr.

»Wir werden wahrscheinlich ohnehin bald tot sein, wenn dieser plündernde Abschaum erneut hier vorbeizieht. Sie haben uns alles genommen, was wir uns beiseitegelegt hatten; du bist nicht der Einzige, der hier von Kaninchen lebt.«

»Aha. Ist das das Problem?«, fragte Dom. »Ihr habt es auf mein Kaninchen abgesehen?«

»Was? Nein. Ein Mann wie du, der gegen die Mirak kämpft, darf sich gern ein Kaninchen von meinem Land nehmen. Ich habe mich nur gefragt, ob du vielleicht Neuigkeiten hast, ob du Nachrichten oder sonst etwas bringst. Du kommst von Westen – ist die Truppe auf dem Weg hierher? Verstärkung? Sie rennen jetzt schon seit Tagen gegen die Stadtmauer an, schicken Männer auf Leitern dort hinauf und fällen unsere Bäume, um Belagerungstürme zu bauen. Ich bin kein Soldat, aber nach dem bisschen zu urteilen, was wir gesehen haben, und nach den Neuigkeiten, die wir gehört haben, scheint die Lage ziemlich verzweifelt.«

Dom leckte sich die Lippen. »Warum glaubst du, dass ich gegen die Mirak kämpfen werde?«, fragte er.

Der Bauer lachte. »Warum sonst solltest du auf dem Weg Richtung Stadt sein? Du bist entweder ein Späher, ein Bote oder ein Krieger. Allerdings habe ich keine Ahnung, wie du an den Mirak vorbei- und in die Stadt hineingelangen willst, ohne einen Pfeil zwischen die Augen zu bekommen. Trotzdem, du wirst es wohl am besten wissen, da bin ich mir sicher.«

Dom rieb sich das Gesicht und schwieg so lange, wie er es wagen konnte, aber die Anweisungen, die er von der Dunklen Dame erhalten hatte, waren ziemlich eindeutig. Er erhob sich und sah den Bauern an, der immer noch einen Kopf größer war als er. Er warf einen kurzen Blick hinter sich: noch drei weitere. »Rilpor ist dem Untergang geweiht, mein Freund, genau wie Rilporin. Die Götter des Lichts haben versagt. Jetzt gibt es nur noch das Blut, vergossenes Blut und geopfertes Blut und das im Namen der Dunklen Dame fließende Blut. Ich werde mich den Mirak anschließen, um ihnen mein Schwert, mein Leben, einfach alles zu übereignen. Es wäre klug von euch, das Gleiche zu tun; es könnte eure Familien retten, wenn es an der Zeit ist. Euch vor dem Opfertod oder der Sklaverei bewahren. Gebt ihnen die Hälfte eurer Ernten, und sie lassen euch vielleicht euer Leben leben, ohne eine Sklavenkette um den Hals.«

Der Mund des Bauern stand offen, und sein Gesicht war rot vor Fassungslosigkeit und wachsendem Zorn. Hinter ihm waren Flüche zu hören, gemurmelte Gebete um Schutz, eine halb erstickte Drohung. Der Bauer schritt um das Feuer herum und packte Dom an seinem rostigen Kettenhemd. »Du verdammter Feigling«, knurrte er. »Du verräterischer, hinterhältiger, greinender kleiner Scheißer. Wie kannst du so etwas sagen? Du bist ein – schau dich an, du bist gekleidet wie ein Krieger. Lebendige Götter, du bist einer von diesen Wolfsleuten, nicht wahr? Ein eingeschworener Feind dieser verdammten Mirak!«

»Schuldig im Sinne der Anklage.« Dom grinste. »Obwohl meine Füße auf dem Pfad sind, und er ist dunkel, blutig und herrlich.«

»Verschwinde von meinen verdammten Feldern, du Abschaum!«, brüllte der Bauer. »Ich sollte dich eigentlich hier und jetzt töten. Ich sollte …«

Doms Messer traf ihn unterm Kinn, bohrte sich mit einem schmatzenden Knacken durch seine Zunge und von unten bis in sein Gehirn hinein. Der Bauer stürzte ohne einen Laut zu Boden, und Dom riss das Messer wieder heraus, seine Finger von der Wunde steif und unbeholfen, und wirbelte zu den anderen herum. »Meine Füße sind auf dem Pfad«, donnerte er und wedelte mit dem roten Messer in der Luft. »Kommt, kommt ruhig her und haltet mich auf. Kommt und versucht es.« Es war zum Teil ein Bitten, aber der Rest war verschlingende Blutgier, Wut und Hass. Er würde die ganze Welt töten, wenn die Dunkle Dame es von ihm verlangte. Er würde sie alle töten.

Die drei Männer drängten sich zusammen und wechselten verängstigte Blicke, dann flohen sie und ließen ihr Ackerwerkzeug fallen. Sie schauten nicht zurück. Dom spuckte auf den Leichnam und schnappte sich sein Schwert vom Boden. Das Kaninchen war auf der einen Seite verbrannt und auf der anderen noch roh, dennoch nahm er den Spieß vom Feuer und wickelte ihn in seine Decke ein. Für einen längeren Moment starrte er in die Flammen, für den Fall, dass irgendetwas aus den Flammen zurückschaute, aber die Tänzerin schwieg. Sie hatte nichts zu seinem Mord zu sagen. Hatte ihm dieser Tage überhaupt nichts mehr zu sagen. Genau wie es ihm gefiel. Er räusperte sich und spuckte ins Feuer, dann wandte er dem Bauernhaus den Rücken zu und setzte seinen Marsch in Richtung Rilporin fort.

»Mein Geliebter«, schnurrte ihm die Dunkle Dame ins Ohr, sodass ihm ein wohliger Schauer den Rücken hinunterlief. »Mein guter, starker Geliebter. Wie zufrieden ich mit dir bin.«

Es war derselbe Traum, den er jede Nacht hatte, seit er Wachstadt verlassen hatte. Da waren diese Wölfe, die zu kaputt waren, um den Kampf noch fortsetzen zu können, die sich stattdessen dafür entschieden hatten, in den Ruinen zu bleiben und die Toten aufzubahren, eingepfercht zwischen dem Gott des Blutes und der Dunklen Dame, und Dom selbst bildete die dritte Spitze des Dreiecks, in dem sie gefangen waren. Wölfe für Gosfath, mit denen er spielen konnte. Die in der blutigen Umarmung des Gottes starben. Die von außen nach innen verfaulten. Die von innen nach außen schrien.

»Halt!«, brüllte Dom, so laut er konnte, als er an die Reihe kam, die Fäuste an den Seiten geballt. »Hört damit auf. Ich werde es tun. Ich werde tun, was ihr wollt. Ich werde alles tun, was ihr wollt.« Sein Herz hämmerte verlangsamt in seiner Brust, als sei sein Blut so dick wie Baumharz. »Bitte, meine Dame. Meine Füße ...« Er zögerte und schluckte hörbar, als ein weiterer Mann starb, sich wand, schwarz wurde, zerschmolz. »Meine Füße sind auf dem Pfad.« Ein gebrochenes Flüstern aus einer gebrochenen Seele.

Die Dunkle Dame hob den Zeigefinger, und Gosfath hielt in seiner Wahl weiterer Opfer inne. Zu seinen Füßen rollten sich acht Männer und Frauen in stinkendem Tod zusammen. Ihre Organe verwandelten sich im Inneren ihrer Körper in Brei und Eiter, noch während sie ihre letzten rasselnden Atemzüge aushauchten, und ihre Umrisse lösten sich auf und verschmolzen miteinander zu einer Lache aus Verwesung. Einer Lache aus Mensch.

»Was hast du gesagt?«, fragte sie mit einer Stimme wie Honig.

Dom ließ seinen Blick über die zusammengekauerten überlebenden Wölfe schweifen, in deren Gesichtern Hoffnung und panische Angst miteinander rangen, dann schaute er wieder zurück zu ihr. *Tu es. Sag es. Es ist ohnehin wahr, ist seit Monaten wahr gewesen. Und es könnte den Rest von ihnen retten.*

»Meine Füße sind auf dem Pfad«, murmelte er im Wissen, dass der Abscheu und das Entsetzen auf den Gesichtern der Wölfe – seiner Leute – ihn auf ewig verfolgen würden.

»Ja«, flüsterte sie, »das sind sie. Also solltest du dich fragen, was du diesen Menschen schuldest, den Feinden des wahren

Glaubens. Frag dich, warum es dich noch kümmert, was mit ihnen geschieht, mit diesen Männern und Frauen, die Jahrhunderte damit verbracht haben, jene zu töten, deren Füße auf dem Pfad wandeln. Menschen wie dich, mein Geliebter.«

»Nichts«, sagte er und verstand plötzlich, sah den Hass in ihren Augen als das, was er wirklich war. »Ich schulde ihnen nichts.« Es war wie Licht, das nach der schwärzesten aller Nächte heraufdämmerte. All seine letzten Zweifel, all seine verbliebene Sorge, weggespült im rot getönten Licht der Dame, im Versprechen auf ihre Erlösung. Er schaute wieder zu den Wölfen hinüber, zu ihrer ersterbenden Hoffnung. Es kribbelte auf seiner Haut, wie bei der Berührung einer Feder. »Ich soll für dich nach Rilporin gehen, meine Geliebte. Ich werde gehen. Auf der Stelle.«

Die Dunkle Dame legte ihm die Hand auf die Schulter. »Und die hier?«, fragte sie.

Dom biss sich in das rohe Fleisch seines rechten Handgelenks, während sein Blick über die Handvoll überlebender Wölfe glitt. Die Herrlichkeit der Dunklen Dame war ein brennendes Feuer, und Gosfath ergötzte sich an dem Schmerz. Er hob die Achseln zu einem Schulterzucken. »Sie gehören dir.«

Das Lächeln der Dunklen Dame war strahlend und wärmte Doms Bauch. »Da haben wir ihn«, flüsterte sie. »Meinen wahren Gläubigen. Meinen Calestar. Meinen Gottesblinden.« Dom verneigte sich vor ihr und dem heiligen Gosfath, und dann ging er davon.

Hinter ihm setzten die Schreie von Neuem ein.

Er schreckte mit einem Ruck aus dem Schlaf hoch, wie es an diesem Punkt des Traums stets der Fall war – *lüg doch nicht, es ist eine Erinnerung, kein Traum* –, und der Himmel war immer noch schwarz, und die Sterne glitzerten wie die Augen des Henkers durch seine Kapuze. Die Schreie gellten noch immer, gerade jenseits seiner Hörschwelle: Seine Leute starben.

Nein, nicht meine Leute. Sie haben nichts mit mir zu tun. Die Vergangenheit ist tot. Die Vergangenheit spielt keine Rolle mehr. Mein Leben gehört der Dunklen Dame, meine Liebe gehört ihr. Alles andere ist Untergang. Es gibt nur den Pfad und sie an seinem Ende. Ich werde diesen Pfad nicht einfach gehen.

Ich werde auf diesem Pfad rennen.

»Ich komme, meine Geliebte«, sagte er, und das endlose wühlende Jucken in seinem Arm schwand dahin, und es blieb nur ein Nachhall des Schmerzes, das langsam fließende Blut und die großen verschorften Löcher, die er im verzweifelten Versuch, die Quelle des Juckreizes zu finden, in sein Fleisch gekaut hatte. Er grinste, wartete und lachte dann. Das Jucken war fort.

Dom sprang auf, ließ den halb gegarten Kaninchenkadaver dort, wo er war, und riss seine Decke vom Boden. »Meine Füße sind auf dem Pfad«, jauchzte er und machte fröhliche Luftsprünge durch die Dunkelheit, »und mein verdammter Arm juckt nicht mehr!«

Das Gelächter der Dunklen Dame wehte im Wind, neckte ihn, verspottete ihn mit hier und da aufblitzenden Bildern, diesmal von Wölfen, wie sie ertranken, von Wölfen, die in der Dunkelheit starben. Rillirin war eine von ihnen, die Sklavin, der es bestimmt war, sie alle zu retten oder zu vernichten. Sie lag in den Armen eines anderen Mannes, während das Wasser über ihre Gesichter hinwegflutete. Er konnte sie schreien sehen.

Wieder lachte er, rollte die Decke zusammen und verfiel in gleichmäßigen Laufschritt. Rilporin war jetzt nah. So nah. Genau wie sie, die Dunkle Dame.

DURDIL

Vierter Monat, achtundzwanzigster Tag der Belagerung, abends
Konferenzraum, Palast, Rilporin, Weizenland

Einer von Durdils Kiefermuskeln zuckte. Lorca und Silais hatten ihn hintergangen und hinter seinem Rücken eine Reihe von Notfallsitzungen einberufen, und jetzt legten sie ihm ihre Entscheidung bei einem Treffen vor, von dem er erwartet hatte, dass es eine reine Routineangelegenheit sein würde. Eine Entscheidung, die bereits unterzeichnet und versiegelt war und dazu absolut lächerlich.

Vielleicht hätte ich mich doch mit ihnen treffen sollen, als sie darauf bestanden haben. Dann hätte ich diese Sache möglicherweise noch ein Weilchen auf die lange Bank schieben können.

Er starrte auf das Papier vor ihm, bis sich seine Augen mit Tränen füllten, und ließ das lärmende Schweigen sich aufbauen, bis es ihm vorkam, als müsse der Druck im Raum die teuren Fenster zersprengen. Die Ratsmitglieder, die in selbstgefälligem Schweigen um den Tisch gesessen hatten, begannen auf ihren Stühlen herumzurutschen und dann miteinander Blicke zu wechseln und große Schlucke aus ihren Weinkelchen zu nehmen. In der Ecke saß einfältig lächelnd Questrel Chamberlain, ohne Durdils maßlosen Zorn zu bemerken. Oder vielleicht scherte er sich auch einfach nicht darum.

»Meine Herren, Rilporin hält den Angriffen stand, und die Mauern sind weiterhin unversehrt. Auch wenn der Verlust des

Königs ein gewaltiger Schlag für uns ist, ist es doch einer, den wir überleben können und auch überleben werden. Davon abgesehen wird der Feind seinen Blick auf das Königstor gerichtet halten und alle Ausgänge der Stadt überwachen. Jeder Versuch einer Evakuierung der Bevölkerung muss bemerkt werden, und man wird ihm schnell entgegenwirken. Es ist viel zu gefährlich, Tausende von Menschen von hier wegzubringen – sie würden unterwegs abgeschlachtet werden. Rilporin ist der sicherste Platz für sie.«

Irgendjemand hüstelte, um ein Lachen zu verbergen. »Ihr missversteht das«, sagte Lord Lorca, sein Ton leutselig und belustigt. »Die Menschen werden natürlich bleiben. Schließlich können sie nirgendwo sonst hin, und wie Ihr schon sagt, Eure Soldaten werden zweifellos triumphieren. Aber die, ähm, die Essenz von Rilpor, die Werte und die Kultur, die unser Land zu dem machen, was es ist, die ist eine Domäne der oberen Klassen. Wir schlagen lediglich vor, dass es denjenigen, die angemessene Positionen einnehmen und die es wünschen, Rilporin zu verlassen, erlaubt ist, sich in weniger gefährlichen Gefilden anzusiedeln. Ich zum Beispiel: Obwohl mein Herz es begehrt zu bleiben und die Stadt zu unterstützen, bin ich bereit, die gefährliche Reise nach Listre zu unternehmen und Tresh die Kunde davon zu überbringen, dass er jetzt unser König ist. Ich gelobe, ihn zu schützen, bis Ihr das Land für sein Eintreffen sicher gemacht habt.«

Verdamm mich, ich wette, das hast du tatsächlich vor, dachte Durdil voller Bitterkeit. *Machst dich zu seinem obersten Ratgeber, fädelst den Sturz deiner Feinde innerhalb des Rates ein und verschaffst dir einen hübschen großen Stapel Goldmünzen, hm? Alles unter dem Vorwand, ihn zu beraten, und alles, während du sicher in einem anderen Land sitzt!*

»Auch ich werde Tresh aufsuchen«, meldete sich Silais zu Wort, genau wie es Durdil erwartet hatte. »Unser neuer König muss beschützt werden. Er muss … über den Zustand seines Königreichs ins Bild gesetzt werden.«

»Ihr wollt also mit euren Familien und all eurem Geld davonlaufen, während wir Übrigen kämpfen«, stellte Durdil mit ausdrucksloser Stimme fest. »Na schön. Geht. Ich werde euch nicht aufhalten.« *Wenn einige Hundert Idioten und charakterschwache Schnösel weniger die Stadt durchstreifen, kann das nur eine Hilfe sein. Und egal, wer nun die Boten sind, Tresh muss auf jeden Fall erfahren, dass er jetzt König ist.*

Lorcas Lächeln war schwach und gequält, und aus seiner Miene bei Durdils Worten sprach müde Resignation. »Es freut uns, das zu hören«, antwortete er. »Jene, die zu gehen wünschen, werden sich morgen am Ostturm versammeln. Ich nehme an, Eure Streitkräfte werden bis dahin bereitstehen?«

Durdil schob die Lippen vor. »Streitkräfte, mein Herr? Welche Streitkräfte sollten das denn sein?« Sein Tonfall war höflich – fürs Erste. Er hatte das schreckliche Gefühl, dass er bereits wusste, was als Nächstes kommen würde.

Lorca breitete die Hände aus und wechselte amüsierte Blicke mit Silais. Lord Blinkisch aus Kiefernschleuse präsentierte einen Gesichtsausdruck, den er zweifellos für gleichmütig und gelassen hielt, obwohl es in Wirklichkeit so wirkte, als litte er unter Verstopfung. Er hatte sich bei Lorcas Vorschlag, Rilporin zu verlassen, ein leises missbilligendes Zungenschnalzen erlaubt. Zudem war er in voller Rüstung erschienen. Natürlich war es eine zeremonielle. Nicht nötig, so dumm zu sein und eine echte Rüstung mit sich herumzuschleppen, aber trotzdem ließ es ihn kriegerischer aussehen als den Rest.

Durdil hüstelte in seine Hand, um sein Lächeln zu verbergen. Der Blinkfisch hatte also beschlossen, dass er ein Krieger war, trotz der überwältigenden Beweise für das Gegenteil. Durdil konnte es gar nicht erwarten, den Ausdruck auf seinem Gesicht zu sehen, wenn er ihn einladen würde, hinauf auf die Mauer zu kommen, um einen Angriff zurückzuschlagen. Trotzdem, zumindest würde er nicht aus der Stadt fliehen, was bedeutete, dass Durdil Lord Blinkischs Leibgarde würde befehligen können, falls es notwendig wurde …

»Natürlich die Tausendschaft, die uns bis in die Sicherheit der Grenzen von Listre begleiten wird, Fürstgeneral«, sagte Lorca und zog damit Durdils Aufmerksamkeit wieder auf sich. »Man kann schließlich nicht erwarten, dass wir mit allem Aufwand durchs Land reisen, ohne dass für uns ein ausreichender Schutz besteht.« Wieder wechselte er belustigte Blicke mit Silais: Ihre Interessen waren ausnahmsweise einmal die gleichen. »Immerhin tobt ein Krieg.«

Durdil starrte Lorca einen Moment lang schweigend an und versuchte herauszufinden, ob er sich nicht vielleicht einfach einen Spaß mit ihm erlaubte, dann brach er in brüllendes Lachen aus. Er schlug auf den Tisch und lachte, bis ihm Tränen über die Wangen liefen.

Lorcas Gesicht rötete sich, und seine Augen wurden schmal, bis er schließlich blaffte: »Genug, Fürstgeneral. Ihr werdet mir jetzt die Bedeutung dieses Gemütsausbruchs erklären.«

Durdil schaute in die Runde, betrachtete die gekränkten, selbstgefälligen Gesichter, und die letzten Reste seiner Heiterkeit schwanden dahin und mit ihnen auch die letzten Energiereserven dieses Tages. »Ist das euer Ernst?«, fragte er. »Ihr geht davon aus, dass die Stadt fallen wird, und daher wollt ihr davonlaufen und euch unter dem Vorwand eines Treffens mit Tresh retten – in Ordnung, das verstehe ich. Es ist eine natürliche Reaktion. Aus demselben Grund wollt ihr eure Familien mitnehmen; wiederum, das verstehe ich. Aber darüber hinaus wollt ihr, dass ich ein Fünftel meiner Verteidigungskräfte mit euch schicke, die Stadt dadurch noch weiter schwäche und die Menschen, die zurückbleiben, ohne angemessenen Schutz lasse?« Durdil wartete auf ein Leugnen oder empörten Protest, ein Zeichen, dass er ihre Bitte missverstanden hatte, doch nichts dergleichen kam. »Nein. Nein, meine Herren, es wird keine bewaffnete Streitmacht geben, die euch begleitet. Wenn ihr zu gehen wünscht, dann geht; eure Leibgarden werden die Aufgabe übernehmen müssen, euch am Leben zu erhalten, obwohl eigentlich jeder einzelne dieser Männer mein sein sollte, um bei der Verteidigung zu helfen. Nicht ein einziger Mann der Palasttruppe, der Südtruppe oder der Stadtwache wird euch begleiten. Ihre Aufgabe ist es, für die Sicherheit der Stadt und der vielen Tausend Bürger darin zu sorgen. Sie werden genau diese Pflicht erfüllen und keine andere.« Lorca öffnete den Mund, doch Durdil hob die Hand. »Lasst mich das ganz klar ausdrücken«, fuhr er fort. »Ohne einen König, einen Erben oder ein einziges Mitglied der königlichen Familie in Rilporin fällt die Verteidigung dieser Stadt, des Landes und des Glaubens mir zu. Ihr habt alle zugestimmt, die gewöhnliche Regierung dieser Stadt zugunsten des Kriegsrechts auszusetzen. Ihr habt mir die Macht übertragen, meine Herren, und ich habe vor, diese Pflicht bis ins Letzte zu erfüllen. Und meine Pflicht ist es, das Leben so vieler unserer Bürger wie nur möglich zu bewahren.«

Lorca machte Anstalten, ihn erneut zu unterbrechen, und so schlug Durdil mit der flachen Hand auf den Tisch, und der dumpfe Knall ließ sie alle zusammenzucken.

»Nein, meine Herren. Wenn ihr gehen wollt, dann tut es, mögen die Götter euch bewahren, aber ihr werdet allein gehen. Wenn ihr euch entscheidet zu bleiben, dann werden sich die Diskussionen im Konferenzraum fortan ausschließlich auf militärische Angelegenheiten beschränken. Und nun, wenn keiner von euch etwas Ernsthaftes oder Sachdienliches zur Verteidigung Rilporins beizutragen hat – ich habe eine Mauer zu verteidigen.« Er stieß sich vom Tisch ab und stand auf.

Wichtigtuerische, kriecherische, arrogante, aufgeblasene kleine …

Die Tür wurde ruckartig aufgerissen. »Fürstgeneral, es gibt einen Brückenkopf auf der Galerie zwischen dem Torhaus und dem zweiten Turm. Erbitterte Kämpfe, Herr. Sie drängen energisch voran und werfen weitere Männer auf die Leitern. Soldaten der Osttruppe und Kämpfer der Mirak. Oberst Yarrow erbittet zusätzliche Männer.«

»Bin schon unterwegs«, bellte Durdil, rannte zur Tür und achtete nicht auf die dazwischengerufenen Fragen der Ratsmitglieder und auf Blinkischs zaghaftes Hilfsangebot, sicherheitshalber so leise unterbreitet, dass es unwahrscheinlich war, dass Durdil es hören und darauf eingehen würde. Nicht einmal der Gedanke an einen feindlichen Durchbruch vermochte Durdils Begeisterung darüber, aus diesem Raum herauszukommen, ernsthaft zu dämpfen.

Irgendwo fand er tatsächlich einen letzten Schub frischer Energie und eilte zu seinem wartenden Pferd am Versammlungsplatz, trieb es im Galopp den Königsweg hinab. In aller Eile näherte er sich der Schlacht und stürmte weg von dem viel schmutzigeren und viel schwerer zu verstehenden intriganten Machtgerangel namens Politik.

CORVUS

Vierter Monat, dreißigster Tag der Belagerung, abends
Lager der Mirak, vor Rilporin, Weizenland

Corvus beobachtete mit zusammengekniffenen Augen, wie die Soldaten der Osttruppe einen neuen Brückenkopf auf der Mauer errichteten und wie die Mirak ihr Bestes gaben, um es ihnen auf ihrem Kampfabschnitt gleichzutun. Verglichen mit der Osttruppe waren seine Männer langsamer und unbeholfen, gleichwohl todbringend, wenn sie die Mauerkrone erreichten. *Falls* sie die Mauerkrone erreichten. Direkt vor seinen Augen fielen kleine Gestalten mit in der Luft rudernden Armen und Beinen herab, bis sie in den Schatten am Fuß der Mauer verschwanden.

Wir sind seit einem verdammten Monat hier und immer noch nicht besser auf den Leitern. Immer noch haben wir keinerlei Fortschritte gemacht.

Bei Beginn des Angriffs war nur ein Minimum an Verteidigern auf der Mauer gewesen, doch das hatte sich sehr schnell geändert, und jetzt wurde Mann gegen Mann gefochten, ein erbitterter Kampf, der überall entlang des nördlichen Endes der Mauer tobte, das Rivil und Skerris als »Sektion Zwei« bezeichneten. Seine Männer dagegen hatten Sektion Eins übernommen, und auch wenn sie nicht die gleichen Fähigkeiten auf den Leitern besaßen, war es ihnen doch gelungen, um den Belagerungsturm herum einen instabilen Brückenkopf zu errichten.

Die Gesegnete war schon vor Stunden verschwunden, um

für den Sieg der Angreifer zu beten, und Corvus ging außerhalb der Reichweite der Katapulte im Gras auf und ab, kaute an einem seiner Fingernägel und ließ den Blick zwischen seinen Männern und denjenigen Rivils hin und her schweifen. Es spielte keine Rolle, wem es gelang, eine erste ernst zu nehmende Bresche in die Mauer zu schlagen, und es spielte auch keine Rolle, wer seine jeweilige Mauersektion als Erster einnahm. Was zählte, war der Sieg. Corvus redete sich ein, dass er das glaubte.

»Was?«, knurrte er und wirbelte zu dem Menschen herum, der ihn da am Ärmel gezupft hatte.

Seine Augen weiteten sich, und er tastete nach seinem Messer, als Valan erschrocken aufschrie und an ihm vorbeischoss. Der Fremde war dünn und zerlumpt, seine Wangen mit schwarzen Bartstoppeln bedeckt, aber seine Augen waren die eines Mannes, der entweder vom Wahnsinn berührt worden war oder zu viel Sonne abbekommen hatte.

»Wer verdammt noch mal bist du?«, herrschte ihn Corvus mit scharfer Stimme an, während Valan den Fremden von ihm wegzerrte. »Ich habe dich verdammt noch mal gefragt, wer du bist!«, wiederholte er mit hämmerndem Herzen. Er warf seinen Wachen ungehaltene Blicke zu. »Warum habt ihr ihn nicht rechtzeitig gesehen und aufgehalten? Ein Mann kommt nahe genug an mich heran, um mir ein Messer zwischen die Rippen rammen zu können, und ihr steht da und streichelt euch die Schwänze? Ich sollte euch verdammt noch mal in die Bliden stecken und mit dem Gesicht voran gegen diese beschissene Mauer schießen.«

Die Männer schüttelten den Kopf, außerstande zu antworten, und richteten ihre Messer und Speere auf die Gestalt, die jetzt geduldig im Gras kniete. Valan kehrte an Corvus' Seite zurück, sein Schwert gezückt. Der Fremde musterte Corvus aus dumpfen braunen Augen, leer von Gleichgültigkeit und vor

Wahnsinn brennend. Es war, als sei er einfach in ihrer Mitte aufgetaucht. Mehr Gespenst als Mensch. Corvus kämpfte gegen ein Schaudern an.

»Wer ich bin?«, antwortete der Mann schließlich, kicherte und klatschte in die Hände. »Erkennt Ihr mich nicht, Kriegshäuptling? Ich bin Euer Gottesblinder, und ich habe meine Toten aufgebahrt und dann einige weitere getötet, und ich bin aus den Ruinen von Wachstadt fortgegangen und habe dann den langen Weg hierher genommen, Madoc vom See der Tänzerin, Corvus, König der Mirak, Auserwählter des Todes. Ich wandle mit den Göttern, während Ihr mit der Furcht wandelt. Und meine Füße sind auf dem Pfad.«

Er hob den Zeigefinger, als Corvus vor Zorn bebend den Mund öffnete, um den Tod dieses Dreckskerls zu befehlen. Unwillkürlich ließ sich Corvus zum Verstummen bringen. *Er hat mich Madoc genannt. Nur Rillirin und Gilda wissen, dass das mein früherer Name ist. Ob er wohl meiner Schwester begegnet ist?*

Hoffnung durchströmte ihn, dann schoss ihm ein anderer Gedanke durch den Kopf, der ihn bis ins Mark traf und ihm den Atem stocken ließ, bis er husten musste. *Er hat sich selbst den Gottesblinden genannt, ganz wie es die Gesegnete prophezeit hat. Bei Gosfaths Eiern, könnte er das wirklich sein, der Calestar der Wölfe?*

»Die Gesegnete will mich haben, aber das kann sie nicht, o nein.« Der Schock in Corvus' Zügen ließ den Gottesblinden erneut kichern. Es war erschreckend, wie genau seine Worte Corvus' Gedanken spiegelten. »Ihr und ich, wir haben einen Pfad, dem wir folgen müssen, Madoc. Einen blutigen Pfad ohne ein klar erkennbares Ende. Werdet Ihr mit mir wandeln, sowohl auf dem blutigen Pfad als auch auf dem Dunklen Pfad? Werdet Ihr mit mir wandeln, so weit wie wir gehen können?«

»Wer seid Ihr?«, fragte Corvus noch einmal und kniete sich dem Mann gegenüber ins Gras, ohne sich um die verwunderten Mienen seiner Wachen zu kümmern. »Sagt mir Euren Namen.«

Der Mann neigte den Kopf zur Seite und zwinkerte ihm zu. »Mein Name ist Gottesblinder. Ich habe noch andere Namen, aber es steht Euch nicht zu, mich bei diesen Namen zu nennen, o nein. Welchen Namen soll ich Euch geben? Corvus? Madoc? König? Sklave?«

Er kicherte, als ihm Corvus mit dem Handrücken ins Gesicht schlug, und er fiel ins Gras und lachte, als habe ihn der Hieb lediglich ein wenig gekitzelt. Er stemmte sich wieder auf die Knie, griff aber nicht nach den Waffen, die er bei sich trug und die ihm abzunehmen Valan irgendwie versäumt hatte. Es war, als habe er die Männer ringsum alle mit einem Bann belegt, doch Corvus wusste, dass der Fremde keinen Gebrauch von seinen Waffen machen würde, nicht einmal jetzt, wo sie einander so nahe waren, dass sie sich berühren konnten. Dass sie einander ein Messer in den Leib rammen konnten.

Vielleicht lastete der Zauberbann auch auf ihm selbst, wenn er hier ein solches Risiko einging.

»Dann also Corvus, damit Ihr mir nicht mit den Knöcheln die Zähne ausschlagt. Meinetwegen sogar Euer Majestät«, fügte der Gottesblinde hinzu, als er bemerkte, wie Corvus finster die Augen zusammenkniff. »Obwohl das Ausmaß der Huldigungen begrenzt ist, die ich jemandem entgegenbringen kann, der diese Erde auf sterblichen Füßen durchwandelt. Unsere Dame und ihr Blutiger Bruder verlangen meine ganze Aufmerksamkeit, meine … Hingabe. Ihr könnt haben, was danach noch übrig ist, wenn Ihr wollt.«

»Ihr behauptet also, auf dem Dunklen Pfad zu wandeln?«, fragte Corvus. Der Gottesblinde stieß seinen blutigen, geschundenen Arm dicht vor Corvus' Gesicht, und dieser wich mit zu einer Grimasse verzogenen Zügen zurück. Der Mann tastete mit der anderen Hand nach irgendetwas, und widerstrebend beugte sich Corvus näher zu ihm hin. Dann sah er es, inzwischen zwar stark zurückgegangen, aber immer noch stolz auf seinem Fleisch prangend, unverkennbar. Corvus' Augen weiteten sich. »Die Narben eines Bluteids? Ihr seid gebunden?«

Der Gottesblinde zog den Arm zurück und griff sich an die Brust. »Gebunden«, flüsterte er und wiegte sich auf den Knien vor und zurück, während Valan, der mit einem Messer über ihm stand, ihn mit weit aufgerissenen Augen anstarrte. »Gebunden, um zu dienen. Gebunden, um zu töten. Gebunden, um zu sterben. Was immer sie verlangt. Meine Füße sind auf dem Pfad.«

»Genau wie meine«, sagte Corvus unwillkürlich und runzelte die Stirn angesichts der leisen Regung von Mitleid, die ihm durch den Magen kroch, als er den wahnsinnigen, sterbenden Idioten vor sich musterte. Es bestand wenig Zweifel daran, dass er nicht mehr lange auf dieser Welt weilen würde. Nach allem, was er über das Gottesblindwerden wusste, war es ein zeitlich begrenzter und unheilbar tödlicher Zustand, und dieser Wolf, dieser Calestar, von dem ihm Lanta erzählt hatte, litt offensichtlich schon seit einer ganzen Weile darunter.

»Euer Platz ist hier, nicht wahr? Hier bei uns?«

»Ja, Euer Majestät«, bestätigte der Gottesblinde. Seine Schultern sackten herab, und Tränen rieselten ihm aus den Augenwinkeln. Mit erschöpfter Hand griff er sich ans Gesicht. »Hier, wo ich nicht sein sollte, ist genau der Ort, wo ich hingehöre. Sie hat es mir gesagt.« Dann hellte sich seine Miene auf, und er setzte sich aufrecht hin wie ein Kind, das ein Geheimnis kennt. »Aber sie hat mir den Juckreiz genommen. Hier drinnen, den Juckreiz hier drinnen. Sie hat ihn mir genommen.«

»Euer Majestät«, murmelte Valan, »Prinz Rivil und Skerris sind auf dem Weg zu Euch.«

Corvus schenkte ihm und den sich nähernden Rilpori keine Beachtung, den Blick gebannt auf das verwüstete Gesicht vor ihm gerichtet, auf die Augen, die seinen Blick für gerade mal eine Sekunde erwiderten, ehe sie sich auf etwas richteten, das nur er sehen konnte. Corvus konnte auch nicht das geringste bisschen Zweifel in seinem Inneren ausfindig machen: Das hier war der Gottesblinde. In seinem Zustand – die Seele gepeinigt, der Geist zerrüttet und gebrochen von den gesegneten Besuchen der Dunklen Dame – war der Mann zu keiner Falschheit imstande, unfähig, irgendetwas vorzutäuschen. Was immer er sagte, es würde die Wahrheit sein. Er konnte mehr sehen als selbst die Gesegnete.

»Das soll der Gottesblinde sein?«, fragte Rivil, als Valan ihm das Geschehene kurz umrissen hatte. »Ein verdreckter, stinkender Wolf?«

»Skerris, würdet Ihr bitte die Gesegnete für mich holen gehen?«, fragte Corvus. »Bevor wir irgendetwas anderes unternehmen, muss sie erst diesen Mann sehen und bestätigen, ob er die Wahrheit spricht. Beeilt Euch.«

Skerris schaute rasch zu Rivil hinüber, dann nickte er. »Wie Ihr wünscht«, antwortete er.

Der Gottesblinde lachte erneut, und seine Augen waren klar und wach, Heiterkeit tanzte in ihnen. »Lanta Costinioff, Gesegnete und Stimme der Götter. Es wird ihr nicht gefallen, dass ich hier bin, ganz gleich, welche Geschichten sie sich für Euch ausdenkt. Genau das wird sie tun, sich Geschichten ausdenken und vorgeben, dass meine Anwesenheit ihr Freude bringe.« Er hustete, ein rauer, kratziger Laut wie der Ruf eines Raben. »Sie wird lügen, und Ihr müsst entscheiden, wie Ihr damit umgehen wollt. Sie könnte versuchen, mich zu töten, und Ihr müsst auch in diesem Fall entscheiden, wie Ihr Euch dazu verhalten wollt. Mein Tod wird ihr Macht über Euch und Euer Volk gewähren, Macht über Rilpor. Diese Macht wird sie anstreben. Aber andererseits können wir im Leben auch nicht alles bekommen, was wir wollen, nicht wahr, Euer Majestät?«

Corvus und Rivil wechselten Blicke. Rivil zuckte die Achseln, immer noch sichtlich erheitert – oder zumindest versuchte er angestrengt, Belustigung vorzutäuschen und so zu tun, als sei das alles unter seiner Würde und ihr Sieg über jeden Zweifel erhaben. Reines Theater und eine Masche, die in den letzten Tagen verdammt fadenscheinig geworden war.

Du glaubst immer noch, deine Wünsche und Erwartungen würden in diesem Krieg irgendetwas bedeuten, nicht wahr, Prinz?, ging es Corvus missmutig durch den Kopf. *Der Gottesblinde ist die Klinge, die den Schleier der Tänzerin zerrissen und die Roten Götter hat zurückkehren lassen. Nicht du. Du weißt das, aber du verstehst es immer noch nicht. Mittlerweile glaube ich, dass du es gar nicht verstehen kannst.*

Und doch hatte Rivil eine Armee mitgebracht, die größer war als diejenige von Corvus. Eine Armee, die für diese zermürbende Art der Kriegsführung besser ausgerüstet und überhaupt besser geeignet war. Sie brauchten einander; Corvus hoffte nur, dass das Rivil genauso verhasst war wie ihm selbst.

Er erhob sich und drehte dem Gottesblinden den Rücken zu. Rivils Augen nahmen einen gespannten Ausdruck an, vielleicht, weil er hoffte, der Mann würde sich auf Corvus stürzen, aber natürlich tat der Gottesblinde nichts dergleichen. »Nehmt ihm seine Waffen ab und legt ihm ein Sklavenhalsband und Ketten an. Ich will ihn ständig in meiner Nähe und unter Kontrolle haben. Selbst wenn er ganz ruhig ist, selbst wenn er gebrochen ist, will ich, dass er in Ketten liegt. Und lasst einen Schreiber kommen: Was immer er sagt, ganz gleich, wie irrsinnig es klingt, ich will, dass es niedergeschrieben wird. Jedes einzelne Wort.«

»Ganz wie Ihr wünscht, Euer Majestät«, sagte ein Wachmann und schnippte mit den Fingern. Zwei Männer eilten in Richtung Versorgungslager, während Valan dem Gottesblinden seine Waffen abnahm. Der Dreck, mit dem er überzogen war, seine ausgemergelte Gestalt und sein ekelerregender Geruch ließen ihn ein ums andere Mal angewiderte Bemerkungen vor sich hin murmeln.

»Und sorg dafür, dass er ein Bad und etwas zu essen bekommt«, fügte Corvus hinzu und kratzte sich unbewusst die Kopfhaut. »Der Dreckskerl hat wahrscheinlich Läuse.«

Corvus starrte angestrengt zur Stadt hinüber, ließ seinen Blick an dem grauen Stein entlangwandern und zwang sich, seine Konzentration wieder auf das fortwährende Problem zu richten, auf welche Weise es ihnen wohl gelingen könnte, sich Zutritt zur Stadt zu verschaffen, statt über das lockende Rätsel des gottesblinden Wolfs nachzugrübeln.

Das Problem ist, dass ich einfach zu viele Probleme habe.

Wie groß war die Wahrscheinlichkeit, dass sie die Mauer einnehmen und dann eine leere Stadt dahinter vorfinden würden, deren Bürger allesamt durch das sogenannte Königstor auf der anderen Seite der Stadt geflohen waren, das von hier aus nicht sichtbar war? Was würde dann geschehen? *Dann werden wir jahrelang gegen Widerstandsnester kämpfen und uns ständig irgendwelche Scharmützel oder sogar regelrechte Schlachten liefern müssen. Es ist wichtig, dass wir zugleich mit der Einnahme der Stadt auch ihre Verteidiger zermalmen.*

Aber dann ist da auch noch der Gottesblinde. Und Lanta. Und Rivil. Er schlug sich gereizt auf den Oberschenkel; es passierten einfach zu viele Dinge gleichzeitig.

Der Gottesblinde sah mit einem schauerlichen Lächeln zu ihm auf. »Wenn Ihr mehr Belagerungswaffen hättet, könntet Ihr die seitlichen Nebenmauern einreißen, die den Zugang zum Fluss schützen, und die Brücken dahinter zerschmettern. Nun ja, jedenfalls die beiden am nächsten gelegenen. Ihr werdet es niemals hinbekommen, eine Maschine über den Fluss zu transportieren, um die Brücke östlich vom Königstor zu zerstören, aber wenn Ihr die beiden anderen vernichtet habt, braucht Ihr nur noch Männer am Ende der Ostbrücke zu postieren, und die Stadtbewohner sind gefangen und können nicht mehr heraus.«

Corvus stolperte einen Schritt zurück, das Schwert in der

Hand. Valan reagierte auf Corvus' Bewegung, packte den Gottesblinden an den Haaren und drückte ihm seine Klinge an den hageren Hals.

»Ihr lest Gedanken?«, krächzte Corvus. »Ihr könnt meine verdammten Gedanken einfach sehen?«

Der Mann stieß ein weiteres keuchendes Lachen aus. »Ihr habt auf die Bliden und dann von dort aus auf die Stadt gestarrt. Es war nicht schwer, das zu erraten. Und, nein, ich kann keine Gedanken lesen. Ich spreche die Worte der Dunklen Dame aus.« Wieder lachte er. »Aber was ich davor gesagt habe, das waren meine Worte, nicht ihre.«

»Was ist hier los?«

Lantas Züge waren angespannt und fragend, als sie in ihre Mitte trat, den Blick prüfend und abwägend auf den am Boden knienden Mann gerichtet. Sie starrte so lange, dass selbst Corvus unruhig wurde. Der Gottesblinde kniete im Gras und schaute mit der Geduld eines Blinden auf, von ihrem unverwandten Blick offenbar unbeeindruckt.

»Dieser Mann behauptet, der Gottesblinde zu sein, von dem Ihr uns erzählt habt. Er hat gerade eine Möglichkeit vorgeschlagen, wie wir uns schneller Zutritt zur Stadt verschaffen könnten.«

Lanta zog die Brauen hoch, und ihre Lippen öffneten sich, ein Ausdruck ehrlicher Überraschung, den sie schnell zu kaschieren wusste. »Du verrätst dein Land? Dein Volk?«, fragte sie mit scharfer Stimme.

»Meine Füße sind auf dem Pfad. Ich tue, was meine Dame befiehlt.« Das schockierte Lanta ein zweites Mal, aber sie verbarg die Regung erneut.

Abermals folgte endloses Schweigen, während sie alle auf Lantas Urteil warteten. Es kam nicht.

»Er hat recht«, ergriff schließlich Corvus das Wort, und sie zuckte zusammen. »Jedenfalls was die seitlichen Nebenmauern und die Tore betrifft. Je stärker wir an mehreren Orten zugleich angreifen, desto schneller können wir ein Ende dieser Belagerung erzwingen. Wir dürfen die sechs Soldaten nicht vergessen, die wir gestern gefangen genommen haben, als sie aus der Stadt geflohen sind, um zu versuchen, Hilfe zu finden. Nach allem, was wir wissen, könnten uns etliche weitere bereits entwischt sein. Sie könnten binnen einer Woche in Listre ein Söldnerheer aufstellen.«

»Verstärkung, ja. Fast dreitausend Mann«, murmelte der Gottesblinde und nickte. »Aber keine Söldner.«

Corvus verstummte, den Blick starr auf Valan gerichtet, und zusammen drehten sie sich zu dem am Boden knienden Mann um. Ein Wachposten legte ihm das Sklavenhalsband um und wurde ganz blass im Gesicht, als er sah, wie ihrer beider Blicke so angespannt auf ihm ruhten. Rasch verschloss er das Halsband und trat zur Seite, weil er ihren Augen nicht länger ausgesetzt sein wollte.

»Was habt Ihr gesagt, wie viele?«, fragte Corvus und kniete sich ins Gras. Die anderen drängten heran. »Wer ist es?«

»Knapp unter dreitausend. Die Überlebenden der Westtruppe und die Wölfe. Euer Manöver in den Tunneln hat sie nicht umgebracht, jedenfalls nicht alle. Nicht genug von ihnen. Sie sind ungefähr drei Tage von hier entfernt. Die Nordtruppe kommt natürlich nicht«, fügte er hinzu und deutete auf Skerris, »weil er sie alle getötet hat, nicht wahr, Skerris? Vergiftete Decken. Schlau, aber ziemlich gemein. Männer sollten die Möglichkeit bekommen, im Kampf zu sterben.«

Valan hockte sich neben ihn, und Corvus begriff, dass er den Unterarm seines Stellvertreters fest umklammerte. Lanta kniete sich auf seine andere Seite, ihre blauen Augen, wie kleine Eisschollen, starr auf das Gesicht des Gottesblinden gerichtet.

»Woher wisst Ihr das?«, fragte sie ihn mit heiserer Stimme.

Der Gottesblinde runzelte die Stirn und schaute von seinem

übel in Mitleidenschaft gezogenen Arm auf. Er tippte sich an die Schläfe. »Von den Göttern natürlich. Das bin ich nun mal, erinnert Ihr Euch? Das Gefäß? Ihr mögt Euch die Stimme der Götter nennen, aber ich bin deren Sprachrohr. Wo Ihr Bilder deutet, höre ich die wirklichen Worte unserer Blutigen Mutter. Die Dunkle Dame sieht die Bewegungen der Armeen; sie sieht, was kommt. Sie sagt es mir, und ich sage es dann Euch.« Er zuckte die Achseln. »Keine komplizierte Sache.«

Die Gesegnete errötete, und Corvus sah ihre Hand an ihren Gürtel fahren, zu dem Messer und dem Hammer, die sie bei sich trug. Ihre Fingerspitzen spielten für einen Augenblick mit den Waffen, dann ließ sie die Hände sinken.

»Du musst erst noch Demut lernen, Gottesblinder«, sagte sie sanft. »Die Dunkle Dame dürfte sich freuen, sie dir in absehbarer Zeit beizubringen.«

»Vergebt mir, Gesegnete«, erwiderte er, wirkte dabei aber alles andere als zur Einsicht gebracht. »Ihr und ich, wir sollten Verbündete sein. Wir dienen beide einem größeren Zweck als uns selbst.«

Die Luft schien förmlich in Flammen zu stehen, als ihre Blicke sich trafen, und Corvus ertappte sich dabei, dass er den Atem anhielt. Allerdings konnte man sich natürlich immer darauf verlassen, dass da ein Rilpori war, der die Anspannung durchbrach.

Rivil spuckte ins Gras. »Fünftausend in der Stadt und fast dreitausend auf dem Weg hierher. Wir sind immer noch in der Überzahl.« Er zuckte die Achseln, während der Gottesblinde die Unterbrechung dazu nutzte, seinen Blick abzuwenden. Corvus war sich unsicher, ob das zu bedeuten hatte, dass die Gesegnete gewonnen hatte. Er wusste auch nicht recht, was hier auf dem Spiel stand. »Warum schicken wir nicht eine Armee aus, um sie zu töten, bevor sie es bis zum Hafen von Rilporin schaffen können?«

»Auf diese Weise, Euer Majestät, werdet Ihr endlich Gelegenheit finden, es mit Eurem alten Feind aufzunehmen«, sagte der Gottesblinde und sah Corvus in die Augen. »Noch dazu auf einem Schlachtfeld Eurer Wahl.«

»Ihr liefert uns Eure eigenen Leute ans Messer?«, fragte die Gesegnete erneut. »Warum?«

Die Lippen des Gottesblinden verzogen sich zu einem sanften Lächeln, das einen kalten Schauder über Corvus' Rücken jagte. »Was bedeuten sie mir jetzt noch, wo ich die Götter in meinem Herzen, in meinem Kopf und in meinen Augen trage?«

Seine heitere Gelassenheit und der unerschütterliche Glaube, der ihn so wirksam panzerte, waren für Lanta ein Schlag ins Gesicht, eine Beleidigung, die sie nicht hinnehmen konnte.

»Ja, und es ist so wunderbar bequem«, blaffte sie. Ihre Stimme hatte einen schrillen Klang angenommen. »Ihr taucht aus dem Nichts hier auf, um uns alles zu erzählen, was wir wissen müssen. Und doch haben wir keine Möglichkeit, uns zu vergewissern, ob Ihr die Wahrheit sagt. Was soll Euch daran hindern zu lügen? Woher sollen wir wissen, dass das Ganze nicht nur ein letzter verzweifelter Versuch unserer Feinde ist, uns hinters Licht zu führen?«

»Ich bin Dom Templeson, Calestar der Wölfe und Auserwählter der Dunklen Dame. Von ihr und von Euch Gottesblinder genannt. Ihr habt den Männern auf diesem Kampfplatz am ersten Tag der Belagerung mein Kommen prophezeit. Ich habe gespürt, dass Ihr es ihnen gesagt habt. Habe Eure Macht gespürt.« Letzteres fügte er mit einer diplomatischen Höflichkeit hinzu, die Corvus erzwungen schien. »Fragt und erfahrt die Wahrheit meiner Antwort. Fragt, was immer Ihr wollt.«

Lanta kniff die Lippen zusammen und neigte den Kopf zur Seite. »Ein Kinderspiel«, erwiderte sie geringschätzig, als ginge es hier um nichts von echtem Belang. »Die Zeit wird kommen, da offenbar wird, ob Ihr lügt oder die Wahrheit sprecht.«

»Diese Zeit wird für uns alle kommen«, pflichtete ihr der Gottesblinde bei. »Was mich betrifft, so könnt Ihr mir glauben, dass ich keinerlei Wunsch verspüre, mir den Zorn der Dunklen Dame noch einmal zuzuziehen und ihre Strafen erleiden zu müssen. Ich werde nicht lügen – ich kann nicht lügen. Meine Füße sind auf dem Pfad.«

»Das behauptet Ihr«, zischte Lanta und zerrte an der Kette, die an seinem Halsband befestigt war, sodass der Gottesblinde näher zu ihr herantaumelte. »Und ich sage, dass wir es bald genug herausfinden werden.«

Der Gottesblinde stemmte sich zurück, richtete sich wieder auf und wedelte mit dem Zeigefinger vor ihrem Gesicht herum. »Ihr zieht die Götter in Zweifel?«

Corvus überlief es kalt. *Dafür wird sie ihn töten. Sie hat Männer für weit geringere Vergehen getötet als für Zweifel an ihrem Glauben. Zum Beispiel weil sie sie ausgelacht haben.* Er wusste, dass er, Corvus, sie das nicht tun lassen durfte, und er wusste genauso, dass er sie auch nicht aufhalten konnte, es sei denn, er war bereit, Hand an sie zu legen. Der König der Mirak musste feststellen, dass er dazu nicht bereit war.

»Ich ziehe *Euch* in Zweifel«, zischte Lanta. Sie standen einander Auge in Auge gegenüber, Wille gegen Wille, und obwohl Corvus seinen gesamten Besitz darauf verwettet hätte, dass der Gottesblinde klein beigeben würde, geschah das Gegenteil. Lanta ließ die Glieder der Kette eins nach dem anderen durch ihre Finger gleiten und lockerte dadurch deren Spannung, sodass sich der Gottesblinde zurücklehnen konnte. Sie machte eine abschätzige Handbewegung, als sei nichts sonderlich Wichtiges geschehen. »Ich werde Zwiesprache mit den Göttern halten.« Sie erhob sich und schaute auf die Männer hinab, die um sie herum am Boden knieten. »Tut, was immer ihr tun müsst, um diesen Krieg zu gewinnen. Ich werde nach mehr Wissen über unsere Feinde streben. Vergesst nicht, wessen Stimme es ist, die euch so weit geleitet hat.« Sie stolzierte durch das Gras davon, und die Wachen sprangen ihr aus dem Weg wie Spatzen, die vor einer Katze fliehen.

»Verflucht«, hauchte Valan, sobald sie außer Hörweite war. Der Gottesblinde kicherte, und dann grinsten alle einander dümmlich an.

»Ich werde die Bliden umpositionieren lassen«, knurrte Skerris und stemmte sich hoch.

Corvus nickte. »Einverstanden. Lasst uns die seitlichen Nebenmauern am Weg zum Hafen niederreißen und uns diese Schwachstelle des Feindes zunutze machen, ehe die verdammte Westtruppe eintrifft. Ich will, dass die Leute in der Stadt viel zu beschäftigt sind, um ihnen zu Hilfe eilen zu können, wenn sie kommen. Wir kämpfen an so vielen Fronten wie notwendig.« Corvus stand auf und hielt Rivil die Hand hin. Dieser griff nach seinem Handgelenk. »Wir kennen unseren Zeitrahmen, wenn man dem da vertrauen kann«, fügte er hinzu, obwohl er nicht den leisesten Zweifel an der Vertrauenswürdigkeit des Gottesblinden hatte. Die Zwiesprache der Gesegneten mit den Göttern würde es bestätigen. »Wir sollten uns jetzt daranmachen, die Stadt einzunehmen, was meint Ihr?«

»Einverstanden«, antwortete Rivil. »Und wir werden nicht lockerlassen, weder bei Tag noch bei Nacht, bis sie unser ist.«

Corvus warf einen Blick auf seine Wachen. »Badet den Gottesblinden und besorgt frische Kleider für ihn. Etwas Blaues. Ich glaube, diese Farbe wird ihm gut zu Gesicht stehen.«

MAKE

Vierter Monat, achtzehntes Jahr der Herrschaft von König Rastoth
Hafen der Südtruppe, Fluss Gil, Westebene

Du hast wieder diesen Ausdruck im Gesicht.«

Make zuckte zusammen und konzentrierte sich auf Dalli. »Was? Welchen Ausdruck denn?«

»Als hätte jemand gerade deinen Welpen getreten«, antwortete sie und legte ihm dann versöhnlich die Hand auf den Oberschenkel. »Auf die Gefahr hin, mich zu wiederholen – denn ich weiß, dass ich mich wiederhole –, es ist nicht deine Schuld gewesen, und wir werden rechtzeitig an Ort und Stelle sein. Wir hatten bei Eibenhain keine anderen Möglichkeiten mehr, und es ist ja nicht so, als hättest du uns befohlen, in diese Tunnel hinabzusteigen. Du warst das nicht, Make. Hör mal, dein Vater weiß schon, wie man eine Stadt verteidigt. Götter, er wird die Belagerer wahrscheinlich ganz allein vertrieben haben, ehe wir überhaupt dort eintreffen.« Leise fügte sie hinzu: »Und wäre das nicht verdammt schön?«

Makes Lächeln kam sogar ihm selbst sehr aufgesetzt vor, und nach Dallis Gesichtsausdruck zu urteilen, machte es tatsächlich einen noch viel schlimmeren Eindruck, aber es war trotzdem das Beste, was er bewerkstelligen konnte. »Wir haben Tage in diesen elenden Tunneln verloren und weitere Tage, um uns danach wieder zu erholen. Die Stadt könnte inzwischen gefallen sein.«

Dalli blies die Wangen auf. »Wir hätten nun mal nicht schneller vorankommen können. Nicht mit so vielen Verletzten. Wenn wir uns nicht etwas ausgeruht hätten, wären unsere Schiffe hinunter nach Rilporin nur noch voller Leichen gewesen. Und das weißt du auch.«

Er starrte wieder über den Hafen und in die einbrechende Abenddämmerung hinaus. Als die mitleiderregenden, stark dezimierten Überreste seiner stolzen Truppe nach den Kämpfen wieder aus den Tunneln herausgekommen waren, war nicht daran zu denken gewesen, ihr Vorrücken sogleich fortzusetzen. Zu groß war der Kummer über das Ausmaß ihrer Verluste und über die kalte Grausamkeit auf Seiten der Mirak gewesen, die sie ganz bewusst in der erstickenden engen Schwärze unter der Erde hatten ertränken wollen.

Es war leicht, die Schuld den Dorfbewohnern zuzuweisen, die dazu gezwungen worden waren, sie zu täuschen. Noch leichter war es, Make selbst die Schuld zu geben. Der Anschein von Ordnung, den aufrechtzuerhalten er sich bemüht hatte, war gewahrt worden, bis Lim Breitschwert, Anführer der dezimierten Wölfe, mit dem Leichnam seiner Ehefrau in den Armen aus einem der Tunnel geklettert war. Hundert Einwohner von Eibenhain waren unter den Klingen der Wölfe gestorben – der Wölfe und der Soldaten der Truppe –, ehe Make und Dalli sie hatten beruhigen können.

Wir haben uns gegen unsere eigenen Leute gewandt, um zu versuchen, das Leid zu stoppen. Haben unschuldige Leben genommen.

Was macht dieser Krieg nur aus uns?

Make hatte keine Antwort auf diese Frage. Er kannte im Moment nur eine vordringliche Erfordernis – Rilporin zu erreichen, seinem Vater und den Verteidigern zu helfen und Rache an den Mirak zu üben. *Gerechtigkeit,* betonte sein Verstand. *Rache,* antwortete sein Blut.

Ob nun Gerechtigkeit oder Rache das Ziel seiner Truppe

war – sobald sie sich ausgeruht hatten (es war die erste echte Ruhepause seit der Schlacht im Blutpasstal gewesen), waren sie jedenfalls alle mit ihm gezogen und die Wölfe ebenfalls. Schließlich hatte keiner von ihnen ein Zuhause, in das er hätte zurückkehren können. Sie hatten alles für ihr Land gegeben, und das Land hatte sie aufgefressen, durchgekaut und wieder ausgespien. Sie waren die gebrochenen Überreste der unersättlichen Gier des Krieges, und noch hatten sie alle nicht genug.

Die Flotte der Südtruppe war größtenteils zerstört, zweifellos Corvus' Werk, aber es sah danach aus, als gäbe es gerade noch genug Schiffe für Makes Truppe und die Wölfe, um sie nach Rilporin zu bringen.

Ein Spritzgeräusch wurde laut, als jemand in den Fluss hineinwatete, um eine im Wasser treibende Bugleine herauszuziehen, und Make lief ein Schauder über den Rücken, und er wandte den Blick ab. Er erinnerte sich daran, wie ihm das Wasser die Beine weggezogen hatte, als er und seine Truppe durch die Schmugglertunnel Richtung Erdoberfläche gestürmt waren. Sie waren zu langsam gewesen, die Strecke, die sie zu rennen hatten, zu weit, das Wasser ein brüllendes Tier hinter ihnen, um sie herum und über ihnen. Und dann auch noch vor ihnen, und keine Luft mehr übrig, keine Luft zum Atmen, nur Wasser, das gegen den Tunnelboden drosch, gegen die Decke und die Wände, Wasser, das sie gegeneinanderschleuderte. Männer in Plattenpanzerrüstungen, umhergeworfen wie Strohpuppen, mit den Armen rudernd und wild zappelnd, um dann zu versinken und zu sterben.

»Make? Make, Liebster, ganz ruhig. Atme, so ist es richtig. Atme einfach.« Dallis Stimme war fest und kraftvoll, und er klammerte sich daran, als sei er wieder am Ertrinken.

Er kehrte zurück ins Licht und in die Wärme der Sonne und zum weit offenen Himmel. Seine Handflächen waren klebrig, seine Brust hob und senkte sich, und er atmete tief durch.

Dallis sonst so kurzes Haar war gewachsen, bemerkte er plötzlich, und es begann sich auf ihrer Stirn zu locken. Er konzentrierte sich auf diese Locken und auf seine Atmung, und nach einer langen Minute legte sie ihre Hand über seine und löste seine Finger mit sanfter Gewalt aus dem Fleisch ihres Ellbogens.

»Autsch.« Sie lächelte. »Besser?«

Er nickte, straffte sich, als die Panik allmählich von ihm wich, und zwang sich, wieder auf den Fluss hinauszuschauen. Nachzudenken. Zu funktionieren.

»Gut.« Sie drückte ihm einen Kuss auf die Wange. »Ich freue mich darauf, diese Dreckskerle zu überraschen. Zweifellos halten sie uns alle für tot. Ich kann es gar nicht erwarten, meinen Speer so ein paar Ärsche hinaufzurammen und ihnen zu zeigen, dass sie sich irren.«

Make schnaubte, dankbar, dass sie seinen Panikanfall, diesen Moment der Schwäche, nicht weiter zur Kenntnis nahm. »Deine Art, mit Worten umzugehen, mag ich am meisten an dir«, sagte er, während Zorn in seiner Brust aufstieg – Dalli war nicht der einzige Mensch, der eine offene Rechnung zu begleichen hatte.

»Es gibt eine Menge Dinge, die Ihr an mir mögt, General Koridam.« Sie lachte, reckte ihre ziemlich flache Brust vor und drückte die Ellbogen zusammen, um so ihren Busen etwas gewölbter erscheinen zu lassen. Make schob das Gesicht in ihre Bluse, und sie lachte wieder und stieß ihn weg. »Ich sehe mal nach Rillirin und Seth. Geh nicht ohne uns, ja?«

»Das kannst du mir glauben«, antwortete Make und meinte es auch so. »Schick Lim zu mir, ja? Und diesmal bestehe darauf, dass er auch kommt. Wir können – dürfen – keine Wiederholung dessen erleben, was in Eibenhain passiert ist.«

Dallis Gesicht verzog sich, und sie nickte, stand auf und zuckte zusammen. »Ich werde es versuchen.« Sie tätschelte seine Schulter und humpelte von dannen, und Make konnte nicht anders, als sich am Anblick ihres Hinterns zu weiden, bis ihm plötzlich eine entschieden weniger attraktive Gestalt die Sicht versperrte.

»Oberst Dorcas, wie geht's dem Auge?«, fragte er, und dann zwang er sich zuzuhören, als Dorcas wohl zum zehnten Mal an diesem Tag die Geschichte erzählte, wie, während Dorcas seine Männer heroisch in einem Nebentunnel verteidigt hatte, ihn ein Mirak mit einer Klinge im Gesicht getroffen und sein Auge als Trophäe mit sich genommen hatte.

Make war nicht ganz klar, wie das mit den Augen als Trophäen denn praktisch vonstattengehen sollte. Ohren, Finger, Zähne, Hände, das konnte er alles verstehen, nicht aber Augen. Sie waren einfach glitschige Kugeln, nicht wahr? Man konnte sie sich nicht um den Hals hängen, ohne dass sie platzten, konnte sie nicht zu ledrigen Murmeln trocknen, die man in einem Krug aufbewahrte, um damit Kinder zu erschrecken, konnte sie nicht…

»Erstaunlich«, murmelte er, als der Wortschwall endlich ein Ende gefunden hatte. »Und doch marschiert Ihr klaglos weiter.« Dorcas warf sich stolz in die Brust, weil er die Ironie von Makes Worten nicht mitbekommen hatte. »Oh, aber wenn Ihr mich entschuldigen wollt, Häuptling Lim kommt gerade. Ich muss unter vier Augen mit ihm sprechen.« Dorcas salutierte und trollte sich, um jemand anderen zu finden, den er mit seiner Geschichte ergötzen konnte. »Wenn Ihr vielleicht dafür sorgen könntet, dass morgen möglichst viele Boote bereit sind, Oberst«, rief Make ihm nach. »Jeder einsatzfähige Soldat soll mithelfen.«

Make erhob sich und wartete, bis der Häuptling der Wölfe ihn erreicht hatte. Lims Gesicht war verschlossen, zweifellos bewegt von Gefühlen, die Make nicht einmal ansatzweise verstehen konnte. Seine rechte Hand ruhte auf dem Griff seines

Messers, in der Linken trug er ein Amulett. Make zwang sich, es nicht anzusehen.

»Lim, mein Freund. Danke, dass Ihr gekommen seid.«

»Was wollt Ihr, General?« Lims Stimme war genauso verschlossen wie sein Gesicht.

»Wie geht es Euren Leuten, Häuptling?«, erkundigte sich Make und wechselte zu dem förmlichen Titel, den Lim zu bevorzugen schien. *Er möchte so viel Abstand zu uns wahren, wie er nur kann. Will mir klarmachen, dass wir Verbündete sind, keine Freunde. Nicht mehr. Nicht nach allem, was passiert ist.*

»Wie erwartet. Ihre Kräfte, die sie allmählich wiederzuerlangen begonnen hatten, werden verschwendet. Wunden öffnen sich neu; wo sie genäht waren, reißen sie nun unter den Strapazen des Marsches. Und Ihr zwingt sie in die Gefahr zurück.«

»Bei allem Respekt, sie haben diese Entscheidung selbst getroffen. Genau wie Ihr … Häuptling, was in Eibenhain geschehen ist, am Ende, das darf nie wieder passieren. Niemals. Jeder Einzelne von uns ist hier, weil wir einen Eid geleistet haben, die Bürger von Rilpor vor ihren Feinden zu beschützen. Das Abschlachten Unschuldiger darf nicht geduldet werden. Und ich werde nicht zulassen, dass es sich wiederholt.«

Lims Augen flammten herausfordernd auf. »Ich habe auch einige Eurer eigenen Männer ihre Schwerter schwingen sehen, General. Ihr seid nicht so verdammt rein, wie Ihr tut, und Eure Männer sind es genauso wenig. Und wir stehen nicht unter eurem gottverdammten Befehl.«

Make schluckte eine unbesonnene Erwiderung herunter und holte tief Luft. »Lim, ich weiß, wie sehr es Euch schmerzt, dass …«

»Lasst das«, unterbrach ihn Lim, seine Augen wie brauner Granit. »Sagt nicht, dass wir alle Menschen verloren haben, und erwähnt insbesondere diesen einen Namen nicht. Nicht mir gegenüber und auch bei sonst niemandem.« Er trat so dicht heran, dass Make das Kitzeln seines Atems auf der Wange spürte. »Niemals. Oder ich nehme meine Leute und verschwinde. Ist das klar?«

»Klar«, sagte Make. »Aber wenn Ihr bleibt, muss ich wissen, dass Ihr in der Lage seid, Eure Leute unter Kontrolle zu halten. Und Euch selbst.«

Der Hieb hätte ihm fast den Kiefer aus dem Kopf gerissen. Make lag flach im Gras, seine Ohren klingelten, und er sah weiße Blitze vor Augen. Lim setzte sich rittlings auf seinen Bauch, die Knie gegen Makes Schultern gedrückt, die Faust in seinem Hemd, dann riss er ihn ein Stück vom Boden hoch. »Ihr gebt mir …«, Faustschlag, »keine …«, Faustschlag, »Befehle …«, Faustschlag, »General.«

Make stemmte die Hüften hoch und drehte sich zur Seite, und das reichte gerade so aus, um Lim aus dem Gleichgewicht zu bringen. Er wand seinen Arm frei und stieß Lim von sich herunter. Beide Männer erhoben sich, die Fäuste gereckt. »Kontrolle habe ich gesagt«, zischte Make und sah neuen Zorn auf Lims Gesicht.

»Zum Teufel mit Euch«, schrie Lim und schlug zu.

»Sie ist tot«, rief Make, spuckte Blut und ging in Deckung. Lim brüllte auf. »Sarilla ist tot, mein Freund, und das hier wird sie nicht zurückbringen.«

Er parierte eine schnelle Serie von Schlägen, sprang zur Seite, wich den Geraden aus und wehrte die Haken ab, ohne selbst zurückzuschlagen. »Ihr bereitet ihr Schande!«, schrie er, als Lim keine Anstalten machte aufzuhören.

Der Wolf erstarrte mitten im Ausholen. »Was?«

»Sarilla Archer, die beste Schützin, die ich je gesehen habe, die Furcht einflößendste Frau, der ich je begegnet bin. Was meint Ihr, würde sie sagen, wenn sie uns hier raufen sehen könnte wie zwei kleine Buben, nur weil Ihr leidet?« Lim ließ langsam die Fäuste sinken. »Das war keine rhetorische Frage,

Lim«, ergänzte Make und spuckte einen weiteren Mundvoll Blut und ein Stückchen Zahn aus. Blinzelnd versuchte er, die blitzenden Lichter in seinem Kopf und seinen Zorn zu vertreiben. »Was würde sie wohl sagen?«

Lim öffnete seine linke Faust, und das Amulett befand sich noch immer darin – ein dicker Zopf aus langem rotem Haar, mit einer Bogensehne zusammengebunden. Er starrte reglos darauf. »Sie würde mir sagen, dass ich den Schmerz beiseiteschieben soll, bis ich Zeit dafür habe«, flüsterte er. »Bis ich ihn mir zunutze machen kann.«

»Nun gut, Euer Schmerz befeuert gewiss Eure Schläge, doch ist jetzt wirklich die Zeit dafür?« Makes Stimme war leise, aber hart wie Stahl. »Was meint Ihr?«

Stumm schüttelte Lim den Kopf, dann erbebten seine Schultern, und er ließ sich im Gras auf beide Knie fallen. Hinter ihm standen Major Tara Carter sowie einige Wölfe und schauten wachsam zu, die Hände auf ihre Waffen gelegt. Make scheuchte sie mit einer Handbewegung weg, kniete sich vor Lim, legte die Arme um ihn und zog den schluchzenden Mann an sich.

»Die Furcht einflößendste Frau?«, krächzte Lim nach einer Weile.

»Götter, ja«, murmelte Make. »Und die beste.«

»Und die beste«, wiederholte Lim. »Ich vermisse sie, Make. Hier drinnen.« Er rieb sich die Brust. »Es tut weh.«

»Ich weiß, mein Freund«, antwortete Make mit rauer Stimme. »Ich weiß.«

Lim riss sich so plötzlich los, dass Make schon glaubte, er wolle erneut auf ihn eindreschen. »Ich möchte mich bei Euch entschuldigen, General. Make. Die Wölfe gehören Euch, wie immer, und wir jagen auf Euren Befehl«, erklärte er, und zumindest für den Moment schwieg der Schmerz, und an seine Stelle war ein kalter, brennender Zorn getreten. »Ich hoffe, Euer Vater hat uns einige Mirak zum Töten übrig gelassen.«

Make zog ihn auf die Beine. Der Wolf Ash schlang den Arm um Lim und führte ihn davon. Make schaute ihnen nach, Trauer und Reue legten sich wie Schatten über sein Herz.

Der Krieg macht uns alle zu Wilden, und keiner von uns wird je wieder derselbe sein.

Ich hoffe, es ist die Sache wert.

DURDIL

Vierter Monat, einunddreißigster Tag der Belagerung, im Morgengrauen
Torhaus, Westmauer, Rilporin, Weizenland

Der Himmel war blutig gerötet vom Herannahen des Tages, die Verteidiger blutig und geschunden von der vergangenen Nacht. Die Angriffe waren bis weit nach Sonnenuntergang weitergegangen, Welle um Welle, und sie hatten den Männern auf der Galerie keine Atempause gegönnt. Der feindliche Brückenkopf war errichtet und dann erobert und weggespült worden, war ein Stück weiter erneut errichtet und erneut erobert worden, nur um sodann an anderer Stelle abermals errichtet zu werden. Ein blutiger Fluss, der sich seinen Pfad durch die Landschaft schnitt.

Durdil hatte die Nacht auf der Mauer verbracht, die von ungezählten Fackeln in grelles Rot und Gelb getaucht gewesen war, während Männer in dem flackernden Licht gekämpft und getötet hatten und gestorben waren, ihre Uniformen in der Düsternis schwer auseinanderzuhalten, sodass manche versehentlich Freunde und Kameraden getötet hatten. Die schlimmste, beschissenste Art von Kampf, aber schließlich, in den dunkelsten Stunden der Nacht, hatten sie die Angreifer zurückgedrängt und die Galerie gesichert.

Hallos hatte es Stunden zuvor aufgegeben, darauf zu warten, dass die Verletzten in die Hospitäler im zweiten Ring gebracht wurden, und war zusammen mit Dutzenden anderen Heilern auf den Wehrgang hinaufgestiegen und hatte von der ersten bis zur letzten Bastion jeden behandelt, den er behandeln konnte. Falls ihm einmal einer der Feinde zu nahe gekommen war, hatte er sein Skalpell gegen ihn eingesetzt.

Als sich der Himmel endlich erhellte, konnte Durdil schon wieder die Rufe und Schreie des ersten Angriffs des neuen Tages schrill und blutdurstig durch die Stadt hallen hören. Die drei Bliden katapultierten ihre Fracht durch die Lüfte. Je eine nahm die nördliche und die südliche seitliche Nebenmauer am Fluss ins Visier, die dritte war noch immer – wie schon die ganze Zeit – auf die Schwachstelle zwischen dem zweiten Turm und der letzten Bastion gerichtet. Bisher hatten die Nebenmauern den Angriffen standgehalten, aber da sie mehr zur Abschreckung dienten und einen leichten Zugang verhindern sollten, als eine echte, reguläre Verteidigungsanlage zu sein, wusste Durdil, dass sie bald genug einstürzen würden. Danach würde der Feind an die Hafentore klopfen, und die Sache würde noch interessanter werden als bisher.

»Sie sind aber früh dran«, murmelte er, als das Getöse anschwoll, und Hallos antwortete mit einem Grunzen. Er war von den Stiefeln bis zu seinem glatt rasierten Schädel mit Blut überzogen, wie ein schauerliches Wesen aus einem Albtraum. Durdil hatte allen Grund zu der Annahme, dass er selbst nicht viel besser aussah.

»Nehmt Euch einige Stunden frei«, sagte Durdil, »und seht zu, dass Ihr Euch baden könnt. Ihr bietet einen schlimmeren Anblick als meine Soldaten.«

»Ich werde mich bald genug ausruhen«, krächzte Hallos und kippte sich eine Kelle Wasser aus einem Fass über den Schädel. Die Kälte des Wassers ließ ihn nach Luft schnappen. Dann rieb er sich Gesicht und Kopf. »So besser?«

»Eigentlich nicht, nein«, antwortete Durdil. »Womöglich eher noch schlimmer.«

Sie standen zusammen mit Major Renik am Fuß der Mauer und zuckten bei jedem Schrei zusammen. Gemeinsam mit Vaunt hatten sie die Mauer die Nacht über gehalten, und jetzt hatten Yarrow und Edris das Kommando übernommen. Angeblich konnte sich die Nachtwache bis zur Abenddämmerung ausruhen.

»Ich sollte am besten einfach …« Durdil fuhr zusammen, als das Klirren von Waffen plötzlich lauter wurde.

Hallos und Renik legten ihm beide eine Hand auf die Schulter. »Auf keinen Fall, Fürstgeneral«, schnarrte Hallos. »Geht etwas essen, nehmt ein Bad, schlaft. Ärztliche Anweisung.«

Er nickte und ging nach Norden, in Richtung zweiter Turm und auf die ferne letzte Bastion zu, wo gerade Merle und seine Steinmetze eintrafen, bereit, die Mauer zu verstärken. Sie hatten alles in ihrer Macht Stehende getan, um die Bliden dazu zu bewegen, ihre Angriffe auf die Mauer einzustellen, aber ohne jeden Erfolg. Jetzt, da nur noch eine Einzige die schwache Mauerstelle unter Beschuss nahm, hatten Durdil und Merle beschlossen, sich dennoch an die Reparaturarbeiten zu wagen.

Hier unten lagen keine Leichen, aber wer immer sie weggeschafft hatte, hatte die Blutflecken zurückgelassen. Männer, die von dem Wehrgang über ihnen in den Tod geworfen worden waren. Männer, die versehentlich herabgestürzt waren. Männer, die verletzt oder aufgespießt worden waren und dann über die Wachmauer gefallen und in den Tiefen darunter verschwunden waren.

Er rieb an einem rostroten Fleck und musterte Merles riesenhafte Gestalt; der Steinmetz hatte die Gewohnheit angenommen, fast ununterbrochen an der Mauer herumzulungern, als könnte er allein schon mit seiner Anwesenheit einen Einsturz verhindern.

»Verluste?«, wandte sich Durdil an Renik und nippte an dem Becher, den ihm ein Soldat gereicht hatte, als er schließlich aus dem Torhaus herausgetreten war. Mit Wasser verdünnter Wein. Nektar.

»Vierhundert in dieser Nacht, nach der Zählung von vor einer Stunde. Wir schätzen, dass der Feind mindestens das Dreifache verloren hat, trotzdem zeigen sie keine Anzeichen zu erlahmen. Irgendetwas hat sie neu angestachelt, und sie haben genug Leute, um sich ständig abzuwechseln, sodass es für uns keine Ruhepause gibt.«

»Und wie steht es um die Vorräte? Was wird knapp?« Merle hatte heute eine Menge Steinmetze bei sich, und der Anblick der hünenhaften Männer linderte Durdils Nervenanspannung ein wenig.

»Pfeile. Verbände. Opium. Steine und Bolzen für die Katapulte. Männer. Hoffnung.«

»Schon gut, Renik, das genügt, geht und schlaft ein wenig.« Durdil erwiderte seinen Blick; es war nicht nötig, noch etwas zu sagen. Renik errötete und salutierte, dann taumelte er in Richtung Schlachterviertel davon, von wo aus ein Tor in den zweiten Ring hinüberführte. Die Nordkaserne lag direkt hinter dem Tor, und Renik konnte binnen fünf Minuten auf einer Pritsche liegen und schlafen. Durdil beneidete ihn darum.

»Merle, mein guter Mann, bringt mir Neuigkeiten, die mir Hoffnung geben«, bat Durdil mit erzwungener Fröhlichkeit in der Stimme. *Bitte, Götter, schenkt mir gute Nachrichten.*

Merle sah aus, als habe man ihn dazu aufgefordert, vor dem Gottesteich des Tempels Lügen zu verbreiten. »Nun gut, wir sind bereit loszulegen, wenn Ihr es seid, Fürstgeneral. Sind es schon seit einer Woche. Wir haben Steine, wir haben Meißel, wir haben Männer, und der Mörtel steht bereit, um angerührt zu werden. Im Moment ist unsere einzige Sorge diese Blide. Irgendeine Möglichkeit, sie uns vom Hals zu schaffen?«

Ich kann diese Blide keine Stunde lang vom Feuern abhalten, geschweige denn, so lange wie deine Männer zum Ausbessern der Wand benötigen, und wenn du glaubst, dass ich das könnte, dann bist du verrückter als ein Wiesel in der Hose eines dicken Mannes.

»Nur so aus Interesse: Was würde denn geschehen, wenn Ihr die Reparaturen abschließen würdet, während die Blide weiterfeuert?«, fragte Durdil.

Merle zog seine staubigen Brauen in die Höhe. »Das kommt darauf an, wie tief der schlechte Stein reicht. Wenn wir weit in die Mauer hineinmüssen, dann wird sie so sehr geschwächt, dass sie dem Beschuss nur noch einige wenige Stunden zu trotzen vermag. Sie hält dann höchstens noch einen halben Tag. Und das gilt allein für den Fall, dass sie nur von einer der Belagerungsmaschinen beschossen wird, nicht von allen dreien.«

»So schlimm? Na gut, und wir müssen die Reparaturen bald vornehmen, nicht wahr?«

Merle verschränkte seine massigen Arme vor der Brust. »Ihr riskiert jetzt bereits mehr, als Ihr eigentlich aufs Spiel setzen dürftet, Fürstgeneral. Dass sie die beiden anderen Bliden weggebracht haben, hat uns zweifellos etwas Zeit verschafft, aber diese Zeit ist inzwischen verstrichen. Wenn wir die Ausbesserungen nicht gleich heute vornehmen, hat es keinen Sinn, überhaupt noch damit anzufangen.«

Durdil blies die Wangen auf und wedelte mit den Händen. »Wie wäre es, wenn wir die Mauer auf der Innenseite abstützen und die Arbeiten auf diese Weise verrichten würden?«

Merle lachte hustend. »Die Mauer abstützen? Herr, sie ist so dick wie drei Mann groß sind. Womit wollen wir sie da abstützen?«

»Mit den Masten der Boote im Hafen«, warf Hallos ein, als keiner von ihnen eine Antwort zu wissen schien.

Merle schaute stirnrunzelnd zu der über ihnen emporragenden Mauer auf. »Es wäre eine Möglichkeit, Fürstgeneral, aber ich würde meinen guten Ruf nicht darauf setzen, dass die Masten halten.«

Dann eben nur dein Leben. Und unser alle Leben ebenfalls.

»In Ordnung, wir haben keine anderen Möglichkeiten«, sagte Durdil bedrückt. »Tatsache ist, dass wir nicht an diese Belagerungsmaschine herankommen und sie stoppen können. Ich werde fünf Hundertschaften in den Hafen beordern, um die Hafenarbeiter zu schützen, während sie die Masten aus den Booten entfernen. Fangt schon mal an, den schlechten Stein herauszumeißeln, und stützt die Mauer dann, sobald die Masten hier eingetroffen sind. Die Blide wird bis zum Einbruch der Nacht weiterschießen, also betet, dass die Masten die Wand bis dahin aufrecht halten. Setzt die neuen Steine ein, sobald Ihr könnt, wenn möglich noch vor Einbruch der Dunkelheit. Wenn Ihr das schafft, arbeitet die Nacht hindurch, und mit etwas Glück und wenn die Gnade der Tänzerin mit uns ist, ist der Mörtel bis zum Sonnenaufgang getrocknet.«

Merle kratzte sich am Kopf. »Ihr setzt eine Menge Vertrauen in diese Masten, Fürstgeneral, und in das Trocknungsverhalten von gutem Mörtel. Es sind meine Männer, die sich im Inneren der Mauer befinden werden, wenn sie einstürzt.«

»Und es sind meine Männer, die oben auf ihr stehen, die den ganzen Tag und auch die ganze Nacht hindurch kämpfen und sterben. Wir befinden uns im Belagerungszustand, Merle. Jeder Einzelne von uns muss jetzt sein Leben aufs Spiel setzen. Könnt Ihr es schaffen?«

Merle ließ seinen Blick über die Gesichter der Steinmetze und ihrer Lehrlinge gleiten, über die Berge von behauenen Steinen, über die Wannen mit Sand und Kalk, deren Inhalt darauf wartete, gemischt und angerührt zu werden. Dann klatschte er einmal in seine riesigen Hände. »Die Arbeit wird in der Dunkelheit langsamer vonstattengehen, Herr, daher werden wir jede Menge Fackellicht brauchen, um etwas sehen zu können, und wenn Ihr kämpfende Männer dort oben habt, nun ja« – er deutete auf einen Blutfleck auf dem Boden –, »ich weiß nicht recht, ob meine Jungs vom Zentnergewicht eines Soldaten in voller Rüstung, das ihnen auf den Kopf fällt, getötet werden wollen. Trotzdem, wir werden unser Bestes geben. Der Rest sei der Tänzerin anheimgegeben.«

Durdil trat vor und schaute in Merles ehrliches, staubiges Gesicht. »Ich glaube nicht, dass wir diese Sache den Göttern anheimgeben können, Merle. Wenn Ihr es nicht schafft, werden wir alle sterben.«

Merles Brustkorb blähte sich so weit, dass er Durdil fast schon einen Schritt zurücktrieb. »Jawohl, Fürstgeneral. Wir verstehen. Wir werden Euch nicht enttäuschen, nicht wahr, Jungs?« Ein Chor grimmig entschiedener Zustimmung erhob sich, und die Steinmetze wandten sich von Durdil ab, traten an die Mauer heran, in deren Kalk unleserliche Markierungen gekratzt worden waren, und begannen zu meißeln.

»Ihr macht eurem Gewerbe und Rilpor alle Ehre. Ich habe keinerlei Zweifel daran, dass Ihr Erfolg haben werdet. Was immer Ihr heute braucht, Oberst Yarrow dort oben auf der Mauer wird dafür sorgen, dass Ihr es auch bekommt. Sobald die Nacht einbricht, meldet Euch bei mir.«

Merle nickte, und Durdil nickte zurück, und dann machte er sich auf den Weg Richtung letzte Bastion und Nordtor. Der Hafen, der sich hinter die Nebenmauer schmiegte, war ausgekundschaftet, aber bislang nicht angegriffen worden. Die Boote waren unversehrt, und ihre Masten waren nun das Einzige, was Rilporin der Niederlage entgegenzusetzen hatte.

Durdil kam es so vor, als hätte er gerade einmal dreieinhalb Sekunden lang geschlafen, als jemand in den Raum geplatzt kam und ihn mit seinem Gebrüll weckte.

»Was ist?«, brummte er, rieb sich den Schlafsand aus den Augen und stieß ein in die Länge gezogenes Stöhnen aus, als seine gequälten Muskeln widerwillig zum Leben erwachten.

»Ich sagte, sie haben sich eine Katze, ein bewegliches Schutzhaus, gebaut und rücken dahinter verborgen Richtung Torhaus vor. Sieht ganz danach aus, als wollten sie versuchen, das Fallgatter mittels Seilen und sonstigem Gerät herauszureißen. Wenn es ihnen gelingt, werden sie Pech gegen die Tore an diesem Ende des Durchgangs kippen und das Ganze in Brand stecken.« Vaunts Stimme war ruhig und eiskalt, aber auf seinen Wangen hatten sich hektische rote Flecken gebildet.

»Der Raum über dem Durchgang ist bemannt, nicht wahr? Haben sie die Mörderlöcher in der Decke zum Durchgang schon geöffnet?«, fragte Durdil, während er sich taumelnd aufrichtete und die Augen zusammenkniff, als Vaunt die Fensterläden aufriss. Er schaute hinaus – anscheinend war es inzwischen Nachmittag. Er hatte immer noch nicht genug Schlaf gehabt. Durdil zwängte sich in sein Kettenhemd, stülpte sich einen Helm auf den Kopf und überhörte Vaunts Proteste, dass er doch besser einen Plattenharnisch anziehen solle. »Keine Zeit«, blaffte er, gürtete sein Schwert und griff hastig nach Armschienen und Panzerhandschuhen.

Er schritt zur Tür und hinaus in den unheimlich leeren und stillen zweiten Ring und lief dann mit schweren Schritten auf das Tor zum ersten Ring zu. Vaunt holte ihn ein, hängte ihm einen Trinkschlauch über die Schultern und reichte ihm dann einen Kanten Brot, der dick mit Butter bestrichen war. Durdil biss hinein, und der Geschmack ließ ihn genüsslich aufstöhnen und die Augen schließen. Er murmelte seinen Dank, als Vaunt den Wasserschlauch wieder an sich nahm und ihn durch ein dickes, rosiges Stück von etwas ersetzte, das sich als Lammfleisch entpuppte.

Götter, Essen. Sein Magen erinnerte ihn daran, dass, so willkommen ihm das Mahl war, es nicht annähernd ausreichte, um ihn zu sättigen, dass er vergessen hatte zu essen, ehe er sich auf seine Pritsche geworfen hatte – und dass sein Körper jetzt, wo er wach war, noch auf andere Weise auf sich aufmerksam machte und Bedürfnisse und Mängel anmeldete. Da waren die unerwartet großen Strapazen des Kampfes, die knochentiefen Prellungen, zugefügt durch Schwerter und Äxte, die versucht hatten, durch seine Rüstung zu dringen, da war der ständige Mangel an Nahrungsmitteln, Wasser, Schlaf. Könnte er sich denn nicht wenigstens mal eine freie Minute genehmigen, um verdammt noch mal pissen zu gehen?

Durdil biss in das Fleisch, drehte sich zu der nächststehenden Mauer um, hob sein Kettenhemd hoch und ließ einen Strom goldenen Urins fließen, der prachtvoll in der Sonne glitzerte. Wieder stöhnte er.

»Geht es Euch gut, Herr?«, fragte Vaunt besorgt. »Blut in Eurer Pisse, Herr? Ich kann Hallos holen gehen, damit …«

Durdil grunzte mit dem Stück Fleisch im Mund, schüttelte dann den Kopf und pinkelte zu Ende. Er vergaß nicht, die Hand an seinem Ärmel abzuwischen, bevor er das Fleisch aus dem Mund nahm.

»Mit mir ist alles in Ordnung. Gehen wir«, sagte er und zwang sich loszurennen. Auf Beinen, die eigentlich wirklich nicht so heftig zittern sollten, eilte er unter der Ringmauer hindurch, wo ein Feind zwischen den Mauern gefangen sein und für Pfeile von oben verwundbar sein würde – *Götter, lasst es nicht so weit kommen* –, und weiter zum Torhaus, durch die Tür und die Treppen nach oben hinauf und hinauf und hinauf, bis er die Höhe des Wehrgangs erreichte, wo Edris und Yarrow das Kommando hatten.

Und offenbar auch Renik, obwohl der Mann jetzt doch eigentlich schlafen sollte. *Ich sollte eigentlich auch schlafen. Genau wie Vaunt.*

»Zeigt es mir.«

Renik deutete auf eine Schießscharte, und Durdil drückte das Gesicht an den Stein und schaute nach unten, während er immer noch an dem fettigen Lamm kaute und versuchte zu verhindern, dass ihm der Speichel aus dem Mund troff. Die Katze bestand aus einem umgekippten Wagen, an dessen Unterseite Metallplatten und Tierhäute genagelt waren. Darunter waren die Beine von einem Dutzend Männer sichtbar, die sich mit dem Wagen als Schutz über den Köpfen dem Tor näherten.

Er konnte die Seile sehen, die sich hinter der Katze ausrollten, und war sich sicher, dass sie an Enterhaken befestigt waren, die die Belagerer an dem Fallgatter festmachen würden. Sobald sie die Haken befestigt haben würden, würde der Trupp am anderen Ende des Seils damit anfangen, das Seil aufzukurbeln, in der Hoffnung, auf diese Weise das Fallgatter aus seiner Verankerung zu reißen, ehe die Verteidiger durch den Durchgang rennen konnten, um die Haken wieder loszumachen.

Ein Standardmanöver, und wir wissen, was wir dagegen tun müssen … Durdil verfolgte mit Blicken die langen Seile hinter den Männern unter ihrem schützenden umgedrehten Wagen. Es sah ganz danach aus, als würden sie sich bis zurück zur Blide erstrecken, die nun von der Stadt abgewandt war, als solle sie Felsen in die eigene Armee hineinschleudern.

»Bei allen verfluchten Göttern«, hauchte Durdil, fasste Renik an der Schulter und zog ihn zu der Schießscharte. »Was passiert, wenn sie die Seile vom Fallgatter mit dem Wurfarm der Blide verbinden?«, zischte er. »Könnte es funktionieren?«

Renik wurde bleich im Gesicht und schluckte. »Gefährlich«, antwortete er. »Entweder wirft es die Blide um, oder es zerstört sie, oder die Seile reißen, oder das Fallgatter wird herausgerissen. Drei dieser vier Möglichkeiten werden tödlich für die Männer um die Blide herum sein. Die vierte könnte durchaus tödlich für Rilporin sein.«

Durdil wandte sich von der Schießscharte ab und stieß Vaunt zur Treppe. »Macht sofort die verdammten Haken vom Fallgatter los.«

Vaunt zögerte nicht, erhob nicht den Einwand, dass etwas Derartiges eigentlich keine Tätigkeit für einen Major sei. Erwähnte auch den Beschuss durch die Pfeile nicht, dem er durch die Männer in der Katze ausgesetzt sein würde, sobald er sich den Haken näherte. Er schob sich einfach um eine ganze Traube von Soldaten herum und stürzte die Wendeltreppe hinunter.

»Helft ihm«, rief Durdil, und die Männer starrten ihn eine Sekunde lang mit offenen Mündern an, dann folgten sie Vaunt. »Renik, bringt eine Hundertschaft her und versammelt sie auf dieser Seite der Tore. Wenn der Feind das Fallgatter aufbekommt, lasst sie dort die Stellung halten, bis ich euch Verstärkung bringen kann.«

»Verstanden«, sagte Renik und schoss auf dieselbe Treppe zu, die zuvor Vaunt verschluckt hatte.

»Edris, Yarrow, auf wessen Kommando wird der geringste Druck ausgeübt?«

»Auf meins«, erwiderte Edris. »Wir haben sie jetzt einige Stunden fernhalten können.«

»Gut, wir brauchen fünfzig Mann. Bringt die beiden beweglichen Katapulte, die vor dem Tor aufgestellt sind, in den zweiten Ring. Vaunt wird, wenn irgend möglich, den Trupp der Angreifer in der Katze aufhalten, die das Fallgatter aus seiner Verankerung reißen wollen, aber falls ihm das nicht gelingt, will ich, dass die Katapulte in den Durchgang gerollt werden und die heranmarschierenden Angreifer mit ihnen beschossen werden. Renik wird Euch helfen. Lasst sie um keinen Preis durch diesen verdammten Durchgang gelangen. Verstanden?«

»Ja, Fürstgeneral«, antwortete Edris und salutierte. Durdil erwiderte die Geste. »Es war mir eine Ehre, Herr.«

»Haltet den Mund, Edris. Ich schicke Euch nicht in den Tod«, sagte Durdil, und sie wussten beide, dass er höchstwahrscheinlich log. »Die Gnade der Tänzerin sei mit Euch. Geht.«

Durdil hatte schon fast das Treppenhaus in der rückwärtigen

Mauer erreicht, als ein halbes Dutzend blau gekleideter Männer durch die Tür brach, die vom Wehrgang von Sektion Eins herführte. Der Erste schleuderte einen Dolch in seine Richtung. *So viel zur Behauptung, dass die Mauer unter Kontrolle ist.*

Durdil sprang aus dem Weg und zog sein Schwert aus der Scheide. Er schnappte sich einen Schild von dem Haufen, der sich an der Innenseite der Tür auftürmte, und griff an. Yarrow folgte eine Sekunde hinter ihm, obwohl sein Kommandobereich Sektion Zwei war.

Der Mirak, mit dem Durdil es zu tun hatte, war mit Blut bedeckt, und ein Stück seiner Kopfhaut hing ihm ins Auge herab. Er täuschte erst links und dann nach rechts einen Angriff an, attackierte links, und Durdil schlug ihm den Schild seitlich über den Körper und drehte sich hinter den Schild. Das Schwert rutschte klirrend am Schildbuckel ab und ließ Funken vom Steinboden aufsteigen. Drei weitere Mirak bauten sich grinsend hinter ihm auf. Zwei griffen Yarrow an, der dritte machte Anstalten, Durdil sein Schwert in den Rücken zu stoßen.

Durdil parierte ein wahres Trommelfeuer von Angriffen, während er langsam durch den Raum zurückwich, aber dann traf von irgendwoher Verstärkung ein, und zusammen trieben sie die Mirak durch die Tür zurück und wieder auf die Galerie hinaus. Durdil folgte ihnen mit erhobenem Schild. Der Wehrgang war ein einziges Chaos aus – viel zu vielen – Männern, die in das Blau der Mirak gekleidet waren und die mit Soldaten im Grün der Palasttruppe kämpften. Dazwischen hier und da einzelne rote Kleckse – die Männer der Leibgarde –, aber auf jeden Verteidiger schienen drei Angreifer zu kommen, die von den Sturmleitern über die Mauer quollen.

Durdil bahnte sich einen Weg zwischen zweien seiner Männer hindurch, stieß einem der Mirak mit voller Wucht in den Rücken, sodass er sich auf dem Schwert eines der Verteidiger aufspießte, schlug seine gepanzerte Faust einem anderen ins Gesicht, sodass er in einem Regen aus Blut und Zähnen rückwärts von der Mauer flog, und dann war er mitten drin im Getümmel. Sein Blut kochte heiß, und die Bewegungen seiner Füße waren ruhig und sicher, und seine sechsundfünfzig Jahre fielen ihm von den Schultern wie ein unnötiger Mantel. So tötete er sich einen Weg hin zum Belagerungsturm und den Mirak ringsum.

Durdil legte sein ganzes Gewicht in sein Schwert und durchbohrte einem Mann von hinten die Rippen. Der Mirak war viel zu sehr damit beschäftigt gewesen, den Brückenkopf zur Seite hin zu verlassen, um Durdils Näherkommen zu bemerken. Er schrie auf und hielt dann jäh inne, als ihm das Schwert den Atem raubte, gab nur noch ein jämmerliches, ersticktes Geräusch von sich, das letzte Wimmern eines schwindsüchtigen Kindes. Er fiel auf die Knie, und Durdil stellte seinen Stiefel auf die Schulter des Sterbenden und riss ihm sein Schwert wieder aus dem Leib. Es knirschte über seine Rippen, schnitt ihm weich und seidig durch die Lunge und glitt heraus, vom Heft bis zur Spitze mit schwarzem Blut überzogen.

Yarrow war jetzt an seiner Seite, und Durdil schlug an ihm vorbei, schnitt einem der Angreifer die Nase und eine Wange ab. Blut spritzte, und der Mann schrie laut vor Schmerz. Yarrow erledigte ihn, indem er ihn ohne viel Federlesens von der Mauer und in die unten wartenden Angreifer stieß.

Ein rascher Blick verriet Durdil, dass die Männer unter dem Schutz der Katze das Fallgatter inzwischen fast erreicht hatten. Er wurde jetzt dringend dort unten gebraucht. »Könnt Ihr die Stellung halten?« Er packte Yarrow am Arm. »Oberst, könnt Ihr die Stellung halten?«

»Ich … ja, Fürstgeneral. Bei meiner Ehre, wir werden die Stellung halten.«

»Gut. Ich werde einen Meldegänger im Torhaus postieren;

wenn Ihr zusätzliche Verstärkung braucht, so lasst mich das wissen. Allerdings gehe ich nicht davon aus, dass das nötig sein wird.« Es war klar, was er damit sagen wollte, und er sah, wie Yarrow die eigentliche Bedeutung seiner Worte begriff. Der Oberst schluckte und nickte erneut. »Das ist jetzt der stärkste Vorstoß, den wir bisher von ihnen erlebt haben. Ich würde ja sagen, Ihr braucht nicht den verdammten Helden zu spielen, Oberst, aber genau das benötige ich jetzt von Euch.«

»Verstanden, Herr.« Yarrow wischte sich den Schweiß vom Gesicht und brachte ein Grinsen zustande, das allerdings mehr eine Grimasse war. »Ist ein ganzes Weilchen her, dass ich …« Seine Stimme verlor sich, als er nach oben und über Durdils Schulter schaute, und Durdil fuhr herum und griff an, ließ seine Klinge in einer langen Diagonallinie durch die Luft sausen, um so viel Raum wie möglich abzudecken, während er selbst sich dicht hinter den Schild duckte. Sein Schwert knallte in den hölzernen Griff einer Zweihänderaxt, die von einem Riesen geschwungen wurde, der eine Art blaues Zelt über Brust und Schultern trug und dessen Armschienen gut einer Rüstung für Pferde hätten entstammen können.

Durdil duckte sich weg, und der Schwung seiner Attacke ließ den Riesen im Kreis herumwirbeln. Männer der Palasttruppe und der Leibgarde sowie auch Mirak beeilten sich, aus seiner Reichweite zu kommen, und stürzten übereinander, während sie versuchten, der schwirrenden Klinge zu entgehen. Durdil sprang gerade rechtzeitig wieder auf die Beine, um dem Mirak frontal entgegenzutreten. Er ließ das Schwert in die Höhe fahren und dem Riesen über die Oberschenkel schneiden, über den Kettenpanzer schlittern und seine Achsel streifen. Aufheulend schwang der Riese seine Axt aufs Neue, ihre Klinge schlug an der Stelle in den Stein, wo sich soeben noch Durdils Fuß befunden hatte, und ließ abgeschlagene Steinstückchen als Querschläger pfeifend in die Menge fliegen. Ein Splitter traf ihn an der Schulterplatte, sprang ihm ins Gesicht und verletzte ihn an der Lippe.

Durdil tänzelte nach hinten, das Schwert und den Schild erhoben. Eine wilde, aufpeitschende Energie schärfte ihm die Sicht, vertrieb ein Stück weit die drohende Müdigkeit und Erschöpfung – Gift für einen Kämpfer – und machte die Anstrengung erträglicher.

Er griff wieder an, hieb schreiend um sich und sprang dann außer Reichweite des Riesen – jedenfalls dachte er das. Der Riese grinste, und die Axt summte in einem flachen Bogen auf Durdil zu, ohne ihm diesmal noch eine Möglichkeit zum Ausweichen zu geben. Durdil machte rasch kehrt, aber seine Stiefelabsätze stießen gegen einen Körper, und er stürzte hart auf den Hintern, sein Steißbein knallte gegen den Stein, und der stechende Schmerz trieb ihm Tränen in die Augen und nahm ihm die Sicht. Der Mirak ließ seine Axt einen Bogen nach oben beschreiben und wirbelte noch einmal herum, um sie Durdil ins Gesicht zu schmettern.

Er wusste, dass die Wucht des Schlages sein Schwert vor seinem Kopf zerbersten lassen würde, aber in einer verzweifelten Abwehrbewegung schwang er es dem Riesen trotzdem entgegen, versuchte, sich noch eine Sekunde Leben zu verschaffen. Doch Durdils Schwert traf nur Luft, und, ohne gemerkt zu haben, dass er sie überhaupt geschlossen hatte, öffnete er seine Augen wieder und sah den Riesen schlaff vor ihm stehen; die Axt hing kraftlos von seiner Hand herab, und auf seinem Gesicht lag der Ausdruck verwunderten Unverständnisses. Er zuckte zusammen und dann sogleich noch einmal, und Durdil hörte das Geräusch von Metall, welches Fleisch zerteilt. Der Riese sank auf sein rechtes Knie, und hinter ihm erkannte Durdil Yarrow, die Axt eines der Mirak in der Hand, und er schlug damit auf den wie ein Baumstamm aufragenden Mann ein, als würde er Brennholz für den Winter fällen. Blut stieg stoßweise in die Luft auf, und die scharlachroten Tropfen legten sich für einen schier endlos scheinenden Augenblick vor die Sonne, bevor sie auf sie alle herabregneten.

Und noch immer starb er nicht. Stattdessen warf er den Arm über seine Schulter nach hinten und griff nach Yarrow. Seine Hand schloss sich um den Ärmel des Obersts und zerrte ihn nach vorn; Yarrow krachte in den Rücken des Riesen, und der griff wieder zu, noch fester, und versuchte, ihn über seine Schulter zu hieven und auf den Stein vor ihm zu schmettern. Der Oberst gab einen Schmerzenslaut von sich, und Durdil begriff, dass es nun an ihm war, etwas zu unternehmen.

Er hechtete hoch, ohne sich vom protestierenden Knacken seines Steißbeins beirren zu lassen, und versetzte dem Mirak einen Faustschlag ins Gesicht. Sein Panzerhandschuh zermalmte die Lippen des Mannes zu Brei und hinterließ zerbrochene Zähne. Der Mann blinzelte und richtete seine glasigen Augen auf Durdil. Der schlug erneut zu, und Yarrow gelang es, sich loszureißen, nicht ohne dem Riesen eine Armschiene, einen Ärmel und eine beträchtliche Portion seiner Haut und seiner Haare zu überlassen. Durdil versetzte dem Riesen einen dritten Hieb, da sprang Yarrow wirbelnd dazwischen, die Axt voraus, von deren Schneide das strahlende Licht der Sonne reflektierte, und er rammte sie dem knienden Mirak von der Seite in den Hals.

Durdil hörte einen dreifachen Schrei aufsteigen. Einer kam von den Mirak, der zweite war der Triumphschrei von Yarrow, und der dritte musste wohl von ihm selbst gekommen sein, denn sein Hals war plötzlich ganz rau, und es hallte ihm in den Ohren wider. Der Kopf des Mirak, der teilweise vom Hals abgetrennt war, sackte zur Seite hin weg, und Durdil konnte inmitten von Fleisch, Knorpeln und spritzendem Blut matt den Knochen glänzen sehen. Yarrow machte sich nicht die Mühe, noch einen zweiten Hieb zu landen. Der Riese stürzte zu

Boden, und sie ließen ihn verbluten, gurgelnden Atem und ein letztes Stöhnen ausstoßen, um dann sein Leben auszuhauchen.

»Danke«, keuchte Durdil.

Yarrow hob lediglich die Hand. Er war zu sehr damit beschäftigt, die Lunge mit Luft zu füllen, um sofort eine Antwort geben zu können. Er hustete, heiser und trocken, und versuchte, über die Mauer zu spucken.

Durdil rieb sich den Hintern und zuckte zusammen. *Das wird eine höllische Prellung geben.* Er warf einen Blick über die Mauer. Der Brückenkopf zog sich immer enger zusammen, die Angreifer wurden auf allen Seiten Richtung Leitern zurückgedrängt. »Haltet die Stellung!«, rief er, und dann begann er sich einen Weg durch das Gedränge rings um den Brückenkopf zu bahnen, um den nächsten Turm mit Treppe anzusteuern.

Die Blide trat in Aktion, und das sirrende Geräusch von Seil, das unter einer extremen Belastung stand, wurde laut. Das ganze Torhaus erbebte, und Staub wirbelte in die Luft empor, als der Feind versuchte, das Fallgatter aus seiner Verankerung zu reißen.

»Scheiße.«

CORVUS

Vierter Monat, einunddreißigster Tag der Belagerung, nachmittags
Lager der Osttruppe, vor Rilporin, Weizenland

Hat es funktioniert?«, fragte Corvus. Er stand neben Lanta, Rivil und Skerris. Valan und der Gottesblinde befanden sich einige Schritte hinter ihnen.

Der vom Torhaus herüberdringende Lärm hatte sich angehört, als wären ferne Ungeheuer aus Stein und Metall übereinander hergefallen, und alles war von Staub verhüllt. Rivil schwieg, während er durch das Fernglas zum Torhaus hinüberstarrte, und Corvus juckte es in den Fingern, es ihm aus der Hand zu reißen und selbst hindurchzusehen. Die Blide, die sie dazu eingesetzt hatten, das Fallgatter herauszureißen, war nun nicht mehr als eine verbogene Ruine, von Leichen übersät und mit Blutspritzern besudelt. Eines der Seile, die das Fallgatter mit dem Wurfarm verbunden hatten, war unter der Wucht des Ganzen gerissen und hatte wie eine Sense unter den Kriegern in der Katze gewütet. Es hatte die Leiber der Männer in der Mitte durchtrennt und war dann in einen Trupp von Soldaten gepeitscht, die sich etwa fünfzig Schritte entfernt befunden hatten. Offensichtlich nicht weit weg genug. Der Wille der Dame.

Der Wurfarm war gebrochen, und eine der riesigen Achsen war unter der fürchterlichen Wucht geborsten. Die Belagerungsmaschine hatte nun keinen Nutzen mehr. Die zentrale Frage jedoch war, ob das Fallgatter noch immer an Ort und Stelle war oder ob es ihnen gelungen war, hier eine Bresche zu schlagen, die die Verteidiger nicht wieder würden schließen können. Das beste Szenario wäre, wenn das gesamte Gitter aus seiner Verankerung gerissen worden wäre. Rivil und Corvus hatten jeweils zweitausend Mann bereitstehen, um in den Durchgang zu stürmen, falls ihr Vorhaben geklappt hatte.

»Nein«, sagte Rivil schließlich und reichte Corvus das Fernglas, damit er sich selbst einen Eindruck verschaffen konnte.

Verfluchtes Scheißding.

Lanta stellte sich auf die Zehenspitzen, die Hand auf Corvus' Schulter gelegt, um Halt zu haben, und blinzelte mit zusammengekniffenen Augen in Richtung Stadt. »Brennt es dort?«

»Nur Staub«, antwortete Corvus. »Es ist schwer zu erkennen, aber das Fallgatter scheint beschädigt zu sein, meint Ihr nicht auch, Rivil? Könnte sein, dass es verklemmt ist und sie jetzt dort drinnen in der Falle sitzen. Wenn wir zumindest verhindert haben, dass sie herausmarschieren können, um der Westtruppe beizustehen, wenn sie eintrifft, dann ist es den Verlust der Blide sicherlich wert gewesen.« Er warf einen raschen Blick zum Gottesblinden.

»Bald«, antwortete der. »Die Westtruppe wird sehr bald hier sein.«

»Aber wir können auch nicht hinein«, sagte Lanta, und Corvus konnte die Wahrheit ihrer Bemerkung nicht leugnen. Erneut kniff er spähend die Augen zusammen. Der Staub verbarg das Torhaus halb, und halb war es sichtbar. Warum war es nicht gelungen, das Fallgatter loszureißen? Warum war das Torhaus nicht eingestürzt, zusammengesackt, dem Erdboden gleichgemacht worden? Warum waren sie immer noch hier draußen?

»Skerris, schickt fünf Hundertschaften zur Mauer zwischen dem Torhaus und dem zweiten Turm. Wir geben ihnen am besten gar keine Zeit, um sich wieder zu sammeln.« Rivil hatte das Fernglas erneut an sich genommen. »Wir haben keine der seitlichen Nebenmauern hinunter zum Hafen einreißen können, aber nun ist diese Blide nutzlos, und wir können die Schwachstelle weiter vorn nicht beschießen. Wir sollten eine der Bliden wieder darauf abstellen, besonders jetzt, nach dem hier – bestimmt haben wir die Mauer doch bis in ihre Fundamente erschüttert. Vielleicht sind wir ja nur einen gut gezielten Steinwurf davon entfernt, die Mauer zum Einsturz zu bringen.«

»Sagt es uns, Gottesblinder«, forderte Corvus und spürte den Ärger der Gesegneten, der ihm heiß entgegenschlug. Er hätte eigentlich sie fragen sollen.

Sie fürchtet den Verlust ihrer Macht.

Corvus fasste sie sanft an der Hand. »Gesegnete«, sagte er leise, »bitte, Ihr sollt wissen, dass Eure Weisheit und Eure tiefen Einblicke niemals von diesem sabbernden Wahnsinnigen übertroffen werden können.« Lanta machte ein Gesicht, als wolle sie mit einer höhnischen Bemerkung antworten, ihm widersprechen oder an seinen Worten Anstoß nehmen. »Doch bitte wisst auch, dass ein solches Geschenk wie der Gottesblinde nicht einfach ignoriert werden kann. Die Götter haben ihn uns gegeben, wir müssen jeden Vorteil nutzen, und seine Verbindung mit den Göttern ist stark. Besser, wir zerbrechen ihn statt Euch.« Er beugte sich dicht zu ihr vor, damit niemand sonst ihn hören konnte. »Ich glaube nicht, dass er lügt, und Ihr und ich, wir müssen unseren Verbündeten Einigkeit präsentieren. Wenn Ihr an seinen Worten zweifelt, teilt es mir hinterher mit, nicht vor all den anderen. Und bitte, Gesegnete, da ich die Macht mit Rivil teilen muss, tut die Worte des Gottesblinden nicht einfach kurzerhand ab. Gemeinsam werden wir triumphieren – allein könnten wir vielleicht immer noch fallen.«

Voller Zorn schnappte die Gesegnete nach Luft, und ihre Augen schleuderten ihm blaue, eisige Blicke entgegen. Demonstrativ zog sie ihre Hand aus seiner und trat einen Schritt zurück. »Ich handle ausschließlich im Interesse der Götter«, erklärte sie.

»Selbst Eure Wünsche sind dem nachgeordnet, und ich würde nichts tun – *nichts* –, was ihren Triumph gefährden könnte. Alles ist so, wie die Dame es will, selbst wenn Ihr hier versagt.«

Corvus verneigte sich vor ihr, doch innerlich kochte er vor Wut über ihre Wortwahl. »Was Ihr uns da in Erinnerung ruft, kommt für uns alle zur passenden Zeit, Gesegnete«, erwiderte er.

»Vergesst nicht, dass es Eure Pflicht ist, die Wahrheit zu verkünden«, wandte sich Lanta an den Gottesblinden. »Lügt uns nicht an – was die Belagerung, den Krieg oder irgendetwas sonst betrifft. Werdet Ihr für die Roten Götter sterben?«

»Ich werde sterben, ich werde töten, ich werde leben, ich werde morden. Alles, was sie mir befehlen, muss ich tun. Etwas anderes kann ich nicht tun.« Die Augen des Gottesblinden waren eulenhaft und leer und blinzelten träge in der Sonne.

»Gut…«, begann Corvus, aber Lanta hob die Hand und schnitt ihm das Wort ab.

»Und huldigt Ihr Ihnen aus vollem Herzen oder weil Ihr Angst davor habt, etwas anderes zu tun?«

Der Gottesblinde schwieg so lange, dass sich in Corvus ein unbehagliches Gefühl breitmachte.

Schatten legten sich über das Gesicht des Mannes, sodass sich seine Züge nur schwer ausmachen ließen. Sie standen alle im Schatten, begriff Corvus plötzlich, obwohl die Sonne hell und ungetrübt am Himmel stand.

»Ihr seid über das Kommen des Gottesblinden unterrichtet worden, man hat Euch wissen lassen, wer er ist, und doch zweifelt Ihr immer noch«, knurrte der Gottesblinde unvermittelt, und da war ein harmonischer Wohlklang in seiner Stimme, den Corvus so noch nie gehört hatte, ein Timbre, das durch seine Knochen vibrierte und sein Gedärm mit Grauen erfüllte. Und es war eine höhere, weiblichere Stimme. Er klang wie eine Frau.

Der Gottesblinde deutete nacheinander auf jeden Einzelnen von ihnen. Trotz des Schattens waren seine Augen golden, und er wirkte größer als zuvor. Schwarze Schwaden umwirbelten ihn, zogen über ihn hinweg, verdeckten ihn und ließen ihn wieder sichtbar werden. »Zeigt Demut, wenn Eure Göttin zu Euch spricht. Lanta Costinioff, Tochter eines viertklassigen Kriegers und seiner pockennarbigen Bettsklavin, Ihr habt all Eure Bedeutung allein als mein Werkzeug erlangt. Madoc Fischer, Sklave vom See der Tänzerin, Euer Aufstieg erfüllt meine Wünsche, nicht Eure eigenen.«

Corvus spürte, wie ihm alles Blut aus dem Gesicht wich. Er fiel auf die Knie und drückte die Stirn ins Gras. *Es ist sie. Es ist sie in ihm.*

Der Kopf des Gottesblinden bewegte sich wie der einer Schlange, geschmeidig und drohend, während die anderen von ehrfürchtigem Grauen erfüllt niederknieten. »Prinz Rivil Evendoom, Euer Vater ist tot, und der Rat hat Tresh zum neuen König erwählt. Ihr seid übergangen worden, wie schon immer in Eurem Leben. Nur in mir habt Ihr einen Sinn und ein Ziel gefunden. Nur ich habe Euren Wert gesehen.« Der Gottesblinde klatschte kräftig in die Hände, und das Geräusch war so laut wie ein Donnerschlag. Lanta schrie auf, und Corvus wurde umgeworfen, als Valan sich instinktiv über ihn warf, um ihn zu schützen. »Mir dienen die niedersten Sklaven, die ich erhoben und denen ich Bedeutung verliehen habe, damit sie meinen Willen erfüllen, *und dennoch stellt Ihr mich infrage?* Zweifelt mein auserwähltes Gefäß an, meinen Gottesblinden? Glaubt, Euch über ihn erheben zu können? *Über mich?*«

Corvus konnte ihn nur aus dem Augenwinkel sehen. Die Gestalt des Gottesblinden veränderte sich, sodass er manchmal er selbst war und manchmal … etwas anderes. Er pulsierte und flatterte, seine Gestalt wandelte sich von Mann zu Frau, zu einer Schlange, einem entsetzlichen Monstrum und dann wieder zu einer Frau, und er deutete weiterhin auf sie, auf einen nach dem anderen, ganz ähnlich wie Lanta ihre Opfer auserwählte. Corvus spürte ein Ziehen in seiner Blase. Er presste den Unterleib zusammen.

»Würde es nicht allzu viel Zeit beanspruchen, würde ich einen Ersatz für jeden von euch finden. Unter den gegebenen Umständen solltet ihr immerhin wissen, dass ich mit euch unzufrieden bin. Schafft die nördliche Blide von der Nebenmauer weg und richtet sie wieder auf die Schwachstelle in der Stadtmauer. Männer und Belagerungsmaschinen müssen sich ohne Unterlass der Eroberung der Stadt widmen. Und stellt nie wieder die aufopfernde Hingabe des Gottesblinden infrage.«

Die göttliche Gegenwart schwand dahin, der Rücken des Gottesblinden krümmte sich, und er stellte sich auf die Zehenspitzen und stieß die Arme in den Himmel. Dann brach er zusammen. Einer seiner rudernden Arme traf Skerris im Gesicht und warf ihn um. Corvus schob Valan von sich herunter, richtete sich auf den Knien auf und starrte den Gottesblinden voller Ehrfurcht und Angst an. *Sie ist in ihm gewesen. Sie ist hier in der Welt gewesen, in ihm. Sie ist überall und in allem. Ich werde nie wieder zweifeln.*

»Skerris«, sagte Rivil mit zittriger Stimme, »stellt sofort die Blide um und bringt die Männer auf diese verdammte Mauer hinauf.«

»Wie Ihr befehlt, Majestät«, antwortete Skerris, erhob sich unbeholfen und eilte mit viel Hast und wenig Würde davon.

»Valan, schickt die Männer zur Mauer. Geht jetzt.« Auch Valan verschwand, und Corvus blickte zur Gesegneten, und sie sahen einander lange an. Sie war grau im Gesicht, ihre Pupillen geweitet. Ihre Finger zitterten.

»Unsere Füße sind auf dem Pfad«, flüsterte sie.

Corvus hörte ein Schluchzen und streckte den Arm aus. Sanft legte er dem Gottesblinden die Hand auf den Rücken. »Kommt schon, Mann, schauen wir, dass wir es Euch irgendwo bequem machen. Ihr werdet viel zu tun haben, bis das hier alles vorüber ist.«

TARA

Vierter Monat, achtzehntes Jahr der Herrschaft von König Rastoth
Hafen der Südtruppe, Fluss Gil, Westebene

Wenn du dich weiter daran zu schaffen machst, wird es abfallen.«

Tara riss die Hand weg, aber Sekunden später war sie schon wieder da und zupfte und zerrte an den Stichen, die die untere Hälfte ihres Ohres mit dem Rest verbanden. Die Verbände waren am Morgen abgenommen worden, und alles schien noch dort zu sein, wo es hingehörte, aber, bei den Göttern, es brannte, und die zweite Reihe von Stichen direkt unterhalb ihres Wangenknochens machte es ihr immer noch schwer, den Mund weit zu öffnen. Das Gähnen war eine verfluchte Qual. Trotzdem, ein Messer in den Kopf zu bekommen, hätte, alles in allem, auch erheblich gravierendere, tödliche Folgen haben können.

»Aber im Ernst, Ash«, sagte sie und presste sich beide Hände an die Brust, »bin ich denn immer noch hübsch?« Sie klimperte mit den Wimpern und lächelte, die Muskelbewegung zerrte an ihren Stichen, mit der Folge, dass sich ihre Lippen nach unten verzogen statt nach oben.

Ash schnitt eine Grimasse. »Du bist niemals hübsch gewesen, Carter. Ein Gesicht wie der Arsch eines Arsches.« Tara schlug nach ihm, und er duckte sich weg. »Na schön, lass uns das Ding mal in Augenschein nehmen. Götter, es ist wirklich verdammt hässlich«, sagte er und inspizierte schielend ihr Ohr. »Bist du dir überhaupt sicher, dass es dein Ohr ist? Es könnte jedermanns Ohr sein oder auch einfach ein Stückchen Knorpel, das sie vom Boden aufgelesen und festgenäht haben. Vielleicht ist es ja nicht einmal ein beschissenes Ohr.« Er legte den Kopf schräg und zupfte nun selbst daran herum. Tara stieß ein Zischen aus und zuckte zur Seite. »Weißt du, ich glaube eigentlich nicht, dass es ein Ohr ist. Sieht ein wenig aus wie ein Stück Vorhaut, so wie es einfach da hängt, ganz schrumpelig und nutzlos. Du solltest dich besser nicht allzu sehr erregen, Frau, du könntest einen Steifen bekommen.«

Tara versetzte ihm einen Stoß vor die Brust, und er stolperte lachend zurück. »Und da habe ich gedacht, das einzig Nutzlose, das an einem Schwanz hängt, sei ein Mann«, erwiderte sie, und Ash lachte wieder und klatschte anerkennend in die Hände. »Aber komm, Ash Schütze, ich glaube, wir wissen beide, dass ich der verdammte König von Rilpor wäre, wenn ich einen Schwanz hätte.«

»Also, Major, daran zweifle ich keine Sekunde«, sagte Ash, und gemeinsam zogen sie an den Brettern, die einst das Bootshaus gewesen waren, und schleppten sie zu dem wachsenden Haufen Holz hinüber. Die Schiffe, die nicht in dem von den Mirak gelegten Feuer zerstört worden waren, mussten instand gesetzt werden.

»Ich nehme mal an, dass du bei all deinen mannigfachen Fähigkeiten nicht auch noch eine Tischlermeisterin bist?«, fragte er.

»Ich kann einen Nagel überall reinhämmern, ohne dass er krumm wird, und das ist es auch schon so ziemlich«, erwiderte Tara.

»Kannst du vielleicht wenigstens für einen Moment aufhören, über Schwänze zu reden?«, jammerte Ash, und sie kicherte. »Und da habe ich gedacht, dass gerade dir diese Art Gespräch ganz besonderen Spaß machen würde.«

»He«, blaffte Ash, und sie fuhr überrascht zusammen. »Willst du, dass ich hingerichtet werde?«, zischte er und brachte sie damit zum Schweigen. »Wir befinden uns mitten in einer verdammten Armee, Weib, und was ich bin, würde mich umbringen, wenn irgendjemand Bescheid wüsste, also halt deine Scheißstimme leise.«

Tara errötete. »Es tut mir leid, Ash, wirklich. Es ist nur so, dass ... mir kommt es so vor, als hätte ich zum ersten Mal jemanden, mit dem ich reden kann. Jemanden, der weiß, wie es ist, anders zu sein.«

»Die Tatsache, dass du Titten hast, macht dich nicht zu einem schlechteren Soldaten«, sagte Ash achselzuckend, »und nur weil ich Männer mag, bin ich deshalb kein schlechterer Mann. Aber es ist eben der Rest der Welt, den wir erst überzeugen müssen, nicht wahr?«

Tara zog sich mit den Zähnen einen Splitter aus der Handfläche und spuckte ihn aus, während sie sich wieder auf den Rückweg zu den Ruinen des Bootshauses machten. »Wahre Worte. Also, sobald ich König von Rilpor werde, werde ich zwei Gesetze ändern – Frauen im Militär sind nichts Ausgefallenes, und ... gleichgeschlechtliche Liebe ist legal. Wie klingt das?«

Ash schüttelte den Kopf, aber er grinste. »Tara, Liebes, wenn dir die zum Königwerden notwendigen Körperteile wüchsen, wäre eine solche Gesetzesänderung sicher das Letzte, was dich beschäftigen würde.«

»Guter Einwand. Ich nehme an, dann sind wir also beide immer noch ziemlich im Arsch, hm?«

»Das denke ich auch. Und jetzt sollten wir wahrscheinlich einfach dieses Holz da wegschaffen, ja?« Sie hoben die nächste Ladung Bretter in die Höhe. »Und wenn du mich fragst, so hast du selbst ohne einen Schwanz immer noch mehr Eier als die meisten Männer, die ich kenne.«

»Oh, Ash«, seufzte Tara und klimperte wieder mit den Wimpern. »Du sagst mir so viele nette Dinge.«

Tara starrte verärgert auf die dahintreibenden Galeeren. »Gottverdammte Mistscheiße!«, brüllte sie über das Wasser und schreckte damit Wasservögel wie Soldaten gleichermaßen auf. Ein Schwarm Enten flatterte geräuschvoll empor und entfernte sich kreischend von ihr.

»Was ist passiert?«, erkundigte sich Major Crys Tailorson.

»Das verdammte Seil ist gerissen; es war angesengt, aber die Boote selbst scheinen unversehrt. Wir hätten diese Boote wirklich gut gebrauchen können«, fügte sie hinzu.

»Schiffe«, korrigierte Crys und begann an seinen Stiefeln zu ziehen. »Gib mir ein Stück brauchbares Seil, ja?«, bat er.

Tara musterte stirnrunzelnd zuerst ihn und blickte dann aufs Wasser. »Du willst da reingehen?«

»Warum nicht?«

Es gab eine Reihe von Gründen, warum nicht, und jeder Einzelne hatte mit den vielen Tausend Soldaten und Wölfen zu tun, die schreiend in den Tunneln von Eibenhain gestorben waren. Tara schluckte die in ihr aufsteigende Übelkeit herunter. »Bist du dir sicher?«

Crys runzelte die Stirn. »Natürlich bin ich mir sicher. Ich kann schwimmen.«

»Das konnte auch jeder Mann in der Westtruppe«, murmelte Tara. »Es hat sie nicht am Ertrinken gehindert.«

Crys schnallte seinen Schwertgürtel ab und zog sich Wams und Hemd aus. Der obere Teil seines Rückens und seine Rippen waren mit Blutergüssen überzogen, und es hatte den Anschein, als sei überall, wo sich ein Knochen abzeichnete, die Haut abgeschürft, sodass stellenweise das rohe Fleisch zu sehen war. »Das Seil«, forderte er und streckte die Hand aus. Tara warf ihm das Ende eines Taus zu. Crys band eine Schlaufe, streifte sie sich über Kopf und Arm, ließ sich an der Uferböschung hinab in den Fluss gleiten, watete hinein, bis ihm das Wasser an die Oberschenkel reichte, und begann zu schwimmen.

Alle entlang des Ufers stellten ihre Tätigkeiten ein, und Männer und Frauen traten an den Fluss und sahen zu, wie Crys mit kräftigen Zügen in Richtung der Boote schwamm, die in der Strömung davontrieben. »Verdammt, ist der irre?«, murrte Ash und stellte sich neben Tara. »Götter, er ist ein Idiot. Was macht er denn da?«

»Die Boote holen oder die Schiffe oder was auch immer«, antwortete Tara. »Wie kann er das einfach so machen? Einfach da hineinsteigen, als sei überhaupt nichts dabei? Als sei alles, was passiert ist, gar nicht geschehen?«

»Er ist auch gleich wieder in die Tunnel hinuntergegangen, um nach Überlebenden zu suchen, sobald wir draußen waren, wenn du dich erinnerst«, erwiderte Ash. »Zweimal. Ich habe damals gedacht, es sei einfach angestaute, überschüssige Energie, aber jetzt erkenne ich, dass es vielmehr Wahnsinn ist.« Ashs Knöchel waren weiß, wo er den Griff seiner Handaxt umklammert hielt. »Du hast das andere Ende dieses Seils gesichert, ja? Damit wir ihn wieder herziehen können?«

Tara warf einen Blick zum Tauende, das Stück für Stück aufs Wasser zukroch, und trat fest darauf. Errötend hob sie es hoch und folgte Crys dann am Ufer entlang, während er schwamm und sich den unbemannten Booten näherte. Er erreichte das Heck des Bootes, das ihm am nächsten war, griff hinauf und zog sich weit genug hoch, um das Seil über die Ruderpinne schlingen zu können, dann wuchtete er sich ganz hinein und vergewisserte sich, dass das Tau, das es mit den anderen Booten verband, fest und sicher war.

Er drehte sich zu Tara um und wirkte überrascht über den am Ufer entstandenen Menschenauflauf. »Alles klar, ihr könnt die Schiffe einholen«, und sein Arm beschrieb eine Kreisbewegung über seinem Kopf. Unter Mithilfe von einem halben Dutzend anderer machten sich Tara und Ash daran, an dem Seil zu ziehen, und die kleine Flotte kam zum Halten und glitt dann, Stück für Stück, in Richtung ramponiertes Dock zurück.

»Was ist?«, fragte Crys, als er aus dem Boot heraussprang. »Hast du dir etwa Sorgen gemacht, mein Lieber?« Er richtete seine Worte an Ash und zwinkerte dabei Tara zu.

Tara ließ das Seil los und starrte die beiden an. »Mein Lieber? Was ist da zwischen … Seid ihr beiden denn … was?«, stotterte sie.

Crys lachte und schlang die Arme um sie beide. »Jetzt kommt, wir müssen nach Rilporin.« Er lief zu dem Häufchen aus Kleidern und Stiefeln hinüber, das er im Gras liegen gelassen hatte. Die versammelten Männer lächelten ihn an und beglückwünschten ihn.

»Wie macht er das nur?«, murmelte Tara. »Wie bringt er Männer so mühelos dazu, ihn zu mögen?«

»Ich habe keine Ahnung«, antwortete Ash. »Und, nein, frag nicht. Was du nicht weißt, kann dir auch nicht schaden. Oder mir. Oder ihm.«

»Nun, ich freue mich für euch beide«, bemerkte sie und unterdrückte den leisen Anflug von Neid, der ihr durch die Brust zog.

Crys schaute zu ihnen hinüber und grinste, winkte sie heran, und als die tiefstehende Sonne sein Gesicht in Schatten tauchte, machte sich in seinen Augen ein gelbes Leuchten bemerkbar.

»Vielleicht noch wichtiger«, sagte Ash mit besorgter Stimme, »wie macht er *das*?«

»Stimmt«, erwiderte Tara. »Das ist … eigenartig.«

»Und es kommt immer häufiger vor«, sagte Ash beunruhigt. »Was ist das nur?«

»Wenn wir uns ins Zeug legen, können wir noch heute Abend die Anker lichten«, erklärte Crys, als sie zu ihm traten. Er verströmte eine nervöse, manische Energie, als würde er fiebern, aber von dem eigenartigen Glanz seiner Augen einmal abgesehen war er völlig gesund. *Gesünder als der Rest von uns. Er hat keine einzige größere Verletzung aus all den Kämpfen davongetragen, die er ausgefochten hat, oder wenn es da eine gegeben haben mag, dann ist sie inzwischen verheilt. Was eigentlich unmöglich ist.*

»Klingt gut«, sagte Tara. »Ich werde Oberst Dorcas und den General darüber in Kenntnis setzen, dass wir in einigen Stunden bereit zum Aufbruch sein werden. Dann sind wir morgen früh in Rilporin.«

Das trübte die Stimmung ein wenig, aber es war nun mal die Wahrheit, und sie alle wussten, weshalb sie hier waren. Nach allem, was in Eibenhain passiert war, war Tara davon überzeugt gewesen, dass sie es mit einer Meuterei zu tun bekommen würden, als Make seine Absicht verkündet hatte, als Nächstes der Belagerung von Rilporin ein Ende zu setzen, aber die Truppe kannte ihre Pflicht. Tara ließ ihren Blick über die erschöpften Gesichter um sie, Crys und Ash herumgleiten, und ihr schwoll das Herz vor Stolz. *Wir sind noch immer im Krieg.*

Sie bemerkte, wie die Männer Crys ansahen, wenn er nicht hinschaute, als sei seine Anwesenheit eine Art Talisman oder Trost für sie. Sie hatte das selbst schon das eine oder andere Mal so empfunden.

Wir müssen uns das nur zunutze machen, und wir werden nicht aufzuhalten sein, ganz gleich, was die Mirak unternehmen. Sie werden für ihn sterben, wenn er sie darum bittet, und er weiß es nicht einmal.

Sie winkte den Männern weiterzumachen und ging davon, ihr Schritt langsam und ihr Gesicht nachdenklich, während sie an ihrem angenähten Ohrläppchen herumfingerte. Diese Männer waren nicht die Einzigen, die für ihn sterben würden, begriff sie. Sie fühlte sich selbst zu ihm hingezogen, als sei er der

Norden und sie ein Magnet. Hinter ihr brach Gelächter aus, etwas, das sie seit Wochen nicht mehr gehört hatte, und sie wusste sogleich, wer dafür die Ursache gewesen war.

Wer bist du, Crys Tailorson? Und was bist du?

GILDA

Vierter Monat, einunddreißigster Tag der Belagerung, nachts
Lager der Mirak, vor Rilporin, Weizenland

Sie hatten ihr immer noch nicht erlaubt, ihn zu sehen und mit ihm zu sprechen. Er trottete hinter Corvus oder Lanta her, während ein anderer Krieger wiederum hinter ihm hertrottete und alles aufschrieb, was er sagte, als seien seine Worte heilig.

Er hatte ihr keinerlei Beachtung geschenkt, als er angekommen und an ihr vorbei zu seinem Zelt geschlurft war, immer noch nass von seinem Bad im Fluss und unter seinem blauen Mirakhemd zitternd. Es war, als würde er sie nicht mehr erkennen.

Es ist nur eine Finte. Er will nicht, dass sie erfahren, wie nah wir uns stehen, das ist alles.

Gilda glaubte ihren eigenen Lügen nicht, diesmal nicht. Während sich die Dunkelheit herabsenkte, saß sie draußen vor Lantas Zelt, an einen spitzen Stab gekettet, den jemand tief in die harte Erde gerammt hatte, eine leere Tasse und eine ebenso leere Schale an ihrer Seite. Sie hatten ihre Ration erneut verkleinert, und ihr Magen protestierte mit lautem Knurren. Nachdem sie nun im Feldhospital ihre Arbeit leistete, war eine Mahlzeit das Mindeste, was sie ihr schuldeten. Natürlich nur, solange sie nicht herausfanden, wie viele Soldaten sie bereits ins Licht zurückgeleitet hatte.

Sie zog sich ihre Decke fester um die Schultern und versuchte zu lauschen, konnte aber keine einzelnen Wörter verstehen, hörte nur das Lauter- und Leiserwerden von Stimmen, von Fragen und Antworten und wieder neuen Fragen, immer weiter und weiter, während in der Ferne Rilporins Ringmauer hell von Fackeln beleuchtet wurde, damit die Angreifer besser sehen konnten, wen sie töteten und wer wiederum sie tötete. Irgendetwas, das Dom gesagt hatte, hatte sie entscheiden lassen, die ganze Nacht hindurch zu kämpfen, und seit dem Nachmittag hatte es kein Nachlassen der Angriffe gegeben.

Dann ist es also so: Er hat ihnen mitgeteilt, dass Verstärkung auf dem Weg sei. Süße Tänzerin, gib, dass es die Wahrheit ist, selbst wenn sie nun das Überraschungselement nicht mehr auf ihrer Seite haben. Gib, dass es die Wölfe sind, Cam und Lim und Sarilla und all die anderen. Gib, dass es Tausende von Soldaten sind, überwältigende Zahlen, um diese Bastarde in den Dreck zu treten.

Sie wusste nichts über das Schicksal der Wölfe, die zum Blutpasstal marschiert waren, um der Westtruppe zu Hilfe zu eilen, nichts als die Berichte, die sie von Corvus mitbekommen hatte: dass einige die Schlacht dort überlebt hätten und ihnen gefolgt seien, und daher habe Corvus Männer zurückgelassen, um sie in den Tunneln von Eibenhain in einen Hinterhalt zu locken. Das war bereits vor Wochen gewesen, und seither hatte sie nichts Neues mehr gehört, aber jetzt saß Dom dort drin, und er würde sicherlich Neuigkeiten haben. Informationen über alles, was in den letzten Wochen geschehen war. Und sie konnte ihn nicht hören. Es trieb sie in den Wahnsinn.

»Wer ist gestorben?«, murmelte sie vor sich hin. »Wer aus meiner Familie ist ins Licht gegangen? Wie kann ich um sie trauern, wenn ich gar nicht weiß, um wen es sich handelt?«

Sie betete in der widerhallenden Stille ihres Schädels, betete für sie alle, lebendig und tot. Es erschien ihr nicht genug. Zum ersten Mal seit Jahrzehnten geriet Gildas Gebet ins Stocken, und all die Gräuel und Schreckensvorstellungen, denen man nicht aus dem Weg gehen konnte, wenn man die Ehefrau eines Kriegers war und auch die Mutter eines Kriegers, fluteten wie eine schwarze Welle über sie hinweg, der nicht einmal die Kraft einer Priesterin zu trotzen vermochte.

Sie weinte, und als sie genug geweint hatte, trocknete sie sich ihr Gesicht und setzte wieder ihre gewohnte Maske auf. Sollte nur irgendein Mirak versuchen, sie zu brechen. Sie war Priesterin Gilda, Kind des Lichtes, und sie konnten ihr ruhig noch das Allerschlimmste zufügen, denn es würde doch niemals so schlimm sein wie ihre eigenen dunklen Ängste.

»Ich habe ihr ein blaues Auge geschlagen«, flüsterte sie vor sich hin. »Habe die Gesegnete voll auf ihren Hintern purzeln lassen.«

Die Worte gaben ihr Auftrieb und neuen Mut, stählten ihre Willenskraft und stärkten ihr Rückgrat. Und dass Dom hier war, gab ihr etwas, worauf sie sich konzentrieren konnte, ein Ziel, auf das sie hinarbeiten konnte: hier rauskommen und ihn mitnehmen. Es war offensichtlich, dass er der Gottesblinde war, von dem Lanta gesprochen hatte.

Gilda hatte den Ausdruck noch nie zuvor gehört, aber es ließ sich nicht leugnen, dass Dom das Phänomen war, von dem sie mit solcher Ehrfurcht und Bangigkeit sprachen. Dass seine Offenbarungen ein solches Ausmaß angenommen hatten, dass er jetzt in die Zukunft schauen konnte. Und in die Vergangenheit. Und vielleicht auch in alles dazwischen.

Und es ließ sich ebenfalls nicht leugnen, dass sie dabei waren, ihn zu zerstören.

Dann schieben wir dem einen Riegel vor, bringen ihn in einen Tempel, wo ihn die Dunkle Dame nicht erreichen kann, wo er den falschen Ohren keine Geheimnisse anvertrauen kann, und wir werden ihn dort belassen, bis die ganze Sache vorüber ist.

Es ist ganz leicht. Ich muss nur aus meiner Kette schlüpfen, ihn von Lanta und Corvus wegschaffen, mich vor Einbruch der Morgendämmerung an den Rand des Lagers schleichen und einfach zusammen mit ihm verschwinden.

So leicht ist das.

Irgendwie war sie eingeschlafen, und jetzt war tiefe Nacht, dunkel und kühl und vom Lärmen Tausender Männer erfüllt, die schliefen, weinten, vor Schmerz stöhnten und, in der Ferne, kämpften, töteten und starben. Es gab nun keine geraunten Gespräche aus dem Zelt der Gesegneten mehr, und nur der dunstige orangefarbene Schein einer einzelnen Fackel drang noch durch die Zeltbahnen.

Wo mochte Dom sein? Bei Lanta oder bei Corvus? »Lanta«, hauchte Gilda. »Sie hat ein neues Lieblingsspielzeug, und sie wird ihn nicht gehen lassen. Ich bin ersetzt worden.« Ihr Lächeln war grimmig, als sie sich mühsam erhob.

Sie zog versuchsweise an der Kette, dann schlang sie sie sich um beide Fäuste, stemmte die Füße fest auf den Boden und zerrte mit zusammengebissenen Zähnen an dem Metall. Lange Sekunden geschah gar nichts, nur dass ihre Wirbelsäule zwischen den Schultern von der Anstrengung knisterte und knackte, doch dann, zuerst langsam, dann aber immer schneller, glitt der spitze Stab aus dem Boden.

Gilda schaute sich noch einmal um, diesmal etwas länger, doch die Mirak ruhten und schliefen, solange sie es konnten, und ohnehin würde niemand es wagen, mitten in der Nacht um das Zelt der Gesegneten herumzuschleichen, nicht wenn er nicht sein Augenlicht verlieren wollte.

Gilda legte die Glieder der Kette zusammen, schob sie in ihren zerlumpten Rock, damit sie nicht laut aneinanderschlugen, und nahm den spitzen Stab fest in die Hand. Die kühle, glitschige Erde gab unter ihren Fingern leise Schmatzgeräusche von sich, als sie sich mit angehaltenem Atem in Lantas riesiges Zelt hineinduckte. Es war eine Mischung aus Tempel und Schlafgemach, allein von der einen Fackel beleuchtet, der Boden mit Decken zum Schutz vor der Feuchtigkeit ausgelegt. Lanta saß mit dem Rücken zur Zelttür auf einem reich verzierten Hocker, die Hände über einer Rüstung, die sie mit einem komplizierten Schutzzauber belegte.

Nun ja, Mist. Du hättest jetzt eigentlich schlafen sollen.

Dom lag auf einem Knäuel von Decken zusammengerollt wie ein kranker Hund und zitterte im Schlaf. Seinen rechten Arm hielt er gegen die Brust gedrückt, während sich seine Augen unter den Lidern bewegten und er von schrecklichen Gräueln träumte. Gilda wollte schier das Herz in der Brust zerspringen, als sie ihn musterte. Sie hatten ihn rasiert und ihm das Haar gewaschen, bevor sie es ihm aus dem Gesicht gestrichen und nach hinten gebunden hatten, und sie sah die Kanten und Wölbungen seines Schädels unter der papierdünnen Haut. Sein Kopf war nun ganz hervorstechende Wangen- und Kieferknochen, eingesunkene Augen und zerkaute Lippen. *Oh, Sohn, was hast du dir angetan? Ich habe schon Leichen mit mehr Leben in sich gesehen. Nils hat besser ausgesehen als du jetzt, sowohl bevor als auch nachdem ich ihm das Messer in den Schädel gerammt habe.*

Gilda wog den spitzen Stab in ihrer Hand; seine Oberfläche war von der Erde matt und glanzlos, sodass sie kein Licht reflektieren konnte. Sie schlich näher heran und studierte die Linien von Lantas Hals, wo er unten auf ihre Schulter traf und oben auf den Hinterkopf. Nur ein einziger kräftiger Stoß. Sie trat einen weiteren Schritt heran. Ihre Hände zitterten nicht.

Bin ich wirklich hier hereingekommen, um zu töten? Ist es das, wozu diese Menschen mich gemacht haben? Nein, natürlich nicht. Aber sie muss ... schlafen. Sie hob den spitzen Stab.

»Ich werde Scell auspeitschen lassen, weil er dich so leicht hat entkommen lassen«, bemerkte Lanta in freundlichem Ton, während sie ihren Schutzzauber für die Rüstung abschloss – höchstwahrscheinlich war es die von Corvus. Ihre Stimme war leise und honigsüß, der harte Mirak-Akzent rollte ihr glatt von der Zunge. Sie machte sich gar nicht erst die Mühe aufzuschauen.

Gilda ging um sie herum und setzte sich auf den Hocker ihr gegenüber. Lantas Lächeln hatte etwas von einem Reptil. »Scell interessiert sich mehr dafür, in Leichen herumzustochern, als mich zu bewachen«, erklärte sie und ließ den spitzen Stab auf den Boden neben ihrem Fuß fallen. »Mir graut bei dem Gedanken daran, worin er heute Nacht wohl wieder überall herumstochert. Und außerdem bin ich eine alte Frau, die von einem Sklavenhalsband samt Kette niedergedrückt wird. Ich stelle keine Bedrohung dar, daher bewacht mich auch niemand.«

»Und doch bist du hier in meinem Zelt, ohne Begleitung und wohl auch bewaffnet. Manche Menschen würden das bedrohlich finden.«

»Aber Ihr nicht? Weil wir dergleichen längst hinter uns haben, nicht wahr, Gesegnete?« *Obwohl mir die Erinnerung an meinen Hieb in dein Gesicht noch immer das Herz wärmt.* Sie schaute sich im Zelt um, ohne ihre Bewunderung zu verhehlen. »Ein hübsches Plätzchen habt Ihr hier. Die Entbehrungen der Belagerung gehen an Euch wohl völlig vorbei, hm? Und auch einen Freund, um Euch des Nachts warm zu halten.« Sie deutete auf Dom und sah, wie sich die Muskeln um Lantas Augen anspannten. »Oh, er entspricht wohl nicht Eurem Geschmack?«

»Der Gottesblinde entspricht sehr wohl meinem Geschmack, nur nicht auf die Art, die du da andeutest.«

»Was ist denn ein Gottesblinder?«, fragte Gilda und spielte die Karte der dummen alten Frau aus, an die sie beide längst nicht mehr glaubten. Lanta lächelte nur, und Gildas Blick ging wieder zu Dom hinüber. Sie spürte, dass er sie forschend ansah. Das Glitzern von Augen in der Düsternis war ihr nicht entgangen, aber sie gab ihnen beiden nicht zu erkennen, dass sie es bemerkt hatte. *Gut, zumindest bist du wach. Das ist immerhin ein Anfang, wenn wir von hier verschwinden wollen.*

»Dom Templeson, Wolf, Calestar und dein Adoptivsohn«, sagte Lanta, und Gildas Aufmerksamkeit kehrte jäh zu der Frau ihr gegenüber zurück. Lantas Kichern war die reine, konzentrierte Bosheit. »Hast du geglaubt, er sei immer noch dein, alte Frau? Hast du geglaubt, ihn retten zu können?« Sie heuchelte Überraschung. »Ist das der Grund, warum du hier bist? Du wolltest mich umbringen und dich mit deinem Jungen davonschleichen, wolltest mit ihm in die Wildnis zurückkehren und dann warten, bis die ganze Sache vorüber ist?«

»Etwas in der Art«, bestätigte Gilda achselzuckend. »Obwohl ich keine Mörderin bin. Aber Ihr habt meine Frage nicht beantwortet.«

»Ein Gottesblinder«, erläuterte Lanta mit erzwungener Geduld, »ist blind gegen alles andere als das, was ihm die Götter zeigen. Eure Götter, meine Götter, wer immer es wünscht. Auch wenn er behauptet, er habe seit Wochen nichts mehr von der Tänzerin und dem Fuchsgott gehört. Komisch, nicht wahr, dass ihm die Tänzerin jetzt, da er nichts als ein stiller Teich ist, der nur darauf wartet, dass sie ihre Worte auf seine Oberfläche schreibt, nicht das Geringste zu sagen hat. Was glaubt Ihr, woran das liegt?«

»Weil er tut, was sie von ihm will«, antwortete Gilda mit ruhiger Stimme. »Er ist nicht um Euretwillen hier, Gesegnete, oder weil die Dunkle Dame es befohlen hat. Er ist hier, weil die Tänzerin ihn hier braucht. Und sie wird uns allen ihre Absichten schon bald genug enthüllen.«

Das brachte Lanta aus dem Konzept. »Du hast keine Ahnung, worüber du da redest«, betonte sie. Zur Antwort zuckte Gilda nur mit den Schultern und sah zu, wie ihr Gegenüber verärgert zusammenfuhr. Dann befüllte Lanta einen Becher mit Wein und reichte ihn Gilda. Ihr Lächeln war warm genug, um einen Gletscher schmelzen zu lassen. Reflexhaft nahm Gilda den Becher entgegen und schnupperte daran. Lanta lächelte. »Er war außerordentlich offen, dein Junge dort drüben. Hat uns so viele Sachen erzählt. So viele interessante, nützliche Sachen. Gottesblinder, ich bin mir sicher, dass Gilda gern wissen würde, wer von ihrer Familie – und damit auch von Eurer, nehme ich an – abgeschlachtet worden ist. Möchtet Ihr es ihr mitteilen?«

»Nein«, ging Gilda dazwischen und hob die Hand. Sie schluckte den Wein zu schnell herunter und musste husten. »Nein danke. Dom braucht seine Gabe nicht vor mir zur Schau zu stellen. Ich war im Laufe der Jahre bei Dutzenden der ihm zuteilgewordenen Offenbarungen zugegen, ich weiß, wie sie sich gestalten.« Ihr Herz hämmerte wild, und eine Stimme schrie in ihrem Kopf: *Ja, sag es mir, sag mir, wer noch lebt. Cam? Lim? Sarilla? Sag es mir!*

»Bist du dir sicher?«, fragte Lanta, als sich Dom aufrichtete. Er beobachtete den Wortwechsel mit einer manischen Energie, einer diebischen Freude, die schon an Hysterie grenzte – wie sie Gilda bei ihm noch nie zuvor erlebt hatte. Das, dieser Blick, war nicht der Mann, den sie kannte, und auch nicht der Junge, an den sie sich erinnerte.

»Darf ich?«, fragte Gilda und stand auf. »Dom, mein Lieber …«

»Du darfst nicht«, sagte Lanta, und wenn ihr Lächeln zuvor warm gewesen war, so war ihre Stimme jetzt eisig. »Setz dich wieder und trink, wir sind hier noch nicht fertig.«

Gilda nahm Platz und nippte an ihrem Wein. »Habt Ihr schon immer Priesterin sein wollen?«, erkundigte sie sich nach einer Pause. Dom kniete noch immer ganz in der Nähe, und sein Blick schnellte zwischen ihnen hin und her, vielleicht in der Erwartung von Anweisungen. »Ist die Priesterschaft der einzige Weg an die Macht, wenn man nicht ständig in Bett um Bett steigen will, bis man sich zu jemandem mit einem Funken Befehlsgewalt hochgeschlafen hat?«

Lanta schnaubte verächtlich. »Es war mir niemals bestimmt, die Gemahlin eines Kriegers oder sogar eines Kriegshäuptlings zu sein, so wie es dir nie bestimmt war, eine Bauersfrau zu sein. Frauen wie wir kontrollieren die jeweilige Welt, in der wir leben. Wir formen die Welt nach unserem Willen; wir werden nicht von ihr geformt. Ich will den Göttern dienen. Als Gegenleistung haben sie mich mit einer hohen Stellung und einer Stimme im Rat des Königs beehrt.«

»Also, formt Ihr Eure Welt jetzt nach Eurem Willen oder nach dem der Götter?«

Lantas Lächeln war voller Mitleid. »Ich bin ihr Instrument – mein Wille und der ihre sind wie ein einziger.« Sie trank, und Gilda musterte die bleiche Säule ihres Halses, als sie schluckte, und sie fragte sich, wie es sich wohl anfühlen würde, die Kette darumzulegen und dann daran zu ziehen.

»Wie glücklich Ihr doch seid, Euch so völlig eins mit Euren Göttern zu fühlen, keinen Zweifel zu kennen«, sagte Gilda. Ihr Blick wanderte wieder zu Dom hinüber. »Schlaf, Sohn. Es gibt hier nichts für dich zu tun.« Dom senkte den Kopf und legte sich nieder. Lanta zog die Stirn in Falten. Gilda roch den Schlamm in ihren Handlinien – lehmig, herb, ein Anflug von Metall –, während sie Lantas Gesicht und Augen musterte. »Seht, ich gehe nirgendwohin. Ich glaube, das wissen wir beide. Dom kann nicht mit mir kommen, bis er seine Aufgabe erfüllt hat, und jetzt, wo er hier ist, werde ich ihn nicht verlassen. Er ist wie eine Kette für mich, und daher frage ich mich, ob nicht eine Möglichkeit besteht, dass Ihr mir dieses Sklavenhalsband abnehmt? Es scheuert so schrecklich.«

»Treib es nicht zu weit, alte Frau. Wir sind weder Freundinnen, noch sind wir Verbündete.«

Gilda blähte die Wangen auf. »Warum bin ich immer noch

hier, Lanta?«, fragte sie und bemerkte, wie sich die Lippen der Gesegneten weiß färbten, als sie sie beim Namen nannte. »Welchen Sinn hat das? Wir haben jede den Glauben der anderen analysiert, die heiligen Prozesse und Praktiken. Ihr habt meine Stadt vernichtet, meinen Tempel und mein Volk, und Ihr seid auf bestem Wege, diesen Krieg zu gewinnen. Welchen Nutzen habe ich bei alledem für Euch gehabt?«

»Willst du, dass ich dich umbringe?«, wollte Lanta wissen.

Gilda lachte leise. »Nein, ich will, dass Ihr mir meine Halsfessel abnehmt und mich bei meinem Sohn bleiben lasst, damit ich ihn, so gut es geht, besänftigen kann. Und wenn alles vorüber ist, könnt Ihr mich – könnt Ihr uns beide – gehen lassen. Das ist es, was ich will. Und was wollt Ihr?«

Lanta schwieg.

»Abgesehen davon natürlich, dass Ihr Königin werden wollt«, fuhr Gilda fort. Wieder stieg ihr der Geruch der Erde an ihrer Hand in die Nase, während Lantas Züge hart und fest wurden. »Ich habe es noch nie zuvor bemerkt, aber Ihr seid einsam. Deshalb werdet Ihr mich nicht gehen lassen, aber Ihr werdet mich auch nicht hinrichten. Ich bin keine Mirak, daher könnt Ihr mit mir reden, ohne Euch darum sorgen zu müssen, dass ich es jemand anderem verraten werde – ich meine, wer würde mir schon glauben?« Einer instinktiven Regung folgend, streckte sie die Hand aus und griff nach Lantas Hand, ohne dass diese irgendeine Reaktion zeigte. »Ihr seid vollkommen allein in einem Lager mit Tausenden von Menschen. Das muss schrecklich sein.«

Lanta verkrampfte sich und zog die Hand weg. »Ich bin niemals allein; meine Götter wandeln mit mir.«

Gilda hob beide Hände. »Ich verlange von Euch kein Geständnis, gute Frau, sondern bitte nur um ein Gespräch. Freundschaft. Ich meine, warum nicht? Was habt Ihr zu verlieren?«

Absichtsvoll und demonstrativ wischte sich Lanta die Hand an ihren Röcken ab – die Bedeutung ihrer Geste ließ an Klarheit nichts zu wünschen übrig. »Ich habe keinen Bedarf an Freunden oder an Gesprächen. Ich lebe einzig und allein, um meinen Göttern zu dienen, um meinem Volk ihre heiligen Worte zu übermitteln, um meinem König in seinen Pflichten behilflich zu sein. Das ist Balsam genug für meine Seele. Sonst brauche ich nichts.«

Gilda kratzte sich die wundgescheuerte Haut unter ihrer Halsfessel, und das Brennen der offenen Wunde ließ sie aufstöhnen. »Aber was ist, wenn die ganze Sache schiefgeht? Was, wenn Ihr verliert? Dann werdet Ihr eine Freundin brauchen, jemanden, der für Euch einsteht.«

»Wir werden nicht verlieren«, entgegnete Lanta, genau wie es Gilda erwartet hatte. »Meine Götter werden es nicht zulassen.«

»Na gut, aber was ist mit der Liebe? Ihr seid Eurem König Liris recht … nahegestanden, wie ich gehört habe, und Rillirin hat mir erzählt, dass er einfach abscheulich war. Aber niemand kann Corvus' Anziehungskraft leugnen.« Sie lachte über Lantas Gesichtsausdruck, bemerkte aber auch Doms Zusammenzucken bei der Nennung des Namens Rillirin; sie war seine Geliebte, seine Hoffnung auf Erlösung. Wenn überhaupt irgendetwas zu ihm durchdringen konnte, dann waren es sicherlich die Erinnerungen an sie. »Ich bin alt, aber ich bin nicht tot«, fuhr Gilda fort, bevor Lanta bemerkte, wie sehr sie auf Dom konzentriert war. »Ich weiß einen hübschen Mann genauso zu schätzen wie Ihr. Also, was hält Euch auf? Oder zieht Ihr Prinz Rivil vor? Oder vielleicht Valan, den Stellvertreter des Königs?«

Lanta blinzelte unwillkürlich.

Ah, war da irgendetwas aufgeblitzt? Valan? Als Stellvertreter des Königs würde er herrschen, falls Corvus ohne direkte Nachkommen starb. Natürlich müsste man dafür Corvus' Tod in die Wege leiten und den Tod jedwe-

der Kinder, die er vielleicht haben mochte, aber ich glaube nicht, dass du damit große Probleme haben würdest, nicht wahr, Lanta?

»Ich bin deines Gefasels müde«, blaffte Lanta, und ihre erhitzte Stimme sowie ihre heißen Wangen überzeugten Gilda davon, dass sie auf der richtigen Spur war. »Die Götter sind mein Beistand, und sie sind alles, was ich brauche. Liris benötigte … Anweisungen, was die richtige Form der Huldigung betraf, das war alles.«

Gilda zog eine Augenbraue hoch und gab ein gehüsteltes Lachen von sich. »Wirklich? Soviel ich gehört habe, war Liris ein fetter alter Ziegenbock, und ich habe diesen Kerl gesehen, Skerris. Er ist ein großer, verschwitzter Bastard – und obendrein ein gesalbter Priester. Vielleicht könntet Ihr ihn eines Abends zu Euch einladen.« Sie tippte sich an die Nase. »Ihr seid zu verspannt, Lanta, zu steif. Ich glaube, es würde Euch ungeheuer guttun, mal so richtig nach Strich und Faden rangenommen zu werden.«

Lanta sprang auf, von einer Flutwelle aus Empörung und blauen Röcken emporgetragen. »Du widerst mich an«, knurrte sie und beugte sich so dicht über die andere Frau, dass Gilda ihr Atem über die Wange strich.

Gilda lachte und stand ebenfalls auf, zwang Lanta zurückzuweichen. »Hört mal, wenn Ihr Valan mögt, so nehmt ihn Euch doch. Er ist der Stellvertreter des Königs, wenn also Corvus ohne direkte Nachkommen stirbt – und wir befinden uns schließlich mitten in einem Krieg –, wird Valan König, und Ihr seid dann nur noch einen Schritt davon entfernt, Königin zu sein und alles zu haben, was Ihr Euch je erträumt habt.«

»Ich … Halt den Mund, halt einfach verdammt noch mal den Mund!«, schrie Lanta, und das Gebäude ihrer zur Schau getragenen Gelassenheit stürzte ein. »Ich weiß nicht, was du da zu wissen glaubst, aber es stimmt nicht. Du weißt gar nichts.«

Gilda neigte den Kopf zur Seite. »Ich weiß, dass Ihr Königin werden wollt. Ich weiß, dass Ihr alles tun werdet, um das zu erreichen, dass Ihr jeden töten werdet, den Ihr dafür töten müsst, jeden heiraten, den Ihr dafür zu heiraten habt. Vielleicht glaubt Ihr, dass Valan ein … gefügigerer König wäre und ein sehr dankbarer Ehemann. Ich meine, Ihr würdet ihn zweifellos nach einigen Jahren umbringen, um dann allein zu herrschen. Sowohl Gesegnete als auch Königin zu sein. Ich muss zugeben, das hat schon was.«

Lanta machte einen Schritt auf sie zu wie ein angreifendes Raubtier; ihre Verfassung war in Sekundenschelle von entrüstet zu gefährlich gewechselt. »Vielleicht werde ich mir ja auch deinen Sohn ins Bett holen«, zischte sie, »und ihn auf ewig an mich und den Dunklen Pfad binden. Vielleicht werde ich ihm Wonnen zeigen, von denen er bisher nur hat träumen können, wenn wir mit den Roten Göttern Zwiesprache halten und ich mich dabei von ihm nehmen lasse. Glaubst du, er wird dann tun, was deine Tänzerin ihm befiehlt? Hast du Lust, die Stärke seines Glaubens auf die Probe zu stellen?«

»Ich kenne Dom«, sagte Gilda, so ruhig sie konnte, aber ihre Hände waren plötzlich ganz klebrig vor Schweiß. Sie neigte normalerweise nicht dazu, ihre Feinde zu unterschätzen, aber hier hatte sie genau das getan, und zwar auf verheerende Weise. »Seine Liebe gehört Rillirin, König Corvus' Schwester. Er würde sie niemals verraten.« Wieder jenes Zusammenzucken. »Und die Tänzerin gibt keine Befehle.«

Ich kenne Dom wirklich gut, und ich weiß, dass er sich nicht benutzen lassen würde. Ich weiß, dass er gegen das alles hier ankämpft, dass er mit allem, was in ihm steckt, gegen die Dunkle Dame kämpft. Und ich weiß, dass er gewinnen wird.

Ich weiß es.

»Meinst du?«, fragte Lanta hinterlistig und jäh amüsiert. »Denn ich denke, du wärst überrascht festzustellen, wie wenig du ihn tatsächlich verstehst. Kommt her, Gottesblinder«, fügte sie hinzu, und Dom stand auf und trat neben Lanta. »Wen liebt Ihr?«, schnurrte sie. Die eine Hand hatte sie ihm auf den Rücken gelegt, in der anderen hielt sie plötzlich irgendwie ein Messer, das auf Gilda zeigte.

Gilda trat vorsichtig einen Schritt zurück. »Na schön, na schön, ich entschuldige mich«, sagte sie und hob beschwichtigend die Hände. »Ich werde einfach gehen und mich draußen wieder anketten, und wir vergessen die ganze Sache, nicht wahr?«

»Bleib, wo du bist. Du solltest sehen, wozu der Junge, den du in deinem Tempel großgezogen hast, geworden ist. Gottesblinder, beantwortet die Frage. Wen liebt Ihr?«

Doms Lächeln war wahnsinniger als aller Wahnsinn. »Meine Füße sind auf dem Pfad, und meine Liebe, meine einzige Liebe, gilt unserer Blutigen Mutter. Alle anderen sind für mich tot. Sie ist Wasser für mich, sie ist Blut, und ich werde in ihr baden und wiedergeboren werden.«

»Oh, Götter«, hauchte Gilda. »Dom, hör mir zu. Hör deiner …«

»Halt den Mund, alte Frau. Ich bin fertig mit dir, mit deinen schlauen Worten und deinen schlauen kleinen Beleidigungen. Du hast ganz recht, ich brauche tatsächlich einen Freund, und Dom wird dieser Freund sein, nicht wahr, Dom? Du und ich und die Dunkle Dame und der heilige Gosfath und die Unterwerfung von Gilgoras.«

»Ja«, flüsterte er, »mein Leben, um zu dienen. Es gibt nichts als den Pfad, nichts als sie.«

»Sie hat durch ihn gesprochen, weißt du«, sagte Lanta beiläufig. »Sie ist in seinen Körper eingedrungen und in diese Welt getreten und hat durch ihn zu uns – zu mir – gesprochen. Ich konnte sie in ihm sehen. Der Gottesblinde ist jetzt ein lebendes Opfer, eine dauerhafte Verbindung zu den Göttern. Jeder einzelne Atemzug ist eine Qual für ihn und eine Ehrung der Götter. Das ist es, was dein Junge jetzt ist.«

Gilda lagen schon Widerworte auf der Zunge, doch dann sah sie Dom mit dem klaren, unvoreingenommenen Blick ihres Standes an, und sie schwieg. So sehr der Schmerz sie auch peinigte, sie schwieg.

Ihr Triumph ließ Lanta hässlich werden. »Und Rillirin? Liebst du sie immer noch?«, fragte sie und streichelte Doms Schulter, als sei er eine junge Färse, die sie zu kaufen erwog.

Dom blinzelte nur ein einziges Mal. »Auch wenn sie meinen Samen im Leib trägt, auch wenn ihr Kind im Licht oder im Blut geboren wird und, so oder so, das Schicksal der Welt besiegeln könnte, auch wenn ihre Vergangenheit meine Zukunft ist und sie nichts weniger als die Zerstörung von Gilgoras in ihrem Schoß tragen mag, bedeutet sie mir nichts. Meine Dame, meine Liebste, ist dunkel und blutig und wunderschön.«

Gilda kippte auf den Fersen zurück, und der schockierte Blick, den sie jetzt auf Lanta richtete, zeigte ein gleiches Maß an Ungläubigkeit. Rillirin war schwanger mit Doms Kind?

Geboren im Licht oder im Blut? Nichts weniger als die Zerstörung von Gilgoras? Was für einen Wahnsinn redet er da? Wie? Wann?

»Wer weiß sonst noch davon?«, blaffte Lanta und hielt das Messer jetzt unter Doms Rippen. All ihre selbstgerechte Überlegenheit hatte sich unvermittelt in Luft aufgelöst.

»Niemand. Sie weiß es selbst noch nicht einmal. Wir können es ihr mitteilen, wenn sie morgen hier ankommt. Wenn wir sie nach Hause holen.«

»Dom!«, rief Gilda und packte ihn. »Was tust du da? Hör auf, solche Dinge zu sagen. Es geht um Rillirin, es geht um dein Kind. Du darfst auf keinen Fall …«

Lanta drückte Dom ihr Messer in die Hand. »Niemand sonst darf etwas davon erfahren, Gottesblinder. Töte sie!«

Gilda blieb das Herz stehen. *Nein. Heilige Tänzerin, Dame, geklei-*

det in Sonnenlicht, lass ihn das nicht tun. Nicht meinen Jungen. »Dom, warte eine …«

»Ich habe gesagt, töte sie. Sofort.«

Dom trat vor, und Wahnsinn glänzte auf seinem Gesicht und auf der Schneide der Klinge.

CRYS

Vierter Monat, achtzehntes Jahr der Herrschaft von König Rastoth
Zugang zum Südhafen, Fluss Gil, vor Rilporin, Westebene

Rilporin lag unter heftigem Beschuss.

Eine Blide nagte fortwährend an der Nebenmauer, die seitlich aus der ersten Bastion ragte und hinunter zum Fluss führte, um einen Zugang zum Stadttor über den Landweg zu versperren. Wurf um Wurf, Stein um Stein wurde die Mauer abgetragen. *Und wie sind die Mirak eigentlich an eine Blide gekommen?*

Sie waren immer noch zu weit entfernt, als dass die Rufe sie hätten erreichen können, aber Crys sah die hektische Betriebsamkeit um die Belagerungsmaschine herum sowie Gestalten, die aus den Gräben und Erdwällen sprangen, die sich von den Feldern hinab Richtung Fluss erstreckten. Man hatte sie bereits entdeckt. Verdammt.

Rilporin selbst hielt der Belagerung immer noch stand, lag stolz und groß und vom Krieg gezeichnet vor ihnen. Von den Palasttürmen flatterte die scharlachrote Flagge, und die herüberdringenden Geräusche der Schlacht hatten etwas Verzweifeltes, als seien die Verteidiger müde und erschöpft. *Als seien sie dabei zu verlieren.*

»In Ordnung, Jungs, die Sache wird furchtbar, aber an so etwas sind wir gewöhnt, und die Palasttruppe braucht uns, also haltet die Köpfe gesenkt und die Schilde hochgereckt. Männer an den Rudern, legt euch in die Riemen. Wir müssen so schnell wie möglich anlegen und abladen, um den Schiffen hinter uns Platz zu machen.«

»Es ist eine von der Truppe gefertigte Blide, Hauptmann«, meldete sich Tara zögernd zu Wort. »Wo haben die nur eine unserer Bliden her? Und sie haben Scharlachrot gehisst.«

»Ich weiß. Rastoth muss also tot sein«, erwiderte Crys mit leiser Stimme. »Sie würden diese Fahne für niemanden sonst hissen. Was die Blide betrifft, Durdil hat sicher Verstärkung angefordert. Vielleicht haben diese Leute sie mitgebracht, mussten sie dann aber zurücklassen?«

»Hm«, brummte Tara, ebenso wenig überzeugt wie er selbst. »Selbst wenn es ihnen gelungen wäre, eine Blide den ganzen Weg bis hierher zu schleppen, hätten sie sie doch eher zerstört als zuzulassen, dass sie den Mirak in die Hände fällt. Und was Rastoth betrifft: Wenn er tot ist, was bedeutet das dann für uns? Sein Erbe ist Rivil. Wenn wir uns gegen ihn stellen, ist das Hochverrat.«

Crys runzelte die Stirn. »Dann begehen wir aber schon seit geraumer Weile Hochverrat: Rivil ist ein Verräter, der sein Leben verwirkt hat. Er hat sich mit den Mirak verbündet, und schau nur, dort drüben ist noch eine andere Streitmacht, eine große. Sie müssen Söldner mitgebracht haben – vielleicht haben sie die Bliden gebaut? Das ändert nichts an unseren Befehlen. Wir haben immer noch einen Krieg zu gewinnen.«

»Aber keinen König, für den wir ihn gewinnen können.«

»Kein König ist immer noch besser als kein Sieg.«

Tara sah aus, als wolle sie Einwände erheben, aber dann brüllte Make von der vordersten Galeere etwas übers Wasser, und sie eilten zum Bug, um zu hören, was er zu sagen hatte.

»Also schön, Westtruppe, passt auf«, rief Make, die Hände um den Mund gelegt. Wölfe und Soldaten drängten sich an der Reling. »Sie haben eine Blide, mit der sie die Nebenmauer am Weg zum Hafen unter Beschuss nehmen, was schlimm ist, und sie haben uns entdeckt, was noch schlimmer ist. Einige der Mirak steuern das Ufer an, und sicher sind Bogenschützen darunter, daher werden wir mindestens während der letzten Meile in die Stadt unter Dauerbeschuss stehen, und wahrscheinlich werden wir es auch mit der Artillerie zu tun bekommen. Ich muss euch nicht erst erklären, was ein direkter Treffer durch diese Blide anrichten dürfte. Es gibt zwischen hier und der Stadt keine Anlegestelle, daher steuern wir direkt in den Südhafen hinein und begeben uns dann über die Brücke zum Stadttor. Wir können erwarten, dass wir durch Artilleriebeschuss und die Pfeile der Bogenschützen von der ersten Bastion und vom Südturm her unterstützt werden, aber trotzdem ist die Brücke breit und nach allen Seiten offen – wir werden gut sichtbare Ziele abgeben, also will ich, dass ihr euch beeilt. Verstanden? Sagt es allen weiter. Ruderer, macht euch bereit, volle Geschwindigkeit zu gehen, und um der Tänzerin willen, zieht die Köpfe ein.« Er hielt einen Moment inne. »Viel Glück.«

»Mist«, murmelte Tara. »Er wünscht uns sonst nie Glück. Jetzt weiß ich, dass wir so gut wie tot sind.«

»Hast du hier alles im Griff?«, fragte Crys. Er deutete auf die Galeere an Steuerbord. »Denn dann werde ich zu denen da rübergehen, um ihnen zu helfen. Die Wölfe sind gute Matrosen, aber wir werden die Schiffe in aller Eile festmachen und von Bord gehen müssen. Da könnte ich von Nutzen sein.«

»Dann geh schon, geh«, sagte Tara, und Crys grinste, salutierte, lief zur Bordwand, stieß sich von der Reling ab und warf sich in die Fluten, dem Schiff der Wölfe entgegen. Das Wasser war viel kälter und sein Kettenhemd viel schwerer, als er erwartet hatte, aber er brauchte nur wenige Züge zu schwimmen, bis ihm Ash auch schon ein Seil zuwarf.

»Verdammt, bist du wahnsinnig?«, zischte er, als Crys sich über die Reling hievte und in einer Pfütze auf dem Deck zusammensank. »Du hättest ertrinken können.«

Crys tat seine Worte mit einer knappen Handbewegung ab. »Was soll ich sagen?« Er senkte die Stimme. »Ich habe dich vermisst.«

Ash fuhr sich mit der Hand durch sein gelocktes Haar und schüttelte den Kopf. »Verrückter Idiot«, maulte er, aber um seine Mundwinkel lag ein Lächeln. Er deutete auf den ungeordneten Haufen an Ausrüstungsgegenständen, die um den Mast herum verstaut waren. »Da drüben findest du ein Ersatzhemd und ein Wams. Du kannst geradeso gut auch trocken sterben.«

»Immer ganz Optimist«, bemerkte Crys, während er sich das Kettenhemd über den Kopf zog und zusammenzuckte, als es an seinen Haaren riss. Er warf den Kopf zu Lim herum. »Wie geht es dem Häuptling?«

»Er freut sich darauf, sein Schwert in Blut zu tauchen, und ist wahrscheinlich tollkühn genug, sich dabei umbringen zu lassen.« Ash saß mit der Mühelosigkeit eines geborenen Seemanns auf der Reling und beobachtete mit offener Bewunderung, wie Crys aus seinem Wams und seinem Hemd schlüpfte. Crys errötete, aber er nahm sich trotzdem ein paar Sekunden zusätzlich Zeit, sein nasses Hemd auszuwringen und damit durch sein Haar zu schrubben. Als er den Stoff von seinem Gesicht wegnahm, war Ashs Lächeln noch breiter geworden, und Crys' Lippen zuckten angesichts der Wertschätzung, die ihm da entgegengebracht wurde.

»Hauptmann Tailorson, zieh deine blutverschmierte Rüstung wieder an, bevor du dir einen Schuss in deine wenig beeindruckende Brust einfängst«, rief Tara herüber, was auf beiden Galeeren Gelächter und Johlen hervorrief. Eine Erleichterung für alle – die drückende Anspannung wurde so ein wenig gemindert. Crys schlüpfte hastig in die frischen Kleider und ließ sich von Ash das nasse Kettenhemd wieder über Kopf und Arme ziehen.

»Genug jetzt!«, brüllte Make, bevor Crys reagieren konnte,

und es lag wenig Fröhlichkeit in seiner Stimme. »Ruderer, gebt alles. Ihr Übrigen, schützt euch. Am Nordufer stehen Mirak; wir werden es bald mit feindlichem Beschuss zu tun bekommen.«

Die Stimmung trübte sich schneller wieder ein, als sie sich zuvor aufgehellt hatte. Crys zerrte sich sein Kettenhemd zurecht und zog dann Schwert und Dolch aus der Scheide und wischte sie ab, um sie von der schlimmste Nässe zu reinigen. Dann bahnte er sich einen Weg nach vorn an den Bug. »Ich bin gekommen, um beim Anlegen zu helfen, Häuptling Lim«, verkündete er. »Und bei allem anderen, was Ihr sonst brauchen könntet.«

Lim nahm ihn nicht zur Kenntnis; sie hatten sich nach Sarillas Tod gestritten, Lims Worte bitter und anklagend, diejenigen von Crys größtenteils verständnislos. Es waren Worte gewesen, die an ihre erste Begegnung erinnert hatten und an Doms Prophezeiung sowie daran, dass der Calestar Crys als jemanden bezeichnet hatte, der etwas anderes war, mehr war als das, was er zu sein schien. Anscheinend war Lim während ihrer Zeit in den Tunneln, als sie gekämpft hatten und schließlich entweder ertrunken waren oder überlebt hatten, zu der Überzeugung gelangt, dass Doms Offenbarung bedeutete, dass Crys eigentlich hätte in der Lage gewesen sein sollen, sie alle zu retten. Oder zumindest Sarilla zu retten, denn wenn man so viel verloren hat, wenn man alles verloren hat, klammert man sich an das eine, was am meisten schmerzt, und presst es fest an sich, so fest, dass man blutet.

Sie sahen schweigend zu, wie die Ufer vorbeiglitten, wie die Mirak herannahten, wie die Blide zu einem weiteren Abschuss gespannt wurde. Lim wollte nicht mit ihm sprechen, also begab sich Crys zurück aufs mittlere Deck und stellte sicher, dass die Ruderer zwischen sich und den Mirak Schilde in Stellung gebracht hatten. Ein Mann sackte zusammen und weinte lautlos, während sich die Verbände um seine Brust rot verdunkelten, frisches Blut über getrocknetem, sein Gesicht von einem schauerlichen, bleichen Grau.

Crys zerrte ihn aus dem Weg und nahm seinen Platz ein. »Ruh dich ein wenig aus, und dann übernimm wieder für mich, wenn du kannst, in Ordnung?«, sagte er mit einem Lächeln, spuckte sich in die Hände und fügte sich in den Rhythmus der anderen Ruderer auf seiner Schiffsseite ein.

»Passt auf und macht euch darauf gefasst, dass sie womöglich brennende Pfeile einsetzen«, hörte er jemanden rufen.

»Keine Panik! Panik bringt einen schneller um als alles andere«, rief er zurück, als einige der Ruderer aus dem Rhythmus gerieten, weil sie allzu sehr damit beschäftigt waren, zum Ufer hinüberzustarren, wo gelb und orange die Flammen aufleuchteten.

»Schneller noch als einen lodernden Pfeil ins Gesicht zu bekommen?«, murmelte jemand.

»Ja, sogar schneller als das«, antwortete Crys mit ernster Stimme. »Wenn du nicht rudern kannst, dann schieße. Wenn du weder schießen noch rudern kannst, halt deinen verdammten Kopf unten.«

»Haltet euren Takt, Ruderer«, rief Ash. Crys blickte auf und sah ihn auf der Rahe ganz oben im Mast stehen, den Köcher auf dem Rücken, den Bogen in der Hand. Die erste Salve von Pfeilen kam über das Wasser gepfiffen, ein dumpfes Aufprallen, als sich Pfeile mit ahlenförmigen Spitzen ins Holz und in Schilde bohrten. Schreie wurden laut, wo sie auf Fleisch trafen. Crys zuckte zusammen und ruderte weiter. Seine Handflächen waren rutschig vor Schweiß und schon jetzt ganz wund.

Die Muskeln in seinem Rücken erhoben Einspruch, als der Steuermann schreiend ein noch schnelleres Tempo einforderte. Crys biss die Zähne zusammen und summte ein Marschlied, um nicht aus dem Rhythmus zu fallen. Er erwog, laut zu singen, und verwarf den Gedanken. *Die Gräuel, die diese Menschen ertragen können, haben schließlich irgendwo auch ihre Grenzen.* Er schluckte den Impuls zu kichern hinunter.

Die zweite Salve glückte besser – aus der Perspektive der Mirak betrachtet –, und Dutzende von Pfeilen trafen Soldaten und Wölfe. Weitere Schreie wurden laut, plötzlich übertönt vom donnernden Getöse von Stein, der gegen die Nebenmauer vor ihnen krachte. Ein gewaltiger Brocken Mauerwerk stürzte in einer langsamen Bogenbewegung in den Fluss.

»Scheiße«, hauchte er, und sein Summen brach stotternd ab. Die zerbröselnde Mauer raubte ihm irgendwie alle Lust an der Musik. Da war kein freies Wasser mehr voraus, der Fluss war dicht bepackt mit Schiffen und Rudern, die einander ins Gehege kamen, als sich ihre Flotte immer enger aneinanderdrängte. Die Schiffe, die dem Nordufer am nächsten waren, nahmen im verzweifelten Versuch, aus der Reichweite der Mirak zu gelangen, Kurs auf die Schiffe in Richtung Südufer. Ein wilder Schwarm von Pfeilen stieg in die Luft auf und senkte sich dann wieder, diesmal von ihnen in Richtung Mirak fliegend, und Crys grinste grimmig, als ihm Schreie in die Ohren schnitten, die nicht die ihren waren.

Ein Pfeil summte knapp an seiner Nase vorbei wie eine riesige übellaunige Hornisse, und Crys jaulte auf und hätte beinahe das Ruder losgelassen. »Ähm, irgendjemand verfügbar, um einen weiteren Schild zu halten?«, fragte er die Rudermannschaft und trat dann nach dem bewusstlosen Mann neben ihm. Er rührte sich nicht. »Scheiße, ist ja wirklich großartig.«

Die Blide feuerte erneut, und aller Augen wurden unausweichlich hin zur Mauer gezogen, als ein weiteres Stück Mauerwerk einstürzte und in den Fluss hinabpolterte. Selbst die Mirak hielten für einen Moment inne. Zweifellos hofften sie, dass das ganze Ding zusammenkrachte und sie das Südtor würden stürmen können, um so die Westtruppe von der Stadt abzuschneiden und sie ohne Deckung auf der falschen Seite des Flusses stranden zu lassen.

Diesmal hielt die Nebenmauer noch, aber Crys' Seufzer der Erleichterung fiel reichlich kurz aus. Brennende Pfeile schlugen in die Schiffe, einige trafen die Segel, andere landeten auf den Decks oder bohrten sich in Männer und Frauen. Allein vier Stück ragten aus dem Holz neben Crys' Platz. Weitere Schreie waren zu hören und diesmal auch angstvolle Warnrufe, es kam zu panischen Tumulten, während Menschen umherrannten, um die Flammen zu ersticken. Rauch stieg empor, und Krieger wie Soldaten begannen zu husten, würgend nach Luft schnappende Ruderer gerieten aus dem Takt. Viele der Schiffe wurden langsamer.

Die dunklen Schatten von Rilporin legten sich über ihn, und in Crys stieg neue Hoffnung auf. »Ich habe gesagt, keine Panik«, brüllte er, »also bleibt ruhig. Es ist jetzt nicht mehr allzu weit. Löscht die Feuer und haltet Kurs, die Brände sind nicht schlimm genug, um uns versenken zu können.« Er bekam keine Antwort. Da waren nur die Geräusche der Bogenschützen, die ihre Pfeile abschossen, und Ashs von oben herabdringende Flüche; Ruder, die durchs Wasser peitschten, und Männer, die stöhnten oder aufschrien, wenn die Pfeile von drüben ihre Ziele fanden. Die vorderen Galeeren liefen nun in den Hafen ein, sodass die Nebenmauer sie vor weiteren Attacken schützte, aber hinter ihnen folgten noch Dutzende weitere, die den Angriffen nach wie vor ausgeliefert waren.

»Zu langsam«, murmelte er, »verdammt noch mal zu langsam.« Crys' Rücken und Schultern waren nur noch siedende Qual, aber es war überhaupt nicht daran zu denken, jetzt das Tempo zu drosseln. Jede Verzögerung hier vorn würde zur Folge haben, dass die Schiffe hinter ihnen die Masse an Pfeilen niemals überstehen würden, ob sie nun brannten oder nicht.

Ein Pfeilregen zuckte aus der ersten Bastion, und auch das

Katapult feuerte nun in eine andere Richtung: Es konnte die Blide zwar nicht erreichen, aber doch zumindest die Mirak am Ufer. Ihnen eine neue Lektion erteilen, über die sie nachdenken konnten. Das Südtor öffnete sich, und Männer kamen herausgerannt, stürmten über die Straße und auf die Brücke, feuerten schützende Salven ab, um der Flotte Deckung zu geben.

Andere gestikulierten wild in Richtung der Galeeren, gaben ihnen Zeichen, sich zu beeilen, und dann kratzte der Rumpf seines Schiffes seitlich über den Kai im hintersten Winkel des Hafens, und Crys war bereits aufgesprungen. Er zerrte an dem bewusstlosen Mann, schob seine Schulter unter dessen Achsel, und auf seiner anderen Seite hob ein Wolf den Mann in die Höhe.

Sie wuchteten den Mann auf den Kai hinauf; Crys rannte ans andere Ende des Decks, schnappte sich die Bugleine, sprang an Land und legte sie um einen Poller. Keine Zeit für eine Achterleine, und die Strömung würde die Galeere sowieso mit dem Heck in Richtung Fluss drehen und so mehr Platz am Kai für das nächste Schiff schaffen. Im Moment spielte es keine sonderliche Rolle, ob sich die Schiffe womöglich gegenseitig zu Kleinholz schlugen. Es waren die Menschen, die zählten.

Crys streckte die Hand aus, und Lim ergriff sie. Dann sprang der Häuptling an Land, und mit vereinten Kräften zogen sie die Wölfe herüber und in Sicherheit. Ash war der Letzte, der das Schiff verließ. Er ließ sich am Mast hinabgleiten und sprang dann die letzten ein, zwei Meter, um den hinaufzüngelnden Flammen zu entgehen. Er machte, dass er ans Ufer hinüberkam. »Der ganze Hafen wird in Flammen aufgehen, wenn wir die Feuer nicht löschen«, erklärte er.

Crys schaute über das Hafenbecken hinweg; weitere Schiffe kamen unter vollen Segeln und mit voller Geschwindigkeit herein, und über die Hälfte von ihnen stand in Flammen. »Dieser Hafen ist ohnehin im Arsch. Wir können niemals alle löschen.

Sehen wir lieber zu, dass wir in die Stadt kommen und uns dort sagen lassen, was wir zu tun haben. Wenn Durdil oder Make wollen, dass die Flammen bekämpft werden, werde ich schauen, was wir tun können.«

»Immerzu der verdammte Held«, knurrte Lim, aber dann eilte er in Richtung Brücke davon, ohne eine Antwort abzuwarten.

Crys tat die Bemerkung mit einer knappen Handbewegung ab und knuffte dann Ash, damit er sich in Bewegung setzte. Zusammen liefen sie die Rampe zur Brücke hinauf und auf die breite, offene Straße. Ein Pfeil bohrte sich einem Mann durch die Brust und brachte ihn zu Fall. Die Soldaten der Palasttruppe auf der Brücke hatten Schilde aus Weidenrohr, hinter die sie sich ducken konnten, aber die rennenden Männer und Frauen bildeten große Zielscheiben, und viele von ihnen hatten ihre Schilde nicht mitgenommen, als sie von Bord gegangen waren. Crys und Ash sprangen über den Sterbenden hinweg und rannten weiter.

Crys riskierte einen letzten Blick zurück, genau in dem Moment, als die Blide losging und ein Schiff zu Kleinholz schlug. Schreie wurden laut und waren im nächsten Augenblick wieder verstummt. Es waren immer noch Dutzende von Schiffen auf dem Fluss. Einige standen lichterloh in Flammen, ihre Segel golden und blutrot von Flaggen aus Feuer, die ihre Masten krönten. Andere trieben ziellos im Wasser, ihre Ruderer tot oder die Ruder verloren, rammten die Schiffe neben ihnen, sodass sich ihre Takelagen ineinander verhedderten und sie sich gegenseitig Löcher in den Kiel schlugen. Sein Rat, nur ja nicht in Panik zu geraten, war ungehört verhallt und inzwischen so tot wie die im Wasser treibenden Körper, die verbrannt, zerquetscht oder mit Pfeilen gespickt waren.

»Ich glaube, wir sollten …«, setzte Crys an, und Ash griff nach seiner Hand, während er sein Tempo ein wenig verringerte und ihn auf der anderen Seite der Brücke mit nach unten zog, über den Rasen und durch das Südtor. Hunderte von Soldaten und Wölfen zwängten sich hinter ihnen hinein, während Hunderte weitere draußen auf dem Wasser starben.

RILLIRIN

Vierter Monat, achtzehntes Jahr der Herrschaft von König Rastoth
Fluss Gil, vor Rilporin, Weizenland

Es waren die blauen Hemden, die diese Wirkung bei ihr auslösten.

Diese verbotene Farbe unter den feindlichen Rüstungen aufblitzen zu sehen war wie eine Flamme, die die kleine Motte ihres Mutes verschmoren ließ. Übelkeit schnürte Rillirin Brust und Kehle zusammen. Mitten in der Hitze der Schlacht Mut zu beweisen war das eine; zuzusehen, während man direkt darauf zusegelte, war etwas ganz anderes.

»Rillirin! Rillirin, ich brauche dich.« Dalli saß an der Seite und hob ein langes Ruder in die Höhe. Eine Fingerbreite von ihrem Kopf entfernt ragte ein Pfeil aus der Reling. Ein weiterer steckte im Deck, und Dallis Nacken glänzte rot vor frischem Blut. »Der Schild!«, schrie sie, während sie immer noch wie wild ruderte, und Rillirin sah, dass Dalli der Schild weggerutscht war, sodass sie jetzt nichts mehr vor den Bogenschützen schützte. Ein erneuter Pfeilregen stieg auf, und Dalli duckte sich, fluchte so derb, dass Rillirin rot wurde, und stieß dann ein wortloses Brüllen in Rillirins Richtung aus.

Rillirin schnappte nach Luft und spannte die Muskeln an, als könnte sie die Pfeile durch schiere Willenskraft dazu bringen, von ihr abzuprallen, dann griff sie nach einem Ersatzschild und lief zu Dalli, drückte sich gegen ihren Rücken und hob den

Schild, sodass er ihnen beiden gerade so genug Schutz bot. Er war groß und rechteckig, für die Truppe gefertigt, und sein Gewicht zog ihren Arm herunter. Innerhalb von Sekunden begann er in ihrer Hand zu zittern, und obwohl sie darum kämpfte, ihn in Position zu halten, konnte sie nicht verhindern, dass er gegen die Reling knallte und auf dem Boden aufschlug. Ihre Muskeln bebten, und die Stiche in ihrem Rücken brannten wie heißer Draht. Stöhnend presste sie das Gesicht gegen Dallis angespannten Rücken.

»Wir sind fast da«, stieß Dalli hervor.

Rillirin warf einen Blick hinaus. Sie waren alles andere als fast schon da; zwischen ihnen und der Hafeneinfahrt lag jede Menge offenes Wasser. Und sie waren immer noch in Reichweite der Pfeile und der Artillerie. »Lügnerin«, knurrte sie und tätschelte Dalli dann zum Zeichen, dass sie es nicht so gemeint hatte.

Ein schriller Alarmruf ertönte, ein geschrienes »Achtung!«, und dann ging eine Erschütterung durch die Galeere. Ein anderes Schiff hatte sie gerammt. Rillirin erhob sich in die Knie und versuchte, über Dallis Kopf zu schauen, während die Wölfin noch fluchend mit dem Ruder rang. Das Schiff, das sie gerammt hatte, stand in Flammen, sein Segel brannte hell, und auch auf dem Deck wütete das Feuer. Im verzweifelten Bemühen, den Flammen zu entfliehen, stürzten sich die Männer, die es gesteuert hatten, vom Deck und auf sie zu.

Die Wölfe versuchten, die andere Galeere mit ihren Rudern wegzudrücken, aber das Schiff hatte bereits begonnen, sich in ihre Richtung zu neigen. Rillirin legte eine Hand auf Dallis Schulter, bereit, sie wegzuziehen, falls ihr die Flammen zu nahe kamen, aber dann verhedderte sich die Takelage beider Schiffe. Es tat einen heftigen Schlag, als das Feuer in ihr Segel übersprang, und das Deck wurde durchgeschüttelt. Der Aufprall ließ Rillirin zur Seite schlittern, ihr Kopf knallte gegen die

Reling, und dann zog das Gewicht des Schildes sie durch den Zwischenraum und hinab in den Gil.

Der Schild war schwer und metallbeschlagen, und während der Schild sank und Rillirin mit sich immer tiefer in das kalte Nass hinunterzog, nestelte sie mit ihrer freien Hand hastig an dem Riemen, der sie daran festhielt.

Die Strömung war stark; als sie ihren Arm endlich befreit hatte, hatte sie jedes Gefühl für oben und unten verloren. Der letzte Rest an verbrauchter Luft in ihrer Lunge trug sie hinauf zur Oberfläche, und als ihr Gesicht durch die Wogen an die Luft brach, schnappte sie danach, tat drei tiefe Atemzüge, bevor sie auch nur die Augen öffnete.

Der Fluss war hier vom einen bis ans andere Ufer fast eine Meile breit, und die Strömung war stark und unüberwindlich, zog sie unerbittlich mit sich davon, und sie konnte nicht mehr tun, als den Kopf über Wasser zu halten und kräftig mit den Beinen zu strampeln. Sie atmete Wasser ein und hustete; sie hörte jemanden ihren Namen rufen, und sie fühlte sich zurückversetzt in eine frühere Zeit, als sie einmal auf dem See aus dem Boot ihres Vaters gefallen war. Oder hatte Madoc sie gestoßen? Sie konnte sich nicht mehr erinnern.

Sie befand sich jetzt in der Mitte des Flusses, weit entfernt vom Hafen, und Rilporin ragte groß über ihr auf. Rillirin schwamm in Richtung Stadt, kämpfte gegen die Schwere ihrer Stiefel und ihres Wamses, die sie hinabzogen, und versuchte verzweifelt, keinem der herannahenden Schiffe in die Quere zu kommen.

Ein weiteres knirschendes Krachen, gefolgt von Rufen und Schreien, ertönte hinter ihr. Sie warf einen Blick über ihre Schulter zurück und sah, dass erneut zwei Schiffe zusammengestoßen waren. Männer und Frauen wurden von der Wucht des Aufpralls über Bord geworfen, und Flammen tanzten auf dem Fluss.

Sie konzentrierte sich aufs Schwimmen. Statt gegen die Strömung anzukämpfen, ließ sie sich diagonal mit ihr treiben. Allmählich kam die Stadt näher, bis, nach einer Zeit, die ihr wie Stunden vorgekommen war, ihre Füße schließlich über die Steine im Flussbett schleiften und sie sich ins flache Wasser kämpfte. Ihr Rücken war ein steifes Brett aus Qual, und die Kälte war ihr tief in die Knochen gekrochen.

Rillirin fiel flach aufs Gesicht und rang schluchzend nach Atem, während ihr das Wasser immer noch die Beine umspülte. Dann rollte sie sich auf die Seite und starrte nach oben. Die Mauer ragte riesig, grau und unerbittlich über ihr auf. Rillirin befand sich auf der falschen Seite des Flusses, und allein die steile Uferböschung verbarg sie vor den Mirak, die nur wenige Hundert Schritt entfernt waren.

Mit klappernden Zähnen lag Rillirin im Schatten der Stadt und versuchte, den Mut aufzubringen, den Kopf zu heben. Sie war ungefähr hundert Schritt von der Nebenmauer entfernt, deren Ende vor nicht langer Zeit noch direkt bis ans Wasser geragt und die Brücke sowie das Stadttor dahinter geschützt hatte. Jetzt aber war sie nur noch ein chaotischer Haufen aus Trümmern und Schutt.

Na schön, ich muss über den Schutt hinwegklettern und zusehen, dass ich mit den anderen hineinkomme. Das kann ich hinkriegen. Sie strich sich das nasse Haar aus dem Gesicht und spähte mit zusammengekniffenen Augen zum anderen Ufer hinüber. Schiffe wurden von der Blide zu Kleinholz geschlagen, andere standen lichterloh in Flammen, und die letzten Nachzügler schleppten sich brennend Richtung Hafen. Rauch wehte über die Flussoberfläche wie Herbstnebel, sodass sie dahinter die Stadt nicht sehen und auch selbst von der Stadt her nicht gesehen werden konnte.

Geh jetzt. Sofort, bevor sie das Tor schließen. Geh.

Sie hatte sich gerade hochgerappelt, als das Geräusch von stampfenden Füßen, von Schlägen, von gerufenen Flüchen und

Betteln um Gnade sie den Kopf herumreißen ließ. Ein Dutzend Männer und Frauen hatten es aus einem der gekenterten Schiffe ans Ufer geschafft und fochten nun einen verzweifelten Kampf gegen die Mirak. Sie hatten keine Chance, doch schlachteten die Angreifer sie auch nicht einfach an Ort und Stelle ab. Stattdessen zwangen sie sie mit Knüppelschlägen auf die Knie und fesselten dann ihre Hände. Nahmen sie gefangen.

Rillirin stockte der Atem. Opfer. Eine verrückte Sekunde lang spielte sie mit dem Gedanken zu versuchen, sie zu retten, aber dann schaute ein Mirak über das Ufer in ihre Richtung, und sie presste sich flach auf den sandigen Schlamm. Er trat einige Schritte auf sie zu, dann wanderte sein Blick weiter.

Sobald er wieder wegschaute, schob sich Rillirin langsam zurück ins Wasser, bis nur noch ihr Kopf und ihre Schultern auf dem trockenen Ufer lagen. Das Gesicht den Mirak zugewandt, schloss sie halb die Augen und ließ ihren Körper ganz schlaff werden. Es trieben so viele Leichen im Fluss oder wurden von den Wellen gegen das Ufer gespült, dass ihr schon nichts passieren würde, wenn sie nur lange genug still liegen blieb.

Was sie danach tun würde, war eine ganz andere Angelegenheit. Sie biss die Zähne fest zusammen, damit sie nicht klapperten, konzentrierte sich darauf, wie sich ihre Beine in der Strömung hoben und senkten, und gab sich alle Mühe, nicht zusammenzuzucken, als die Blide einen weiteren Stein gegen die Nebenmauer schleuderte. Er pfiff über sie hinweg und krachte in den behauenen Stein. Rillirin fragte sich, wie lange die Blidenmeister wohl bei ihrer Belagerungsmaschine bleiben würden. Sie würde sich erst von der Stelle rühren können, wenn sie gegangen waren. Falls sie denn überhaupt gingen.

Und was dann? Willst du einfach zum Tor hinaufspazieren und fragen, ob sie dich reinlassen? Man wird dir einen Pfeil ins Auge schießen.

Die eisige Kälte in ihren Adern kam nun nicht mehr nur vom Wasser und den dunklen Schatten der Stadt. Rilporins

Verteidiger würden sie nicht hineinlassen; sie war ein Niemand für sie, und schlimmer noch, sie hatte einen Akzent wie eine Mirak. Sie war außerhalb der Stadtmauern gefangen, mit nichts als Feinden um sie herum. Eine Welle der Übelkeit stieg in ihr auf, und sie schluckte.

Rillirin war auf sich allein gestellt.

MAKE

Vierter Monat, zweiunddreißigster Tag der Belagerung, morgens
Viertel der Kaufleute, erster Ring, Rilporin, Weizenland

Als auch die letzten Überlebenden von den Schiffen in der Stadt waren und sich nur noch die Männer der Palasttruppe auf der Brücke befanden, eilte Make durch das Südtor und hinein in das Kaufmannsviertel des ersten Rings. Es lag verlassen da – bis auf seine Männer und die Wölfe, die auf der Straße standen, saßen oder lagen. Die Stadt vibrierte vor Lärm. Da waren die Rufe der Soldaten und das Summen von Bogensehnen über ihnen, da war das unregelmäßige Dröhnen und Kreischen des Katapults und die Antwort der Blide. Und da war ein fernes Brüllen, das wohl von der Westmauer kommen musste.

Make hockte sich auf den Boden und sah hinab in den Staub und auf seine ramponierten Stiefel. Vor Anspannung und Hunger krampfte sich sein Magen zusammen, und er würgte einige Male, ohne dass etwas herauskam, und wartete darauf, dass sein Zittern sich legte.

Tausende tot. Aber Tausende weitere lebendig, vergiss das nicht. Niemand hätte mehr tun können als wir.

Doch, man hätte mehr tun können. Ich selbst hätte mehr tun können.

»Make? Make, Rillirin ist über Bord gegangen. Ich werde losziehen und …«

Make stand auf und schnitt Dalli mit einer Umarmung, die ihr den Atem nahm, das Wort ab. »Nein«, widersprach er bestimmt. »Auf keinen Fall, verdammt. Du setzt keinen Fuß aus diesen Mauern. Es sind Hunderte über Bord gegangen. Sie wird inzwischen entweder an der Stadt vorbeigetrieben sein, oder sie ist von den Mirak aufgegriffen worden. Tut mir leid, aber sie ist verloren.«

»Das kannst du nicht wissen«, entgegnete Dalli. Ihre Stimme war rau, und sie presste ihre geballten Fäuste gegen seinen Brustpanzer. »Sie hatte gerade versucht, mir zu helfen, und dann …« Sie wirkte benommen, als hätte sie einen Schlag auf den Kopf bekommen.

»Sie ist fort, Liebes. Es tut mir so leid.«

Eine Hundertschaft der königlichen Leibgarde kam scheppernd um eine Kurve gebogen, und Make unterdrückte ein Schluchzen, als er Durdil an ihrer Spitze erkannte. Mit der verzweifelten Hemmungslosigkeit eines kleines Jungen, der geglaubt hatte, sich rettungslos verirrt zu haben, taumelte er nach vorn und in die Arme seines Vaters.

»Du lebst«, flüsterte Durdil bewegt, als er, Tränen in den Augen, seinen Sohn umarmte. »Ich wusste es. Ich habe gewusst, dass du nicht tot sein würdest. Erstens bist du zu dickköpfig und zweitens einfach ein zu guter Soldat.«

Make wäre gerne für den Rest des Tages in dieser Umarmung verblieben, aber er musste sich um seine Truppe kümmern. Widerstrebend löste er sich aus Durdils Armen und rieb sich mit verdrecktem Ärmel über sein schmuddeliges Gesicht. Er brachte ein Lächeln zustande. »Danke für die Hilfe am Tor«, sagte er. »Die Sache wurde ganz schön heiß dort draußen, und das nicht nur, weil wir euren Hafen in Brand gesteckt haben.«

»Wäre noch erheblich heißer gewesen, wenn wir nicht das Lager der Mirak weggefegt hätten, das sie außerhalb der Bogenschussweite errichtet hatten, um uns von dort aus hier einzuschließen.« Ein wölfisches Grinsen spielte um Durdils Lippen.

»Fürstgeneral, die Mirak haben ihren Angriff auf Sektion Eins wieder aufgenommen, und Sektion Zwei befindet sich immer noch unter anhaltendem Artilleriebeschuss. Ihr solltet Euch nicht derart nahe an den Kampfhandlungen aufhalten.«

»Ich befinde mich auf der anderen Seite der Stadt«, brummte Durdil, um daraufhin dem Sprecher keinerlei weitere Beachtung mehr zu schenken. »Rastoth ist tot. Ich hatte vor, es vor der ganzen Stadt geheim zu halten, um die Moral hochzuhalten, aber der gottverdammte Rat ist mir in den Rücken gefallen und hat gegen meinen ausdrücklichen Befehl das scharlachrote Banner gehisst. Ich befürchte, sie versuchen bewusst, meine Position zu untergraben.«

Make klopfte sich mit den Fingerspitzen aufs Herz. »Armer Rastoth. Trotzdem, zumindest ist er jetzt im Licht. Ich muss gestehen, ich bin froh darüber. Er hat allzu lange gelitten.«

»Er hat noch erheblich mehr gelitten, nachdem Rivil ihm bei seiner Flucht aus der Stadt ein Messer in die Brust gerammt hat«, knurrte Durdil, und Make hätte sich bei diesen Worten fast an seiner eigenen Zunge verschluckt. »Ich erzähle dir alles später. Es ist nun einmal passiert, und wie vorherzusehen war, ist die Stadt jetzt, da die Neuigkeit heraus ist, ein wahres Pulverfass. Aber bring erst einmal deine Verletzten in die Hospitäler – ich habe sie dort vorgewarnt, dass sie dich erwarten sollen – und sieh zu, dass du etwas Ruhe und was zu essen bekommst. Du sollst im Palast Quartier beziehen; anderswo haben wir keinen Platz. Nimm dir aus der Waffenkammer, was immer du brauchst, aber nicht gleich jetzt auf der Stelle. Erst das Hospital, dann der Palast. Heilung, eine Mahlzeit und eine kurze Atempause. Ich muss wissen, wie viele Männer du bei dir hast. Bring deine rangniederen Offiziere dazu, sie bei der Stange zu halten, und wenn Leute darunter sind, die in der Lage sind, sofort zu kämpfen, dann schick sie zu Oberst Edris. Er hat das Kommando über Sektion Eins.« Er deutete die

Straße hinunter. »Aber dich und so viele von deinen ranghohen Offizieren, wie du auftreiben kannst, brauche ich jetzt erst einmal an meiner Seite. Der Blick, den wir uns von der ersten Bastion verschaffen können, ist gut genug, und danach kannst du dich dann ausruhen.«

»Natürlich.« Make sah sich um. »Dorcas, Carter, Tailorson. Häuptling Breitschwert, Dalli. Zu mir, bitte. Ist Hauptmann Salter hier? Salter, Ihr habt früher schon mal hier gedient und kennt Euch aus. Zeigt allen einsatzfähigen Männern, wie sie zu Edris kommen, und bringt dann die Verwundeten in die Hospitäler. Wir werden dort bald zu Euch stoßen. Wegtreten.«

Auf ein Zeichen ihrer Offiziere nahmen die Soldaten der ausgelaugten Armee Haltung an und salutierten, dann marschierten sie Richtung Tor in den zweiten Ring und zu den Hospitälern davon. Die Wölfe trotteten hinterdrein, zu erschöpft, um ihrer Umgebung sonderlich viel Aufmerksamkeit zu schenken.

Durdil führte Make zu den Fundamenten der ersten Bastion, dann die Wendeltreppe hinauf und hinüber zur Galerie. Makes Knie schmerzten, und die Erschöpfung war ihm tief in die Knochen gekrochen. Wenn Durdil sie unverzüglich brauchte, dann musste die Situation noch schlimmer sein, als es von außen den Anschein gehabt hatte.

Und von dort, wo ich gestanden habe, hat es verdammt düster ausgesehen.

Die Männer der Leibgarde schoben sich respektvoll zur Seite und machten die Tür frei, sodass sich Durdil und, wie Make nun begriff, auch er selbst hinaus in die Gefahr begeben konnten.

»Wo haben die Mirak eine Blide her?«, fragte er. Diese Frage hatte ihm zu schaffen gemacht, seit sie das Riesenkatapult vom Fluss aus entdeckt hatten. In ihm wurde das Gefühl immer stärker, dass ihm die Antwort wohl nicht gefallen würde.

In diesen Teil der Mauer war der Feind noch nicht vorgedrungen, also stellte sich Durdil zwischen zwei Zinnen und deutete nach draußen. »Das sollte deine Frage beantworten.«

Make schaute blinzelnd auf die feindlichen Linien hinab und wollte dann gar nicht mehr mit dem Blinzeln aufhören. Bei dem Anblick rutschte ihm der Magen in die Kniekehlen. »Ist das …?«

»Die Osttruppe, ja«, sagte Durdil mit ausdrucksloser Stimme. »Bekehrt bis zum letzten Mann und mit Rivil und den Mirak verbündet. Fünftausend bestens ausgebildete Soldaten mit Sturmleitern und Belagerungsgerät. Alles in allem fast zehntausend, die gegen unsere Stadtmauern drängen. Oder waren es zumindest bei Beginn der Belagerung. Ein weiterer Grund, warum wir froh sind, euch hierzuhaben.«

Make spürte das erschöpfte Nicht-glauben-Können, das ihm von den hinter ihm versammelten Männern und Frauen entgegenschlug. Nachdem sie es mit all diesen Gefahren und Herausforderungen aufgenommen hatten, mussten sie jetzt auch noch entdecken, dass sich ihre eigenen Leute gegen sie gewandt hatten. »Wir haben zweitausendeinhundert Soldaten, und, Häuptling, wie steht es um Eure Wölfe?« Lim schwieg, die Hände, an denen die Knöchel weiß hervortraten, auf den Stein der Mauer gelegt, während er auf die Mirak und die Soldaten der Osttruppe hinunterschaute. »Lim, wie viele Wölfe sind noch übrig?«

»Sechshundertzweiunddreißig«, antwortete Dalli, als Lim nicht einmal blinzelte. »Etwa hundert weitere haben wir in den Ruinen von Wachstadt zurückgelassen und noch einmal halb so viele in Eibenhain. Allesamt Leute, die zu schwer verletzt waren, um die Reise hierher zu schaffen. Nicht dass diese Zurückgelassenen für Euch eine Rolle spielen würden …« Ihre Stimme klang plötzlich verbittert.

»Danke, Dalli«, sagte Make. »Jedes Leben zählt, für uns alle.« Er lehnte sich auf der Mauer zurück, ehe sie mehr sagen konnte. »Also insgesamt etwas weniger als dreitausend. Und wie viele habt ihr?«

»General Hadir von der Südtruppe hat zwei Tausendschaften geschickt, dazu kommen die Palasttruppe und die Leibgarde. Alles in allem bleiben uns wahrscheinlich viertausend, die noch in der Lage sind zu kämpfen. Und wir haben noch immer nicht das Geringste von der Nordtruppe gehört. Was immer dort passiert ist, wir zählen nicht mehr auf deren Hilfe.«

»Aber sicher kann die Südtruppe doch mehr als zwei Tausendschaften für uns erübrigen?«, begehrte Make auf. »Wir haben verflucht noch mal jeden mitgebracht, der noch stehen kann.«

»Ich könnte sie hierherbefehlen, aber nach Lage der Dinge ist der Rest der Südtruppe die einzige Streitkraft, die uns noch bleibt. Sie sind alles, was wir haben, und wir müssen sie als Reserven zurückhalten.« Durdil sah ihnen der Reihe nach in die Augen und fuhr dann fort: »Ich will nicht lügen, die Lage ist verzweifelt. Aber ihr habt mehr getan, als uns nur zahlenmäßig zu verstärken. Ihr habt auch unsere Moral gestärkt. Ihr habt überlebt und seid den ganzen Weg hierhergekommen, um mit uns zu kämpfen, für uns zu kämpfen. Die Soldaten und die Bürger der Stadt werden aus eurem Beispiel Mut schöpfen. Ihr solltet das ebenfalls tun.« Er grinste, und zwanzig Jahre schienen von seinem Gesicht abzufallen.

Make verstand plötzlich, warum Männer für Durdil Koridam kämpften und starben. Er verspürte die gleiche gehobene Stimmung, die gleiche Ermutigung wie sie, sah sie in den Gesichtern seiner Offiziere gespiegelt. Selbst Lims Gesichtsausdruck hellte sich ein wenig auf.

»Wir zermürben sie, reduzieren ihre Zahl – ihnen müssten allmählich die Nahrungsvorräte ausgehen, denn, Götter, bei uns ist das der Fall –, und dann, wenn sie verzweifelt, verdreckt und ausgehungert sind, wenn Krankheiten unter ihnen wüten, marschieren wir hinaus und metzeln sie nieder. Vorerst wird eure Aufgabe darin bestehen, Lücken in unseren Reihen zu stopfen, und zwar ab übermorgen um Mitternacht. Ich fürchte, mehr Zeit kann ich euch nicht geben. Wer allerdings schon vorher nicht recht weiß, was er mit sich anfangen soll, ist herzlich willkommen, sich jederzeit den Verteidigungstruppen anzuschließen oder als Meldegänger zu fungieren. Die Mauer hinten an der letzten Bastion ist schwach, und Rivil weiß das – er hat Steine auf sie schleudern lassen, seit die Osttruppe eingetroffen ist. Nach jüngsten Berichten werden sie die südliche Nebenmauer in den nächsten Tagen eingerissen haben, daher können wir auch von dort einen starken Ansturm erwarten.«

»Und die Roten Götter?«, meldete sich eine Stimme zu Wort, und Make richtete seinen Blick auf Crys. »Dom hat uns gesagt, dass wir, wenn wir zu viele von den Mirak töten, den Schleier zerreißen und die Götter dann zurückkehren würden. Ist das passiert? Wie könnten wir es herausfinden?«

Durdil schob sich ein Stück näher an Make heran. »Dom? Schleier?«

Make schloss für eine Sekunde die Augen. »Es scheint, als hätte der Calestar der Wölfe, Dom, der Adoptivbruder des Häuptlings und ein hervorragender Krieger, vorausgesehen, dass ein ausreichend großes Blutvergießen den Roten Göttern die Rückkehr nach Gilgoras ermöglicht. Ich weiß, ich weiß« – er hob die Hand, ehe Durdil etwas erwidern konnte –, »aber Dom … hat die Zerstörung von Wachstadt vorausgesehen. Als wir dort ankamen, war alles bereits passiert. Und er hat gewusst, dass Corvus nicht wirklich auf dem Weg zu den Westforts war. Ich weiß nicht wie, aber es war so. Wir haben auf diese Information hin gehandelt, und es war genau das Richtige.«

Durdil gelang es, ein Lächeln für sie zu erübrigen. »Ich fürchte, wir können keinen Krieg führen, ohne auch Blut zu vergießen, und ganz bestimmt können wir so diese Stadt nicht erfolgreich verteidigen. Ich werde mit den Hohepriestern im Tempelbezirk sprechen und sie bitten, für den Schleier zu beten.« Er machte eine unbestimmte Handbewegung. »Aber wir können keine vernünftige Strategie entwickeln, die auf der Möglichkeit basiert, dass das, was wir tun, vielleicht oder vielleicht auch nicht eine geheimnisvolle Heimsuchung durch die Götter zur Folge haben könnte.«

»Angesichts der großen Anzahl von Leben, die bereits verloren gegangen sind«, sagte Make, als sowohl Crys als auch Dalli den Anschein erweckten, als wollten sie Einspruch erheben, »kann ich kaum glauben, dass der Schleier nicht bereits zerrissen ist. Und wenn er es ist, dann ist ein Sieg in diesem Krieg nur noch wichtiger. Und obwohl wir während der letzten Wochen selbst durch die Hölle der Roten Götter gegangen sind, sind wir noch nicht am Ende. Wir sind hierhergekommen, um unsere Pflicht zu erfüllen und unseren Waffenbrüdern zu helfen. Konzentrieren wir uns darauf. Selbst wenn wir wüssten, dass der Schleier im Zerreißen begriffen ist, würden wir da kapitulieren, um zu versuchen, es zu verhindern?«

Köpfe wurden geschüttelt, Fäuste um Waffen gespannt.

»Dann lasst uns all unsere Konzentration darauf richten zu siegen.«

Es gab widerstrebende Zustimmung, als er den Blick ein letztes Mal prüfend über sie schweifen ließ. Carter stand blutverschmiert und in sich zusammengesackt da, vollkommen verausgabt und zu stolz, es zuzugeben, aber sie schenkte ihm ein Nicken, als ihre Blicke sich trafen, sowie etwas, das vielleicht die Andeutung eines Lächelns war. Das eine Auge, das Dorcas geblieben war, brannte vor gerechtem Zorn, wie es Make noch nie zuvor bei ihm erlebt hatte. Lim schaute nicht in Makes Richtung, aber Crys reagierte mit der Andeutung eines zustimmenden Achselzuckens.

Dalli wirkte grimmig wie eine Wildkatze, ihre Augen waren rot gerändert und ihre Fäuste über der Brust geballt. Seine Worte schienen ihr mehr neuen Auftrieb und Hoffnung gegeben zu haben, als sie im Grunde irgendein Anrecht hatte. Welches Zimmer auch immer man ihr später zuweisen würde, er beabsichtigte, es zu finden. Zwar hatte er keine Energie für irgendetwas anderes als Schlaf mehr im Leib, aber er hatte das Gefühl, dass er an ihren harten kleinen Leib geschmiegt immer noch besser schlafen würde als allein.

Er entließ sie, erwiderte ihren Salut und starrte erneut über die Mauer hinaus, verfolgte mit den Augen den Flug eines Steins von der Blide auf seiner Rechten. Sobald sie bis auf die Leibgarde allein waren, nestelte Make an seinem Gürtel und zog das Schwert samt Scheide heraus. Er ließ sich auf ein Knie fallen, streckte das Schwert aus und zwang seinen Arm, nicht zu zittern.

»Fürstgeneral, das hier ist das Schwert des Erben. Es muss gesäubert werden, und ich muss leider einräumen, dass ich es habe benutzen müssen, aber du sollst es haben, bis ein neuer König gefunden werden kann.«

Durdil gab ein Schnauben von sich und schlug ihm auf den Rücken. »Mir fällt niemand ein, der es mehr als du verdient, es zu tragen – und es zu schwingen. Wenn die ganze Sache vorüber ist, kannst du es zu König Tresh nach Hochhalm bringen. Dann kann er entscheiden, was damit geschehen soll. Und bis dahin – nun ja, wenn es dir bisher gute Dienste erwiesen hat, vertraue ich darauf, dass es das auch weiterhin tun wird.« Er zwinkerte ihm zu. »Aber sollte Tresh auf den Thron verzichten, so fällt mir natürlich niemand ein, der besser dafür geeignet wäre, ihn zu übernehmen, als du. Eure Majorin Carter wollte mal, dass ich den Thron besteige. Ich habe ihr natürlich eine Absage erteilt, aber du? Ja, ich glaube, du passt sehr gut auf diesen Stuhl.«

Make blieb in seiner knienden Position, in seinem Kopf nur wirbelnde Leere und Ungläubigkeit. »Wa…?«, brachte er heraus.

Durdil lachte leise. »Große Ideen für einen anderen Tag, Sohn. Zerbrich dir darüber jetzt nicht den Kopf. Außerdem könnten wir bis zum Einbruch der Dämmerung sowieso alle tot sein.«

Make erhob sich auf weichen Knien und zog sich mit tauben Fingern Schwert und Scheide wieder über den Gürtel. »Klingt besser, als König zu sein«, murmelte er und bemühte sich, seine unter dem heißen, benommen machenden Mantel seiner Müdigkeit versprengten Gedanken wieder zu sammeln.

Durdil seufzte. »Jetzt weiß ich, dass du mein Sohn bist. Das einzige Gute, das aus Rastoths Tod erwachsen ist, war die Tatsache, dass ich die Leibgarde unter meine Verfügungsgewalt bekommen und sie sogleich mitten unter die Verteidigungsmannschaften geworfen habe. Obwohl ich jetzt natürlich von einem Haufen schwatzender Idioten umgeben bin, die mir auf Schritt und Tritt folgen. Da es momentan keinen König gibt, haben sie beschlossen, dass nun eben ich bei ihnen an erster Stelle stehe und dass, wenn ich falle, offenbar auch die Stadt fallen muss. Purer Unfug natürlich.«

Einer der schwatzenden Idioten trat vor und salutierte. »General, mein Name ist Schuster, Herr. Bitte, bitte, könnt Ihr Euren Vater davon überzeugen, dass er sich keiner Gefahr aussetzen darf? Wenn wir ihn so kurz nach König Rastoth verlören, wäre das ein niederschmetternder Schlag für die Moral der Leute.«

Make und Durdil wechselten Blicke.

»Das hier ist Fürstgeneral Durdil Koridam von den Truppen Ihrer Majestät, Soldat. Sagt mir, habt Ihr denn je erlebt, dass Euer Befehlshaber etwas anderes tut, als sich in Gefahr zu bringen – für das übergeordnete Wohl?« Make tätschelte die in

Stahl gewandete Schulter des Mannes, während Schusters Gesicht lang wurde. »Genau das ist es, was mein Vater tut, genau das macht sein Wesen aus, und ich zweifle nicht daran, dass es um die allgemeine Moral besser bestellt ist, wenn ihn die Leute an der Seite seiner Männer kämpfen sehen. Doch stimme ich Euch insofern zu, als es eine Katastrophe wäre, ihn zu verlieren, also liegt es bei Euch, ihn zu beschützen, nicht wahr? Auf der Mauer und abseits der Mauer. Wenn Ihr es nämlich nicht tut, sind wir alle im Arsch. Und jetzt gehe ich ins Hospital und dann zu Bett. Weckt mich, wenn sie es über die Mauer schaffen. Alles andere will ich gar nicht wissen.«

RILLIRIN

Vierter Monat, achtzehntes Jahr der Herrschaft von König Rastoth
Fluss Gil, vor Rilporin, Weizenland

Nach neun Jahren in den Bergen hatte Rillirin gedacht, sich an die Kälte gewöhnt zu haben, aber der langsame, stetige Sog des Flusses an ihren Beinen, im Schatten der Stadt, während die Sonne erst aufging, dann ihren Zenit erreichte und schließlich herabsank und den Tag mit sich riss, bewies ihr das Gegenteil.

Während die Stunden mit dem Wasser dahinrannen, schob sie sich langsam weiter das Ufer hinauf, bis nur noch einer ihrer Füße im seichten Wasser war, und dann lag sie in ihren nassen Kleidern mit ausgestreckten Gliedern da wie ein Leichnam, während sie sich doch viel lieber wärmesuchend zusammengerollt hätte, und wartete. Und zitterte. Ihre Gedanken trieben auf den kalten Gezeitenströmen ihres Atems dahin, nebelhafte Wachträume, fein und flüchtig wie Spinnfäden, gedämpft wie das Licht der Sonne. Sie saugte Wasser aus ihrem durchweichten Ärmel, um ihren Durst zu lindern, und wartete.

Die Blide setzte ihr Bombardement ununterbrochen fort, aber zumindest hatten sich die Mirak, die das Ufer gesäumt hatten, zurückgezogen, nachdem die letzten Schiffe um die Nebenmauer gebogen waren – oder um das, was davon noch übrig war. Rillirin wusste, dass weitere Mirak kommen würden, sobald sie genug von der Mauer in Trümmer gelegt hatten. Sie würden zum Angriff am Ufer entlangstürmen, direkt an ihr vorbei, um zu versuchen, das nun ungeschützte Stadttor einzunehmen. Solange die Blide ihr Feuer nicht einstellte, war sie davor sicher. Aber solange die Blide arbeitete, konnte sie auch nicht das Risiko eingehen, sich zu bewegen und womöglich von den Blidenmeistern gesehen zu werden.

Rillirin erwachte aus erstarrt-eisigem Dahindämmern, als die Sonne gerade am Horizont versank. Irgendetwas stimmte nicht. Sie wartete, steif vor Kälte und halb davon überzeugt, dass sie bereits tot war, und lauschte. Nichts.

Nichts? Was ist mit der Blide?

Das Blidenfeuer war während des ganzen Tages ein regelmäßiges Geräusch gewesen, verlässlich wie ein Uhrwerk, und sein jetziges Fehlen war irgendwie falsch und klang in ihren Ohren beunruhigend. Der Beschuss hatte aufgehört. Die Mauer musste gefallen sein. Scheiße, sie würden gleich kommen. Sie hatte den ganzen Tag mit dem Kopf nach oben dagelegen, den Blick auf die Uferböschung gerichtet, um nach herannahenden Mirak Ausschau zu halten, und jetzt knackten ihre Nackenmuskeln, legten schmerzhaften Protest ein, als sie ihre Position veränderte und den Kopf drehte, aus dem Augenwinkel zur Stadt hinüberspähte. Sie ragte schwarz und von Feuer umkränzt in den Himmel – Hunderte von Fackeln erhellten die hereinbrechende Nacht. Die Nebenmauer glich einem abgebrochenen schwarzen Zahn, eine dunkle Silhouette vor dem Hintergrund von noch mehr Feuer. Rillirin konnte an dem von ihr verbliebenen Trümmerhaufen vorbei bis zum Tor schauen.

Sie wollte darauf zurennen, ihren Namen schreien – als würde irgendjemand ihn kennen und sich darum scheren, als würde irgendjemand aufmachen und sie hereinlassen. Sie unterdrückte den Impuls und schaute stattdessen geradeaus, die lange, gebogene Uferlinie entlang, und dann nach links, wo das dunkle Wasser leise plätscherte. Langsam zog sie ihre Glieder an sich, eine Spinne, die sich zum Sterben zusammenrollt, und noch langsamer, ihr Atem leise und die Muskeln vor Kälte und Anspannung zitternd, kroch sie los. Kroch am Flussufer entlang, Knie und Ellbogen durch dicken Schlamm und seichtes Wasser glitschend, während sich die Uferböschung über sie erhob und ihr den Blick auf den Feind versperrte – und dem Feind den Blick auf sie.

Sie hatte sich unter ihrem Ärmel ein Messer an den Unterarm gegürtet. Wenn sie sie fanden, würde sie sich eher das Leben nehmen, als zu den Mirak und den grausamen Barmherzigkeiten der Gesegneten zurückzukehren.

Das Tappen von Füßen im Gras, das Klirren von Kettenhemden, das Knarren von Leder. Rillirin sank zusammen und ließ ihre Augen blicklos werden, halb geschlossen und den Mund geöffnet, während blanke Angst ihr Zittern lähmte.

»Sucht den Uferrand ab.«

Entspann dich. Lieg einfach still da. Stell dich tot.

Näher und näher kamen die Schritte, bis sie am Rand ihres Gesichtsfeldes Beine erblickte. Schweigen. Blicke auf sie gerichtet, abwägend. Rillirin atmete langsam und flach, ganz oben in der Brust, und stellte sich vor, einfach aufzuspringen und sich das Messer vom Arm zu reißen, das Überraschungsmoment müsste ausreichen, um den Ersten zu erledigen, ein tief in die Därme schneidendes Stechen von unten. Und dann vor all den anderen wegrennen, wie viele es auch sein mochten.

»Nur Tote. Komm, gehen wir weiter.« Die Beine entfernten sich, genau wie die Stimmen, ließen sie in der wachsenden Düsternis zurück, nur eine Spur lebendiger als die Leichen unter ihr.

Rillirin blieb noch ein Weilchen liegen, konnte es nicht so recht glauben. Dann hauchte sie ein Dankgebet an den Fuchsgott und begann langsam und unter Schmerzen weiterzukriechen.

Die Kampfgeräusche waren in der Ferne verhallt. Dunkelheit hüllte den Fluss ein, als Rillirin endlich haltmachte. Sie schätzte, dass sie mehrere Meilen von der Stadt erst weggekrochen und dann weggegangen war. Dabei war sie dem Fluss gefolgt, der sich in einer breiten, trägen Schleife durch das Land wand. Als sie jetzt stehen blieb und sich umdrehte, konnte sie in der Ferne nicht einmal mehr das Licht der Stadt sehen. Da war nur das schwache Licht des Halbmonds über dem Fluss als ihr Führer.

Sie hatte keine Ahnung, wohin sie gehen sollte. Die Finger der Tänzerin, jene lange Reihe von Hügeln, um die der Fluss seine Biegung beschrieb, lagen in der Dunkelheit vor ihr, was aber danach? Rillirin hatte ihr Los an das der Wölfe gekettet, und jetzt war sie auf sich gestellt, allein in einem Land, das gerade in Stücke gerissen wurde, ohne Ziel und ohne Verbündete, die ihr helfen könnten.

Ihre Knie und Ellbogen waren vom Kriechen aufgeschürft, Ärmel, Hosenbeine, Stiefel und Füße durchweicht, weil sie mehrmals ins flachere Wasser gerutscht war, und Hunger und Übelkeit wetteiferten nagend in ihrem Magen. Die Wunde in ihrem Rücken pochte heiß, das Einzige an ihr, was nicht kalt war. Und das war wahrscheinlich kein gutes Zeichen. Auf der Suche nach Wärme schlang sie sich die Arme fest um den Leib, und dann ging sie noch eine weitere Stunde den schmalen Pfad am Flussufer entlang, während rechts von ihr die Böschung hoch aufragte. Das Ufer war von Stöcken und Treibholz übersät, und sie sammelte einen Armvoll ein, warf die nassen Stücke zurück und behielt die trockenen. Ihre Fingerspitzen waren taub, die Zehen ebenfalls, ihre Gedanken verworren und träge. Kalt.

Irgendwann versank plötzlich einer von Rillirins Stiefeln bis zum Knöchel im Schlamm, und sie starrte wie betäubt darauf, dann sah sie sich im dunstigen Mondlicht um. Der Fluss war breiter geworden und strömte langsamer, gesäumt von einem Sumpfgebiet, das mit Wasserrinnen durchsetzt und von jungen Trieben überwuchert war. Rohrkolben. Sie warf das gesammelte Treibholz ein Stück die Böschung hinauf und wühlte fieberhaft im Schlamm um die nächste Pflanze herum, dann zerrte sie das ganze Ding heraus, mit Wurzeln und allem, und biss hinein, ohne sich vom schlickigen Geschmack des kalten Schlamms beirren zu lassen. Sie schlang die frische, junge Pflanze in sich hinein und kaute dann an der dicken, knolligen Wurzel.

Sie aß noch fünf weitere Pflanzen, sammelte im Anschluss ihr Feuerholz wieder ein und kletterte damit vorsichtig die Uferböschung hinauf. Inzwischen war sie doch sicherlich weit genug gekommen, um nicht mehr fürchten zu müssen, entdeckt zu werden? Oben, auf dem ebenen Grund, kam sie leichter und schneller voran, und sie orientierte sich am Geruch und den Geräuschen des Flusses, um die eingeschlagene Richtung zu halten. Die Bewegung ließ ein wenig Wärme in ihre Glieder zurückkehren und machte ihre klammen Kleider um eine winzige Spur erträglicher.

Die Sonne ging gerade auf, als Rillirin die Finger der Tänzerin erreichte. Ihre Füße waren voller Blasen, und als das erste Licht des Tages das Land mit seinen bleichen Lippen küsste, war alles ringsum ein matter, wattiger Nebel. Sie bahnte sich einen Weg zwischen den ersten Hügeln hindurch und kletterte dann ein Stück auf einen weiteren Hügel hinauf. Jetzt lagen einige Erhebungen und Täler zwischen ihr und der Stadt, sodass sie wohl endlich riskieren konnte, ein Feuer zu machen und sich aufzuwärmen, um dann darüber zu entscheiden, was sie als Nächstes tun sollte. Doch jäh wurde sie von einer krächzenden Stimme angerufen, und Rillirin ließ das Brennholz fallen und riss ihr Messer heraus, ehe sie die Gestalt erkannte, die in einer schmalen Senke kauerte.

»Gilda?«

Die alte Frau schaute auf und schwang mit zitternder Hand einen tückisch aussehenden, unten zugespitzten Stab. Sie kniff die Augen zusammen. »Wer ist da?«

»Gilda? Ich bin es, Rillirin. Götter, Gilda, du lebst!« Rillirin eilte auf sie zu, während Gilda wieder gegen den Hang des Hügels zurücksackte. Ihr Atem ging rau und rasselnd. »Was ist passiert?«, fragte Rillirin und ließ sich neben Gilda auf die Knie fallen. Ein Ärmel des Gewands der Priesterin war zerrissen und vor getrocknetem Blut ganz steif, und durch den Riss sah Rillirin eine hässliche geschwollene Wunde, ein Schnitt, der aussah, als gehe er bis auf den Knochen und bis zur Schulter hinauf.

»Wann ist das passiert? Wie und wo?«

»Vor einigen Tagen, nehme ich mal an«, krächzte Gilda. Sie zuckte mit ihrer unversehrten Schulter. »Ehrlich gesagt weiß ich es nicht. Alles ziemlich verschwommen.«

»Sie haben Euch hier zurückgelassen?«, erkundigte sich Rillirin und riss den Stoff weiter auseinander. Die Wunde war rot und entzündet, außerdem war sie stark geschwollen und fühlte sich bei Berührung hart an. Eine Infektion.

»Bin entkommen«, erklärte Gilda. »Bin durstig.«

»Leider habe ich nichts bei mir, worin ich Wasser transportieren könnte. Wir werden gehen müssen. Kommt, hoch mit Euch.« Sie half Gilda aufzustehen, und die ungewöhnliche Wärme, die ihre Haut ausstrahlte, und wie leicht sie war, als sie sich gegen Rillirins Schulter lehnte, machte ihr Angst. Gemeinsam wankten sie um einen weiteren Hügel herum und fanden einen kleinen Teich. Rillirin hauchte ein schnelles Dankgebet. Sie glaubte nicht, dass es die alte Priesterin die ganze Strecke bis zum Fluss geschafft hätte.

Sie schöpfte Wasser in Gildas Mund und machte es ihr dann ein Stück vom Teich entfernt bequem, wo der Boden trockener war. »Ich entzünde jetzt ein Feuer, und dann werde ich mir

Euren Arm ansehen«, verkündete sie. »Ruht Euch einfach so lange aus. Wann habt Ihr das letzte Mal etwas gegessen?«

»Die Tänzerin selbst hat dich zu mir geschickt, Rillirin, damit du mich retten kannst. Oder zumindest die Wahrheit erfährst, bevor ich sterbe.«

»Ihr werdet nicht sterben«, widersprach Rillirin, ihre Stimme vor Besorgnis heiser. »Redet keinen solchen Unfug, gute Frau.«

Gilda verzog den Mund zu einem schwachen Lächeln. »Ich sehe, du hast deine Sprache wiedergefunden, seitdem ich von euch fort bin, und gelernt, deine Meinung zu sagen«, murmelte sie. »Nur zu, mach ein Feuer und such dann nach Torfmoos, um mir den Arm damit einzuwickeln. Das wird helfen, die Entzündung zu lindern.«

Rillirin tat wie geheißen, und zudem gelang es ihr auch, essbare Kräuter zu finden. Es war ein dürftiges Mahl, doch sie zwang Gilda, alles aufzuessen, und hörte nicht auf das Knurren ihres eigenen Magens. Gilda wurde ohnmächtig, als Rillirin Torfmoos um die Wunde packte, die jetzt, da sie den Stoff abgeschnitten hatte, um die Verletzung untersuchen zu können, noch hässlicher aussah. Danach verband Rillirin die Wunde mit dem, was vom Ärmel noch übrig geblieben war.

Die Dämmerung senkte sich bereits herab, als Gilda wieder erwachte. Rillirin hatte zwischenzeitlich neues Feuerholz und noch ein wenig Essbares aufgestöbert. Gilda beobachtete sie mit Augen, die ihre Haut zu durchdringen und direkt in sie hineinzusehen schienen.

»Es gibt da ein paar Dinge, die du wissen solltest«, ergriff sie schließlich das Wort. »Und ich muss sie dir jetzt erzählen, für den Fall, dass ich … Dom ist bei den Mirak. Er arbeitet mit ihnen zusammen. Nein, unterbrich mich nicht. Er ist jetzt eine Dunkelseele, wie dein Bruder. Hat sich von ihnen bekehren lassen. Hat das Licht aus seinem Inneren ausgestoßen und seine Seele mit Blut getränkt.«

Die so unvermittelt kommende Enthüllung und ihre absolute Unmöglichkeit hatten zur Folge, dass Rillirin der Kopf schwirrte. »Nein. Das würde er nicht tun. Er könnte es nicht tun, nicht Dom. Nicht mein Dom.« Ihr drehte sich der Magen um, und sie würgte, erbrach sich, ohne dass etwas herauskam, krampfte sich sowohl vor Hunger wie auch vor Übelkeit zusammen. Schließlich spuckte sie Schleim ins Gras, die Kehle wund vor Galle und Entsetzen. Eine Gänsehaut legte sich ihr über Rücken und Arme, und jäher Schmerz stach ihr durch die Brust, ließ ihr Herz wild hämmern. »Es ist die Wunde. Ihr missversteht, was geschieht, das ist alles. Das Fieber hat Euch verwirrt. Er würde so etwas nie tun. Die Götter bedeuten ihm alles.«

»Es tut mir leid, aber es ist wahr. Mein Arm ... er hat versucht, mich zu töten, Rillirin. Auf Lantas Befehl hin. Er hat nicht einmal gezögert.« Sie deutete auf den spitzen Stab, der immer noch mit einer Kette an dem Sklavenhalsband um ihren Hals befestigt war. »Ich habe mich damit schützen können und bin geflohen, während Lanta nach ihren Wachen geschrien hat. Wenn es dir irgendwie hilft: Ich glaube nicht, dass er sich freiwillig bekehrt hat. Ich glaube, die Dunkle Dame ... hat ihn gebrochen.«

»Er hat versucht, Euch umzubringen?« Die Frage kam in einem rauen Krächzen heraus, das keinem Laut glich, den sie je zuvor ausgestoßen hatte. Es war ungeheuerlich, wahnsinnig. Es musste das Fieber sein. Aber Gildas Augen waren klar und erfüllt von einem Kummer, der Rillirin zusammenzucken und die Arme eng um sich herumschlingen ließ. »Habt Ihr ihn umgebracht?«, flüsterte sie, ihre Haut eisig vor Grauen.

Gilda bewegte keinen Muskel. »Ich weiß es nicht«, antwortete sie. »Ich habe ihn verletzt, schlimm verletzt, glaube ich, aber ... ich hoffe nicht.«

Rillirin konnte nicht anders, sie sackte vor Erleichterung in sich zusammen. Gerade sie hatte eigentlich allen Grund, die Mirak zu hassen. Dass Dom sich mit ihnen verbündet hatte, sollte sie mit Ekel erfüllen, aber letztlich interessierte sie sich allein dafür, dass er womöglich noch lebte. *Vielleicht ist es nicht so schlimm, wie sie denkt. Vielleicht liegt da doch irgendeine Art von Versehen vor.*

»Da ist noch mehr«, fuhr Gilda ohne Erbarmen fort. Rillirin schoss der Gedanke durch den Kopf, dass sie wohl niemals in der Lage sein würde, das alles zu verstehen. »Du bist von ihm schwanger.«

»Was?« Rillirin spürte, dass sie errötete, so lächerlich war das. *Schwanger? Das ist unmöglich.* Es hatte nur eine einzige gemeinsame Nacht gegeben. Damals, nach der Schlacht im Blutpasstal, als Dom vom Messer eines Mirak beinahe erstochen worden wäre und sie beide um Cam getrauert hatten. Nur eine einzige Nacht, in der Rillirin, trotz seiner sanften Zärtlichkeit, angespannt und voller Angst gewesen war. Beide hatten sie seine Berührung zugleich gewollt und doch gefürchtet. Sie hatte sich verzweifelt danach gesehnt, eine Frau für ihn zu sein und nicht das gebrochene Ding, das sie in Wirklichkeit war, wie sie es nur zu gut wusste. Und für eine kurze Zeit war sie es auch gewesen, eine Frau, dort in der Dunkelheit. Für eine kleine Weile hatte sie ihn auf eine Weise verstanden und war selbst von ihm verstanden worden, wie sie es gar nicht für möglich gehalten hatte. Aber trotzdem. *Schwanger?*

Doch das Wort sprach etwas in ihr an, einen tiefen Brunnen des Wissens, der das Wissen annahm, es freudig empfing, seine Wahrheit bestätigte. »Ich bin schwanger?«, flüsterte sie.

Gildas Lächeln war sanft, obwohl Schweiß auf ihrem Gesicht glänzte. »Das bist du, Mädchen. Ist dir denn selbst noch nicht die Vermutung gekommen?«

Rillirin blinzelte, und ihre Hand fuhr an ihren Bauch. Er war flach. »Nein. Ich hatte nie eine regelmäßige Periode; bin nie kräftig oder gut genährt genug gewesen, um im gleichbleibenden Zyklus zu bluten.« Sie brachte ein mattes Lächeln zustande. »Und bei all den Kämpfen, den Tunneln und der Reise hierher habe ich gedacht, die Übelkeit komme vom Wundfieber oder der Angst. Seid Ihr Euch auch sicher?«, hakte sie nach, obwohl sie jetzt, da sie Bescheid wusste, fühlte, dass es auch stimmte, und sie den winzigen Samen neuen Lebens – ihres Lebens und Doms Lebens, inmitten von Schmerz und Grauen in Liebe gezeugt –, spüren konnte, der da warm in ihr schlief. Eine Verbindung zwischen ihr und Dom, die niemals zerrissen werden konnte.

Das Kind. Ich kann mir die ganze Sache zunutze machen, um ihn zurückzuholen, um ihn zu retten. Unser Kind kann ihn dazu bringen zu erkennen, was wirklich ist, wo er hingehört. Ich kann das tun. Ich werde es tun.

»Ich muss nach Rilporin zurückkehren«, sagte sie. »Wenn er der Dunklen Dame verfallen ist, dann ist diese Schwangerschaft, unser Kind, vielleicht genau das Richtige, um ihn wieder zurückzuholen. Ich kann ihn ins Licht zurückbringen, Gilda. Ich weiß, dass ich es kann.«

Gilda biss sich auf die Lippen. »Du kannst jetzt nicht dort hingehen, nicht solange die Mirak dort sind«, gab sie zu bedenken, ihre Stimme trotz ihres Schmerzes stark und unerbittlich.

Rillirin spürte, wie ihr neugeborenes Glück erst feste Formen annahm und dann zersprang. Instinktiv schlang sie die Arme fest um sich. »Warum denn nicht?«

»Weil Lanta Bescheid weiß. Und zweifellos wird sie dich wollen – und dein Kleines.«

GALTAS

Vierter Monat, dreiunddreißigster Tag der Belagerung, nachmittags
Flügel des Erben, Palast, Rilporin, Weizenland

Er trug die Uniform der Leibgarde der königlichen Familie. Sie ermöglichte ihm einen einzigartigen und – wichtiger noch – unangefochtenen Zugang zum Palast. Doch die Leibgarde war eine kleine Einheit mit großem Zusammenhalt. Jeder von ihnen würde sofort wissen, dass er ein Schwindler war.

Dann ist es das Beste, ihnen gar nicht erst in die Quere zu kommen.

Doch das war natürlich leichter gesagt als getan. Er hatte diesen Treffpunkt gewählt, weil er Rivils Quartiere genauso gut kannte wie seine eigenen. Er hatte nicht damit gerechnet, dass die verdammte Westtruppe auftauchen und jedes freie Zimmer und sämtliche Gemeinschaftsräume mit Beschlag belegen würde. Glücklicherweise war nicht einmal Durdil dumm genug, besiegten Soldaten die Türen zu den königlichen Gemächern zu öffnen, dennoch war es schwieriger als erwartet gewesen, sich durch den Palast zu schleichen. Beim nächsten Mal – falls es denn ein nächstes Mal gab – würden sie sich an einem Ort treffen, wo es nicht so von Soldaten wimmelte, die ihn tot sehen wollten.

Trotzdem, seine Hände waren klebrig, und kalter Schweiß floss ihm den Rücken hinunter, zog seine elende Bahn bis in Galtas Arschkerbe hinein, während er in einer dunklen Ecke von Rivils Audienzsaal wartete. Seine Besucher sollten sich im

Schlafzimmer mit ihm treffen, was bedeutete, dass sie auf dem Weg durch die Räumlichkeiten an ihm vorbeikommen würden und er somit dafür sorgen konnte, dass sie auch wirklich diejenigen waren, auf die er wartete, und dass sie keine unerwarteten Freunde mitgebracht hatten. Wie dem auch sei, das Risiko war gewaltig, und jetzt, wo es im Palast von stinkenden, erschöpften Soldaten und verlausten Wölfen nur so wimmelte, war es noch einmal doppelt so groß geworden. Wie diese Leute überhaupt hatten überleben und so weit kommen können, auch nur irgendeiner von ihnen ...

Konzentrier dich. Wenn dieses Treffen planmäßig verläuft, kann ich danach nicht nur machen, dass ich aus der Stadt herauskomme, ich werde mich auch wieder Rivils ungeteilter Gunst erfreuen dürfen. Und warum sollte es denn nicht planmäßig verlaufen? Sie haben auf meine Anregung hin mit Freuden das scharlachrote Banner gehisst. Nein, ich muss sie nur noch ein wenig länger zappeln lassen ...

Schritte. Galtas spannte sich an und zog seine Messer, überprüfte seine Laufwege, seine Blickachse und seine Bewegungsfreiheit. Es konnten die Leute sein, die zu treffen er hier war, es konnte sich um Männer von der Leibgarde handeln, es konnten Soldaten der Westtruppe sein. Irgendjemand klopfte an die Tür – Scheiße, was sollte das? Dachten sie, er würde hinüberschlendern und ihnen öffnen, sie mit einem Glas Wein und einem Lächeln willkommen heißen? Galtas atmete möglichst leise. Es folgte ein Moment der Stille, dann das Klicken der sich öffnenden Tür des Vorraums.

Weitere Schritte, langsam und zögerlich. Galtas spannte die Finger um die Messergriffe. Jemand hustete. »Hallo?« Eine andere Stimme gebot dem Hustenden still zu sein, hektisches Getuschel war zu hören, und dann traten die Männer in den Audienzsaal und durchquerten ihn, kamen zum Schlafzimmer herüber. Sie schauten sich nicht einmal im Raum um. Galtas sah ihnen nach und spitzte die Ohren, ob da nicht noch versteckte Wachen oder Meuchelmörder im Vorraum lauerten. Nichts.

Die Männer traten wieder aus dem Schlafgemach, und ihr Schreck, weil sie ihn dort nicht vorgefunden hatten, war ihnen deutlich in die Gesichter geschrieben. Galtas löste sich aus den Schatten, und seine Messer glitzerten. »Meine Herren«, sagte er, und sie zuckten zusammen, stießen spitze, erschrockene Laute aus, riefen aber nicht um Hilfe, und er entspannte sich ein klein wenig. »Ihr habt mich warten lassen.«

»Vergebt uns, Lord Morellis. Wir wollten sicherstellen, dass uns niemand gefolgt ist. Es sind momentan so viele Soldaten hier, dass es … nicht leicht war.«

Galtas vermutete, dass es vielmehr unmöglich gewesen war. Diese Trottel könnten nicht mal einen blinden Beschatter abschütteln, der ihnen in einer dunklen Nacht durch ein Labyrinth folgte. Nur ihr Rang und ihre Arroganz mochten es ihnen erlaubt haben, durch den Palast zu spazieren, ohne Verdacht zu erregen. Trotzdem, er würde das Treffen am besten kurz halten und zusehen, dass er von hier wegkam, solange er noch konnte.

»Wie umsichtig«, bemerkte er trocken. »Wollt Ihr Euch nicht setzen?« Er deutete auf den Schreibtisch und ging um ihn herum, um auf Rivils Stuhl Platz zu nehmen. Dadurch saß er zwar in der Ecke, hatte aber auch den Schreibtisch zwischen sich und den Männern. Sie hockten sich vorn auf die Stuhlkanten, vorsichtig wie wilde Vögel. »Die neuesten Informationen, wenn Ihr so freundlich sein wollt.«

Die Männer wechselten Blicke. »Wir brauchen zuerst eine Versicherung von Euch«, begann der Erste vorsichtig und zupfte wiederholt unbewusst am Spitzenbesatz seines Ärmelaufschlags. »Die Zusage, dass Ihr auch alles gewährleisten könnt, was Ihr versprochen habt.«

Galtas seufzte. Er schob einen seiner Dolche in die Scheide zurück und reinigte sich mit dem anderen die Fingernägel. Er machte sich nicht die Mühe aufzusehen, als er antwortete. »Wie vereinbart, wird Euch König Rivil reich für Eure« – er gestikulierte mit dem Messer, und beide Männer wichen zurück – »Hilfe dabei belohnen, diese Belagerung zu einem schnellen Ende zu bringen. Schließlich will keiner von uns unsere Landsleute töten, und wenn Rastoth sich anständig verhalten hätte und schon vor Jahren gestorben wäre, dann wäre nichts von alledem notwendig gewesen. König Rivil hat mich in die Stadt beordert, um uns aller Hilfe zu versichern, die Ihr leisten könnt. Im Gegenzug für die Informationen, die Ihr jeden Tag im Kriegsrat sammelt, garantiere ich Euch sicheres Geleit aus der Stadt. Euch wird nichts zustoßen, und Ihr dürft so viele Besitztümer mitnehmen, wie Ihr tragen könnt. Eure Frauen und Kinder werden Euch natürlich begleiten, und sobald der Friede wiederhergestellt ist, könnt Ihr zu Euren Gütern hier zurückkehren und werdet alles unangetastet vorfinden. Ich habe keinerlei Zweifel daran, dass der König Euch wieder in seinem Rat willkommen heißen wird.«

»Und was habt Ihr mit den Informationen vor, die wir Euch liefern?«

Galtas blickte bei dieser Frage auf. »Was meint Ihr, wie einfach wird es für mich sein, Euch aus der Stadt zu bekommen?«, fragte er scharf, beugte sich vor und rammte das Messer mit der Spitze voraus in den polierten Tisch. Wieder zuckten sie zusammen. »Der beste – und einzige – Zeitpunkt, zu dem ich Euch sicher fortbringen kann, ist dann, wenn sich alle Aktivitäten auf einen Durchbruch an der Mauer oder an einem der Tore konzentrieren. Ihr sagt mir, welcher Teil der Verteidigungslinien nach Durdils Ansicht wahrscheinlich als Erster fallen wird. Ich werde diese Nachricht weitergeben – fragt mich nicht wie, denn ich werde es Euch nicht verraten. Dann greifen wir diesen speziellen Teil an und schlagen eine Bresche hindurch. Wenn alle Blicke auf diesem Teil der Mauer ruhen, lasse ich Euch durch einen anderen Ausgang verschwinden.«

Die Männer vor ihm beäugten einander. »Viele Soldaten werden sterben«, gab der Zweite zu bedenken, wiewohl sich bei seinen Worten kaum ein Ausdruck von Sorge auf seinen Zügen erkennen ließ.

»Dann ist es ja gut, dass sie genau dafür auch bezahlt werden!«, blaffte Galtas, zerrte das Messer aus dem Tisch und steckte es in die Scheide. »Keiner von Euch besitzt Ländereien in der Westebene – wenn es also die Mirak sind, die euch Kopfzerbrechen bereiten, habt Ihr keinen Anlass dazu. Sie werden sich im Buschland niederlassen, sobald sich die Stadt ergeben hat, und Ihr werdet nichts mehr von ihnen hören.«

»Und die Gerüchte über Prinz Rivils …« Galtas hob mahnend den Zeigefinger. »Ich bitte um Verzeihung, König Rivils, äh, religiöse Ansichten?«

»Sind Gerüchte, Herr.« Galtas breitete die Hände aus. »König Rivil hat getan, was notwendig war, um diese Stadt aus den Fängen eines wahnsinnigen Tyrannen zu befreien. Dass er hierzu ein Bündnis mit den Mirak eingehen musste, war bedauerlich, aber notwendig, und natürlich musste das dazu führen, dass dumme und verrückte Leute daraufhin Gerüchte in die Welt gesetzt haben. Ihr habt gesehen, dass die Osttruppe für seine Sache kämpft – glaubt Ihr wirklich, alle fünftausend von ihnen hätten sich zu den Roten Göttern bekehrt?«

Er lachte, und sie stimmten in sein Gelächter ein, wenn auch zaghaft. »Nein, meine Herren, von König Rivil habt Ihr nichts zu befürchten und viel zu gewinnen. Klar?«

Die Männer wechselten erneut Blicke und nickten vorsichtig. »Ja. Gut, dann lasst uns fortfahren. Wir haben hier einen schriftlichen Bericht …«

»Mündlich bitte«, unterbrach Galtas und hob die Hand. »Und ich schlage vor, dass Ihr diese Aufzeichnungen verbrennt. Wir brauchen keine Beweismittel, die auf Euch vornehme Herren zurückweisen, nicht wahr?«

Sie wurden kreidebleich und gehorchten so schnell, dass Galtas sich nicht zum ersten Mal fragte, ob er es nicht vielleicht mit kompletten Volltrotteln zu tun hatte. Trotzdem, ein Mann musste sich seine Verbündeten suchen, wo er sie fand, vor allem in Zeiten wie diesen.

Er lehnte sich auf Rivils Stuhl zurück und legte die Stiefel auf den Tisch. Ihm gegenüber begannen Lorca und Silais, alles auszuplappern und ihm ihr Herz auszuschütten – ganz so wie er es vorausgesehen hatte.

CRYS

Vierter Monat, vierunddreißigster Tag der Belagerung, morgens
Gästeflügel, Palast, Rilporin, Weizenland

Es war seltsam, wieder in den Quartieren zu sein, in denen er gewohnt hatte, als er Durdil die Nachricht von Rivils Verrat und Janis' Ermordung überbracht hatte, und noch seltsamer war der Umstand, dass er sie jetzt – genau wie auch sein Bett – mit Ash Schütze teilte.

Sie waren nur zu zweit, und sie wurden erst um Mitternacht an der Mauer erwartet. Miteinander allein für zwei perfekte, berauschende Tage. Crys war sofort nach ihrer Ankunft zu dem Schluss gelangt, dass er den Raum um nichts auf der Welt verlassen würde und Ash genauso wenig. Und bisher hatte auch keiner von ihnen einen Fuß über die Schwelle gesetzt.

»Linkes Auge.« Crys schloss sein linkes Auge. »Rechtes Auge.« Er schloss sein rechtes Auge und öffnete das linke. »Linkes Auge.« Ash stutzte, dann grinste er. »Unglaublich. Blaues Auge, braunes Auge, es ist, als sei ich mit zwei verschiedenen Männern im Bett.«

Crys zog die Brauen hoch und errötete. *Warum erröte ich immer noch, nach gestern und der letzten Nacht, und heute Morgen schon gleich zweimal?* Allein die Erinnerung daran ließ seine Haut heiß werden und weckte in ihm das Verlangen, Ash zu küssen, aber selbst jetzt wusste er noch immer nicht recht, wie er den ersten Schritt tun sollte. Was dümmer als dumm war.

Aber Ash löste das Dilemma für ihn, weil er das Begehren auf Crys' Gesicht sah, und bedeckte ihn von der Kehle bis zum Mund mit brennenden Küssen. Crys' Magen schlug einen trägen Purzelbaum, und seine Hand spannte sich um Ashs Taille. »Lass uns dieses Bett niemals verlassen«, murmelte er, als Ash sich von ihm löste, um ihn Luft holen zu lassen.

»Wenn Wünsche Pferde wären, Geliebter, würde ich dich die ganze Nacht reiten.« Ash lachte und strich mit dem Daumen über Crys' Wangenknochen. »Ich mag es, dass du immer noch errötest, Liebster. Und ich mag das Gefühl von dir an meiner Seite.« Er küsste Crys aufs Kinn. »Auf mir.« Auf den Mund. »In mir.«

Diesmal machte Crys' Magen einen heftigen Sprung. »Dann ist es beschlossene Sache. Wir haben zu essen sowie Wein und Wasser. Ein Bett. Ein Feuer. Eine verschlossene Tür. Wir werden niemals von hier fortgehen.«

Ash kicherte und leckte Crys' Ohrläppchen. »All das haben wir, ja. Und draußen vor dieser verschlossenen Tür ist der Palast von Rilporin. Wir befinden uns mitten im Herzen von Rilpor, dem Sitz der Regierung, wo sie all die Gesetze machen, die sagen, dass das hier« – er legte Crys die gespreizten Finger seiner Hand auf die Brust – »falsch sei. Verboten.«

»Es ist nicht falsch«, protestierte Crys und zog Ash fester an sich. »Das ist es nicht«, beharrte er und küsste ihn. Ihre Zungen glitten ineinander, Ashs Schweiß auf Crys' Haut, salzig und heiß.

Ash stöhnte und löste sich aus ihrem Kuss. »Mich brauchst du nicht zu überzeugen, Liebster. Aber es bleibt die Tatsache, dass wir das Schicksal bereits herausfordern, indem wir diese Tür seit anderthalb Tagen nicht geöffnet haben. Wenn uns irgendjemand entdeckt, wird man dich vors Kriegsgericht stellen und hängen, und mich wird man zusammen mit den gemeinen Verbrechern köpfen. Und es wäre nicht leicht, dir unsterbliche Hingabe zu geloben, wenn ich tot bin, nicht wahr?«

Crys hörte ihn kaum, so heftig hämmerte sein Herz. Er schaute auf, der Blick leicht verhangen, während Ashs Worte durch den Nebel seiner Lust schnitten. »Unsterbliche Hingabe?«

Jetzt war es an Ash zu erröten. »Entschuldige, ich hatte schon immer eine Schwäche für Männer in Uniform. Vergiss, dass ich es gesagt habe.«

Crys schüttelte den Kopf. »Auf keinen Fall.« Sein schelmisches Grinsen war plötzlich wieder da, und er fühlte sich entspannter, wie er so dalag, in Ashs Arme und Beine geschlungen, während er das Spiel des Sonnenlichts auf ihrer Haut genoss, Crys' so bleich und Ashs so dunkel. »Sag es noch einmal«, flüsterte er und küsste Ash auf die Brust, leckte den Schweiß aus seiner Halsgrube.

Ash stieß ein leises, kehliges Lachen aus. »Hingabe«, flüsterte er, »absolute, unkontrollierbare, endlose Hingabe. Ich könnte den Rest meines Lebens mit den Händen an deinem Arsch verbringen – und nicht nur den Händen.«

Crys errötete wieder, doch der Gedanke ließ sein Herz rasen und erfüllte seinen Schwanz mit Sehnsucht.

»Du bist mein Ofen im Winter«, fuhr Ash fort, seine Stimme plötzlich ernst, und Crys sah auf, blickte ihm in die Augen, während sein Herz einen Sprung machte wie ein Lachs. *Das sagt er nicht. Nicht diese Worte … das würde er nicht tun …*

»Meine Hoffnung im Krieg, mein Schiff in einem Sturm, mein …«, fuhr Ash fort.

Er tut es. Er sagt es wirklich. »Mein Herz in deiner Brust«, beendete Crys seinen Satz. Sie sahen einander einige Sekunden lang schweigend an. »Das sind ernste Worte für jemanden, mit dem du nur einige wenige Wochen verbracht hast, Ash. Worte wie diese können wehtun, wenn sie nicht von Herzen kommen.«

»Ich bin ein einfacher Mensch«, wisperte Ash und rollte sich über Crys, nicht ohne auf dessen gebrochene Rippen Rücksicht zu nehmen. »Ich sage, was ich meine, wenn ich es meine. Ich lüge nur selten und niemals im Bett. Mir ist noch nie jemand wie du begegnet, und ich bin … restlos vernarrt in dich. Ich bin, wenn du mich haben willst, herzensgebunden.«

Tränen sammelten sich in Crys' Augen, und ein gedämpftes Schluchzen entrang sich seiner Brust.

Ash fuhr hoch. »Götter, deine Rippen, Entschuldigung«, begann er, und Crys zog ihn wieder herunter, ohne seine Schmerzen zu beachten, die Finger in Ashs Locken gekrallt.

»Küss mich, du Idiot«, flüsterte er mit plötzlicher Wildheit. »Mein wunderschöner, herzensgebundener Idiot.« Da war eine Enge in seiner Brust, die nichts mit seinen gebrochenen Rippen oder Ashs Gewicht zu tun hatte, und wiewohl es ihm schwerfiel zu atmen, hatte er nicht die geringste Absicht, Ash aufstehen oder gehen zu lassen. Niemals. »Ich will dich haben, Ash Schütze«, bekannte er nach dem Kuss. »Und ich gebe dir, was ich habe, sowohl Herz als auch Herd, wenn du mich willst.«

Ashs Lächeln war breit, seine Augen leuchteten vor Liebe. »Dann ist es besiegelt«, verkündete er.

Herzensgebunden. An einen Mann. An Ash. Ich bin an Ash herzensgebunden. Crys merkte, dass er gleichzeitig lachte und zusammenzuckte, und er stellte fest, dass sich Ashs Schwanz versteift hatte, und Ashs Finger zogen kribbelnde Linien aus Feuer über die Rückseite seines Schenkels und …

Es klopfte an der Tür. »Hauptmann Tailorson«, rief eine Stimme, die verdächtig nach Major Renik klang. Crys stieß einen leisen Schrei aus, wälzte Ash von sich herunter und sprang aus dem Bett. Sein Schwanz war schnell wieder zusammengeschrumpelt, und all seine Schmerzen schlugen in einer einzigen großen, krachenden Welle über seiner Lust zusammen, sodass er stöhnend durch den Raum taumelte und beinahe der Länge nach hingefallen wäre. Nur die pure Panik hielt ihn aufrecht.

»Was machen wir jetzt?«, zischte er, während sich Ash im Bett ausstreckte, die Decken hochzog und alles andere als besorgt wirkte.

Ash kicherte. »Leg deine Kleider ans Fußende des anderen Bettes und kriech unter die Laken, du sexsüchtiger Irrer«, sagte er, als sei es offensichtlich. Was es natürlich auch war.

Crys befolgte seinen Rat, und im gleichen Moment ertönte das Klopfen ein zweites Mal, jetzt ungeduldig und herrisch. »Einen kleinen Moment noch«, sagte Crys mit seiner besten »Bin eben erst aufgewacht«-Stimme, und Ash presste das Gesicht ins Kissen, um sein Gekicher zu ersticken, als Crys in seine Hose sprang und die Tür öffnete. Er nahm stramm Haltung an und salutierte. »Major Renik.« Renik spähte in den Raum, und Ash schloss die Augen. Crys legte den Zeigefinger an die Lippen und deutete in den Flur, dann schnappte er sich ein Hemd, folgte Renik nach draußen und schloss die Tür hinter sich.

»Gibt es ein Problem, Herr? Der Feind?« *Götter, ich rieche nach Sex. Stinke danach. Kann ich behaupten, dass es Dalli gewesen ist?* Er kaschierte sein Lachen mit einem Hüsteln. *Nur wenn ich will, dass sie mir die Lunge herausschneidet.*

Crys knöpfte mit unsicheren Fingern sein Hemd zu, während er versuchte, nicht regelrecht vor Sex zu triefen. Er schluckte ein weiteres Kichern herunter.

»General Make Koridam hat seinen Vater, Fürstgeneral Durdil Koridam, über Euer Verhalten in den letzten Wochen in Kenntnis gesetzt«, begann Renik, und Crys' irres Gelächter verflog, als sich die Schlinge seiner bevorstehenden Hinrichtung um seine Kehle zuzog.

»Major, was immer Ihr gehört haben mögt ...«

Renik übertönte ihn. »Er ist sich natürlich über Eure zurückliegenden Bemühungen im Klaren, uns Neuigkeiten über Rivils Verrat zu überbringen und den Prinzen Janis zu retten. Ihr werdet hiermit befördert und bekleidet von jetzt an Major

Wheelers Position, mit allen Rechten und Pflichten, die damit einhergehen. Herzlichen Glückwunsch.«

Crys starrte ihn mit offenem Mund an, und Renik ergriff seine schlaffe Hand und schüttelte sie, dann umfasste er Crys' Unterarm mit dem Kriegergriff. »Ihr dürft gerne Danke sagen, Tailorson«, fügte er hinzu.

»Ich habe geglaubt, ich würde verhaftet«, murmelte Crys, und Renik runzelte die Stirn. »Vielen Dank, Herr«, brachte Crys dann heraus. Er war sich nicht recht darüber im Klaren, wie er sich dabei fühlte, in Wheelers Fußstapfen zu treten, da er den Mann eigenhändig getötet hatte. »Wann soll ich mich zum Dienst melden?«

»Bei Abenddämmerung, fürchte ich, nicht erst um Mitternacht, wie es der Fürstgeneral ursprünglich versprochen hat. Wir leiden unter akutem Mangel an Offizieren, und so müssen wir eben mit Euch vorliebnehmen.« Er rang sich ein müdes Lächeln ab. »Ihr werdet das Kommando über die Südmauer übernehmen und vom Südturm eins aus operieren. Die Blide hat die Seitenmauer inzwischen fast zum Einsturz gebracht, und wenn es so weit ist, werden sie sich auf dieses Tor stürzen wie Krähen auf einen toten Hund. Es darf keinen Durchbruch geben, habt Ihr verstanden?«

»Ja, Herr«, versicherte Crys.

Renik schlug ihm auf den Arm. »Jetzt nur noch Renik, Tailorson. Wir sind gleichrangig.«

»Ja, Herr, Renik«, stammelte Crys und salutierte.

»Das braucht Ihr jetzt auch nicht mehr zu tun.« Renik lachte. »Nur so aus Interesse, wofür habt Ihr denn gedacht, dass ich Euch verhafte?«, fügte er hinzu und zog fragend die Augenbrauen hoch.

Da war nur heiße, leere Luft, die Crys durch den Schädel wirbelte. »Männer … tun im Krieg alle möglichen Dinge, Herr. Renik«, brachte er heraus.

Renik wurde ernst und nickte bedächtig. »Das tun sie, aber für diese Taten müssen wir allein vor den Göttern und vor unserem eigenen Gewissen Rechenschaft ablegen und vor niemandem sonst.« Seine Miene hellte sich auf. »Nur zu, geht wieder ins Bett, Major. Bei Abenddämmerung, Südturm eins. Verspätet Euch nicht. Ich erinnere mich, dass Ihr ein Problem mit der Pünktlichkeit hattet, damals, als Ihr noch Hauptmann wart.«

»Bei Abenddämmerung, kein Problem. Ich bin frühzeitig da«, versicherte Crys.

Renik winkte ihm kurz zu und ging davon.

Crys lehnte sich an die Tür, wartete, während sich sein eichhörnchenflink rasender Herzschlag allmählich verlangsamte. »Mein Herz hingegeben und befördert worden, alles in einer Stunde«, murmelte er kopfschüttelnd und kehrte ins Zimmer zurück. »Gottverdammt noch mal, ich glaube, ich brauche jetzt tatsächlich ein wenig Schlaf.«

»Wie sieht's aus?«, fragte Crys, als er demonstrativ vor der vereinbarten Zeit oben im Turm eintraf. Ash schlafend in seinem Bett – *unserem Bett* – zurückzulassen war zugleich schwierig und auf merkwürdige Weise wunderbar gewesen. Er hatte längst nicht so viel Schlaf abbekommen, wie er es eigentlich gebraucht hätte. Ash hatte nicht gelogen, als er gemeint hatte, eine Schwäche für Männer in Uniform zu haben – was, wie sich herausstellte, insbesondere für frisch beförderte Majore galt. Und ganz besonders dann, wenn sie besagte Uniform in Wirklichkeit gar nicht trugen.

Crys strich sich über die Rangabzeichen an seinem Ärmel und über seinem Herzen. Obwohl er aus einer Familie von Schneidern kam und es selbst viel besser hinbekommen hätte, hatte er Ash sie für ihn annähen lassen, schief, mit riesigen losen Stichen und von einem Tröpfchen Blut getränkt, weil er sich mit der Nadel in den Finger gestochen hatte.

Es war perfekt.

»Der größte Teil der Nebenmauer ist eingestürzt, Major«, meldete ein Soldat. »Die erste Bastion wird sie in Stücke hauen, sobald sie einen Durchbruch versuchen, aber ich vermute, dass ihnen etliche durch die Lappen gehen, sodass es zu heftigen Kämpfen kommen wird.«

Crys blickte über die Mauer, und ein leichter Wind spielte mit den Haaren unter seinem Helm. Vom Südturm eins aus konnte er nicht weit über die erste Bastion hinaussehen, deren klotzige Umrisse den Blick auf das Schlachtfeld versperrten, aber er hatte eine klare Sicht auf die Nebenmauer, und was sich ihm da bot, war kein erfreuliches Bild. Doch sie stand noch, und das war alles, was zählte.

»In Ordnung, wie heißt Ihr, und wer sind die Offiziere, die ich kennen muss?«

»Ihr seid der einzige Major für Süd eins und zwei sowie für den Ostturm, Herr«, antwortete der Mann, als hätte Crys das längst wissen sollen. Sollte er wahrscheinlich auch. »Also für die gesamte Länge der Mauer entlang des Gil. Normalerweise wärt Ihr in Süd zwei, um eine bessere Sicht in beide Richtungen zu haben, aber da wir wissen, dass sie hier oben durchbrechen werden, hat man uns aufgetragen, Euch hier in Empfang zu nehmen. Natürlich, wenn Ihr Euch lieber zu Süd zwei begeben würdet …«

Crys bemerkte den Unterton von Hoffnung in der Stimme und im generellen Gebaren des Mannes vor ihm. »Ich bleibe hier, danke. Ihr habt mir immer noch nicht Euren Namen genannt.«

»Leutnant Oiler, Herr.«

»In Ordnung, Oiler, Ihr kennt mich nicht, und ich kenne Euch nicht. Ihr denkt wahrscheinlich, ich sei irgend so ein Schnösel aus einer reichen Familie, der sich sein Offizierspatent gekauft hat und der seinen Arsch nicht von dem Loch im

Boden unterscheiden kann, in das er scheißen soll, aber lasst Euch gesagt sein: Ich habe mich wie jeder anständige einfache Mann durch die Ränge nach oben gedient, und ich bin mit der Westtruppe hergekommen und habe in zwei bedeutenden Schlachten gekämpft, in denen Tausende meiner Jungs gestorben sind. Ich bin nicht in der Stimmung für Feiglinge und Waschlappen. Zu welcher Kategorie gehört Ihr?«

»Zu keiner von beiden, Herr«, antwortete Oiler mit einer Eilfertigkeit, die Crys alles verriet, was er wissen musste.

»Wer sind meine Hauptleute?«

»Da ist nur Hauptmann Lark, Herr. Hauptmann Norris ist gestern auf der Brücke gefallen, als Ihr eingetroffen seid. Und dann ist da noch Kennett, dessen Wache gerade geendet hat.«

»Kennett kenne ich, und das mit Norris tut mir leid«, erwiderte Crys, auch wenn er nicht wusste, wer Norris war, »aber er ist als Held gestorben und hat viele Leben gerettet. Holt mir Lark her, ja? Er findet mich oben bei den Katapulten. Sobald sie anfangen, über den Schutt zu klettern, werden sie leichte Ziele bieten, und ich will, dass wir das Beste daraus machen. Und sorgt dafür, dass ein paar Pechfackeln hinter die Nebenmauer geworfen werden. Das gibt uns Licht, damit wir sie besser töten können.«

»Jawohl, Herr«, sagte Oiler und verschwand in die von Fackeln erhellte Düsternis.

»Das wird eine blutige Angelegenheit«, murmelte Crys vor sich hin, und beim Gedanken an Ash, an ein Bett und einen Becher Wein stieß er einen Seufzer aus. Dann richtete er seine Gedanken wieder auf die Aufgabe, die vor ihm lag, und konzentrierte sich auf das Herannahen der Nacht und der Mirak. »Aber andererseits, wann ist es in letzter Zeit jemals nicht blutig gewesen?«

GALTAS

Vierter Monat, vierzigster Tag der Belagerung, nachts
Königstor, Ostmauer, Rilporin, Weizenland

Kann ich Euch helfen?«

Galtas sprang auf, wirbelte herum und zog zugleich sein Schwert. Es war keiner aus der Leibgarde, niemand, den er erkannte. Sein Herz hämmerte; Scheiße, er war schon viel zu lange in dieser Stadt. Er verlor allmählich die Nerven.

Nur noch ein paar Tage.

»He, he, ich bin doch keine Bedrohung, Mann.« Der Fremde lachte und hielt die Hände hoch, weg von seinen Waffen. »Götter, Ihr seid zusammengefahren, als sei ich so ein Scheiß-Mirak.«

Galtas steckte sein Schwert weg und warf einen Blick über den Innenhof, der ansonsten leer war. Die Verteidiger des Ostturms waren oben im Turm dicht zusammengedrängt und hielten nach Angreifern Ausschau, die sich von der Seite zum Königstor durchzukämpfen versuchten.

»Was macht Ihr hier?«, fragte er, und das Lächeln seines Gegenübers verflüchtigte sich.

»Ich werde in einigen Stunden meinen Dienst an der Südmauer antreten, aber für den Moment versuche ich einfach, die Steifheit aus meinen Beinen zu bekommen. Ich habe mich verdammt noch mal kaum bewegen können, als ich vorhin aufgewacht bin.« Er schaute an Galtas vorbei auf das verschlossene

Tor, das den Eingang zu einem Tunnel sicherte. »Wo führt das hin?«

»Den ganzen Weg unter den Mauern hindurch bis zum Palast. Der Fluchtweg der Königsfamilie für den Notfall.« Der Mann stieß einen Pfiff aus. »Hört mal, ich muss jetzt wirklich weiter«, fügte Galtas hinzu und betete, dass der Idiot vor ihm dem eigentlichen Tor keine allzu große Aufmerksamkeit schenken würde.

»Oh, natürlich, natürlich. Was dagegen, wenn ich Euch begleite? Wenn ich mich vorstellen darf: Ich heiße Ash. Wie gesagt, ich bin dann später auf der Mauer, also ist alles wunderbar, was mich davon ablenkt. Ich bin übrigens schon einmal hier gewesen, zu Anfang des Jahres, mit einem Offizier von der Truppe. Damals hatte ich aber nicht gerade viel Zeit, mir Sehenswürdigkeiten anzusehen.«

»Und jetzt ist auch nicht die richtige Zeit dafür«, entgegnete Galtas frustriert, während er durch die Straßen des Viehviertels weitereilte. Lorca hatte ihm die Nachricht zukommen lassen, dass die Mirak durch die südliche Nebenmauer gelangt waren und sich zu einem Angriff auf das Tor versammelten. Wenn er ihnen eine Botschaft übermitteln konnte, würde sein halb ausgearbeiteter Plan aufgehen.

»Nein, wohl eher nicht«, sagte Ash, auch wenn er den Hals gereckt hatte und in jede Gasse und in jede Ladenfront schaute, an denen sie vorbeikamen. Seine langen Beine erlaubten ihm, dabei mühelos Schritt zu halten. »Und? Wie lange dient Ihr dem König schon? Ach, Entschuldigung, ich habe Euren Namen nicht mitbekommen.«

»Ich habe ihn auch nicht genannt«, brummte Galtas. »Simon. Ich heiße Simon. Und: drei Jahre.«

»Ich wette, Ihr habt in den letzten Wochen mehr Gefechte erlebt als in all den drei Jahren davor zusammen, hm? Mir geht es genauso, uns allen wahrscheinlich. Make hat gerufen, und wir sind seinem Ruf gefolgt, aber wir haben nicht erwartet, dass es … so wird. Einige Scharmützel an der Grenze, ein paar Tote auf beiden Seiten, das kennen wir, das verstehen wir, aber das hier? Das ist anders als alles, was ich je erlebt habe.«

»Ihr seid ein Wolf«, stellte Galtas fest, und der andere nickte. »Ich habe nur Gerüchte darüber gehört, was mit Euch und dem Westen passiert ist. Ich hatte nicht gerade viel Zeit, über Neuigkeiten zu tratschen, wenn Ihr versteht, was ich meine.« Sie erreichten das Stadtteiltor, und Galtas' Uniform beförderte sie hindurch in den Tempelbezirk.

»Nun gut, im Blutpasstal haben wir gewonnen, so viel müsst Ihr mitbekommen haben«, sagte Ash mit leiserer Stimme, als sich von den heiligen Stätten rings um sie herum die Laute von gesungenen Gebeten erhoben, »aber die Scheißkerle hatten noch eine zweite Armee – die da draußen –, und mit der haben sie dann alle in Wachstadt abgeschlachtet, alle in Kiefernschleuse und alle in Schindel. Die Bewohner von Eibenhain haben dadurch überlebt, dass sie uns verraten haben, indem sie uns mit List in ihre Schmugglertunnel hinuntergelockt haben. Dann haben die Mirak, die Eibenhain unter ihrer Kontrolle hatten, den Damm zerstört und alles getan, um uns zu ertränken. Jene, die hinausgekommen sind … nun ja, sagen wir einfach, das ist jetzt eine persönliche Angelegenheit. Wir haben einige Wochen gebraucht, um uns auszuruhen und so gut wie möglich unsere Verletzungen zu kurieren, dann haben wir uns auf den Weg hierher gemacht. Wir sind, so schnell wir konnten, gekommen, ganz gleich, was Ihr anderes gehört haben mögt.«

Galtas nickte. »Klingt schlimm.«

Ash schnaubte. »Das ist noch stark untertrieben.«

»Und das letzte Mal, als Ihr hier wart?«, fragte Galtas. Nicht dass es ihn wirklich interessiert hätte, aber der Wolf verlieh seiner Verkleidung als Angehöriger der Leibgarde ein wenig mehr Glaubwürdigkeit.

Ash grinste, und für eine Sekunde wurde sein Gesicht von etwas erhellt, das mehr war als bloßer Respekt. »Ich bin zusammen mit einem Soldaten namens Crys Tailorson hergekommen. Er hatte gesehen, was der verräterische Bastard Rivil seinem Bruder angetan hatte. Er hat seinen eigenen Tod vorgetäuscht und ist hierhergekommen, um Durdil und Rastoth zu warnen. Es hat sich herausgestellt, dass Rivil und sein Vertrauter, Galtas, hier gewesen sind, und wir sind direkt unter ihre Nase rein- und wieder rausgeschlüpft.«

Galtas hielt mitten im Schritt inne, und auch Ash blieb stehen und drehte sich um. »Crys Tailorson ist hier gewesen?«

»Jawohl, und jetzt ist er wieder hier. Von niemand Geringerem als Durdil persönlich zum Major befördert.«

Galtas stieß ein Grunzen aus und hob die Hand, um über das Loch zu streichen, wo früher sein Auge gewesen war. Crys würde ihn erkennen, sobald sie sich begegneten, Augenklappe hin oder her.

Gut. Wird auch verdammt noch mal Zeit, dass ich diesem Arschloch den Garaus mache.

»Oh«, hauchte Ash plötzlich, und Galtas sah genau den Moment, in dem Ash die Verbindung zwischen dem Namen und dem Mann herstellte, der da vor ihm stand. Sie befanden sich mitten im Tempelbezirk, weit entfernt von sämtlichen Stadtteiltoren mit den dort diensthabenden Wachen.

Ash schob den linken Fuß ein wenig zurück, ganz lässig, aber nur noch um Haaresbreite von einer Kampfhaltung entfernt. Er richtete seinen Blick wieder die Straße hinauf. »Warum, habt Ihr gesagt, wolltet Ihr dieses Tor zum Palast überprüfen ... Simon?«

Galtas zuckte die Achseln und bewegte seinen eigenen linken Fuß in Position. »Ich habe gar nichts darüber gesagt. Habt Ihr etwas Bestimmtes im Sinn?«

»Ich habe von Crys eine Menge über Rivil und seinen Meuchelmörder gehört«, antwortete Ash, und seine Hand wanderte hinunter zur Axt an seinem Gürtel. »Wisst Ihr, Crys war wirklich wütend wegen der Sache, die sie mit Janis gemacht hatten. Ich habe mehr Einzelheiten über das alles gehört, als mir lieb war, über jede Begegnung, jeden Augenblick ihrer gemeinsamen Zeit. Natürlich habe ich bei alledem eine gute Vorstellung davon gewonnen, wie diese Kerle aussehen.« Die Axt glitt aus seinem Gürtel, und Galtas' Schwert fuhr aus seiner Scheide. »Ihr habt gedacht, es würde reichen, Eure Augenklappe abzunehmen, Lord Morellis?«, fragte Ash, ein langes Messer in seiner anderen Hand. Seine Knie beugten sich, und er nahm Kampfhaltung an. Die Klinge seiner Axt glänzte gefährlich im Mondlicht.

Galtas lachte. »Ich bin jetzt seit fast drei Wochen in dieser Stadt, und keine Menschenseele hat mich erkannt. Und Ihr habt mich noch nie zuvor gesehen. Wie habt Ihr mich da erkennen können?«

»Arrogant, ein fehlendes Auge, das andere grün, schwarzes Haar, Mundgeruch wie nach Scheiße. Aber vor allem ist es der Ausdruck absoluten Hasses gewesen, der in dem Moment über Eure Züge geglitten ist, als ich Crys erwähnt habe, und die Wut darüber, dass er hier gewesen ist und Ihr ihn verpasst habt. Ihr solltet nicht zulassen, dass Eure Gefühle die Oberhand über Euch gewinnen, Lord Galtas. Ist gefährlich im Kampf.«

»Ich werde lernen müssen, meine Gefühle besser zu verbergen«, sagte Galtas und griff an. Ash wehrte den Hieb mit dem Griff seiner Axt ab und stieß mit dem Messer zu, zielte auf die Achselhöhle. Er war hochgewachsen, und entsprechend groß war seine Reichweite, und die Messerspitze ritzte über Stoff, bevor Galtas wegschlüpfen konnte. Galtas hatte keinen Schild, daher zog er eines seiner Messer, um für ausgeglichene Verhältnisse zu sorgen.

Sie umkreisten einander auf dem Tempelplatz. Die Nacht

war lautlos bis auf die vom Wind herbeigetragenen Gebete, das Klirren von Stahl, das Stampfen von Füßen, die Ächz- und Schmerzenslaute. Der Wolf war ein guter Kämpfer. Er benutzte den Axtkopf, um sich in Galtas' Messer einzuhaken, wenn es ihm zu nahe kam. Dann schleuderte er es zur Seite, sodass es so nahe an seinem Schwert vorbeirutschte, dass es ihm quietschend über seine gepanzerte Schulter schrammte. Das Messer des Wolfs prallte auf Galtas Bauch, wurde aber von seinem geraubten Brustpanzer abgelenkt und rutschte ab. Bevor er sich wieder gefangen hatte, ließ Galtas sein Handgelenk herumschnellen, und das Schwert schnitt Ash in den linken Ellbogen. Ash stöhnte auf und wich auf seinem linken Fuß zurück. Seine Axt und sein Messer schlugen gemeinsam zu, das Messer, um das Schwert abzuwehren, die Axt, um Galtas Hand am Gelenk abzuhacken.

Das alles ging schneller als ein Wimpernschlag, aber Galtas bewegte sich, ohne überhaupt zu denken, ließ seine rechte Hand fallen, um der Axt auszuweichen, während die Linke einen Bogen nach oben beschrieb, um dem Mann das Messer direkt über dem Schulterknochen in den Rücken zu stoßen. Er erwischte den Rand des Kettenpanzers, doch dann grub sich die Messerspitze tiefer. Sehr tief.

Ash brüllte auf, aber seine Axt war immer noch in Bewegung. Da er auf keinen Widerstand gestoßen war, nachdem Galtas die Hand hatte sinken lassen, setzte sie ihre Bogenlinie fort, bis die Schneide ihr Ziel traf. Galtas schrie auf, als ein weiß glühender Blitz in sein rechtes Knie einschlug. Ash riss die Axt heraus, und Galtas zog sein Messer aus dem Rücken des Wolfs. Taumelnd, blutend, fluchend lösten sie sich voneinander. In dieser Stadt, in der ständig Kampflärm zu hören war, bemerkte niemand ihr Duell zwischen den Tempeln.

»Du beschissener kleiner Dreckskerl!«, heulte Galtas. Sein rechtes Bein zitterte unter ihm und drohte wegzusacken, ihn auf die Straße sinken zu lassen. Schmerz pulste durch ihn hindurch und sandte Wellen der Übelkeit durch sein Gedärm und seine Brust. »Dafür werde ich dir deine verdammten Augen aussaugen.«

Ash grinste, aber es war eine vom Schmerz herrührende Verzerrung der Gesichtsmuskeln. Welchen Schaden auch immer Galtas' Messer in seinem Rücken verursacht hatte, die Verletzung ließ seinen rechten Arm leblos an seiner Seite herabhängen, die Axt schlaff in seinen Fingern. Er winkte mit blutverschmierter Hand. »Dann komm her.«

Er rührte sich nicht von der Stelle, und Galtas wusste, dass es nun an ihm war, sich zu ihm hinzubewegen, wenn er die Sache beenden wollte. Er würde niemals vor ihm davonlaufen können, nicht mit einer zerschmetterten Kniescheibe. Irgendwie überraschte es ihn, dass er überhaupt noch stand. »Meine Füße sind auf dem Pfad«, murmelte er, humpelte weiter und keuchte jedes Mal auf, wenn er seinen rechten Fuß belastete.

Ash klopfte sich mit den Fingerspitzen aufs Herz und hielt sein Messer bereit. Die Axt hob sich ganz langsam, ihr Kopf wackelte in seiner zitternden Hand hin und her, und die alte Narbe auf seinem Gesicht trat purpurn aus seinen vor Schmerz und Blutverlust leichenblassen Zügen hervor.

Galtas verlagerte sein Gewicht auf sein starkes linkes Bein und griff an. Der Wolf wehrte seine Attacke mit der Axt ab und stieß Galtas dann die stumpfe Seite des Axtkopfes ins Gesicht. Galtas' Messer wehrte die Axt ab, und im gleichen Moment, als Ashs Messer in Galtas' Schwert klirrte und es wiederum wegschlug, machte Galtas schreiend auf seinem rechten Bein einen raschen Schritt auf ihn zu und ließ sein Messer um Ashs Hals herum in seinen Kiefer schneiden. Ash fiel die Waffe aus den kraftlosen Fingern, und er kippte nach hinten um, machte keinerlei Anstalten, sich zu schützen, als er zusammenbrach. Sein Kopf schlug auf der Straße auf, und Blut spritzte aus seinem zerstörten Gesicht. Er röchelte noch etwas, das sich wie »Crys« anhörte, zuckte mehrmals zusammen, dann rollten seine Augen nach hinten, und er rührte sich nicht mehr.

»Arschloch«, murmelte Galtas. Er spuckte auf den reglosen Körper und stieß ihn an, suchte nach Zeichen von Leben. »Meinst du, Crys wird dich rächen? Dann wollen wir mal sehen, nicht wahr? Es ist an der Zeit, dass er bekommt, was er verdient.«

Er nahm sein Schwert als Krücke, stützte sich darauf ab, packte Ash hinten am Kragen und schickte sich an, ihn mit sich zu schleifen. Der Tote hinterließ eine breite, schmierige Blutspur, als er ihn nach Süden schleppte. Hin zu Crys' Kommandobereich.

DIE GESEGNETE

Vierter Monat, vierzigster Tag der Belagerung, nachts
Lager der Mirak, vor Rilporin, Weizenland

Lanta ging vor den in ihrem Zelt knienden Männern auf und ab und ließ den Hammer von der Hand baumeln. In ihr wuchs die starke Versuchung, sie alle umzubringen, den Gottesblinden eingeschlossen. Sie kämpfte den Drang nieder.

Corvus hatte ihr keine Männer zugestanden, um nach Gilda zu suchen, und Lanta dadurch gezwungen, ihre eigenen Wachen hinter ihr herzuschicken. Und hier waren sie nun wieder, reumütig mit leeren Händen zurückgekehrt wie Kinder, die beim Stehlen erwischt worden waren.

»Vergebt uns, Gesegnete«, bat Scell, »wir konnten sie nicht finden. Die Hexe ist verschwunden.«

Lanta schenkte ihm keine Beachtung und blieb vor dem Gottesblinden stehen. Sein rechter Arm lag in einer Schlinge, und er sah sie aus einem geschwollenen, zerschlitzten Gesicht an. Im gleichen Moment, da sein Messer ihren Arm aufgerissen hatte, hatte sich der spitze Stab, der an Gildas Kette befestigt war, in seine Schulter gebohrt, und ihr zweiter Hieb hatte ohne Frage auf sein Auge gezielt. Aber Gilda hatte es verfehlt, der Angriff des Gottesblinden hatte ihre Absichten vereitelt. Doch das Unerwartete ihrer gewaltsamen Gegenwehr – *ich habe das Miststück unterschätzt* – hatte Gilda kostbare Sekunden verschafft, um durch die Zelttür zu schlüpfen und in die Nacht hinauszulaufen, während Lanta nach ihren Wachen geschrien hatte.

Ihre Finger zuckten nervös auf dem Hammerstiel. Die Mirak ließen sich unterwürfig vor ihr aufs Gesicht fallen. Der Gottesblinde rührte sich nicht.

»Euch verzeihen?«, sagte sie leise. »Das glaube ich kaum. Gottesblinder, richtet ihn auf.«

Der Wolf erhob sich und zog Scell mit seinem gesunden Arm auf die Knie, die Faust fest in das Hemd auf seinem Rücken gekrallt. »Steh auf«, knirschte er.

»B-bitte, Gesegnete, bitte«, stammelte Scell. »Wir werden weiter nach ihr Ausschau halten; die Suche ist noch nicht zu Ende. Es ist immer noch Zeit.«

»Nein, das stimmt nicht«, sagte der Gottesblinde. »Gilda hat Rillirin getroffen. Sie weiß Bescheid; bald wird sie alles wissen. Die Zukunft hat sich bereits verändert.«

»Und wo befinden sich die beiden?«, begehrte Lanta zu wissen. Helle Aufregung kribbelte in ihrem Bauch. »Sagt es mir, und wir können Männer ausschicken, um sie zu fangen.« Der Hammerstiel war warm in ihrer Faust, eine beruhigende Erinnerung an die Götter und an Lantas Pflicht. Ihr Vorrecht.

»Sie fliehen zusammen.« Sie sah, wie sich sein Gesicht verzerrte, wie sein rechtes Augenlid flatterte. Ein leises Jaulen wie das eines geprügelten Hundes entrang sich seiner Kehle, und sein Rücken wölbte sich, auch wenn er Scell trotzdem nicht losließ. »Sie … ah! Sie fliehen nach Süden. Lasst sie gehen, lasst sie gehen, und konzentriert Euch auf die Belagerung. Auf Rivil und den Durchbruch – die Bresche, die bald geschlagen werden wird. Verrat.«

Lanta neigte den Kopf zur Seite. »Ihr würdet sie entkommen lassen?«

Der Gottesblinde krümmte sich zusammen, so schnell und so fest, dass er hinter Scell auf ein Knie fiel. Er winselte abermals, und der Mirak wich vor ihm zurück. »Sie trägt meinen Samen in sich; ich werde sie immer finden können. Wenn wir die Stadt eingenommen haben, können wir sie herholen. Die Geburt des Kindes ist noch Monate entfernt, der Sieg ist es nicht.«

Lanta schürzte die Lippen. »Steht auf, Gottesblinder. Haltet ihn fest.«

Das Wissen, was jetzt kommen würde, und das frische Blut, das den Verband auf seiner Schulter verdunkelte, ließen ihn zittern, aber er gehorchte. Scell faselte verzweifelt etwas Sinnloses, und Lanta wartete nicht ab, bis er fertig war. Ein Versagen konnte niemals hingenommen werden. Sie trat vor und schlug kräftig mit dem Hammer zu. Und noch einmal. Der Hammer krachte durch seine Schläfe. Scell klatschte wie ein Sack zu Boden, und Blut und Hirnmasse sickerten aus der zerrissenen Haut seines zerschmetterten Schädels.

Die verbliebenen Mirak schauten auf den noch zuckenden Leichnam hinab und beteten, machten sich mit mehr Würde auf das Bevorstehende gefasst, als sie Scell aufzubringen in der Lage gewesen war. »Der Nächste«, rief Lanta und deutete mit dem blutigen Hammerkopf auf ihr Opfer. Der Gottesblinde zog ihn auf die Knie und hielt ihn fest. Sie schwang ihren Hammer.

Als es vollbracht war und andere Mirak die Leichen weggezogen hatten, rief Lanta nach den Gefangenen, die sie unten am Fluss gemacht hatten. Corvus' Verhörkräfte hatten sie bereits bearbeitet, aber bisher hatten sie aus niemandem irgendetwas Nützliches herausbekommen.

Sie winkte den Gottesblinden zu sich. »Jedes Mal, wenn ich glaube, Euch nun trauen zu können, macht Ihr so etwas wie das eben, sagt mir, dass ich mich von meinem erwählten Pfad abwenden soll.«

Blutunterlaufene braune Augen starrten in ihre. »Rillirin und Gilda haben den Gil überquert und sind auf dem Weg nach Süden. Gilda hat Rillirin mitgeteilt, dass sie schwanger ist. Sie hat ihr von … mir erzählt. Was ich jetzt bin. Rillirin … grämt sich sehr wegen mir.« Er legte seine linke Hand auf Lantas Wange, und sie zuckte weg. »Ihr könnt sie jetzt holen gehen, wenn Ihr wollt, aber die Mauer steht kurz davor einzustürzen, und sie haben am Südtor fast den Durchbruch geschafft, und Rivil wird Euch niemals gewinnen lassen, und das Schicksal der ganzen Welt steht auf Messers Schneide.«

Sie trat einen Schritt zurück und leckte sich die Lippen.

»Ich werde sie immer finden können«, wiederholte er leise.

Die Zelttür wurde geöffnet, und Corvus trat vor den Gefangenen ein. Sie trugen schwere Ketten, die sie niederdrückten.

»Wir sind jetzt so nahe dran, Gesegnete, einem Durchbruch so nahe.« Er deutete auf die Gefangenen. »Opfer?«

»Ein Versuch«, antwortete sie knapp. Sie fasste erst die Gefangenen und dann den Gottesblinden ins Auge. »Fangt mit den Wölfen an«, wies sie ihn an. »Macht, dass ich Euch wieder vertrauen kann.«

»Sie haben nichts Neues, was sie uns berichten könnten«, wandte er ein. »Nichts von Belang.«

Lanta leckte sich die Zähne. »Und weshalb sollte das irgendeine Rolle spielen?« Sie musterte ihn eindringlich, während er seinen Blick über die Gefangenen schweifen ließ.

Der Gottesblinde senkte den Kopf. »Euer Wille, Verehrte.« Er machte ein Winkzeichen. »Bringt mir den da. Seth Leichtfuß, Fährtensucher, der kleine Cousin der kleinen Dalli Kurzspeer. Hegt eine unerwiderte Liebe für Rillirin. Glaubt, weil er ihr das Leben gerettet hat, müsse sie ihn lieben. Ist in den Fluss gesprungen, um sie zu retten, nachdem sie hineingefallen war. Ist dabei jedoch gescheitert.«

Der junge Wolf ließ den Kopf hängen, sein Gesicht von Prellungen und Blutergüssen bis zur Unkenntlichkeit geschwollen. »Dom?«, nuschelte er. »Götter, Dom, was machst du hier? Hilf uns!«

Der Gottesblinde zog den Arm aus seiner Schlinge, spannte ihn an und stöhnte vor Schmerz. Dann zerrte er Seth zum Wasserfass in der Mitte des Zeltes. Daneben stand ein Tisch, auf dem Messer und andere Dinge lagen. »Bekehr dich oder stirb«, kommandierte er.

»Was?«, brachte Seth noch heraus, dann stieß Dom seinen Kopf in das Fass und hielt den Um-sich-Schlagenden fest. Die anderen Wölfe schrien und wehrten sich, und ihre Wachen schlugen ihnen mit Knüppeln auf die Knie, was ihren unzähligen Prellungen noch ein paar neue hinzufügte. Lanta verschränkte die Arme vor der Brust, den Blick auf Dom gerichtet. Die Gefangenen interessierten sie nicht.

»Ist alles in Ordnung, Gesegnete?«, murmelte Corvus.

Lanta wartete ab, während Dom Seth seine Aufforderung erneut ins Gesicht brüllte, um ihn dann noch einmal ins Wasser zu stoßen. »Deine Schwester hat den Gottesblinden seinen Samen in ihren Bauch pflanzen lassen«, erklärte sie und sah, wie Corvus angewidert die Lippen verzog.

»Ich hatte mit dem Gedanken gespielt, sie zu meiner Königin zu machen«, sagte er mit leiser Stimme, »so wie es die Mirakkönige alter Zeiten getan haben, die ihre Schwestern heirateten, um dadurch die Dunkle Dame und den Gott des Blutes zu ehren. Doch das … verändert alles. Trotzdem, ein Becher Abtreibungstee aus Poleiminzkraut, sobald wir sie in unserer Gewalt haben, wird der Sache ein Ende setzen.«

»Nein, dem Baby darf kein Schaden zugefügt werden«, verfügte Lanta leise. »Es könnte uns noch … nützlich sein«, fügte sie hinzu. Selbst ihm gegenüber wollte sie nicht mehr als das Nötigste sagen. »Seine Mutter indes … Nun gut, Ihr dürft mit der Hure anstellen, was immer Ihr wollt, sobald sie erst mal geworfen hat. Aber lasst sie vorläufig glauben, sie sei uns los. Er hat mir versichert, dass er sie finden könne, wo immer sie hingeht. Und diese da werden sterben, um mir die Versicherung zu geben, dass er auch die Wahrheit sagt.«

Corvus zog saugend die Luft durch die Zähne und zuckte dann die Achseln. »Wie Ihr sagt, Gesegnete, so soll es sein.« Er deutete mit dem Kopf auf die Szene auf der anderen Seite des Zelts. »Was meint Ihr, wie lange wird es dauern, bis dieser da bricht?«

Lanta runzelte die Stirn. »Er ist ein Wolf. Er wird nicht brechen.«

»Das hätten wir früher einmal womöglich auch über den Gottesblinden gesagt.«

»O nein, ich glaube, dem Gottesblinden ist es schon immer bestimmt gewesen, irgendwann zu brechen. Wenn ein Mensch so viel sieht wie er, hat er sich selbst nie wirklich sicher im Griff. Aber die hier?« Sie zeigte auf die Gefangenen und machte eine wegwerfende Handbewegung. »Ich glaube, die hier werden lieber schreiend in den Tod gehen, als der Blumenhure zu entsagen. Es belustigt mich zu sehen, wie der Gottesblinde sie dorthin schickt.«

Noch während sie sprach, erlahmte Seths wildes Um-sich-Schlagen, wurde zu einem leichten Zappeln und Zucken. Seine Füße strampelten noch ein wenig, traten ein letztes Mal in die Luft, dann war er reglos. Der Gottesblinde zog ihn aus dem Wasser und ließ ihn zu Boden fallen. Er winkte den Nächsten heran.

»Gesegnete«, sagte er, während er der Frau ins Gesicht schlug und sie dann in das Fass stieß. »Alles kommt zu seinem Höhepunkt, und doch ist alles im Fluss. Rivil stellt eine Bedrohung dar.«

Lanta spürte, wie sich Corvus neben ihr anspannte. »Warum das?«

»Er ist ehrgeizig, kleingeistig, von Habgier geblendet. Und nur deshalb mit Euch verbündet, weil er Eure Armee zur Verfügung haben will und eigentlich erwartet hatte, dass Ihr von der Westtruppe besiegt werdet. Doch Ihr habt gewonnen, und jetzt weiß er nicht, was er mit Euch anstellen soll. Wenn es nach ihm ginge, solltet Ihr jetzt alle tot sein, versteht Ihr? Macht Euch auf Verrat gefasst.«

»Natürlich sind wir auf Verrat gefasst«, blaffte Lanta. »Ich habe gesagt, bringt mich dazu, Euch zu vertrauen, nicht, erzählt mir, was ich bereits weiß.«

»Rivil könnte Euch etwa dazu ermuntern, Eure Kräfte auf die Belagerung zu konzentrieren, und Euch dann angreifen, oder er könnte Euch erlauben, Euch auf der Westebene niederzulassen, wie er es versprochen hat, und dann den verbliebenen Tausendschaften der Südtruppe befehlen, Euch auszulöschen. Es gibt viele Möglichkeiten, aber es gibt einen Weg, den wir jetzt nehmen können, um unsererseits sie auszuschalten.«

»Welchen Weg?«, fragte Corvus.

»Mich.«

»Das müsst Ihr erklären«, blaffte der König, aber Lanta spürte sein Interesse. Die Sache mit dem Prinzen von Rilpor bildete ein ständiges Ärgernis.

»Vor Jahren, als ich den Bluteid geleistet habe, geschah es aus Rache an den Mördern meiner Frau und meines ungeborenen Kindes. Diese Mörder waren Rivil und Galtas. Sie hatten sich als Mirak getarnt und sie getötet, hatten gehofft, dadurch einen Krieg zu provozieren. Lasst mich meinen den Roten Göttern geschworenen Eid erfüllen. Wenn Rivil tot ist, werden Skerris und die Osttruppe Euch gehören. Skerris' Glaube ist rein; er wird lieber Euch auf den Thron setzen, als erleben zu müssen, dass alles, was wir erreicht haben, zunichte gemacht wird. Rilpor wird wieder dem Blut gehören, und meiner Hazel wird endlich Gerechtigkeit zuteilwerden.«

Interessant.

»Ist das der Grund für das alles?«, fragte einer der gefesselten Wölfe. »Alles, was du getan hast, alles, was du verraten hast, das war alles für Hazel? Meinst du, sie hätte das gewollt?«

»Sie war meine Frau«, sagte der Gottesblinde, während er die Frau wieder aus dem Wasser zog, ihr beiläufig ein Messer in den Bauch rammte und sie dann auf Seths Leichnam warf. »Ich habe geschworen, ihr Frieden zu bringen. Und ich habe mir in meinen Bemühungen, dieses Ziel zu erreichen, nirgendwo Grenzen gesetzt.«

»Ja«, flüsterte Corvus Lanta zu. »Das passt perfekt.«

Sie nickte kaum merklich. »Ich werde die Götter zurate ziehen. Wir sind hier fertig, Gottesblinder. Ihr solltet Euch ausruhen und etwas essen, wenn Ihr wahrhaft wünscht, diesen Weg zu beschreiten. Ihr dort, wir haben keinen Bedarf für diese Leute.«

Sie schnippte mit den Fingern, und die Messer der Wachen glitzerten im Licht des Feuers. Es war binnen Sekunden vorüber, ein schnellerer Tod, als ihn die Wölfe verdient hatten, aber Lanta wollte mit solchen Leuten keine Zeit verschwenden.

»Hoth-Nagarre«, bestätigte Dom und wischte sich die Hände ab. »Kampf Mann gegen Mann im Angesicht der Götter. Kein Erbarmen und kein Rückzug, die Götter sind unsere Zeugen. Und meine Füße sind auf dem Pfad.«

DURDIL

Vierter Monat, vierzigster Tag der Belagerung, nachts
Sektion Eins, Westmauer, Rilporin, Weizenland

Durdil blinzelte mit Augen, aus denen Entschlossenheit blitzte, und schenkte Edris sein draufgängerischstes Grinsen. »Nun, Oberst, sieht so aus, als würde Euer Ende der Mauer endlich mal wieder ein wenig Trubel erleben.«

Edris strich sich mit schmutzigen Händen über sein verschwitztes Gesicht. »Ganz großartig«, murmelte er. »Das letzte Mal ist schließlich schon ganze zwanzig Minuten her.«

Durdil deutete auf seine Meldegänger. »Ich will Lageberichte von jedem Turm, solange unsere kleine Atempause anhält. Wir mögen ihren zweiten Belagerungsturm zerstört haben, und ich kann immer noch nicht glauben, dass wir den Angriff auf das Fallgatter abgewehrt haben, aber ganz gleich, welche Erfolge wir in jüngster Zeit auch davongetragen haben, sie gruppieren sich neu und werden wiederkommen. Ich will wissen, was überall sonst passiert.« Die Laufboten salutierten, eilten in verschiedene Richtungen davon und herrschten die ihnen im Weg stehenden Männer an, zur Seite zu gehen.

Wann hatte ich das letzte Mal die Energie, um so zu rennen?, überlegte er, doch er kannte die Antwort. Es war ungefähr vor drei Stunden gewesen, als der Brückenkopf gedroht hatte, sich auf eine dritte Sturmleiter zu erweitern, sodass der Feind den Wandabschnitt vom Torhaus bis zum zweiten Turm für sich gesichert gehabt hätte. Da war er doch auch schnell wie ein Hase gelaufen, nicht?

Durdil klopfte sich mit dem Fingernagel auf die Zähne, dann berührte er Edris am Ellbogen, zog ihn von der am nächsten stehenden Traube von Männern weg und senkte die Stimme. »Oberst, ich muss Euch um einen Gefallen bitten.«

Edris zog die Augenbrauen hoch. »Was immer Ihr wünscht, Herr.«

»Es geht um meinen Sohn, Make. Er ist ein guter Mann und ein herausragender General. Ein geborener Krieger. Er ist das Einzige, was diese Armee und diese Menschen zusammenhalten kann, wenn ich falle. Ich sollte Euch nicht darum bitten, aber ich tue es trotzdem. Wenn Ihr könnt, beschützt ihn, sorgt dafür, dass er am Leben bleibt. Habe ich mich klar ausgedrückt?«

Edris' Gesicht wirkte gequält. »Es tut mir leid, Herr, aber Euer Sohn hat mich gleich am Tag seiner Ankunft einen ähnlichen Eid schwören lassen: dass ich Euch retten sollte statt ihn. Ich konnte nicht ablehnen.«

Durdil biss sich kräftig in die Innenseite seiner Wange. »Dieser kleine Scheißkerl«, murmelte er. »Götter, Edris, er ist erst fünfunddreißig. Was denkt er sich dabei, einfach so sein Leben wegzuwerfen?«

»Ich habe eigentlich nicht vor zu sterben, weißt du, Vater«, ertönte Makes Stimme hinter ihm, und Durdil zuckte zusammen. »Ich wollte lediglich sicherstellen, dass du keine dummen Heldentaten vollbringst, nur weil wir in derselben Schlacht kämpfen. Ich erinnere mich daran, was du getan hast, als wir vor zwölf Jahren zusammen gegen die Totenlegion gekämpft haben.«

Durdil spürte, wie seine Wangen warm wurden. »Nun ja, du warst jung und an diesem Tag besonders idiotisch. Irgendjemand musste dir den Arsch retten.«

»Vielleicht. Aber es hätte nicht der General der Nordtruppe persönlich sein sollen. Du selbst hast mich unseren unverrückbarsten Befehl gelehrt: Gefährde nicht die Schlacht um eines einzelnen Mannes willen. Nicht einmal um eines Offiziers willen. Nicht einmal um eines Generals willen. Nicht einmal wenn es um das Leben deines Sohnes geht.« Make schlang Durdil einen Arm um die Schultern, und seine Armschiene klapperte auf Durdils Schulterplatte. »Wie auch immer, die Sache ist erledigt, die Schwüre sind geleistet. Außerdem ist es ja nicht so, als hätten diese Leute hier groß überredet werden müssen. Du wirst von deinen Männern richtiggehend verehrt, hast du das gewusst? Ich bin in dieser Stadt ein Niemand. Du bist ein Held. Und du verdienst diesen Titel auch.«

Durdils Erröten war diesmal noch deutlicher. Er räusperte sich lautstark. »Mach dich nicht lächerlich. Vorwiegend sind sie einfach froh, dass ich Hallos und seine endlosen Experimente von ihnen fernhalte. Wo wir schon bei Hallos sind: Er hat mir gesagt, du seist erschöpft und bräuchtest Ruhe. Warum bist du hier oben?«

»Das ist gestern gewesen. Seither habe ich geschlafen.«

Durdil blinzelte, begutachtete das Glitzern in seinen Augen und das leise Lächeln, das so gar nicht zu ihrer bitteren Situation passte. »Nun ja, zumindest scheinst du seither irgendetwas in einem Bett getan zu haben«, sagte er, und jetzt war es an Make zu erröten.

Durdil schickte sich gerade dazu an, den Jungen gründlich bloßzustellen und den Spaß vollauf zu genießen, als das Katapult der letzten Bastion feuerte, einige Sekunden später gefolgt von dem des Nordturms. Durdil wirbelte nach rechts herum, um über die Länge der Galerie hinweg nach Norden zu spähen. Die Männer auf der Mauer verharrten reglos und lauschten auf etwaige Angriffsgeräusche. Wie zur Antwort wurde nun die Blide der Osttruppe abgeschossen, schleuderte einen pfeifenden Stein durch die Luft und ließ ihn auf die ausgebesserte und reparierte Schwachstelle der Mauer donnern.

»Götter, sie sind wie ein Hund mit einer Ratte, der …«, begann Durdil.

Die Tür zur ersten Bastion flog auf, und Steinmetz Merle erschien, als sei er den Abgründen einer besonders staubigen Hölle entstiegen. Yarrow folgte ihm, das Gesicht so weiß wie die Blüten der Schafgarbe, von denen sich sein Name herleitete. »Fürstgeneral? Fürstgeneral, sie wird nicht halten, Herr. Ihr müsst die Mauer räumen. Ihr müsst sie verdammt noch mal auf der Stelle räumen.«

Durdil starrte Merle an, und der Lärm um sie herum schien zurückzutreten und hinter einem lauten Summen zu verschwinden. Sein ganzes Sichtfeld war auf einmal von Merles ehrlichem, schmutzigem, panischem Gesicht ausgefüllt. »Sagt das noch mal«, krächzte er.

»Die Steine sind schief gesetzt, und jetzt wurde der Mörtel herausgequetscht, während er noch feucht war, also ist da nichts mehr, um die Steinblöcke an Ort und Stelle festzuhalten. Wir haben das Ganze abgestützt, Mörtel über die Risse geschmiert, aber die Mauer hat angefangen, sich zu wölben, wo wir das gemacht haben, Herr. Der Stein wird nun mit jedem Aufschlag nach außen gedrückt. Sie stürzt ein.« Er packte Durdil an seiner Brustplatte. »Holt alle Mann von der Mauer herunter.«

»Da kommen sie!«, rief Edris, und es folgte ein Chaos aus Lärm und Geschrei, als die Enden von Leitern über den Mauerzinnen erschienen.

»Macht euch bereit«, donnerte Make.

»Geht runter von der verdammten Mauer!«, dröhnte Merle mit einer Stimme, die ihnen fast die Trommelfelle zerfetzte. Erschrocken erstarrten die Männer überall um sie herum, bis Make erneut brüllte, und Edris tat es ihm nach, und dann begannen sich die Männer wieder zu bewegen, ruckartig, wie Marionetten, die zur Melodie eines Betrunkenen tanzten, schickten sich an zu kämpfen und wollten doch lieber flüchten.

Durdil stellte fest, dass sich seine Faust in Merles Lederschürze geklammert hatte, und das Gesicht des riesenhaften Mannes war dicht vor seinem. »Wird die ganze Mauer einstürzen oder nur der Teil oberhalb der ausgebesserten Stellen? Antwortet mir!«

»Mit ein wenig Glück nur dieser Bereich, Herr.«

»Danke, Steinmetz, dann werden wir Sektion Eins verteidigen«, sagte Durdil und ließ ihn los.

Um ihn herum tobte Chaos. Soldaten stießen Leitern weg und hackten auf die Männer ein, die sie hinaufstiegen, Männer in Blau, langsam, aber tödlich.

»Yarrow, räumt die Mauer zwischen dem zweiten Turm und der letzten Bastion. Die Osttruppe mag sie haben. Füllt die Türme mit Euren Männern und verbarrikadiert die Türen. Sie können die Mauer dazwischen haben, aber nicht die Türme. Verstanden?«

Yarrow nickte, verblüfft, aber im vollsten Vertrauen, dass Durdil wusste, was er tat. Durdil hoffte, dass sein Vertrauen gerechtfertigt war.

»Sobald dieser Abschnitt der Mauer gestürmt ist, sollen die Turmkatapulte darauf feuern. Das Drecksding wird sowieso einstürzen, da kann es genauso gut dann zusammenbrechen, wenn wir das wollen, was?« Yarrows Augenlider flatterten heftig, und er hob fragend den Zeigefinger. »Sagt ›Ja, Herr‹«, fuhr Durdil ihn an.

»Ja, Herr«, wiederholte Yarrow automatisch. Er blies die Wangen auf und schüttelte einmal den Kopf, aber dann breitete sich ein benommenes Grinsen auf seinem Gesicht aus. »Alle Feinde auf dieser Mauer werden getötet werden.«

»Seht zu, dass es auch klappt.«

»Und ich, Herr?«, fragte Merle, als Yarrow davoneilte und anfing, Befehle zu rufen.

Durdil schüttelte den Kopf und geriet ins Stolpern, als Make ihn zur Seite schob und etwas Unzusammenhängendes brüllte. Sie rannten in den ersten Turm hinein und schlugen die Tür hinter sich zu, sodass der Lärm von draußen leiser wurde. »Ihr habt genug getan, Merle, Ihr und all Eure Jungs. Zieht Euch in den zweiten Ring zurück. Sobald dieser Bereich der Mauer hier einstürzt, wird der Feind wie Ziegen über die Trümmer springen. In den Straßen dort unten werden Verteidiger und Angreifer Mann gegen Mann kämpfen. Ihr solltet Euch da besser raushalten.«

Merle strich sich über den Bart und schlug Durdil dann so heftig auf den Rücken, dass er ein Stück zur Seite flog. »Das hier ist Schätzchen«, erklärte er und zog einen gewaltigen Hammer aus dem Gürtel. »Schätzchen und ich mögen es, auf alles Mögliche einzuschlagen. Ich gehe mal davon aus, dass die Köpfe der Angreifer weicher als Granit sind. Vielleicht werde ich mich doch noch ein wenig hier herumtreiben.«

Durdil fand genug Atem, um zu lachen. »Wenn Ihr, sobald sie einmal geschlagen ist, in der Bresche steht«, sagte er bewundernd, »gibt es kein einziges Arschloch, das es wagen wird, in sie vorzudringen. Willkommen in der Palasttruppe, Merle. Ich bin mir allerdings nicht sicher, ob wir eine Uniform haben, die groß genug für Euch ist.«

»Ich brauche keine Uniform«, sagte Merle. »Ein Mann muss für sein Zuhause kämpfen, wenn es bedroht wird, nicht wahr? Dafür brauche ich keine schicke Jacke.«

Bevor Durdil etwas erwidern konnte, hatte sich der Steinmetz auch schon in Bewegung gesetzt und war Yarrow hinaus auf die Galerie gefolgt.

CRYS

Vierter Monat, einundvierzigster Tag der Belagerung, im Morgengrauen
Südturm eins, Südmauer, Rilporin, Weizenland

Kommen sie?«, fragte Crys ungeduldig, schob einen Bogenschützen von einer der Schießscharten weg und spähte hinaus. »Natürlich kommen sie. Drecksäcke.«

Und da waren sie, Hunderte von ihnen, die in vollem Tempo um das zerstörte Ende der Nebenmauer rannten und auf das Tor zustürmten. In ihrer Mitte liefen ein Dutzend Männer in Formation, die einen mit einer Eisenspitze versehenen Baumstamm als Rammbock mit sich schleppten.

Crys klopfte dem Bogenschützen rasch noch auf die Schulter und eilte dann die Treppe hinunter und hinaus auf die Galerie der Südmauer.

»In Ordnung, Jungs«, rief er, »sie kommen, und sie haben einen Rammbock, also will ich nicht lügen: Die Situation ist haarig wie ein Bärenarsch, aber wir sind oben auf der Mauer und schießen auf sie, und sie rammen unten ihr Ästchen gegen das Tor. Ich weiß, ihr seid müde und erschöpft, das sind wir alle, aber wir haben jede Menge Pfeile und reichlich Licht, um sie zu sehen und zu töten. Ich kenne euch: Ihr seid treu, ihr seid erfahren, und ihr seid Krieger. Macht eure Sache gut, und wir werden überleben.«

»Sie sind fast am Tor, Herr«, rief Leutnant Weaverson.

»Alles klar, ich werde hinuntergehen, um einen Blick auf die

Lage zu werfen und mit den Männern dort unten zu reden. Roger, lasst sie feuern, sobald sie …«

»Feuer!«, heulte Weaverson.

»… auf Reichweite herangekommen sind«, beendete Crys seinen Satz und machte sich auf den Weg zur Treppe.

Das Kaufmannsquartier lag still und verrammelt da, als er den Turm verließ, keine Lichter in den Fenstern zu sehen. »In Ordnung, Tailorson, es sieht gut aus«, murmelte er vor sich hin, während er die Umgebung ins Auge fasste. »Die Straßen sind verlassen, gute Sicht in alle Richtungen. Du bist hier sicher, sie … können nicht … reinkommen.«

Er blieb stehen und spähte tiefer in die Schatten, die von den Befestigungsanlagen rund um das Tor geworfen wurden. Verstohlene Bewegungen, das weiche Rascheln von Stoff auf Stein, das kratzige Quietschen von Metall auf Metall, wie das Geräusch von Bolzen, die aufgezogen wurden.

Crys rannte los, zog instinktiv sein Schwert und richtete den Blick auf das Tor, durch das die schwache Röte der Morgendämmerung hindurchschimmerte. Das Tor stand offen.

»Süße Tänzerin«, hauchte er. »Irgendein Schweinehund hat uns verraten.«

Das Licht strich über die Leichen um das Tor herum, die Soldaten, derentwillen er hergekommen war. Jetzt war der breite, offene Innenhof, der den Kaufleuten in Friedenszeiten dazu diente, ihre Wagen zu entladen, völlig leer, bis auf Crys und einen kleinen Jungen mit sehr großen, sehr runden Augen. *Also, erstens, wer hat das Tor geöffnet, und zweitens, wohin ist er verschwunden, und drittens, oh, Götter, ich höre die Mirak kommen.*

»Seid Ihr ein Soldat?«, piepste der Junge und zeigte mit der Hand auf die Toten. »Diese Männer sind alle umgefallen. Es war sehr komisch.« Crys folgte dem kleinen Finger bis zum Tor. »Zack, zack«, machte der Junge und lachte. »Alle fallen einfach um.«

»Geh nach Hause, Kleiner«, sagte Crys, während es ihm eiskalt den Rücken hinabrieselte. »Sofort.«

Der Junge kam auf ihn zuspaziert und versuchte, seine Hand zu nehmen, doch Crys riss sie weg. »Werdet Ihr auch fallen?«, fragte der Kleine ungerührt.

Ein weiterer kalter Schauer kroch unter Crys' Rüstung und lief über seine Haut. »Es sieht immer mehr danach aus«, murmelte er. »Geh nach Hause«, zischte er erneut, nun ein wenig nachdrücklicher. »Auf der Stelle.« Da war eine Bewegung am Fuß der Mauer. »Lauf!«, schrie er dem Jungen ins Gesicht.

Der Junge erstarrte, seine Unterlippe zitterte, dann brach er in Tränen aus. »Ich hasse Euch«, schluchzte er.

»Krieg dich mal wieder ein«, fuhr Crys ihn an. »Und jetzt verpiss dich, ja? Hier tobt eine Schlacht.«

Das Kriegsgeschrei der Mirak wurde lauter, und es lag Triumph in ihrem Gebrüll.

»Weaverson!«, donnerte Crys. »Feindlicher Durchbruch am Südtor, ein gottverdammter feindlicher Durchbruch.«

Von oben wurden Warnrufe laut, und Crys grinste; dann stieß er den Jungen zur Seite, sodass er auf die Pflastersteine plumpste, und sprang los, um sich auf die drei Männer zu stürzen, die gerade durch das Tor gerannt kamen und ihre Siegesrufe brüllten. Der Junge jammerte über sein aufgeschürftes Knie, und Crys nahm sich den Bruchteil einer Sekunde Zeit, um ihm zu wünschen, dass das aller Schmerz war, den er je ertragen würde, dann war da ein schartiges Schwert, das in hohem Bogen auf ihn zukam.

Crys wich rasch nach links aus, parierte den Hieb mit seinem eigenen Schwert und schickte dem Mann einen schlecht gezielten Boxhieb hinterher, als er an ihm vorbeistolperte. Der Schlag streifte nur sein Ohr, und seine Wirkung erschöpfte sich darin, dass der Mann in Rage geriet. Der Angreifer brüllte auf und stolperte sogleich wieder, von irgendetwas zum Straucheln gebracht. Sein Schwert blitzte auf. Es folgte ein schrilles Kreischen, bei dem Crys das Herz stehen blieb, und als der Mann ihn erneut angriff, war die Spitze seines Schwertes rot.

Der Junge. Er hat den Jungen umgebracht.

Crys bleckte die Zähne und zog mit seiner freien Hand ein Messer. Er wehrte damit den Angriff des zweiten Mannes ab, der Crys sein Schwert über dem Kopf entgegenschwang, und zog ihm das Messer blitzschnell über das Gesicht, durch Augapfel und Wange, schlitzte seine Lippen auf. Sein Schrei war fast so schrill, wie der des Jungen es gewesen war, und er fiel zu Boden wie ein Stein. Sein Schwert vergessend, den Kampf aufgebend, presste er sich nur noch die Hände aufs Gesicht.

Ein Pfeil zischte an Crys vorbei und traf den dritten Mann in die Kehle; ein weiterer durchbohrte die Wade des ersten.

»Der gehört mir!«, brüllte Crys, jetzt voller brutaler Wildheit, und keine weiteren Pfeile kamen durch die Luft geflogen. Er heftete sich seinem davonhumpelnden Opfer an die Fersen. Crys wusste, dass es dumm war, hinter ihm herzulaufen, wusste, dass der Mann ihn zum Tor führte und zu all den anderen, die jetzt ungehindert hindurchquollen, doch er folgte ihm trotzdem, bis er ihn erreicht hatte.

»B-bitte«, stotterte der Angreifer. »B-bitte.«

»Du kannst mich mal«, knurrte Crys, sprang vor und rammte dem Mann sein Schwert in den Hals. »Du hast ein Kind getötet. Einen Jungen. Für Abschaum wie dich gibt es keine Gnade.« Er spürte eine Bewegung hinter sich und schaute über die Schulter.

»Brauchst du Hilfe?«, fragte Dalli, Hunderte von Wölfen in ihrem Rücken, Wölfe mit grimmigen Augen und grimmigen Gesichtern, allesamt in schmutzige Verbände gehüllt.

Crys' Mundwinkel zuckte in die Höhe. »Na, alles taufrisch und putzmunter, ja?«

»Frisch und munter genug.«

»Das sollte reichen.« Er deutete mit seinem Schwert Richtung Tor. »Wir müssen das Tor abriegeln; ich weiß nicht, wer es geöffnet hat, aber ich habe die Absicht, denjenigen zu finden und ihn mit seinen eigenen Gedärmen zu füttern.« Er blickte sich um. »Wo ist Ash?«

Dalli runzelte die Stirn. »Ist er nicht bei dir? Ich habe ihn gegen Anbruch der Abenddämmerung gesehen; er hat gemeint, dass er zu dir gehen wollte.«

Crys überlief es kalt. »Was?« Er schaute sich nach allen Seiten um, als könnte er Ash auf diese Weise dazu bringen, plötzlich vor ihm aufzutauchen. »Er ist niemals hier angekommen.«

Lim drängelte sich an ihm vorbei, und Crys hätte um ein Haar das Gleichgewicht verloren. »Könnt ihr zwei euch nicht einfach glücklich schätzen, dass ihr in all dem Chaos immer noch jemanden habt, um den ihr euch Sorgen machen könnt? Lasst uns hoffen, dass eure Lieben ewig leben, hm? Da sie ja so überaus wichtig sind.« Er hob sein Schwert hoch über den Kopf. »Sarilla!«, brüllte er. »Für die Toten!« Die Wölfe heulten mit ihm und stürmten vorwärts, strömten wie Rauch um Dalli und Crys herum.

Crys blickte ihnen nach. Unruhig brannte er darauf, Ash zu finden, und sein Magen fühlte sich an, als sei er mit heißem Blei gefüllt. Er konnte nicht von hier fortgehen; er wusste, dass das nicht möglich war, aber, Götter, er wollte unbedingt. Musste gehen. Ein Entsetzen, wie er es noch nie zuvor empfunden hatte, kroch ihm in die Kehle und raubte ihm die Sprache.

Er sah Dalli an, als wartete er darauf, dass sie ihm ihre Erlaubnis gab. Sie kniff die Augen zusammen und machte eine ruckartige Kopfbewegung. »Lass uns dieses Tor abriegeln, Major«, knurrte sie, dann wurden ihre Züge weicher. »Und danach werden wir zusammen losgehen und nach ihm suchen.«

Crys brachte ein Nicken zustande und stürzte sich ins Getümmel; je eher dieser Trupp Angreifer tot war, desto eher würde er sich auf die Suche nach Ash machen können.

DURDIL

Vierter Monat, einundvierzigster Tag der Belagerung, im Morgengrauen
Sektion Eins, Westmauer, Rilporin, Weizenland

Yarrow war tot. Die Nachricht hatte sich über die Galerie hinweg verbreitet, war durch das Torhaus und von dort her Durdil zu Ohren gekommen, und er hatte reagiert, ohne nachzudenken, war in die Richtung losgelaufen, aus der der Bote gekommen war. Brüllend trieb er alle Männer zur Seite, die ihm im Weg standen.

»Angriffe von mehreren Seiten zugleich«, murmelte Durdil, während er sich einen Weg an den Soldaten auf der Mauer vorbei bahnte. »Mögen uns die Götter davor bewahren, dass ihnen auch an mehreren Seiten zugleich der Durchbruch gelingt.« Er hatte den zweiten Turm schon fast erreicht und stieß gerade einen Soldaten aus dem Weg, als die nächste Steinladung der Blide in die Wand einschlug und ihn fast von den Füßen gerissen hätte. Er streckte hektisch die Hände nach der Mauer aus und klammerte sich fest, als das ganze Ding unter ihm erbebte. »Alles nur Einbildung«, keuchte er, taumelte über die Galerie zur Wachmauer und spähte von dort auf das Schlachtfeld hinunter. Ein Chaos aus Schutt und eine deutlich sichtbare, erschreckend große Ausbuchtung in der Maueroberfläche verrieten ihm, dass hier leider überhaupt nichts Einbildung war. Die Masten, die die Mauer stützten, waren weggepurzelt wie Zündhölzer, und die Steinmetze waren angestrengt bei der Arbeit, um sie an ihre Plätze zurückzuschieben, riefen sich durchdringende Alarmrufe zu. Durdil war erstaunt, dass sie immer noch da waren und ihr Leben riskierten.

Ein Grollen und Beben ging durch die Mauer, doch dann beruhigte sie sich wieder.

»Durchbruch auf ganzer Länge zwischen dem zweiten Turm und der letzten Bastion«, ertönte der Ruf, auf den er gewartet hatte, und Durdil wandte den Blick wieder vom Schlachtfeld ab und eilte weiter. Es kam ihm vor, als renne er bergab, als habe die Mauer sich geneigt …

Schlitternd blieb er stehen und starrte auf den im rosigen Licht der Morgendämmerung vor ihm liegenden Wehrgang, dann drehte er sich um und fasste das andere Ende ins Auge. Anschließend legte er sich flach auf den Stein und starrte die Bodenoberfläche entlang, ohne auf die Männer, die auf die Leitern einschlugen, und auf die Soldaten, die sie hinaufstiegen, zu achten. Die Mauer war gekrümmt. Es gab keinen Zweifel: Die Galerie hatte sich zu neigen begonnen. Ein Riss, der sich die Wachmauer hinaufschlängelte, erregte seine Aufmerksamkeit.

Dieser Teil der Mauer sollte eigentlich sicher sein. Und die Türme sollten … Doch dieser Turm neigt sich zur Seite. Verdammt noch mal, der Turm neigt sich!

Durdil rannte zum zweiten Turm hinüber und stürzte hinein. »Merle Steinmetz«, brüllte er, »Merle Steinmetz, wo seid Ihr?« Er packte Vaunt. »Wo ist er?«

Vaunt streckte deutend die Hand aus. »Draußen, Herr, er wurde von uns abgeschnitten, als wir den Rückzug angetreten haben.«

»Wie lange schon?«

»Gerade eben erst.«

»Kommt mit mir«, blaffte er. »Wir brauchen den Mann lebend.«

Vaunt presste die Lippen zusammen, um sich einen Einspruch zu verkneifen – welch ungeheuer vernünftige und absolut gerechtfertigte Zurückweisung ihm auch immer auf der Zunge gelegen haben mochte. Er griff nach einem Schild und einem Speer, reichte beides an Durdil weiter und bewaffnete sich dann selbst auf gleiche Weise.

Durdil schritt auf die gegenüberliegende Tür zu. »Auf mein Kommando. Drei. Zwei. Eins.« Die Tür wurde aufgerissen, und Durdil machte einen Satz nach vorn, rammte seinen Schild vor und stach mit dem Speer zu. Um Merle herum war etwa eine Armeslänge freier Raum – der riesenhafte Kerl schwang Schätzchen mit sparsam eingesetzter Kraft, als würde er einen Steinblock bearbeiten. Nach den vielen Leichen um ihn herum zu schließen, hatte der Hammer bereits ein Dutzend Menschen getötet. Aber Merles Gesicht war purpurrot vor Anstrengung, und sein anderer Arm fehlte ihm vom Ellbogen abwärts. Um seine Füße herum hatte sich eine große Blutlache gesammelt – eine wirklich gewaltige Blutlache.

Vaunt und Durdil töteten sich zu ihm vor, dann kamen etwa zwanzig Soldaten der Palasttruppe um sie herumgeflutet und formten einen Schildwall, um sie vor ihren Brüdern aus der Osttruppe zu schützen. Sie zogen sich als Einheit zurück, ein rückwärts kriechender Igel mit gespreizten Stacheln. Mehrere der Männer wurden getroffen, bis die Übrigen endlich den Turm erreichten.

Vier Soldaten der Osttruppe versuchten, ihnen hineinzufolgen, und starben auf der Schwelle, bevor es Vaunt schließlich gelang, die Tür zuzuschlagen und sie mit übereinandergetürmten Fässern und Tischen zu verrammeln.

»Könnt Ihr gehen? Könnt Ihr gehen, Mann?«, schrie Durdil Merle an. Der ochsenhafte Riese nickte bedächtig, und Schätzchen fiel aus seinen Fingern und landete auf Vaunts Fuß. Vaunt öffnete den Mund zu einem stummen Schmerzensschrei, aber er reichte Durdil ohne ein Wort eine Aderpresse. Durdil band sie um Merles Armstumpf und führte ihn zur Treppe. »Dieser Turm neigt sich zur Seite. Wird er umkippen?«

»Der Turm sollte sicher sein«, antwortete Merle. Das Blut floss ihm jetzt genauso schnell aus dem Gesicht wie aus dem Arm. »Er ist stabil.«

»Er neigt sich zur Seite«, wiederholte Durdil.

Merle blinzelte verwirrt. »Muss ich von außen sehen«, murmelte er.

»Scheiße. Gut, Vaunt, haltet diesen Turm nur bis zum Einsturz und macht dann, dass Ihr verdammt noch mal von hier wegkommt. Und zwar hier entlang, auf das Torhaus zu, nicht die Treppen hinunter. Niemand darf drinnen bleiben.«

»Ja, Herr. Aber Ihr solltet vielleicht lieber nicht …«

Durdil packte ihn. »Stoppt diese Katapulte«, zischte er. »Ich habe ihnen befohlen, auf die Mauer zu schießen, um nur den schwachen Abschnitt zum Einsturz zu bringen, aber irgendetwas stimmt da nicht. Sie könnte ganz einstürzen.«

Er schob Merle ins Treppenhaus, und sie begannen den schwindelerregenden Abstieg. Durdil ging voran. Er hoffte, dass der Steinmetz nicht das Bewusstsein verlieren und ihn zu Tode quetschen würde. Die Blide sandte einen weiteren Stein in die Mauer, womöglich ihren letzten, und der ganze Turm schwankte. Ein Riss öffnete sich in der Mauer rechts von Durdil, und Durdil antwortete mit einem Laut, aus dem zum Teil Entsetzen sprach, zum Teil Trotz. »Wage es ja nicht, verdammt«, brüllte er, als seien seine Worte Mörtel in den Rissen.

Merle blieb stehen und strich, die Stirn gefurcht, mit seiner verbliebenen Hand über den Schaden. »Das dürfte nicht sein.«

»Nein, dürfte es wirklich nicht«, bekräftigte Durdil. »Beeilen wir uns lieber.«

Durdil eilte voran und zerrte Merle am Ärmel hinter sich her, Treppenbiegung um Treppenbiegung, während ihm der

Atem in der Kehle pfiff und das verdammte Engegefühl in seiner Brust schlimmer wurde denn je. Da war ein leichtes Grauwerden an den Rändern seines Gesichtsfelds, und sein Puls raste noch schneller als seine Füße. »Nein«, keuchte er, »nicht jetzt. Nicht … jetzt.«

Die Sonne hatte bereits begonnen, den Himmel zu vergolden, als sie die Tür des zweiten Turms erreichten und auf das Schlachtfeld hinausgelangten. Die anderen Steinmetze waren geflohen. Durdil kniff zum Schutz vor dem grellen Licht die Augen zusammen und schleppte Merle dreißig Schritt von der Mauer weg. Dann drehte er den großen Mann um und streckte deutend die Hand aus.

Hier unten waren weitere Risse, erheblich mehr, und sie alle gingen strahlenförmig vom frisch ausgebesserten Wandabschnitt aus. »Merle, seht Euch das an. Ich habe recht, die Türme neigen sich zur Seite. Ihr habt gesagt, nur die Mauer würde einstürzen, nicht auch die Türme. Sind meine Männer in Sicherheit?«

Merle antwortete nicht. Stattdessen stand er taumelnd da, die Augen trüb, dann knickte er ein, glitt auf die Knie und zur Seite und kippte auf den Rücken. Er war bleicher als Steinstaub, und ein Blick auf ihn genügte Durdil, um zu wissen, dass er sterben würde.

Er kniete neben ihm nieder. »Merle, Ihr werdet mir jetzt zuhören, und zwar gut zuhören. Ihr seid ein großer Kerl, und ich bin ein alter Hundesohn, also müsst Ihr mir helfen, klar? Auf keinen Fall kann ich ohne Hilfe Euren Arsch hochhieven. Also, ich zähle bis drei, und dann werdet Ihr aufstehen, und es wird wehtun, als würden Euch die Roten Götter in den Hintern ficken, aber Ihr werdet es trotzdem machen, denn es ist die einzige Möglichkeit, wie ich Euch ins Hospital schaffen kann. Seid Ihr bereit? Eins, zwei …«

»Halt«, flüsterte Merle. »Steigt dort rauf und evakuiert alle

Männer bis hin zum Torhaus. Die Türme werden schlappmachen und zusammenfallen wie ein pockenkranker Schwanz.«

Noch während sie da auf dem Boden knieten oder lagen, folgte ein weiterer Aufprall, und explosionsartig öffnete sich in der Mauer vor ihnen ein Riss. Das Geräusch war so laut, als würde Donner den Himmel spalten. Die Mauer *bewegte* sich.

»Scheiße«, krächzte Durdil. Unter Brüllen und Schreien schaffte er es, die Schulter unter Merles Achsel zu stemmen und ihn irgendwie zum Stehen zu bringen, dann taumelten sie beide los, wankten in Richtung Mauer des zweiten Rings, wo der Weg nach rechts zum Schlachterviertel abbog. Dort war ein Tor, durch das sie sich in Sicherheit würden bringen können.

Merle stieß einen Laut aus wie eine Kuh, die ein Kalb zur Welt brachte, und sackte wieder auf die Knie. Der Stumpf seines Arms blutete nicht mehr so heftig wie zuvor, aber nach Merles Aussehen zu urteilen, lag das daran, dass er kaum mehr Blut im Leib hatte.

»Kommt weiter«, schrie Durdil ihn an und zerrte verzweifelt an seinem verbliebenen Arm. »Kommt weiter!«

»Tut mir leid.« Merle kippte zur Seite und lag reglos da, sein sichtbares Auge auf die Mauer gerichtet. Sie waren etwa hundert Schritt von der Mauerecke entfernt. Durdil sah, wie am zweiten Turm hektisch eine Flagge geschwenkt wurde – das Feuer einstellen. Er legte die Stirn in Falten, dann schaute er nach rechts, gerade als das Katapult der letzten Bastion direkt in die nachgebende Mauer feuerte.

»Verdammt noch mal«, flüsterte er.

Der Aufprall erschütterte die Mauerkrone und warf Soldaten der Osttruppe umher wie Strohpuppen. Es kamen Schreie von hoch oben, dünn und weit entfernt, und ein Strom von Verteidigern floh aus dem zweiten Turm in Richtung Torhaus. Die schwankende Mauer unter ihren Füßen brachte die Männer ins Taumeln.

»Lauft!«, schrie Durdil ihnen zu, die Fäuste an den Seiten geballt. Das Grollen wurde lauter, wuchs zu einem schreienden Ungeheuer aus Stein heran, und plötzlich erhob sich eine gewaltige Staubwolke, und die Mauer zwischen dem zweiten Turm und der letzten Bastion schwankte immer stärker und stärker, begann, in sich zusammenzusacken.

Durdil schaute zu der Welle aus über seinem Kopf herabbrechenden Steinen empor. Er stieß ein kurzes, freudloses Lachen aus, dann schlug er sich mit den Fingerspitzen ans Herz.

Er rannte nicht weg.

CORVUS

Vierter Monat, einundvierzigster Tag der Belagerung, im Morgengrauen
Lager der Mirak, vor Rilporin, Weizenland

Das war's. Sie ist eingestürzt. Schickt alle los.« Corvus tanzte fast vor Aufregung. Er packte Lantas Hand und küsste sie lachend.

»Da kommt Fost«, sagte Valan, und Corvus hob den Arm. Fost rannte auf sie zu. »Euer Majestät, seid Ihr Euch sicher, dass Ihr alle ausschicken wollt? Eine Nachhut, um Euch und die Gesegnete zu beschützen, wäre vielleicht …«, meinte Valan besorgt.

»Euer Majestät, eine Bresche!«, brüllte Fost.

Corvus lachte. »Nun ja«, rief er zurück. »Habt Ihr geglaubt, wir hätten das nicht bemerkt?«

Fost ruderte mit den Armen. »Nein, am Südtor. Wir haben eine Bresche in den Verteidigungsring am Südtor geschlagen.«

Corvus klatschte sich mit der Faust in die offene Hand. »Zwei? Jetzt haben wir sie. Jetzt wird der Sieg unser sein, hm, Prinz Rivil?« Er schaute in das versteinerte Gesicht des Rilpori. »Oh, Entschuldigung, es muss jetzt König Rivil heißen, nicht wahr? Wie dem auch sei, noch ein oder zwei Tage, und zweifellos wird es eine blutige und langwierige Angelegenheit, Straße für Straße, aber trotzdem: Sie sind fast am Ende.«

Fost war nun bei ihnen angekommen und hielt stolpernd inne, die Hände auf die Knie gestützt. »Und eine Nachricht von … Lord Galtas«, keuchte er.

»Er lebt noch?«, fragte Rivil mit scharfer Stimme und zwängte sich an Corvus vorbei. »Wo ist er? Was ist das für eine Nachricht? Was hat er mitgeteilt?« Fost hielt ein Stück Papier hoch, und Rivil riss es ihm aus der Hand. »Königstor, morgen um Mitternacht.« Ein Grinsen überzog sein Gesicht. »Für den Fall, dass zwei Breschen nicht genug sind, wird Galtas uns noch eine dritte verschaffen. Habt Ihr ihn gesehen? Ist er wohlauf?«

Fost warf einen raschen Blick zu Corvus, bevor er antwortete. »Keiner von uns hat ihn gesehen. Als wir unseren Angriff am Südtor gestartet haben, war es bereits offen, und ein halbes Dutzend Wachen lagen tot um das Tor herum. Die Botschaft war an das Tor genagelt, sodass nur jemand, der von draußen kam, sie sehen konnte.«

»Gottesblinder?«, kam es von Corvus.

Dom stand taumelnd auf und streckte die Arme aus. Seine Fingergelenke knackten, und er hatte den Kopf in den Nacken geworfen. Er grunzte, versprühte Sabber und sackte dann in sich zusammen, den Kopf auf der Brust. »Diese Botschaft spricht die Wahrheit. Das Königstor wird morgen um Mitternacht von der Innenseite geöffnet werden. Es führt in einen Innenhof und zum Eingang eines Tunnels. Der Tunnel selbst führt bis ganz hinein in den Palast, mitten in das Herz der Stadt.«

»Dort wird sich der Rat befinden, mit Durdil und den Offizieren. Ohne Frage befehligen sie alles vom Palast aus und setzen Ferngläser und Meldeboten ein, um ihre Anordnungen zu übermitteln. Wenn wir den Palast einnehmen und den Führungsstab ausschalten, gehört uns die Stadt. Die Armee wird nicht weiterkämpfen, wenn wir Durdil in unserer Gewalt haben.« Aus Rivils Worten sprach hämisches Vergnügen.

»Wieder einmal sind uns Eure intimen Kenntnisse Rilpors und seiner Gepflogenheiten eine große Hilfe«, schaltete Lanta sich ein. »Dafür sind wir dankbar.« Sie wandte sich an Corvus. »Aber brauchen wir wirklich drei Breschen?«

»Ja«, erwiderte der sofort. »Je mehr Wege hinein wir haben, desto besser. Das Südtor ist jetzt offen, aber sie werden alles, was sie haben, einsetzen, um es wieder zu schließen. Wenn wir auch von hinten über einen Weg in die Stadt verfügen, wird das dafür sorgen, dass sie kostbare Kräfte verschieben und ihre Verteidigungslinien so sehr ausdünnen müssen, dass sie reißen. Dann können wir der Stadt den Todesstoß versetzen.«

Rivils verächtliches Schnauben sprach eine deutliche Sprache. »Und wer hat das alles bewirkt? Wir. Wir haben Euch auf die Schwachstelle in der Mauer aufmerksam gemacht. Galtas hat das Südtor geöffnet. Jetzt wird er auch noch das Königstor öffnen.« Er musterte Corvus mit schmalen Augen. »Im Ernst, jetzt sagt mir noch mal, warum wir uns eigentlich mit Euch verbündet haben?«

Der Gottesblinde trat vor, bevor Corvus sich rühren konnte. »Weil noch viele Tode kommen werden, König. Viele werden kommen, viele, für die es Buße zu tun gilt.«

Rivil schlug dem Mann mit dem Handrücken ins Gesicht. Der Gottesblinde schrie auf und taumelte zurück, und aus der geschwollenen Schnittwunde an seiner Wange tränte frisches Blut.

»Wag es nicht, das Wort an jene zu richten, die weit über dir stehen«, knurrte Rivil.

»Genug!«, bellte Lanta. »Es ist nicht an Euch, den Sklaven zu bestrafen.«

»Der Gottesblinde ist womöglich wichtiger als Ihr oder ich, Rivil«, warnte Corvus. »Legt nicht noch einmal ohne Erlaubnis Hand an ihn.«

Rivil schnippte wegwerfend mit den Fingern, um sich dann Doms Blut von den Knöcheln zu wischen. »Viel Spaß mit Eurem Spielzeug«, sagte er. »Ich werde keine Verwendung für ihn haben, sobald ich auf meinem Thron sitze.«

Corvus wechselte vielsagende Blicke mit Lanta. »Wir verschwenden unsere Zeit«, stellte er fest. »Rivil, ich werde jetzt ein Drittel meiner Männer zum Südtor schicken, und morgen bei Abenddämmerung führe ich ein weiteres Drittel über den Fluss, um mit ihnen das Königstor einzunehmen. Den Rest halten wir in Reserve, um die Gesegnete und den Gottesblinden zu beschützen.«

»Ich werde zwei Drittel der Truppe heute auf die Bresche in der Hauptmauer ansetzen«, verkündete Rivil, »und den Druck über Nacht und den ganzen morgigen Tag hindurch aufrechterhalten, um sie wenn möglich vom Ostturm abzudrängen. Vielleicht sollten wir uns in der Mitte treffen und die Eroberung der Stadt gemeinsam mit Wein begießen.«

»Vielleicht, ja«, antwortete Corvus.

»Die Götter werden sich freuen, Euch kämpfen zu sehen, Euer Majestät«, warf Lanta mit honigsüßer Stimme ein, als sei es das gewesen, was Rivil gemeint hatte. »Ihr habt eine sehr gelungene Belagerung befehligt, aber die Götter mögen es immer, einen Mann zu sehen, der in ihrem Namen seine Haut riskiert. Eure Offiziere werden Euch sehr bewundern, wenn Ihr selbst über die Mauerbresche klettert. Werdet Ihr heute schon gehen oder erst morgen?«

Rivils Gesicht wurde ein wenig blasser, doch mit einiger Mühe gelang es ihm, sein übliches Hohngrinsen heraufzubeschwören. »Natürlich werde ich genau dann und genau dort hineingehen, wo ich am meisten Gutes bewirken kann. Corvus, werdet Ihr die Stadt durch das Königstor betreten?«

Corvus nickte; er hatte keine solchen Bedenken, was das Kämpfen betraf, brannte schon seit Tagen darauf, sich ebenfalls in die Schlacht zu werfen.

»Gut. Ich werde im weiteren Verlauf den besten Moment ermitteln, um mich selbst am Kampf zu beteiligen.« Rivils Lächeln war ausdruckslos. »Gesegnete.« Er neigte den Kopf, wirbelte auf dem Absatz herum und eilte zurück in sein eigenes

Lager, während seine Wachen hinter ihm herrannten, um mit ihm Schritt zu halten.

»Er wird nichts dergleichen tun«, murmelte Valan und spuckte aus. »Er wird sich den Kämpfen bis auf Schussweite eines Bogens nähern und dann eine wichtigere Beschäftigung finden. Wie zum Beispiel die Angstscheiße aus seiner Wäsche zu entfernen.«

»Seid vorsichtig, Euer Majestät«, mischte sich der Gottesblinde plötzlich ins Gespräch. Er tupfte mit der Manschette seines Hemdes die Schnittwunde auf seiner Wange ab. »In der Stadt regt sich etwas. Etwas erwacht.«

»Etwas erwacht?«, fragte Lanta. »Was soll das bedeuten?«

Dom schob die Lippen vor und zuckte zusammen, als er dadurch auch die Schnittwunde dehnte. »Ich bin mir noch nicht sicher. Etwas Verborgenes.« Er breitete die Hände aus. »Gefährlicher, als eine feindliche Stadt zu stürmen. Wenn das Verborgene offenbar wird, wird das Schwache stark. Mehr ist da nicht, noch nicht. Vielleicht kommt es mit der Zeit, aber … nicht einmal die Götter können diesen Schatten durchdringen. Mehr gibt es nicht zu wissen.«

Corvus fuhr sich mit der Zunge über die Zähne, dann spuckte er ins Gras. »Ich werde auf der Hut sein«, sagte er. »Aber nun lasst uns erst einmal zu diesem verfluchten Südtor gehen und uns Zutritt verschaffen. Ich will diese Stadt auf den Knien sehen.«

»Das werdet Ihr, Verehrter«, antwortete Valan, und Fost wiederholte seine Worte.

Der Gottesblinde schwieg und starrte mit den Augen eines Getriebenen auf die Stadt. »Es erwacht«, murmelte er.

TARA

Vierter Monat, einundvierzigster Tag der Belagerung, im Morgengrauen
Letzte Bastion, Westmauer, Rilporin, Weizenland

Tara führte ihren Trupp entlang der Galerie vom Nordturm eins auf die gewaltige Staubwolke zu, die die Westmauer verdeckte.

Die letzte Bastion stand noch, schwankte aber wie ein Betrunkener, neigte sich dem Dunst über Sektion Zwei zu. Noch während sie hinsah, tat es einen gewaltigen Schlag, Ziegel fielen vom Dach, und dann erhob sich ein orangefarbenes Leuchten von der nun schiefen Katapultebene des Turms.

Scheiße. Irgendetwas hat dort drin Feuer gefangen, und die Feuerfässer befinden sich im Lagerraum direkt darunter. Wenn sich das Feuer durch die Katapultebene frisst und die Fässer erreicht, wird der ganze Turm in Flammen aufgehen wie bei einem Opferfeuer. Es wird ein Blutbad geben.

Sie beschleunigte ihre Schritte. Sie hatte keinen blassen Schimmer, was sie tun würde, war aber wild entschlossen, es dennoch zu tun. Ihre Männer rannten hinter ihr her. Einfach nur ein weiterer Tag in der glorreichen Westtruppe.

Der Staub wehte jetzt im Wind, tanzte und wirbelte über das Schlachtfeld und um den Turm herum wie Morgennebel, wurde heller und verhüllte dann die züngelnden Flammen. »Irgendwie eine schlechte Idee«, keuchte Tara, als sie die Turmtür aufriss und Richtung Katapultebene die Treppe hinaufrannte.

Der Staub wehte bereits das Treppenhaus hinunter, er war

dicht und stechend. Tara hielt sich den Ellbogen über Mund und Nase und lief weiter. Es wurde heißer. Die Katapultebene befand sich ganz oben im Turm. Sie war mit beweglichen Trennwänden versehen, die sich zum Beschuss abwechselnd zu allen Seiten hin öffnen ließen. Drei dieser Wände waren verschlossen, und die vierte stand lichterloh in Flammen, als Tara durch die Tür trat. Die Hitze schlug ihr ins Gesicht. Ein starker Wind wehte durch die offene Mauer, peitschte die Flammen auf und ließ sie noch höher züngeln. Um die Wucht des abgefeuerten Katapults abzufangen, war die Fläche, auf der das Katapult stand, mit Brettern ausgelegt, und Tara vermutete, dass der Einsturz der Mauer die Kohlenpfanne umgeworfen hatte, mit der die Feuerfässer angezündet wurden.

Die Feuerfässer. Tara sah in der gegenüberliegenden Ecke Fässer stehen. Ihr Herz tat einen gewaltigen Sprung. *Sie haben die Fässer aus dem Lagerraum heraufgeholt!*

»Löscht sofort diese Fässer, sonst werden wir alle sterben!«, brüllte Tara über das Knistern der Flammen hinweg. Die Männer, die ihr hinaufgefolgt waren, hielten jeder einen Kübel Wasser aus der Zisterne am Fuß des Turms in Händen. Drei leerten ihre Eimer, doch es war nicht mehr als ein Tropfen Pisse auf den heißen Stein, und als der Soldat, der ihr am nächsten stand, Anstalten machte, das Gleiche zu tun, zerrte sie an seinem Arm. »Nein! Dort, leer es dorthin. Dort, Arschloch!«, brüllte sie und streckte hustend die Hand aus. Er leerte das Wasser in die Richtung, in die sie deutete, und löschte einen Teil des Feuers auf dem Boden. Es war gerade eben ausreichend. Tara klopfte sich mit den Fingerspitzen aufs Herz, hielt den Atem an und rannte durch die winzige Gasse zwischen den Feuerwänden.

Mit angesengten Kleidern und Haar, das zu schwelen begann, ging sie in die Hocke und packte den Stiefel, den sie entdeckt hatte, mitsamt dem Fuß, der darin steckte, und machte sich daran, ihn in die Richtung zurückzuziehen, aus der sie gekommen war. Zurück durch den immer schmaler werdenden Korridor der Sicherheit.

Das Feuer raste brüllend über den Freiraum direkt vor ihr und schnitt ihr den Fluchtweg ab. In der Luft fehlte der Sauerstoff, und sie versengte ihr die Lunge, daher stellte Tara das Atmen ein, schaute auch nicht mehr hin und umfasste stattdessen noch einmal das Bein, um daran zu zerren, aber der Mann trug eine Rüstung, und er war schwer. Ihr Knie schlug gegen das schwarz werdende Holz, und sie spürte durch die Hose, wie sich auf ihrer Haut Blasen bildeten. Wolle war offenbar nicht gerade der beste Schutz gegen Feuer.

Da war ein Geräusch. Sie drehte sich danach um, die Augen zum Schutz gegen das Feuer zu Schlitzen verengt, und ihr klatschte ein Eimer süßes, kaltes Wasser direkt ins Gesicht. Hände packten sie, packten auch den Mann hinter ihr und zogen sie beide aus den Flammen.

Irgendjemand ohrfeigte sie wiederholt, und sie wollte dem Betreffenden gerade einen Stoß in die Eier versetzen, als sie begriff, dass ihr Haar in Flammen stand. Ein weiterer Eimer wurde ihr direkt über Kopf und Schultern geleert: kalte Glückseligkeit.

Irgendjemand trug sie vom Feuer weg, und sie waren gerade halb die Treppe hinunter und auf Mauerhöhe, als oben die Fässer in die Luft gingen und das ganze verdammte Dach mit sich nahmen.

»Beschützt den General!«, brüllte eine Stimme über das Tosen, Donnern und Knistern des Feuers hinweg. Die Treppe erbebte, und Tara hätte schwören können, dass sie sich zur Seite geneigt hatte.

General? Tara lächelte. »Ich bin Major.«

Der Mann antwortete nicht. Er stolperte seitlich gegen die Mauer und stieß ihren Schädel gegen die Wand. Er fluchte, rutschte aus, glitt eine Treppenstufe hinab, schrie auf, weil er sich den Knöchel verstaucht hatte, und hätte sie beinahe fallen lassen. Dann rannte er weiter die Treppe hinunter, während das Rumoren von oben immer lauter wurde. Taras Füße und Knöchel krachten bei jeder Biegung gegen die Mauer, und sie schmiegte ihren Kopf eng gegen die Brust des Mannes.

Sie erreichten die Galerie, die zum ersten Nordturm führte, und der Soldat warf sie hinein, drehte sich dann wieder zum Treppenhaus um, nahm den Mann, den sie gerettet hatte, von seinen Trägern entgegen, warf ihn in Richtung Tara und schrie: »Fangt!«

Tara war auf ihrem Hintern gelandet, aber sie streckte reflexhaft die Arme aus, und die Gestalt krachte in sie hinein. Die Schulterplatte des Mannes traf sie mit so viel Wucht, dass ihr das Kinn aufplatzte. Sie knallten auf den Wehrgang, und Tara brachte gerade rechtzeitig den Kopf hoch, um zu sehen, wie die letzte Bastion schwankte; Risse durchzogen die Mauern wie Adern, und dann klappte sich das oberste Stockwerk des Turms zusammen wie eine Blume, und das ganze Ding stürzte auf das Schlachtfeld darunter hinab. Die Soldaten darauf, das brennende Katapult und der größte Teil der Eckmauer fielen mit ihm in die Tiefe.

Alle Bewegungen erstarrten, bis auf das Wirbeln von Rauch, Staub und Feuer. Die Gestalt neben ihr stöhnte auf und hob ein gerötetes, von Blasen übersätes Gesicht. Tara erkannte Make.

»Warum seid Ihr dort drinnen gewesen?«, brüllte sie von plötzlichem Zorn erfüllt.

Make verfolgte verständnislos die Bewegungen ihres Mundes. »War unten, als das Feuer anfing. Männer brannten. Hab versucht…« Er gab es auf und hustete, und große schwarze Schleimbrocken landeten neben Taras Kopf auf dem Stein. Schwarzer Rotz rann ihm aus der Nase, und mit einem in die Länge gezogenen Stöhnen sackte er zur Seite.

Der Turm war noch immer nicht zur Ruhe gekommen, und Steinblöcke, die größer waren als ihr Kopf, sprangen und schlitterten über die Galerie. »Zeit, von hier zu verschwinden«, krächzte Tara, rollte sich auf den Bauch und mühte sich auf Hände und Knie, hielt inne, um zu husten. Vielleicht zwanzig Soldaten in verschiedenen Stadien qualmender Versehrtheit hatten es mit ihnen hinaus auf die Galerie geschafft, und nun hatten sie alle die gleiche Idee, schleppten sich selbst und einander auf die zweifelhafte und ferne Sicherheit des ersten Nordturms zu.

»Hoch mit Euch, General«, sagte sie, obwohl sie selbst es nur gerade so schaffte, sich auf Hände und Knie zu erheben, und bezweifelte, ob sie überhaupt würde aufstehen können. »Und beeilt Euch. Wir sind noch nicht in Sicherheit.«

»Großartig«, stöhnte Make und kroch los. Der größte Teil seines Haares war verschwunden, sein Gesicht war an der Seite rot und voller Blasen, Brandwunden überzogen seinen Hals und verschwanden unter seiner zerbeulten, rauchgeschwärzten Rüstung. Sehnen wölbten sich aus seinem Hals hervor, als er den Schmerz nun zunehmend spürte.

»Bei allen Göttern«, murmelte sie, und ihr sackte der Magen bis in die Kniekehlen. »Wie schwer seid Ihr verletzt?«

Make hustete; er sah sie nicht an. »Ich muss hinüber zum Torhaus und irgendeine Art von Verteidigung organisieren, bevor diese Dreckskerle über die Trümmer klettern. Hallos kann mich dann heute Abend anschreien, wenn ich noch lebe.« Seine Stimme war ein ersticktes Pfeifen, und etwas, das wie Dampf aussah, erhob sich aus dem Inneren seiner Rüstung.

Tara roch schmorendes Fleisch, und ihr stieg die Galle in die Kehle. »Ihr solltet …«

»In einer Stunde sind wir vielleicht alle tot«, unterbrach er sie schroff. »Ich werde mich später behandeln lassen.« Er sah ihren zweifelnden Gesichtsausdruck. »Versprochen.«

Sobald sie weit genug weg vom ramponierten Ende der Galerie waren, zwang sich Tara aufzustehen und zog an Makes unverbranntem Arm, um ihm hochzuhelfen. Sie schob die Schulter unter seinen Arm, und gemeinsam taumelten sie auf den ersten Nordturm zu, bis sie sich schließlich unter Schmerzen einen Weg die Treppe hinab und hinaus in den ersten Ring gebahnt hatten.

Das Torhaus schien Meilen entfernt. Tara hustete und hustete. Sie begann nun immer stärker zu zittern, und dann stemmte sie die Hände auf die Knie und erbrach sich, während Make ohne ihre Unterstützung weitertaumelte. Sie beschloss, nie wieder etwas Derartiges zu tun. Vor ihr drehte sich alles, und der Boden schien sich langsam zu heben und zu senken wie die Dünung auf einem See.

»Alles in Ordnung, Major?«, fragte Make, und in seiner Stimme lag eine Anspannung, die sie zuvor bei ihm nicht gehört hatte, nicht einmal nach allem, was sie in den letzten Monaten durchgemacht hatten. *Er hat Schmerzen.*

Sie drehte sich um, um zu ihm aufzuschauen, ertappte ihn in einem unbeobachteten Moment, den Kiefer so fest zusammengepresst, dass sie beinahe meinte, den Zahnschmelz quietschen zu hören. Sie straffte sich. »Alles bestens, Herr«, antwortete sie und unterdrückte ein weiteres Husten. »Aber Euch geht es nicht gut. Das Tor zum zweiten Ring mit dem Hospital ist nicht allzu weit entfernt.«

»Torhaus. Sofort. Der Feind schert sich nicht um beschissene Hospitäler. Und ich auch nicht.«

»Der Feind ist auch nicht gerade in seiner eigenen Rüstung geschmort worden«, blaffte Tara, doch das löste bei ihr nur einen weiteren Hustenanfall aus und nahm ihrem Argument irgendwie die Überzeugungskraft. Make stimmte in ihr Gehuste mit ein und spuckte noch mehr von dem schwarzen Dreck aus. Dann setzte er sich wieder in Bewegung, aber nicht auf das Tor zu. Er näherte sich vielmehr dem Schlachtfeld – oder dem, was davon übrig geblieben war, nachdem die Überreste der geborstenen Mauer nun fast den gesamten Bereich bis hin zur Mauer des zweiten Rings ausfüllten.

Tara fluchte, spuckte aus und humpelte dann hinter ihm her. Gemeinsam bewegten sie sich auf das Torhaus zu.

Ein Meldegänger kam auf sie zugerannt. »Durchbruch am Südtor«, keuchte er. »Durchbruch am Südtor.«

»Verdammte, beschissene Mistkerle«, knurrte Tara. »Herr, dort vorne rennen eine Menge Soldaten herum. Ich werde mir hundert von ihnen schnappen und mit ihnen den Verteidigern am Südtor zu Hilfe eilen. Alle Übrigen können helfen, hier an der Bresche die Stellung zu halten. General, wenn Ihr erlaubt?«

Make fasste sie konzentriert ins Auge und nickte dann. »Tut es.«

Tara trat dicht vor ihn hin und senkte die Stimme. »Erst das Torhaus und dann das Hospital. Herr.« Make winkte sie mit einer scheuchenden Handbewegung weg, und sie wusste, dass er nicht gehen würde, wusste auch, dass sie ihn nicht mit Gewalt dazu bringen konnte.

Sie zwang ihre schmerzenden Beine, ihre brennende Lunge und ihr hämmerndes Herz, noch ein weiteres Mal loszurennen, hin zu den Soldaten, die unter Schock auf die zerstörte Mauer starrten, die zerstörte Verteidigungslinie. Dahinter strömten Mirak in die Stadt.

CRYS

Vierter Monat, einundvierzigster Tag der Belagerung, morgens
Südtor, Südmauer, Rilporin, Weizenland

Er war viel zu beschäftigt mit dem Versuch, am Leben zu bleiben, um dem Schreien und Toben sonderlich viel Beachtung zu schenken, dem Knirschen von berstendem Stein, aber er wusste, was es zu bedeuten hatte. Die Mistkerle hatten es durch die Westmauer geschafft.

Wenn niemand da ist, um sie aufzuhalten, werden wir sie binnen Minuten hier oben zu sehen bekommen. Dann sind wir zwischen zwei Truppen gefangen, genau wie damals im verdammten Blutpasstal. Wir müssen irgendwie dieses Tor schließen.

Die Mirak zwängten sich durch die Bresche, angetrieben vom Duft des Sieges und im Wissen, dass sie gegenüber den Soldaten und den Wölfen, die sich ihnen entgegenstellten, in der Überzahl waren. Crys wich einer Axt aus und rammte einem Mann sein Schwert in den Fußknöchel. Er ging heulend zu Boden, und Crys gab ihm mit einem raschen Hieb, der ihm den Bauch aufriss, den Rest.

Zu seiner Linken fiel ein Soldat schreiend und flehend – »Nein, nicht, *nicht!*« –, doch die Speerspitze des Angreifers traf ihn unterm Kinn, nagelte ihm die Zunge an den Gaumen und rammte sich in sein Gehirn. Jedenfalls ein schneller Tod. Er sah nicht, wie nun sein Mörder ermordet wurde, und auch nicht, wie Roger Weaverson trotz seiner Jugend, seiner Pickel und seiner Unfähigkeit, sich einen Bart wachsen zu lassen, zwischen drei Angreifern einen tödlichen Tanz vollführte und ihnen allen den Garaus machte.

»Wir können die Stellung nicht halten, Herr«, keuchte Hauptmann Lark und packte Crys an der Schulter. »Für jeden Mann, den wir töten, kommen drei weitere durch das Tor geströmt. Wir können die Stellung nicht halten.«

»Natürlich können wir das«, entgegnete Crys. Trotz der brenzligen Situation, der Bresche in ihrem Rücken und des heißen Knotens der Angst um Ash in seiner Brust war sein Tonfall optimistisch. »Wir werden diese Scheißkerle zurück in den Gil treiben und sie ertränken. Genau das werden wir tun, denn wir haben gar keine andere Wahl.«

»Ein kontrollierter Rückzug…«, begann Lark und brach dann ab, um einem Speer auszuweichen und dem Mann, der ihn schwang, einen Schlag ins Gesicht zu versetzen.

Crys ließ Larks Hieb einen eigenen Angriff folgen. Er rammte dem Mann sein Schwert in die Lenden und drehte es ihm im Leib, während er es wieder herauszog. »Habt Ihr jemals von einem kontrollierten Rückzug gehört, der ein Erfolg gewesen wäre?«, blaffte er und ließ den Blick über das Schlachtfeld wandern. »Zieht jetzt nicht den Schwanz ein und kämpft weiter. Wir halten die Stellung.«

Ein Heulen erhob sich hinter ihnen, und der Angriff der Mirak geriet ins Stocken. Irgendwie hatten sich die Wölfe aus den Kämpfen lösen können und sich zu zwei Kolonnen formiert, die die Straßen zu beiden Seiten des Platzes versperrten. Zumindest konnten die Mirak nun nicht mehr tiefer in die Stadt vordringen. Jetzt hatten sie eine echte Chance, sie zurückzudrängen.

»Zum Tor!«, donnerte Crys. »Palasttruppe, Keilformation.« Die überlebenden Soldaten, deren Zahl von Minute zu Minute kleiner wurde, kämpften sich vor und formierten sich zu einem

Keil, der auf das Tor zielte. Crys bildete dessen Spitze, den Kopf gesenkt, den geraubten Schild am Arm. »Im Eilschritt vorrücken!«, schrie er und lief los, wühlte sich durch die Mirak hindurch. In diesem Moment spielte es keine Rolle, wenn sie hundert Angreifer zusammen mit ihnen in der Stadt einsperrten, solange sie nur das Tor abriegeln konnten.

Die Mirak begriffen, was sie vorhatten, und griffen an. Die Männer an der Außenseite des Keils rissen ihre Schilde hoch und reckten den Angreifern ihre Schwerter entgegen, taten alles, um sie so lange aufzuhalten, bis sie die Öffnung erreicht hatten.

»Vorwärts, immer weiter«, kommandierte Crys mit lauter Stimme und stemmte seine Schulter gegen den Schild. »Immer weiter vorwärts, ihr Hundesöhne, oder wir sind alle tot.« Sie reagierten, indem sie ihre Schilde nach außen eine kompakte Wand bilden ließen, während sich die Soldaten im Inneren unterhakten, um dadurch dem Keil mehr Stabilität zu geben. Sie verlangsamten ihr Vorrücken, blieben aber nicht stehen, während Schläge auf Schilde und Helme prasselten. Verwundete Männer wurden von ihren Kameraden aufrecht gehalten und drängten so dennoch weiter vor. Männer auf den Außenseiten fielen und wurden vom jeweils Nächsten in der Reihe ersetzt. Die Wölfe teilten sich erneut in zwei Gruppen, ließen nur eine dünne Reihe von Männern zurück, die den Zugang zur Stadt versperrten, während andere die Mirak von der Seite angriffen und sie von dem Keil ablenkten, um den Soldaten mehr Zeit und Raum zu verschaffen.

Sie erreichten das geöffnete Tor und warfen sich dagegen. Es bewegte sich einige Schritte weit nach innen, und sie brüllten auf, spannten die Muskeln an, drückten fester. Das Tor schloss sich noch ein wenig weiter, und dann waren da Dutzende von Wölfen um sie herum und droschen mit einer Wildheit, wie sie Crys kaum je zuvor gesehen hatte, auf die Mirak ein.

Da waren weitere Soldaten, weitere Wölfe, die unter dem Ansturm der blau gekleideten Scheißkerle fielen. Sie wurden nun alle langsamer, und die Tage der Zermürbung in Verbindung mit den Nächten des Kampfes hatten ihre Spuren hinterlassen, sodass die Schlacht inzwischen mehr ein taumelndes Handgemenge mit scharfen Waffen war.

Das Tor schlug zu und wurde sofort verriegelt, während sich jene auf der Außenseite dagegenwarfen. Bolzen wurden über das Holz gehämmert, und der Keil ermattete für einige Sekunden des Durchatmens, doch dann stürzten sich die im Inneren gefangenen Mirak auf die Soldaten, wohl wissend, dass sie hier niemals lebend herauskommen würden, aber grimmig entschlossen, so viele Verteidiger wie möglich mit sich in den Tod zu reißen.

Crys fiel mit den Soldaten zu beiden Seiten in Gleichschritt, und sie machten sich daran, dem Wüten der Mirak ein Ende zu setzen.

Es kämpften immer noch ungefähr zwanzig Mirak Rücken an Rücken, als plötzlich ein weiterer Trupp von Kämpfern um die Ecke stürmte und Crys schon glaubte, sie würden gleich alle tot sein. Doch dann erkannte er durch die Rauchspuren, den Ruß und die Tränen, die ihr Gesicht verschmierten, die Züge von Major Carter.

Sie verlangsamte ihren mühsamen, keuchenden Lauf und senkte ihren Schild. »Hab gehört, es habe hier einen feindlichen Durchbruch gegeben«, krächzte sie.

Crys deutete hinter sie. »Wir haben die Bresche geschlossen und geben gerade noch diesen paar letzten Mirak den Rest.«

Tara nickte anerkennend.

»Hör mal, hast du etwas von Ash gehört? Seit Stunden hat ihn keiner mehr gesehen und…« Aber Tara sah ihn nicht an, war viel zu beschäftigt damit, an seiner Schulter vorbeizuschauen und ihren Blick weg vom letzten Gefecht der eingekreisten Mirak zu richten. Crys spürte, wie ihm plötzliches Bewusstwerden den Rücken hinaufkroch, in seinen Nacken und über seine Kopfhaut rieselte. Er drehte sich um, langsam wie der Sonnenuntergang. Jemand stand im Schatten des Türeingangs, und Dalli lehnte daneben an der Wand und übergab sich.

Das Bewusstwerden kroch weiter, sein Gesicht hinab, sodass seine Augen brannten und sich seine Lippen mit einem wilden Raubtierknurren fletschend von seinen Zähnen zogen. Der Schild fiel ihm aus der Hand, und er ging über den Platz, ohne auf die Kämpfe zu achten, die nur wenige Schritte von ihm entfernt stattfanden. Tara brüllte etwas; auch ihr schenkte er keine Beachtung.

Dalli legte ihm die Hand auf den Arm und versuchte, ihn aufzuhalten. Er schob sie sanft von sich und trat zur Tür. Es war Ash, er hatte gewusst, dass es Ash sein würde.

Ash, dessen Gesicht ein verstümmeltes Bild der Zerstörung war.

Ash, den ein Speer durch die Brust an die Tür genagelt hatte.

Ash.

Das Blut war rostbraun, hatte sich unter ihm zu einer Pfütze gesammelt und war weithin über die Pflastersteine des Platzes verschmiert: Jemand hatte ihn hierhergeschleppt, seinen toten Körper zur Schau gestellt, damit Crys ihn genau hier finden würde. Irgendwo tief in ihm drin wusste er, wer das getan haben musste, aber dieses Wissen war im Moment fern und unwichtig.

»Nein.« Seine Stimme war ein Flüstern.

Ashs lockiges Haar war voller Blut, klebte an seinem Kopf.

»Nein!« Crys warf sich auf die entstellte Gestalt und zerrte an dem Speer. Ashs Gesicht gab es nicht mehr, die Zähne waren durch die fleischigen Hautlappen hindurch sichtbar, die ihm von Wange und Kiefer hingen. Seine Augen waren offen und starrten blicklos in den Himmel direkt über dem Türsturz.

»Nein!«, schrie Crys, jeder Muskel seines Körpers starr vor

Kummer. Etwas regte sich in ihm, veränderte sich. In seinem Kopf, in seinem Körper. Stille legte sich über den Platz hinter ihm, als er den Speer herausriss und Ash in die Arme nahm, ihn auf dem Stein niederlegte. Seine Hände fanden eine zweite Wunde, tief und zerfetzt in seinem Rücken, und eine dritte in Ashs linkem Ellbogen.

Crys brüllte in den Himmel, und das Ding in ihm brüllte ebenfalls, da war Wut und Schmerz und Verlust und ein beängstigender Triumph, der überhaupt keinen Sinn ergab.

Der Schrei ließ jedes Fenster im Kaufmannsviertel zerspringen.

Glas flog umher und fiel zu Boden, rasiermesserscharf. Es blitzte auf, als die Strahlen der frühen Sonne auf die durch die Luft wirbelnden Scherben fielen, sodass sie wie ein geborstener Regenbogen zu Boden prasselten. Crys schob einen Arm unter Ashs Knie und erhob sich mit zitternden Beinen. Wolken zogen sich am Himmel zusammen, und das Ding in ihm regte sich erneut, floss ihm in alle Glieder, bis ihm Ashs schlaffes Gewicht plötzlich ganz leicht in den Armen lag und Crys aufrecht wie ein Pfeil dastand und genauso tödlich.

Er trat aus dem Schatten des Gebäudes heraus und schritt auf die Mitte des Platzes, hin zu dem kleinen Fleckchen Sonne, das gerade über der Mauerkante erschienen war. Soldaten wichen vor ihm zurück und zerrten ihre Verletzten und die toten Mirak aus seinem Weg; Crys hatte keine Augen für sie.

»*Wagt es verdammt noch mal nicht!*«, brüllte er zum Himmel empor. Die Sonne schien auf sie beide herab, doch ihre Strahlen waren zu schwach, um das fahle tote Fleisch in seinen Armen zu erwärmen. »*Tänzerin! Hilf ihm!*«

Crys sog Luft ein und stieß sie schluchzend wieder aus. Sein Herz stand in Flammen, als er erneut einatmete, den Mund auf Ashs erschlaffte, verstümmelte Lippen drückte und die Luft in Ash hineinatmete. »Komm zurück zu uns, Liebster. Komm zurück, Herzensgebundener. Wir haben dich; wir sind hier. Komm zurück.«

Nichts.

Jemand berührte ihn am Rücken und ergriff dann die Flucht, als Crys aufbrüllte. Risse bildeten sich im Zickzack unter seinen Füßen und liefen von dort aus über den Platz; das Ding in ihm regte sich und wuchs, bis es sich von innen gegen seine Haut presste. Er ließ es kommen, umarmte es, zog es an sich.

»Rette ihn. Rette ihn, und ich bin dein. Das Gotteslicht wird sie führen, in den Tod und darüber hinaus. Ich schwöre, ich werde es tun, ich werde es sein, was immer es ist. Bitte. Nur rette ihn.«

Crys neigte den Kopf. Tränen fielen auf das tote Fleisch und die klaffende Zerstörung, und er küsste Ash noch einmal. Küsste ihn und spürte etwas, ein Regen, eine Bewegung, das Schlagen eines Herzens, schwach und zerbrechlich wie ein Vögelchen, empfindlich wie der Flügel eines Zaunkönigs. Er sackte inmitten der sich ausbreitenden Risse in den Pflastersteinen zu Boden, die rechte Hand auf Ashs verwüstetem Gesicht, die Linke auf das Loch in seinem Rücken gedrückt. Silbernes Licht loderte um sie herum auf, leuchtete hell hinter den Lidern seiner geschlossenen Augen, als er erneut in Ashs Mund atmete.

Ein Zucken.

Eine Regung.

Atem.

Überall um sie herum ging es wie eine Welle durch die Umstehenden, Männer und Frauen fielen auf die Knie und staunten verwundert. Einige berührten mit den Fingerspitzen ihr Herz, andere schlugen das Zeichen gegen das Böse, aber alle schauten sie zu, alle bezeugten das Geschehen.

Ash öffnete die Augen und blinzelte.

»Willkommen daheim«, sagte der Fuchsgott. Er lächelte, und seine Augen flammten gelb auf.

MAKE

Vierter Monat, einundvierzigster Tag der Belagerung, nachmittags
Haupthospital, zweiter Ring, Rilporin, Weizenland

Hört auf mit Eurem verdammten Theater, Hallos. Ihr habt gesagt, dass ich durchkommen werde, also lasst mich aufstehen.« Die Worte hätten mehr Gewicht gehabt, wenn sie nicht durch eine Luftröhre gekeucht worden wären, die nach Ruß und geschmortem Fleisch schmeckte und heftiger schmerzte als der Rest seiner Wunden zusammen.

Hallos' Augenbrauen wanderten nach oben, und eine Hand von der Größe eines Schinkens drückte gegen Makes Brust und schob ihn ohne Anstrengung flach auf das Bett zurück. »Nein. Ihr müsst Euch ausruhen. Ihr habt zahlreiche, wenn auch oberflächliche Brandverletzungen.«

»Sehr lustig, dass Ihr das sagt, Hallos«, krächzte Make, »wo ich doch jede einzelne dieser Verbrennungen spüren kann.« Tatsächlich waren die Verbrennungen ein sich heiß durch sein Fleisch wühlender Wahnsinn, der ständig an den Rändern von Makes Bewusstsein kitzelte und bei jeder Bewegung neu aufflackerte, unmöglich zu ignorieren. Er musste sich aufs Äußerste zusammennehmen, um sich vor seinen Offizieren den Schmerz, den er litt, nicht ansehen zu lassen.

»Dann nehmt Opium«, entgegnete Hallos, wie ein Widerhall dessen, was die leise Stimme in Makes Hinterkopf beständig rief, die um Linderung seiner Schmerzen flehte.

Make ballte die Faust. »Opium? Seid Ihr irrsinnig? Meine Männer kämpfen jetzt ohne meine Hilfe seit drei Stunden gegen die Angreifer in dieser verdammten Bresche und halten die Stellung, wir verlieren mehr Kämpfer durch Müdigkeit als Verletzungen, und mein Vater ist immer noch verschwunden. Ich habe keine Zeit für Opium. Und ich habe keine Zeit, um verletzt zu sein.« Er unternahm eine weitere Anstrengung, sich zu erheben, und bei der scheuernden Bewegung zog sich die Haut an seinen Armen, seiner Brust und seinem Bauch protestierend zusammen. Hallos stieß ihn diesmal noch fester zurück.

»Und doch seid Ihr verletzt«, erklärte Hallos, »und ich danke Major Renik dafür, dass er mich auf diese Tatsache aufmerksam gemacht hat, da Ihr offensichtlich nicht die Absicht hattet, eine Behandlung in Anspruch zu nehmen. Ihr könnt den Männern nicht helfen, die die Bresche gegen die Angreifer behaupten oder die Mauer nach Eurem Vater absuchen. Er befindet sich zweifellos in einem der Türme, blutet aus einer Platzwunde und versteckt sich dort, damit er mich nicht aufsuchen muss. Ihr dagegen seid jetzt hier bei mir, und das bedeutet, dass Ihr auch tun werdet, was ich sage, General hin, General her.«

Make blieb stumm und rebellisch. Andererseits war er so fürchterlich müde, und der schmähliche Schwächling in ihm frohlockte angesichts von Hallos' ärztlicher Anweisung. »Hallos, tretet von diesem Bett zurück, oder, die Götter mögen mir helfen, ich werde Euch dazu zwingen«, drohte er leise.

Hallos sah ihn eine unbehaglich lange Zeit eindringlich an, dann warf er kapitulierend die Hände hoch. »Na schön«, bellte er, »geht und sterbt bei irgendeiner sinnlosen, heldenhaften Tat, die nichts anderes zur Folge haben wird, als uns einen weiteren Offizier zu kosten...«

Die Tür flog auf und schnitt ihm das Wort ab, sehr zu Makes Erleichterung. Herein kam Major Tailorson mit einem Mann in den Armen.

»Bitte, Ihr müsst ihn retten. Ihr müsst«, bettelte er verzweifelt. Make ließ sich vom Tisch rutschen, und Crys legte den Mann mit übertriebener Vorsicht dort ab. Den Wolf. Ash.

Hallos gab ein paar beruhigende Laute von sich, beugte sich über den Tisch und rieb mit einem feuchten Tuch behutsam das Blut weg. Er gab ein Ächzen von sich und machte dann weiter, schälte Ash die Rüstung und das Hemd vom Leib, rollte ihn bald in diese, bald in jene Richtung und wusch das Blut weg. So viel Blut.

Make musterte Crys, wie der wiederum den Arzt beobachtete, und bemerkte den verkniffenen Ausdruck auf seinem Gesicht. Tara erschien an seiner anderen Seite. »Wir müssen reden«, murmelte sie. »Wirklich dringend.« Make nickte, aber Hallos ergriff das Wort, bevor er ihr bedeuten konnte, mit ihm zur Tür zu gehen.

»Da kann ich nichts machen«, erklärte er, und Crys stieß ein ersticktes Stöhnen aus. Er stürzte sich auf Hallos und drückte ein Messer unter den Bart des Arztes, presste es in die weiche Haut seines Halses.

»Rettet ihn oder folgt ihm in den Tod«, knurrte er. Make und Tara schrien auf und streckten die Hände nach ihm aus, aber Crys drückte das Messer nur fester in das Fleisch des Arztes und scheuchte sie fluchend von sich weg.

»Ihr versteht nicht«, wagte Hallos einen neuen Anlauf.

»Nein, Ihr seid derjenige, der hier nicht versteht. Ihr werdet ihn retten, Ihr werdet Ash retten, oder ich werde Euch und alle hier drinnen bis zum letzten Mann töten. Ausnahmslos alle.«

»Ich kann ihn nicht retten …«, setzte Hallos erneut an, und Crys' Knurren wurde tiefer, eine animalische Drohung, bei der sich Makes Nackenhaare aufgestellt hätten, wären sie nicht weggebrannt gewesen. Das Messer bohrte sich tiefer in ihn, zerteilte Haut, und Hallos' Stimme sprang eine Oktave nach oben. »Ich kann ihn nicht retten, weil ihm nichts fehlt!«

Crys hielt abrupt inne. Auch alle anderen im Raum erstarrten und richteten ihre Blicke auf den Mann auf dem Tisch. »Was?«

»Er hat keine sichtbaren Verletzungen. Mehrere frisch verheilte, aber da ist nichts, was behandelt zu werden braucht. Seht ihn doch an. Er atmet, Mann.«

»Was?«, flüsterte Crys erneut. Das Messer löste sich von Hallos' Kehle, und der Arzt trat hastig beiseite, während Tara Crys das Messer behutsam aus der Hand drehte und es an Make weiterreichte.

Crys schenkte ihnen keine Beachtung und bewegte sich zum Tisch hin. »Wenn das eine Finte ist …«

Make trat einen Schritt näher. Ash lag halbnackt und reglos da, die Augen geschlossen, seine Brust hob und senkte sich langsam. Sein Gesicht war von einer dicken blauroten Narbe überzogen, die vom Kiefer die Wange hinauflief; da war eine Einbuchtung an seinem Kinn, aber keine Wunde, nur rostfarbene Flecken, wo Hallos das Blut weggewischt hatte. In der Mitte seiner Brust prangte eine weitere purpurfarbene, nun jedoch verheilte Wunde.

»Aber er war tot – da war überall Blut. Er war tot. Er war tot.«

»Habt Ihr ihn so vorgefunden? Bewusstlos, meine ich?«

»Ich habe ihn an eine Tür gespießt vorgefunden, mit einem Speer durch den Leib.«

Hallos hustete überrascht, und Make drehte sich zu Tara um. Unglaublicherweise nickte sie.

»Ich verstehe«, sagte Hallos bedächtig. »Dann kann er sich höchst glücklich schätzen, noch am Leben zu sein, nicht wahr? Wir werden ihn hierbehalten, bis er aufwacht. Wollt Ihr vielleicht hier bei ihm bleiben?«

Crys reagierte nicht auf seine Worte; er setzte sich auf die Tischkante, umfasste Ashs Hand mit seinen Händen und drückte Küsse auf jeden Knöchel. Hallos bedeutete Make und Tara, ins Nebenzimmer vorauszugehen. Dann schloss er mit einem Klicken die Tür hinter sich.

Make lehnte sich mit der Hüfte an die Wand. »So sieht es also aus«, murmelte er. »Wir sind alle verrückt geworden. Allesamt.«

»Ich wünschte, so wäre es, Herr«, bemerkte Tara mit ruhiger Stimme. »Es stimmt, was er gesagt hat. Ash war ... eindeutig und definitiv tot. Ich erkenne einen Leichnam, wenn ich einen von einem Speer an eine Tür gespießt sehe, und er war ein solcher Leichnam. Sein Gesicht war zerstört. Kaum mehr kenntlich. Crys ... hat ihn zurückgeholt. Weil er ihn liebt, wie Ihr inzwischen wahrscheinlich selbst bemerkt habt.«

»Crys hat *was* getan?«, fragte Make und überging den zweiten Teil ihrer Feststellung stillschweigend, denn unter normalen Umständen hätte er sie jetzt beide für ihr verbotenes Tun hinrichten lassen müssen, und das konnte er sich nicht leisten. *Schon seltsam, wie die Notwendigkeit Geringschätzung für die Gebote des Gesetzes schafft. Und, verdammt, seien wir ehrlich, wem tun die zwei damit schon weh? Und warum denke ich jetzt überhaupt daran?* Er konzentrierte sich wieder auf Tara und nahm Hallos' brennende Neugier zur Kenntnis. Die Augen des Arztes leuchteten.

»Er hat ihn zurückgeholt. Ich weiß, wie das klingt, trotzdem ist es wahr. Es gibt ungefähr dreihundert Zeugen, Soldaten aus der West- wie der Palasttruppe, außerdem Wölfe. Wir haben alle gesehen, wie er es getan hat.«

Hallos atmete tief aus. »General Koridam hat mir mitgeteilt, dass Ihr ihm in der letzten Bastion geholfen habt, was bedeutet, dass Ihr eine ordentliche Menge Rauch eingeatmet haben müsst. Das kann die Auffassungsgabe eines Menschen hinsichtlich der um ihn herum vorgehenden Dinge beeinträchtigen.« Er legte ihr die Hand auf die Stirn. »Verratet mir, habt Ihr Euch kürzlich vielleicht den Kopf gestoßen?«

Tara schlug seine Hand weg. »Ich weiß, was ich gesehen habe, und es ist nicht durch das Einatmen von Rauch beeinflusst worden. Schaut ihn Euch an.« Sie winkte und öffnete die Tür einen Spaltbreit. »Schaut Euch Crys an.«

Sie drängten sich hinter ihr zusammen und spähten über ihren Kopf. »Wonach sollten wir denn schauen?«, murmelte Make fragend.

Tara schloss die Tür wieder. »Er hat keine einzige Verletzung«, sagte sie mit leiser Stimme. »Als er Ash geheilt hat, als das silberne Licht aufgestiegen ist, hat es auch ihn umhüllt. Er hat sich selbst geheilt.«

»Silbernes Licht?«, sagte Make perplex. Er fragte sich, ob nicht vielleicht er selbst derjenige war, der sich den Kopf gestoßen hatte.

»Das ist doch absurd«, murrte Hallos, aber Make sah Faszination aus seinen Zügen leuchten. Ihm wurde bewusst, dass er nicht die leiseste Ahnung hatte, was er als Nächstes sagen sollte. Die Offiziersausbildung hatte ihm den Umgang mit solchen Dingen nicht beigebracht.

Es blieb ihm erspart, weiter darüber nachzudenken, denn die Tür wurde erneut aufgerissen, und Oberst Edris und Dalli kamen hereingestürmt.

Dalli eilte an seine Seite und zuckte zusammen, als sie das Ausmaß seiner Verletzungen sah. Ihr Blick glitt mit besorgter Eindringlichkeit über seine Haut. Schließlich gab sie sich damit zufrieden, ihre schmutzige Hand auf ein kleines Fleckchen heil gebliebener Haut auf seiner Schulter zu legen.

Edris salutierte. »General Koridam, ich bin froh, Euch bei … Gesundheit anzutreffen …« Er geriet ins Stocken. »Wir halten noch immer das Südtor, General, und wir halten noch immer die Stellung an der Mauerbresche, wenn auch nur mit knapper Not. Und …«

»Make, Liebster, wir haben deinen Vater gefunden«, unterbrach ihn Dalli. »Es tut mir so leid, aber er ist tot. Gefallen.« Ihre Hand legte sich fester um ihn. Makes Gesichtsfeld zog sich zu einem schmalen Tunnel aus Licht zusammen, mit ihrem Gesicht am anderen Ende.

»Nein.«

Dalli war kreidebleich im Gesicht, doch ihre Stimme war fest. »Er ist zerquetscht worden, als die Mauer eingestürzt ist. Es ist wahrscheinlich sehr schnell gegangen.«

»Das kann nicht stimmen«, flüsterte Make. »Mein Vater war der größte Soldat in ganz Rilpor; er würde nicht einfach … er würde nicht einfach unter einem Haufen Steine sterben. So sterben Männer wie er nicht.«

»Er ist es, Liebster«, sagte Dalli leise. »Er ist es.«

Make hörte ein Geräusch hinter sich, und als er sich umdrehte, sah er Hallos mit bebenden Schultern dastehen, die Hand über die Augen gelegt. »Hallos«, setzte er an und durchquerte den Raum. Er legte Hallos die Hand auf den Rücken. »Vielleicht ist es ja doch …«

»Vergebt mir, Junge«, bat Hallos mit feuchten Augen. »Ihr habt mehr Grund zu trauern als ich. Es ist nur so, dass … ich kenne diesen Mann seit vierzig Jahren. Sich vorzustellen, dass er unter einer Mauer gestorben ist … das ist einfach falsch.«

»Vielleicht ist er es ja gar nicht«, versuchte Make es noch einmal, aber Hallos' Gesichtsausdruck brachte ihn zum Schweigen. Er ballte die Fäuste, als eine Welle neuen Schmerzes durch ihn hindurchjagte und ihn das belanglose Brennen seiner Wunden vergessen ließ. »Bringt mich zu ihm. Und, Tara? Bringt Crys mit. In Ketten, wenn es sein muss. Ich glaube alles, was Ihr wollt, wenn er das Wunder wiederholen kann.«

Der Schmerz wurde nur noch stärker, während sie vom Hospital zur Nordkaserne im zweiten Ring gingen. Sein Vater war dort in den Offiziersquartieren aufgebahrt worden. Fackeln und Kerzen brannten in einem klaren, strahlenden Licht und beleuchteten den Tisch, auf dem Durdil Koridam lag, Oberbefehlshaber der Truppen.

Er war sehr, sehr tot, sein Brustpanzer eingedrückt und mit dem Fleisch darunter verschmolzen, sodass sie ihn nicht entfernen konnten, ohne ihn noch weiter zu zerreißen, aber sein Gesicht war seltsam unberührt. Irgendjemand – *wahrscheinlich Dalli,* dachte Make benommen, *es ist genau das, was sie tun würde* – hatte ihm Gesicht und Haare gewaschen und Blut und Dreck von seinen Händen gewischt, und nun lag er da und starrte aus leeren Augen zu dem Flackern von Licht und Schatten empor, das durch das Dachgesims herabdrang.

Der Raum begann sich um ihn herum zu drehen, und Make drückte die Stirn auf den Tisch und umklammerte mit den Fingern das Holz, während seine harten, rauen Atemzüge im Raum widerhallten. Die letzten Tage, Wochen und Monate und all die Toten, all die Verluste, all die Schmerzen und die Müdigkeit und der Wille weiterzumachen, weiterzumarschieren, weiterzukämpfen, das alles floss nun zu einem einzigen wilden Strudel der Emotionen zusammen, der sich taumelnd über seinem Kopf drehte wie eine Gewitterwolke und drohte, all seinen Inhalt in einer einzigen gewaltigen Flut zu entladen, und Make wusste, dass er das niemals würde ertragen können, dass er nicht in der Lage sein würde, damit fertigzuwerden, und dass er einfach ertrinken würde, so wie er um ein Haar in den Tunneln ertrunken wäre …

Er fing einen Hauch von altem Schweiß auf, dann schlangen sich kleine Hände und Arme um ihn, und Dalli drückte den Kopf an seinen Rücken, und seine Brandwunden schrien jammernd ihren Schmerz heraus, und die Gewitterwolke grollte, waberte unruhig und wich dann zurück, düster und widerstrebend. Make griff hinter sich und zog Dalli auf seine unverbrannte Seite herum, und sie klammerte sich dort fest, stumm, verdreckt und verschwitzt und einfach nur da, genau da, wo er sie brauchte, und gemeinsam starrten sie auf seinen toten Vater hinab, und der Schmerz kehrte zurück. Auch die Tränen kamen, und da war keine Schande an ihnen, nicht wenn er um Durdil weinte.

»Tailorson«, sagte er leise, und Crys trat neben ihn. In seinem blauen Auge loderte eine fremdartige Intelligenz, und das braune spiegelte Makes Schmerz. »Werdet Ihr es versuchen?«

»Das werden wir«, antwortete Crys, und Make war auf eine dumpf-benommene Weise überrascht, Tränen auf dem Gesicht des Mannes zu sehen. Crys legte Durdil die eine Hand auf die Stirn und schob die andere so weit wie möglich unter die Brustplatte. Er schloss die Augen, und es wurde still im Raum, und Männer und Frauen hielten den Atem an. Crys zitterte vor Anstrengung, die Sehnen in seinem Hals traten hervor. In seiner Schläfe pochte eine Ader.

Nichts geschah.

Crys sackte zitternd in sich zusammen. »Es tut mir leid«, murmelte er.

»Versucht es noch einmal«, bat Make und hörte die Bedrohlichkeit in seiner Stimme. Dalli drückte ihn an sich; er nahm es nicht zur Kenntnis. »Versucht es noch einmal.«

Crys tat wie geheißen, mit geschlossenen Augen und zitternd. Plötzlich erstrahlte silbernes Licht aus seinen Händen, das sie alle zusammenzucken ließ. Es war, als hätte Feuerstein auf Stahl geschlagen, doch dann folgte nichts mehr. Crys fiel auf die Knie, und sein heiserer Atem hallte im Raum wider. »Er ist tot, Herr, weg. Wir … ich … ich kann nicht. Er ist tot.«

Make starrte auf seinen Vater hinab und spürte nichts als einen gähnenden, leeren Abgrund in sich. »Bringt ihn hier raus«, knurrte er, und Tara beugte sich vor, half Crys auf und führte ihn aus dem Raum.

»Vierzig Jahre lang war ich mit diesem Mann befreundet«, murmelte Hallos und streckte die Hand aus, um die Decke glattzuziehen. »Ich habe bei ihm mehr Verletzungen behandelt, als ich zählen könnte. Er hat immer Soldat werden wollen, und ich wollte der Mann sein, der ihn heilt. Ein Vierteljahrhundert sind wir zusammen in der Truppe gewesen, mal hier, mal dort, bevor er dann hiergeblieben ist und zum Oberbefehlshaber gemacht wurde.« Er legte Make die Hand auf die Schulter, und Make stockte der Atem. »Ich werde ihn jeden Tag meines Lebens vermissen, bis ich ihn im Licht wiedersehe. Aber eines weiß ich über ihn und über Euch: Ihr seid kein Narr, und er hat Euch nicht zum Narren erzogen. Macht Tailorson keine Vorwürfe, und macht auch Euch selbst keine Vorwürfe. Männer sterben, Soldaten sterben. Selbst Oberkommandierende der Truppe sterben.«

»Herr«, ergriff Edris von hinten das Wort, »die Amtsstube des Fürstgenerals gehört Euch. Ich weiß, dass Ihr Eure Sache genauso gut machen werdet wie er.«

Make schwieg, daher drehte Hallos ihn von dem Tisch weg. »Habt Ihr den Willen dazu?«

Nein.

Ja.

Ich weiß nicht …

»Wir haben den Willen«, erklärte Dalli für ihn, und aus ihrer Stimme sprach die Energie, die er brauchte. »Mit vereinten Kräften werden wir dafür sorgen, dass dieser Krieg ein Ende findet. Für Durdil. Für uns alle.«

»Ich werde dafür sorgen, dass er stolz auf mich sein kann«, flüsterte Make, und Hallos' Züge verhärteten sich. Er packte ihn an beiden Schultern, ohne auf die Brandwunden und auf Makes gequältes Stöhnen zu achten.

»Das habt Ihr an jedem einzelnen Tag Eures Lebens getan, Ihr Idiot«, sagte er rau. »Konzentriert Euch einfach darauf, den Krieg zu gewinnen.« Er ließ los und zog Makes Wams für ihn zurecht. »Oberbefehlshaber und Fürstgeneral.«

RILLIRIN

Vierter Monat, achtzehntes Jahr der Herrschaft von König Rastoth
Straße zu den Forts der Südtruppe, Westebene

Was meint Ihr, was nun geschehen wird?«

»Männer kämpfen und sterben«, antwortete Gilda, während sie in quälend langsamem Tempo gemeinsam gen Süden trotteten. »Götter werden beschworen, flehentliche Bitten um Gnade missachtet. Eben all die Dinge, wie sie für gewöhnlich in Kriegen stattfinden, und nichts von alledem können wir beeinflussen.« Sie hustete und griff haltsuchend nach Rillirins Arm.

»Inwiefern hilft es ihnen, dass wir weglaufen?«, fragte Rillirin, mehr um Gilda von ihren Schmerzen abzulenken als aus irgendeinem anderen Grund.

Gilda lachte, ihre Stimme klang belegt und kraftlos. Sie war in den Tagen, seit Rillirin unvermittelt auf sie gestoßen war, um ein Jahrzehnt gealtert. In den Tagen, seit sie ihr hatte verkünden müssen, dass sowohl Cam als auch Sarilla tot waren. Sowohl Ehemann als auch Schwiegertochter, beide. Tot und vorbei, für immer.

Rillirin fragte sich, ob sie selbst wohl ebenfalls gealtert war, nachdem sie hatte erfahren müssen, was Dom geworden war … *eine Dunkelseele, ein Verräter, alles, was man uns zu hassen gelehrt hat …* dass er krank war und noch schlimmer von Visionen geplagt wurde als je zuvor.

»Wir laufen nicht weg. Wir tragen die Kunde von der Belagerung zur Südtruppe – wo sie, wie ich hoffe, meinen Arm werden heilen können – und dann weiter nach Krike.«

Rillirin zog die Brauen hoch. »Krike? Was kann uns Krike denn helfen?«

»Ich habe eine Menge Zeit zum Nachdenken gehabt, als ich Lantas … Gast war, und heute Morgen habe ich gespürt, wie die Wahrheit von Doms Worten in der Welt lebendig geworden ist. Hast du es nicht ebenfalls gespürt? Gespürt, dass da etwas erwacht ist?«

Rillirin schüttelte den Kopf, stützte Gilda und übernahm noch ein wenig mehr von ihrem Gewicht. Sie würden bald wieder Rast machen müssen. »Ich weiß nicht, wovon Ihr sprecht. Ich habe den ganzen Morgen nur versucht herauszufinden, ob ich mich schwanger fühle.«

»Ich habe an all die Offenbarungen zurückgedacht, die Dom gehabt hat, bevor er uns verließ, und mir überlegt, was sie bedeuten könnten. Es ist Crys«, fuhr Gilda fort, und Rillirin runzelte verständnislos die Stirn. »Das Gotteslicht, von dem Dom gesagt hat, dass es in ihm lebe. Es ist jetzt erwacht, und die Bewohner von Krike, nun ja, sie verehren den Fuchsgott noch mehr als die Tänzerin. Wenn sie das Erwachen ebenfalls gespürt haben, werden sie an unserer Seite kämpfen. Dessen bin ich mir sicher. Du willst wissen, was eine alte Priesterin und eine angehende Kriegerin, die ein Kind im Leib trägt, in diesem Krieg ausrichten können? Ich will es dir sagen: Wir können Crys, Dom, Lim und all den anderen eine Armee aus Krike zu Hilfe kommen lassen, eine Armee von Kämpfern, die sich Crys und seiner Sache verschrieben haben, und gemeinsam können wir den Schandfleck der Roten Götter aus Gilgoras entfernen.«

Die Nachdrücklichkeit von Gildas Tonfall ließ Rillirin erstaunt den Mund öffnen. »Ihr wollt also sagen, dass Crys … was genau meint Ihr, das Crys ist?«

Gildas Lächeln wirkte ein wenig verträumt, und sie tupfte

sich den Schweiß von der Stirn. »Ich will sagen, dass ich glaube – und ich denke, Dom hat es ebenfalls geglaubt oder zumindest vermutet –, dass Crys der Fuchsgott selbst ist. Der Große Gauner.«

Rillirin verzog das Gesicht und kicherte. Dann brach sie in lautes Gelächter aus. »Crys?«, stieß sie hervor. »Crys ist ein Gott?«

Gilda lächelte, dann stolperte sie, und Rillirins Gelächter verflog. »Vergiss nicht«, krächzte Gilda, »er hat den Gauner aus gutem Grund angerufen. Man erzählt sich Geschichten, denen zufolge der Fuchsgott seine Gestalt verändern kann. Es heißt, dass er über viele Tarnungen verfügt, um Gilgoras' Feinde zu besiegen. Warum sollte er sich nicht als sterblicher Mensch tarnen?«

»Eine verdammt gute Tarnung«, spottete Rillirin kopfschüttelnd.

Sie machten einen Bogen um eine sumpfige Stelle im Grund und verzogen das Gesicht, als ihre Stiefel im Schlamm einsanken. »Die Wege der Götter entziehen sich unserem Verständnis. Aber Doms Offenbarungen weisen alle in diese Richtung.«

Gildas Stimme war heiser vor Wundfieber, und Rillirin fragte sich, ob da vielleicht die Krankheit aus ihr sprach, ob die arme Frau womöglich halluzinierte. Es war nicht ihr Glaube an die Götter, der sie zweifeln ließ, es war vielmehr der Umstand, dass der Fuchsgott jemanden wie Crys als seine sterbliche Tarnung auswählen sollte. Wieder musste sie kichern, sie konnte einfach nicht anders.

Rillirins Hand wanderte zu ihrem Bauch, so wie alle paar Minuten. Dass sie ein Kind unterm Herzen trug, Doms Kind, war auch so etwas, was zu glauben sie Mühe hatte. Nach den Vergewaltigungen in Adlerhöhe und den Abtreibungen, zu denen man sie dort gezwungen hatte, hatte sie gedacht, nie mehr wieder schwanger werden zu können. Und doch war sie erfüllt von wärmender Gewissheit, einem freudvollen Wissen. Und von Grauen.

Wenn ich der Herold bin, dessen Kommen Dom prophezeit hat, die Botin, sollte ich doch sicherlich bei ihm sein, nicht hier, Gildas Beteuerungen zum Trotz. Würde er mich zu Gesicht bekommen, würde er mich Lanta bestimmt nicht ausliefern. Das würde er einfach nicht tun.

Sie drängte Gilda, noch ein Stückchen weiterzugehen. Die alte Frau stolperte jetzt immer häufiger, da ihre Kräfte sie zunehmend verließen.

Ist es das Kind, dessen Botin ich bin? Die Verkünderin des Endes der Welt hat er mich genannt, aber wie kann das möglich sein? Das Kind ist ein Anfang, kein Ende. Es sei denn … was ist es, was ich da gebären werde – ein Ungeheuer, eine Heimsuchung? Wird sein Anfang unser Ende sein?

Die Botin wird Tod zu Liebe bringen und Liebe zu Tod.

Der Satz hallte in ihrem Kopf wider, Worte, die sie abzutun versucht hatte und die doch immer wieder zurückkehrten, sie verfolgten. Sie hustete rau und schluckte. Eine Woge der Übelkeit stieg in ihrer Kehle auf. Würde es Rillirin bestimmt sein, ein Geschöpf des Bösen zu lieben, geboren aus angstvoller Leidenschaft und einem schwarzen, vom Bösen zerfressenen Herzen? War Dom womöglich schon damals im Begriff gewesen, der Verlockung der Dunklen Dame nachzugeben, war er bereits verloren gewesen, sein Samen von Fäulnis befallen?

Was genau war es, was da in ihr wuchs?

»Gilda?«, wandte sie sich an die Priesterin, als sie den tobenden Aufruhr ihrer Gedanken nicht mehr ertragen konnte. Ihre Stimme war leise und kleinlaut. »Was ist, wenn es etwas … Schlimmes ist?«

»Ich habe selbst ein Kind geboren und Hunderte entbunden«, versuchte Gilda ihr Trost zu spenden, auch wenn sie im Moment nicht so aussah, als könnte sie viel mehr tun, als weiterzustolpern, geschweige denn, einer Frau in den Wehen zu helfen. »Ich werde nicht zulassen, dass dir etwas zustößt.«

Rillirin zögerte. »Nicht die Geburt. Ich meine … das Kind. Wenn Dom das ist, was Ihr sagt, wenn er der Dunklen Dame verfallen ist, dann könnte das Kind …« Sie vermochte den Satz nicht zu beenden, da sie Angst hatte, dass es wahr werden würde, sobald sie es laut aussprach.

Gilda blieb stehen. Sie streckte die Hand aus und strich Rillirin eine Strähne rostroten Haares hinters Ohr. Sie war bleich und schweißnass, der Glanz in ihren Augen allzu hell, aber die darin liegende Liebe leuchtete hindurch. »Dom war sich selbst und den Göttern noch treu, als ihr beide das Lager geteilt habt. Was immer seither mit ihm geschehen ist, es war in diesem Moment noch nicht da. Da waren nur du und er und die Liebe. Sorge dich nicht um das Kind. Alle Neugeborenen sind unschuldig; es ist diese Welt, die uns formt, nicht die Umstände unserer Empfängnis. So manches Baby, das in Hast oder Hass gezeugt wurde, ist mit Liebe großgezogen worden. Dieses Kind ist nicht in Hass oder Hast gezeugt worden; sie wird ein guter Mensch werden.«

»Sie?«, hakte Rillirin nach.

Gilda zuckte die Achseln. »Oder er. Das lässt sich unmöglich sagen.«

Rillirin ging durch das üppige Gras am Rand der schnurgeraden Straße, die hin zu den Forts führte. Sagte ihr Gilda die Wahrheit? Die Dunkle Dame hatte Dom schon Wochen vor jener Nacht in seinen Träumen besucht. Er war bereits von ihrem Makel besudelt gewesen.

Was, wenn die Dunkle Dame dort gewesen war, wenn sie in ihm gewesen war, als sie sich geliebt hatten? War seine Liebe überhaupt die seine gewesen, oder hatte die Dame sie ihm eingepflanzt? Gilda konnte nicht mit Bestimmtheit wissen, dass alles gut werden würde. Niemand würde es wissen, bis das Ding geboren war.

Baby, rief sie sich grimmig ins Gedächtnis. *Es ist ein Baby, kein*

Ding. Wenn du so darüber denkst, nimmst du ihm alle Hoffnung. Es liegt an mir; ich muss es genug für alle lieben, muss es so lieben, dass es zu etwas Gutem wird.

Obwohl sie Angst hatte, gab ihr der Gedanke neue Kraft. Sie hatte jetzt ein Ziel, über das bloße Überleben hinaus. Ihr Leben hatte eine Bedeutung. Sie hatte mit den Wölfen gekämpft, weil sie sie aufgenommen hatten, sie beschützt hatten, weil sie in deren Blutschuld stand.

Jetzt würde sie kämpfen, mit allem, was sie besaß, und mit allem, was sie war, um das Kind in ihrem Bauch zu lieben und sicherzustellen, dass es im Licht aufgezogen wurde. Dass es für die Liebe aufgezogen wurde, nicht für den Tod.

»Ich werde für dich kämpfen«, flüsterte sie. »Ich werde immer für dich kämpfen.«

CORVUS

Beltane, zweiundvierzigster Tag der Belagerung, abends
Lager der Mirak, vor Rilporin, Weizenland

Ihr seid Euch über das Risiko, das Ihr eingeht, im Klaren?«, fragte Corvus. Der Gottesblinde stand vor ihm, ohne Sklavenhalsband und Fesseln, gewaschen, rasiert und mit einem frischen blauen Hemd bekleidet. Unter dem Gewicht der Rüstung wirkte seine Gestalt ein wenig gebeugt. Trotzdem, er sah beinahe wieder menschlich aus, wenn man seine Ausgezehrtheit und das Flackern von Wahnsinn, das in seinen Augen tanzte, einmal außer Acht ließ.

Aufregung und Besorgnis wetteiferten um die Herrschaft über Corvus' Gedanken, und ihm wurde übel. Wenn der Gottesblinde gewann, war der Sieg sicher und ein Verrat abgewendet. Doch wenn er verlor …

»Ja, das bin ich, Euer Majestät. Rivil hat meine Frau getötet. Ich bin bereit, diese Wahrheit gegen jede Entschuldigung oder Rechtfertigung, die er vorbringen mag, auf die Probe zu stellen. Wenn die Götter es wollen, werde ich ihn töten und für Euch den Weg zum Thron frei machen. Wenn nicht …« Er zuckte die Achseln und wirkte dabei äußerst gleichgültig.

»Wir müssen eben alle irgendwann sterben, was?«, versuchte Corvus den Satz zu Ende zu führen, aber sein leichtfertiger Tonfall hatte etwas Erzwungenes.

»Ja, Euer Majestät. Und welchen besseren Tag gäbe es dafür

als heute?« Corvus schwieg. »Beltane«, fügte der Gottesblinde hinzu. »Das Fest des Lebens der Tänzerin, einer ihrer heiligsten Tage, den wir jetzt mit Blut kennzeichnen werden. Ich fände es passend.«

Corvus tat die Bemerkung mit einer knappen Handbewegung ab. »Und Galtas? Ihr habt gesagt, er sei an ihrer Ermordung beteiligt gewesen.«

Die Nasenflügel des Gottesblinden bebten und blähten sich. »Er hat sie vergewaltigt, ja, aber es war Rivil, der den Mord begangen hat, Rivil, dessen Blut nun für ihres fließen muss. Der Tag mag kommen, da ich auch Galtas töte, aber nicht heute.«

Corvus verschränkte die Arme vor der Brust. »Unser Ziel ist weitaus größer als Eure jämmerliche Rache, Wolf. Wir sind zu einem höheren Zweck hier. Dem dienen wir vor allem anderen.«

Dom rieb sich das Gesicht. »Was glaubt Ihr, was ich tue? Ich spreche die Wahrheit, wie die Dunkle Dame sie mir eröffnet hat. Rivil plant Verrat. Er will Euch alle tot sehen, und er wird seine Chance auf die Übernahme des Throns aufs Spiel setzen, um dieses Ziel zu erreichen. Aber wenn ich ihn heute töte, wird der Sieg Eurer sein. Wir bekommen beide, was wir wollen.«

»Valan kann Rivil genauso umbringen. Verdammt, ich kann den kleinen Scheißer auch selbst umbringen.«

Die Augen des Gottesblinden verdunkelten sich, und sein Hals dehnte sich in die Länge, so wie es auch zuvor geschehen war, wenn, was er sprach, nicht seine eigenen Worte waren. »Ich habe Euren Sieg gesehen, ich habe die Dunkle Dame selbst mitten in Rilporin stehen sehen. Ich habe gesehen, wie ihr euch alle vor ihr verneigt habt. Mein Schicksal hat keine Wirkung auf Eures; wenn ich heute Nacht hier sterbe, bleibt der Ausgang unverändert. Lasst mich das erledigen, ich flehe Euch an. Es ist der letzte verbliebene Schmerz aus meiner Vergangenheit. Sobald der einmal fort ist, bindet mich nichts mehr an mein altes Leben.«

Corvus trommelte mit den Fingern auf seinem Oberarm und blickte zuerst den Gottesblinden an und dann Lanta. »Nun?«

Sie wirkte heiter, zuversichtlich. »Wenn der Gottesblinde gewinnt, gewinnen wir den Krieg. Wenn der Gottesblinde verliert, tötet eben Ihr Rivil, und wir werden den Krieg trotzdem gewinnen.«

»Wir riskieren viel.«

Lanta lächelte. »Das haben wir immer getan, Euer Majestät. Es liegt in unserer Natur. Wir sind Mirak, keine Rilpori; wir verstehen das Wesen des Risikos.«

Corvus fluchte und funkelte Dom finster an. »Wenn Ihr die Sache vermasselt, werde ich Euch eigenhändig umbringen.«

Der Mann verneigte sich, ein Raubtiergrinsen im Gesicht. »Das werde ich nicht.«

»Ich gehe Skerris holen«, erklärte Lanta. »Wir sollten im Vorfeld wissen, ob er ein Problem darstellt, und mich wird er nicht belügen.«

Der riesenhafte General hätte fast das Zelt zum Einsturz gebracht, als er sich durch die Tür hereinzwängte und salutierte.

»General, danke, dass Ihr gekommen seid«, grüßte Corvus. »Ich möchte gerne wissen, wem Eure Treue gilt.«

»Den Göttern, Euer Majestät«, erwiderte Skerris ohne auch nur den Anflug eines Zögerns. »Immer bei ihnen. Sie sind mein Leitstern.«

»Und was ist mit Prinz Rivil?«

»Rivil wird mein König sein, so die Götter es wollen. Wenn die Götter es nicht wollen, dann haben sie ihre Gründe.«

»Und wenn Rivil sterben sollte?«, fragte Lanta.

Skerris musterte sie lange, seine Schweinsaugen blitzten durchtrieben aus dem schweißigen Speck seines Gesichts hervor. »Meine Treue gilt den Göttern und dann meinem Prinzen. Wenn ich Verrat argwöhnen müsste…«

»Wenn er beim Hoth-Nagarre fallen würde?«, unterbrach Lanta.

Skerris' Brauen schossen in die Höhe. Er saugte das Ende seines Schnurrbarts in den Mund und kaute nachdenklich darauf herum, während seine feisten Finger das breite Leder seines Gürtels quetschten. Er spie aus. »Das Hoth-Nagarre wird selten angerufen und niemals ohne triftigen Grund. Wenn der Prinz jemanden herausfordern würde, dann würde er…«

»Es ist der Prinz, der herausgefordert wird«, verkündete Lanta, und Skerris Brauen verschwanden erneut hoch oben in seinem Haaransatz.

Skerris schaute zum Zeltdach empor und dann nacheinander zu Lanta, Corvus und dem Gottesblinden. Vorsichtig und sichtlich zusammenzuckend kniete er sich hin. »Ich diene den Göttern. Mein Begehr ist es, meinen Prinzen herrschen zu sehen; wenn das nicht sein soll, werde ich tun, was die Götter mir befehlen, und ich werde demjenigen dienen, den sie an seiner statt erheben.«

Und da haben wir's. Vermassle die Sache ja nicht, Gottesblinder.

»Vielen Dank, General. Da Lord Morellis abwesend ist – wollt Ihr den Prinzen als sein Beistand durch das Ritual führen?«

»Ja, Euer Majestät. Darf ich erfahren, wer sein Gegner sein wird?«

Corvus schnippte mit den Fingern in Richtung des Gottesblinden.

Skerris drehte sich zu ihm um, und statt zu lachen, wie es Corvus erwartet hatte, saugte er erneut mit einem besorgten Schlürfen das Ende seines Schnurrbarts in den Mund. »Ich verstehe«, murmelte er. »Mit Verlaub, ich würde jetzt gerne gehen, um meinen Prinzen auf die Sache vorzubereiten.« Und ohne auf eine Erlaubnis zu warten, verließ er eilends das Zelt.

Corvus und Lanta wechselten verwunderte Blicke. »Sieht ganz so aus, als hättet Ihr dem dicken Mann Angst eingejagt«, wandte sich Corvus an den Gottesblinden.

Dom bleckte die Zähne. »Die sollte er auch haben.«

DOM

Beltane, zweiundvierzigster Tag der Belagerung, nachts
Lager der Mirak, vor Rilporin, Weizenland

Prinz Rivil Evendoom, Letzter Eures Hauses, ich rufe den Ritus von Hoth-Nagarre an, einen Kampf auf Leben und Tod, in dem die Götter des Blutes selbst das Gewicht unserer Wahrheit abwägen werden. Tretet in den Kreis und lasst das Urteil über Euch sprechen.«

Der Kettenpanzer war schwerer, als ihn Dom in Erinnerung hatte, aber er hatte auch etwas Ermutigendes, wie ein Lieblingsmantel, den er vor langer Zeit zu tragen aufgehört und jetzt wieder angezogen hatte. Das Schwert war sein eigenes, das ihm abgenommen worden war, als er sich ihnen ergeben hatte, genauso auch der Dolch. Weitere alte Freunde, die nun wieder vereint waren. Die Wunde in seiner Schulter und der geschwollene Schnitt in seiner Wange pochten, aber diese Beschwerden würden ihn nicht aufhalten. Alles würde so sein, wie die Dame es wollte.

»Meine Füße sind auf dem Pfad«, murmelte er. Die Dunkle Dame hauchte ihm in den Nacken, und selbst Gosfath war hier, hockte auf der anderen Seite des zerrissenen Schleiers, voller Neugier, ein Druck auf Doms Kopf wie schwer lastende Sommersonne.

»Auf wessen Seite wirst du dich stellen, meine Geliebte?«, fragte er die Göttin, deren Gegenwart fortbestand, den Raum erfüllte wie ein Hauch Fäulnis im süßen Atem eines Neugeborenen. Die Mirak waren es inzwischen gewohnt, dass er Selbstgespräche führte; niemand beachtete seine Worte, als Rivil seine Rüstung schüttelte, um zu überprüfen, ob sie auch nirgendwo klemmte, und dann sein Schwert zog.

»Zwei meiner Kinder werden gleich einen Kampf auf Leben und Tod ausfechten. Du wirst es einfach abwarten müssen, Calestar«, schnurrte die Dunkle Dame. »Warte es einfach ab.«

Nicht die Antwort, mit der er gerechnet hatte, und ein Anflug von Unbehagen durchströmte Dom. Er war im Recht, und er wusste es. Und sie wusste es doch auch, nicht wahr?

Dom schob das Unbehagen von sich, konzentrierte sich jetzt ganz allein auf sein Opfer. Auf seine letzte Schlacht.

Es gab nur zwei mögliche Ergebnisse, und beide gingen für Dom in Ordnung: Entweder Rivil starb, und Dom bekam seine Rache, oder Dom starb, und er konnte auf ewig im Schoß seiner Blutigen Mutter ruhen. Die rissigen Lippen zu einem Lächeln auseinandergezogen, wandte er das Gesicht der untergehenden Sonne zu, ließ das ersterbende Licht über seine Lider und Wangen streichen. Vielleicht das letzte Licht, das er je sehen würde.

»Bringen wir diese verdammte Farce hinter uns«, knurrte Rivil ihn an und schob den Schild auf seinem Arm zurecht. »Es tobt ein Krieg, vergesst das nicht, und Eure Frau war für alle vom wahren Glauben Freiwild. Da gibt es nichts, wofür ich mich entschuldigen müsste. Meine Füße sind auf dem Pfad, und mein Glaube ist stark. Die Götter werden berücksichtigen, was ich alles für sie getan habe. Sie werden gerecht urteilen.«

Dom hatte keinen Schild. Er wurde bereits von Rüstung und Helm niedergedrückt und war sich nicht sicher, ob er das zusätzliche Gewicht hätte tragen können. Zwei Tage Ruhe und Nahrung waren nicht annähernd genug gewesen, um wieder zu Kräften zu kommen.

Er schloss die Augen und atmete tief durch die Nase ein. Düfte von zertretenem Gras, Rauch und Tod, der Makel von Scheiße und Fäulnis. Die Luft war reglos, und der leichte Wind legte sich, starb im Lärm der Menge, der nach und nach verstummenden Menschen, die darauf warteten, dass die Gewalttaten begannen. Die Ironie an der Sache war, dass sich Dom kaum mehr an Hazels Gesicht erinnern konnte. Der Zwang, Rivil zu töten, war das letzte Um-sich-Treten eines Ertrinkenden. Es war das Letzte aus seinem alten Leben, aus der Zeit vor den Göttern, vor ihr. Sonst gab es nichts mehr.

Da gibt es Rillirin.

Bei dem Gedanken bohrte sich hinter seinen Augen ein schmerzhafter Stachel durch seinen Kopf. Es spielte keine Rolle; sie spielte keine Rolle.

Sie trägt mein Kind unter dem Herzen.

Es spielt keine Rolle. Wirklich nicht.

Er hatte Rivil zum Kampf herausgefordert, und es gab kein Zurück mehr. Corvus nickte Dom ermutigend zu, als ihre Blicke sich trafen. Die Gesegnete betete. Skerris stand neben ihr und rezitierte mit ihr zusammen den Text. Sie beteten nicht für ihn, sondern um die Wahrheit, und Dom verspürte einen weiteren, stärkeren Anflug von Zweifel.

»Die Götter schauen zu«, rief Lanta. »Lasst sie das Urteil sprechen. Fangt an!«

Dom machte einen Sprung nach vorn. Seine Füße berührten kaum das Gras, als er die sechs Schritte hinter sich brachte, die sie voneinander trennten. Rivil riss sein Schwert hoch, aber Dom hatte sein ganzes Gewicht in seinen von oben geführten Hieb gelegt, und er zwang Rivil einen Schritt zurück. Das Klirren der Klingen zerschnitt kupferhell die Stille.

Während Rivil wieder Tritt fasste, fuhr Doms Klinge herab und wirbelte herum, kratzte kreischend über Rivils Brustpanzer. Ohne innezuhalten, wechselte er die Richtung, und mit einer tückischen Bogenbewegung stieß er sein Schwert nach oben in Richtung von Rivils linker Achsel, suchte die dort befindliche Öffnung in der Rüstung. Rivil drehte seinen Oberkörper außer Reichweite und schlug Dom mit der Schwerthand ins Gesicht. Doms Hieb rutschte ab und verfehlte sein Ziel, er verlor seinen Schwung.

Mit tränenden Augen, pochender Nase und jetzt schon keuchend nach Luft ringender Lunge machte er einen Schritt zurück und ergab sich seinem Instinkt. Er spürte Rivils Gegenangriff mehr, als dass er ihn sah, und wehrte ihn über seinem Kopf ab, das Schwert mit beiden Händen umfasst. Rivils Streich war so wuchtvoll, dass er Doms eigenes Schwert fast bis zu seinem Helm zurückkrachen ließ. Rivil ließ einen weiteren Schlag gegen seinen Kopf hämmern, und wieder einen. Und noch einen. Und noch einen.

Bei jeder Attacke wich Dom einen Schritt zurück, die Gewalt der Schläge trieb ihn auf den sie umgebenden Ring von Mirak hinter seinem Rücken zu. Der Sonnenuntergang trübte seinen Blick. Er zog sich immer weiter zurück, bis die Männer hinter ihm anfingen, mit Schwertern auf ihre Schilde zu schlagen, und er wusste, dass er den eigentlichen Kampfplatz verlassen hatte.

Rivil war rot angelaufen, ächzte bei jedem niederkrachenden Hieb, nichts als Kraft und Wut und wachsende Beschämung. *Hast mich noch immer nicht umgebracht, was? Du willst der König sein und kannst noch nicht einmal einen Verrückten bezwingen, der seit Wochen gehungert hat und geschlagen und gefoltert wurde. Das ist wirklich demütigend.*

Obwohl seine Beine zitterten und seine Schultern brannten, brachte Dom ein schnaubendes Lachen zustande, und als der nächste Schlag auf ihn zukam, winkelte er sein Schwert an, stemmte seine Füße in den Boden und parierte, ließ das Schwert von den Oberschenkeln her nach oben fahren. Rivils Klinge klirrte an der seinen entlang, rutschte von der Schneide und kam auf Doms rechtes Bein zugesaust. Dom sprang vor, trat mit dem rechten Fuß nach oben und schmetterte ihn mit der Ferse zuerst außen gegen Rivils rechtes Knie.

Das Gelenk zerbrach mit einem knirschenden Knall, wie wenn man einem Huhn den Hals umdreht, nur lauter, fleischiger. Rivils Schwert fiel ins Gras, und er stürzte mit einem gequälten Schmerzensgeheul nach vorn. Dom machte einen Sprung auf ihn zu und wirbelte herum, die Bewegung ließ sein Schwert in einer flachen Flugbahn in Richtung Hals des knienden Rivil sausen. Rotes Licht glänzte auf der Schneide der Waffe, als sie in langem, unaufhaltsamem Schwung auf Rivil zuflog.

Rivil fiel auf sein Gesicht, und Doms Hieb ging daneben, die Klinge glitt pfeifend über Rivils Rücken hinweg. Der Prinz drehte sich auf die Seite und schlug wild mit dem Schwert um sich, zwang Dom von sich weg. Sein Gesichtsfeld verschwamm, als ihm Offenbarungen durch den Kopf zuckten und die schwarzen Punkte vor seinen Augen jagten. Die Dunkle Dame spielte kein ehrliches Spiel, und er konnte ihr Lachen hören, als nun Wind aufkam und Wolken über die ersterbende Sonne peitschten, was es für Dom noch schwerer machte, etwas zu sehen.

Sie will, dass ich verliere?

Der Wind wurde stärker, Fackeln erloschen, Männer schrien vor Angst auf, beteten mit lauter Stimme. Nie zuvor war Hoth-Nagarre so nahe an den Göttern ausgefochten worden. *So wird es jeden Tag sein, sobald wir erst einmal gewonnen haben,* dachte Dom verschwommen. *Sie so nahe, beständig so nahe.*

Ein Bild von Rillirin brannte sich in seinen Kopf und blendete ihn beinahe, zwang ihn, einen Schritt aus Rivils Reichweite zu machen und wie ein Hund den Kopf zu schütteln. Er hatte immer gewusst, was geschehen würde, sollte er scheitern, aber jetzt begriff er allmählich, was geschehen würde, wenn er siegte, und das wäre für ihn fast genug gewesen, sein Schwert fallen zu lassen und sich in Rivils Klinge zu stürzen; ein schnelles Ende, das niemand leugnen oder verhindern konnte.

»Nein, das wirst du nicht tun.« Die Worte waren ein Wispern in seinem Kopf, die Stimme überall um ihn herum und in ihm, während ihm leiser Schmerz warnend durch die Adern pulsierte. »Denk an die Gräuel, die dich erwarten würden, solltest du mich enttäuschen.«

»Nein, ich werde es nicht tun«, keuchte er. Neue Entsetzensschreie wurden laut, als eine der erloschenen Fackeln von ganz allein wieder zu flammendem Leben erwachte. Männer huschten vor ihr weg, und weitere Stimmen erhoben sich im Gebet. Rivil war irgendwie wieder auf die Füße gekommen, belastete nur sein linkes Bein und setzte seinen Schild als Krücke ein. Dom griff an, glitt durch Rivils Deckung und zielte auf den Bauch des Prinzen. Erneut erlaubte der schwere Panzer kein Durchkommen. Er sprang zurück, doch konnte er Rivils Gegenangriff nur teilweise parieren. Die Schwertspitze kratzte über die Rückseite seines Unterarms und schnitt durch die Armschiene. Dom zuckte zusammen und machte einen Satz zurück, spürte, wie das Blut zu fließen begann.

Mit langsamen Schritten kreiste er um Rivil, suchte nach einer Gelegenheit zum Angriff und bemühte sich, das Pochen seines Herzens zu beruhigen, das so schnell raste wie das Herz eines Vogels. Rivil bückte sich und umfasste sein Knie, dann schob er seine Hand in den Rand seines Stiefels. Dom riss sein Schwert hoch, um sich zu schützen, aber es war zu spät. Rivil schleuderte ihm den Dolch entgegen, und die schmale Klinge bohrte sich in Doms Oberschenkel.

Dom schrie auf, und sein Bein knickte ein. Er schlug mit dem Schwert wild in Rivils Richtung, als der auf ihn zukam. Dom versuchte, sich wieder auf die Beine zu stemmen, aber Rivil schlug ihm mit einem gezielten Streich die Waffe aus der Hand. Doms Schwert wirbelte durch die Luft davon.

»Ist das alles, was du zu bieten hast, Wolf?«, fragte Rivil, obwohl er selbst heftig nach Luft rang. »Sehen so sieben Jahre Rache aus? Ein halb verhungerter Wahnsinniger, der im Gras vor seinem rechtmäßigen König kniet, außerstande, sich zu verteidigen? Außerstande, das Andenken seiner Frau zu retten, geradeso, wie es ihm zuvor auch nicht gelungen war, ihr Leben zu retten? Bei Gosfaths Eiern, du bist jämmerlich. Ich hatte auf einen richtigen Wettstreit gehofft.«

Dom hielt sein Bein mit beiden Händen umklammert, Blut sickerte durch die Wolle, und ein Schluchzen stieg aus seiner Kehle empor. Ihm wurde schwindlig vor Schmerz. »Bitte«, murmelte er, »bitte.«

Die Dunkle Dame lachte, und Gosfath leckte genüsslich Doms Schmerz auf wie eine Katze.

Rivil humpelte näher heran. »Bitte was?«, spottete er und stieß Dom mit der Spitze seines Schwerts in die Schulter. »Bitte was?«

Mit einer einzigen wilden Bewegung riss Dom den Dolch aus seinem Bein und rammte ihn unter den Panzer, der Rivils Taille und Hüfte schützte, und hinein in seine Lenden. Die Klinge zerfetzte dem Prinzen Blase und Gedärm, und Rivils Schrei war so gewaltig, dass die Blutgefäße in seinen Augen platzten.

»Bitte stirb einfach«, knurrte Dom, riss das Messer heraus und stieß es Rivil wieder in den Leib, als dieser nach hinten umkippte. Wieder und wieder stach er auf Oberschenkel und Unterleib ein, sägte Fleischklumpen heraus, griff ihm in die Lenden, um händeweise Gewebe herauszureißen, glitschig, warm und unkenntlich. Heißes Blut pumpte, spritzte, sprengte auf seine Hände, in sein Gesicht, in seinen Mund. »Stirb, stirb, du Arschloch. Verdammt noch mal, stirb!«

Er zwang eine Hand in das blutige Schlamassel, hinein in Rivils Körperhöhle, riss heraus, was immer nicht durch seine blutverschmierten Finger schlüpfte, und warf unter irrsinnigem Gelächter Rivil händeweise die eigenen Innereien ins Gesicht.

Rivil lag auf dem Rücken, zuckend und heulend, seine Hände zerfetzt vom Versuch, das Messer abzuwehren. Einige Finger hingen nur noch an einzelnen Sehnen.

Dom beugte sich über ihn und umfasste mit blutiger Hand sein Gesicht. »Beurteilt«, knurrte er. »Beurteilt und für mangelhaft befunden.«

Rivil war außerstande zu antworten, während das Leben in einer dicken roten Flut aus seinem Leib gepumpt wurde, daher zwang sich Dom aufzustehen und sah zum letzten Mal das Gesicht seiner toten Frau vor sich. Männer starrten ihn voller Entsetzen an, voller Abscheu und vermischt mit nicht gerade wenig Angst. Dom kicherte, Blut auf den Zähnen.

Der Kreis ringsum begann zu schimmern, und die Dunkle Dame erschien und dann auch Gosfath. Der Gott schenkte den Zuschauern keinerlei Beachtung, sondern setzte sich rittlings auf Rivil und spähte ihm fasziniert in die Augen. Rivils gurgelndes Wimmern fand neue Kraft. Alle im Kreis ließen sich mit dem Gesicht nach unten in den Dreck fallen, Grauen, Ergebenheit und pures Entsetzen stiegen von ihnen auf wie Dampf. Dom stöhnte, als er niederkniete. Sein aufgerissenes Bein zitterte.

»Ihr seid für mangelhaft befunden worden, Rivil Evendoom, Prinz von Rilpor«, verkündete die Dunkle Dame, während Gosfath grinste und Rivil Panzer und Kettenhemd aufriss, als sei es eine Eierschale. Er griff durch das zerstörte Gewebe von Rivils Lenden, und sein Arm verschwand darin bis zum Ellbogen. Blut rann aus Rivils Mund.

»Dein Glaube war mit Habgier vermengt«, fuhr die Dunkle Dame fort, und Dom kicherte, als er begriff, dass der Prinz aufgrund irgendeiner verdammten Magie noch immer am Leben war und zuhörte.

»Du hast geglaubt, uns benutzen zu können, statt uns zu

dienen. Deine Strafe war gerecht. Während du, mein Liebster«, fuhr sie fort und wandte sich an Dom, »mir aufopferungsvoll dienst.«

Sie beugte sich zu ihm herab und strich mit der Hand über die Wunde in seinem Schenkel, und Dom biss vor Schmerz die Zähne zusammen, stöhnte, als fahles Feuer, wie es ihm aus seiner Zeit in der Wegstation so gut vertraut war, ihren Arm herunterzüngelte und hinein in die Wunde, sie ausbrannte. Er roch sein brennendes Fleisch und stöhnte ein weiteres Mal. »Es gibt immer noch viel zu tun, mein Geliebter. Ich brauche dich gesund, um es zu vollbringen.«

Ihre Augen waren golden und schwarz, Mensch, Göttin und Tod zugleich. Vor allem waren sie wie Teiche, die ihn lockten, zu sich riefen, ihm Lüste und Qualen versprachen, an denen er sich würde ergötzen können. Sie neigte den Kopf zur Seite und musterte ihn, während sie ihm sanft über die Arme strich und weiteres Feuer in das Loch in seiner Schulter brannte und dann in das in seiner Wange. Er konnte die Flammen sehen, wie sie unter seinem Auge loderten. Sie zog ihn hoch, nahm seine Hände, legte sie sich um die Taille und beugte sich zu ihm vor.

»Trotz allem, sogar trotz dem, was hier geschehen ist, weiß ich, dass du etwas vor mir verbirgst. Dass es da ein Geheimnis gibt, das du irgendwie durch all unsere kleinen … Intimitäten hindurch vor mir hast bewahren können. Ich lasse dich am Leben, weil ich wissen will, was es ist.«

Dom blickte lächelnd in diese ausdruckslosen, toten, schönen Augen und drückte ihr einen sanften Kuss auf die Nasenspitze. »Es gibt keine Geheimnisse mehr. Ich bin ein stiller Teich, und du kannst durch all meine Tiefen bis ganz hinab zum Grund schauen. Ich habe nichts mehr zu verbergen, und es gäbe auch keinen Ort dafür, den du nicht erreichen könntest.« Seine roten Hände spannten sich um ihre Hüfte. »Ich bin nichts als das, wozu du mich machst.«

»Deine Hure trägt dein Kind im Leib.«

»Sie bedeutet mir nichts, und ich weiß nicht, was aus dem Kind werden mag. Es ist mir egal, es sei denn, du sagst mir, dass ich mich darum kümmern soll.«

»Du bist meine Stimme, meine Augen und mein Wille in dieser Welt, Calestar«, sagte sie. Feuer brannten in ihren Pupillen, und ihre Zähne waren spitz, als sie sie nun bleckte. »Und ich weiß, dass du immer noch lügst. Ich werde dein letztes Geheimnis finden, und ich werde es dir entreißen.«

»Da gibt es nichts zu finden …«, begann er, aber die Worte gingen in einen lauten Schrei über, als sie Doms Gesicht mit einem Ruck herumdrehte und auf ihn eindrang. Seine Knie gaben nach, als sie den Gottesraum in seinem Kopf aufriss und nach dem suchte, wovon sie glaubte, dass er es immer noch vor ihr verbarg. Die Nacht füllte sich mit Schreien – nicht nur seinen eigenen, als der heilige Gosfath sich nun genüsslich über sein Opfer hermachte – und dem Geruch von Blitzen; die Fackeln loderten zu gleißend hellem Licht auf, und Doms Nase füllte sich mit dem Duft von Blut, Sex und Triumph.

Weinend krallte er sich die Finger in die Kopfhaut, suchte einen Schmerz zu lindern, wie er ihn nie zuvor erlebt hatte, einen Schmerz, der von seinem Schädel über seine Wirbelsäule bis hinein in sämtliche Glieder wogte. Er drückte das Gesicht an ihre Schenkel und sabberte, außerstande, zu atmen oder zu denken. Undeutlich nahm er wahr, dass ihm Blut aus der Nase sickerte sowie aus seinem rechten Ohr. Seine Gedanken waren träge und seine Glieder schwer, ein Gewicht, das ihn hinabzog in die Tiefen der Qual. *Es ist nichts mehr übrig. Da ist nichts, meine Geliebte. Nichts.*

»Dunkle Dame, wunderschöne Göttin des Todes und der Macht, deine Anwesenheit ehrt uns. Wir sonnen uns in deiner Schönheit, deiner Kraft.« Lantas Stimme war brüchig und zitterte vor Angst, aber sie näherte sich ihren Göttern, den Oberkörper gebeugt, die Hände flehend ausgestreckt. Skerris trottete einige Schritte hinter ihr. »Wir dienen deinem heiligen Ziel, vergießen Blut in deinem Namen und im Namen deines Bruders, des heiligen Gosfath. Wir jubeln euch zu.«

Dom spürte, wie die Göttin sich bewegte, wie sie sich ein kleines Stückchen umdrehte, um ihre Untertanen ins Auge zu fassen, die sie umringten.

»Ich heiße dich willkommen, Gesegnete. Ihr habt eure Sache gut gemacht, du und Gull, der Hohepriester meines Bruders, der noch immer in der Schlangengrube namens Rilporin lebt und uns huldigt.« Lanta warf sich ein wenig in die Brust.

»König Corvus«, rief die Dunkle Dame, und Corvus stand auf, bleich und zögerlich und zu Recht voller Angst. »Führe deine Männer zum Königstor in der Ostmauer. Es wird euch offen stehen. Geh jetzt und töte für mich.«

»Sofort, Dunkle Dame«, antwortete Corvus und wich zurück, packte Valan und Fost und verschwand mit ihnen aus dem Licht der Fackeln. Hunderte strömten hinter ihm her – ihre Erleichterung, dass sie es in einem Kampf auf Leben und Tod mit bloßen Sterblichen zu tun bekommen würden, statt mit ihren Göttern hier in Gilgoras, war förmlich mit Händen zu greifen.

Die Dunkle Dame liebkoste Doms Hinterkopf, was den zerreißenden Schmerz ein ganz klein wenig linderte, dann zog sie ihn auf die Beine und drehte ihn zu den verbliebenen Männern um. Gosfath trat auf ihre andere Seite. Sein Mund und sein Kinn waren blutverschmiert, und er hatte Fleischfetzen unter seinen schwarzen Krallen.

»Mehr«, grollte er.

»Bald, mein Geliebter«, murmelte sie begütigend, griff nach seiner Hand und leckte das daran klebende Blut ab. Sie tätschelte Doms Schulter. »Siehst du, was ich dir hier gebe, Calestar? Siehst du die Macht, über die du gebietest? Sie beugen vor mir und vor Gosfath die Knie, ja, aber auch du bist an meiner Seite. Sie verneigen sich vor dir.«

»Ich …«, setzte Dom an, die Stimme belegt, seine Gedanken träge. Was immer sie mit ihm gemacht hatte, etwas in ihm war zerbrochen, etwas, von dem er nicht glaubte, dass es sich wieder würde heilen lassen. »Ich will nicht, dass sie vor mir die Knie beugen. Ich will nur dich.«

Wieder sah er Rillirin vor sich, diese großen grauen Augen, die ihn ansahen, immerzu ansahen. Er konnte ihren Ausdruck nicht deuten, doch wirkte er traurig.

»Denk nicht an sie«, flüsterte die Dunkle Dame. »Du hast jetzt mich. Du hast all das hier.« Sie küsste ihn, tränkte ihn mit Lust und Verlangen und Zorn und Begehren und Verzweiflung und Furcht und dann mit noch mehr Lust und mit immer noch mehr, bis er in ihren Mund stöhnte und sie fest an sich zog, ohne auf Lanta zu achten, die in der Nähe stand, und auf Gosfath, der ihn missgünstig ansah. Ohne seiner Eifersucht Beachtung zu schenken. Und ohne dem zerbrochenen Teil seiner selbst Beachtung zu schenken sowie der Frau, die ihn zum Vater machen würde.

Seine Göttin schlang die Arme um ihn, und die Welt verschwand, und dann war da nichts mehr als sie und er, und sie waren vermählt, miteinander und mit der Dunkelheit, Mund an Mund und Seele an blutender Seele.

König der verfluchten Welt.

CRYS

Beltane, zweiundvierzigster Tag der Belagerung, nachts
Haupthospital, zweiter Ring, Rilporin, Weizenland

Er hatte es versucht, bei allen Göttern, er hatte es wirklich versucht, aber es hatte ganz den Anschein, als ob das Ding in ihm sich weder bestechen noch mit sich handeln ließ. Durdil war gestorben, und er würde nicht wieder zurückkommen. Crys hatte miterleben müssen, wie sein Versagen Makes letzte Hoffnung zunichte gemacht hatte, und sobald er aus dem Raum heraus gewesen war, hatte er Taras stützende Hand abgeschüttelt und war zurück zu Ash geflohen. Sein Geliebter hatte die Nacht und den ganzen Tag hindurch geschlafen, friedlich und tief, und Crys hatte bei ihm gesessen und sich inständig gewünscht, er möge erwachen. Es war Beltane, der heiligste aller Tage. Das Feuerfest. Wenn irgendetwas Ash zu wecken vermochte, dann war es dieser Tag. Und er würde aufwachen. Er musste.

Aber jetzt wollten sie Crys wieder von ihm fortschaffen.

»Ich gehe nirgendwohin, solange er nicht aufgewacht ist.«

»Ihr seid Offizier, Tailorson. Ihr habt Pflichten. Er ist in der Obhut dieses Hospitals mehr als sicher, und ich muss jetzt bald im Palast sein.«

»Ich kann nicht.« Und es war die Wahrheit. Er konnte nicht. Ihm fehlten der Wille und die körperliche Kraft, sich von der Pritsche zu erheben und wegzugehen. Es hätte ihn schon beinahe umgebracht, Ash auch nur für die kurze Zeit allein zu lassen, die er gebraucht hatte, um Durdils Leichnam aufzusuchen; er würde so etwas nicht noch einmal fertigbringen. Ash war bleich und still, lag in tiefem Schlaf, fieberte nicht, schwebte in keinerlei Gefahr. Er wachte nur einfach nicht auf, und Crys brauchte ihn wach. Brauchte es, wie er in seinem ganzen Leben noch nie etwas gebraucht hatte.

»Beim Gemächt des Gauners, Mann«, zischte Renik, und Crys zuckte zusammen, »er schläft, und er atmet ohne Beschwerden. Er hat keine lebensbedrohlichen Verletzungen – wenn man Euch und dem allzu neugierigen Arzt Glauben schenken darf, hat er überhaupt keinerlei Verletzungen. Er schläft einfach nur. Daher werdet Ihr jetzt verdammt noch mal Eure Rolle bei der Verteidigung dieser Stadt spielen, und wenn ich Euch persönlich zur Mauer zerren und dem Feind entgegenschleudern muss. Steht auf.«

Es war eine gute Strafpredigt, eine geradezu hervorragende, und wenn Crys sie selbst gehalten hätte, hätten die Männer, denen sie galt, bereits zitternd Habtachtstellung angenommen. Über Crys flutete sie hinweg wie bloßer Rauch.

Renik packte ihn an den Schultern und zwang ihn, ihm in die Augen zu sehen. Sie blickten zugleich argwöhnisch und besorgt. »Es machen da eine Menge Gerüchte über Euch die Runde, Tailorson. Eines davon ist überaus unschicklich. Major … es darf nicht im Raum stehen bleiben.«

»Aber es entspricht der Wahrheit«, entgegnete Crys mit fester Stimme. Er stellte fest, dass es ihn nicht kümmerte, was irgendjemand über ihn dachte. Es bekümmerte ihn nicht, dass dieses Eingeständnis aufgrund irgendeines uralten idiotischen Gesetzes einer Bitte um Verhängung der Todesstrafe über ihn gleichkam. »Dieses eine Gerücht jedenfalls. Ash und ich sind herzensgebunden.« Renik klappte die Kinnlade herunter. »Und Make weiß es. Er hat mich nicht festnehmen lassen.«

»Sei das, wie es sein mag«, stieß Renik hervor, »ich jedoch

werde Euch wegen Vernachlässigung Eurer Pflichten festnehmen lassen, wenn Ihr Euch nicht sofort von Eurem Hintern erhebt. Durdil ist tot, und Makes Trauer hat sein Vermögen, Gnade walten zu lassen, restlos aufgezehrt. Yarrow ist ebenfalls tot. Wenn es so weitergeht, werden wir Dorcas befördern und an Yarrows Stelle setzen müssen, und ich habe vor Jahren einmal mit ihm zusammengearbeitet. Er ist damals schon ein Arschloch gewesen, und er ist jetzt immer noch ein Arschloch. Also werdet Ihr Euch nun von hier verabschieden, und dann werdet Ihr Euch an der Südmauer melden, wo Euer Kommandobereich ist, und dort werdet Ihr Euer gottverdammtes Kommando übernehmen. Habe ich mich klar ausgedrückt?«

Alles, was Renik sagte, hatte Hand und Fuß. Renik war bereit, so zu tun, als habe er Crys' Geständnis nicht gehört, und in gewisser Weise war das schlimmer, als dafür bestraft zu werden. Es bedeutete eine Geringschätzung dessen, was sie beide waren, und des Schwurs, den sie einander geleistet hatten. Er sah Ash hilflos an, betrachtete die kleine Furche zwischen seinen Augenbrauen.

»Major Tailorson, wir haben in diesem Krieg alle jemanden verloren, den wir lieben. Hier ist der sicherste Ort in der ganzen Stadt«, fuhr Renik fort, seine Stimme nun weicher. »Also erlaubt mir, Euch in ein nicht gar so geheimes Geheimnis einzuweihen.«

Das erregte Crys Aufmerksamkeit, und seine Hand schloss sich fester um Ashs Finger.

»Wir sind dabei, *diesen Krieg zu verlieren*. Hört Ihr, was ich sage? Wir verlieren. Und wie immer Ihr es schafft, den Soldaten unter Eurem Kommando neuen Mut zu machen, wir brauchen Euch dafür. Wir haben alle den Fanatismus gesehen, den diese Männer um Euch herum entwickeln – ehrlich gesagt, er hat auch mich selbst erfüllt –, und genau das brauchen wir. Es gibt Gerede über eine Kapitulation. Was glaubt Ihr, wird aus den

Patienten in den Hospitälern, wenn es dazu kommt? Die Mirak werden sie abschlachten. Was bedeutet, dass dieser Mann hier sterben wird. Wenn Ihr verhindern wollt, dass das geschieht, müsst Ihr Euren Arsch auf die Mauer schwingen.«

»Wir verlieren?« Die Stimme war kaum mehr als ein Krächzen, aber es war *seine* Stimme.

Crys wirbelte so schnell zu Ashs Pritsche herum, dass er fast das Gleichgewicht verloren hätte. »Ash? Ash, den Göttern sei gedankt. Hallos! Hallos, er ist wach.«

Ashs Gesicht war so grau wie die Asche, von der er seinen Namen hatte, aber er atmete und redete und war am Leben. Seine Augen waren Brunnen der Verwirrung, und Reniks Worte verloren sich in ihnen, so wie sich Crys in ihnen verlor. Er führte Ashs Hand an die Lippen, küsste sie und drückte sie sich dann an die Wange. »Du bist zurückgekommen«, flüsterte er.

Ash brachte es irgendwie fertig, zugleich zu lächeln und die Stirn zu runzeln. »Bin ich denn irgendwohin gegangen?«, fragte er.

»Das tut im Moment nichts zur Sache«, antwortete Crys, als Hallos Renik beiseiteschob. Der Arzt drängte auch Crys weg, und die Majore machten ihm Platz, damit er Ashs Puls prüfen, seine Pupillen und seine Reaktionsfähigkeit untersuchen konnte. Dabei ging er zugleich energisch und behutsam zur Sache.

»Da habt Ihr's«, sagte Renik leise. »Er lebt und ist wach. Eure Zeit in diesem Hospital ist abgelaufen.«

»Gebt mir noch eine Minute mit ihm, Renik, bitte«, flehte Crys, ohne ihn anzusehen. »Bitte. Danach werde ich alles tun, was Ihr wollt, aber … bitte.«

Renik schwieg für einen Moment. »Ich hätte Euch nie für so einen gehalten«, bemerkte er schließlich. »Das ist lästerlich.«

Es traf ihn nicht so, wie er es eigentlich erwartet hätte. »Ich mich auch nicht«, erwiderte er, statt an der Beleidigung Anstoß zu nehmen, »aber ich schätze, keiner von uns kann etwas dafür, in wen er sich verliebt. Das kommt einfach über dich.«

»Und das andere Gerücht? Dass Ihr ihn von den Toten zurückgeholt habt?«

Crys zuckte die Achseln. »Blödsinn«, sagte er. »Bei Durdil hat es schließlich nicht geklappt, nicht wahr? Die Übermüdung vom ständigen Kämpfen trübt den Männern den Verstand.«

Renik wirkte nicht überzeugt, und Crys ging eilig zu Ash hinüber, als ihn Hallos rief.

Er strich Ash das Haar aus dem Gesicht. Der Wolf richtete sich auf und ließ die Beine über die Kante der Pritsche baumeln. Er schwankte wie ein Schilfhalm im Wind, aber zumindest saß er aufrecht. »Erschöpfung und eine Gehirnerschütterung, keine Verletzungen«, vermeldete Hallos und musterte Crys dabei mit dem gleichen Gesichtsausdruck wie zuvor Renik. »Eine gute Mahlzeit, und ich kann ihn entlassen.«

Hallos' Stimme drang nur wie aus weiter Ferne an Crys heran. »Woran kannst du dich erinnern?«, fragte er Ash, als er sah, wie Ash abwehrend den Kopf schüttelte.

»Das kann nicht stimmen. Ich war auf dem Weg zur Südmauer, habe die lange Strecke genommen, um mir ein wenig die Beine zu vertreten, und dann bin ich einem … einem Mann von der Leibgarde begegnet. Wir sind zusammen weitergegangen, und … wir haben gekämpft, ich kann mich nicht mehr erinnern, warum.« Das Blut wich so schnell aus seinem Gesicht, dass Hallos ihm die Hand an die Schulter legte, um ihn zu stützen. »Und er hat mich getötet.«

Crys' Herz pochte wie Donnerschläge, und Ashs Worte waren wie ein Eimer kaltes Wasser ins Gesicht – da half kein Leugnen. Was er Renik gesagt hatte, was er sich selbst einredete, es war alles eine Lüge. Irgendetwas in ihm kroch von innen über seine Haut, mächtig, fremdartig, eine unsanfte Erinnerung an die Gegenwart dieses anderen in ihm. Ein Schauer lief durch ihn hindurch, und er legte Ash die Hand auf den nackten Rücken, um sie beide durch diese Berührung zu beruhigen.

Hallos strich sich über den Bart. »Unsinn. Ihr seid bewusstlos geschlagen worden und wart mit dem Blut Eures Feindes besudelt. Ihr, Major, seid in Panik geraten und habt ihn für tot gehalten. Als er erwacht ist, haben Eure übermüdeten Zeugen geglaubt, Ihr hättet ihn ins Leben zurückgeholt. Was offenkundig lächerlich ist. Ihr habt Durdil nicht ins Leben zurückholen können, folglich habt Ihr auch Ash nicht zurückgeholt.« Er hörte sich so an, als halte er einen Vortrag vor angehenden Heilern. Als versuche er, sie alle zu überzeugen. »Ihr seid einfach verwirrt, guter Mann«, sagte er an Ash gewandt. Sein Tonfall war freundlich.

»Es ist Galtas gewesen, der mich getötet hat«, stieß Ash hervor. »Galtas war in der Stadt, und ich habe ihn aufgrund deiner Beschreibungen erkannt. Ich habe ihn verletzt, ihm das Knie gespalten, bevor er … bevor er …« Ash fuhr sich mit der Hand an die dicke blaurote Narbe über seiner Wange. »Er hat mir das Gesicht weggefetzt.« Seine Augen füllten sich mit Tränen. »Ich erinnere mich, wie es geschehen ist. Ich erinnere mich, wie es sich angefühlt hat. Er hat mir sein Messer in den Rücken gerammt, und der Schmerz … und dann hat er mir das Gesicht vom Schädel gerissen.« Er verstummte, um keuchend nach Luft zu schnappen. Hallos' Finger griffen nach seinem Puls, und er murmelte etwas Protestierendes. »Ich bin fort gewesen, Crys. Tot. Ich war im Licht. Und dann hast du …« Ashs Stimme versagte, und er rang würgend nach Luft. Crys brach fast das Herz, als sich Ash von ihm abwandte, weniger aus Angst denn aus tiefer, bis ins Mark gehender Verwirrung. »Wie hast du es nur …«

Crys wollte ihm Schweigen gebieten, aber das Ding in ihm

dehnte sich wieder aus, erfüllte seine Glieder und seine Zunge mit einem Kribbeln, bis er nicht mehr sprechen konnte, es nicht mehr leugnen konnte.

»Du hast mich zurückgeholt«, flüsterte Ash. Hallos beugte sich dicht über ihn, und Renik drückte sich eng an Crys' Rücken, um den Bogenschützen besser sehen zu können. »Ich habe dich im Licht gespürt. Du bist gekommen und hast mich geholt. Nicht wahr?« Crys nickte, ein krampfhaftes Zucken des Kopfes. »Dann bist du, dann musst du … du musst er sein.«

»Ich weiß es nicht«, flüsterte Crys.

»Doch, du bist *er*.« Crys hörte die besondere Betonung, die er dem Wort gab. »Du bist der Fuchsgott.«

Es folgte ein Moment benommenen Schweigens. »Genau das sagen auch die Männer«, hauchte Renik. »Aber wie kann das sein?«

»Gespaltene Seele«, flüsterte Ash, als könne er gar nicht anders. »Gauner.«

»Gotteslicht«, ergänzte Crys für ihn, und Ashs Hände schlossen sich krampfhaft um seine.

»Das stimmt. So hat Dom dich genannt, nicht wahr, nach seiner Offenbarung? Gottes Augen, Gotteslicht, etwas in der Art.«

»Ich finde, wir sollten uns alle etwas beruhigen«, mahnte Hallos und klang erschüttert. »Ich bin ein Mann der Wissenschaft, und …«

»Dann erklärt mir, warum ich noch lebe«, verlangte Ash und zeigte auf die neuen Narben auf seinem Gesicht, seinem Rücken und seiner Brust. Hallos klappte den Mund zu. Das konnte er nicht.

Warum ich?, schrie Crys dem Ding entgegen, das sich da durch ihn hindurchbewegte.

Warum nicht?, antwortete es. *Irgendjemand muss es sein.*

Bist du … er?

Er spürte, wie es lächelte. *Nein. Wir sind er. Gespalten. Ein Teil Mensch, ein Teil … etwas anderes. Zusammen haben wir Dinge wie dies hier zu erledigen. Allerlei Dinge.*

Wie soll ich dich nennen?, fragte er und kam sich dabei dumm vor. Er war sich bewusst, dass Ash und Hallos ihn beobachteten.

Wir sind nicht getrennt, Crys. Ich bin du, und du bist ich. Wir müssen uns noch ein wenig aufeinander abstimmen, aber selbst jetzt sind wir eins. Nicht mehr eine gespaltene Seele, sondern ein einziges Wesen, und jeder Teil bringt unterschiedliche Stärken mit, unterschiedliche Blickweisen auf das, was uns erwartet.

»Werde ich es überleben?«, fragte Crys laut.

Das ist keine Frage, die wir uns stellen sollten. Sie dient keinerlei Zweck. Lebe gut, kämpfe hart, liebe noch stärker. Das ist alles, was wir tun können.

»Wirst du *was* überleben?«, wollte Ash wissen. »Mit wem redest du?«

»Gütige Tänzerin, Major. Eure Augen glühen«, flüsterte Hallos. Er umklammerte Crys' Arm. »Lasst mich schnell eine Laterne holen, ich möchte das gerne untersuchen …«

»Hallos. Gebt ihm zu essen und zu trinken und haltet ein Auge auf ihn. Ich muss gehen, um die Bresche zu verteidigen.« Crys ignorierte Ashs Protest und Reniks Erinnerung daran, dass er auf der Südmauer erwartet wurde. Er beugte sich vor und küsste Ash auf die Lippen, ohne sich um die umstehenden Zeugen zu kümmern. »Hab keine Angst vor mir, Geliebter. Bitte. Ich verstehe nicht, was geschieht, aber du bist der einzige feste Halt, den ich auf dieser Welt habe.«

Ash umfasste sein Kinn und lächelte, matt und besorgt. »Ich könnte niemals Angst vor dir haben«, erwiderte er mit leiser Stimme. »Herzensgebundener.«

Crys spürte, wie sich etwas in seiner Brust entspannte und löste und wie sich dann etwas anderes an dessen Platz fügte. »Du kannst dich erinnern.«

»Ich werde es nie vergessen. Fuchsgott.«

Es sah aus wie das Jenseits, jene Hölle, die das Paradies der Roten Götter war. Dunkle Schatten, die die Männer wie wilde Tiere ansprangen, Kämpfer, die wie Betrunkene miteinander rangen. Nur vom Mondlicht, dessen Strahlen in unregelmäßigen Abständen den Weg herabfanden, und vom orangefarbenen Flackern von Fackeln erhellt, war die Bresche das fleischgewordene Entsetzen.

Crys kam es so vor, als habe er sein Herz im Hospital zurückgelassen und seinen gesunden Menschenverstand irgendwo anders. Die Fragen in seinem Kopf waren zu groß, um Antworten überhaupt nur in Erwägung ziehen zu können, und die … Stimme, die da mit seiner Stimme gesprochen hatte, war verstummt. Verstummt, aber nicht reglos. Er konnte sie wieder spüren, wie sie sich in ihm reckte und bewegte, wie ein Fisch unter einer Haut aus Wasser, ein Fisch, der an die Oberfläche drängte, aber nicht ganz zu ihr hindurchbrach.

War die Stimme wirklich das, was sie von sich behauptet hatte? Wie war so etwas überhaupt möglich? Crys' religiöse Kenntnisse waren vage, aber selbst er hatte Berichte über den Gauner gehört, Berichte, in denen er das Fleisch eines Sterblichen trug. Der Gedanke ließ ihn zusammenfahren, sodass er in der Dunkelheit fast gestrauchelt wäre. Seine Schläfen pochten. *Existiere ich überhaupt? Bin ich nur eine Art Mantel, eine Tarnung für ihn? Wer bin ich?*

Die Stimme antwortete nicht.

Arbeiter hatten eine Schneise durch den Schutt gebahnt, damit die Truppen am Fuß der Mauer des ersten Rings entlanggehen konnten, und irgendjemand hatte versucht, Bretter über den Schutt zu legen, um den Aufstieg zu erleichtern, aber deren Nutzen war gering. Die einzige Möglichkeit, nach oben zu gelangen, bestand darin, hinaufzusteigen und zu hoffen, dass man sich dabei kein Bein brach. Also kletterte Crys los. Der Atem pfiff ihm in der Kehle, und durch seine Glieder kribbelte die gleiche Energie, wie er sie verspürt hatte, als er Ash tot an der Tür gesehen hatte.

Der obere Bereich des eingestürzten Mauerabschnitts, wo sich der Schutthaufen zu einer beinahe ebenen Fläche aufgetürmt hatte, war ein brodelndes, wirbelndes Durcheinander von Männern, die mit Schwertern, Messern, Äxten und Fäusten kämpften, mit Knien und Ellbogen, Füßen und Zähnen. Blut spritzte und prasselte, Schweiß rann herab, Männer fluchten und kreischten, stolperten und fielen, verstauchten sich Knöchel und rissen sich auf dem unebenen Boden die Knie auf. Und sie kämpften. Kämpften sich endlos durch den Gestank von geborstenem Stein und Scheiße, von Rauch und Fäulnis.

Trotz des fahlen, flackernden Lichts hatte er eine klare Sicht, erkannte blaue Hemden und selbst Rangabzeichen der Osttruppe, alle für diesen aufs Ganze gehenden Angriff miteinander vermischt. Make war mitten im Getümmel, nahe am zweiten Turm, von dem nur noch ein Stumpf geblieben war. Dorcas und Vaunt waren an seiner Seite, und so bahnte sich Crys einen Weg nach Norden, hin zu den Überbleibseln der letzten Bastion, und ließ sich durch das Wüten der Schlacht vom aufgewühlten Toben in seinem Kopf und in seinem Körper ablenken. Das Ding in ihm verströmte eine kühle und beruhigende Gegenwart, aber es tat nichts, um ihn zu überzeugen, dass er die Nacht überleben würde.

Er entdeckte einen liegen gelassenen Speer und steckte sein Schwert in die Scheide, um ihn an sich zu nehmen, mehr als glücklich darüber, nun etwas zu haben, womit er die vorrückenden Mirak erstechen konnte, ehe sie nahe genug an ihn herankamen, um ihn ihrerseits zu erstechen. Bald schon hatte sich eine Traube von Soldaten der Palasttruppe um ihn geschart und eine ungleichmäßige Linie gebildet, von zahlreichen Lücken an den Stellen unterbrochen, wo der Untergrund zu unsicher war, um einen festen Stand zu erlauben.

»Alles klar, die Sache läuft folgendermaßen«, sagte Crys. Es beruhigte ihn, jetzt das Kommando ergreifen und alles andere von sich schieben zu können. »Alle mit Speeren nach vorn. Alle mit anderen Waffen suchen sich eine Lücke in der Kampflinie und beziehen dahinter Position – wenn einer der Angreifer durchkommt, dann an diesen Schwachstellen. Sobald sie unsere Linie passieren, ist es an uns, ihnen den Garaus zu machen. Sorgt dafür, dass ihr das auch tut. Das Letzte, was wir wollen, ist, von ihnen umzingelt zu werden.«

»Es sind Tausende von ihnen, Herr«, quiekte ein schlaksiger Kerl, dessen Speerspitze wild hin und her wackelte.

»Aber er ist der Fuchsgott«, erklang eine in Dunkelheit gehüllte Stimme von weiter unten.

Crys ignorierte sie beide. »Hört gut zu. Wir werden unsere Stellung in dieser Bresche halten, und zwar die ganze Nacht hindurch. Wir sind genug Leute dafür, weil wir eben genug sein müssen, so einfach ist das. Wir werden für jeden von uns, der ins Licht geht, fünf von ihnen töten, und wenn die Morgenröte heranbricht, werden wir hinter einer zweiten Mauer stehen, dieses Mal errichtet aus den Leichen der Heiden. Die Mauer wird so hoch sein, dass uns der Feind über seine eigenen Toten hinweg nicht wird erreichen können.« Er grinste, und der junge Kerl machte ein Gesicht, als habe er größere Angst vor Crys als vor den Mirak. Angst und auch Ehrfurcht. »Und wisst ihr, was wir außerdem noch tun werden?« Der Junge schüttelte den Kopf, und einige der anderen machten das Gleiche, daher hob Crys die Stimme. »Wir werden den Leuten hinter uns Deckung bieten, damit sie anfangen können, Steine übereinanderzuschichten, um eine Art neue Mauer zu bauen, und hinter diese Mauer werden wir Bretter legen, auf denen wir stehen können, und dann werden wir ein Katapult in die Ruinen der letzten Bastion befördern, aus dem wir sie im Verein mit dem Katapult auf dem zweiten Turm beschießen, sodass sie ihre verdammten Köpfe einziehen müssen. Und genau so werden wir sie bezwingen.«

»Aber wir stehen dann doch auf der falschen Seite der Mauer, Herr!«

Crys zwinkerte ihm zu. »Nicht lange«, versprach er. »Wir halten die Position, bis sie fertig gebaut ist, und dann springen wir hinüber und machen ein nettes kleines Päuschen und lassen solange die Verstärkung ein wenig kämpfen. Wie klingt das?«

»Gut, Herr!«, rief der Junge hoffnungsvoll und zeigte seine weißen Zähne.

Das Ding in ihm regte sich.

»Pfeile«, rief Crys, griff nach dem Schild, der an seinem Bein lehnte, und riss ihn über den Kopf. Die anderen Speerträger taten das Gleiche, aber der junge Kerl hielt seinen ehrfürchtigen Blick noch immer starr auf Crys gerichtet. Ein Pfeil traf ihn in die Kehle und warf ihn hinab in den Schutt. *Armes Schwein.*

»Lasst euch das eine Lehre sein«, brüllte Crys, als der zweite Turm den Angriff mit einem eigenen in die Nacht ausgesandten Hagel von Pfeilen erwiderte. »Behaltet den Feind im Auge, nicht mich. Unsere Fackeln lassen hier oben unsere Umrisse erkennen, habt also ein Ohr auf das Summen von Pfeilen, die in eure Richtung fliegen. Alles klar, da kommen sie.«

Die Mirak griffen in direkter Folge ihrer Salve von Pfeilen an, in der Hoffnung, die meisten der Verteidiger verletzt oder tot vorzufinden. Sie brandeten gegen Crys' Linie an, die jedoch hielt und die Angreifer dann zurückdrängte. Einer schlüpfte an Crys' Speer vorbei und sprang hinter ihn, während er selbst gerade mit einem anderen Feind beschäftigt war. Crys ließ ihn passieren und hoffte, dass die Männer hinter ihm tun würden, was er ihnen aufgetragen hatte. Crys wurde nicht hinterrücks erdolcht, daher ging er davon aus, dass sie seinen Anweisungen Folge geleistet hatten.

Die Linie zu seiner Linken begann einzuknicken. »Position

halten!«, brüllte er. »Haltet hier oben die Stellung, wo wir ihnen überlegen sind, oder wir sterben.« Trotzdem fielen sie zurück, sodass sich Crys an die Männer links und rechts von ihm wandte. »Haltet diese Position.« Offenbar sahen sie etwas in seinem Gesicht oder in seinen Augen, denn sie nickten und nahmen Haltung an. Dann traten sie einen Schritt aufeinander zu, um die Lücke zu schließen, die sich durch Crys' Abgang gebildet hatte. So warteten sie auf den nächsten Angriff.

Crys trat aus der Linie und begab sich in den Zwischenraum zwischen der ersten Reihe und der zweiten, deren Kämpfer Nahkampfwaffen trugen. Sie nickten oder salutierten, und er erwiderte ihr Nicken und bahnte sich, so schnell er es wagen konnte, durch den Schutt einen Weg zum anderen Ende der Reihe, wo die Linie ungeordnet war und im Begriff stand, sich aufzulösen. Dem letzten Mann fehlte eine Deckung zu seiner Linken, die ihm Schutz hätte bieten können, denn da war nur gähnende Dunkelheit, wo die Mirak seitlich um ihn hätten herumschlüpfen können, um ihn sodann aus allen Richtungen zu attackieren. Der Mann tat sein Bestes, aber er hielt Ausschau nach einer Unterstützung, die schlichtweg nicht da war. Crys sprang ihm zur Seite.

»Alles klar? Major Tailorson ist zur Stelle, um dir ein wenig zur Hand zu gehen. Du heißt?«

»Brock«, antwortete der Mann, und seine Erleichterung war regelrecht mit Händen zu greifen. »Seid Ihr *er*?«

»Ich bin Crys. Hör zu, Brock, wir müssen diese Linie stärken, weil wir hier inzwischen einige Schritte zurückgewichen sind, und das nutzt niemandem. Komm, wir drängen nach vorn.« Gemeinsam kämpften sie sich zurück in die Linie, dann drehte Crys Brock den Rücken zu, sodass er nach außen schaute. »Ich kann dich nicht sehen, Soldat«, rief er hinter sich zurück, »also wag es verdammt noch mal nicht, von mir wegzugehen, ja? Halte deine Position.«

»Ich halte sie, Herr«, erwiderte Brock. Seine Stimme war jetzt fester geworden. Crys wusste, wenn der Mann fiel oder es vermasselte, war er selbst einem Angriff in seinem Rücken ungeschützt ausgeliefert, aber Brock brauchte auf dieser Seite nun mal einen Schutz, um die Linie halten zu können, und so würde Crys eben dieser Schutz sein. Das Ding in ihm tat brummend seine Zustimmung kund und verlieh ihm die Gewissheit, dass er heute Nacht nicht sterben würde, und das reichte ihm. *Ich setze mein Leben auf diesen Schatten in mir. Was kann da schon schiefgehen?*

In den Sekunden zwischen den kurzen, erbitterten Kämpfen, die er ausfocht, ließ er sich Lageberichte von der vordersten Front zukommen, und alle bestätigten, dass ihre Verteidigungslinie hielt. Die Mirak hatten ihren Angriff verlangsamt und waren am Fuß des Hügels stehen geblieben, um sich zunächst einmal einen Überblick über die veränderte Lage zu verschaffen.

»Sie werden als Nächstes mit Speeren heraufkommen«, rief Crys, als er sich wieder in die Linie einreihte. »Sie wissen, dass sie mit kurzen Waffen nicht an uns vorbeikommen, also werdet ihr schon bald genug ihre Stangenwaffen abwehren müssen. Bleibt dicht beieinander, verwundet, wo ihr nicht töten könnt, und lasst sie, wenn nötig, zur zweiten Verteidigungslinie durch.«

»Aber wir haben keine Speere«, rief einer der Männer aus der zweiten Linie zurück.

»Dann ist es ja gut, dass ihr es mit nicht so vielen Angreifern zu tun bekommen werdet wie wir«, entgegnete Crys, was die Männer der ersten Reihe mit Gelächter und Buhrufen quittierten. »Pfeile!«, brüllte er, obwohl er diesmal nichts gehört hatte, er wusste einfach, dass sie kommen würden. Jene, die noch Schilde hatten, hielten sie abwehrend empor, während sich die Übrigen, Crys eingeschlossen, einfach tief duckten und auf das Beste hofften. Lange Sekunden verstrichen, dann regneten die Pfeile auf sie herab. Schreie stiegen auf. Jemand brüllte einen unflätigen Kraftausdruck, den sich Crys zum späteren Gebrauch einzuprägen beschloss, und dann scholl ein Strom von höhnischen Rufen den Hang hinab.

Crys stellte sich wieder aufrecht hin und ließ seinen Blick mit zusammengekniffenen Augen über die Bresche schweifen. »Vaunt! Major Vaunt!« Er winkte ihm zu. »Nehmt bitte hier Aufstellung, wir könnten an diesem Ende der Linie ein wenig Unterstützung gebrauchen.«

Er sah zu, wie sich Vaunt einen Weg zu ihm bahnte, die Augen im Bemühen, etwas zu erkennen, weit aufgerissen. »Tailorson?«

»Das bin ich, also, wo bleibt meine Verstärkung?«, fragte Crys. Vaunt hatte eine halb hockende Haltung angenommen, und Crys beugte sich zu ihm vor. »Seid Ihr verletzt oder habt Ihr einfach nur Rückenprobleme?«

»Pfeile«, zischte Vaunt.

Crys richtete sich auf. »Man kann sie kommen hören«, sagte er. »Macht Euch deswegen keine Gedanken. Hört mal, wir müssen hier die Verteidigungslinie vervollständigen, haltet unbeirrt Position und lasst sie nicht an uns vorbei. Wir werden einen Haufen Brandfackeln dort hinunterwerfen, und dann können sie uns nicht sehen, aber wir sie.«

»Jeder kann Eure verdammten Augen glühen sehen«, murmelte Vaunt, während er sich mit einem Ausdruck extremen Widerstrebens im Gesicht aufrichtete. »Ist verflucht abstoßend.«

»Meine Augen gehen niemanden etwas an außer mir. Hört mal, wir bilden hier eine Verteidigungslinie und halten die Angreifer auf. Seht zu, dass Ihr Männer hinter uns in Stellung bringt, die diesen Schutt aufräumen und daraus eine Befestigungsanlage hochziehen. Scheiß drauf, besorgt Euch Zivilisten dafür, es ist ohnehin an der Zeit, dass sie endlich mal aushelfen.« Er umfasste Vaunts Arm. »Eine neue Mauer, oben auf der Bresche. Was immer es braucht, um ihr Vorwärtskommen zu verlangsamen, Major, aber niemand kann mit der Arbeit loslegen, wenn es keine Verteidigungslinie gibt, die wir halten können. Zwischen mir und Make sind es hundert Schritte, und ich habe Männer durch diese offene Stelle schlüpfen sehen. Es sind Mirak in der Stadt, Vaunt. Wir müssen eine Linie formieren.«

»Ich habe eine Hundertschaft unten stehen, die sie abfängt.« Vaunt wedelte abschätzig mit der Hand.

»Ah. Toll. Dann wollen wir mal hoffen, dass sie nicht noch mehr Leute hereinschicken als bisher, hm?« Vaunt verzog die Lippen, wusste aber nichts zu erwidern. »Kommt schon, Mann, helft mir hier«, forderte Crys. »Ich werde bald tot sein, wenn Ihr es nicht tut. Wir haben hier zwar eine Verteidigungslinie aufstellen können, aber sie ist gefährdet und zerbrechlich, und der ganze Haufen hier ist kurz davor, sich in die Hose zu scheißen. Es würde eine Menge helfen, wenn sie ein wenig Unterstützung von ihren Kameraden bekämen. Von ihren befehlshabenden Offizieren.«

Vaunt stöhnte und rieb sich den Nacken. »In Ordnung, na gut. Ihr wisst aber, dass das Selbstmord ist, oder?«

Crys zuckte die Achseln und lächelte. »Wir müssen alle irgendwann sterben, dann soll es zumindest für einen guten Zweck sein, hm?«

»Sieht nicht so aus, als hätte ich eine andere Wahl, nicht wahr?«, entgegnete Vaunt, doch dann hellte sich seine Miene auf. »Vielleicht schreiben sie ja Lieder über uns, wenn wir tot sind.«

»Ich würde es bevorzugen, wenn sie Lieder schrieben, die wir uns lebend anhören können. Aber was immer Euch dazu bringt, an meiner Seite zu stehen, Major, soll mir recht sein.« Er neigte lauschend den Kopf zur Seite. »Pfeile!«, brüllte er. Diesmal zögerten seine Männer nicht.

Nur Vaunt zögerte. »Ich weiß nicht, ob …«

Crys riss ihn auf die Schutthalde unter ihnen hinunter. Sekunden später hörten sie den splitternden Aufprall von Pfeilen, die überall um sie herum zerbrachen, und Vaunt jaulte auf, als einer irgendwo abprallte und ihm die rechte Arschbacke aufriss. »Fick die verfickten Götter, das tut weh«, brüllte er, als Crys ihn losließ und er sich wieder aufrichtete.

Crys musste unwillkürlich lachen und entschuldigte sich anschließend dafür. Er half Vaunt beim Aufstehen, nach einer Seite gelehnt, um den Druck von seiner frischen Wunde zu nehmen. »In Ordnung, Ihr bleibt hier und schützt die Linie von der Seite. Mit dieser … Verletzung werdet Ihr Euch nicht schnell bewegen können. Ich bin bald mit zusätzlichen Männern zurück, und wir werden diese ganze Bresche mit Soldaten auffüllen. Haltet einfach nur die Stellung, hört Ihr?« Er schaute Vaunt in die Augen und meinte fast, die leise Andeutung eines gelben Glitzerns darin sehen zu können; möglicherweise seine eigenen Augen, die sich in Vaunts spiegelten. »Die Stellung halten.«

»Ja, Herr«, antwortete Vaunt und salutierte.

»Ich werde Verbandszeug auftreiben«, rief Crys über die Schulter zurück, als er sich umdrehte, »auch wenn ich keine Ahnung habe, wie man einen Arsch verbindet.« Zur Antwort empfahl ihm Vaunt, etwas Ungehöriges mit seinem Knie anzustellen, und Crys eilte grinsend über die Bresche davon, bahnte sich zwischen den herabgestürzten Steinblöcken einen Weg zu Makes Position. Es war einfacher, wenn er sich möglichst wenig Gedanken machte, und das Ding in ihm schien zufrieden zu sein.

»General, wir müssen …« Oberst Dorcas kreischte auf und stieß ihm seinen Spieß entgegen; Crys wich ihm aus und riss dem Oberst die Waffe aus den Händen. »Major Tailorson von der Westtruppe oder vielleicht auch der Palasttruppe, ich weiß es nicht so recht«, sagte Crys eilig. Dann runzelte er die Stirn. »Habt Ihr mich denn nicht kommen sehen?«

»Was wollt Ihr?«, knurrte Make, und Crys begriff, dass er weit davon entfernt war, dass Make ihm Durdils unverändertes Todsein verzeihen würde. *Lim und jetzt auch Make hassen mich. Na großartig.*

»Herr, wir haben eine Verteidigungslinie gebildet, um in der Bresche die Stellung zu halten. Wir müssen jene töten, die zu uns heraufsteigen, und wenn irgend möglich Zivilisten dazu bewegen, hinter uns eine Befestigung zu errichten. Eine Mauer innerhalb der Bresche. Dann können wir dahinter zurückfallen – vermutlich im wahrsten Sinne des Wortes – und die Stellung aus relativer Sicherheit heraus verteidigen. Bislang erstreckt sich die Linie nur halb hierher, und ich habe Angreifer zwischen unserer Linie und Eurer Stellung hindurchschlüpfen sehen. Vaunt schützt mein Ende der Linie. Ich brauche Männer – diese Männer hier –, um die Bresche auszufüllen und dem Feind zu trotzen.«

Make spähte blinzelnd über die Bresche hinweg. »Eine Linie? Wo?«

Crys drehte sich um und zeigt auf die Linie von Männern, die er deutlich sehen konnte. »Dort, Herr, genau dort.« Irgendwo in seinem Hinterkopf fragte er sich, warum er der Einzige war, der sie sehen konnte, aber in dem großen Meer der Mysterien, das ihn umgab, war das eine derart winzige Frage, dass er die Sache auf sich beruhen ließ. Das Ding in ihm streckte und dehnte sich, selbstzufrieden und vergnügt.

Kommst du jetzt heraus?, fragte er, während sich Make mit Dorcas beriet.

Es gibt kein »du« und »ich«, erinnerst du dich? Es gibt nur uns. Und wir machen unsere Sache ganz wunderbar.

»Wahrhaftig.« Dorcas tippte ihm auf den Arm, während Make mit einem Laufboten sprach. »Wisst Ihr eigentlich, dass

Eure Augen glühen? Leuchtend gelb wie die eines Tieres. Wirklich ziemlich bemerkenswert.«

»Runter!«, brüllte Crys statt einer Antwort und warf sich über Make, während seine rudernde Hand Dorcas traf und ihn umwarf. Make schlug hart auf dem Boden auf und Crys noch härter auf Make, und beide rollten sie über den Abhang, während ein einzelner Pfeil seinen Bogen über sie hinweg beschrieb und dann klappernd zwischen den Steinen landete.

Crys schlängelte sich blitzschnell auf der anderen Seite der Bresche hinab und hielt Ausschau nach dem Bogenschützen. Hier unten lagen so viele Leichen herum, dass es für einen risikofreudigen Meuchelmörder nicht sonderlich schwer wäre, sich unter ihnen zu verbergen. Und wenn die anderen wirklich so blind waren, wie sie zu sein schienen …

Da war das rasche Zucken einer Bewegung, und Crys zog sein Messer, erhob sich auf Finger und Zehen und stürzte sich auf den Leichnam, der gar keiner war. Das Sirren einer Bogensehne war zu hören, und da war ein Pfeil, der so nah an Crys vorbeipeitschte, dass die daran befestigten Federn heiß über sein Ohr klatschten, doch dann war Crys auch schon über dem Kerl, schlug ihm die Armschiene gegen die Luftröhre, knallte die Hand, in der er sein Messer hielt, hinein in die angespannte Faust des Mirak.

Das Ding in ihm erfüllte ihn, zum Bersten voll mit Klarheit, mit Energie, Sehkraft und Gehör, all seine Sinne erwachten explosionsartig zum Leben, und der damit verbundene Schock wäre beinahe sein Untergang geworden. Er sah das Gesicht des Angreifers so deutlich wie einen hellen Frühjahrsmorgen vor sich, sah den Hass, der seine Lippen verzerrte, und die Verzweiflung in seinen Augen. Crys lehnte sein Gewicht fester auf seinen Unterarm, presste den Hals des Mannes in den Stein hinein, um ihm die Luft abzudrücken. Er löste seine rechte Hand aus der Umklammerung und stach ihm in die Achsel, ein dreimaliges kurzes, schnelles Zustoßen, das dem Mann seine Kräfte raubte. Er hörte auf, sich zu regen, und Crys ließ das Messer durch seine Kehle fahren, um ihm den Rest zu geben, dann hockte er sich auf ihn und starrte auf den Hang aus Steinen hinab, sah die vielen hundert Mirak und Soldaten der Osttruppe heimlich und verstohlen den Schutt hinaufklettern, sich, durch die Dunkelheit geschützt, langsam, Zentimeter für Zentimeter, nach oben schieben.

Doch vor uns schützt euch die Dunkelheit nicht, o nein.

Er kehrte ihnen den Rücken zu und starrte nach oben. Make und Dorcas riefen nach ihm. »Schließt diese gottverdammte Frontlinie!«, brüllte er zu ihnen hinauf, hörte Make seine Anweisung wiederholen und vernahm dann das Schlurfen von Stiefeln, die sich auf den Weg zu Vaunt machten und zu der wackligen, unsicheren Linie aus Fleisch und Stahl, die alles war, was noch zwischen dem Feind und der Stadt stand.

Crys schaute erneut nach unten über den Hang, wählte sein Opfer und setzte sich in Bewegung, seine Füße fanden ihren Halt mit der Trittsicherheit einer Bergziege, seine Sicht durchdrang klar und deutlich die Nacht. Er würde sie nicht alle erwischen können, doch er konnte genug von ihnen ausschalten, um das Vorrücken des Feindes zu verlangsamen.

Vor Energie sprühend, glitt der Fuchsgott zwischen die Reihen der Feinde und begann zu töten.

DIE GESEGNETE

Beltane, Nacht, zweiundvierzigster Tag der Belagerung
Lager der Mirak, vor Rilporin, Weizenland

Lanta ging im Zelt auf und ab, ein Wirbel blauer Röcke. Dom lag bewusstlos und doch in wild tobender Raserei auf ihrer eigenen Pritsche, ruderte mit den Armen und trat mit den Beinen, als sei er vergiftet worden.

»Seid still!«, kreischte sie, als sie es nicht mehr ertragen konnte. Barra, der Arzt, machte einen gewaltigen Satz, dann beugte er sich hastig wieder über seinen Schutzbefohlenen. Lanta hatte darauf bestanden, dass er den Gottesblinden versorgte, auch wenn es da nur wenig zu geben schien, was man für ihn tun konnte.

Sie ist hier gewesen, in unserer Welt, ihre Füße haben wieder den Boden von Gilgoras betreten. Ihre blendende Pracht. Und genauso der heilige Gosfath, unser Roter Vater. Sie war hier, und sie hat zu mir gesprochen, und es war süß und schön. So schön.

Es war mehr gewesen, als Lanta sich jemals hätte vorstellen können, mehr, als sie je zu träumen gewagt hätte. *Und es ist der Gottesblinde gewesen, der an der Seite der Götter gestanden hat.*

Ja. Und jetzt ist es der Gottesblinde, der mit zerschmetterten Gliedern dort liegt, ein gebrochener Prophet, ein Sklave. Es ist der Wille der Dame, und meine Füße sind auf dem Pfad.

»Wie geht es ihm?«, blaffte sie, als eine weitere endlose Stunde dahingekrochen und aus dem unzusammenhängenden

Gestammel seiner Raserei ein gehauchtes Murmeln geworden war.

Barra fuhr zusammen. »Er lebt, Gesegnete. Das Blut hat aufgehört, aus seinem Ohr zu sickern, und er schläft friedlich. Seine anderen Verletzungen habe ich behandelt.« Er zeigte mit zitterndem Finger auf den Schlitz in der Hose des Mannes, wo Rivils Messer in seinen Schenkel eingedrungen war, und dann deutete er auf Doms Gesicht. Wunden, die ihm die Dunkle Dame selbst eingebrannt hatte, sie waren jetzt schwarz und verschorft, aber sie hatten sich geschlossen.

»Dann stört ihn nicht weiter. Verschwindet.«

Barra sammelte seine Sachen ein, machte eine flüchtige Verbeugung und lief Richtung Ausgang davon.

Lanta schaute ihm mit hochgezogenen Lippen nach. Müdigkeit nagte an ihr. Der Besuch der Götter hatte sie erschöpft, die Endlosigkeit der Belagerung und die unaufhörlichen Schreie der Verletzten zerrten an ihren Nerven. Sie sehnte sich nach Schlaf, aber ihr Volk brauchte sie – und der Gottesblinde lag in ihrem verdammten Bett.

»Gottesblinder, wacht auf.« Sie schlug ihm ins Gesicht. »Was habt Ihr gesehen? Erzählt mir alles.«

Als sie die Hand zu einem weiteren Klaps erhob, wachte er auf, seine Augen blutunterlaufen und eingefallen, während Besessenheit in ihnen brannte. »Sie ist hier gewesen, nicht wahr, Gesegnete? War sie denn nicht hier?«

Lanta verzog die Lippen. »Sie ist wirklich hier gewesen, Gottesblinder. Ihr habt an ihrer Seite gestanden, und sie hat Euch vieles gewährt, Schmerz und Freude gleichermaßen. Sie hat auf dem Boden von Gilgoras gestanden, zusammen mit ihrem Bruder und Liebhaber, und sie hat erneut ihren Anspruch auf Gilgoras Wälder und Flure deutlich gemacht.«

Er griff nach ihrer Hand, und seine Hand war schwach und wie gelähmt, schweißnass. Lanta verkniff ihr Gesicht, zog die

Hand aber nicht von ihm weg. »Sie ist hier gewesen, und sie ist auch hier.« Er legte seine freie Hand erst auf Lantas Brust und dann auf seine eigene. »Immer.« Er stöhnte, und sein rechtes Lid zuckte.

»Was habt Ihr gesehen?«, fragte sie noch einmal.

»Das verborgene Ding erwacht«, antwortete er. »Das verborgene Ding macht sich bemerkbar. Es bewegt sich und beginnt seine Verbündeten zu führen.«

»Was ist es?«

Der Gottesblinde verzog die Lippen zu einer Schnute. »Sie ist nicht der einzige Gott hier in Gilgoras«, erklärte er. Er stemmte sich auf den Ellbogen hoch, Lanta zugewandt, und sie fuhr zurück, als sein übelriechender Atem über sie hinwegstrich. »Der Fuchsgott tritt in das große Spiel ein, in einem Sterblichen verborgen, aber er fängt an, sich zu enthüllen.« Er ließ seinen Finger eine Kreisbewegung durch die Luft beschreiben. »Tötet ihn, und niemand wird Euch jemals mehr im Weg stehen.«

»Und kennt Ihr diesen Mann? Wer ist er? Wie können wir ihn erkennen?«, begehrte Lanta zu wissen. Aufregung summte ihr kribbelnd durch die Fingerspitzen. Sie streichelte seine Wange, ohne sich um seinen alten Schweiß, das Blut, das ihn noch immer besudelte, und die beginnende Fäulnis zu kümmern.

Der Gottesblinde kicherte wahnsinnig, und seine Augen waren fiebrig. »Ihr seid ihm einmal begegnet, als Ihr seinen Prinzen den Roten Göttern geopfert habt.« Er tippte sich direkt unter den Augen auf die Wangen. »Eines blau. Eines braun. Gespaltene Seele. Gotteslicht. Die Hoffnung aller Kinder des Lichts.«

Lanta wandte den Blick von diesen unerträglichen braunen Teichen ab, Strudel hinab in eine Welt der Qual, die sie sich nicht einmal ansatzweise vorstellen konnte. Sie erinnerte sich an den Kerl. Den ritterlichen Hauptmann. *So ritterlich, dass er sich hingekniet und tatenlos zugesehen hat, als es geschehen ist. Trotzdem, ich muss ihn finden. Ich werde ihn finden.*

»Wo ist er jetzt? In genau diesem Moment?«, fragte sie. Der Gottesblinde stieß einen wimmernden Laut aus und wich vor ihr zurück, die Hände an die Schläfen gepresst. »Es tut mir leid, aber das ist nun mal Eure Aufgabe. Es ist das, was und wer Ihr seid. Ein Werkzeug, das nicht in Gebrauch ist, setzt Rost an. Wir müssen Euch scharf halten. Sucht ihn.«

»Ihr gebt mir gar keine Gelegenheit einzurosten, Verehrte«, murmelte er. Eine matte, ersterbende, sinnlose Trotzreaktion. Die Pupille seines rechten Auges war übergroß geweitet. *Um besser in das Reich der Götter hineinsehen zu können?*

»Wo ist der Fuchsgott?«

Sein Atem ging pfeifend und stockend, seine Finger krümmten sich zu Krallen. Er rollte sich auf die Seite und zog die Knie bis an die Brust an. »In Rilporin«, antwortete er nach kurzem Zögern. »Er ist in der Bresche, auf der Ringmauer.«

Lanta schlug sich mit der Faust in die Hand, erhob sich und schritt im Zelt auf und ab. »Natürlich. Und wenn wir das früher gewusst hätten, hätten wir es Corvus sagen können, bevor er zur Stadt aufgebrochen ist. Er hätte es zu seiner vornehmlichen Aufgabe gemacht, ihn zu finden und zu töten. Die Osttruppe stürmt die Bresche. Sie könnten ihn töten. Nicht wahr?«

Dom stöhnte erneut, sein Kopf rollte auf der Decke hin und her; er weigerte sich, ihr zu gehorchen. »Bitte, nicht«, flüsterte er mit rauer Stimme. »Bitte, nicht weiter. Lasst mich ausruhen. Rost ansetzen.«

»Sagt mir, ob die Osttruppe den Fuchsgott töten kann, dann könnt Ihr schlafen.« Ihr Ton war nun sanfter, als es je ein Mirak von ihr vernommen hatte.

»Sie werden scheitern; in ebendiesem Moment metzelt er sie nieder, ein Lebensräuber, der durch die Schwärze schleicht. Nehmt die Stadt ein, wie Ihr es geplant habt, trotz der Verluste, die er und die Verteidiger Euch zufügen werden.« Der Gottesblinde machte eine Pause und hustete, seine Haut grau und seine Augen eingefallen. »Er wird irgendwo in der Stadt sein und kämpfen, irgendetwas … Gaunerhaftes anstellen. Schnappt ihn euch und gewinnt.«

Lanta nickte und wischte sich die Hände an ihren Röcken ab. »Die Stadt einnehmen«, murmelte sie. Sie ließ ihn in ihrem Bett liegen, verließ das Zelt und richtete ihren Blick auf die orange erleuchtete Stadt auf der anderen Seite des stinkenden Lagers. Der Fuchsgott hatte sich in menschliches Fleisch gehüllt, um den Rilpori zu helfen, und die Hure Rillirin trug das Kind des Gottesblinden unter dem Herzen. Ein Kind, das die Welt heilen oder zerstören und all ihre Hoffnungen erfüllen oder zunichtemachen konnte.

Der Krieg wurde an mehr Fronten ausgefochten, als irgendein gewöhnlicher Krieger zu verstehen hoffen konnte. Seine vielfältigen Dimensionen strapazierten selbst die Grenzen von Lantas Verständnis. Die Zukunft veränderte sich schneller, als sie alle blinzeln konnten, wie von den Strahlen der Sonne auf aufgewühltes Wasser geschrieben, wechselnd, verschlungen, den einen Moment da und im nächsten verschwunden. Welche Aufgabe kam einem Kind zu, das noch nicht einmal geboren war? Wie konnte ein Gott seine Wünsche in Erfüllung bringen, indem er die Gestalt eines Sterblichen annahm?

Lanta kniete sich draußen vor ihrem Zelt ins Gras und zog ihr Messer. Sie schob ihren Ärmel zurück und schlitzte die unzähligen Linien alter Narben bis hinunter auf das rote Fleisch auf, ließ das Blut fließen, ließ Tränen in ihre Augen schießen.

»Dunkle Dame, wunderschöne Göttin des Todes und der Pracht, nimm diesen kleinen Beweis meiner gerechten Hingabe und meines Gehorsams entgegen.« Sie zog einen weiteren Schnitt durch ihr Fleisch. »Heiliger Gosfath, Gott des Blutes, ich ehre dich und huldige dir. Der Sieg kommt näher. Die verborgensten Geheimnisse unserer Feinde werden durch deine Hände vor uns bloßgelegt, und sie alle werden zu deinem Vorteil genutzt werden. Schon bald, meine Götter, schon bald werden wir die Ungläubigen zermalmt und ihre schönste Stadt eingenommen haben. Die Macht der Götter des Lichts wird geschwächt, ihre Anhänger werden dahinkümmern. Rote Götter, mit meinem Blut, meinem Fleisch, meinem Atem und meiner Seele halte ich euch in Ehren.«

Da war das Raunen eines Lächelns im kühlen Nachtwind, das Necken von Fingerspitzen in ihrem Nacken. Ein Schauder überlief Lanta. Lanta hoffte.

Lanta glaubte.

TARA

Beltane, zweiundvierzigster Tag der Belagerung, nachts
Gästeflügel, Palast, Rilporin, Weizenland

Tara reckte sich und stöhnte. Selbst ihre Lider schmerzten. Die Beengung durch ihre Verbände machte sich bemerkbar, als sie versuchte, die Steifheit aus ihren Gliedern zu massieren. Die Verletzungen, die sie sich am Blutpass und in Eibenhain zugezogen hatte, verheilten gut, aber sie hatte inzwischen mehr als genug neue Verletzungen, darunter eine glatte Schnittwunde auf der Innenseite ihres Schenkels, die bei jedem Schritt scheuerte, bis sie am liebsten geschrien hätte.

Sie rollte sich auf die Seite und schaffte es, sich mit hängendem Kopf auf der Bettkante aufrecht hinzusetzen. Sie versuchte herauszufinden, ob ihre Übelkeit vom Schmerz oder vom Hunger herrührte. *Du musst essen, Mädchen. Sieh zu, dass du ein wenig Energie in dich aufnimmst, sonst kippst du gleich wieder um.*

Sie schaute auf die teure Sanduhr im Raum, und was sie sah, bestätigte, dass sie mal wieder einen kurzen Moment, bevor sie sowieso hätte aufstehen müssen, aufgewacht war. Es war eine Lektion, die ihr im Zuge endloser Nachtwachen in den Forts der Westtruppe in Fleisch und Blut übergegangen war: Nur ja nicht zu spät kommen. Stöhnend rappelte sie sich auf die Beine und in ihre Unterwäsche hinein sowie in das verdreckte Brustband, das von altem Schweiß und noch älterem Blut fleckig war. Schon komisch, dass man im Palast einfach keine vernünftige Frauenunterwäsche auftreiben konnte. Das Haar auf der einen Seite ihres Kopfes war bis hinab zur Kopfhaut versengt, daher entschied sie, dass es sich nicht lohnte, den verbliebenen Rest zu bürsten.

Irgendjemand hatte draußen vor der Tür ein Tablett mit einem Eintopf aus Schweinefleisch und Gemüse hingestellt, außerdem fanden sich dort ein Kanten Brot, etwas Käse und ein Krug Ziegenmilch. Ein Lächeln glitt über ihre Züge, und sie nahm alles mit hinein und dankte rasch ihrem geheimnisvollen Gönner, um sich dann über das Essen herzumachen. *Ein Festmahl zu Beltane und das einer Feier nächste, was ich heute Abend erleben werde.*

Der Eintopf war kalt und dickflüssig, mit einem weißen Fettrand obenauf. Sie schmierte sich das Fett mit dem Löffel auf das Brot und leckte es sich von den Fingern. Ein weiteres Stöhnen entrang sich ihrer Kehle, dieses Mal ein Stöhnen der Glückseligkeit, als ihre Geschmacksknospen zum Leben erwachten und nach mehr schrien.

Tara hörte erst zu essen auf, als sie spürte, wie sich ihr Bauch gegen ihren Gürtel drückte. Mit großem Bedauern betrachtete sie die in der Schüssel verteilten Überreste, aber sie wusste, dass sie sich nur würde übergeben müssen, wenn sie jetzt noch mehr aß. Stattdessen stopfte sie den Rest des Käses in den Beutel an ihrem Gürtel, trank den letzten Schluck Milch, kämpfte sich in ihre Rüstung und verließ ihr Quartier. Sie wurde eine halbe Stunde vor ihren Soldaten am Nordturm eins erwartet, um das Kommando vom diensthabenden Offizier zu übernehmen, daher bewegte sie sich möglichst leise durch die Flure und ließ die anderen noch ein kleines Weilchen länger schlafen.

Im Palast war alles still, als sie sich auf den Weg zum Hauptausgang machte, um dann durch das Tor in den vierten Ring zu gehen. Ihre Stiefelabsätze klapperten leise über den Marmor, und ihr Magen gurgelte voller Freude über die erhaltene Mahlzeit. Sie klopfte sich grinsend auf den Bauch und wünschte, jede Befriedigung im Leben ließe sich so leicht verschaffen; dann hörte sie Stimmen und hielt inne. Nicht weiter ungewöhnlich, doch hatte der Klang des Gesprächs etwas Geheimnistuerisches, das ihr ganz und gar nicht gefiel, sodass sich ihr instinktiv die Nackenhaare aufstellten. Tara glitt in die Schatten zwischen zwei riesigen Marmorsäulen.

Fackelschein und viele Schritte, zischelndes Gemurmel, die unmissverständliche, besonders akzentuierte Aussprache des Adels. Tara runzelte die Stirn. Diese Männer waren nicht auf dem Weg in den Konferenzraum zur Einsatzbesprechung des Tages. Sie spähte hinter ihrer Säule hervor, als die Gruppe vorbeiging, und es gelang ihr, neben einem halben Dutzend anderer Lorca und Silais zu erkennen. Bei ihnen waren Dutzende von Dienern, die Kisten trugen, sowie Frauen und Kinder in teuren Kleidern.

Tara biss sich auf die Zunge, schaute erst zum Ausgang und dorthin, wo sich der Standort befand, an dem sie erwartet wurde, und dann wieder in die Richtung, in die die Gruppe verschwunden war. »Make wird mich umbringen«, murmelte sie und schlich hinter den Männern und Frauen her. Sie war sich ziemlich sicher, dass sie wusste, wo sie hinwollten, aber es blieb keine Zeit, um Wachen herbeizurufen. Sie musste das hier selbst erledigen.

Die Gruppe verließ das Gebäude und trat in einen kleinen Innenhof, und Tara folgte ihnen nach draußen. Die Adligen an der Spitze waren so konzentriert auf ihr Ziel, dass sie sie nicht bemerkten, und die Diener hatten die Lasten, unter denen sie sich abplagten, für alles andere blind gemacht. Es war keine große Leistung, zur Seite in die Schatten zu schlüpfen, sie zu überholen und so zwischen sie und das verriegelte Tor zu gelangen, das in den Tunnel und von dort noch tiefer hinab führte, bis ganz unter den Ringmauern hindurch, hinüber zum Ostturm. Zum Königstor und zur Brücke und hinaus aus der Stadt. Der gar nicht so geheime Fluchtweg der königlichen Familie.

»Natürlich läuft alles wie geplant, Herr. Eure Wachen erwarten Euch unterhalb des Ostturms, in voller Stärke, und der Kriegsrat wurde darüber informiert, dass sich Euer Eintreffen um eine Stunde verzögert. Bis sie begreifen, dass Ihr nicht kommt, seid Ihr längst über alle Berge.«

Taras Augen verengten sich zu Schlitzen. *Nun, das habt ihr euch aber fein ausgedacht, nicht wahr, ihr verdammten Feiglinge?*

»Und die Sache ist auch sicher, nicht wahr, Kämmerer?«, fragte Lorca. Sein Blick huschte über den Innenhof, fiel direkt auf Tara und entdeckte sie nicht. Wenn sie nervös sind, sehen die meisten Menschen nicht, was direkt vor ihnen ist, und dieser Mann war sehr, sehr nervös.

»Absolut sicher, Herr. Der Ostturm wird von einigen der besten Soldaten der Stadt bemannt. Sobald Ihr einmal durch das Tor seid, werden sie keine andere Wahl haben, als Eure sichere Flucht zu gewährleisten. Alles andere wäre unehrenhaft. Wir …« Die Stimme des Kämmerers wurde zu einem erschrockenen Quieken, und er riss die Hände vor sich in die Höhe. »Nein, nein, tut mir nichts!«

Tara hatte noch nicht einmal ihr Schwert gezogen, während sie vorwärtsschritt. Sie packte ihn an seinem Fellkragen und riss ihn dicht zu sich heran, sodass sein Gesicht kaum mehr als eine Haaresbreite von ihrem entfernt war. Er hatte Mundgeruch. Die Adligen und ihre Diener und Familien waren alarmiert zurückgewichen, einige kreischten auf, andere protestierten und kauerten sich ängstlich zusammen.

»Was geht hier vor?«, fragte Tara mit scharfer Stimme. »Fürstgeneral Koridam hat ausdrücklich Anweisung gegeben, dass niemand die Stadt verlassen darf.«

Der Mann wog ab, wie er die Tonlage ihrer Stimme einzuschätzen hatte, und richtete sich dann auf, senkte die Hände und nahm eine hochmütige Haltung an, die in Tara den Wunsch weckte, ihm die Nase bis in den Hinterkopf zu hämmern. Ihre Geduld starb einen raschen Tod. »Junge Frau, ich habe keine Ahnung, für wen Ihr Euch haltet, aber Ihr behindert mich in meiner Pflichtausübung. Ihr sprecht mit Lord Lorca …«

»Ich bin Major Tara Carter von der Westtruppe, du plärrendes kleines Wiesel, und das Königstor bleibt geschlossen. Anweisung des Fürstgenerals.«

»Fürstgeneral Koridam ist tot …«

»Das ist Fürstgeneral Make Koridams Befehl«, knurrte Tara.

Lorca drängte sich aus dem Schutz seiner Diener heraus und bedachte sie mit einem herablassenden Lächeln. Taras Geduld wurde zu Grabe getragen. »Rastoth ist in geistiger Umnachtung gestorben, und sein einziger Erbe weilt Hunderte von Meilen entfernt in Listre. Es ist meine Pflicht, Tresh darüber in Kenntnis zu setzen, dass er jetzt unser Regent ist. Mithin werde ich diese Stadt verlassen und …«

Tara ließ den klebrigen Kragen des Kämmerers los und wischte sich die Hand an ihrer Hose ab. Dann ballte sie sie zur Faust, machte einen Schritt an ihm vorbei und grub sie tief in Lorcas Unterleib. Der Mann krümmte sich zusammen und stieß ein überaus befriedigendes Keuchen aus. Die Adligen, eingeschlossen Lorcas eigener Erbe, kauerten sich noch enger zusammen.

»Hier gibt es kein ›mithin‹, Lord Lorca. Die Sache ist denkbar einfach. Das Tor bleibt geschlossen.«

»Er sperrt uns hier oben ein, um uns als Geiseln einzusetzen, falls Rivil siegt«, schnaufte Lorca. »Genau wie es sein Vater gemacht hat.«

»Warum sollte Rivil Euch wollen?«, fragte Tara ehrlich verwirrt. »Es sei denn, Ihr und die Euren sollen die ersten Opfer an die Roten Götter sein.«

Lorcas Gesicht wurde noch bleicher, doch er zwang sich, eine aufrechte Haltung anzunehmen. Er wedelte mit dem Zeigefinger vor ihrem Gesicht herum. »Er wird alles tun, um seine eigene Haut zu retten, genau wie es auch Durdil getan hätte, wäre nicht diese verdammte Mauer auf ihn gefallen. Ist es denn nicht seltsam, dass, als Rastoth verletzt wurde, nur Durdil Koridam als Zeuge zugegen war? Und dass Durdil bei seinem Tod wiederum dabei war? Und dass Make jetzt aus dem Schatten seines Vaters heraustritt und eine Stellung für sich beansprucht, auf die er gar kein Anrecht hat? Verschwörung, sage ich Euch. Alles Verschwörung und Spitzbüberei, und damit will ich nichts zu tun haben. Ich werde mich nicht den willkürlichen Launen eines soldatischen Emporkömmlings aus dem Westen beugen, und ich werde nicht hierbleiben, um als Gegenleistung für die Vorräte der Bauernschaft verschachert zu werden. Jetzt tretet beiseite, Frau.«

Es war das »Frau«, was den letzten Ausschlag gab. Das war es immer, vor allem wenn es voller Hohn gegen sie gerichtet war, mit einem Unterton, der besagte, dass schon allein der Besitz eines hübschen, kecken Paares Brüste jede Gehirnfunktion ihrer Besitzerin automatisch auf die einzig vordringliche Erfordernis reduzieren müsse, einen Mann zu finden.

Tara zog ihr Schwert. Der Kämmerer gaffte und zog an seinem öligen Haar, dann stolperte er zurück, um sich unter den Frauen und Kindern zu verbergen und seine eigene Stimme ihren schrillen Hilfeschreien hinzuzufügen. Tara musste sie zum Schweigen bringen, aber noch mehr musste sie dafür sorgen, dass die Stadt abgeriegelt blieb.

»Niemand verlässt die Stadt, Ihr nicht und auch sonst niemand. Wir kämpfen.« Sie wollte gerade vor den Tunneleingang treten, als eine Bewegung in ihrem Augenwinkel sie ablenkte. Tara duckte sich, und der Pfeil verschwand über ihrem Kopf in die Nacht.

»Lauft, meine Herren, lasst uns verschwinden, bevor die Mirak uns alle in unseren Betten ermorden!« Sie bewegten sich in einer vielbeinigen brüllenden Masse aus Adligen und Dienern, schlüpften an Tara vorbei, während sie auf der Suche nach Deckung einen Sprung zur Seite machte, und verschwanden einer nach dem anderen im Tunnel.

»Das werden wir ja sehen, verdammt«, ächzte Tara, als sie zur Palasttür rannte. Sie war verschlossen. »Scheiße.«

Tara hielt den Atem an und streckte ihren Arm aus der dürftigen Deckung, die ihr die Tür bot. Der Mann schoss, und sie rannte los, sobald der Pfeil an ihr vorbeigesirrt war. Der Schütze befand sich selbst in dem Tunnel und schoss durch das Tor, um sie zurückzutreiben. Plötzlich fiel das Licht aus dem Palastfenster auf sein Gesicht. Die Sekunde des Wiedererkennens hätte sie beinahe umgebracht. Er grinste und schoss ein letztes Mal, dann verschwand er in die Dunkelheit. Der Pfeil bohrte sich in den Kettenpanzer über ihrem Bauch.

Sie taumelte einen Schritt zurück und zerrte an dem Schaft. Der Pfeil löste sich mit einem vernehmlichen Knirschen, und sie warf ihn weg, schnappte nach Luft und tastete nach Blut. Ein paar Tropfen, mehr nicht. Nur ein Kratzer.

Tara umfasste ihr Schwert fester und wünschte sich, ständig einen großen, schweren Schild bei sich zu tragen. »Ich werde Euch umbringen, Galtas Drecksack Morellis«, rief sie. Im Tunnel herrschte fast vollständige Dunkelheit, und Tara kroch hinein und drückte sich flach an die Wand, mit angehaltenem Atem und leicht geöffnetem Mund, um besser hören zu können.

Sie hörte das Schlurfen von Stiefeln und das Schleifen von Kisten, außerdem ein Klicken und Rascheln, das sie nicht einordnen konnte, aber sonst nichts. Keinen Spott oder irgendwelche gerufenen Obszönitäten, was für sie wirklich nützlich gewesen wäre. Keine brennende Fackel in seiner Hand, um ihr zu zeigen, wo er sich versteckte, was noch besser gewesen wäre. Tara schob ihr Schwert zurück in die Scheide und zog einen Dolch hervor. In dieser Dunkelheit war jeder Angriff nur als direkter Nahkampf möglich. Es sei denn, ihr durchbohrte ein Pfeil die Kehle, den sie nicht kommen sah. Geradeaus vor ihr war der dumpfe orangefarbene Schein einer Fackel sichtbar, der langsam heller wurde, je näher sie herankam. Alles andere lag in absoluter Finsternis. *Scheiß drauf.* Tara rannte los, stürmte um die nächste Biegung im Gang, mit nichts anderem im Sinn, als den Fackelträger einzuholen.

Das Ende des Tunnels führte nach oben und dann in einen kleinen Innenhof am Fuß des Ostturms. Vor ihr schmiegte sich die Tür hinaus aus der Stadt in die Ringmauer. Der Kämmerer stand bereits an der schweren, eisenbeschlagenen Pforte, während Lorca und Silais mit lauten Stimmen dem diensthabenden Hauptmann des Ostturms irgendwelche Vorhaltungen machten und dem Mann befahlen beiseitezutreten. Verwirrte Gesichter spähten oben vom Turm herab.

»Vorsicht!«, brüllte Tara, und der Hauptmann, der mit Lorca debattierte, ließ seinen Kopf in ihre Richtung herumfahren. »Ihr dürft dieses Tor nicht öffnen!«, schrie sie.

»Wir müssen raus, wir müssen raus«, keuchte der Kämmerer und klapperte an dem Schloss herum. Der Schlüssel kratzte über das Eisen.

»Ihr da, hört sofort auf«, rief der Hauptmann, ungemein darüber erleichtert, dass nun ein ranghöherer Offizier die Verantwortung übernahm. Er schob Lorca aus dem Weg und drängelte sich durch die Schar der Diener. »Haltet diese Tür verschlossen«, griff er Taras Mahnung auf, und Soldaten kamen brüllend das Treppenhaus des Ostturms hinabgerannt, während die anderen draußen auf der Galerie ihre eigenen Warnungen riefen.

Die gedungenen Wachen der Adligen gingen vor den herannahenden Soldaten in Stellung, und Tara versuchte, sich auf eine Möglichkeit zur Entschärfung der Situation zu besinnen. Ihr fiel spontan nichts ein. »Das Tor bleibt geschlossen«, brüllte sie erneut, »Befehl des Fürstgenerals.«

Der Hauptmann stürmte durch das Gedränge, stolperte über Kisten und stieß Dienstboten aus dem Weg. Dann zog er sein Schwert. »Tretet von der Tür zurück oder sterbt«, donnerte er. »Tretet zurück!«

»Verdammt«, fluchte Tara, als die Wachen der Adligen blankzogen. Sie blickte sich im Innenhof um – *wo ist dieser Wichser bloß, er muss hier irgendwo sein* –, als Galtas plötzlich hinter ihr aus dem Tunnel gehumpelt kam, einen Bogen in der Hand und einen Pfeil mit den Fingern gegen das Holz geklemmt, während er mit der anderen Hand die Krücke für sein geschientes Bein schwang.

Sie fuhr herum, als sie ihn hörte, und begriff, dass sie direkt an dem schlauen kleinen Bastard vorbeigelaufen sein musste, und dann schlug er ihr mit der Krücke ins Gesicht. Tara hörte deutlich das Brechen ihres Nasenbeins und klatschte wie ein betäubter Lachs auf den Steinboden. Galtas humpelte an ihr vorbei, wich ihren nach ihm schnappenden Fingern aus und schoss Pfeile auf die Verteidiger des Ostturms ab.

»Das Tor«, brüllte er, »schnell.«

»Tut es nicht«, keuchte Tara. Ihr schwirrte der Kopf, und sie versuchte verzweifelt zu erkennen, in welcher Richtung oben war. Der Platz war in Aufruhr, Diener und Adlige kreischten, Soldaten rannten auf Galtas zu, und Tara erwog, ihre gesamte Mahlzeit herauszukotzen. Da stemmte sich der Kämmerer mit aller Kraft gegen die schwere Holztür und zerrte sie auf. Nachtluft und das Rauschen des Flusses strömten herein, einen Moment später gefolgt von bewaffneten Männern.

Mirak.

Tara riss Mund und Augen auf. Einige auffassungsschnelle

Turmsoldaten warfen sich gegen die Tür und drückten gegen die Flut von Fleisch, die sich mühte hereinzugelangen. Andere gingen gegen jene Angreifer in Stellung, die bereits drinnen waren, und Tara sah mindestens einen der Soldaten wieder im Turm verschwinden, um zu der Alarmglocke hinaufzurennen.

Die Wachen der Adligen warfen einen Blick auf die heranrückenden Mirak und beschlossen, dass ihre Bezahlung nicht gut genug war, um dafür hier und jetzt zu sterben. Alle gleichzeitig rannten sie nach Norden los, zu den Gerbereien und hinein in das dortige Labyrinth von Gassen und Marktbuden, um sich in der Dunkelheit und dem Gestank zu verlieren.

Tara erhob sich taumelnd und spuckte Blut, während die Mirak eine Schneise durch Diener, Adlige und Soldaten gleichermaßen schnitten. Der Anführer klopfte Galtas auf den Arm, als sie sich im Zentrum des Gemetzels trafen, als sei das alles so geplant gewesen.

Scheiße, natürlich war es geplant, du Närrin. Warum sollte dieser kleine Scheißer denn sonst in der Stadt sein?

»König Corvus«, grüßte Galtas. »Ihr führt die Streitkräfte selbst an?«

»Die Dunkle Dame ist durch den Schleier zurückgekehrt, hinein in die Welt. Ihr Bruder hat sie begleitet. Ich habe sie mit eigenen Augen gesehen. Was gibt es jetzt noch zu fürchten, da unsere Götter auf der Welt wandeln?« Er deutete auf Galtas' geschientes Bein. »Ihr seid verletzt?«

»Es macht mich langsamer, aber es wird mich nicht umbringen. Jedenfalls jetzt noch nicht.«

»Geht zurück ins Lager. Wir werden schnell vorrücken, und ich kann nicht auf Euch warten.« Galtas nickte und verschwand durch das Tor, das jetzt nur von den Toten und Sterbenden bewacht wurde.

Tara konnte gegen eine solche Überzahl nichts ausrichten, auch wenn es sie in den Fingern juckte, so viele von ihnen wie möglich zu töten. Aber da waren nicht genug Soldaten, um das Tor geschlossen zu halten, und obwohl die Glocke an der Spitze des Turms läutete, würde die Verstärkung vom Nord- oder Südturm die Verteidiger hier nicht rechtzeitig erreichen.

Sie schob sich zur Seite, glitt in den Tunnel hinein und rannte in die Richtung zurück, aus der sie gekommen war. *Es ist der verfluchte Corvus persönlich. Ich brauche Soldaten. Ich brauche jede Menge Soldaten.*

Der Tunnel war länger als zuvor, dessen war sie sich sicher. Länger und dunkler und trügerischer unter ihren Füßen. Vielleicht war es auch der erlittene Schlag ins Gesicht, der sie verwirrte, oder das Entsetzen über den plötzlichen feindlichen Durchbruch oder der Anblick von Lorca, dem die Eingeweide aus dem Leib gequollen waren, als ein Mirak ihn aufgeschlitzt hatte, oder Galtas kühles, belustigtes Lächeln. Oder alles zusammen.

Sie lief weiter durch die endlose Schwärze des Tunnels, stolpernd und blutend, ihr Atem rau in der Kehle, bis endlich ein ganz schwaches Leuchten in der tintigen Dunkelheit vor ihr aufglomm, und sie setzte zu einem letzten verzweifelten Sprint an, die Hände nach dem Tor ausgestreckt. Und dann warf sie sich dagegen.

Sie wurde zurück auf ihren Hintern geschleudert und zitterte am ganzen Leib. Abgeschlossen.

»Nein!« Tara rappelte sich hoch und zerrte am Tor, ließ es in seinem Rahmen klappern. »Hilfe!«, schrie sie. »Lasst mich raus! Verdammte Scheiße, lasst mich verflucht noch mal sofort hier raus! Eine Bresche! Der Feind kommt durch, ihr Dreckskerle!«

Sie hörte sie jetzt hinter sich laufen, näher kommen, und sie konnte nirgendwo anders hingehen als in den Tod. Sie stemmte sich mit dem Rücken gegen das Tor, zog Schwert und Dolch und spuckte ihnen Blut entgegen. »Dann kommt, Drecksärsche.

Kommt nur, ihr elenden, heidnischen Wichser, ich werde euch verdammt noch mal alle umbringen, und den Anfang mache ich gleich mit eurem König Cor…«

Das Tor öffnete sich, und Hände packten sie an den Schultern, zerrten sie hindurch, wirbelten sie auf den Pflastersteinen herum und bewegten sich eilig zurück zum Tor. Renik.

»Lauft«, knurrte er, während er am Schloss herumhantierte. »Verdammt noch mal, lauft. Ich werde dafür sorgen, dass sie zu Euch in den Palast kommen, also zieht alle Soldaten zusammen, die Ihr finden könnt, und leistet ihnen dort Widerstand.« Er schob mit dem Daumen den Riegel vor das Tor – den Riegel, den Tara mühelos hätte von innen öffnen können, wäre sie nicht blind vor Panik gewesen. Renik klemmte einen schweren Stock zwischen Riegel und Rahmen, im Bemühen, das Tor dadurch geschlossen zu halten, denn die Schlüssel hatte der Kämmerer mitgenommen. Dann griff er nach einem langen Speer und ging in Stellung. Er erübrigte nur noch einen letzten Blick für sie. »Ich habe verdammt noch mal gesagt, Ihr sollt rennen.«

»Tut mir leid, tut mir wirklich leid«, plapperte Tara, wohl wissend, dass sie ihn hier zum Sterben zurückließ. »Möge die Gnade der Tänzerin mit Euch sein.« Renik nickte knapp, und Tara ließ ihn dort stehen, während sie an der Palastwand in Richtung Nordeingang entlangrannte, hin zu wem auch immer, der dort drinnen war und helfen konnte.

CORVUS

Beltane, zweiundvierzigster Tag der Belagerung, nachts
Fünfter Ring, Rilporin, Weizenland

Corvus bahnte sich einen Weg durch die Menge hindurch, die sich am Tunnelausgang zusammendrängte. Das Tor war geschlossen, und ein Mann in Rüstung stand auf der anderen Seite, einen langen Speer in den Händen, mit dem er die Männer zurückstieß, die das Tor umlagerten. Er stach auch nach Corvus, und der rutschte zur Seite weg und ließ den Speer an sich vorbeigleiten und sich in jemand anderen bohren – *der Wille der Dame* –, und dann packte er den Schaft des Speers mit beiden Händen. Der Mann verkrampfte sich und versuchte, den Speer zurückzuzerren, und Corvus leistete ihm eine Sekunde lang Widerstand, um den Speer dann unvermittelt loszulassen.

Der Mann stolperte drei Schritte zurück, und Corvus streckte seine Hände nach den Riegeln aus, die das Tor verschlossen, und hantierte am Schloss herum. Es öffnete sich mit einem Klicken, aber da war noch ein Riegel, nein, ein Stock, der zwischen Schloss und Rahmen geklemmt war. Corvus zog das Tor fester zu und ließ den Stock dadurch herausrutschen. Im gleichen Moment war der Mann wieder da und stieß mit dem Speer zu. Zu spät. Ein leises Quietschen der Angeln war zu hören, und das Tor schwang auf.

»Leise.«

Mirak ergossen sich aus dem Tunnel und in den fünften

Ring hinein, direkt hinein in das verfluchte Herz Rilporins, eine kleine blaue Flut des gerechten, stummen Zorns. Der Soldat tötete drei Männer, doch dann bedrängten ihn mehrere Waffen zugleich. Valan zog ihm den Speer aus den Händen, wiewohl er ihn lange genug festhielt, dass ihm zur Warnung erst einmal eine Klinge die Haut seines Halses ritzen musste.

Corvus hob die Hand, und die Waffen wichen zurück. »Ich bin König Corvus der Mirak. Und Ihr?«

Der Mann zögerte, sichtlich hin- und hergerissen zwischen dem Wunsch, sie anzuspucken, und dem Impuls, sein Leben noch um einige weitere Atemzüge zu verlängern. »Major Artem Renik von der Palasttruppe Seiner Majestät. Ihr dürft hier nicht weitergehen, König.« Er zog ein Schwert und einen Dolch und stellte sich vor Corvus, entspannt, leicht geduckt und zweifellos tödlich.

»Ganz im Gegenteil«, erwiderte Corvus und schnippte mit den Fingern, woraufhin seine Männer ausschwärmten und die Straßen zu beiden Seiten des Palastes versperrten, sodass sie Renik jede Möglichkeit zum Rückzug abschnitten. »Ich werde gehen, wo immer ich hingehen will und wie die Götter es verfügen. Gerade im Moment will ich in den Palast hinein, um Euren Oberbefehlshaber der Truppe zu finden und ihn zu töten. Tretet beiseite, und Euch sei ein schneller Tod gewährt.«

»Ich kann Euch nicht in den Palast einlassen. Kehrt durch den Tunnel zurück, und Euch sei die Aussicht gewährt, die Morgendämmerung zu erleben«, entgegnete Renik mit ruhiger Stimme.

Corvus schnalzte missbilligend mit der Zunge. So sehr darauf aus, für sein Land zu sterben, für seine falschen Götter. Seine Beine waren schwer – er hatte erst durch den Gil schwimmen müssen, um das Königstor zu erreichen, und dann war da noch das Vorstürmen durch den Tunnel gewesen. Außerdem war seine Kleidung völlig durchnässt, und sein Kettenpanzer begann zunehmend zu scheuern. Doch nichts von alledem würde ihn aufhalten können. Die Götter wandelten an seiner Seite. Die Mirak waren immer noch dabei, in Stellung zu gehen, als Renik in Aktion trat und mit voller Wucht zustieß – er zielte auf Corvus' Knie, unterhalb der Hand, in der er seine Axt hielt.

Der Angriff kam unerwartet und wäre beinahe erfolgreich gewesen, aber Corvus konnte gerade noch zur Seite tänzeln und brachte sich außer Reichweite. Er knallte mit dem Ellbogen gegen eine Wand und sah etwas aufblitzen: Ein Messer kam rasend schnell auf ihn zu, zielte unter seinen Schwertarm. Er wirbelte herum und drehte seine Schulter nach hinten, weg von der Gefahr, nutzte den Schwung dazu, seine Hand mit der Axt nach vorn schießen zu lassen. Aber der Scheißkerl hielt sein Schwert bereit, fing den Hieb ab und schleuderte die Axt zur Seite. Im nächsten Moment krachte sein schwerer Stiefel mit voller Wucht auf Corvus' Fuß herab, und ein ekelhaftes Knacken war zu hören.

Corvus stöhnte auf, und die Welt zersplitterte in ihre Einzelteile. Da waren Farben und Gerüche und der Atem des Windes und der Lufthauch auf seinem Gesicht. Alles verlangsamte sich, Fackeln wirbelten umher, ein verwischt durch den Raum kreiselnder Schein. Der Schmerz schoss sein Bein bis zum Knie hinauf, und Corvus konnte seinen eigenen Tod in Reniks Augen sehen. Unausweichlich und nicht aufzuhalten, obwohl ihm doch die Dunkle Dame persönlich etwas anderes versprochen hatte.

Das Schwert schwang erneut in die Höhe, und Corvus parierte mit seinem eigenen Schwert und der Handaxt zugleich. Er blickte blinzelnd in Reniks Gesicht. Kein Triumph, keine Hinterlist, nichts, was verriet, dass sein Messer mit einem Mal verschwunden war und sich jetzt heiß brennend in Corvus' Schulter wiederfand, sich tief ins Fleisch bohrte.

Corvus' Ausatmen wurde zu einem gellenden Jaulen, das ihn

aus der Vision seines unmittelbar bevorstehenden Todes heraus und zurück in die Wirklichkeit riss. Er wurde gegen die Wand gedrängt, während seine Männer geduldig abwarteten. Renik war ein einziger Wirbel aus Rüstung und scharfem Stahl, der jeden seiner Angriffe abwehrte, ihm erneut auf die Füße trat und ihn gegen den Stein drückte.

Die Stadt selbst kämpfte gegen ihn, verbündete sich zum Kampf gegen ihre Eroberer. Renik kannte seine Stadt, er wusste, wie man in diesen schmalen Gassen kämpfte. Nicht so Corvus: Seine Schultern, die Ellbogen und der Hinterkopf waren blutig aufgeschürft vom Aufprall gegen Mauern und Wände, nachdem er immer wieder instinktiv in Räumen Zuflucht gesucht hatte, die gar nicht da waren. Und Renik ließ nicht locker, attackierte wieder und wieder, und jetzt war da ein Flackern in seinen Augen, eine Erkenntnis, dass auch er nun Corvus' Tod hinter seiner Schulter aufragen sah.

»Schnappt ihn euch«, brüllte Corvus und bemerkte die Enttäuschung auf Reniks Gesicht; seine Augen blickten fast, als fühle er sich betrogen. *Damit hast du nicht gerechnet, was? Du wolltest einen ehrenhaften Tod und bis dahin deinen Freunden noch etwas Zeit verschaffen, damit sie einen Gegenangriff in die Wege leiten können. Aber wir sind hier im Krieg, nicht auf dem Fechtplatz.*

Doch Renik überraschte ihn erneut. Er floh einfach, als die anderen herbeigestürmt kamen, sprang zurück und gab Corvus den Raum, den er brauchte, um ihm nachzujagen. Also tat er es, setzte Renik zu und ließ nicht locker, bis sich seine Männer an ihm vorbeidrängten, von Mordgier erfüllt. Nur dass Renik noch nicht ganz bereit war, sich töten zu lassen, und so wich er weiter zurück, bis er eine kleine Nische in der Palastmauer erreichte, in die eine Tür eingelassen war. Da war eine Klinke in der Wand, und Renik packte sie und zog daran. Valan machte einen Satz auf ihn zu, in der Erwartung, dass sich sogleich eine Öffnung auftat, durch die er verschwinden würde, aber stattdessen erklang ein Dröhnen aus den Tiefen des Palastes, das tiefe Läuten einer einzelnen Glocke, und der Griff löste sich in Reniks Hand. Er schleuderte ihn von sich und traf damit einen Mirak im Gesicht.

»Was habt Ihr getan?«, fragte Corvus neugierig und gebot seinen Männern mit einer Handbewegung Ruhe. Ganz gegen seinen Willen hatte ihn Reniks Tun nicht unbeeindruckt gelassen.

»Ich habe die Tür verschlossen«, antwortete Renik. »Sie lässt sich nun von dieser Seite nicht mehr öffnen. Der einzige Weg, über den Ihr jetzt noch hineingelangen könnt, führt durch die Haupttore auf der anderen Seite. Tja, tut mir leid.« Er grinste Corvus an und sah ganz und gar nicht so aus, als täte es ihm leid, und Corvus fühlte eine Welle der Bewunderung in sich aufsteigen.

»Ihr hättet einen prächtigen Kämpfer auf unserer Seite abgegeben, Major Renik«, sagte er anerkennend, und Renik lachte.

»Nicht in diesem Leben und auch nicht im Tod«, entgegnete er und machte sich in der Nische kampfbereit, den Rücken und die Seiten von Stein und Holz geschützt. Er atmete tief durch die Nase aus, leise und langsam. Seine Schultern sanken herab, und seine Finger krümmten sich um Messer und Schwertgriff, dann hob er seine Hand mit dem Messer und winkte. »Jetzt kommt schon her, ihr Arschlöcher. Lasst uns tanzen.«

Seine Stimme hallte hell die Straße hinunter wie das Klirren von Stahl. *Jetzt kommt schon her, ihr Arschlöcher.* Corvus biss sich auf die Zungenspitze und ertappte sich bei einem Lächeln, neigte den Kopf zum Gruß und sah dann zu, wie seine Männer vorwärtspreschten, sich in die Nische drängten und sich dabei gegenseitig behinderten, wie sie mit Klingen und Flüchen um sich warfen und miteinander darum rangen, jeweils derjenige sein zu dürfen, der Renik den Rest gab.

Renik hielt viel länger durch, als es Corvus erwartet hätte, löste sich zum Angreifen nur so weit aus seiner Nische, dass seine Seiten stets geschützt waren, konnte aber auf diese Weise immer noch vier der Männer abschlachten. Die Sekunden dehnten sich gefühlt zu Tagen, und Corvus hielt den Blick auf die Rücken seiner Männer gerichtet, sah das hektische Zustechen ihrer Schwertarme und wusste, dass Reniks Tod unausweichlich war, aber trotzdem war da immer noch eine leise Stimme irgendwo in seinem Hinterkopf, die sich wünschte, Renik möge überleben. Und dass er gewann. Dass er sie alle besiegen würde, gegen alle Wahrscheinlichkeit. Was für ein großartiges Lied sich daraus machen ließe.

Und dann ging Renik in die Knie, und er schrie nicht, und er bettelte nicht. Er starb einfach, wie alle Menschen es mussten, doch so verdammt viel würdevoller als viele andere.

Die Männer traten zurück, keuchend und blutverschmiert, und es war sowohl ihr eigenes Blut als auch Reniks, das sie besudelte. Corvus spähte in die Wandnische und stieß ein Ächzen aus, und dann ächzte er gleich noch einmal, als ihm Valan ein Stück Leinentuch über das Loch in seiner Schulter band. »Kommt, suchen wir uns einen Weg in den Palast hinein. Wir müssen ihren verfluchten Befehlshaber aufspüren und ihm entweder den Garaus machen oder ihn gefangen nehmen. Im Moment ist es mir egal, was von beidem. Wir bereiten der Sache ein Ende – noch heute Nacht.«

Sie wandten sich nach rechts und liefen an der Nordseite des Palastes entlang, ihre Waffen gezückt und im Licht glänzend. Von Ferne ertönten weitere Glocken. Die Stadt wusste, dass der Feind innerhalb der Tore stand.

TARA

Beltane, zweiundvierzigster Tag der Belagerung, nachts
Gästeflügel, Palast, Rilporin, Weizenland

Ob es wohl möglich ist, die eigene Lunge auszuhusten?

Tara klammerte sich an die Tür, durch die sie hereingestürmt war, und hustete. Sie schaffte es einfach nicht, genug Luft in ihre Lunge zu pumpen, was sie hysterisch und benommen zugleich machte und ihre Gedanken wild kreisen ließ. Sie hustete noch mehr, und jedes Zusammenkrampfen jagte ihr schmerzende Nadeln durch die Nase. Nicht zum ersten Mal schwor sie sich, nie wieder einen Fuß in ein brennendes Gebäude zu setzen.

»Hilfe«, krächzte sie, doch niemand schenkte ihr Beachtung.

»Ihr habt es alle mit angesehen. Ihr seid dort gewesen. Ich habe *gespürt,* wie es passiert ist. Crys ist der Fuchsgott. Er ist jetzt das Wichtigste – muss es sein. Wichtiger noch als die Verteidigung der Stadt.« Ash hatte sich vor Lim aufgebaut, und Dalli bemühte sich vergeblich, die beiden voneinander zu trennen.

»Selbst wenn er es ist ...«, begann Lim, und noch von ihrem Standort aus konnte Tara den kalten Zorn in seinem ausgezehrten Gesicht sehen, die Weigerung, das Geschehene anzuerkennen.

Ash zerrte an seinem Kettenpanzer, zog ihn sich über den Kopf und schlüpfte dann aus seinem Wams und seinem Hemd.

»Ich habe keinen einzigen blauen Fleck, geschweige denn eine Schnittwunde. Keine Muskelzerrungen, keinen zerrissenen Leib. Schaut euch das an.« Er wirbelte herum, und Tara bemerkte unter seiner Schulter eine weitere Narbe, vom selben frisch verheilten Blaurot wie die in seinem Gesicht. »Galtas hat mir einen Dolch in den Rücken gestoßen und mir dann mit seinem Messer das Gesicht vom Schädel abgezogen. Ich habe gespürt, wie es passiert ist, und dann bin ich gestorben. Ich bin gestorben, und Crys hat mich zurückgeholt. Die Roten Götter sind wieder da, und jetzt wandelt auch der Fuchsgott auf Erden. Wir müssen ihn beschützen. Er ist jetzt zur Bresche gegangen, und ich …«

»Warum du?«, brüllte Lim so laut, dass alle im Raum verstummten.

Tara merkte, dass sie den Atem anhielt. Der bloße, animalische Instinkt hatte ihren Hustenreiz unterdrückt.

»Was macht dich so besonders?«, fuhr Lim mit etwas ruhigerer Stimme fort. »Warum nicht irgendeiner unserer Toten im Tal? Mein Vater zum Beispiel? Warum nicht irgendjemand in Wachstadt, irgendeiner der vielen *Tausend* unserer Leute, die dort gestorben sind? All die Kinder, Ash, die verdammten Kinder.«

Tara schnürte sich die Kehle zu.

»Häuptling, ich glaube nicht, dass es sich dabei um …«, setzte Ash an, und seine Stimme klang jetzt flehentlich.

»Was ist mit denen in den Tunneln?«, fuhr Lim unerbittlich fort, und sie konnten es alle kommen sehen, unausweichlich wie der Sonnenaufgang, unversöhnlich wie der Tod. Seine Stimme nahm eine Färbung an, die bei Tara den Impuls weckte, einfach wegzulaufen und sich zu verstecken. »Was ist mit meiner Frau?«

»Ich glaube nicht, dass er weiß, wie er davon Gebrauch zu machen hat«, versuchte Ash es erneut und strich mit den Händen durch die Luft. »Er hat das nicht mit Absicht gemacht, es ist einfach … passiert. Ich verstehe nichts von alledem, aber ich bin mir sicher, dass er sie gerettet hätte, wenn es ihm möglich gewesen wäre. Er hätte sie alle gerettet. Und er hätte auch Durdil gerettet. Ich weiß auch …«

»Du weißt da eine ganze Menge, nicht wahr, Ash?« Lims Hand war jetzt ganz in der Nähe seines Messers, ungeachtet Dallis verzweifelten Bemühungen, ihn wegzuschieben.

Jetzt ist es entweder der ideale oder der schlechteste Zeitpunkt einzugreifen. Den Göttern sei gedankt, dass ich eine Rüstung trage.

»Mirak im fünften Ring!«, brüllte sie, und aller Augen richteten sich auf sie. »Das Königstor ist offen, und Corvus persönlich ist mit einer Armee direkt auf dem Weg hierher. Ich kann nicht sagen, wie viele es sind, aber ich kann mir nicht vorstellen, dass er ohne eine beträchtliche Streitmacht einen Fuß in die Stadt setzen würde.« Sie sah Ash an. »Galtas Morellis hat sie hereingelassen.«

Niemand rührte sich.

»Kommt schon, Leute«, drängte sie und zwang sich, ihre Stimme ein wenig zu heben. »Wir haben jetzt die Gelegenheit, uns Corvus selbst zu schnappen und diesem Krieg ein Ende zu setzen. Das dort draußen sind die Mirak – und er ist der Mann, der eure Stadt verbrannt und eure Leute abgeschlachtet hat. Setzt euch verdammt noch mal in Bewegung!«

»Wir sprechen uns noch«, knurrte Lim an Ash gewandt, der sich wieder in sein Hemd und sein Wams kämpfte.

Ash stieß Lim hart gegen die Brust, und Dalli fuhr mit offenem Mund zurück. Sie machte einen vorsichtigen Schritt von Lim weg. »Ich mag dich sehr, Lim, du bist wie ein Bruder für mich, aber Crys ist für nichts von alledem verantwortlich. Er hat Sarilla nicht umgebracht, und wenn du Rache nehmen willst, lass deine Wut an den Männern aus, die das getan haben. Den Männern, die in diesem Moment da draußen sind. Dom hat all das kommen sehen, er hätte uns warnen können …«

»Hat er die Mirak denn wirklich kommen sehen?«, rief Tara, so laut sie konnte, um ihnen das Wort abzuschneiden. »Wir haben ein gottverdammtes Gemetzel vor uns, also hebt euch eure Scheißtheologie verdammt noch mal für später auf.« Sie hatte ihre Aufmerksamkeit wieder zurück auf sich gelenkt und senkte die Stimme. Ihre Lunge schmerzte, und sie hätte am liebsten ihrem Hustenreiz nachgegeben. »Major Renik hat sich ihnen ganz allein in den Weg gestellt. Er hat mir noch gesagt, dass er sie hierherschicken würde. Die Wahrscheinlichkeit, dass er inzwischen tot ist, ist sehr hoch, und ich jedenfalls habe nicht die Absicht, seinen Opfertod mit Füßen zu treten, indem ich nicht alles unternehme, was ich kann, um jeden Einzelnen dieser beschissenen Bastarde dort draußen abzuschlachten. Sie müssen inzwischen schon fast am Haupteingang sein, also solltet ihr jetzt alle besser die Klappe halten und mir folgen. Auf der Stelle.«

Ash legte seinen Kettenpanzer wieder an und kam auf sie zu. Dalli folgte einen Schritt hinter ihm. Die Wölfe schauten zwischen ihr und Lim hin und her, dann traten sie einer nach dem anderen neben sie. Lim verzog die Lippen und fletschte die Zähne.

»Häuptling Lim?«, wandte sich Tara an ihn. »Ich schlage einen Hinterhalt im Konferenzraum oder in der Nähe davon vor; ich könnte mir vorstellen, dass sie davon ausgehen, Make dort vorzufinden. Was meint Ihr?«

Lim sah sie schweigend und mit totem Blick an, und in Taras Handflächen kribbelte der Schweiß. »Geht voran«, sagte er schließlich, aber sein Tonfall kündigte an, dass auch sie beide ein Gespräch zu führen hätten, wenn alles einmal vorüber war. Tara beschloss, sich deshalb keine Sorgen zu machen. Sie war sich ziemlich sicher, dass sie es nicht mehr erleben würde, von ihm angeschrien zu werden.

Ash war neben ihr, während sie durch den Gästeflügel zu den öffentlichen Räumen und Dienstbotengängen schlichen, die den Palast durchzogen. Sie warf einen verstohlenen Blick in seine Richtung, begutachtete die dicke, gezackte Linie auf seinem Gesicht, die eine ältere Narbe beinahe völlig überdeckte. Wandte den Blick ab. Sah wieder hin.

»Augen nach vorn«, blaffte er errötend, und Tara gehorchte und errötete selbst ein wenig, während sie die Gänge durchstreiften.

Ich habe es selbst gesehen; ich habe ihn zu uns zurückkommen sehen. Crys ist wirklich, was Ash von ihm sagt. Crys ist der … der … Sie konnte nicht einmal den Gedanken beenden. Es kam ihr alles glaubhaft vor, bis sie sich Crys in alledem vorstellte; dann wollte sie jedes Mal einfach nur lachen. Und jetzt war nicht der richtige Zeitpunkt für Gelächter.

Die Dienstbotengänge waren weitgehend leer und verlassen, wenn man die Blutflecken an den Wänden und das Echo ihrer leisen Schritte nicht zählte. Sie fanden eine Schar von Köchen und beorderten sie zu einem der Nebenausgänge, mit dem Befehl, sich schnell und schweigend dorthin zu begeben. Andere, denen sie begegneten, waren nun nicht mehr als Fleischknäuel, die gegen die Wände gehäuft waren.

»Sie sind bereits im Inneren«, flüsterte Tara. »Das Überraschungsmoment haben wir verloren. Wir müssen improvisieren.«

Sie geisterten durch die Gänge und die öffentlichen Räume, lauschten an Türen von Privatzimmern und fanden sie leer vor und erreichten schließlich den Konferenzraum. Sie hörte im Inneren durchdringende Stimmen, legte einen Finger an die Lippen, stellte sich auf die Zehenspitzen und schlich vorwärts.

Eine der Stimmen rief plötzlich hysterisch: »Ich sage Euch doch, ich bin Hauptmann, nur ein Hauptmann. Ich habe nicht die geringste Ahnung, wo sich der Fürstgeneral befindet! Er kommt nicht hierher, niemand kommt hierher. Er kämpft draußen auf der Mauer. Nein! Ich habe Euch doch gesagt …«

Tara stürmte gerade rechtzeitig durch die Tür, um zu sehen, wie der Mann, den Galtas König Corvus genannt hatte, einem Offizier der Palasttruppe eine Klinge in die Kehle rammte. Der Hauptmann fiel würgend auf die Knie und versuchte vergeblich, die Blutung zu stillen, und Tara stieß einen Schrei aus und stürzte sich ohne jeden Gedanken auf seinen Angreifer.

Der Konferenzraum war klein, und weitere Mirak umlagerten den Türgang, der in einen größeren Bereich dahinter führte, eine Art Saal für alle möglichen Anlässe. »Alle Mann her zu mir!«, brüllte sie, und die Wölfe strömten hinter ihr durch die Tür.

Corvus stieß einen Fluch aus, wich in den Saal zurück und ging dort mit seinen Männern in Stellung.

»Wir folgen ihnen hinein und greifen sie drinnen an, immer nur ein paar von uns gleichzeitig …«, begann Tara, doch da drängte sich Lim bereits schreiend und mit erhobenem Schwert an ihr vorbei und stürmte auf die Tür zu.

»Nein!«, schrie Dalli und lief hinter ihm her, und dann waren sie alle in Bewegung, rannten hinter den beiden her und zwängten sich durch die Tür wie ein Haufen verdammter Anfänger.

»Verfluchte Scheiße.« Tara schloss sich ihnen an, und irgendwie schafften sie es durch die Tür, ohne alle getötet zu werden. Der Saal war riesig und kühl, mit Marmorwänden. Feuer, in denen sich glühende Kohlen türmten, und hohe eiserne Kerzenhalter erleuchteten die Dunkelheit ringsum.

Sie waren zwar heil durch die Tür gekommen, aber jetzt war da keine Zeit, sich zum Kampf zu formieren oder einen Keil zu bilden. Corvus wich schnell in die Tiefen des Raums zurück. Seine Krieger formten zu beiden Seiten je eine Kampflinie, und dann rückten die vorderen Enden der Linien vor und näherten sich einander bogenförmig, damit sie die Wölfe von drei Seiten zugleich angreifen konnten. Würde es ihnen gelingen, die Tür zu erreichen und ihnen den Weg abzuschneiden, wäre alles vorbei.

Auf keinen Fall würde sie in der Mitte des Halbkreises angreifen, wo sich Corvus befand; zu leicht könnte sie da umzingelt werden. Stattdessen stürzte sie sich auf den Mann am Ende der Linie, einen Mirak mit einem Hals, der so dick war wie ihr Kopf, und einer Axt von unbedingt tödlicher Größe. Sie wich dem ersten Hieb seiner Axt aus, indem sie seine Waffe mit ihrem Schwert abwehrte und über ihren Kopf hinweggleiten ließ, dann knallte sie dem Scheißkerl das Schwertheft ins Gesicht.

Er wechselte die Schwungbewegung seiner Axt, und sie machte einen tänzelnden Schritt zurück, um dem Schlag auszuweichen. Doch sie rutschte aus, und ihr linkes Knie krachte mit einem widerwärtigen Knackgeräusch gegen den Marmorboden. Die Axt pfiff herab und ließ Steinsplitter vom Boden regnen. Er wuchtete die Waffe wieder in die Höhe, und Tara stach auf ihn ein, versuchte ihr lahmes Bein dazu zu bringen, sich zu bewegen, und schlitterte seitwärts über den Boden.

Der Angreifer machte einen schwerfälligen Schritt auf sie zu, und sie schob sich weiter zurück, rollte dann auf ihre linke Seite, um einem weiteren Axthieb zu entgehen. Sie sprang auf, und ihr linkes Bein zitterte vor Schmerz; sie stach wieder auf ihn ein, ließ ihr Schwert in gerader Linie die Außenseite seines Oberschenkels hinabfahren. Er brüllte auf wie ein frisch kastrierter Bulle und schlug das Schwert zur Seite.

Tara ließ sich vom Schwung seines Schlages mittragen, beschrieb, das Schwert in der Hand, eine Kreisbewegung, und als sie ihm erneut gegenüber war, rammte sie dessen Spitze von unten in seinen Kettenpanzer und durch seinen anderen Oberschenkel, riss ihm die Lenden auf, während ihr der Wind der wuchtvollen Axtbewegung übers Gesicht und durch das spärliche Haar strich, das aus ihrem Helm hervorlugte.

Der Angreifer stieß ein schrilles Kreischen aus, ließ die Axt klirrend auf den Marmorboden fallen und hielt sich die Wunde. Blut spritzte zwischen seinen Fingern hervor. Tara rammte ihm das Schwert durch den Hals, und er kippte um wie ein gefällter Baum.

Wölfe attackierten die gebogenen Enden der Linie, sicherten ihnen den Zugang zur Tür, doch waren sie nun an den Flanken gegenüber Angriffen aus dem Zentrum der Feinde offen. Von dort lösten sich immer wieder Männer aus der Reihe und stürzten sich auf sie, gerade lange genug, um den Rhythmus der Wölfe zu stören, um dann sogleich wieder zurückzueilen, um Corvus Schutz zu geben.

Es waren zu viele von ihnen, viel zu viele. Sie mussten ihre Linie teilen, wenn sie irgendeine Hoffnung auf Überleben haben wollten.

Lim war offensichtlich zu demselben Schluss gekommen. Er sprang mit einem heulenden Kriegsschrei, der sie erschauern ließ, an ihr vorbei. Corvus rannte ihm entgegen, ohne auf die Warnrufe seiner Leibwachen zu achten. Er nahm Lims Schwert in Empfang, sodass es gegen das seine klirrte, und sprang außer Reichweite, ehe der Wolf zustechen und ihn ungeschützt erwischen konnte. Sie umrundeten einander und ließen ihre Waffen erneut erklingen, wieder und wieder. Corvus' Leibwächter sprangen vor, um ihrem König zu Hilfe zu eilen, während sich Lims Freunde an die Seite des Wolfshäuptlings stellten.

Die Linie löste sich auf, wurde zu einem wilden Handgemenge, und Tara fühlte ein warnendes Kribbeln ihr Rückgrat hinablaufen. Sie warf sich flach zu Boden, und ihr Knie krachte erneut gegen den Marmorboden; dann machte sie eine Rolle vorwärts und mähte mit dem Fuß einen Mann um, sodass er taumelnd zu Boden stürzte. Im Fallen schlug sein Helm auf dem Marmor auf, und Tara schaffte es, ihm einen etwas ungeschickten Tritt in die Rippen zu versetzen, der sie beide in entgegengesetzte Richtungen über den glatten Flur rutschen ließ.

Jemand stürzte über sie, rammte sein Knie in ihre gebrochene Nase und ließ helle Sterne in ihrem Kopf aufblitzen. Über ihr eigenes Schmerzensgebrüll hinweg hörte sie ein freudiges Jubeln aus dem hinter ihr gelegenen Bereich des Saals. Sie drehte sich gerade rechtzeitig um, um zu sehen, wie Lim das Gleichgewicht verlor, eine Hand an den Hals gepresst, während sein Schwertarm herabsank. Im gleichen Moment erhob sich entsetztes, ungläubiges Schreien aus den Reihen der Wölfe. Corvus ließ seinen Blick über den Raum schweifen und versetzte Lim dann einen Tritt, der ihn auf den Rücken warf. Die Hand des Wolfes löste sich von seinem Hals, und eine Blutfontäne schoss in die Düsternis des Saals.

Ein einziger Hieb von Corvus' Schwert trennte Lims Kopf von seinem Körper.

»Oh, Scheiße«, stöhnte Tara, stand auf, spuckte Blut und verschaffte sich einen Überblick über ihre Umgebung. Die Wölfe stürzten sich mit gellendem Kreischen in einen erneuten Angriff, offenbar in der Absicht, durch die Klingen der Mirak zu sterben, um so ihren Häuptling in den Tod zu begleiten.

Der Kampf erreichte ein Ausmaß an wilder Brutalität, wie es Tara noch nie erlebt hatte, nicht einmal, als sie im Blutpasstal das Signal zum Generalangriff gegeben und die Armee der Mirak bis auf den letzten Mann abgeschlachtet hatten. Die Wölfe gaben ihr Leben hin wie wertlose Kupferpfennige, mit gedankenloser, rücksichtsloser Hingabe, versuchten, an Lims Leichnam tief im dichten Gewühl der Mirak heranzukommen.

»Wir müssen den Rückzug antreten.« Sie sprach, ohne nachzudenken, leise vor sich hin, und niemand war nahe genug, um es zu hören. Dann wiederholte sie, lauter: »Wir müssen den Rückzug antreten.«

Auch wenn sie sich kurz zuvor noch gegenseitig angebrüllt hatten, hatte Ash Lim nun beinahe erreicht, Dalli, Isbet und etliche andere folgten dicht hinter ihm. Tara gab ihnen die Möglichkeit, ihren toten Häuptling zu bergen, aber nur diese einzige. Sobald Ash sich gezwungen sah, einen Schritt zurückzufallen, gab sie den Befehl. »Zurückweichen! Zieht euch zurück!«

Die Wölfe, die ihr am nächsten waren, wandten die Blicke in ihre Richtung, und die Mirak stießen ein weiteres Triumphgeheul aus, wogten vorwärts, stürmten gegen die Linie der Wölfe und stachen und schlugen wild auf sie ein.

»Zurückweichen!«, schrie sie erneut, dann griff Dalli den Ruf auf, und Ash brüllte sich in wortlosem Zorn die Wut aus dem Leib, als man ihn von Lims Leichnam wegdrängte. »Kontrollierter Rückzug«, fügte Tara hinzu, wohl wissend, dass es so etwas gar nicht gab, aber sie musste sich eben so anhören, als hätte sie hier das Sagen.

Schritt für Schritt bewegten sich die Wölfe zurück und verloren dabei weniger Männer und Frauen, als Tara es inmitten dieses Sturms aus Stahl für möglich gehalten hätte. Sie blieb mit einigen wenigen anderen hinter ihnen und stach jene Feinde nieder, die versuchten, außen herumzuschlüpfen und die rückwärtigen Reihen anzugreifen, bis sich ihr Rücken gegen den Mörtel neben der Tür drückte.

»Runter!«, donnerte eine Stimme, die bisher nicht zu hören gewesen war. Tara wirbelte zur Tür herum und sah eine Einheit Soldaten von der Palasttruppe, die mit Langbögen bewaffnet waren.

»Runter!«, griff Tara den Ruf auf, und die meisten der Wölfe gehorchten. Ein Pfeilregen sirrte über sie hinweg und mähte die erste Reihe von Mirak nieder, dann auch die zweite. Der Angriff geriet ins Stocken, und ein Krieger nach dem anderen warf sich durch die Tür, während immer mehr Pfeile die Luft über ihnen durchschnitten.

»Wer seid Ihr?«, stieß Tara hervor, als sie es an die Seite des Leutnants geschafft hatte. »Weaverson? *Roger?*«

Trotz der schwierigen Lage brachte der junge Mann ein Grinsen zustande. »Hallo, Major. Torwächter des fünften Rings meldet sich zum Dienst. Habe den Aufruhr gehört, und dann sind einige Palastdiener gekommen, um uns zu holen, und haben gesagt, Ihr hättet sie in aller Eile losgeschickt.«

Natürlich. Torwächter tragen Bögen. Süße Tänzerin, Danke.

»Ich werde dafür sorgen, dass Ihr hierfür befördert werdet, Leutnant«, sagte sie. »In Ordnung, gebt uns Deckung. Wir müssen uns zurückziehen, sie dann irgendwie im fünften Ring gefangen setzen und so viel Verstärkung anfordern, wie wir nur irgend können. Und dann werden wir uns den da schnappen.« Sie streckte deutend die Hand aus. »Der König der Mirak. Corvus persönlich. Verstanden?«

Weaversons Augen waren geweitet, aber er nickte. »Verstanden. Zieht Euch in den Tunnel zurück und verschließt das Tor hinter Euch – es hat keinen Sinn, dass wir alle hier drin mit ihnen gefangen sind. Sobald Ihr in Sicherheit seid, werden wir uns zum Torhaus absetzen und uns darin verbarrikadieren. Sie werden entweder den Tunnel oder das Torhaus ins Visier nehmen; vom Gardisteneingang können sie nichts wissen. Wir halten sie an dem Ausgang auf, wo sie versuchen durchzubrechen, und sie werden gefangen sein wie Fische in einem großen Fass.«

Tara warf einen Blick zur Tür. Alle Wölfe, die es geschafft hatten, mit ihr zusammen den Rückzug anzutreten, waren inzwischen hindurchgegangen; die Mirak waren auf beiden Seiten der Tür außer Bogenschussweite, riefen Drohungen, hielten sich aber ansonsten zurück. Sie wandte sich an Ash und Dalli. »Sagt es allen weiter. Kommt, gehen wir.«

GALTAS

Fünfter Monat, dreiundvierzigster Tag der Belagerung,
vor dem Morgengrauen
Die Bresche, Westmauer, Rilporin, Weizenland

Skerris! Guter Mann, Ihr lebt noch. Hört zu, Corvus ist drinnen. Er hat es im Palast auf Make abgesehen. Jetzt sollten wir es schaffen können, uns einen Weg durch … Was denn?«

Skerris reichte Galtas das Fernglas und zeigte Richtung Mauer. »Ihr werdet ihn vielleicht nicht erkennen können, aber ich bin mir fast sicher, dass das da oben am zweiten Turm Make ist. Seine Gegenwart verleiht den Verteidigern neue Kraft und neuen Mut; sie halten die Bresche.«

Galtas sackte der Magen in die Kniekehlen, aber dann erfasste ihn wilde Erregung, und er packte Skerris an der Schulter. Er beugte sich dicht zu ihm vor. »Das ist möglicherweise die ideale Situation für uns«, zischte er. »Corvus wird im Palast gefangen und hingerichtet oder im Kampf getötet, und Rivil hat dann den unangefochtenen Anspruch auf den Thron sowie auf ganz Rilpor. Er … Was ist denn jetzt schon wieder?«

Er war, je länger sich die Belagerung hinzog, umso ungeduldiger geworden, aber die Stunden, die Galtas gebraucht hatte, um humpelnd um die Außenseite der Stadt herumzugehen, wobei er jeden Moment damit hatte rechnen müssen, plötzlich einen Pfeil zwischen den Schultern zu spüren, hatten ihn auch den letzten Rest seines Langmuts gekostet.

Skerris blickte ihn an und sah dabei irgendwie aus wie ein halb entleerter Wasserschlauch. »Was ist?«, wiederholte Galtas.

»Herr, Ihr seid wochenlang fort gewesen. Es ist viel passiert.« Skerris brach ab, um einer erschöpften halben Hundertschaft und deren Leutnant neue Befehle zuzubrüllen. Die Männer standen auf – langsam, schwerfällig, angestrengt – und begaben sich auf ihren nicht minder anstrengenden Weg außer Sichtweite. Galtas hatte keinen Zweifel daran, dass sie sich, sobald sie konnten, sogleich wieder hinsetzen würden.

»Der Gottesblinde, von dem die Gesegnete uns erzählt hat, ist bei uns eingetroffen. Er hat den Prinzen zum Zweikampf nach dem Ritus des Hoth-Nagarre gefordert, den die Götter selbst bezeugt und in dem sie das Urteil gesprochen haben. Es ist ein Kampf auf Leben und Tod, und sobald ein Mann herausgefordert worden ist, darf er diese Prüfung nicht ablehnen.«

Galtas hob die Hand, um sich über seine neu ausgebesserte Augenklappe zu streichen. Die vertraute, beruhigende Geste war der einzige Hinweis auf sein jähes Unbehagen. »Ja, in Ordnung, ein Duell. Und weiter? Was soll damit sein?«

»Herr … die Götter haben es für angemessen gehalten, ein Urteil zu fällen. Der Gottesblinde hat triumphiert; Rivil ist tot.«

Galtas taumelte einen Schritt zurück, und sein geschientes Bein rutschte ihm im Schlamm weg. Er wäre gestürzt, wäre Skerris' riesige Pranke nicht vorgeschnellt, um ihm Halt zu geben. »Was für ein beschissener Blödsinn ist das schon wieder?« Er zwang sich zu einem Lachen. »Rivil kann nicht tot sein, und ganz bestimmt nicht wegen irgend so eines heidnischen Propheten.«

»Ich fürchte, er ist wirklich tot, Herr. Die Götter selbst haben es bezeugt. Die Götter selbst … sind zugegen gewesen.« Sogar im flackernden Fackellicht konnte Galtas sehen, dass Skerris alle Farbe aus dem Gesicht gewichen war. Er stellte fest, dass er gar nicht wissen wollte, was Skerris damit meinte. »Corvus ist jetzt unsere einzige Hoffnung, wenn wir den wahren Glauben in Rilpor und in ganz Gilgoras wieder aufrichten wollen. Er ist der König, dem wir folgen müssen.«

Corvus als König? Es ist Rivil, der König sein sollte! Ich sollte sein erster Ratgeber sein, Oberbefehlshaber seiner Truppen, Erbe seines Throns, bis er ein Kind hat. Der Glaube ist demgegenüber immer etwas verdammt Zweitrangiges gewesen.

Und doch ... er hat gesagt, dass die Götter dieses Urteil verhängt hätten.

»Natürlich ist der Glaube alles«, murmelte Galtas frömmlerisch. Er hatte keinerlei Absicht, den Zorn von Göttern auf sich zu ziehen, die Rivils Tod beschlossen hatten. »Obwohl die Sache ein verdammter Rückschlag für uns ist. Und der Gottesblinde hat ihn getötet? Warum? Sagt es mir, verflucht noch mal!«

Skerris ließ ihn los. »Er hat den Prinzen – und Euch, Herr – beschuldigt, seine Frau vergewaltigt und sodann sie und sein ungeborenes Kind getötet zu haben. Sie hieß Hazel. Im Westwald, vor ungefähr sieben Jahren, meine ich. Kommt Euch das bekannt vor?«

Er weiß, wie bekannt mir das ist. Rivil hat es offensichtlich zugegeben, sonst hätte kein Grund für das Duell bestanden. Gottverdammt noch mal, er hat sieben Jahre gewartet, um seine Rache zu nehmen? Kein Wunder, dass er verrückt geworden ist.

Galtas nickte langsam. »Ich weiß, wovon Ihr sprecht, ja«, zischte er und gab sich alle Mühe zu verbergen, wie erschüttert er war. »Ganz schön ironisch, nicht wahr, dass er letzten Endes eine Art Verbündeter von uns geworden ist und es trotzdem irgendwie schafft, alle unsere Pläne zu vermasseln. Findet Ihr nicht auch?«

Skerris leckte sich über die Zähne und musterte Galtas aus seinen Schweinsäuglein. »Ehrlich gesagt, nein, finde ich eigentlich nicht, Herr. Wiewohl ich ein guter Sohn der Roten Götter bin, will ich trotzdem nicht, dass Mirak mein Land regieren. Rivil war ein König, hinter den ich mich stellen konnte. Corvus ist das … weniger. Ironie ist das Letzte, was ich im Moment bei der Sache empfinde, und ich weiß, dass viele in der Truppe sich allmählich fragen, warum wir überhaupt immer noch kämpfen.«

Es ist jetzt wahrscheinlich an der Zeit für jenen anderen Plan, den ich noch in der Hinterhand habe, dachte Galtas, *obwohl mein verkrüppeltes Bein mir nicht gerade eine Hilfe dabei sein dürfte, ihn in die Tat umzusetzen.* »Die Adligen, mit denen ich in der Stadt gesprochen habe, haben mir mitgeteilt, dass Rastoths entfernter Cousin Tresh der Nächste in der Erbfolge sei. Er lebt im Exil, in Hochhalm in Listre, aber vielleicht ist es an der Zeit, ihm einmal auf den Zahn zu fühlen. Es ist möglicherweise gut, ihn in der Hinterhand zu haben – wir wissen schließlich nicht, was Corvus so zustoßen könnte.«

Skerris schürzte die Lippen und rieb sich den Schweiß aus den Falten seines Halses. »Keine Ahnung, was uns das jetzt nutzen könnte, Galtas«, sagte er und verzichtete zum ersten Mal auf die Anrede mit dem Titel. Galtas bemerkte es; genauso wie das dazugehörige Schwinden seiner Ehrerbietigkeit. Es machte ihm deutlich, wie tief sein Stern mit dem Tod von Rivil gesunken war. »Tresh kann Anspruch auf den Thron erheben, so viel er mag, aber jede von ihm aufgestellte Armee wird es mit uns zu tun bekommen. Trotz all der in der Truppe um sich greifenden Meinungsverschiedenheiten sind wir hier, um den Glauben wieder aufzurichten – und nicht, um einen einzelnen Mann auf den Schild zu heben. Wenn Tresh den Wunsch hat, sich bekehren zu lassen, oder wenn er bereits auf dem Dunklen Pfad wandelt, dann ist das hervorragend. Anderenfalls halten wir uns an Corvus. Es gibt niemanden sonst.«

Es gibt mich, dachte Galtas, sprach es aber nicht aus.

»Corvus ist im fünften Ring abgeschnitten«, blaffte er stattdessen, »und die Offiziere, die er gefangen nehmen wollte, führen die verdammte Verteidigung der Bresche auf der anderen Seite der Stadt an. Wir werden ihn wahrscheinlich ebenfalls verlieren, sobald Make die Nachricht erreicht hat, dass Corvus dort drinnen ist.«

Skerris blickte mit zusammengekniffenen Augen in die der Morgendämmerung vorangehende lichtere Dunkelheit und zu der von Fackeln beleuchteten Bresche hinüber. »In Ordnung. Dann schnappen wir uns Make und nehmen die Bresche ein.«

»Oh, natürlich, wir schnappen uns Make einfach, klar«, schnaubte Galtas. »Und wie soll das verdammt noch mal genau vor sich gehen?«

»Mit Männern und Beschuss und Blut und Stahl, genau wie immer. Euer Freund Crys Tailorson ist übrigens ebenfalls dort oben auf der Mauerbresche«, fügte Skerris hinzu, als lasse er vor einer hungrigen Katze eine Maus baumeln. »Rivil hat damit geprahlt, dass die Osttruppe und die Mirak mitten in der Stadt aufeinandertreffen würden. Vielleicht sollten wir ja einfach genau das tun. Die Bresche stürmen und dann ununterbrochen weiterdrängen, durch die Stadt jagen und jeden niedermetzeln, der uns über den Weg läuft. Rivil wollte, dass wir so viel wie möglich von seiner Stadt erhalten; ich kann nicht erkennen, dass wir dieses Problem immer noch hätten. Es sei denn, Ihr verspürt den dringenden Wunsch, es anders zu machen?«

»Rivil wollte eine Stadt, in der er herrschen konnte, das ist wahr. Vielleicht verdient Corvus keine solche Stadt.« Galtas durchwallte plötzliche Wut, sein Magen flatterte, und Galle stieg ihm in der Kehle hoch. »Nun gut, sieht ganz so aus, als hätten wir keine andere Möglichkeit, nicht wahr? Ich bin einverstanden. Wir schnappen uns Make, nehmen die Mauer ein, und dann stoßen wir zu Corvus vor. Ich hege kaum Zweifel, dass er irgendwann Richtung Tempelbezirk vorrücken wird – wir könnten dann dort auf ihn treffen.« Mit zusammengekniffenen Augen blickte er Skerris an. »Ihr seid ein General, das weiß ich. Aber Ihr nehmt noch immer Befehle entgegen. Von jetzt an werdet Ihr sie von mir erhalten, nicht von den Mirak. Verstanden?«

Bedächtig rückte Skerris seinen Gürtel über seiner gewaltigen Leibesfülle zurecht. »Solange Eure Befehle an erster Stelle den Glauben und den Sieg im Auge behalten, dürften wir kein Problem miteinander haben, Herr.«

Galtas nickte und drehte sich um, um den Ansturm auf die Bresche ins Auge zu fassen. Seinen Worten und Versprechungen zum Trotz hatte er nicht die Absicht, Corvus den Thron besteigen zu lassen. Nicht jetzt. Und auch niemals sonst.

Es brauchte nur einen hoch gelegenen Aussichtspunkt, einen Bogen und einen Köcher voller Pfeile, und Galtas würde seine patriotische Pflicht erfüllen und verhindern, dass ein Mirak über Rilpor herrschte. Was die Frage betraf, wer schließlich auf dem Thron Platz nehmen würde – nun gut, Galtas war ein Kriegsheld und der Vertraute von Königen. Da gab es schlechtere Entscheidungen.

CORVUS

*Fünfter Monat, dreiundvierzigster Tag der Belagerung, im Morgengrauen
Gardisteneingang, fünfter Ring, Rilporin, Weizenland*

Rivil wird nicht erfreut sein, dass ich seinen Palast in Brand gesteckt habe, dachte Corvus. Er grinste und ließ die Schultern kreisen, und seine Nerven beruhigten sich, während sein Selbstbewusstsein wuchs. Sie waren drin, und sie waren am Leben, und im Augenblick versuchte niemand, sie niederzumetzeln.

Die Wölfe waren geflohen. Zahlenmäßig unterlegen und bezwungen hatten sie sich, von Fost verfolgt, in den Tunnel zum ersten Ring zurückgezogen. Dann hatten sie das Tor hinter sich verrammelt und waren mit eingezogenem Schwanz zum Ostturm zurückgerannt. Allerdings hatten sie eine beachtliche Anzahl von Toten hinterlassen, ihre eigenen Leute wie auch Kämpfer von Corvus. *Der Wille der Dame.*

Corvus' Führer, ein Soldat der Osttruppe, blieb unerbittlich. »Der Gardisteneingang in den vierten Ring. Adlige sind keine Kämpfer; sie werden ohne große Gegenwehr sterben. Gold, Juwelen, Münzen. Nahrung, Wasser. Das befindet sich alles im vierten. Der fünfte Ring ist nichts als eine Falle, aber wenn wir in den vierten hineingelangen, haben wir jede Menge Möglichkeiten.«

»Ich war davon ausgegangen, dass sich alles im Palast befinden würde. Etwa das Gold«, brummte Valan und reckte sich. Er wandte sich von dem Soldaten ab, um den Verlauf des Vormarsches hinter sich zu begutachten und sich davon zu überzeugen, dass Corvus immer noch da war, immer noch in Sicherheit. Corvus' Blick traf seinen, und er zwinkerte ihm zu.

»Wie war noch mal dein Name?«, fragte er.

»Alle nennen mich Wicht«, antwortete der Soldat. »Und, ja, die Schatzkammer befindet sich im Palast, aber es würde eine Woche dauern, dort einzubrechen, selbst wenn Ihr ihn nicht gerade in Brand gesteckt hättet. Aber Adlige, nun ja, sie lassen ihr Geld einfach haufenweise herumliegen. Nehmt ein paar von ihnen als Geiseln, und die Restlichen werden schreiend darum betteln, kapitulieren zu dürfen. Sobald ein Ring gefallen ist, werden die anderen bald genug folgen …«

»Für einen niederen Soldaten weißt du eine ganze Menge«, warf Corvus ein, obwohl es ihn in Wahrheit nicht besonders interessierte. Die Kontrolle über das Geld und die Lebensmittel zu haben mochte die Stadt in die Knie zwingen, Corvus jedoch wollte Blut und Bekehrung, Opfer und Rache. Er wollte Rilpor für tausend Jahre Abfall vom Glauben bluten lassen, für tausend Jahre der Verachtung. Er brauchte nur genug zu essen für seine Armee und genug Geld, um die Osttruppe zum Schweigen zu bringen, und er wäre zufrieden. Hier ging es nicht um Land oder Reichtümer, ganz gleich, was der Feind und sogar seine Verbündeten denken mochten. Hier ging es um Gerechtigkeit und den Ruhm der Götter.

»Ich halte einfach die Nase in den Wind, Euer Majestät«, sagte Wicht und schniefte. »Keine schwierige Sache.«

»Also müssen wir nur in den vierten Ring hineingelangen und haben freie Bahn?«, hakte Valan nach.

Wicht schniefte noch einmal. »Nein. Die Ringe sind in Bezirke eingeteilt, daher gibt es Mauern mit großen, prächtigen Toren, die sie wie Radspeichen in einzelne Stadtviertel untergliedern. Hat Euch niemand etwas davon mitgeteilt? Rivil hat Euch einfach blind hineingeschickt, nicht wahr? Dieser Dreckskerl. Wie dem auch sei, die Bezirkstore dienen mehr der Protzerei als der Sicherheit, sie sollen hauptsächlich schön sein, nicht einem praktischen Zweck dienen, zumindest nicht im vierten Ring. Sie werden nur von der Stadtwache bemannt, und ein paar Schläge mit einem Rammbock würden die Tore wohl einreißen, nehme ich an. Wenn sie überhaupt verschlossen sind. Adlige sind arrogant. Einige dieser Tore sind wahrscheinlich seit Jahren nicht mehr geschlossen worden. Ihr solltet keine allzu großen Probleme haben hindurchzugelangen, möchte ich meinen.«

»In Ordnung«, sagte Corvus und scheuchte sie weiter. »Öffnet dieses Tor. Wir sind wegen Make gekommen und haben ihn nicht zu fassen gekriegt, also verfolgen wir jetzt den Ausweichplan und nehmen uns ein Haus nach dem anderen im Adelsviertel vor. Tötet alle – Männer, Frauen, Kinder, Diener, Hunde. Alle. Blut für die Götter, um den Makel der Tänzerin von den Steinen zu waschen. Dann brennt alles nieder. Angst und Verzweiflung werden diese Stadt beherrschen, und wenn sowohl der vierte als auch der fünfte Ring in Flammen stehen, haben sie ihr Machtzentrum verloren.« Valans Augen glänzten im Licht der Morgendämmerung, und Corvus schlug sich mit der Faust in die Handfläche. »Dann kommt der Tempelbezirk an die Reihe. Die blöden Bastarde haben all ihre heiligen Stätten zusammengelegt, was es uns leichter macht, sie in Heiligtümer der Roten Götter umzuwidmen. Nehmt den Tempelbezirk und auch den daneben ein, den mit dem Tor hinaus zum Schlachtfeld.« Er schnippte mit den Fingern.

»Das Kaufmannsviertel«, half ihm Wicht auf die Sprünge.

»Richtig, nehmt den Tempelbezirk und das Kaufmannsviertel ein und befestigt das Gelände. Wir errichten dort unseren Stützpunkt und greifen von dort aus an, bis Skerris die Bresche eingenommen hat, dann ziehen wir ihm alle entgegen und treffen uns mit ihm in der Mitte von dem, was immer von der Stadt noch übrig geblieben ist. Unsere Füße sind auf dem Pfad.«

»Unsere Füße sind auf dem Pfad«, echote Valan. Seine Zähne schimmerten weiß in der Düsternis des Tores. Er klopfte Wicht auf den Rücken. »Lasst uns verdammt noch mal genau das tun.«

Ihren Rammbock hatten sie sich aus den zusammengebundenen Pfosten des königlichen Bettes gefertigt. Corvus setzte keine großen Hoffnungen in das Ding, aber wenn die Tore wirklich so schwach waren, wie Wicht beteuerte, würde es vielleicht reichen.

Sie waren von Wut und religiöser Hingabe erfüllt, und sie konnten Reichtümer riechen. Wenn Wicht recht hatte, erwartete niemand, dass sie an dieser Stelle durchbrechen würden. Es sollte ihnen mehr als genug Zeit geben, einen Eindruck bei Rilporins vornehmsten Familien zu hinterlassen.

Corvus verzog das Gesicht, als die Männer mit dem Rammbock auf das Tor zuliefen und davon abprallten. Die Tür aus Eichenholz klapperte in ihrem Rahmen. Doch ein halbes Dutzend kraftvolle Schläge später splitterte das Tor, verzog sich und quietschte in den Angeln, während der Rammbock sich in seine Einzelteile aufzulösen begann. Die Männer traten zur Seite und machten sich daran, den Rammbock zu reparieren, während andere dem Tor mit Äxten den Rest gaben.

Die Vorhut schob sich hindurch, die Waffen bereit und die Schilde erhoben. Als sie außer Sicht glitten, gebot Corvus mit hoch erhobener Faust Schweigen. Sie warteten angespannt und lauschten auf Schreie und das Klirren von Waffen, aber da war nichts zu hören.

Wicht sah den König an. »Wer immer Dienst hatte, ist entweder vor Schreck gestorben oder hat sich aus dem Staub gemacht, um Alarm zu schlagen. Ich frage mich, was von beidem wohl der Fall ist.« Sein Grinsen war bösartig und unbekümmert.

»Ich vermute Letzteres«, erwiderte Corvus mit verdrießlicher Stimme. Wichts Lässigkeit ging ihm zunehmend auf die Nerven. »Gehen wir. Fost und seine Leute werden zusehen müssen, dass sie uns einholen. Das da« – er zeigte auf das grelle Leuchten des brennenden Palastes und auf die vom Morgenwind umhergetragenen Funken – »verrät allen genau, wo wir sind. Also sollten wir besser nicht dort sein, wo sie uns vermuten.«

Valan ging Corvus voran und führte ihn durch das Tor. Der vierte Ring lag still da und wirkte verlassen, und sie blieben einen Moment stehen, um den Anblick auf sich wirken zu lassen: breite, offene Straßen und riesige Steingebäude, jedes ein Zuhause für nur eine einzige Familie. Das Langhaus in Adlerhöhe hätte in jedes dieser Häuser dreimal hineingepasst.

»Bildet Trupps von je fünfzig Mann«, zischte Corvus, und der Befehl wurde weitergegeben. »Jeder nimmt sich ein Haus vor. Geht wenn möglich leise zur Sache und macht schnell. Blut und Feuer.«

»Blut und Feuer«, griffen die Mirak die Parole auf. Mit wildem Grinsen im Gesicht schwärmten sie in die Straßen aus und stiegen breite Treppen hinauf zu prächtigen Vordertüren oder großen Fenstern aus teurem, aber doch so überaus zerbrechlichem Glas.

Die ersten Geräusche wurden laut – zersplitternde Fenster, Äxte in Türen –, die ersten Rufe, die ersten Schreie. »Sieht so aus, als hätten wir die Nachbarn geweckt.« Corvus lachte. »Weiter geht's.«

Die Sonne stand einen Fingerbreit über dem Horizont – nicht dass man das durch den schwarzen Rauch des brennenden Palastes hindurch hätte sehen können. Letzten Endes hatte ihnen der vierte Ring durch seine schieren Ausmaße einen Strich durch die Rechnung gemacht, und als die Zeit verging, hatte Corvus beschlossen, dass es wichtiger sei, zum Tempelbezirk vorzudringen, als reiche Leute niederzumetzeln. Sie hatten das Tor in das Tuchviertel des dritten Rings genommen und einen kurzen, einseitigen Kampf gegen die Laden- und Standbesitzer geführt, die dort lebten.

Jetzt liefen sie mit Schilden auf dem Rücken durch die Straße, Waffen in der einen Hand und brennende Fackeln in der anderen. Viele der Waren des Viertels wurden in langen, niedrigen Warenhäusern gelagert, und bei jedem, das die Mirak passierten, warfen sie Fackeln durch Türen und Fenster. Das Knistern von Flammen und Hitze war ihnen dicht auf den Fersen, während sie ihren Marsch fortsetzten.

Sie näherten sich dem Tor in den zweiten Ring, als plötzlich das Klirren von Waffen erscholl, und Corvus kam hinter Valans ausgestrecktem Arm jäh zum Stehen. »Wölfe und Soldaten«, keuchte ein Mirak, der um eine Straßenbiegung zu ihnen zurückrannte. »Gut einige Hundert, wie es aussieht.«

»Scheiße«, sagte Corvus. Indem er die Wölfe nicht vom fünften Ring aus verfolgt hatte, hatte er ihnen Zeit gegeben, sich neu zu formieren und Verstärkung zu holen. Jetzt mussten sie erneut gegen sie kämpfen. »Der Wille der Dame. Tötet sie.« Der Mann nickte und verschwand wieder um die Ecke. Der Lärm der Schlacht wurde immer lauter. Von den tausend Mann, mit denen er in die Stadt marschiert war, waren mittlerweile erheblich weniger übrig, aber ihm waren sicherlich immer noch mehr als die Hälfte geblieben. Er packte Wicht. »Du. Gibt es noch ein weiteres Tor in den zweiten Ring?«

Wicht schüttelte den Kopf und wischte sich Ruß aus den tränenden Augen. »Das nächste Tor zum zweiten Ring liegt auf dem Königsweg. Es ist stark befestigt und schwer bewacht. Ihr kommt entweder hier oder nirgendwo durch, Majestät.«

Corvus kaute auf den Lippen und nickte dann. »Valan, wir brechen hier durch. Wir alle, Frontalangriff, keine Reserve.«

Valan blies die Wangen auf, widersprach jedoch nicht und verbreitete die Nachricht schnell und leise weiter.

»Gehen wir. Wicht, zu mir. Wir brauchen dein Wissen über dieses verdammte Labyrinth von Straßen.«

»Wie Ihr wünscht.« Wicht zuckte die Achseln und zog sein Schwert. Sie setzten sich in Bewegung und rannten immer schneller, bis sie um die Ecke herum waren und sich in den Kampf stürzten.

MAKE

Fünfter Monat, dreiundvierzigster Tag der Belagerung, morgens
Torhaus, Westmauer, Rilporin, Weizenland

Sektion Zwei ist verloren, mit den Türmen und allem. Sektion Eins wird bis zum Einbruch der Abenddämmerung ihnen gehören. Der Palast brennt, und das Adelsviertel ist gebrandschatzt worden.

Die Mauer ist verloren. Zwei Ringe sind verloren. Aber ist auch der Krieg verloren?

Als er sich hinhockte und den Rücken an die Steine des Torhauses lehnte, kam Make der Verdacht, dass dem vielleicht tatsächlich so war. Es gab keine Verstärkung. Durdil und Yarrow waren tot. Dorcas – der arme Hund – hatte auch sein zweites Auge verloren und lag tobend irgendwo in einem Krankenbett. Er hatte keine Ahnung, wo sich Renik, Tara oder die Wölfe befanden – er musste einfach hoffen, dass sie noch lebten und in Sicherheit waren –, und Mirak wüteten in der Stadt und verschanzten sich. Oberst Edris lag im Hospital, das eine Bein unterm Knie abgetrennt, und man ging nicht davon aus, dass er den Tag überleben würde.

Vaunt war immer noch bei Make, obwohl er sich vor Müdigkeit kaum mehr auf den Beinen halten konnte, eine Gehirnerschütterung davongetragen hatte und blutete, und Crys … Crys jagte Make eine Scheißangst ein. Er hatte Crys schon zuvor kämpfen sehen, in Scharmützeln und in ausgewachsenen Schlachten, aber etwas Derartiges hatte er noch nie zuvor erlebt. Er bewegte sich mit einer Anmut, die nicht hätte möglich sein sollen, schlüpfte außer Reichweite der feindlichen Waffen, wich um Haaresbreite scharfen Klingen aus und schien die Angriffe bereits zu hören, bevor sie stattfanden. Und seine Augen …

Der Feind fiel wie Weizenhalme zu seinen Füßen nieder, und die Männer um ihn herum verwandelten sich durch seine bloße Anwesenheit in Ungeheuer oder Helden. Make wusste, dass auch er selbst einer dieser Männer war und dass er einem Willen gehorchte, der nicht sein eigener war. Crys hatte Makes Vater nicht zu retten vermocht, aber er hatte durch die langen Stunden der Nacht hindurch und bis in die Morgendämmerung hinein fast ganz allein die Bresche gehalten. Soldaten waren gestorben, als opferten sie sich, nur um seine Wertschätzung zu finden. Das musste etwas zählen.

Wenn Make seine Trauer und seinen Zorn abgelegt hatte, dann bedeutete es etwas. Es bedeutete alles. *Es bedeutet, dass er wirklich derjenige ist, für den sie ihn alle halten.*

Bogenschützen hielten oben auf der Bresche die Stellung, und alle anderen waren damit beschäftigt, die Brunnen im ersten Ring zu vergiften, die Getreidespeicher in Brand zu stecken, die Zimmer und Treppenhäuser der Türme mit Schutt zu füllen, Möbelstücke und Steine vor die Türen zu häufen, um sie geschlossen zu halten, und schlicht alles Menschenmögliche zu tun, um zu verhindern, dass die Mirak einen leichten Weg durch die Stadt fanden.

Make fischte ein dreckiges Stück Leinen aus dem Inneren seines Brustpanzers und tupfte damit die geplatzten Blasen seitlich an seinem Gesicht und am Hals ab. Der Schmerz war gnadenlos und zum Verrücktwerden, er nagte an seinen Knochen und seinem Gehirn, bis er sich kaum mehr konzentrieren konnte. Und, Götter, er hatte einen solchen Scheißdurst.

Ein Seil erschien von oben und schlängelte sich über die

Pflastersteine vor ihm. Make starrte es verständnislos an, und Sekunden später kam Crys daran herabgeglitten und landete mit einem leisen, dumpfen Aufprall.

»Das Torhaus ist verrammelt, und das Katapult wird funktionsunfähig gemacht, Fürstgeneral. Ich habe einen Kerzenstummel in einer Pechlache brennen lassen und das Katapult selbst damit begossen. In etwa einer Stunde wird das ganze Ding in die Luft gehen. Ich weiß nicht genau, wie viel Schaden das anrichten wird, aber es ist besser, wir zerstören es, als es dem Feind in die Hände fallen zu lassen.«

Make nickte. »Die Mirak sind südlich von uns, im Tempelbezirk.« Er streckte die Hand aus, und Crys folgte der Richtung seines Fingers und sah neue Rauchschwaden den Himmel verdunkeln.

»Sie brennen die Tempel nieder?«, fragte er mit dumpfer Stimme. »Die Tempel?«

Makes Achselzucken reichte kaum aus, um seine Schulterplatten klappern zu lassen, so müde war er. »Sieht ganz danach aus. Besser die Tempel als die Wohnviertel. Besser die Tempel als eine Menge Gebäude.«

Crys Lippen waren weiß, aber er nickte ruckartig. »Befehle, Herr?«

»Der erste Ring ist verloren.« Der Satz klang nicht besser, wenn er laut und vernehmlich aus seiner kratzigen Kehle kam, als wenn er ihn nur leise in seinem Kopf aufsagte. »Wir ziehen uns zurück, verrammeln die Tore des zweiten Rings und beginnen ganz von Neuem mit der Verteidigung.« Die Worte hinterließen einen bitteren Geschmack in seinem Mund, und er hustete in seine Hand. So durstig. Crys salutierte und trat zur Seite. »Wohin geht Ihr?«, begehrte Make zu wissen. »Wir brauchen alle Hände, um den zweiten Ring zu sichern.«

»Wenn wir den ersten Ring aufgeben, müssen wir sicherstellen, dass die Belagerungsmaschinen in sämtlichen Türmen funktionsunfähig gemacht oder zerstört sind, nicht nur im Torhaus. Wir müssen vermeiden, dass sie unsere eigene Artillerie gegen uns richten.« Er streckte deutend die Hand aus. »Ich werde durch die erste Bastion nach oben schlüpfen – sie haben sie noch nicht ganz verschlossen – und mir dann einen Weg außen herum bahnen. Ich könnte ein wenig Hilfe gebrauchen, falls Ihr jemanden erübrigen könnt.«

Make schloss den Mund und tupfte ein weiteres Mal die Blasen ab. *Ich hätte daran denken sollen. Vater hätte sicher daran gedacht. Er hätte es inzwischen schon längst erledigen lassen. Er hatte immer das große Ganze im Blick.*

Er bedeutete Crys mit einer Handbewegung zu gehen. »Wenn Ihr jemanden findet, könnt Ihr ihn haben«, antwortete er. »Die Tänzerin möge Euch gnädig sein, Major, vor allem wenn Ihr nach Süden geht.«

Crys grinste, und Make hätte schwören können, dass er ihm zuzwinkerte. »Macht Euch um mich keine Sorgen, Fürstgeneral. Bringt Euch im zweiten Ring in Sicherheit, und ich werde rechtzeitig zum Abendessen bei Euch sein. He, Weaverson!«, rief er, und der junge Leutnant kam in seine Richtung gehumpelt. »Wir geben den ersten Ring auf, daher müssen wir die Katapulte auf den Türmen verwendungsunfähig machen.«

Make sah, wie alles Blut aus Weaversons Gesicht wich. Er machte ihm das in keiner Weise zum Vorwurf.

»Schnappt Euch eine Handvoll Männer und geht nach Norden, in Ordnung? Ihr übernehmt Nord eins und zwei, ebenso den Ostturm, wenn Ihr es schafft, dann bewegt eure Ärsche in den zweiten Ring und legt eine Atempause ein. Wenn Ihr unterwegs irgendwelche Männer von uns seht, schickt sie ebenfalls hinein.«

Die Miene des Jungen hellte sich auf, und Make hätte beinahe gelächelt; die Nordmauer hatte während der Belagerung herzlich wenig Kämpfe gesehen. Die Türme waren nicht nur in gutem Zustand, es waren, seit die Mauer eingestürzt war, auch keine Feinde gesichtet worden, die sich in Richtung Norden bewegt hätten. Die Aussichten standen gut, dass sich ihnen niemand in den Weg stellen würde und dass Weaverson und seine Männer die Erfüllung ihres Auftrags überlebten. Im Fall von Crys konnte man das nicht sagen.

Die beiden trennten sich und eilten in entgegengesetzte Richtungen davon. Make hatte den Eindruck, dass er jetzt eigentlich aufstehen sollte. *Vater würde nicht hier sitzen, während alle anderen die Arbeit machten.* Durdils totes Gesicht erschien vor seinem geistigen Auge, und neuer Schmerz flammte in ihm auf, diesmal in seiner Seele. *Wie hast du nur immer so unbeirrt durchhalten können, Da? Wie hast du es geschafft, nie jemanden deine Verzweiflung sehen zu lassen? Bist du überhaupt je verzweifelt gewesen?*

»Feindliches Feuer!« Der Ruf war hoch und voller Angst, und er sandte eine Botschaft an Makes Beine, die zu senden sein Gehirn nicht vermocht hatte. Er stand auf und lief vom Torhaus weg, hinaus auf das Schlachtfeld. Er wirbelte herum, um in die Richtung zu schauen, aus der der Ruf gekommen war. Ein Stein pfiff über den Himmel, flog über die Bresche und zerschmetterte hundert Schritt von Make entfernt auf den Steinplatten zu Splittern. Männer kreischten auf, als ein tödlicher Steinhagel auf sie niederprasselte.

»Blide?«, brüllte er. Eine wilde Woge von Energie floss durch ihn hindurch, konzentrierte seine Aufmerksamkeit ganz auf die Bedrohung und unterdrückte seinen Kummer in plötzlicher, hellwacher Klarheit.

»Blide«, kam die Bestätigung. »Sie lassen sie zur Mauer vorrücken, um einen besseren Schusswinkel zu haben. Sie wird schon bald den zweiten Ring bestreiten können.«

»Bastarde«, murmelte Make und ließ seinen Blick über die Mauer schweifen. Sie konnten nichts tun. Die Mauer war im Begriff zu fallen; die Katapulte waren zerschmettert, verbrannten oder wurden zerstört. Sie hatten nichts, was sie der Blide entgegensetzen konnten. »Feind auf der Bresche?«, rief Make und konzentrierte sich auf ein Problem, das er vielleicht würde lösen können.

Es folgte eine Pause, die lange genug war, dass er sich einen Weg durch den Schutt bahnen konnte, bevor die eigentliche Kletterpartie losging. »Paar hundert Mann!«, brüllte jemand schrill und panisch.

Make starrte hinauf, ohne etwas zu sehen, während er die Zahlen überschlug. Wie viele Soldaten standen bereit und warteten auf seine Befehle? Das dort oben waren ihre Kameraden, Waffenbrüder, ihre Familie. Jeder Einzelne von ihnen wollte von Make, dass er einen bestimmten Befehl gab. Und jeder Einzelne von ihnen hatte Angst davor, dass er es tatsächlich tun würde.

»Könnt ihr die Stellung halten?«, brüllte er, die Finger fest um den Griff seines Schwertes gelegt. *Wenn sie Nein sagen … wenn sie Nein sagen, müssen wir dort hinaufsteigen.*

»Scheiße … ja, Fürstgeneral. Ja, wir können die Stellung halten. Wie lange?«

»So lange, wie ihr uns Zeit geben könnt«, rief Make. »Aber gebt uns verdammt noch mal eine Vorwarnung, bevor ihr den Rückzug antretet.«

»Verstanden.«

Vaunt war an seine Seite getreten. »Je mehr Männer wir zu ihnen hinaufschicken, desto länger werden sie die Stellung halten können, Herr.«

»Je mehr Männer wir zu ihnen hinaufschicken, desto mehr Männer verlieren wir«, konterte Make, und obwohl die Worte ihn zutiefst schmerzten, blickte er Vaunt dabei fest in die Augen. »Sie kommen nicht lebend dort herunter, und sie wissen es, Major. Es tut mir leid.«

»Bitte um Erlaubnis …«

»Abgelehnt.«

Er schaute nach links, bis ganz hinab zur ersten Bastion, wo Crys verschwunden war, und blickte dann über den weiten Kreis der Stadt zu seiner Linken. Das Kaufmannsviertel lag dort hinter der Biegung. Es befand sich neben dem Tempelbezirk, und er wusste, dass die Mirak jetzt dort drin waren, sich näher heranarbeiteten und dabei brandschatzten und töteten.

Der gottverdammte Feind ist jetzt überall und zieht die Schlinge zu. Ich habe die richtigen Ideen und Pläne, mir fehlen inzwischen nur die Männer dafür.

»Vaunt, überprüft das Tor, das aus dem Kaufmannsviertel herausführt, und seht nach, ob es noch verschlossen ist. Dann verrammelt es von dieser Seite. Wenn sie es dort hindurchschaffen, müssen wir an zwei Fronten zugleich kämpfen, also lasst fünfzig Mann hinter dem Tor in Stellung gehen, mit dem Befehl, einen Meldegänger loszuschicken, sobald sie es angreifen. Das ist dann das Signal für uns, uns in den zweiten Ring zurückzuziehen, also sorgt dafür, dass er schnell ist und eine laute Stimme hat.«

»Ja, Herr.« Vaunt rührte sich nicht von der Stelle. »Und die fünfzig beim Tor?«

Vaunt stellte heute jede Menge schwierige Fragen. »Wenn sie können, ziehen sie sich zurück, und wir werden ihnen mit unseren Bögen von der Mauer des zweiten Rings aus Deckung geben. Wenn nicht, werden sie dafür sorgen, dass sie nicht lebend gefangen genommen werden. Ich kann mir nicht vorstellen, dass die Mirak mit Gefangenen irgendetwas Gutes vorhaben.« Er packte Vaunt an der Schulter. »Sorgt dafür, dass sie das wissen.«

»Herr, wie können wir diese Schlacht gewinnen? Ich meine, sobald wir die Mauer einmal verloren haben, haben wir auch keinen Weg mehr nach draußen.«

Make spuckte aus oder versuchte es zumindest; sein Mund

war knochentrocken. »Zermürbungskrieg«, antwortete er. »Ihr seid im Blutpasstal nicht dabei gewesen, aber der Plan ist der gleiche. Sie alle töten. Wenn sie nicht genug Leute haben, um uns zu überwältigen, überleben wir den Tag. Und den nächsten Tag. Und den übernächsten. Wer immer am Ende die größere Armee hat, gewinnt.« Er deutete auf die Bresche. »Eben deshalb kann ich diesen Männern keine Verstärkung schicken. Deshalb kann ich Major Tailorson niemanden zu seinem Selbstmordkommando mitgeben. Deshalb bete ich, dass Carter und die Wölfe noch leben und es zu uns zurückschaffen. Wir versuchen unsere Opferzahlen gering zu halten, wir versorgen die Bevölkerung mit Waffen, und wir töten all jene, die sich uns in den Weg stellen.«

Vaunt leckte sich mit bleicher Zunge seine rissigen Lippen. »Ich werde die Männer für das Tor zum Kaufmannsviertel anführen.«

»Abgelehnt, Major. Ich brauche Euch hier bei mir.«

Vaunt atmete tief ein und sah Make dann direkt in die Augen. »Das war kein Vorschlag, Herr. Ihr riskiert jeden Tag Euer Leben. Nun, es scheint, dass ich von den Besten gelernt habe. Ich werde sie zurückbringen, Herr. Ihr müsst einfach nur das Tor in den zweiten Ring auf dem Königsweg halten. Ich schwöre, dass wir durch dieses Tor hereinkommen werden.«

Make blinzelte kurz und salutierte Vaunt schließlich. »Ich verstehe, warum mein Vater solchen Respekt vor Euch hatte, Major. Kämpft hart, lauft schnell.«

»Ihr wisst, dass ich das tun werde, Herr.« Vaunt rannte los und rief den unten am Boden vor der Bresche aufgereihten Männern etwas zu. Er deutete nach Süden, und Make ging das Herz auf, als die Männer sogleich Haltung annahmen und jeder Einzelne von ihnen vortrat, um sich freiwillig zu melden.

»Diese Männer«, murmelte Make vor sich hin, ohne sich wegen der brennenden Tränen in seinen Augen zu schämen, als Vaunt und seine Leute im Laufschritt an ihm vorbeistürmten. »Diese verdammten Männer. Und Frauen«, fügte er hinzu, als Taras selbstbewusstes, zorniges Gesicht vor seinem geistigen Auge auftauchte.

»Feindliches Feuer!«

Es war jetzt eine neue Stimme, die da von der Bresche herabhallte, und sie schreckte Make aus seinem Tagtraum. Er spürte, wie ein weiteres kleines Stück von seiner Seele absplitterte und zersprang. Er hatte den Namen des ersten Soldaten nicht einmal gekannt, und er kannte auch den Namen dieses zweiten Mannes nicht. Kannte weder sein Gesicht noch seine Familie. Wusste nur, dass er eine Warnung gerufen hatte und dass Make ihn seinem Schicksal überließ.

Er duckte sich in den Schutz der Mauer und gab sich einen Ruck. »Verdammt, reiß dich zusammen, Koridam. Zeit, dafür zu sorgen, dass der alte Mann stolz auf dich sein kann.«

Sechzig Mann schafften es lebend von der Verteidigungslinie auf der Bresche hinunter auf das Schlachtfeld, eine Welle von Mirak und Soldaten der Osttruppe nur wenige Schritte hinter sich. Die Bogenschützen des zweiten Rings schalteten die meisten von ihnen aus, aber dann wandten sich die Verteidiger um und stellten sich den Verbliebenen in den Weg, und der Kampf brach aufs Neue aus.

Make hatte nicht vor, diese sechzig Mann zu opfern, ganz gleich, was er zu Vaunt gesagt haben mochte. Ohne einen bewussten Gedanken zu haben oder eine Entscheidung zu treffen, stürmte er aus dem Tor auf dem Königsweg auf das Schlachtfeld hinaus und fing einen Soldaten der Osttruppe ab, der einen Speer in der Hand hielt. Die Waffe fuhr so nah an ihm vorbei, dass sie ihm ein Loch ins Hosenbein riss. Makes Schild brach dem Mistkerl die Gesichtsknochen und ließ ihn nach hinten kippen, dann umströmten ihn seine eigenen Leute, Soldaten der Westtruppe mit verbissenen Gesichtern und entschlossenem Blick, und stürzten sich auf die Angreifer.

Der Westen ist am besten. Der alte Spruch war über die letzten Tage hinweg immer wieder unter Beweis gestellt worden, obwohl auch Soldaten der Palasttruppe, Leibgardisten und sogar einige Mitglieder der Stadtwache Dinge getan hatten, die ihnen in jedem anderen kriegerischen Konflikt eine Auszeichnung eingetragen hätten, die jetzt aber unbeachtet blieben. Dennoch war es ein Trost, Männer, die er seit langen Jahren kannte und mit denen er exerziert hatte, ihn umbranden zu sehen wie Wasser einen Fels in einem rauschenden Bach und mitzuerleben, wie sie es dem Feind heimzahlten, in geordneter Reihe aufeinander abgestimmt, wie sie sich teilten, um die fliehenden Verteidiger hindurchzulassen, und dann ihre Schilde wieder dicht aneinanderrückten, sodass sie eine undurchdringliche Wand bildeten.

Die Katapulte, die am Tor auf dem Königsweg positioniert waren, feuerten, hämmerten Männer gegen die Trümmer und verstreuten andere wie verschüttetes Salz. Sie alle kannten ihre Befehle; sie alle wussten, wo sie hingelangen mussten, wenn sie am Leben bleiben wollten. Makes Linie begann zurückzuweichen, wieder in geordneter Reihe, die Männer hinter ihnen leiteten sie, die Bogenschützen ließen ihre Pfeile von den Mauern regnen, und die Katapulte wurden für den späteren Gebrauch nach innen gerollt.

»Wartet!«

Make schaute nach links und brüllte dann: »Die Stellung halten. Leute von uns auf der linken Flanke. Die Stellung halten!«

Der Schildwall blieb erneut stehen, und der Feind drängte heulend vorwärts; einige rannten los, um Vaunt und seine heranstürmenden fünfzig Mann in Empfang zu nehmen – das heißt das, was von ihnen übrig geblieben war. Weitere Mirak verfolgten Vaunt. *Sie sind durch das Stadtteiltor gebrochen, wir müssen uns beeilen.* Make befahl seinem Ende der Linie vorzurücken, um den Feind zurückzudrängen und zwischen ihnen für Vaunt und seine Männer eine Gasse bis direkt zum Tor zu bilden.

»Kommt her!«, brüllte er, wich einem Schwerthieb aus und schlug mit seinem Schwert zurück. Er brachte dem Feind eine Schnittwunde durch die Kopfhaut bei, aus der ihm Blut in die Augen strömte, sodass er nichts mehr sehen konnte. Make war klug genug, nicht aus der Linie zu treten, um ihm den Rest zu geben, auch wenn jede Faser seines Körpers danach schrie, genau das zu tun – ein Mann, eine Bedrohung weniger, der sie sich zu stellen hatten.

Der verdammte Vaunt wurde immer langsamer, ließ seine Männer an sich vorbei, trieb sie in die Sicherheit. »Bewegt Euren beschissenen Arsch, Soldat!«, schrie Make. Doch stattdessen blieb Vaunt stehen, um einem Mann mit einem Pfeil im Leib zu helfen, schlang ihm den Arm um die Schulter und schleppte ihn weiter. Make sprang ihm entgegen, um zu helfen, aber die Schilde an beiden Seiten behinderten ihn. »Lasst mich durch«, brüllte er, aber sie gehorchten nicht.

»Scheiße, lauft!«, kam ein Ruf von weiter unten in der Reihe. »Wir können die Linie nicht halten!«

»Ich werde Euch höchstpersönlich umbringen, Vaunt!«, fügte Make hinzu, obwohl der sich abmühende Major keinerlei derartige Ermutigung nötig hatte. Sein Gesicht war rot vor Anstrengung, der Mann in seinen Armen grau, aber noch bei Bewusstsein, sein Mund eine gerade Linie des Schmerzes. Der Pfeil, der in seinem Bauch steckte, hüpfte bei jedem humpelnden Schritt auf und nieder.

»Danke«, keuchte Vaunt, als er Make passierte.

»Rückzug«, befahl Make, und die in die Länge gezogene Reihe schrumpfte zusammen, indem nun statt zwei Mann vier nebeneinander Position bezogen, zugleich wich sie immer weiter zurück, bis die Soldaten am hinteren Ende der Reihe durch das Tor schlüpfen konnten und in Sicherheit waren, während die Spitze mit wachsender Verzweiflung weiter verteidigte.

Make blieb stehen, um den Männern an seiner Seite Deckung zu geben, während sie durchs Tor schlüpften, und dann legte sich ihm eine Faust in den Nacken und zog ihn mit einer Wucht hinein, gegen die er nichts ausrichten konnte. Er wirbelte in der Hand des Mannes herum, der sich solcherart seiner bemächtigt hatte, und erkannte Hallos, den stämmigen Arzt, der ihn gewaltsam zurückzerrte. In seiner freien Hand hielt er einen kurzen Knüppel mit einer Verdickung aus Eisen an der Spitze. Make sah, dass das Metall mit Haaren und Blut verklumpt war.

»Wir brauchen Euch«, knurrte Hallos. »Lebend.«

Ein Dutzend seiner Soldaten waren immer noch draußen, und sie hielten noch immer die Stellung, eine ungebrochene Linie aus zerschrammtem Stahl und müdem Fleisch, die den Verteidigern genug Zeit verschaffte, um die Tore zuzuschlagen.

»Rilpor!«, brüllte einer, und die anderen griffen den Ruf auf, verstärkten ihre Reihe und stellten sich dem Feind als Opfer in den Weg, um dadurch dafür zu sorgen, dass andere überlebten.

»Nein! Lasst mich hinaus!«, schrie Make und kämpfte gegen die Arme an, die ihn festhielten, aber Vaunt sprang Hallos zu Hilfe, sodass sie ihn mit vereinten Kräften zurückhielten, und Make verlor die Sicht auf seine Männer, gerade in dem Moment, als die Mirak gegen sie prallten. Die Linie geriet ins Schwanken, knickte ein und löste sich dann auf, von einem Meer aus Blau überwältigt. Eine Sekunde später schlug das Tor zu, schloss sie aus und besiegelte ihr Schicksal.

»Nein!«

CRYS

Fünfter Monat, dreiundvierzigster Tag der Belagerung, mittags
Südtor eins, Südmauer, Rilporin, Weizenland

Wessen verdammt blöde Idee ist das noch mal gewesen?

Ach ja. Meine.

Die Wachmauer lag kühl an seiner Wange, als Crys Stück für Stück den Kopf hob, um in den Tempelbezirk unter ihm hinabzuschauen. Der Mauerbereich war ein Trümmerfeld aus zerbrochenen Waffen und verstreuten Leichen. Die Mirak hatten die Turmtüren mit Gewalt geöffnet, waren hindurchgeschwärmt und hatten sich die Galerie hinauf und diese dann entlang gemordet. Die zahlreichen Durchbrüche hatten den Zusammenhalt der Verteidiger zerstört. Dutzende der Toten trugen das Blau der Mirak, aber die meisten waren Soldaten der West- und der Südtruppe sowie der Leibgarde.

Das Katapult auf Südturm eins war unversehrt und unbewacht gewesen, daher hatte Crys das Seil durchgeschnitten, das den Wurfarm mit der Winde verband, sich dann des gleichen Kniffs mit der Kerze und dem Pech bedient wie zuvor im Torhaus und zudem einige Fässer herumgewuchtet und in Stellung gebracht. Wenn der Turm in die Luft flog, würde er schon lange fort sein.

Teile des langen, breiten Tempelbezirks unter ihm standen in Flammen, wie auch ein großer Teil der Stadt. Der große, prachtvolle Tempel jedoch, den die königliche Familie zum Beten besucht hatte, lag friedlich und unversehrt unter ihm, und Sorge erfüllte Crys. Dort würden sie ihre Opfer darbringen und das Licht mit Blut vom Stein waschen. Mit Blut und noch mehr Blut.

Der Gedanke ließ das Ding in seinem Inneren knurren, und Crys verspürte das heftige Verlangen, sich sogleich von der Mauer zu stürzen, um den Tempel zu verteidigen. Ein Drang, der, wie er annahm, wohl nicht von ihm selbst kam. *Nein. Geduld.* Er spürte den Groll der Stimme in sich, aber sie verstummte schließlich, und Crys konzentrierte sich ganz auf die Männer, die unter ihm hin und her eilten. Niemand näherte sich dem Fuß eines der Türme, daher war er wahrscheinlich für ein Weilchen in Sicherheit.

Nein, sind wir nicht. Hinter uns.

Crys sprang zur Seite, ohne eine Sekunde zu zögern, und ein Pfeil prallte klappernd vom Mauerwerk über seinem Kopf ab.

»Hauptmann Tailorson.« Die Stimme weckte die Wut in seinem Bauch und ließ sie ihre glitschigen Arme ausstrecken. Er drehte sich langsam um, sein Atem ging schwer, und seine Brust brannte.

»Tatsächlich muss es inzwischen Major heißen«, sagte er. Galtas räusperte sich und spuckte auf die Galerie. Tat die Berichtigung mit einem bloßen Achselzucken ab. »Liegt es an Eurem fehlenden Auge, dass Eure Pfeile ums Verrecken nicht treffen?«

Galtas schleuderte den Bogen hinter sich. »Ich wollte nur Eure Aufmerksamkeit auf mich lenken«, erklärte er. »Wir wollen ja nicht, dass Ihr von der Hand eines anderen getötet werdet, nicht wahr? Außerdem wird mir Eure Gegenwart – Euer Leichnam, sollte ich besser sagen – das perfekte Alibi bieten.«

Crys trat von einem Fuß auf den anderen und lächelte. »Verrat ist für Euch wie Wein, nicht wahr? Tut mir leid, Euch enttäuschen zu müssen, aber Ihr seid es, der hier sterben wird.«

Sie zogen zur gleichen Zeit blank und belauerten sich gegenseitig, ihre einzigen Zeugen die Toten.

»Seid Ihr Euch da sicher?«, fragte Galtas, ein boshaftes Lächeln im Gesicht, während er mit seinem bandagierten und geschienten Bein auf ihn zugehumpelt kam. Langsam. »Euer Wolfsfreund ist jedenfalls gestorben.«

»Ash?« Crys lachte, und der Gauner in ihm rollte sich befriedigt zusammen. »Ash ist nicht tot.«

Galtas runzelte die Stirn. Es war offensichtlich, dass er ihm nicht glaubte. Er zuckte die Achseln, und sein Lächeln kehrte auf sein Gesicht zurück. »Ihr könnt sagen, was immer Ihr wollt. Eure Familie ist jedenfalls tot, das weiß ich mit Bestimmtheit.«

Seine Stimme war so ruhig und beiläufig, dass Crys eine Sekunde brauchte, bis sein Gehirn erreichte, was seine Ohren gehört hatten, dann aber hörte er auf, sich zu bewegen, hörte auf zu blinzeln, hörte auf zu atmen. »Was habt Ihr gesagt?«, fragte er.

Ein breites Grinsen glitt über Galtas' Züge. »Wisst Ihr, wenn man bedenkt, dass Mara drei Kinder geboren hat und eins davon vor nicht allzu langer Zeit – Wenna, Eure Schwester, richtig? Nun, trotz alledem war Eure Ma überraschend eng. Ihr wisst schon, da unten.« Er machte eine entsprechende Handbewegung. »Na ja, sie ist es jedenfalls am Anfang gewesen.«

Crys schluckte Erbrochenes herunter, und plötzlich spürte er, wie der gelbe Glanz in seine Augen trat.

»Wollte aber nicht aufhören zu schreien. Ein Mundwerk wie ein verdammtes Marktweib. Ich musste ihr schließlich die Zunge rausreißen, das hat den Lärm etwas gedämpft.« Galtas musterte ihn eingehend, und offensichtlich sah er auf Crys' Gesicht das, was er wollte, denn er nickte knapp. »Da ist es«, murmelte er beifällig. Er nahm Kampfstellung ein und wartete.

Zorn wallte in Crys' Seele auf und schoss ihm durch sämtliche Glieder, ein Kribbeln wie von Eis und Feuer zugleich.

blendete die warnende Stimme aus, die ihm zur Zurückhaltung riet. Er schrie auf, stürzte sich mit einem einzigen langgezogenen Brüllen auf Galtas. »Ich bring dich um«, tobte er mit Schaum vor dem Mund. »Ich bring dich um.«

Crys' Angriff erfolgte ohne jede Vorsicht und mit wenig Gewandtheit. Seine Tränen nahmen ihm die Sicht, und wilde Rage schnürte ihm die Luft ab, als er sich auf Galtas stürzte, der nur lachend parierte und ihn zurückstieß, ein Hieb, der mit einem schrillen Klappern an Crys' Kettenhemd abglitt. Crys wirbelte auf seinem rechten Fuß herum, wich dem Angriff aus und stieß Galtas den Ellbogen seines Schwertarms ins Gesicht. Der Mann torkelte und taumelte, als er nun sein verletztes Bein belasten musste. Plötzlich blitzten da Tränen in seinem einen Auge. Er zog mit der freien Hand ein Messer, stach nach unten und schnitt damit durch Crys' Oberschenkel.

Crys heulte auf, und Galtas sprang zurück, die Faust gegen die Wachmauer gestützt, um sein Bein zu entlasten. Crys humpelte auf Galtas zu und erreichte ihn gerade noch rechtzeitig, um Galtas mit seinem Schwert das Messer aus der Hand zu schlagen. Er ließ seine Waffe sogleich wieder emporschwingen, wollte sie Galtas in die Achsel bohren, doch der Mann machte einen raschen Schritt auf ihn zu und packte Crys am Handgelenk. Im gleichen Moment griff auch Crys nach Galtas' Hand. Sie rangen angestrengt, hielten jeder das Schwert des anderen auf Abstand und keuchten einander ins Gesicht, während sie beide mit ihrem jeweiligen verletzten Bein zu kämpfen hatten.

»Verfluchter … Bastard«, ächzte Crys und versetzte dem größeren Mann einen Kopfstoß. Verfehlte seine Nase, aber sein Helmrand riss Galtas das Kinn auf, und der Aufprall ließ ihn wieder auf sein versehrtes Bein zurücktaumeln. Er stolperte. Für eine Sekunde wurde Galtas' Griff schwächer, und Crys gelang es, ihm mit dem Schwertknauf auf die Schulter zu schlagen.

Galtas senkte den Kopf und rammte ihn Crys in die Brust,

wodurch sie sich aus ihrer gegenseitigen Umklammerung lösten. Crys wich alle Luft stoßartig aus der Lunge, und in der Sekunde, die es ihn kostete, neuen Atem zu schöpfen, hatte ihn Galtas auch schon entwaffnet.

Crys sprang erneut zurück. Sein aufgeschlitztes Bein zitterte und drohte unter ihm nachzugeben, ihn auf den Stein sacken zu lassen. Keine Waffen mehr. Er riss sich den Helm vom Kopf und wehrte damit den nächsten Angriff ab. Jetzt konnte er sich nur noch verteidigen.

Nein. Greif an.

Crys schenkte der Stimme keine Beachtung. Egal ob Gott oder nicht, sie hatte offensichtlich keinen Schimmer, wie man einen solchen Kampf überlebte.

Crys' Fersen stießen gegen die Wand einer Redoute, die in die Innenwand der Mauer gebaut worden war. Er warf sich hinein und schürfte sich die Haut von den Handflächen, als er auf dem Boden aufschlug und sich abrollte, und seine Schultern bekamen vom Aufprall der Rüstung einen Schlag ab. Sofort sprang er wieder auf und stellte sich Galtas erneut entgegen.

»Ein Schwert, ein Speer oder auch nur ein Schild …«, murmelte er, aber die Redoute war bedauerlicherweise völlig leer, von ihm selbst und einer zusammengesackten Gestalt, der die eigenen Gedärme auf den Schoß gequollen waren, einmal abgesehen. »Verdammt.«

Galtas sprang über die Mauer, und Crys schlug ihm brüllend mit dem Helm das Schwert weg; dann knallte er den Helm nach oben in Galtas' Gesicht, ließ mehrere seiner Zähne zersplittern und Galtas nach hinten fallen.

Crys kletterte über die niedrige Mauer und auf Galtas hinauf. Er knurrte wie ein Tier, schlug Galtas' Schwerthand beiseite und packte den Helmrand mit beiden Händen. Rittlings über dem hingestreckten Mann hockend, schlug er ihm den Helm erneut ins Gesicht. Und wieder und immer wieder.

Schlug ihn ein ums andere Mal, bis Galtas' Gesicht kein Gesicht mehr war, sondern nur Rot und Weiß und Brei und Knochensplitter, und das Zucken aufgehört hatte und Crys' Arme vor Anstrengung zitterten.

Und dann noch ein Schlag, einfach weil er dazu in der Lage war und weil der Scheißkerl für Crys immer noch nicht tot genug war – und nie tot genug würde sein können.

Klatsch!

Crys war bespritzt mit Blut und Gewebe, sein Helm war eingedellt und von einer verkrusteten Schicht aus Blut, Haaren und Hirnmasse überzogen, und er warf ihn beiseite und zwang sich auf die Beine. Heftig keuchend brachte er es noch fertig, auf den Leichnam zu spucken, dann taumelte er benommen in Richtung Südturm davon.

Zwischen ihm und dem Turm befanden sich drei mit Bögen und Speeren bewaffnete Mirak. Crys rannte auf sie zu, weil ihm einfach nichts anderes übrig blieb. Der Bogenschütze schoss, und Crys schlug den Pfeil reflexhaft aus der Luft. Seine Hand verkrampfte sich vor Schmerz, und als er den Arm wieder hob, sah er, dass der Schaft das Gewebe zwischen Daumen und Zeigefinger durchbohrt hatte.

Er heulte vor Schmerz, riss den Pfeil heraus und stach damit nach dem Feind. Er stieß einem von ihnen den Speer aus der Hand, als er in die Männer hineinrannte, aber sie waren zu dritt, und er war allein, verletzt und erschöpft. Eine Faust krachte ihm gegen das Kinn, und er taumelte zurück, schlug seinerseits zu, schaffte es aber nur, den nächststehenden Speerträger an der Wange zu streifen.

Irgendetwas, vielleicht das Ende eines Speers, traf ihn am Hinterkopf und raubte ihm Kraft und Sehvermögen. Er spürte, wie seine Knie, seine Brust und dann sein Gesicht auf Stein schlugen. Dann spürte er nichts mehr.

Ash …

Crys hätte nicht recht sagen können, ob es nun er oder das Ding in ihm war, das seine Augen öffnete und die Welt sah. Er vermutete, dass sie wohl beide zugleich reagierten.

Er befand sich auf dem Platz draußen vor dem großen Tempel, und um den Tempel herum waren menschliche Leiber wie herabgewehte Herbstblätter verstreut, wenn Blätter denn blutig, zerrissen und ineinander verknäult sein konnten. Einige steckten in der Uniform der Truppe. Die meisten trugen Zivilkleidung. Männer. Frauen. Kinder. Säuglinge.

Die Position der Sonne verriet Crys, dass er einige Stunden bewusstlos gewesen war, auch wenn er keine Ahnung hatte, ob das nun lange genug gewesen war, dass ihn inzwischen irgendjemand vermisste. Es war ohnehin nicht so, als könnten sie einen Rettungstrupp zu ihm schicken, nicht hierher. Überall waren Mirak, und kleine Grüppchen von Soldaten der Osttruppe kamen vom Kaufmannsviertel, vom Schlachtfeld und von der Bresche herbei.

Make hat den ersten Ring aufgegeben. Der Feind wird die Tore in den zweiten bewachen, aber es können sich genug hier versammeln, um … was immer hier stattfindet.

Das beantwortet also unsere Frage hinsichtlich einer möglichen Rettung.

»Majestät? Majestät? Er ist wach.«

Crys stöhnte auf, als ihn ein Stiefel in die Rippen traf. Der Tritt weckte Erinnerungen und ließ auch an anderen Stellen seines Körpers Schmerzen aufwallen. Seine Finger waren steif. Sein Bein war ein einziger durchdringender, pochender, beharrlicher Schmerz, der im Rhythmus seines sich beschleunigenden Herzschlags pulsierte, und sein Hinterkopf fühlte sich an, als drücke jemand ein Stück brennende Kohle dagegen.

Eine Gestalt hockte sich vor ihn hin. Sie hatte die Sonne im Rücken, sodass Crys seine Augen zusammenkneifen musste. »Oh, Ihr seid es. Hallo, Corvus. In letzter Zeit mal wieder irgendwelche Prinzen getötet?«

Der König der Mirak neigte den Kopf zur Seite. »Es ist lustig, dass Ihr das jetzt sagt. Obwohl es nicht meine Hand gewesen ist, durch die er gestorben ist, genauso wenig, wie es beim Tod von Eurem geliebten Janis der Fall war.« Er zwinkerte ihm zu. »Aber Rivil ist tot.«

Trotz allem durchzuckte Crys ein unerwarteter Schmerz. Was immer er auch getan hatte, Rivil war einst sein Freund gewesen, hatte ihn begünstigt und mit ihm gelacht, getrunken und gespielt. »Wer ist es gewesen?«, fragte er.

»Unser kleiner Freund und Informant, der Gottesblinde.«

»Der Gottes-was?« Crys versuchte, aus den Augenwinkeln die Feinde zu zählen und mögliche Fluchtwege auszumachen. Die besten Aussichten auf Erfolg hatte er wohl, wenn er sich direkt in die raucherfüllten Straßen gen Osten stürzte. Er rollte sich auf die Knie.

Kaltes Metall presste sich gegen seinen Nacken. »Immer mit der Ruhe«, knurrte eine Stimme.

Corvus lächelte. »Keine Sorge, Valan. Er wird mir schon nichts antun, nicht wahr, Major?«

In Reaktion darauf brachte Crys seinerseits ein freches Grinsen zustande. »Ach ja, meint Ihr? Und was bringt Euch auf diesen Gedanken?«

Corvus stand auf, eine dunkle Silhouette vor dem Hintergrund des hellen Himmels. »Weil erstens weder ich noch Valan Euch eine Gelegenheit dazu geben werden und zweitens, weil ich Euch einem guten Freund versprochen habe.«

Crys schnaubte verächtlich. »Ich kann mir nicht vorstellen, dass ich irgendetwas mit einem Freund von Euch zu tun habe.«

»Oh, ich bin mir sicher, dass Ihr und Galtas eine Menge zu besprechen haben werdet. Er hat beharrlich auf zwei Dinge bestanden: dass wir Euch lebend gefangen nehmen und dass wir Euch ihm überlassen. Mir scheint, da gibt es offenbar so eine Art Blutrache zwischen euch beiden.«

Corvus verstummte, als Crys plötzlich loslachte. Ein ersticktes Kichern, das fast schon ein Schluchzen war, entrang sich seiner Kehle. »Galtas? Galtas ist tot. Ich habe ihm dort oben auf der Galerie den Kopf eingeschlagen. Ich würde mich ja dafür entschuldigen, aber wisst Ihr, es tut mir überhaupt nicht leid.«

Corvus' blasse Augen waren undeutbar. »Ach, das habt Ihr getan?«, erwiderte er leise. »Nun, ist es nicht ein Glück für uns, dass wir auch noch andere Freunde haben, wie etwa den Gottesblinden oder Skerris und seine Truppe? Und sogar die Götter selbst, die nun hier in Gilgoras sind.« Er zwinkerte ihm zu. »Ich bin mir sicher, wir finden jemanden, der … mit Euch so verfährt, wie Ihr es verdient.«

»Wie ich es verdiene? Ich bin nur ein Soldat, Kumpel. Richtet mich hin und bringt es hinter Euch.«

»Majestät, die Osttruppe ist am anderen Tor, demjenigen, das auf das Schlachtfeld hinausführt«, rief einer der Angreifer.

»Sie haben die Bresche eingenommen; der äußere Ring der Stadt ist unser«, schrie Corvus. Jubel brandete auf. Er wandte sich an Valan, der damit beschäftigt war, Crys die Hände hinterm Rücken zu fesseln und von dort ein Seil hinunter zu seinen Knöcheln und um sie herum zu spannen, sodass er nicht aufstehen konnte. »Zweiter Mann? Wie sicher sind wir?«

»So sicher, wie es nur geht, Majestät«, antwortete Valan, zog die Knoten fest und stieß Crys dann mit dem Knie in die Schulter, sodass er zur Seite fiel. Seine eine Gesichtshälfte klatschte gegen den Stein, und er stöhnte, als er spürte, wie seine Augenbraue aufplatzte.

»Können wir sie gefahrlos hereinlassen?«, fragte Corvus den Boten.

»Jawohl, Majestät. Sie haben Gefangene, Majestät.«

»Gut. Öffnet das Tor.«

Crys wartete schweigend, sein Auge brannte vor Blut und Staub. Schließlich kündigten Rufe und Flüche das Eintreffen der Verstärkung und ihrer Gefangenen an. Er rollte sich herum, soweit seine Fesseln es zuließen, und hob den Kopf. Die Osttruppe marschierte herein, Gefangene in ihrer Mitte: Soldaten, Leibgardisten, Zivilisten.

Skerris und die Gesegnete marschierten an ihrer Spitze. An der Seite der Gesegneten schritt ein Mann, zerlumpt, in Blau gewandet, so mager, dass er beinahe aussah wie ein Skelett, gleichwohl vertraut. Er wandte sein glasiges, irrsinniges Gesicht in Crys' Richtung, und Crys blinzelte. »Dom?«

»Willkommen, Gesegnete, General. Skerris, leider muss ich Euch davon in Kenntnis setzen, dass Lord Morellis offenbar tot ist. Getötet von seinem Rivalen, Crys Tailorson, den wir gefangen genommen haben ...« Dom zuckte zusammen. »Was ist?«, fragte Corvus scharf.

»Der Hauptmann aus Rivils Ehrengarde?«, ging die Gesegnete dazwischen. »Seid Ihr Euch auch sicher, dass es wirklich er ist?«

Corvus nickte und zeigte auf Crys. Crys zerrte an den Seilen, mit denen seine Handgelenke gefesselt waren, und war plötzlich überzeugt, dass er ihren prüfenden Blicken lieber nicht ausgesetzt sein wollte. Selbst Galtas wäre dem brutal-animalischen Ausdruck auf dem Gesicht dieser Frau vorzuziehen gewesen.

»Majestät, während Ihr Euch Euren Weg in die Stadt erkämpft habt, hat uns der Gottesblinde einige sehr interessante Informationen über diesen Mann gegeben. Gottesblinder – geht zu ihm und überzeugt Euch. Wenn Ihr Euch irrt ...« Sie ließ die Drohung unausgesprochen in der Luft hängen.

Dom trat auf Crys zu, und die Gesegnete und Corvus folgten ihm mit einigen Schritten Abstand, der König neugierig, die Frau von gedämpfter Freude erfüllt. Ein plötzliches Verlangen wegzurennen überwältigte Crys, und er kämpfte gegen seine Fesseln an. Er zappelte und rutschte zurück, bis er gegen die Wand des Tempels schlug. Die Haut schälte sich streifenweise von seinen Handgelenken ab, während er an den Seilen zerrte und sich gegen seine Fesseln stemmte.

Dom ließ sich vor ihm auf Hände und Knie fallen und kroch auf ihn zu. Schweigen senkte sich über den Platz, und Dutzende neugierige Gesichter drehten sich in ihre Richtung. Lanta, Skerris und Corvus traten noch näher heran, aber Crys konnte den Blick nicht von Dom abwenden.

»Hallo, Dom«, brachte er heraus. »Ihr seht beschissen aus. Was ist los?«

»Ich bin der Gottesblinde. Gestern Abend habe ich Rivil getötet, und dann kam der Gott des Blutes und hat verzehrt, was von ihm noch übrig war.«

Crys schluckte hörbar. »Und«, stieß er hervor, »wie sieht's aus?«

Dom legte Crys die Hand auf den Mund, um ihn zum Schweigen zu bringen. Seine Augen waren braune Brunnen der Qual, das rechte Lid flatterte, und brennendes Verlangen stand ihm in sein hageres Gesicht geschrieben. Er nahm die Hand weg und begutachtete sie, leckte über die Innenfläche und hielt das Gesicht dann ganz dicht vor Crys und schnupperte an ihm. Schnupperte an seinem Mund, an seinen Augen und an seinem Haar, begrub den Kopf in der Beuge von Crys' Hals und schnupperte an seinem Kettenhemd, begrapschte seine Kleider.

»Scheiße, was soll das?«, heulte Crys auf und rutschte noch ein Stück weiter zurück. Es war, als würde ein Hund an ihm schnuppern, ein Hund, der ihm jeden Moment das Gesicht vom Schädel reißen konnte. »Dom? Dom, verrückter Scheißkerl, was macht Ihr da? Geht verdammt noch mal weg von mir!«

Dom erstarrte, sein Gesicht so nah an Crys', dass sie einander hätten küssen können. Ein Speichelfaden hing von seinen Lippen und klatschte dann auf Crys' Brust. »Gespaltene Seele. Augen des Gottes. Gotteslicht.« Er füllte seine Lunge langsam mit Luft, atmete Crys ein und kauerte sich dann auf seine Fersen. »Gauner.«

Das ist der Anfang unserer Prüfung …

Scheiße, halt auf der Stelle die Klappe!

»Gesegnete, Majestät, er ist der Gauner«, verkündete Dom, und seine Stimme hallte vernehmlich über den Platz. »Er ist der Fuchsgott in Gestalt eines Sterblichen. Er ist das Gotteslicht, das seine Leute in den Tod führt – und wieder aus dem Tod hervor.« Er drehte sich im Staub auf den Knien herum und blickte in Lantas gespanntes Gesicht. Corvus runzelte verwirrt die Stirn.

Dom streckte die Hand aus, ohne hinzuschauen, und streichelte Crys' verletzte Gesichtshälfte, wischte mit dem Daumen über das Blut, das von seiner aufgeplatzten Braue troff, und leckte es sich dann vom Finger. »Galtas ist tot, aber das Schicksal dieses Mannes bleibt davon unberührt. Tötet ihn, und ihr werdet den Krieg gewinnen.«

TARA

Fünfter Monat, dreiundvierzigster Tag der Belagerung, nachmittags
Haupthospital, zweiter Ring, Rilporin, Weizenland

Wie kann jemand so Kleines nur so verdammt viel wiegen?«, stöhnte Tara und wuchtete Dalli auf ihrer Schulter herum. Dallis Hand schlug ihr bei jedem wackligen, schmerzenden Schritt gegen den Rücken, doch das Hospital war nur noch wenige Meter entfernt, und es kamen bereits Heiler mit Tragen auf sie zugelaufen.

Hände streckten sich nach ihr aus. »Vorsicht«, bellte Tara, »Bauchverletzung.« Sie hoben sie sanft von Taras Schultern, und sie hatte schon halb damit gerechnet, dass ihr nun Ringe von Därmen girlandenartig den Hals schmücken würden, aber der Verband hatte gehalten, und auch wenn Tara nass von Dallis Blut war und die Wölfin ganz grau im Gesicht, atmete sie noch.

»Wie lange her?«, fragte ein Heiler.

Tara schaute zur Sonne empor. »Ich weiß es nicht. Ein oder zwei Stunden vielleicht?«

»Was jetzt, eine oder zwei?«, blaffte er.

»Habt Ihr Gedärm austreten sehen?«, fragte ein anderer Heiler. »War da eine Ausbeulung?«

»Ja«, sagte Tara, lehnte sich an eine Mauer und beantwortete jene Frage, die sie beantworten konnte. »Ich habe die Verbände in Wasser getaucht und sie jedes Mal neu begossen, wenn wir haltgemacht haben, damit das Gedärm nicht hart wurde.«

Die Heiler wechselten Blicke. »Könnte reichen, wenn wir uns beeilen.« Sie hievten die Trage hoch und liefen auf das Hospital zu. Tara ließ ächzend ihre Schultern rollen, um die Verspannungen in ihrem schmerzenden Rücken zu lösen, dann folgte sie ihnen. Ihr Atem ging pfeifend, und aufgrund der Schwellungen um ihre Augen herum konnte sie kaum mehr etwas sehen.

Am Hospitaleingang blieb sie stehen und zählte ihre Krieger ab, während sie an ihr vorbei hineinmarschierten. Sie gingen oder humpelten, lagen auf Tragen oder wurden von Kameraden auf der Schulter getragen. Weniger als dreihundert Wölfe hatten es bis hierher geschafft. Sie legte Ash die Hand auf den Arm und hielt ihn fest, sodass er neben ihr stehen blieb, und zusammen sahen sie mit gequälten Blicken zu, wie der Rest an ihnen vorbeizog.

»Sag irgendetwas«, murmelte sie, als alle im Inneren waren.

Ashs Gesicht war ausdruckslos. »Lim war unser Häuptling. Trotz seiner Unbesonnenheit nach Sarillas gewaltsamem Tod und trotz der Tatsache, dass er Crys'… wahre Natur verleugnet hat, ist er der Beste von uns gewesen.«

Taras Gesichtsausdruck blieb unbewegt. Sie hatte in den letzten Monaten eine Menge guter Wölfe erlebt, und ihre Meinung in Bezug auf Lim unterschied sich von Ashs. Aber jetzt war nicht die richtige Zeit für ihren berüchtigten Mangel an Taktgefühl.

»Und wir haben ihn dort zurücklassen müssen«, fuhr Ash fort und strich sich seine vom Schweiß strähnig gewordenen Locken aus den Augen. Als er die Hand sinken ließ, berührte sie die neue Narbe und die Einbuchtung in seinem Kinn.

»Er war tot…«, setzte Tara an.

Ash neigte den Kopf zur Seite. »Das bin ich auch gewesen«, sagte er leise.

Tara bedachte ihn mit einem finsteren Blick. »Ash… sie

haben ihn enthauptet. Das hätte Crys niemals heilen können. Niemand könnte das.«

»Nein, wahrscheinlich nicht.« Ein Ausdruck von Niedergeschlagenheit erschien auf seinem Gesicht.

Sie legte ihm den Arm um die Hüfte und drückte ihn an sich. »Lass uns hineingehen und uns setzen, und dann können wir schauen, wie wir helfen können.«

Der leise Anflug eines Lächelns huschte über Ashs Züge. »Und, um der Liebe zu den Göttern willen, sieh zu, dass dir jemand diese Nase in Ordnung bringt, Frau. Sieht absolut grässlich aus.«

Tara verkniff sich eine schnippische Erwiderung und bedeutete ihm hineinzugehen, dann drehte sie sich um, schaute ein letztes Mal die Straße hinter sich entlang und zögerte. Es widerstrebte ihr plötzlich, das Hospital zu betreten. Der zweite Ring war fest abgeriegelt, aber Tara vertraute mittlerweile nichts und niemandem mehr.

Schließlich duckte sie sich durch die Tür und folgte dem Flur, der zum Hauptsaal führte. Jedes Bett war besetzt, ebenso wie die Plätze auf dem Boden zwischen den Betten. Soldaten lagen auf Tragen auf dem Fußboden, und Verletzte, die noch gehen konnten, standen in einem zweiten, kleineren Raum Schlange, um sich behandeln zu lassen, während aus dem Operationssaal tief im Inneren des Hospitals schauerliches Kreischen widerhallte. Heiler, Lehrlinge, Soldaten und Zivilisten bewegten sich zwischen den Betten hin und her, verteilten Wasser, wechselten Verbände und fütterten die Verletzten mit Suppe. Beteten.

Sie fand Make im zweiten Behandlungsraum auf einem Stuhl sitzend, vom Kopf bis zu den Hüften nackt, während eine Frau seine Brandwunden abtupfte und dann verband. Tara nahm sich eine Sekunde Zeit, um sich zu fragen, wo die Pfleger in all dem Grauen überhaupt noch frisches Leinen hatten finden können.

Dann bemerkte sie die Stickerei am Saum des Verbandes und begriff, dass es sich um den feinen Schal einer Dame handelte. Offenbar waren dann wohl zumindest einige der Adligen bereit, bei den Kriegsanstrengungen behilflich zu sein.

»Major Carter meldet sich zum Dienst«, krächzte Tara.

Make blickte zu ihr auf, und seine Augen weiteten sich. »Teufel noch mal, Major, was ist denn mit Euch passiert?«

Tara berührte ihre Nase mit der Fingerspitze. »Wisst Ihr was? Ich kann mich nicht mal mehr daran erinnern.« Sie versuchte zurückzudenken, bemerkte, dass sie leicht hin und her schwankte, und hielt sich mit der Hand an der Wand fest. »Ach ja. Es war Galtas. Er ist in der Stadt gewesen. Jetzt hat er sich davongemacht«, murmelte sie, während sich der Raum um sie herum drehte. »Dieses Arschloch.«

Plötzlich saß sie auf dem Boden, die Beine weit von sich gestreckt, und hatte keine Ahnung, wie sie dort hingekommen war. Make hockte zu ihrer Linken, die Frau zu ihrer Rechten. »Hallo«, sagte Tara und wusste, dass sie dümmlich grinste, war aber außerstande, damit aufzuhören.

»Hallo«, begrüßte sie die Frau, »ich bin Elissa von Blinkisch aus Kiefernschleuse. Ich glaube, Ihr könntet etwas zu essen sowie Wasser gebrauchen, und Ihr solltet Euch auch ein wenig hinlegen. Seid Ihr einverstanden?«

Tara griff nach dem Arm der Frau; dann betastete sie ihr eigenes Gesicht. »Könnt Ihr das wieder in Ordnung bringen?«, fragte sie.

Elissa wirkte entsetzt. »Ich?«

»Tara.« Sie drehte sich zu der Stimme um und sah Make vor sich. Er legte ihr die Hand auf den Hinterkopf, griff nach ihrer Nase und riss sie ruckartig zur Seite. Elissa wich zurück und wedelte kreischend mit den Händen, während Tara aufbrüllend Rotz und Blut im Raum verteilte und erwog, Make ihren Mageninhalt über den Leib zu kotzen. Nach einem in die

Länge gezogenen Moment voller weißer Lichter und von einem Schmerz geschüttelt, den sie eigentümlicherweise fast schon riechen konnte, ließ sie den Kopf nach vorn fallen und das Blut in ihren Schoß rieseln.

Jetzt wäre ein wirklich guter Zeitpunkt für einen hysterischen Anfall, schoss es ihr durch den Kopf, und für einen Moment zog sie etwas dergleichen ernsthaft in Erwägung.

»Lim ist tot«, sagte sie stattdessen, und Make ließ sich auf einen Stuhl sinken.

»Götter. Lim. Wie ist es passiert?«

»Es war Corvus. Im Palast. Wir haben versucht, sie aufzuhalten, Herr, ich schwöre es, aber es waren einfach zu viele. Wir mussten uns zurückziehen, und dann …«

»Corvus ist in der Stadt? Ist er derjenige, der sich im Tempelbezirk verschanzt hat? Verdammt, wenn wir ihn zu fassen bekommen können, ist die ganze Sache vorüber. Wie lange ist es her?«

»Wir haben im fünften Ring gegen sie gekämpft«, murmelte Tara. »Und dann noch einmal im dritten. Konnten die Stellung nicht halten.« Frische Tränen strömten ihr über die Wangen, Tränen, die nichts mit dem Schmerz in ihrem Gesicht zu tun hatten. »Haben es versucht, Herr. Können es wieder versuchen.«

Make klopfte ihr begütigend auf den Schenkel. »Nicht Ihr. Gönnt Euch eine Verschnaufpause, Major.« Seine Stimme war sanft. »Irgendjemand muss es in der Tat versuchen, aber die Verluste … wie viele weitere Rückzüge noch, bis das Ganze zu einer verheerenden Niederlage wird? Oder bis wir über keinen Raum mehr verfügen, in den wir uns zurückziehen können?«

»Wir haben den Tunnel im fünften Ring verrammelt; zumindest können sie uns nicht in die Flanke fallen. Sie werden vom ersten Ring her kommen und von nirgendwoher sonst.«

»Da können wir wahrscheinlich von Glück sagen«, meinte

Make, während Elissa erneut seine Brandwunden betupfte. Seine durch Mark und Bein gehende Erschöpfung ließ seine Stimme dumpf und kraftlos klingen.

Tara schluckte einen klebrigen Klumpen blutigen Schleims herunter. »Was die Verluste angeht, Herr. Dalli ist hier. Bauchverletzung. Sieht schlimm aus.«

Make erhob sich taumelnd, beugte sich zu ihr herab und zog sie hoch. Sie beide schwankten, und frisches Blut spritzte auf den Boden. Elissa gab einen Laut von sich, der halb Besorgnis, halb Ekel war, und drückte Tara ein zerknülltes Stück Stoff in die Hand. Sie nahm es reflexhaft entgegen.

»Wo?«

»Ich habe nicht gesehen, wo sie sie hingebracht haben, aber ich nehme mal an, dass sie im Operations…«

Make war verschwunden, bevor sie den Satz beenden konnte. Sie blickte ihm nach. Er war immer noch nackt von der Hüfte aufwärts, seine Brandwunden nur teilweise behandelt; geplatzte, tränende rote Blasen standen roh und geschwollen aus seiner Haut hervor.

»Frau Elissa«, sagte Tara und drehte sich zu der Pflegerin um. »Bitte nehmt Eure Verbände und Eure … was immer das sonst noch ist und folgt dem Fürstgeneral. Er wird ein großes Gewese um seine künftige Ehefrau machen, aber wenn er begreift, dass er nicht helfen darf, wird er stillhalten. Wenn er so weit ist, behandelt ihn. Und lasst Euch kein Nein als Antwort bieten. Ihr seid eine Edeldame; wenn er Einwände erhebt, ruft ihm das in Erinnerung.«

Elissas Augen waren groß. »Er hat vor zu heiraten?«, hauchte sie, und ihre Unterlippe zitterte. »Mein lieber, lieber Ned hat heute auch gekämpft, wisst Ihr.« Tara sah, dass sie zu einer längeren Geschichte ausholte. »Er ist gefallen. Lord Blinkisch aus Kiefernschleuse ist in der ersten Bastion gefallen. Er war ein Held, sagen sie, ein wahrer Held.« Elissa atmete tief durch und betupfte ihre Augen. »Ich werde sein Andenken dadurch in Ehren halten, dass ich hier alles tue, was immer ich kann«, fügte sie hinzu, bevor Tara sich auf eine Plattitüde für diesen Mann von Adel besinnen konnte, dem sie nie persönlich begegnet war, über den sie aber so manche Anekdote gehört hatte. Die Frau sammelte den Topf und die Verbände ein, knickste, als sei hier Tara die Edeldame, und eilte hinter Make her.

»Ich … ich habe keinen Schimmer, was hier vor sich geht«, murmelte Tara und wischte sich das Gesicht mit etwas ab, von dem sie jetzt begriff, dass es ein Seidenstrumpf war. »Teufel noch mal.« Sie stopfte sich den Strumpf in ihren Ärmel und ging zu dem Tisch an der Seite hinüber, auf dem Wasserkrüge und Tabletts mit Brot und gebratenem Fleisch standen. Ihr Magen gluckerte, und es erinnerte sie daran, dass sie an diesem Tag womöglich noch gar nichts gegessen hatte. Sie schnappte sich einen der Krüge und trank, bis sie bei jeder Bewegung das Wasser in ihrem Leib schwappen spürte.

Sie hatte gerade ihren ersten Bissen Schweinefleisch im Mund, als Ash zu ihr stieß, und der Ausdruck auf seinem Gesicht gefiel ihr kein bisschen. »Was ist denn jetzt schon wieder?«

»Crys ist verschwunden. Wir müssen ihn finden.«

Sie blinzelte ihn erschrocken an, und während sie kaute, dachte sie wieder gründlich über einen hysterischen Anfall nach. »Wie lange schon, und wo wurde er zum letzten Mal gesehen?«

»Anscheinend ist er losgezogen, um die Belagerungsmaschinen auf der Südmauer funktionsunfähig zu machen und dadurch zu verhindern, dass sie gegen uns eingesetzt werden können. Er hat sich freiwillig gemeldet. Heute Morgen. Seither fehlt jede Spur von ihm. Er hat einen pickligen Leutnant zu den Katapulten auf der Nordmauer geschickt, und der ist binnen einer Stunde wieder zurück gewesen, aber Crys ist verschwunden.«

»Er wird wohl auf der Mauer festsitzen, mit Mirak zwischen ihm und uns, nicht wahr?«, meinte Tara. Sie stopfte sich den nächsten Bissen Fleisch in den Mund, dann schob sie sich noch einige Bratenscheiben für später unter die Armschiene.

»Wahrscheinlich. Entschuldige, dass ich dich damit belaste, aber es gibt sonst niemanden. Wir, die Wölfe, sind für eine Weile zu nichts mehr in der Lage, so erledigt und erschöpft, wie wir sind, und …« Ashs Stimme verlor sich, und er rieb sich das Gesicht.

»Sie sind nicht die Einzigen in einem derartigen Zustand«, murmelte Tara, und dann tätschelte sie seinen Arm, um ihren Worten die Spitze zu nehmen. »Götter, Make wird mich umbringen. Also schön, lass uns gehen. Er ist ein zu guter Offizier, um ihn zu verlieren, ganz egal, was immer er sonst noch sein mag.«

»Ihr seid ebenfalls ein guter Offizier«, ertönte eine Stimme, und sie hörte, dass jemand hinter ihr in den Raum getreten kam. »Leutnant Weaverson. Der Picklige«, fügte er hinzu und bedachte Ash mit einem eigentümlichen Blick. »Da so viele ranghohe Offiziere tot sind, müsste ich es melden, wenn Ihr die Dinge selbst in die Hand nehmen und losziehen würdet, ohne den Fürstgeneral zu informieren.«

Ash machte Anstalten, sich auf ihn zu stürzen, aber Tara wusste den Ausdruck in Weaversons Augen zu deuten. »So sieht man sich wieder, Roger«, sagte sie. »Die Kapriolen vorhin im Palast haben Euch wohl Appetit gemacht, wie? Wollt Ihr mitkommen?«

Weaverson grinste. »Geht voran, Major«, antwortete er. »Sechs Augen sind besser als vier, und Major Tailorson hat mich immer gut behandelt. Das Mindeste, was ich tun kann, ist, dass ich ihm den Rücken decke.«

»Und nicht nur den Rücken«, murmelte Tara. »Wenn wir seinetwegen sterben, schwöre ich, ich werde zurückkehren und den verdammten Scheißkerl in seinen Träumen heimsuchen, Fuchsgott hin, Fuchsgott her.«

»Fuchsgott?«, fragte Weaverson und kicherte dann. »Ach ja, die Augen.«

Tara und Ash wechselten Blicke. Offensichtlich hatte das Gerücht noch nicht jeden Winkel der Stadt erreicht. »Genau«, bestätigte sie. »Die Augen.«

CRYS

Fünfter Monat, dreiundvierzigster Tag der Belagerung, nachmittags
Platz des großen Tempels, erster Ring, Rilporin, Weizenland

Die Frau namens Lanta hatte sich bisher sieben der Gefangenen bringen lassen und sie getötet, sie geopfert, *abgeschlachtet,* während Crys gefesselt in der Mitte des Platzes kniete und wartete.

Er hatte sich übergeben, als die erste Gefangene getötet worden war, obwohl er inzwischen längst Schlimmeres gesehen hatte, so viel Schlimmeres. Die Frau war heulend und sich windend gestorben, nach hinten über ein Fass gelehnt, mit aufgeschlitzten Adern. Es war eine ziemliche Sauerei gewesen, aber schnell gegangen, ganz anders als die Opferung von Prinz Janis, von der er immer noch Albträume hatte. Als mache sich Lanta lediglich warm für das große Ereignis.

Für uns.

Der Boden unter dem Fass war eine rote Kloake aus Blut, Pisse und Staub, die sich auf dem Stein zu einer Lache sammelte, der Himmel wurde von Schreien zerrissen, als die Schar der Gefangenen in Panik zurückdrängte und der Haufen von Leichen wuchs. Einige Mirak durchstöberten die beschlagnahmten Rüstungen und Waffen, während andere die Gürtel und Hände der Toten nach Geldbeuteln und Ringen absuchten. Aasgeier. Plünderer.

Lanas blaues Kleid hatte sich verfärbt, war von großen pur-

purroten und schwarzen Flecken überzogen und durchtränkt, während sie obszöne Gebete sang und hilflose Männer, Frauen und sogar Kinder niedermetzelte. Fest und tief schlitzte sie, öffnete ihre Opfer vom Brustbein bis hinab zu den Lenden, während Skerris, dieser fette Scheißkerl von General, dabei half, die Unglücklichen festzuhalten.

Dom verfolgte das Geschehen aufmerksam, das Gesicht strahlend vor glühender Begeisterung, und er kicherte über die Schreie. Dom so verändert zu sehen, so anders als zuvor, war fast so schlimm wie das, was Lanta mit den Opfern anstellte. Fast.

Was sie mit ihnen machen, was sie mit Janis gemacht haben … Wird es auch bei mir so schlimm sein? Crys hatte versucht, die Frage zu vermeiden, und sich gesagt, dass er es gar nicht wissen wollte, aber die Schreie waren wie rostige Klingen auf seiner Haut, die zustachen und an ihm kratzten, ihm seine Entschlossenheit, seinen Mut aus dem Leib reißen wollten. Ihm bis ins Mark schnitten.

Das Ding in seinem Inneren – er konnte sich noch immer nicht dazu überwinden, es beim Namen zu nennen – regte und reckte sich, schlängelte sich unter seiner Haut, ein seltsamer, unerklärlicher Trost.

Es wird sogar noch schlimmer.

Crys blies die Wangen auf und kniff den Hintern zusammen, damit er sich nicht in die Hose schiss. *Verdammter Idiot. Stell nie, niemals solche Fragen.*

Erneut wurde seine Aufmerksamkeit von Lanta in Anspruch genommen, die mit blutiger Hand auf die Gefangenen deutete. Gefesselte Hände wurden unbeholfen gehoben, um Fingerspitzen auf Herzen zu drücken, und Lippen murmelten gebrochene, verzweifelte Gebete, während die Mirak zwischen ihnen umhergingen und ihre Wahl trafen.

»Bekehr dich oder stirb, Soldat«, sagte Lanta, als sie den

Nächsten, den jungen Hauptmann Lark, der an der Südmauer unter Crys' Kommando gestanden hatte, zum Fass schleppten. »Bekenne dich zur Dunklen Dame und zu Gosfath, dem Gott des Blutes, oder erleide die Qualen von Schmerz und Tod, das langsame Davonsickern deines Lebens in die Erde.«

Sie gab ein Zeichen, und Larks Augen rollten in ihren Höhlen, während er seinen Blick angestrengt über all die Leiber ringsum schweifen ließ. Noch waren sie nicht alle tot, lagen übereinanderaufgehäuft, bluteten aufeinander, ineinander, die Gliedmaßen verknäult, erstickten unter totem Fleisch und Blut und dem Gift geöffneten Gedärms.

»Ich bin ein Kind des Lichts!«, schrie Lark der Frau ins Gesicht. Er spuckte in ihre Richtung, verfehlte sie.

»So geschehe es«, verfügte Lanta unbeteiligt.

»Möge die Gnade der Tänzerin mit dir sein!«, schrie es unwillkürlich aus Crys heraus, doch Valan trat ihm zwischen die Schulterblätter, sodass er mit dem Gesicht voran auf den Stein knallte.

Lanta hob Hand und Messer und beschwor ihre lästerlichen Götter, dann schlitzte sie den schreienden Mann weit auf. Es war wie ein großes, klaffendes Lächeln aus roten Lippen, ein prall mit Gedärm gefüllter Mund, wimmelnd voll mit Froschlaich. Die schwitzenden Mirak hoben ihn vom Fass weg und warfen ihn auf den Haufen, seine herausquellenden Eingeweide ergossen sich über den Boden. Einer der Männer rutschte in Larks Gedärmen aus, als er vorbeiging, dann versetzte er ihm einen Fußtritt mitten in das Loch, das ihm das Messer in den Leib geschnitten hatte. Die Wucht des Trittes ließ irgendetwas zerreißen, und Blut spritzte, flutete, floss. Lark hörte zu schreien auf, dann hörte er auf zu atmen. Ein schnellerer Tod, als ihn einige der anderen gefunden hatten.

Bald werde ich es sein.

Wir.

Ich oder wir, scheiß drauf, es bin verdammt noch mal immer noch ich!

Hierauf bekam er keine Antwort. Crys presste fest die Augen zusammen und atmete durch geblähte Nasenflügel ein, als ihn Valan grob wieder auf die Knie zerrte. »He, Skerris«, rief er, um sich abzulenken. »Was ist eigentlich mit der Nordtruppe passiert? Warum ist sie nicht gekommen?«

Skerris wischte sich Schweiß aus den Falten seines Doppelkinns. »Sie hatten neue Decken bestellt, und wir haben sie ihnen zukommen lassen. Decken, die wir in Gift getaucht haben und trocknen ließen. Als sie zu Bett gingen, berührten die Decken ihre Haut, und ihre Körperwärme und die Kohlefeuer haben die giftigen Dämpfe freigesetzt. Keiner von ihnen ist je wieder aufgewacht. Fünftausend Mann, tot, einfach so.« Er schnippte mit den Fingern.

»Das ist…«, Crys brach ab.

»Genial«, warf Lanta ein. Mit blutiger Hand winkte sie ihn heran. »Komm, kleiner Fuchs. Es ist an der Zeit.«

Crys grinste sie breit an, denn Maulheldentum war inzwischen das Einzige, was ihn noch davor bewahren konnte, seine Unterwäsche zu besudeln. »Tja, auch wenn es ein reizendes Angebot ist und Ihr eine hübsche und erschreckende Frau seid, so der ›Fass mich an, und ich schlitz dir den Bauch auf‹-Typ, ich bin einfach nicht interessiert. Tut mir leid. Wenn Ihr mich jetzt also bitte einfach losbinden könntet…«

Valans Faust krachte ihm gegen das Kinn.

Wenn ihn die letzten Wochen irgendetwas gelehrt hatten, dann, dass die Schreie eines Mannes genügten, um die Träume aller heimzusuchen, die zuhörten. Beim Großen Gauner, er hatte auf dem langen, blutigen Marsch vom Blutpasstal hierher genügend Männer schreien lassen.

Auch wenn es jetzt niemand außer Feinden und Gefangenen hören konnte, unternahm er also alles in seiner Macht Stehende, um die Schreie zurückzuhalten. Trotzdem schluchzten, heulten und brüllten sie sich einen Weg aus seiner Kehle hervor, und jeder Schrei riss einen Splitter Crys mit sich davon und ersetzte ihn durch etwas anderes.

Für ihn gab es kein Fass, über dem er liegen konnte, während sich sein Bauch gen Himmel reckte, o nein. Lantas Einfallsreichtum kannte keine Grenzen, und sie hatten Ringe in den Rahmen der Eichentür des großen Tempels genagelt und streckten ihn an den Knöcheln und Handgelenken in das geöffnete Maul des Tempeltors. Spannten seinen ausgestreckten Körper dabei so fest an, dass der Schmerz in seinen Gelenken fast schlimmer war als das, was sie mit ihm anstellten.

Nein, das andere ist schon noch schlimmer.

Hinter ihm, auf der anderen Seite der offenen Tür, gähnte der Friede des Tempels, das ruhige Plätschern von Wasser im Gottesteich, hörbar, aber nicht sichtbar, ein kühler Atem auf Crys' nackter Haut. Vor ihm standen die Mirak und die Soldaten der Osttruppe, so viele, wie sich überhaupt nur auf dem Platz drängen konnten, um den Tod eines Gottes mitzuerleben.

Im Moment fühle ich mich wirklich nicht allzu göttlich, auch wenn sie mir zumindest meine Unterwäsche gelassen haben. Anderenfalls wäre es eine verdammte Enttäuschung für alle Beteiligten.

Lanta stand in ihrem blutbefleckten Gewand da, ihr Messer und ihren Hammer locker in den Händen, und musterte ihn leise lächelnd. Sie nahm selbst an seiner Folter nicht teil.

»Warum?«, keuchte Crys, als Dom einmal pausierte, um Atem zu schöpfen.

»Ich bin das Instrument der Götter«, erklärte Dom und saugte am aufgeplatzten Knöchel eines seiner Finger. Er hatte ihn sich an Crys' Zähnen aufgerissen. »So wie wir alle.«

»Ich nicht«, ächzte Crys. »Ich bin kein Instrument.« Er reckte den Kopf vor und tat sein Bestes, den Calestar böse anzufunkeln. Den Gottesblinden. »Ich bin der Musikant.«

Dom klatschte in die Hände. »Ich hätte gedacht, es würde länger dauern, bis du es anerkennst«, sagte er, »doch hier bist du und verkündest vor uns allen, göttlich zu sein. Soll ich vor dir niederknien?«

Crys spuckte blutigen Schleim in seine Richtung. »Und ich hätte gedacht, du würdest inzwischen nur noch vor den Göttern des Blutes niederknien. Dass der Dom, den wir alle gekannt und geliebt haben, nur mehr eine leere Hülle ist, innerlich tot. Von all den Namen, die sie dir gegeben haben, macht dir ›Dunkelseele‹ am meisten Schande. Dieser Name ist ein Makel, den du niemals wieder wirst abwaschen können.«

Dom verzog den Mund und griff nach einem Meißel und einem Hammer. In Crys' Kopf stieg das Bild von Janis auf, mit dem Kopf nach unten, die Hoden an sein Arschloch genagelt. Er nahm alle Kraft zusammen, die ihm verblieben war, um die Schenkel zusammenzupressen. Sie zitterten und bewegten sich so gut wie gar nicht. Der Schweiß brach ihm auf der Stirn aus, sickerte ihm seitlich die Wirbelsäule hinab und bis in den verdreckten Bund seiner Unterhose.

Liebe verdammte Götter, bitte, tut das nicht, bitte, lasst das nicht zu. He, Füchschen, bist du irgendwo hier drin? Du hast gemeint, es würde sogar schlimmer werden, aber du hast damit doch nicht sagen wollen, dass es zu dem hier kommt, oder? Gauner? Sag mir, dass er meinen Eiern nicht zu nahe kommen wird. Bitte, ja?

Keine Antwort. »Sieh mal, Dom, es tut mir leid, hör zu, ich bin mir sicher, wir können zu irgendeiner Übereinkunft kommen, du weißt schon, so von Mann zu Mann. Es ist etwas viel …«

Dom blickte auf den Hammer und dann in Crys' Gesicht. »Oh«, murmelte er und grinste. Dann kicherte er und wedelte mit dem Hammer durch die Luft. »Meine Güte, ist es das, was du denkst?« Er setzte den Meißel an die Innenseite von Crys' rechtem Bein. »Bis dahin haben wir noch einen weiten Weg vor uns, Fuchsgott«, erklärte er, und dann rammte er mit einem einzigen Schlag den Meißel unter Crys' Kniescheibe, sodass sie heraussprang.

Crys kreischte auf, und zum ersten Mal wechselte seine Stimme eine Tonlage höher, in den Bereich der wirklich gellenden Schreie. Der Schmerz explodierte unter seiner Kniescheibe und raste wie Feuer hinab in seine Zehen und hinauf in seine Lenden, seinen Bauch. Übelkeit stieg ihm in die Kehle, als er sah, dass sich seine Kniescheibe nun seitlich an seinem Bein befand.

Dies ist unsere Prüfung, unsere Bewährungsprobe. Der Moment, in dem wir zwei Seelen zu einer einzigen zusammenschmieden. Gemeinsam wird uns nichts und niemand mehr aufhalten können. Falls wir überleben.

Die Stimme in Crys' Kopf hatte wirklich geholfen, bis hin zu diesen letzten drei Wörtern. Er stieß einen Laut aus, der halb Lachen, halb Schluchzen war, und Dom beugte sich dicht zu ihm vor.

»Mit wem redest du da drin? Mit deinem Freund mit dem buschigen Schwanz?« Er rammte Crys seine starren Finger unter den Brustkorb und zog ihn daran nach oben, bis Crys heulte. »Komm heraus, kleiner Fuchs, komm heraus, sonst fange ich an, Teile aus ihm herauszulösen, die nicht mehr nachwachsen und heilen können.«

Crys zwang sich zu einem Lächeln, auch wenn es, nach dem Ausdruck auf Doms Gesicht zu urteilen, kein hübsches Lächeln war. »Hat die Dunkle Dame dich all das gelehrt?«, fragte er. »Sich am Schmerz der anderen zu ergötzen? Was, glaubst du, wird Rillirin über dich denken, wenn sie erfährt, wozu du geworden bist? Du …«

Der brennende, sengende Schmerz in seiner Hand ließ, was immer Crys hatte sagen wollen, in ein Kreischen übergehen. Dom hielt eine schlanke Zange hoch, einen blutigen Fingernagel zwischen ihren Greifbacken. Crys brüllte und tanzte auf einem tosenden Meer der Qual auf und ab.

Schon komisch, dass wir den Männern unter unserem Kommando immer auftragen, ungerührt zu bleiben, wenn sie es mit Schmerz zu tun bekommen, dachte Crys, ohne dass da etwas Komisches an seinem Gedanken war, und unterzog seine vormaligen Ansichten einer Berichtigung. *Warum tun wir das? Welchen Nutzen hätte es für mich, wenn ich aufhören würde zu schreien? Ich schreie gern. Es erinnert mich daran, dass ich noch lebe.*

»Rillirin, ja«, sagte Dom, und für eine Sekunde sah Crys Traurigkeit in seinen Zügen. »Weißt du, sie trägt mein Kind unterm Herzen. Empfangen in den Forts der Westtruppe, damals, als ich noch glaubte, dass die Dinge ein glückliches Ende nehmen könnten. Damals, als ein glückliches Ende vielleicht tatsächlich noch möglich gewesen wäre, wären da nicht die Entscheidungen gewesen, die wir alle getroffen haben. Ein Jammer. Sobald sie einmal das Kind haben, werden sie Rillirin nicht mehr brauchen.«

»Du meinst, Corvus wird seine Schwester umbringen?«, brachte Crys heraus. Das Ding in ihm knurrte interessiert, drängte nach vorn.

»Die Gesegnete wird es tun, daran besteht kein Zweifel.« Dom schüttelte schwach den Kopf, kam aber weiteren Gesprächen mit seinem Messer zuvor, mit dem er Hautstreifen von Crys' Armen und Brust schälte, bis dieser sich aufbäumte und brüllte und Blut von seinen Zehen hinunter auf den Stein tropfte.

»Na, wirst du langsam müde?«, krächzte Crys aus wunder Kehle, als Dom erneut eine Pause einlegte, um die Finger zu biegen und zu strecken und die Schultern kreisen zu lassen. Der Gottesblinde schlug ihm beiläufig in die Eier, und Crys' ganze Welt zog sich zusammen. Seine Augen traten aus den Höhlen, und er schrie nicht, das aber nur, weil er nicht atmen konnte.

Endlose Sekunden verstrichen, bis er die Übelkeit niedergezwungen hatte und sich erneut gegen die Seile stemmte. »Ich hatte mich«, keuchte er, »schon gefragt, wie lange es … dauern würde … bis du anfängst … mich zu befummeln.« Er spitzte aufgeplatzte Lippen und küsste die Luft.

Dom verschwand hinter ihm, und Crys riskierte einen weiteren Blick auf sein Publikum: Da waren Corvus' kühle Belustigung, Lantas nervöse Anspannung, das johlende Gelächter der Krieger.

Dom bohrte seinen Finger in die aufgerissene Wunde an Crys' Oberschenkel, was ihm ein weiteres Brüllen entfahren ließ, dann legte er ihm den Unterarm um die Kehle und drückte zu. Crys überließ sich dankbar der Finsternis.

Eine längere Zeit war verstrichen; er wusste nicht, wie viel. Alles tat ihm weh. Ausnahmslos alles. Und obwohl er das Ding in ihm unaufhörlich anflehte, verdammt noch mal endlich herauszukommen und alle auf dem Platz zu töten, ihn selbst, wenn nötig, eingeschlossen, war da noch etwas anderes, was sich in seiner Nähe zusammenzog, eine brütende Dunkelheit an den Rändern seines Gesichtsfelds, ein Laut wie Wahnsinn irgendwo hinter all seinem Gebrüll, seinen Schreien.

»Zeit aufzuwachen, Fuchsgott.«

»Was?«

Dom beugte sich dicht zu ihm vor und drückte einen Kuss auf Crys' aufgeplatzte Augenbraue, zärtlich, beinahe liebevoll. »Zeit aufzuwachen.«

»Was macht Ihr da, Gottesblinder?«, begehrte Lanta mit scharfer Stimme zu wissen, trat schnell neben Dom und zerrte an seinem Arm.

»Ich habe ihn hergebracht«, erwiderte Dom und sah Lanta an, zeigte jedoch auf Crys. »Er kommt. Und sie kommt auch.« Er sah wieder zu Crys hinüber. »Zeit aufzuwachen, Fuchsgott. Zeit, deine neue Herrin kennenzulernen … Wach auf«, wiederholte Dom und umklammerte dann Crys' Kopf. »Meine Geliebte, meine Geliebte«, rief er, »er ist hier. Ich habe ihn gefunden. Ich habe den Gauner für dich gefunden.«

Der Himmel verdunkelte sich, und ein kalter Wind kam auf, ein plötzlicher, heulender Sturm, der um die Tempel peitschte, die Straßen entlangpfiff und in die Haare und Kleider der Geopferten fuhr.

Crys kochte vor plötzlicher Hitze, plötzlichem Zorn, als irgendetwas, irgendwer, schimmernd zwischen Dom und Lanta Gestalt annahm und sie davor auf die Knie fielen.

Überall rund um den Platz knieten Soldaten und Mirak nieder und drückten das Gesicht gegen den Stein. Selbst die Gefangenen wurden von der Erscheinung förmlich niedergestreckt. Sie war die schönste und zugleich beängstigendste Frau, die Crys je gesehen hatte. Verglichen mit ihr war Lanta nur ein wütendes, launisches Kind.

Ein unbehagliches, sinnliches Begehren erwachte in Crys, als sie den Blick über ihn hinweggleiten ließ. Ihre ausdruckslose, reptilienhafte Begutachtung ließ Crys' Mund plötzlich ganz trocken werden. Als sie näher kam, erhaschte Crys durch ihr dunkles, dunstiges Gewand hindurch immer wieder kurze Blicke auf ihre Schenkel und ihren Bauch. Schließlich blieb sie so dicht vor ihm stehen, dass Crys sie riechen konnte. Sie im Wind schmeckte. Moschus und Wahnsinn.

Sie streckte die Hand nach ihm aus und drückte ihm den Zeigefinger auf die Brust. Ihr Fingernagel glitt mühelos durch die Haut und in das Fleisch darunter. Blut tropfte heraus. Kälte und Hitze jagten einander durch seine Adern, und Crys war sich vollauf der erschreckenden Tatsache bewusst, dass er gerade einen Steifen bekam.

Ash, ich liebe Ash. Denk an Ash.

Sie kicherte, als wisse sie genau, was in seinem Kopf vor sich ging. »Der Gauner im Fleisch eines Sterblichen.« Sie beugte sich so dicht zu ihm vor, dass ihm ihr Atem über das Gesicht kitzelte. »Diese Augen.« Ihre Zunge schnellte unmöglich weit hervor, unmöglich schnell, und leckte über seine blaue Iris. Crys zuckte blinzelnd zusammen, und das Ding in seinem Inneren wurde immer zorniger.

Jetzt ist es an der Zeit, Fuchsgott. Jetzt ist es verdammt noch mal wirklich an der Zeit.

Die Dunkle Dame richtete ihre Aufmerksamkeit wieder auf Dom. »Das hast du gut gemacht, mein Geliebter«, lobte sie.

Von Übelkeit erfüllt, sah Crys zu, wie Dom aufstand und ihr über die Wange strich. »Ich lebe nur, um dir zu dienen«, erklärte er. »Das hier ist mein Geschenk an dich, meine Geliebte. Einer deiner größten Feinde, gefesselt und hilflos, dir auf Gedeih und Verderb ausgeliefert.«

Als sie ihn nun wieder ansah, waren ihre Augen so voller Gier, dass Crys, vom animalischen Instinkt zu fliehen erfüllt, in seinen Fesseln zappelte. »Dann lasst uns den kleinen Fuchs befreien«, sagte sie, leckte sich die Lippen und griff nach den Seilen, mit denen Crys gefesselt war, »und ein wenig Spaß haben.«

Rufe erschollen vom Ostende des Tempelbezirks und Momente später auch vom westlichen. »Angriff«, schrie jemand, »Großangriff an den Toren!«

Die Dunkle Dame knurrte enttäuscht, zerriss die Seile, die Crys an den Türrahmen banden, und drückte ihn sich wie eine Puppe an die Brust.

Endlich, endlich begann sich das Ding in Crys zu bewegen.

DOM

Fünfter Monat, dreiundvierzigster Tag der Belagerung, nachmittags
Platz des großen Tempels, erster Ring, Rilporin, Weizenland

Die Erde war von Blut gesalzen, der Himmel weinte, Menschen starben, und Dom hatte seine Geliebte an seiner Seite. Es war wunderschön. Es war perfekt.

Der Fuchsgott bemühte sich verzweifelt zu fliehen, aber die Dunkle Dame war ganz vernarrt in ihr neues Spielzeug. Die möglichen Wege der Zukunft veränderten sich und ordneten sich in Doms Kopf zu neuen Mustern an, als der Angriff auf die Tore immer mehr Männer den Platz verlassen ließ. Mögliche Wege, wenn die Mirak gewannen, mögliche Wege, wenn sie verloren, Wege, wenn der Fuchsgott starb, Wege, wenn er überlebte … alles war in Bewegung, glitt übereinander wie Eisschollen auf einem Winterteich.

Die Bilder raubten ihm die Sicht auf seine Umgebung, und er fuchtelte mit den Armen, suchte nach der Dunklen Dame, nach der Wärme ihrer Haut, dem Feuer ihrer Berührung. »Es verändert sich alles«, keuchte er, die eine Hand auf ihrem Leib, die andere auf dem Fuchsgott. »Alles verändert sich Sekunde für Sekunde, Tod für Tod. Die Zukunft hängt an einer Schwertspitze. Ich kann sie nicht sehen. Ich kann nicht … kann nichts sehen.«

Seine Stimme schlug in ein verängstigtes Quieken um, und dann war sie da, besänftigte ihn, umfasste mit der einen Hand seinen Hinterkopf, während sie mit der anderen den Fuchsgott an der Kehle gepackt hielt. »Sei still, kleiner Calestar«, murmelte sie. »Sei still. Deine Arbeit hier ist fast getan.«

»Bist du da?«, fragte er und packte ihren Unterarm. »Kannst du mir helfen?«

Er hörte sie kichern, und das Geräusch war wie wimmelnde Maden in seinem Kopf. »O ja, das kann ich«, bestätigte sie. »Die Frage ist, ob ich es auch tun werde.«

Sie stieß ihn von sich, und Dom fühlte sich plötzlich vollkommen verlassen. Er weinte, erfüllt von Offenbarungen, die ihn blind machten. Er hörte den Fuchsgott panisch aufschreien, und Schmerz bebte durch seinen Kopf, durch sein rechtes Auge.

»Zeit aufzuwachen, Fuchsgott!«, schrie er, und die Gewalt seines Schreis ließ ihn auf einmal wieder klar sehen. Crys lag auf den Knien, und die Dunkle Dame presste ihm die Hände links und rechts gegen den Schädel, drückte zu.

»Nein«, sprach Crys mit der Stimme eines Gottes, obwohl der Schmerz in seinem Schädel grauenvoll sein musste, »es ist vielmehr Zeit, dass *du* aufwachst. Calestar.«

Die Worte brachten das wirbelnde Chaos in Doms Kopf zum Schweigen, und das blaue Auge des Fuchsgottes brannte sich in ihn hinein, als er seinem Blick begegnete. Dieser Blick reinigte ihn, ließ alles andere verschwinden und scheuerte es weg; alles bis auf das leuchtende silberne Licht und die Wärme, die Freude und die bedingungslose Liebe. Zum ersten Mal seit Monaten, zum ersten Mal seit Jahren, fraß da nichts mehr an den Rändern seines Bewusstseins, und er war ganz still. Nur ruhig und still.

Ich vergebe dir, sagte der Gott, und die Worte hallten klar und deutlich im Gottesraum in Doms Kopf wider. *Und ich liebe dich. Ich bin erwacht, und jetzt werde ich meinerseits dich wecken. Du weißt, was du zu tun hast.*

Dom atmete den Duft von Blumen ein, den durchdringenden Geruch von Blitzschlägen. Ein Flackern ging durch den Sturm, der in ihm tobte, und dann legte er sich. »Halt ein, meine Geliebte. Halt.«

Die Dunkle Dame hielt den Kiefer des Fuchsgottes aufgepresst, während sie die andere Hand zwischen seine Zähne zwang und seine Kehle hinunter, um ihn aus seinem menschlichen Wirt zu ziehen. Der Mann mit dem Gottessamen im Leib wand sich und würgte, seine Hände zogen hilflos an ihren Handgelenken. Dom sah, wie ihm Gesicht und Kehle anschwollen und die Adern in seinen Schläfen hervorstanden.

»Halt«, sagte Dom noch einmal.

Der mörderische Blick, den sie in Doms Richtung warf, ließ seine Knie weich werden, aber er zwang sich, nicht nachzugeben.

»Ich habe alles getan, was du je von mir verlangt hast. Du weißt, dass ich dich liebe? Du weißt es, nicht wahr? Ich habe für dich getötet, für dich Menschen leiden lassen, habe dich jedes Geheimnis wissen lassen, das ich hüte, habe es dir mit Freuden anvertraut. Nur dir. Nur für dich.«

Die Dunkle Dame war ungeduldig, aber sie gestattete es Dom, ihr den Arm um die Taille zu legen. Sie hielt den Fuchsgott nun nicht mehr ganz so fest in ihrer Umklammerung, sodass er Atem holen konnte. »Ich weiß«, murmelte sie. »Aber jetzt ist nicht die rechte Zeit, um eine Belohnung einzufordern.«

Dom lächelte. »Du weißt, dass ich niemals etwas von dir verlangen könnte, meine Geliebte«, sagte er mit brechender Stimme. »Ich bitte dich nur, mir zu vergeben. Ich liebe dich wirklich, mehr als du es jemals wissen wirst, aber alles andere ist eine Lüge gewesen.«

Ein Stirnrunzeln verfinsterte die vollkommenen Züge der Dunklen Dame, als Dom ihre Taille noch fester umklammerte, den Dolch aus seinem Gürtel zog und ihn ihr mitten ins Herz rammte.

Es gab in Doms Welt nichts außer ihr. Die schöne, schreckliche, spöttische, kluge Göttin. Die arrogante Göttin, die sich nicht vorzustellen vermocht hatte, dass da noch irgendetwas in ihm übrig sein könnte, das sie übersehen hatte. Ein einziger winziger, silberner, leuchtender Schimmer Licht in einem Meer aus Blut. Ein Licht, von dem Dom gedacht hatte, es sei schon vor langer Zeit erloschen, das nun aber in der Gegenwart des Fuchsgottes neu entfacht worden war, sein Leuchten verborgen im Gotteslicht, das der Fuchsgott widerstrahlte.

Trotzdem, es hätte eigentlich nicht klappen sollen. Es war unmöglich. Man konnte eine Göttin nicht mit einem Messer töten. Und doch … als ihre Hände schlaff herabfielen und sie ihn ungläubig ansah, sprang der Fuchsgott jäh aus den Knien hoch, küsste sie auf den Mund, verschluckte ihren Schrei. *Trank* sie.

Silbernes und schwarzes Licht wogten in einem Wirbel in die Höhe, der Dom blendete und durch die Wolken stach. Das silberne Licht umhüllte das schwarze in einem schimmernden Netz und zog es wieder herunter. Hinein in den Fuchsgott.

Der Gauner löste sich aus dem Kuss und fiel nach hinten, hustend, würgend, von Schmerzen gemartert. Schwarze Linien rannen von seinem Mund zu den Augen empor und seine geschwollene hervortretende Kehle hinab. Schwarze Linien, von Silber gejagt, als die Geistwesen um die Herrschaft über das Fleisch kämpften.

Es folgte ein weiteres misstönend grelles Aufleuchten schwarzen Lichts, so hell, dass sie sich dunkel davor abhob, und ihr zweiter Schrei, diesmal nicht durch den Mund des Fuchsgottes behindert, ließ Doms Trommelfelle platzen und warf jedes Kind des Dunklen Pfades in Hörweite auf den Boden.

Und da war Schmerz, o Götter, welcher Schmerz, als jeder Pulsschlag der reinen, rohen Energie, die sie göttlich machte, die sie vor so langer Zeit der Tänzerin geraubt und für sich beansprucht, für sich verdorben und entstellt hatte, durch das Messer aus ihr herausfloss und hinein in ihn.

Sie sackten beide auf die Knie, die Dunkle Dame stieß klagende Schreie aus, und Dom wurde von schwarzen Blitzen geschüttelt. Er spürte, wie ihm Blut aus den Trommelfellen rann, roch das versengte Fleisch, als sich seine Hand, die um den Messergriff geschmolzen war, in eine geschwärzte Kralle verwandelte. Seine Sicht trübte sich, die Augen kochten ihm im Kopf.

»Aber … aber du liebst mich«, sagte sie und klang kleinlaut, ungläubig und zunehmend auch angstvoll. Ihre Furcht zerbrach sein Herz in tausend Stücke. Ihre Augen waren golden und füllten sich nun mit schwarzem Blut, das ihr wie Tinte in langen Linien über die Wangen strömte. Es floss aus ihren Mundwinkeln, verwischte, was sie sagte, strömte unaufhörlich aus dem Fleisch um die Klinge herum und zischte wie eine Schlange, als es zu Boden strömte, um den Stein unter ihr zu schmelzen und seinen Arm zu besudeln.

Und ihr Schmerz schlug Wellen, Gefühlswallungen, die so heftig waren, dass sie Waffen aus Händen rissen, Trommelfelle zerbersten ließen, Herzen brachen. Dutzende starben, und Hunderte weitere wurden in den Wahnsinn getrieben, und immer noch lebte sie. Litt unter seiner Hand. Ihr Schmerz seine Qual, ihre Angst seine Ewigkeit.

Oh, meine Geliebte, vergib mir. Vergib mir, bitte. Ich liebe dich ich liebe dich ich liebe dich.

Dom war der fleischgewordene Schmerz, der vollkommene Schmerz, die reinste, destillierte Essenz des Schmerzes. Ein stammelndes, sich windendes menschliches Wrack. Ihre Augen waren jetzt ganz und gar schwarz, und hinter all dem Blut konnte er ihren Ausdruck nicht mehr erkennen. Und immer noch liebte er sie. Würde sie immer lieben.

Der Fuchsgott nahm Dom in die Arme und zog, brach

Doms Finger, um ihn zu befreien, und löste ihn dann gewaltsam von ihr. Das schwarze Blitzen flackerte über ihm, ohne ihm etwas anhaben zu können.

»Nein!« Der Verlust war so tiefgehend, dass Dom selbst in all seiner Qual noch darum rang, nach seiner Geliebten zu greifen. Um alles zurückzunehmen, sich zu entschuldigen, ihr noch einmal zu sagen, dass er sie liebte. Um sie zu bitten, mit ihr gehen zu können.

Der Fuchsgott wiegte ihn an seiner Brust und murmelte Worte, die zu hören er keine Ohren hatte, während eine große, saugende, heulende Leere sie umbrauste, sie in den Lärm einer Million schreiender Opfer hüllte.

In ihrem Zentrum die Dunkle Dame.

In ihrem Zentrum Schmerz und Gier und eine Wollust, die gewaltiger war als die Welt. Die Göttin wölbte den Rücken, und ihre Hände versuchten selbst jetzt noch, das Blut aufzufangen und wieder hineinzupressen. Ihr Mund öffnete sich unmöglich weit, und jeder einzelne ihrer Zähne war wie die Zähne einer Schlange nach hinten gebogen. Sie schrie wie der Tod Unschuldiger, ja, als sei *sie selbst* unschuldig, ein Schrei, der Doms Herz in eine Million weinende Splitter zerbrach und der in jeder Faser seines Seins widerhallte.

Und dann zerbarst sie.

DIE GESEGNETE

Fünfter Monat, dreiundvierzigster Tag der Belagerung, nachmittags
Platz des großen Tempels, erster Ring, Rilporin, Weizenland

Lanta weinte. Sie kniete auf dem Steinboden, die schwarzen Flecken des Blutes der Dunklen Dame auf ihren Armen und auf dem Gesicht, und sie weinte mit all der Heftigkeit einer gebrochenen Seele, einer trauernden Mutter, eines verirrten Kindes, einer betrogenen Liebhaberin. Ihre Göttin, ihr Leitstern, ihre wunderschöne Blutige Mutter …

Die Dunkle Dame war hier in der wirklichen Welt gewesen, auf die sie ihr göttliches Recht hatte, schrecklich und schön und mächtig und … schreiend. Blutend. Sterbend.

Es war Zeit vergangen. Sie wusste nicht, wie viel, aber die Sonne stand noch immer am Himmel und schaute unendlich kummervoll auf die Toten, die Sterbenden und die vom Wahn Befallenen herab. Dort war Corvus, hockte in einer Lache von Erbrochenem auf den Knien, zerrte an seinen Haaren, und seine Fingernägel gruben blutige Furchen in seine Haut. Wieder wurde Lanta von Kummer überwältigt.

Was war passiert? *Wie* war es passiert? Da waren noch immer die Bilder, die sich Lanta in den Schädel eingebrannt hatten. Die Bilder der … Verschwindenden, die zuckenden schwarzen Blitze, die in irrsinnigen Bögen über den Platz rasten und allen, die sie berührten, das Leben aus dem Leib rissen, die aber nirgends, an keiner Stelle ausreichten, um sie, die Göttin, wieder zum Leben zu erwecken – dann eine letzte Explosion, und sie war fort gewesen.

Fort.

Es gab keine überlieferte Kunde, kein Geschichtswissen, das zu erklären vermocht hätte, wessen Zeugin Lanta da geworden war. Es war unmöglich, und doch war es geschehen, und Lanta wusste genau, wer die Schuld daran trug. Und trotzdem …

Trotzdem lag sie hier auf dem Stein und weinte.

An beiden Enden des Tempelbezirks waren die Laute des Gemetzels zu hören. Kein Schlachtenlärm; nicht das Aufeinanderschlagen von Waffen und das Gebrüll der Kämpfer, sondern das pure Gemetzel. Nicht einmal irgendein Flehen um Gnade war zu vernehmen. Die Mirak und die Soldaten der Osttruppe wurden getötet, wo immer sie in ihrer Trauer niedergestreckt lagen. Es bedeutete ihr nichts.

Der Fuchsgott und der Gottesblinde waren benommen neben ihr zusammengesackt, und Lanta wusste, dass sie jetzt bestraft werden sollten, dass sie für ihre Verbrechen über Tage und Wochen und Monate hinweg gefoltert werden sollten. Und obwohl sie es wusste, hatte sie zum ersten Mal im Leben nicht die Kraft, dafür zu sorgen, dass es auch wirklich geschah.

»Mutter«, schluchzte sie, drückte sich ihre vom göttlichen Blut schwarzen Hände an die Lippen und auf die Augenlider, verschmierte es in großen Kreisbewegungen auf ihren Wangen und an ihrem Kinn. »Mutter, komm zurück. Komm zurück, ich flehe dich an.«

Es kam keine Antwort; da war nichts als die heulende Leere des Verlusts und die schwarze Fäulnis der Hysterie, die sich an den Rändern ihres Bewusstseins zusammenballte. Es wäre so leicht, jetzt einfach aufzugeben, so wie sie um sich herum Hunderte von Gläubigen aufgeben sah, die sich selbst oder sich gegenseitig zerfetzten, mit Fingern, mit Messern und mit Pfeilspitzen, die sich selbst aufschlitzten in der Hoffnung, dass ihr

Blut die Göttin vielleicht würde zurückrufen können. Selbst Corvus gehörte zu ihnen. Er wiegte sich auf den Knien vor und zurück, stach mit dem Messer nach seinem Unterarm, und ein stammelndes, brüllendes Heulen drang aus seiner Kehle. Viele stachen und schlitzten, immer wieder, und sie stachen und schlitzten zu tief, das spritzende Blut aus ihren Schlagadern hob sich rot vom blauen Himmel, vom weißen Stein und von ihrem so tiefschwarzen Verlust ab.

»Nein.« Es war ein Flüstern, durch Lippen gemurmelt, die vor Trauer steif waren. »Nein, ich glaube es nicht. Ich glaube nicht, dass sie wirklich von uns gegangen ist.« Lanta schaute wieder zum Gottesblinden hinüber, der unkontrolliert schluchzend in den Armen des Fuchsgottes lag, den Verlust nicht bewältigen konnte.

»Nein«, wiederholte sie lauter, und Corvus schaute auf. »Nein! Ich werde das nicht hinnehmen!«

Sie malte sich mit dem schwarzen Blut Wirbel über die Kehle und auf ihre Schlüsselbeine, riss ihre Ärmel ab und setzte die Muster an ihren Armen herab fort, handelte aus reinem Instinkt heraus, das Ergebnis lebenslanger Hingabe. Sie raffte ihre Röcke in die Höhe und zeichnete Muster auf ihre Beine und über ihren Bauch, unter ihrer Unterwäsche.

»Dunkle Dame, wunderschöne Göttin der Angst und des Todes, ich biete dir diesen Körper dar, auf dass du wieder leben mögest. Gott des Blutes, des Krieges und der Verstümmelung, ich biete mich dir als deine Geliebte an, auf dass deine Schwestergeliebte wieder leben möge. Rote Götter, ich huldige Euch. Dunkle Dame, wunderschöne Göttin der Angst und des Todes, ich biete dir diesen Körper dar, auf dass du wieder leben mögest...«

Lanta legte sich mitten im Blut auf den Rücken, ohne sich von alldem Chaos beirren zu lassen, nahm ihre ganze Willenskraft zusammen, um dem Wahnsinn und der Angst zu trotzen, und begann sich auf die Suche zu machen. Irgendwo in weiter Ferne mochte sich die Dunkle Dame ja vielleicht verstecken, verwundet und in Qualen, erfüllt vom Gefühl des Verlassenwordenseins. Nicht tot, nur … von uns gegangen, fort. Voller Sehnsucht nach ihren Kindern. Voller Angst vielleicht sogar.

Gestalten kamen auf sie zugeschlurft, Corvus, Skerris und Valan, Kriegshäuptlinge und Offiziere, Mirak und Soldaten, und ihre Stimmen murmelten gemeinsam mit ihrer, vom Weinen erstickt. Von ihnen berührte keiner das schwarze Blut. Hinter ihnen formte auch der Gottesblinde mit den Lippen die Worte, während zugleich der Feind an den Rändern des Platzes Blut witterte.

Lanta schloss die Augen; all diese Menschen waren bedeutungslos. Sie hatte eine Aufgabe und nur diese einzige, und sie würde sie zu Ende bringen, ganz gleich, was der Preis sein würde.

Die Stimmen um sie herum verstummten, versagten, und dann wurden sie wieder laut und immer lauter, verliehen ihr neue Macht, und Lanta spürte, wie sich ihre Seele aus ihren Verankerungen riss und durch Rilpor wirbelte, durch ganz Gilgoras und dann durch den zerfetzten Schleier.

Und schon war sie am Ziel. Jedenfalls fast. Nicht die liebende Umarmung, aber die gierige. *Es ist ein Anfang. Ein guter Anfang. Von ihm, dem Gott, dann vielleicht ja zu ihr, der Göttin.*

»Heiliger Gosfath, Gott des Blutes, Liebhaber des Krieges und des Todes, komm zu mir. Nimm mich, um dich in die Welt zu geleiten, um dort zu wandeln, wo deine Schwestergeliebte noch vor so kurzer Zeit gewandelt ist. Komm, um Rache zu nehmen, heiliger Gott, komm, um Gerechtigkeit walten zu lassen. Blut und noch mehr Blut sollen dein Lohn sein. Das ihre und das unsere, wenn es dein Wille ist.« Sie erhob die Arme zum Himmel, und ihr Rücken krümmte sich vor Verlangen und Anstrengung. »Heiliger Gosfath, ich rufe dich zum Krieg!«, schrie sie. »Überziehe sie alle mit furchtbarer Zerstörung!«

Die Wolken, die die Ankunft der Dunklen Dame angekündigt hatten, verdunkelten sich wieder, ballten sich und wogten über die Ebene. Donner grollte. Lanta lag reglos da, die Arme in die Höhe gestreckt, heiliges Blut durchtränkte ihr Kleid, klebte ihr warm und feucht an Rücken, Hintern und Oberschenkel, wie die Hinterlassenschaften eines Liebhabers. Tränen strömten ihr aus den Augen, aus dem Herzen, aus ihrer blutenden Seele, aber noch immer strengte sie sich verbissen an, lockte, forderte ein, ihr Wille eine lenkende Kraft, die nicht verleugnet werden konnte, während ihre Gefolgsleute sie umstanden und ihr Gebet fortsetzten und die Wölfe sich näher heranschlichen, ihre Schwerter leuchtend rot vom Blut der Getreuen.

Schmerzen brannten durch Lantas Schädel, und sie schrie, bot ihm all ihre Qual dar, wenn er nur kommen würde.

Du kannst all das haben und noch mehr, Herr. Meinen Körper, um sie zurückzubringen, und mein Wille beugt sich deinem Verlangen. Mehr Opfer, als dir jemals zuvor zuteilgeworden sind, und deine Schwestergeliebte wird wieder in deinen Armen liegen. Komm zu mir, Roter Vater, komm und töte!

Die Wolken waren schwarz und verdunkelten die Nachmittagssonne und nahmen in ihrem Wallen eine Gestalt an, blutrot wie der Sonnenuntergang und trostlos wie die Pest. Von den Angreifern stiegen beunruhigte Warnrufe auf, und da wusste sie, dass auch sie ihn sahen, den Gott, und jetzt öffnete sie die Augen und sah in ehrfürchtigem Erstaunen, was sie vollbracht hatte.

Himmelhoch aufragend, mit den gewundenen Hörnern einer Bergziege auf dem Kopf und schwarzen Krallen an jeder Fingerspitze, kam Gosfath, der Gott des Blutes, durch die Fetzen des zerrissenen Schleiers nach Gilgoras gestürmt. Er kam und brüllte seinen Schmerz, seinen Verlust und all seine weltzerreißende Wut heraus. Überall, wohin seine Stimme drang, fielen Vögel tot vom Himmel.

Lanta rappelte sich hoch und spürte, wie ihr ein manisches

Kichern in die Brust stieg. Die Getreuen um sie herum erhoben sich ebenfalls, drehten sich um, um dem Gott direkt ins Antlitz zu schauen, und die Wölfe verharrten vor ihm, ihre erschreckten Blicke gebannt von seiner göttlichen Gegenwart.

Gosfaths Stärke sind die Kräfte, die ihn antreiben. Er ist der Eifersüchtige, der uns daran erinnert, dass die Welt grausam und unsinnig ist und der Tod völlig willkürlich. Er kann gerne die ganze Welt vergewaltigen, wenn es nur sie zu mir zurückbringt.

Es ist mir ganz egal.

»Willkommen, Herr«, schrie sie, und ein heftiger Wind peitschte ihr Haar und ihr Kleid hinter sie zurück. Er pfiff durch die Straßen und Gebäude des Tempelbezirks. Er stank nach Fäulnis und strich so leise wie die Pest durch die Heiligtümer der Tänzerin.

»Deine Schwestergeliebte, unsere Blutige Mutter, die Dunkle Dame persönlich, ist tot. Ermordet! Wirst du Rache nehmen an jenen, die es wagten, eine Hand gegen sie zu erheben? Wirst du deren Blut vergießen, wie sie ihres vergossen haben?«

Lanta war berauscht von ihrer Macht und ganz verrückt vor Kummer; das Blut einer Göttin prickelte auf ihrer Haut und kitzelte ihr wollüstig heiß auf der Zunge. Sie weidete sich an der trägen Aufmerksamkeit, die Gosfath ihr widmete. Sie roch nach seiner Schwester und verströmte einen köstlichen Anflug von Furcht. Sein Appetit war wohlbekannt. Die Liebe eines Gottes. Wie selig sie wäre, wenn sie auf eine solche Weise würde sterben können.

»Herr, Vater, er ist hier, sie beide sind hier! Die, nach denen du suchst, ihre Mörder. Siehst du?« Sie machte eine schwungvolle Handbewegung hin zu dem Gottesblinden und zum Fuchsgott, und Gosfath bleckte seine weißen Reißzähne und trat in die Stadt hinein, zermalmte Mauern und Gebäude unter seinen Füßen. Im Näherkommen schrumpfte er zu doppelter Menschengröße.

Sein Schatten ließ das Leben aus allem weichen, was er berührte, und hinterließ nichts als Siechtum und Fäulnis. Er schlug eine Schneise der Verwüstung durch Häuser und Mauern, schleuderte im Näherkommen Steine aus seinem Weg, verstreute mit weiten, schwungvollen Handbewegungen Feinde und Verbündete gleichermaßen. Er kam, um Rache zu nehmen, und es würde eine furchtbare Rache sein.

Jeder Mirak und jeder Soldat der Osttruppe erstarrte und heulte auf, als der Blutdurst des Gottes auf sie übersprang. Auch Lanta spürte ihn, ein schier überwältigender Drang, ein Messer in die Hand zu nehmen und zu töten. Jeden und alles zu töten, was sich zwischen sie und ihre Götter stellte. Unter größten Mühen gelang es ihr, diesem Verlangen Widerstand zu leisten, und das auch nur, weil Gosfath sie brauchte, seine göttliche Gegenwart band sie an ihre Pflicht.

Die Männer um sie herum fühlten keine solchen Hemmnisse. Schreie des hellen, reinen Zorns drangen aus ihren Kehlen, lenkten die Aufmerksamkeit der Wölfe von dem Gott ab, und die Schlacht brandete ringsumher auf; ohne den Gedanken an Verteidigung gaben die wahren Gläubigen ihr Leben hin, ihr einziges Verlangen, so viele Feinde wie möglich schreiend mit sich in den Tod zu reißen.

Und sie hörten nicht auf. Sie konnten nicht aufhören. Sie wollten nichts als ein verfluchtes rotes Gemetzel, wollten, dass die ganze Stadt darin ertrank.

Aus dem Augenwinkel sah Lanta den Fuchsgott sich mühsam vom Boden erheben. Er zerrte den Gottesblinden mit sich in die Höhe und schob ihn dann sanft zur Seite. Sie lächelte. Ihre eigene Macht war schon groß, aber die Macht des Gauners würde sogar noch mehr erreichen können, um der Rückkehr der Dunklen Dame einen Weg zu bereiten, wenn es ihnen nur gelingen würde, sich diese Macht dienstbar zu machen. »Ja«, rief sie. »Ja, Vater. Ihn.« Sie streckte die Hand aus und deutete auf den Gott. »Töte ihn, den Fuchsgott, und dann töte sie alle. Ich kümmere mich um dieses Arschloch von Gottesblindem.«

Lanta hielt sich ihr Haar am Kopf fest, als der Wind aufheulte und Gosfath die letzte Wand zwischen ihm und dem Fuchsgott durchbrach. Er war ihr jetzt so nahe, dass Lanta die Elektrizität spüren konnte, die ihm über die Haut floss, die Wellen seines göttlichen Zorns, seines göttlichen Verlangens. Ihre eigenen Begierden wallten in ihr auf, wollten den seinen ebenbürtig sein, ein Blutdurst und eine Lust, wie sie dergleichen noch niemals zuvor verspürt hatte, so heiß und so heftig, dass sie darunter fast zusammengebrochen wäre.

Der Fuchsgott trat hinaus auf den großen, breiten Platz.

Lanta leckte sich göttliches Blut von der Handfläche, spürte es wild durch ihre Glieder jagen und in ihren Ohren, ihrem Herz, ihrem Schoß pulsieren; dann streckte sie ihre Hände mit den Innenflächen gen Himmel und warf ihren Kopf zurück. »Das Blut erhebt sich!«

DOM

Fünfter Monat, dreiundvierzigster Tag der Belagerung, nachmittags
Platz des großen Tempels, erster Ring, Rilporin, Weizenland

Der Wind schmeckte nach Schwefel und Fäulnis. Schwarz und kalt hob sich von seinem schweißnassen Gesicht das Ding ab, das früher einmal seine Hand gewesen war.

Der Stein schwankte unter seinen Füßen, rissig, fluchbeladen und trostlos wie die Zeit. Schwarzes Licht brannte in seinen Augen und verdunkelte seine Umgebung, und schwarzer Wind heulte in seinen Ohren und erstickte alle anderen Geräusche.

Sein Leib war schwer und verwurzelte ihn in der Erde, und gleichzeitig war er federleicht und strebte dem Himmel entgegen. Er wusste nicht, ob er stand oder schwebte, wusste nicht, ob er atmete. Ob er lebte.

Früher einmal war etwas in ihm gewesen, aber jetzt war es fort. Er meinte, dass es vielleicht seine Seele gewesen sein könnte, doch solche Wörter und derartige Vorstellungen existierten nun nicht mehr. »Leer«, das verstand er. »Schmerz«, auch das kannte er. Es gab nichts anderes.

Er erinnerte sich nicht an seinen Namen, wusste nicht, wo er war oder warum er hier war. Da waren nur Schmerz und Leere und die Schwärze in seinen Augen. In ihm. Der Wind wehte, und das schwarze Licht brannte, und er befand sich in dessen Zentrum, im Herzen des Lichtes selbst, ein umherwirbelndes Bewusstseinsbruchstück in einem Strudel aus Wahnsinn.

Sein Mund war jetzt geöffnet, der faulige Sturm heulte zwischen seinen Lippen und seinen Zähnen hindurch und hinunter in seine Kehle, vergiftete ihn mit seiner Verderbnis, mühte sich, die Leere zu füllen. Vergeblich. Da war zu viel Leere, so viel, dass es nur einer winzig kleinen Anstrengung bedurfte, um darin zu ertrinken. Es brauchte nur einen einzigen Schritt.

»Warum?«

Da waren Hände auf ihm, betatschten ihn, schlugen und schüttelten ihn. Er spürte sie wie Regen auf seiner Haut, so fern wie die Hoffnung, hörte das Geräusch eines Messers, das aus einer Lederscheide gezogen wurde.

»Wie konntest du nur?«

Jetzt war es ein Schluchzen, und das Geräusch wurde mit dem Wind an seine Ohren getragen, die Schluchzer glitten ölig seine Kehle hinab. Das Leid eines anderen, an dem er nun zu kauen, zu würgen hatte, das er hinunterschlucken musste, sodass es sich durch das Mark seiner Knochen grub. Das scharfe, grelle Stechen sich zerteilenden Fleisches hoch oben auf seiner Wange. Er blinzelte, nahm den Schmerz freudig in Empfang, hieß ihn als leisen, schwachen Halt willkommen, der sein Bewusstsein in seinem Fleisch zu verankern versprach.

»Du hast sie geliebt.«

Da flackerte etwas in ihm auf, etwas anderes als Schmerz. Etwas, das so groß war, dass es mit Sicherheit keinen Platz in ihm allein hatte, nicht jedenfalls, wenn sein Inneres nicht so gewaltig und umfassend wie der Nachthimmel war. Ein Runzeln legte Falten über sein Gesicht, die Ränder seines Gewahrwerdens erhellten sich weiter. Er kam zurück zur Erde, zurück zu sich selbst, wusste nun wieder von seinen Füßen auf dem Stein, vom Gewicht seines Körpers, das ihn hinabzog, und von der zäh pochenden Qual in seiner linken Hand, die so tot, so falsch war.

Er blinzelte noch einmal, und dann sah er sie: Eine Frau

stand vor ihm, kohlefarbene Kreise und Wirbel zierten ihre Haut, die Zeichen der Macht, die Runen der Magie und der Beschwörung. Dunkle Magie, schwarze Macht und der hell leuchtende Wahnsinn des Verlustes brannten in ihrem Gesicht.

»Du hast sie geliebt«, wiederholte sie, ihre Stimme gebrochen und verständnislos, und die gewaltige Leere in seinem Inneren brüllte ihr Verleugnen und ihr brennendes Verlangen zu vergessen heraus.

Sie hob ihr Messer, und obwohl er doch seine Arme öffnen wollte, um die Klinge willkommen zu heißen, streckte er stattdessen die Hände nach ihr aus und packte sie am Hals und drückte zu, schüttelte sie, warf sie auf den Boden, ehe sie ihm seinen Namen und alles, was dieser mit Sicherheit mit sich bringen würde, hätte zurückgeben können. Das Messer löste sich aus ihrem Griff und schlitterte zur Seite.

Götter kämpften hinter ihr, und er wandte sich ab. Er konnte nicht zurückblicken; die Gegenwart der Götter drohte ihn an etwas zu erinnern, das ihn zerreißen würde, und er weigerte sich, das zur Kenntnis zu nehmen. Nicht jetzt. Noch sonst je.

Mit wackligen Beinen taumelte er vom Platz weg, ließ den Irrsinn der Schlacht hinter sich, nahm die Leere des Verlustes mit sich. Hinter ihm, gebrochen und allein, schluchzte die Frau.

CRYS

Fünfter Monat, dreiundvierzigster Tag der Belagerung, nachmittags
Platz des großen Tempels, erster Ring, Rilporin, Weizenland

Gosfath war groß und muskulös und leuchtend rot. Er war unbewaffnet, wenn man die Hörner und die Krallen nicht mitzählte, und er war nackt bis auf einen kurzen Kilt. In die Züge seines Gesichts waren Grausamkeit und eine fürchterliche sinnliche Gier gemeißelt. Crys war sich ziemlich sicher, dass seine eigenen Waffen gegen ihn mehr als nutzlos sein würden, auch wenn der Gott keine Rüstung trug.

Seine Erinnerung an das, was mit der Dunklen Dame geschehen war, war vage und nebelhaft, aber eines stand fest: Er würde den Gott des Blutes nicht küssen.

Wirf sie weg. Die Waffen, schaff sie dir vom Hals. Sie werden uns nichts nutzen.

Crys schenkte der Stimme keine Beachtung und stürzte sich in einem Wirbel von Angriffen auf den Gott, schlug mit dem Messer und dem Schüreisen zu, die er beide vom Foltertisch genommen hatte, und brüllte auf, als seine Kniescheibe, die wieder an ihre ursprüngliche Position zurückgerutscht war, knackte und zerbrach. Er schwang den Eisenstab mit voller Wucht gegen Gosfaths emporgereckten Unterarm und wartete auf das Krachen zersplitternder Knochen. Der Schürhaken prallte mit einem Klingen wie das Summen einer Stimmgabel vom Arm des Gottes ab und betäubte Crys' Hand, die vom vielen Blut bereits ganz glitschig war. Das Eisen glitt ihm aus der Hand.

Na, bist du jetzt zufrieden?

Und wirf das Messer auch weg. Mach es einfach. Welchen Nutzen könnte es schon haben?

Dom hat sie erdolcht; ich könnte jetzt ihn erdolchen. Das ist nur logisch.

Er wartete nicht auf eine Antwort, sondern warf sich in die Höhe und nach vorn und zielte mit der Klinge auf das unheilvoll blickende Auge. Gosfath packte ihn mit einer Hand an der Kehle, und seine Krallen bohrten sich Crys in den Nacken. Crys schlug auf Gosfaths Arm ein, auf seine Brust, die er gerade eben noch erreichen konnte, auf sein Gesicht. Es war wie der Versuch, Granit zu zerkratzen. Die Klinge hinterließ keinerlei Spuren.

Also, das ist einfach ungerecht.

Er ist der Herr des Krieges, was hast du denn erwartet?

Gosfath öffnete weit den Mund, ganz weit, und seine spitze schwarze Zunge schnellte auf Crys' Gesicht zu. Crys holte noch einmal aus, ein wilder, verzweifelter Hieb, der die Spitze der Zunge spaltete und schwarzes Blut auf ihn niederregnen ließ.

Gosfath brüllte so laut, dass Crys den Druck des Schalls am ganzen Leib spüren konnte, und dann krachte Crys auf den Steinboden, und Gosfath presste sich beide Hände auf den Mund. Seine Augen loderten noch heller auf, und sein Brüllen war eine schwindelerregende Mischung aus Wut und Schmerz.

Toll gemacht. Das ist genau das, was wir zu vermeiden versucht haben.

Was, ihn zu verletzen?, fragte Crys, während er zurückstolperte und nach einer neuen Waffe suchte. Zwischen den Schultern spürte er das heiße Sickern von Blut.

Nein. Ihn in Rage zu bringen, erwiderte die Stimme, und Crys schaute sich gerade rechtzeitig nach dem Gott um, um eine Handfläche von der Größe seines Brustkorbs direkt ins Gesicht geschlagen zu bekommen. Es folgte ein benommener Moment der Verwirrung, während er durch die Luft flog, bis der Aufprall an der Tempelmauer eine Reihe von Knacklauten durch seinen Hals und über seinen Rücken jagte.

Crys schrie auf, Qual erfüllte ihn. Doch genauso schnell, wie sie gekommen war, war sie auch schon wieder verschwunden, und an ihre Stelle war ein langer, schrecklicher Augenblick der absoluten Abwesenheit getreten, eine Zeitspanne, in der er überhaupt nichts fühlen konnte, und dann erst folgte ein stetiges, dumpfes Wehtun tief in seinen Knochen, begleitet vom blendenden Auflodern silbernen Lichts. Er biss die Zähne zusammen, hob den Arm und wartete auf den wirklich heftigen Schmerz, aber da kam nichts. Er konnte sich bewegen. Vom Gauner ging die Anmutung tiefer Selbstgefälligkeit aus, was so gar nicht zu ihrer derart misslichen Lage passte.

Gosfath stolzierte vor ihm hin und her wie ein triumphierender Raufbold, und Crys war mehr als zufrieden, ihn so umhertanzen zu lassen, nutzte den Moment, um erneut nach möglichen Fluchtwegen Ausschau zu halten.

Der Zorn des Gottes prallte von Crys' Haut ab wie Schläge mit einem stumpfen Hammer, aber er schien zu den Mirak und den Soldaten der Osttruppe durchzudringen und trieb sie in einen noch tieferen Irrsinn. Sie waren jetzt kaum mehr menschlich, ganz blutverschmierte Zähne und wilde Augen, kratzende Finger und leuchtende, scharfe Waffen. Überall auf dem Platz wurden erbitterte Kämpfe ausgefochten und blindwütig Menschen niedergemetzelt, als die Verteidiger, die die Tore gestürmt hatten, nun von Wahnsinnigen bedrängt wurden, die rückhaltlos ihr Leben hingaben.

Der Tod der Dunklen Dame und Gosfaths Gegenwart – seine wild wütende Gegenwart, sollten wir hinzufügen – versetzen auch ihre Anhänger in Rage. Der Verlust ihrer Göttin erfüllt sie mit Qual; der Zorn des Gottes lässt diese Qual in brutale Gewalt umschlagen. Sie werden nicht aufhören, bis jeder einzelne Rilpori tot ist.

Dann sollten wir ihn ablenken. Crys richtete sich auf, warf das Messer weg und hob die Fäuste. Gosfath lachte und klatschte über den köstlichen Scherz in die Hände. Crys machte ihm dafür keine sonderlichen Vorwürfe.

Und? Es war deine Idee, die Waffen wegzuwerfen. Was jetzt?

Jetzt wollen wir von unseren anderen Gaben Gebrauch machen.

Wir haben aber keine … Er heulte auf, als sich seine Füße unwillkürlich zu bewegen begannen und er direkt auf Gosfath zurannte, sein Körper nicht mehr wirklich unter eigener Kontrolle. Mit lauten Schreien raste er über den Platz, und silbernes Licht brannte überall um ihn herum. Es kam von seiner Haut, aus dem Inneren seiner Haut. Strahlendes Licht.

Gosfaths Gelächter verstummte, seine Augen wurden schmal, und er stellte sich breitbeinig hin, um sich dem Angriff zu stellen. Wieder zielte Crys auf den Kopf des Gottes, wieder griff Gosfath nach Crys, nach dem Fuchsgott, aber als das silberne Licht Gosfaths rote Haut berührte, heulte der Gott auf und riss seine Hand zurück. Crys krachte in ihn hinein, und gemeinsam gingen sie zu Boden. Gosfaths tiefes Brüllen verwandelte sich in ein schrilles Kreischen, als ihn das Licht verbrannte, wo immer es sein Fleisch berührte.

»Hah!«, schrie ihm Crys ins Gesicht, während er auf alles in seiner Reichweite einschlug, mit den Knien gegen Gosfaths steinharten Bauch drosch.

Er machte einen Satz nach vorn und ließ seine Zähne in Gosfaths Wange sinken, und obwohl eben noch nicht einmal ein Messer ihn hatte verletzen können, bohrten sich die Zähne dem Gott nun durch die Haut bis in das Fleisch darunter. Als seien seine Zähne jetzt … anders. Die Zähne eines Raubtiers. Heißes Blut strömte Crys in den Mund, bitter wie Galle, und Gosfath bäumte sich auf und kreischte wieder, versuchte ihn abzuwerfen.

Crys' Finger waren zu Krallen gekrümmt und gruben sich in

Gosfaths Hals und Brust, während Crys seinen Kopf hin und her schüttelte und sich nach Kräften bemühte, dem Gott das Gesicht vom Schädel zu beißen. Sein Licht schien immer heller, und er wurde immer stärker, dessen war er sich sicher, aber dann ging ein gewaltiger Ruck durch Gosfath, und er riss sein Gesicht aus Crys' Kiefer, packte ihn an den Schultern und warf ihn zur Seite.

Crys wirbelte durch die Luft und landete auf Händen und Füßen. Er spuckte Blut, war aber erstaunlicherweise kaum verletzt. »Ich werde siegen«, keuchte er, und dann hatte das Gift in Gosfaths Blut sein Gehirn erreicht, und er brach zusammen, lag auf dem Steinboden und krümmte sich. Feuer brannte in seinen Adern, und Schaum stand ihm auf den Lippen. Es war, als umklammere ein stählerner Panzerhandschuh sein Herz und drücke fest zu, und seine Haut wurde zu klein für ihn, zu eng, zu heiß.

Sein Kopf zuckte krampfhaft, zudem war er bereits davon geschwächt, die verderbliche Göttlichkeit der Dunklen Dame in sich aufgenommen zu haben, und so sah er nur bruchstückhaft, wie durch Blitze, dass Gosfath aufsprang und immer größer wurde, bis er so groß war wie die Südtürme, die auf einmal auch Gosfaths Aufmerksamkeit auf sich zogen. Sein Gesicht war geheilt, all die Verbrennungen durch das Licht waren verschwunden. Um sie herum hatte der Kampf eine neue Stufe der Intensität erreicht. Stadtbürger wurden von den Mauern geschleudert oder gegen den Stein geschlagen, bis sie tot waren, Soldaten kämpften im verzweifelten Versuch, ihre Stellung zu halten, wurden aber trotzdem zurückgedrängt, während blutgetränkte Mirak ihnen ihren Wahnsinn ins Gesicht schrien.

Das Jenseits war nach Gilgoras gekommen. Gosfath ließ die Muskeln unter seiner Haut spielen, packte Südturm eins mit beiden Armen und fing an, daran zu ziehen, in der klaren Absicht, nicht nur Crys, sondern überhaupt jeden auf dem Platz zu zermalmen.

Crys brachte ein gestammeltes, gepeinigtes Wehklagen heraus, als sich das Ding in seinem Inneren daranmachte, gegen das Gift anzukämpfen. *Wir sind der Gauner,* verkündete es. *Und das Täuschen gehört zu unserer Natur. Jetzt pass mal auf.*

Der Turm begann zu erbeben und sich hin und her zu bewegen. Gosfath brüllte seine Wut und seine Freude angesichts der bevorstehenden Vernichtung seines Feindes heraus, grub seine Krallen tief in den Stein des Turms. Crys' Krämpfe ließen nach, wurden zu bloßen Zuckungen, und er schaffte es, sich auf den Bauch zu rollen und sich dann auf die Knie zu zwingen, indes konnte er sich unmöglich noch weiter hochstemmen. Der Turm würde herabstürzen und ihn unter sich begraben, und es gab nichts mehr, was er dagegen hätte tun können. Er bezweifelte, dass selbst die göttliche Gegenwart in ihm etwas zu seiner Heilung würde beitragen können, sobald er nur noch ein roter Klecks auf dem Stein war.

Wir müssen schleunigst von hier …, setzte Crys an, doch er konnte den Gedanken nicht zu Ende bringen, da plötzlich eine gelbe Wolke aufstieg und gleißend hell seine Augen blendete. Der dumpfe Knall der Explosion erreichte ihn eine Sekunde später, und vor Crys' geistigem Auge erschien ein lebhaftes Bild der Kerze, die er in der Pechlache unter dem Katapult von Südturm eins hatte stehen lassen, mit ringsum aufgestapelten Feuerfässern, in die unten jeweils kleine Löcher hineingehämmert worden waren. Das war aber auch wirklich eine Riesenmenge Pech gewesen, begriff er verspätet. Ein ganzer See von Pech hatte ganz allmählich die Turmebene gefüllt.

Die Explosion zerfetzte den Turm und riss auch Gosfath mit sich, schleuderte ihn nach hinten, über die Mauern sowohl des ersten als auch des zweiten Rings hinweg, bis er irgendwo im dritten zu Boden knallte. Schutt regnete über etwa ein Viertel des Stadtgebiets hinweg, Steinsplitter pfiffen über die Straßen, und Menschen schrien auf, als sie es mit zwei Feinden zugleich zu tun bekamen: den Waffen der Feinde und den vom Himmel stürzenden Steinen.

Crys wurde nach hinten geworfen und bekam irgendwie die Füße unter seinen Leib, er taumelte hin und her, als die Welt um ihn herumwirbelte und hinter Wolken aus Rauch und Staub verschwand, und dann fand er irgendwie ein schwankendes Gleichgewicht. Er blickte sich in verstörtem Triumph um, schüttelte den Kopf, um das Klingeln in seinen Ohren zu vertreiben. »Ist er tot?«

Meinst du wirklich? Träum weiter.

»Dann muss ich ihn suchen gehen. Der Sache ein Ende setzen. Irgendwie.«

Auf keinen Fall, verdammt. Das ließ Crys abrupt stehen bleiben. *Wir müssen von hier verschwinden. Auf der Stelle.*

»Warum?«, fragte Crys, und sah sich nach dem kürzesten Weg um, der aus dem Chaos heraus und in den dritten Ring führte.

Weil wir ihn jetzt erst richtig in Rage versetzt haben.

Gosfath ließ seine Fäuste auf die hohen, anmutigen Türme des Zunfthauses der Goldschmiede tief im Juwelierviertel des dritten Rings niedergehen und machte sie dem Erdboden gleich, um dann Löcher in die Mauer zum vierten Ring zu treten, ein monströses Kind, das eine Sandburg zerstörte, und das nur aus einem einzigen Grund: weil es das konnte.

Tausende waren tot oder starben: Soldaten, Bürger, Kinder des Lichts und Kinder des Blutes. Gosfath machte keinen Unterschied, war tief in einer Orgie der Gewalt versunken und schrie dem Himmel seine Herausforderung entgegen.

In einer langen Geschichte aus schlechten Ideen, ist das jetzt die schlimmste Idee, die ich je gehabt habe. Die Tatsache, dass er damit dem ausdrücklichen Ratschlag der Stimme in ihm zuwiderhandelte, machte die Sache sogar noch schlimmer.

Crys duckte sich durch das Chaos der Schlacht hindurch, glitt durch sich schließende Öffnungen, warf sich an Schwertern und Äxten vorbei, setzte da oder dort wohlüberlegt einen Ellbogen oder ein Bein ein, um einen Mirak zum Straucheln zu bringen und den Verteidigern eine Chance an die Hand zu geben.

»Rennt!«, rief er, als er ein Grüppchen hart bedrängter Soldaten der Westtruppe und Wölfe passierte. »Schafft alle Mann hier raus! Macht schon!«

Einige erkannten ihn und wandten sich um, aber Crys war bereits an ihnen vorbei, keine Zeit, um noch sonst irgendetwas zu ihrer Hilfe zu unternehmen. *Bitte, nehmt eure Beine in die Hand und macht, dass ihr von hier wegkommt. Bitte.*

»Fuchsgott!« Er hörte den Ruf hinter sich, hörte, wie er von mehr und mehr Menschen aufgegriffen wurde, hinter ihm und jetzt auch von vorn, zu beiden Seiten seines Weges. »Fuchsgott!«

Es sah ganz danach aus, als hätte Gosfath vor, durch die gesamte Stadt zu stapfen und jeden Bewohner niederzumetzeln, der ihm über den Weg lief. Er warf Steinbrocken gegen Gebäude und Mauern, schleuderte sie hoch in die Luft hinauf, um sie in willkürlichen, tödlichen Bögen überall in der Stadt niedergehen zu lassen.

Hör auf. Bleib stehen, du kannst gegen ihn nichts ausrichten. Wir können nichts tun.

Wir können ihn aufhalten!

Nein, das können wir nicht. Aber die Dame des Sonnenlichts kann es. Halte inne, sonst wirst du von ihrer Vergeltung mitgerissen.

Das gab den Ausschlag. Mit einem Ruck blieb Crys stehen, stemmte die Hände auf die Knie und rang nach Atem. Gosfath wütete, knietief in Gebäuden und Mauern versunken, hinterließ Rauchschwaden und kräuselndes Feuer, wohin immer er sich wandte. Er warf den Kopf in den Nacken und schrie eine weitere Herausforderung gen Himmel. Der grollte eine Antwort, und ein Blitz zischte herab, schlug ein, zuckte direkt neben dem Gott in den Boden. Gosfath taumelte und schrie dann wieder, doch das Geräusch ging im Donnerschlag unter, und dann ballte er seine blutige Krallenhand und schwenkte sie drohend Richtung Wolken.

Neue Blitze. Neue Einschläge, die die Erde um ihn herum erschütterten, nur noch mehr Gebäude zerstörten, nur noch mehr Feuer entfachten. Nur noch mehr Menschen töteten.

»Soll es das sein?«, begehrte Crys auf. »Um ihn aufzuhalten, zerstört sie einfach alles? Die Menschen sterben!«

Der Mensch-Ziegengott sank in die Knie und stand dann wieder auf, schleuderte Mauerwerk gen Himmel und brüllte. Von wildem Zorn und Hass erfüllt, sprang er in die Luft und schlug seine Krallen ins Leere, zertrampelte jedes Mal, wenn er wieder landete, Werkstätten und Wohnhäuser. Die Wucht des Aufpralls bebte durch die ganze Stadt und ließ sogar noch Häuser in den äußeren Randbezirken umkippen.

Der Gott hielt inne, starrte böse in den Himmel hinauf und ließ seinen finsteren Blick über all die Zerstörung ringsum schweifen, um dann genau den Weg zurückzugehen, den er gekommen war, und Crys wusste – er wusste es einfach irgendwie –, dass er das Hospital im zweiten Ring ansteuerte.

»Nein, nein, wir müssen ihn von dort weglocken. Er wird sämtliche Patienten umbringen!«

Warte. Und Crys musste feststellen, dass er sich nicht mehr bewegen konnte.

Drei gewaltige, Funken sprühende Blitze trafen Gosfath in der Brust, einer nach dem anderen. Der Gott kreischte auf und schüttelte den Kopf, erschöpft, leidend, die eine Hand auf die zersprengten, geschwärzten Überreste seiner Rippen gepresst, und als sich der Himmel wieder zusammenballte, drohend grollte und erneut grollte, stürmte er zurück durch den

Schleier und hinüber ins Jenseits, um dem Zorn der Tänzerin zu entfliehen. Sein Verschwinden wurde von einem Donnerschlag begleitet, der so gewaltig war, dass er auch die letzten im näheren Umkreis noch stehen gebliebenen Häuser zum Einsturz brachte und eine Wolke aus Rauch und Flammen senkrecht in die Höhe steigen ließ, wie ein großes Rad aus Orange und Schwärze, das über der Stadt hing.

Weiteres Donnergrollen folgte, aber diesmal waren da keine Götter, keine Blitze. Stattdessen fiel Regen, eiskalt und trostlos, graue Ströme von Regen, in denen alles verschwand, was mehr als zehn Schritte entfernt war. Crys starrte mit offenem Mund auf die Stelle, wo sich eben noch der Gott befunden hatte. Er war benommen, zitterte vor Schock und Kälte und schaffte es nur mit Mühe, den Inhalt seines Magens und seiner Därme bei sich zu behalten. Es folgte ein langgezogener Moment kältestarrenden, durchnässten Schweigens, und dann setzte das Wehklagen ein, hob sich in anschwellenden und wieder abfallenden Wellen vom Brüllen des Sturms ab.

»Er ist noch immer nicht tot, oder?«

Er ist durch den Schleier zurückgeflohen. Er ist gescheitert.

»Gescheitert? Schau dir nur das hier an, schau es dir an! Er hat die Stadt verwüstet, Tausende getötet.«

Wir leben noch.

»Wir leben noch? Wen kümmert es, ob wir noch leben?«, rief Crys. »Und wenn sie Macht über Blitz und Gewitter hat, dann hätte sie davon auch schon früher Gebrauch machen können«, fügte er hinzu. »Ehe ich fast durch ein einstürzendes Haus zerquetscht worden wäre. Ehe all diese Leute ihr Leben verloren haben. Im Grunde genommen hätte sie genau das schon vor Jahren mit den Dörfern der Mirak anstellen und sie alle ausradieren können. Wenn es keine Gläubigen gibt, gibt es auch keine Götter, so läuft es doch, nicht?«

Die Stimme zeigte sich diesem Punkt gegenüber, der, wie

Crys fand, ein wichtiges theologisches Argument war, untypisch zurückhaltend.

»Das hätte sie doch tun können, oder?«, beharrte er.

So einfach ist das nicht. Wir sind Götter. Wir sehen die Dinge – das Geschehen hier in Gilgoras – mit anderen Augen. Außerdem ist ein solches Eingreifen sehr anstrengend, davon macht man erst Gebrauch, wenn alles andere versagt hat.

»Wenn ich versagt habe, meinst du wohl. Danke, das ist mir wirklich eine große Hilfe. Also ist die Sache jetzt vorbei? Wer hat gesiegt?« Wieder wurde das Klirren von Waffen laut, übertönte die Schreie der Verletzten und der unter Schock Stehenden. »Neue Kämpfe?«, fragte Crys mit matter Stimme. »Haben sie denn immer noch nicht genug? Ich habe jetzt nämlich verdammt noch mal die Nase voll.«

Er begann sich einen Weg durch die verwüstete Stadt zu bahnen. Jeder Muskel seines Körpers schmerzte, seine bloßen Füße waren geprellt und aufgerissen, und der Sturm wusch Ströme von Blut aus seiner nackten, zitternden Haut. Er brauchte mehrere Minuten, um zu bemerken, dass das silberne Licht zurückgekehrt war, aber dieses Mal breitete es sich über die ganze Stadt hinweg aus, strömte wie träges Wasser die Straßen hinunter und durch die Haustüren. »Was machst du … was machen wir denn da?«, fragte er, plötzlich maßlos erschöpft, als sauge ihm das Licht alle Kraft aus dem Körper.

Wir heilen die Menschen. So viele, wie wir können.

»Gut. Wenn die Mirak darauf bestehen weiterzukämpfen, werden wir jeden brauchen, der irgendwie aus diesem Friedhof freikommen kann.«

Wir heilen auch die Mirak.

Crys blieb stehen und starrte einen Arm mit feingliedrigen Fingern an, gekrümmt, als wollten sie ihm winken. Doch der Arm ragte unter einem zusammengestürzten Haus hervor. Crys war von einem wahren Heer von Leichen umgeben, die meisten umklammerten noch immer Waffen, manche waren in einem ewigen Kampf ineinander verkeilt. Am Ende der Straße kämpften drei Soldaten erbittert gegen zwei rasende Mirak.

»Wir machen *was?*«, krächzte er.

Jeder ist im Licht willkommen. Also ist auch jeder willkommen, geheilt zu werden.

Crys drehte sich einmal im Kreis. »Sieh dir das alles an!«, schrie er. »Sieh, was sie getan haben, sie und ihre widerlichen Götter. Du kannst das nicht tun. Wir können das nicht tun.« Er schlug sich beide Hände gegen den Kopf. »Ich. Will. Das. Nicht.«

Er mühte sich ab, das silberne Licht wieder einzufangen, es in seinen Körper zurückzuziehen, seine Verbreitung zu verhindern. Es pulsierte und floss, wurde schwächer und wieder stärker, als Crys zitternd und schwitzend seinen Willen gegen den Willen des anderen stemmte.

Wir sind eins, Fuchsgott und Mensch. Wir tun das, weil es das Richtige ist. Du – Crys Tailorson der Sterbliche – bist auserwählt worden, weil du richtig und falsch auseinanderhalten kannst. Lass ihre Körper heilen.

Nein. Sie bekämpfen uns noch immer. Wir brauchen jeden Vorteil, den wir uns verschaffen können.

Du hast ihnen auf dem Schlachtfeld Gnade gewährt. Das hier ist nichts anderes.

»Es ist etwas völlig anderes!«, schrie er laut heraus. »Die Schlacht ist noch nicht vorbei! Die Stadt liegt in Trümmern; wir verfügen über keine Mittel zur Verteidigung mehr. Der einzige Vorteil ihnen gegenüber, den du uns verschaffen könntest, ist Gesundheit. Willst du denn, dass wir verlieren?« Er brüllte die letzten Worte, schleuderte sie dem anderen wie einen Speer entgegen. Keine Antwort.

Crys fühlte den Aufprall nicht, als seine Knie auf den Stein schlugen, hörte nicht den Lärm der Schlacht hinter ihm, roch nicht den Gestank der aufgerissenen Gedärme des ihm am nächsten liegenden Leichnams, dessen tote Finger immer noch um die Axt geklammert waren. Er schloss die Augen und weinte, im Wissen, dass er Menschen rettete, nur damit sie noch mehr Leben auslöschen und ihr Gift über ganz Rilpor verbreiten konnten. Dem Feind helfen. Das hieß, mit ihm gemeinsame Sache zu machen. Verrat.

Gerechtigkeit. Das Gute. Das Richtige.

»Fuchsgott?«

Es war so leicht, der Stimme nicht die geringste Beachtung zu schenken, solange das silberne Licht über die Stadt schien und gleißend durch Crys' Augenlider schimmerte. Und zu warten, bis es dahinschwand. So zu tun, als sei es nicht er selbst, der hier seine Leute betrog.

»Fuchsgott?« Aber dann erkannte Crys den Sprecher und riss die Augen auf. Und da war er, kniete ihm gegenüber, mit vor Verwirrung zerknittertem Gesicht, und fragte: »Kannst du mir sagen, was hier vor sich geht?«

Das Licht erlosch, als Crys seine Hände gegen Doms Brust stieß und ihn auf den Rücken warf. Mit voller Wucht krachte Doms Kopf auf den Stein, so heftig, dass seine Kopfhaut aufplatzte. Der Zorn kochte Crys in den Adern, als er die Axt hob und damit auf Doms geschwärzten Arm einhackte. Er erwartete, dass er einfach zerbarst, denn er sah so verhutzelt und vertrocknet aus wie ein Stock Holzkohle. Doch das war nicht der Fall, das Innere war vielmehr faulig und fleischig; dickes, zähflüssiges Blut spritzte, als er die Axt hob und senkte, hob und senkte. Dom schrie bei jedem Schlag, bis es vollbracht war.

Crys beugte sich dicht über ihn und spuckte ihm ins Gesicht. »Das ist dafür, dass du mich gefoltert hast, du krankes Arschloch.«

Er lehnte sich wieder zurück, hob das abgetrennte Körperglied auf und schleuderte es, so weit er konnte, von sich, sodass es sich zwischen all den anderen abgetrennten Gliedern auf den mit Blut gewaschenen und mit Schreien besudelten Straßen verlor.

»Und wir werden das auch nicht heilen.«

RILLIRIN

Fünfter Monat, achtzehntes Jahr der Herrschaft von König Rastoth
Gästequartiere, Fort eins, Forts der Südtruppe, Westebene

Das Feuer in der Herdstelle erstrahlte in einem heiteren Orange – nach den kalten Lagern ihrer Reise eine warme Flagge der Menschlichkeit. Auch wenn die letzten Tage warm gewesen waren, bereitete die Hitze des Herdfeuers Rillirin eine schamlose Freude. Außerdem brauchte Gilda die Hitze.

Ihre Wunde von Doms Messer – *denk besser gar nicht daran* – war entzündet und voll von dickem gelbem Eiter, das Fleisch war rot angeschwollen und fühlte sich hart an. *Brandig und von Fäulnis befallen. Ihr zugefügt von einer Dunkelseele, einem Verräter.*

Nicht daran denken!

Die letzten Tage ihres Marsches zu den Forts waren für Gilda ein einziger fiebriger Albtraum gewesen und für Rillirin eine hilflose Qual; Tage, in denen sie alles in ihrer Macht Stehende getan hatte, um eine Ausbreitung der Entzündung aufzuhalten, in denen sie versucht hatte, nicht allzu hart mit Dom und seinem Verrat ins Gericht zu gehen. Tage, in denen sie sich bemüht hatte, jene Nacht in den Forts, in der er ihre Ängste gelindert, ihr seine Seele offengelegt und sie beide gemeinsam ein neues Leben geschaffen hatten, irgendwie mit jenem Ungeheuer in Einklang zu bringen, zu dem er geworden war.

»Wir haben es jetzt fast geschafft«, murmelte sie und zwang sich zurück in die Gegenwart. Gilda lag auf ihrem Bett, das Gesicht abgewandt, aber Rillirin konnte die verkrampften Muskelstränge in ihrem Hals sehen, die Anspannung in ihren alten Schultern – trotz des Opiums, das der Heiler der Südtruppe ihr verabreicht hatte. Rillirin hatte auf der anderen Seite des Bettes gesessen, Gildas unversehrte Hand gehalten und versucht, nicht zu würgen, als der Mann das brandige Fleisch weggeschnitten, die Wunde gesäubert und genäht und die Haut an den Wundrändern fest zusammengezogen hatte. Er hatte einen Breiumschlag aufgelegt, die Verletzung mit frischem Leinen verbunden und sie beide dann allein gelassen, mit dem Versprechen, am Morgen wiederzukommen.

Rillirin saß schweigend da, während Gilda halb bewusstlos dahindämmerte, und tupfte der Priesterin ab und an den Schweiß vom Gesicht. Der Heiler hatte etwas von Amputation gemurmelt, falls sich die Entzündung nicht eindämmen ließ, und Rillirin konnte in ihrer Selbstbezogenheit an nichts anderes denken als an die Frage, wie Gilda ihr Baby mit nur einem Arm entbinden sollte.

Wie viel Glauben General Hadir und seine Untergebenen ihrer Geschichte wohl geschenkt hatten? Schließlich hatte Gilda gefiebert und sich alle Mühe geben müssen, kein wirres Zeug zu faseln, während Rillirin schon allein ihre Stimme verraten hatte; ihr harter Akzent, der sofort erkennen ließ, dass sie aus den Bergen stammte, hatte für misstrauisch zusammengezogene Augen gesorgt, Argwohn und Verachtung aufkommen lassen.

Stundenlang waren sie von ihm verhört worden, hatten sich dieselben Fragen aus verschiedenen Blickwinkeln wieder und wieder anhören müssen, man hatte sie auf Unstimmigkeiten hin geprüft und sich bestrebt gezeigt, Tatsachen und gefühlsmäßige Beurteilungen voneinander zu trennen. Gilda und Rillirin waren im Voraus übereingekommen, Dom nicht zu erwähnen, weder seinen Verrat noch seine Offenbarungen. Sie hatten instinktiv gewusst, dass ihre Aufgabe auch so schon schwer genug sein würde – ohne Calestare, Prophezeiungen und Fuchsgötter in sterblichem Gewand zu erwähnen.

»Er hat uns geglaubt, natürlich hat er uns geglaubt. Er hatte gar keine andere Wahl. Wir haben ihm die aktuellsten Informationen gegeben, die er seit Beginn der Belagerung erhalten hat. Die einzigen verdammten Informationen, die er überhaupt erhalten hat. Er wird Verstärkung schicken. Er kann gar nichts anderes. Unmöglich.«

Beim Klang ihrer Stimme begann sich Gilda zu regen, und Rillirin verfolgte mit Bestürzung, wie der Kranken jäh der Schmerz ins Bewusstsein drang und sie erwachte.

»Meint Ihr, Ihr könnt noch etwas Eintopf essen?«, fragte Rillirin, als klar war, dass Gilda nicht wieder einschlafen würde.

Gilda leckte sich die Lippen und verzog das Gesicht, sah Rillirin mit einem finsteren Stirnrunzeln an. »Mir ist speiübel, aber ja, ich werde etwas essen. Anders als die meisten der Idioten von Männern, die ich im Laufe der Jahre behandelt habe, nehme ich die Ratschläge meines Heilers ernst und habe begriffen, wie wichtig es ist, bei Kräften zu bleiben.«

Rillirin brachte ihr eine Schale und einen Löffel, dann nahm sie sich selbst noch eine dritte Portion und setzte sich damit an den kleinen Tisch. Die Gereiztheit in Gildas Stimme war etwas Neues, und Rillirin verspürte den alten, instinktiven Drang, die Schultern hochzuziehen und sich möglichst unsichtbar zu machen. Doch das tat sie nicht, sondern sie gab sich vielmehr alle Mühe, die alten Gewohnheiten zusammen mit ihrem Essen hinunterzuschlucken.

Sie legte sich die Hand auf den Bauch, der dick von ihrem Eintopf und sonst nichts anderem war – noch nicht –, und lächelte vor sich hin. *Kleiner Krieger. Nichts wird dich aufhalten können, nicht wahr? So zäh wie dein Papa …* Aber das führte zu Gedanken, denen sie nicht nachhängen wollte. Jedenfalls nicht hier und jetzt. *Also schön, dann eben so zäh wie ich. Und geliebt. So sehr geliebt.*

»Was, meint Ihr, werden sie unternehmen?«, fragte sie, als sie mit dem Essen fertig war und ihren Löffel saubergeleckt hatte.

Gildas Lippen zuckten. »Herzlichen Glückwunsch«, sagte sie verdrießlich, ließ sich wieder gegen die Wand sinken und zog die Decke über ihre Beine, während ihr Rillirin die leere Schale abnahm, »du hast es geschafft, bis nach dem Essen zu warten, ehe du wieder mit deiner Fragerei angefangen hast.«

Rillirin reckte trotzig das Kinn. »Es ist eine berechtigte Frage.«

Gilda schnaubte. »Und eine, die du mir bereits vier Mal gestellt hast, was bedeutet, dass du weißt, dass auch ich es nicht weiß. Wir haben ihnen sämtliche Informationen geliefert, die wir ihnen geben können, und nach all meiner Zeit als Lantas Lieblingsspielzeug bin ich immerhin in einige ihrer Pläne eingeweiht, daher dürfte Hadir die Dringlichkeit der Situation begriffen haben. Meine Autorität als Hohepriesterin sollte daneben auch etwas zählen. Hoffen wir mal, dass es ausreicht. Uns beiden ist klar, dass sie Verstärkungstruppen nach Rilporin schicken müssen, aber wir kennen die Lage hier vor Ort nicht. Krike ist schon immer streitlustig gewesen; wenn sie dort Wind von dem feindlichen Einfall in unser Land bekommen, könnten sie ihre eigene Invasion starten, einfach um auszuprobieren, wie viel von der Westebene sie für sich beanspruchen können, solange wir anderweitig abgelenkt sind.«

»Wir …« Rillirin brach ab.

»Was? Raus mit der Sprache, Mädchen.«

Rillirin trotzte Gildas Ungeduld erhobenen Hauptes. »Ich wollte sagen, falls Hadir – oder besser, *sobald* Hadir – beschließt, nach Rilporin zu ziehen, gehen wir weiter nach Krike.«

Gilda blickte sie ungehalten an. »Warum sollten wir nach Krike?«

Rillirin öffnete den Mund und schloss ihn dann wieder. Sie wirkte verwirrt. »Was?«, fragte sie schließlich. »Es ist doch

Eure Idee gewesen, nach Krike zu gehen. Auf dem Weg hierher habt Ihr gemeint, wir müssten dorthin weiterwandern und die Menschen davon überzeugen, für Crys zu kämpfen, indem wir ihnen mitteilen, wer er wirklich ist.«

Die Herablassung in Gildas Zügen ließ sie erröten.

»Da bin ich vor Fieber halb von Sinnen gewesen, Mädchen. Natürlich können wir nicht nach Krike gehen. Niemand würde uns Glauben schenken. Krike wäre nur dann ein Verbündeter für uns, wenn wir ihnen für ihre Hilfe eine Gegenleistung anbieten könnten. Ihnen zu verkünden, dass ihr Gott auf Erden wandelt, wird nicht genügen – wir können es ja nicht beweisen. Es war ein Fiebertraum, Rillirin. Ich kann nicht glauben, dass du das wirklich ernst genommen hast.«

Rillirin verschränkte die Arme vor der Brust. »Na schön, ich bin also in derlei Dingen nicht sonderlich gut. Ich habe trotzdem das Gefühl, dass wir irgendetwas unternehmen sollten.«

»Wir haben gerade erst aufgehört, alles Mögliche zu unternehmen«, bemerkte Gilda. Sie schloss die Augen und stieß einen tiefen Seufzer aus. Als sie die Lider wieder öffnete, war ihr Gesichtsausdruck sanfter. »Lass uns morgen noch einmal mit Hadir reden. Das ist wirklich alles, was wir tun können. Und jetzt geh zu Bett. Wir alten Leute brauchen unsere Ruhe, und das Gleiche gilt für Schwangere wie dich. Und lass dich von der Reizbarkeit einer alten Frau nicht beirren«, fügte sie hinzu. »Gespräche über Amputationen … verunsichern mich.«

Rillirin zog sich bis auf die Unterwäsche aus und schob sich neben Gilda ins Bett. Erleichterung machte sich in ihr breit. Sie küsste Gilda auf die Wange und blies dann die Kerze aus. »Niemand schneidet Euch den Arm ab«, versprach sie.

»Jetzt bist du also wohl auch Heilerin, wie?«, gab Gilda zur Antwort und atmete dann tief aus. »Aber ich bin mir sicher, dass du recht hast. Und trotz meiner Beteuerung des Gegenteils bin ich nie die beste Patientin gewesen.«

»Das erstaunt mich jetzt aber«, murmelte Rillirin und wurde dafür mit einem widerwilligen Kichern in der Dunkelheit belohnt. Grinsend schloss sie die Augen.

»Die Sorge verschwindet niemals, weißt du«, sagte Gilda nach einem langen Schweigen. »Ebenso wenig wie die Trauer – um Cam, um Sarilla und, jawohl, auch um Dom, obwohl ein Teil von mir die Hoffnung auf seine Erlösung nie aufgeben wird, ganz gleich, was der Rest von mir denkt. Ich muss einfach glauben, dass er gerettet werden kann, Mädchen. Denn wenn nicht … Aber der Frühling ist gekommen, und hier gibt es dicke Mauern zwischen uns und dem Feind und einen Heiler, der meinen Arm wieder in Ordnung bringen kann. Die Tänzerin lehrt uns, uns zu freuen, wann immer wir können, über das, was wir gerade an Freuden haben können. Lass uns das tun, zumindest für den Augenblick.« Sie gähnte, und ihre Stimme wurde leiser, kam wie aus fernen Träumen. »Schon bald werden unsere Prüfungen wieder beginnen. Das ist die einzige Gewissheit auf dieser Welt.«

Rillirin lag mit auf den Bauch gelegten Händen da und starrte in das flackernde Licht des Feuers, das orange auf der Decke tanzte, während Gildas Atmung tiefer wurde und sie zu schnarchen begann. »Ich glaube nicht, dass ich bei diesem Lärm viel Schlaf finden werde«, flüsterte sie dem Kind in ihrem Bauch zu und lächelte. »Doch sie hat recht. Wir werden diesen Krieg gewinnen, und bis du einmal geboren bist, wird alles nur noch eine schlimme Erinnerung sein. Kein Grund zur Sorge für dich, kleiner Wolf. Du wirst in Frieden und Wohlstand geboren werden, mit Oma Gilda und Onkel Lim und deinem Da und mir um dich herum, und wir alle werden dich lieben. Das verspreche ich dir.« Ein staunendes Lächeln glitt in der Dunkelheit über Rillirins Züge, und sie streichelte sanft die Haut ihres Bauches. »Kleiner Wolf. Du wirst absolut großartig sein. Und nichts und niemand wird dir je wehtun.«

CORVUS

Fünfter Monat, dreiundvierzigster Tag der Belagerung, nachts
Platz des großen Tempels, erster Ring, Rilporin, Weizenland

Das Verlangen, jeden Feind des Glaubens zu töten, erhob sich in Corvus wie ein Sturm und ertränkte jeden anderen Instinkt, jedes andere Gefühl in seiner roten Dunkelheit. Es spielte keine Rolle, was hinterher geschah, ob er jemals zum König dieser beschissenen, stinkenden Kloake von einem Land gekrönt wurde oder ob er überhaupt überlebte. Die Vernichtung der Dunklen Dame hatte ein Loch in sein Herz gegraben, und Corvus kannte nur noch ein Gebot, ein einziges, alles verzehrendes Ziel: dieses Loch bis zum Überquellen mit dem Blut dieser verfluchten Wilden zu füllen.

Er stürmte, einen wortlosen Kriegsschrei heulend, hinter den Wölfen und den Soldaten her, schnitt Rilpori mit dem Schwert die Arme ab, schlug es in Gesichter, Oberkörper und Ellbogen, stach in Eingeweide und Oberschenkel. Er watete durch sie hindurch wie ein Bauer durch Weizenfelder. Corvus war erfüllt vom Verlust eines Gottes und vom Zorn eines anderen. Unaufhaltsam. Niemand würde ihn töten können. Er kannte keine Furcht, kannte nichts mehr als das Verlangen zu morden. Und morden würde er, bis die ganze Welt nur noch geronnenes Blut war.

Und auch den Gottesblinden. Der verräterische Mistkerl, dem es gelungen war, sie alle zum Narren zu halten, war hier irgendwo; Corvus hatte ihn gesehen, hatte gesehen, wie er ein Messer in die Dunkle Dame hineingerammt – die Erinnerung ließ ihn laut aufschreien – und sie gemeuchelt hatte. Inmitten des abgrundtiefen Schocks, der seinen Taten und der Ankunft des heiligen Gosfath gefolgt war, war er verschwunden, aber das würde ihn nicht retten. Corvus würde ihn finden, und er würde für den Gottesblinden einen Tod, ein Sterben bereithalten, das sich über Jahre hinziehen würde, die absolute Vernichtung von Körper, Geist und Seele, sodass alles, was er noch kannte, alles, woraus er bestand, nur noch Schmerz sein würde.

Es würde nicht genügen, nichts, was er erdenken konnte, würde je genug sein, aber Corvus gelobte, es trotzdem zu tun, neue Tiefen der Verderbtheit zu finden, neue Foltermethoden zu ersinnen und jede einzelne von ihnen beim Gottesmörder in Anwendung zu bringen.

Er schnitt einem Mann mit seinem Schwert quer über die Augen, sodass er taumelnd und kreischend in das Kampfgetümmel zurückfiel.

Gosfath war zurück durch den Schleier gereist, um seine Kräfte für den kommenden Kampf zu sammeln, für die Suche nach seiner Schwestergeliebten. Corvus unterdrückte die Stimme in seinem Inneren, die flüsterte, dass Gosfath geflohen sei, dass er sie genauso verlassen habe, wie die Dunkle Dame es getan hatte, dass er sie als Waisenkinder ohne göttliche Leitung in einem feindseligen Land zurückgelassen habe.

Nein, niemals. Seine Blutgier fließt in meinen Adern, fließt in uns allen. Es ist seine Gegenwart, die uns jetzt Kraft gibt. Seine Liebe. Er schenkt uns Kraft und verlangt, dass wir davon Gebrauch machen, um diese Stadt und alle darin auszulöschen. Wir dürfen ihn nicht im Stich lassen, so wie wir sie, die Göttin, im Stich gelassen haben.

Weder Corvus noch Skerris noch die Gesegnete hatten irgendwelche Befehle gegeben, und doch bewegten sich die Mirak und die Soldaten der Osttruppe wie ein einziges Wesen, bedrängten die Verteidiger und trieben sie zurück, jagten sie durch die Straßen, schoben sie vor sich her wie dummes, muhendes Vieh, durch Tore und Stadtviertel und dann vom ersten Ring in den zweiten und dann vom zweiten in den dritten.

Die Abenddämmerung kam, und er tötete weiter, und die wachsende Dunkelheit tat nichts zur Sache, der Wahnsinn, der an den Lumpen seiner zerfetzten Seele nagte, tat nichts zur Sache. Was zählte, war der Kampf, war das Blut, das er im Namen seiner Göttin vergoss. Unser heiliges Blut und heidnisches Blut, so hatte die Gesegnete vor all den Monaten, noch in Adlerhöhe, gesagt, sie würden es alle vergießen, wenn es nur die Roten Götter nach Gilgoras zurückführte. Jetzt vergossen sie es, um die Dunkle Dame zurückzuholen, um Buße zu tun für das, was ihr angetan worden war. Um sie vom Tod zurück und wieder in ihre Herzen zu rufen. Tränen rollten ihm übers Gesicht, während er tötete.

Jetzt waren Mirak um ihn herum und Valan natürlich, noch immer am Leben, immer noch seinen König beschützend, trotz der Qual, die ihm das Herz zerriss. Die Männer und Frauen vor ihm waren Zivilisten, und sie rannten, rannten und schrien, einige ausgerüstet mit von den Toten ergatterten Waffen, andere mit Stöcken oder Küchenmessern. Die meisten trugen irgendwelche Bündel bei sich, als könnten Säcke mit geliebten Dingen ihnen das Leben retten. Andere trugen Kinder, kostbarer als derlei Dinge, gleichwohl genauso nutzlos.

Corvus hatte seit Stunden kein Wort gesprochen, jedenfalls keines, an das er sich erinnern konnte, doch seine Kehle war wund vom Schreien und sein Schwert schwer wie ein Berg, seine Beine wie Blei, und seine Brust rang gequält nach der rauchigen Nachtluft. Das Brüllen in seinem Kopf und seinem Herzen trieb ihn hinter den Davonrennenden her, und dennoch blieb er stehen, lehnte sein Schwert an eine Hauswand, dehnte und streckte keuchend die steifen Finger und versuchte nachzudenken.

Sein Herz hämmerte den Befehl: *Töte, töte, töte.* Sie folgten dem Verlangen des Blutgottes, einem Drang, dem indessen die sorgfältige Planung durch die Dunkle Dame fehlte. Sie töteten blind und hofften auf Erfolg. Die Opfer im Tempel waren strukturiert, folgten rituellen Regeln. Dieses Gemetzel hatte nichts von alledem.

»Valan«, krächzte er. »Wo sind wir?«

Sein Stellvertreter kam ruckartig neben ihm zum Stehen, den Blick starr auf die fliehenden Rilpori gerichtet, während sein Schwertarm leicht zuckte. »Ich glaube, im dritten Ring, Majestät. Oder im vierten. Spielt das eine Rolle? Wir metzeln sie nieder.«

Corvus drehte sich auf der Suche nach Anhaltspunkten nach allen Seiten um. Er deutete mit dem Kopf vor sich. »Ist das dort nicht der Palast? Dann wären wir jetzt im dritten Ring. Weiter, als mir bewusst war, und an einem guten Ort, um uns zu organisieren. Wir müssen uns hier sammeln und Verstärkung holen. Ich will, dass morgen um diese Zeit jeder einzelne Rilpori im fünften Ring gefangen ist. Wir treiben sie hinein und töten sie, wenn nötig, aber ich will so viele wie möglich lebend haben.«

Ein Stirnrunzeln ließ das getrocknete Blut zwischen Valans Brauen platzen, und es wurde in feinen Blättchen vom Wind fortgeweht. »Wir sollen sie nicht töten?«

Corvus legte ihm die Hand auf die Schulter. »Noch nicht. Wir halten hier die Stellung, warten auf Verstärkung und schicken dann Meldegänger mit dem Befehl aus.« Er blickte zu dem Haus auf seiner Linken hinauf, das größtenteils unversehrt geblieben war. »Lasst uns nachsehen, ob sich dort drin Wasser oder Bier findet und irgendetwas Essbares. Wir werden die ganze Nacht hindurch kämpfen. Wir werden kämpfen, bis die Sache erledigt ist. Wir haben sie bereits in die Flucht geschlagen; wir dürfen ihnen keine Gelegenheit geben, sich neu zu formieren.«

Valan riss nun endlich den Blick von den fliehenden Bürgern los und sah Corvus an. »Wie Ihr wollt, Majestät«, sagte er, und etwas in seinen Zügen verriet Corvus, dass er wusste, was sein König vorhatte, und dass er seinen Plan billigte. Ein letztes Massenopfer: Wenn das nicht ausreichte, um die Dunkle Dame zurückzuholen, dann würde nichts genügen.

Der erste und der zweite Ring standen in Flammen. Rauch wogte durch die Straßen, füllte die Kehlen, brannte in Augen, schnürte Lungen zusammen und benetzte die Zungen mit Asche. Ruß drang bis in jede Falte von Haut und Tuch, machte den Glanz von Waffen und Rüstungen stumpf und ließ den fiebrigen Eifer in den Augen der Gerechten nur umso heller leuchten.

Das silberne Licht, das die Dunkle Dame als letztes Geschenk vor ihrem Verschwinden gesandt haben musste, das Licht, das sie alle geheilt hatte, war nicht wieder erschienen; die neuen Verletzungen, die ihnen in den seither vergangenen Stunden zugefügt worden waren, wirkten, wie Verletzungen normalerweise nun mal wirken: Sie bluteten, machten langsamer, töteten. Ihre Anzahl verringerte sich, aber sie verfügten noch über ausreichend Kämpfer, dass ihnen dieser letzte große Angriff den Sieg bringen würde, auch wenn Corvus jeder Schritt, den er machte, ohne die Gegenwart seiner Göttin in seiner Seele zu fühlen, wie eine Niederlage vorkam.

Corvus blieb stehen, um sich schwarzen Rotz von der Oberlippe zu wischen, und spuckte Schleim auf die Steine. Der Wind wehte heiß und faulig die Straße hinunter, und Corvus stieß ein heiseres Husten aus. Die Stadt war in orangerotes Licht getaucht, die Flammen hoben die Umrisse der Verfolger hervor, und die fliehenden Soldaten der Stadt hatten sich schließlich doch neu formiert. Sie wussten, dass sie jetzt die Getriebenen waren, doch sie kannten die Stadt besser, als die

Mirak sie jemals kennen würden. Auf einigen Abschnitten war ihr Vorrücken völlig zum Erliegen gekommen, nachdem erbitterte Kämpfe ausgebrochen waren oder ein ganzer Trupp von Corvus' Männern einem Hinterhalt zum Opfer gefallen war, und mindestens zwei Gruppen der Mirak waren in die Feuer zurückgetrieben worden, die sie zuvor selbst gelegt hatten, und nun Gefangene zwischen Flammen und Stahl.

Kleine Gruppen von Rilpori hatten sich seitlich an den vorrückenden Angreifern vorbeigeschlängelt und waren in die brennende Stadt geflohen, flüchteten im Zickzack durch Straßen und Gassen, um sämtliche Verfolger abzuschütteln. Corvus hatte den Befehl gegeben, sie alle bis zum letzten Mann zur Strecke zu bringen. Niemand durfte entkommen, niemandem würde ein schneller Tod in den Flammen gewährt werden. Sie waren zu Opfern bestimmt, Opfer für einen Akt der Hingabe, der so gewaltig war, dass sogar die Götter selbst vor Glück weinen würden – und zurückkehren würden, um ihren Gläubigen die Ehre zu erweisen. Gilgoras würde wieder die Hand seiner wahren Götter kennen: Die verschorften Schnittwunden in Corvus' Armen versprachen es; das Loch in seinem Herzen verlangte es.

Er würde Rilporin in ein geschwärztes Skelett verwandeln, das knietief im Blut stand. Mit der Gesegneten an seiner Seite würde Corvus die ganze Welt niedermetzeln, wenn es das war, was nottat.

MAKE

Fünfter Monat, dreiundvierzigster Tag der Belagerung, nachts
Adelsviertel, vierter Ring, Rilporin, Weizenland

Der Krieg hatte jeden Sinn verloren.

In der einen Minute hatte er noch über Dalli gestanden und sich die Erklärungen der Heiler angehört, wie unwahrscheinlich es doch sei, dass sie überleben würde, und schon in der nächsten hatte die ganze Stadt zugleich zu schreien begonnen, so laut, dass er sie liegen gelassen hatte und nach draußen gerannt war. Und das Unmögliche mit angesehen hatte.

Ein Gott.

Nichts anderes konnte es sein. Gosfath, der Gott des Blutes, war plötzlich turmhoch über der Stadt aufgeragt, strich dann durch ihre Straßen und hinterließ ein grausames Gemetzel. Männer, die wochenlang gekämpft hatten, ohne zu zögern oder sich ihre Angst ansehen zu lassen, hatten ihre Waffen niedergeworfen und schreiend die Flucht ergriffen, als Gosfath durch die Stadt getobt war. Make machte ihnen keine Vorwürfe und verurteilte sie nicht; es hatte auch ihn selbst seine ganze Kraft gekostet, nicht in seine Unterwäsche zu pinkeln.

Hunderte, Tausende waren gestorben, während noch mehr geflohen waren. Sie hatten die Tore aufgerissen, die sie hätten bewachen sollen, um kopflos inmitten der fliehenden Bürgerschaft durch die Straßen zu rennen, inmitten der herabprasselnden Steine. Sie hatten nur den einen Gedanken gehabt: so weit wie irgend möglich von hier wegzukommen. Und dann waren die Mirak aufgetaucht. Zuerst waren sie wie gelähmt gewesen. Die Ursache dafür war, wie Make später erfahren hatte, die Hinrichtung der Dunklen Dame durch Dom gewesen – Make hätte es nie geglaubt, wenn er nicht bald noch einen anderen Gott mit eigenen Augen gesehen hätte. Doch dann hatten sich die Mirak auf die fliehenden Rilpori gestürzt, Lücken in ihre Reihen gerissen und Mord und Totschlag über alle gebracht, deren sie habhaft werden konnten, ob Mann, Frau oder Kind.

Aber die tobenden Mirak hatten ihn nicht halb so sehr in Angst versetzt wie der Auftritt von Dalli, als sie aus dem Hospital gekommen war, ihre Eingeweide wieder sicher in ihrem Körper verstaut und ohne sichtbare Anzeichen einer Verletzung – von den dunklen Ringen unter ihren Augen und einer durch die Lumpen ihrer Bluse und die zerfetzten Kanten ihres Kettenpanzers hindurchschimmernden dicken blauroten Narbe quer über ihrem Bauch einmal abgesehen.

Nicht einmal die Feststellung, dass auch seine eigenen Verbrennungen und Wunden sich ganz von selbst geheilt hatten, konnte die nackte, urtümliche Panik lindern, die ihm die Kehle zusammenpresste, als er sah, wie sich Hunderte verletzter Soldaten aus ihren Betten erhoben, ihre Rüstungen anlegten und über die heranrückenden Mirak herfielen. Die mysteriöse Heilung – und Make erinnerte sich an das seltsame silberne Licht, das durch die Stadt geströmt war – hatte allerdings ihre Grenzen gehabt: Edris' Bein war nicht nachgewachsen, und Dorcas hatte immer noch nur ein Auge, obwohl es hinreichend geheilt war, dass er ein klein wenig sehen konnte.

Aber durch göttliches Eingreifen vom Rande des Todes weggezogen worden zu sein bot keinen undurchdringlichen Schutz gegen den neuerlichen Angriff der Mirak. Sie waren auf Makes Soldaten eingestürmt und hatten ihnen die Leiber aufgerissen, als seien sie beleidigt, weil sie den Mumm gehabt hatten, sich ihnen ein zweites Mal in den Weg zu stellen, und die durch Mark und Bein gehende Erschöpfung, nachdem sie dem Tod bereits ins Auge geschaut hatten, verlangsamte die Reflexe seiner Kämpfer. Einige blieben am Leben; die Übrigen gaben ihre Chance auf ein zweites Leben hin, damit andere überlebten. Make hatte keine Leben sinnlos vergeuden wollen, und er hatte Dalli aus dem Kampfgetümmel fortgezerrt, noch während die beiden ihren Soldaten Befehle zubrüllten, sich zu formieren, die aber in alldem schreienden, klirrenden Wahnsinn ungehört geblieben waren.

Das Vorrücken der Mirak war nicht aufzuhalten gewesen; man konnte den Wahnsinnigen nicht mit Vernunft begegnen und sich gegen lebensmüde Selbstmörder nicht verteidigen. Sobald sich die Reihen der Truppe einmal aufgelöst und die Soldaten die Flucht ergriffen hatten, waren sie nicht mehr zu stoppen gewesen, und es hatte Stunden gebraucht bis zum Einbruch der Nacht, dem Entfachen der Feuer und der Erkenntnis, dass es keinen Ort mehr gab, wohin sie fliehen konnten, bis wieder Ordnung in die Reihen der Truppe und der Wölfe eingekehrt war.

Und jetzt waren sie hier, die Überbleibsel seiner Armee, die Überreste der Wölfe sowie Tausende hysterische Zivilisten mit schreienden Kindern und Säcken voller nutzloser Reichtümer. Sie waren mit Geld und Juwelen geflüchtet, während sie Nahrungsmittel, Wasser, Verbandszeug, Medikamente und Breiumschläge hätten mitnehmen sollen. Einige hatten ihre Tiere mitgenommen, nicht nur Hunde, sondern auch Ziegen und jene jungen Schweine, die noch nicht geschlachtet und gegessen worden waren.

Make und seine überlebenden Offiziere kauerten sich in den Überresten des vierten Rings zusammen. Das ganze Viertel war zerstört, und die Überreste der Häuser qualmten. Sie hatten die Tore, so gut sie konnten, verrammelt und die Torhäuser und andere Mauerbereiche mit jenen Bogenschützen bemannt, die noch Pfeile übrig hatten.

Die wenigen Informationen, über die er verfügte, deuteten darauf hin, dass der erste und der zweite Ring brannten und die Mirak und die Soldaten der Osttruppe den dritten besetzt hielten, was bedeutete, dass sie beinahe, aber doch nicht ganz von ihnen umzingelt waren. Der vierte Ring qualmte noch, brannte aber nicht, während sich vom Palast im fünften Ring schwarze Säulen erhoben, die von umherwirbelnden Funken erhellt wurden. Sie waren gefangen zwischen Feuer und dem Feind, sie konnten nirgendwohin mehr fliehen und verfügten nicht über genügend Soldaten, um die Rilpori zu verteidigen, die sich mit ihnen zusammendrängten.

Uns gehen die Möglichkeiten aus, uns gehen die Soldaten aus, uns geht der Rückzugsraum aus. Wie zum Teufel hat diese Sache nur so schnell so schiefgehen können?

Die Hinterhalte und Fallen, die sie zurückgelassen hatten, als sie durch die verschiedenen Viertel geflohen waren, hatten das Voranrücken des Feindes verlangsamt und ihnen einen kleinen Vorsprung verschafft, und aus Gründen, von denen sich Make nicht sicher war, ob er sie überhaupt wissen wollte, hatten die Mirak ihr gnadenloses Gemetzel eingestellt und konzentrierten sich jetzt darauf, so viele Überlebende wie möglich auf immer engerem Raum zusammenzutreiben, bis der gesamte vierte Ring mit Menschen vollgestopft war. Sie trieben sie zusammen wie Vieh fürs Schlachthaus. Make schob die Vorstellung von sich.

»Wie viele noch?«, flüsterte er und erstickte dann ein Husten in der Armbeuge. Götter, er hatte Durst, es war, als hätte er jetzt schon seit Tagen nichts mehr getrunken.

»Es ist fast unmöglich, das zu sagen«, antwortete Vaunt. »Etwa zweitausend Soldaten sind mit uns hier drin, dazu kommen mindestens dreimal so viele Zivilisten sowie einige Hundert Wölfe. Keine Ahnung, wie viele Soldaten gefallen sind, seit die Dunkle Dame getötet wurde und der Fuchsgott über Gosfath gesiegt hat, aber es gibt einige wenige spärliche Berichte darüber, dass etwa tausend Menschen womöglich in die nördlichen Bereiche der Stadt entkommen sind oder zumindest an einem sicheren Ort Zuflucht gefunden haben. Es könnte sein, dass sie uns zu Hilfe eilen werden, wenn wir in die Offensive gehen, oder versuchen, den Mirak in die Flanke zu fallen, um uns dadurch einen Weg nach draußen zu eröffnen. Mit ein wenig Glück wird der Gauner sie anführen.«

»In die Offensive gehen? Wir sind auf der Flucht, Mann. Selbst wenn er der Gauner ist, so kann er doch keine Toten mobilisieren.« *Oder etwa doch?* »Ich will keine bloßen Annahmen und Hoffnungen, ich will Tatsachen.«

Vaunt senkte den Kopf. »In Ordnung. Es bleibt bei den geschätzten Zahlen für die Leute, die sich hier drinnen bei uns befinden, aber die Tausend, von denen wir mutmaßen, dass sie entkommen sein könnten, können auch alle tot sein, zusammen mit allen anderen, die wir aus den Augen verloren haben. Jeder, der nicht mit uns hier drin ist, kann als verloren gelten. Wir haben keine Ahnung, wo sich der Fuchsgott befindet, und er ist wahrscheinlich der Einzige, der uns helfen kann, denn es gibt keine Verstärkungstruppen, und wir können unmöglich in die Offensive gehen, weil wir im Arsch sind und die Zivilisten nicht aus der Gefahrenzone herausbringen können, ja, wir können sie uns noch nicht einmal aus dem Weg schaffen, damit wir in geordneten Linien sterben können, so wie wir es gelernt haben.« Er spuckte etwas Schwarzes und Glänzendes auf die Pflastersteine und wischte sich dann über den Mund. »Fühlt Ihr Euch jetzt besser?«

»Immer mit der Ruhe.« Edris warf Vaunt einen grimmigen Blick zu. Make wusste, dass er den Major eigentlich zur Ordnung rufen sollte, ließ es aber sein.

»Warum sollten wir die Zivilisten wieder aus dem Weg schaffen?«, fragte Dalli. »Ich bin Zivilistin, wir Wölfe sind alle Zivilisten. Wir kämpfen trotzdem. Warum kämpft dieser Haufen nicht mit?«

»Keine Waffen und keine Ahnung, wie sie die Sache mit dem Kämpfen anstellen sollen«, sagte Vaunt knapp.

Dalli nickte. »Aha. Es braucht wohl eine ganz gehörige Menge Können, einem Mann einen Stein an den Kopf zu werfen, wie?« Vaunt wirkte entrüstet, doch sie machte eine energische Handbewegung, um ihm Schweigen zu gebieten. »Holt die Bogenschützen von der Mauer und schickt diese Leute hinauf. Bewaffnet sie mit Felsblöcken, Steinen, Schutt und kochendem Wasser. Schickt sie mit schweren Kochtöpfen dort hoch, wenn es sein muss. Meinetwegen können sie auch die verdammten Schweine werfen, aber holt unsere Bogenschützen hier herunter, damit sie an unserer Seite mit Schwertern oder Speeren kämpfen können, und schickt die Zivilisten auf die Mauern, wo sie nicht in unmittelbarer Gefahr sind, aber trotzdem etwas wirklich Nützliches tun können. Sie haben Angst, weil sie die Dinge nicht unter Kontrolle haben. Sie sind eine zweite verdammte Armee, und ihre Zahl ist größer als unsere und die der Mirak zusammen. Ihr müsst von diesen Leuten Gebrauch machen.«

Make wusste, dass sie recht hatte. Sie wussten es alle. »Tut, was sie sagt, Major. Wir brauchen jede Hilfe, die wir bekommen können, und wenn sie den Druck für eine Weile von uns abwenden, schaffen wir Übrigen es vielleicht, einen Plan zu erarbeiten, wie wir die Nacht überleben können.«

Die Mienen um ihn herum waren grimmig verbissen, und er hätte das Letzte wahrscheinlich besser nicht sagen sollen, aber irgendjemand musste zum Ausdruck bringen, wie tief die Scheiße war, in der sie steckten.

»Es ist allerdings so«, warf Oberst Edris mit leiser Stimme ein, »dass Dorcas und ich noch einen anderen Vorschlag haben.«

Er war grau vor Erschöpfung und Blutverlust, aber sein Gesicht wirkte entschlossen. Dorcas stand in geduckter Haltung neben ihm und warf mit übertrieben wirkenden Bewegungen den Kopf hin und her, damit sein verbliebenes Auge sie alle sehen konnte.

»Gebt die Stadt auf«, sagte Edris, und Make keuchte laut, als habe man ihm einen Hieb auf die Brust versetzt. »Sie brennt, sie liegt in Trümmern, sie ist geschlagen; überlasst sie ihnen einfach.«

»Wir können Rilporin nicht aufgeben«, stieß Make mit heftiger Stimme hervor. »Nicht nachdem so viele ihr Leben gelassen haben, um die Stadt zu verteidigen. Wozu all das Sterben, wenn wir jetzt einfach aufgeben?« Seine Verärgerung wuchs in ihm wie ein wucherndes Unkraut, erwürgte seine Müdigkeit, seinen Zweifel. »Wir können diese Schlacht immer noch gewinnen!«

»Wirklich? Ich habe genau dieses Gespräch vor einigen Wochen schon mit Eurem Vater geführt«, ertönte eine Stimme, und Hallos tauchte aus der Dunkelheit auf, blutverschmiert bis über die Ellbogen und ausgezehrt wie ein Leichnam. »Wisst Ihr, was er mir geantwortet hat, als ich vorgeschlagen habe, den König und die Adligen noch vor Beginn dieser Belagerung in Sicherheit zu bringen? Er hat gemeint, Rilpor sei nicht in den steinernen Häusern, den goldenen Kronen oder den ehrwürdigen Titeln zu finden. Rilpor seien seine Bewohner, sein Glaube, seine Art zu leben. Wir retten all das, nicht einen Haufen zerschmetterter Steine.« Hallos legte Make die Spitze seines Zeigefingers auf die Brust. »Dort drinnen ist Rilpor. Es ist in Edris und Dorcas hier. Es ist in Vaunt und Weaverson, Dalli und Tailorson und Carter, wo immer sie sind und ganz gleich, ob sie noch leben oder nicht. Rilpor ist in den Menschen, die sich hier zusammenkauern und hoffen, dass Ihr sie beschützen werdet. Es ist sogar in mir. Wir sind Rilpor, nicht diese

Mauern und Häuser. Und wenn wir Rilpor retten wollen, sollten wir Rilporin vielleicht wirklich aufgeben.«

»Und was dann?«, fragte Make, spreizte die Hände und schluckte die Bitterkeit des Geschmacks der Niederlage in seinem Mund herunter. »Dann rennen wir einfach immer weiter weg, überlassen das Land den Mirak und fliehen, während jede andere Stadt und jedes Dorf im Land an die Roten Götter fällt? Dann retten wir unsere eigene Haut auf Kosten all der anderen? Hier gibt es Mauern, die uns schützen; dort draußen ist nichts als endloses Weide- und Ackerland.«

»Hier gibt es Mauern«, wiederholte Dalli leise, und er sah, dass sie sich auf die Seite der anderen stellte. »Mauern für uns, um hinter ihnen zu sterben. Diese Scheißkerle werden keine Ruhe geben. Wir alle wissen, dass sie keine Ruhe geben werden. Dort draußen können wir zumindest eine Linie zwischen den Menschen und den Mirak bilden und ihnen eine Gelegenheit zur Flucht geben.«

»Und nicht nur ihnen«, warf Edris ein, so geduldig, als beantworte er die Fragen eines unerfahrenen Rekruten. »Ihr müsst ebenfalls von hier fort, Herr. Treibt neue Verbündete auf, um unsere Kräfte zu verstärken, damit wir den Feind und seine Religion aus Gilgoras vertreiben können. Das hier ist nur eine Schlacht, Herr; es ist nicht der Krieg. Nicht wenn wir Euch aus der Stadt schaffen können.«

»Macht sie fertig«, knurrte Vaunt, ehe Make reagieren konnte. »Wir kommen mit einer neuen Armee hierher zurück und machen diese Scheißkerle fertig. Das ist ein Plan, dem ich mich anschließen kann.«

Es war nicht so, als hätte Make nicht selbst schon darüber nachgedacht. Nicht, dass er mit dem Gedanken gespielt hätte, persönlich von hier wegzulaufen – das würde natürlich niemals passieren –, aber auch er hatte bereits überlegt, die Armee sich zurückziehen zu lassen, um dadurch eine neue, gestärkte Position einzunehmen. Aber das waren nur Gedankenspiele gewesen, Spekulationen, mit denen er sich in seinen dunkleren Momenten beschäftigt hatte. Er war überzeugt gewesen, dass es immer noch einen Ausweg gab, die Möglichkeit eines Sieges. Doch jetzt stimmten all seine Offiziere sowie Dalli und sogar der verdammte Arzt darin überein, dass die einzige Hoffnung auf Sieg im Rückzug bestand.

Er ließ seinen Blick über jeden Einzelnen von ihnen schweifen, schaute in ihre schmutzigen, blutverschmierten, verschwitzten Gesichter und wusste, dass die Entscheidung bereits getroffen war und dass es keine Entscheidung war, gegen die er sich stemmen konnte. Würde er dieser Entscheidung seinen gegenläufigen Befehl entgegenstellen, würden sie, ohne zu zögern, bleiben und für ihn kämpfen und sterben. Und ihr Tod würde ihn verfolgen, bis es auch an ihm war zu sterben.

»Durchs Königstor?«, fragte er und weigerte sich zuzulassen, dass seine Schultern herabsackten, weigerte sich, sich anmerken zu lassen, dass er geschlagen war.

»Durchs Nordtor und auf die Schiffe«, antwortete Dalli. Sie alle sahen einander an.

»Vielleicht sollten wir unsere Kräfte besser aufteilen, und jede Hälfte übernimmt einen Teil der Nichtkämpfer?«, schlug Edris vor. »Ein Ausbruch an zwei verschiedenen Stellen bedeutet, dass sie uns an zwei verschiedenen Fronten zurückschlagen müssen, was unsere Erfolgsaussichten verbessert.«

»Ich glaube, das ist unsere beste Möglichkeit«, stimmte Make zu. »Vaunt, Dorcas, Ihr nehmt den Tunnel zum Königstor zusammen mit der Palasttruppe und der Hälfte der Südtruppe. Edris, Ihr kommt mit mir und der Westtruppe. Wir nehmen die Wölfe ebenfalls mit und schlagen uns zum Nordhafen und zu den Schiffen durch.«

»Wo wollen wir uns wieder sammeln?«, fragte Vaunt. »An der Grenze zu Listre?«

Make dachte einen Moment lang nach. »Nein. Begebt euch Richtung Süden und steuert direkt den Wald an. Seht zu, dass Ihr vor Morgengrauen außer Sicht seid. Wir fahren mit den Schiffen flussabwärts, bis man uns von der Stadt aus ebenfalls nicht mehr sehen kann, dann gehen wir an Land, lassen die Schiffe treiben und stoßen zu euch. Sie sollen glauben, wir würden nach Listre fliehen.«

Vaunts Lächeln war raubtierartig. »Während wir in Wirklichkeit …?«

»Während wir in Wirklichkeit einen großen Bogen beschreiben und dann mit Maximalgeschwindigkeit die Forts der Südtruppe ansteuern. In diesen Forts befinden sich dreitausend ausgeruhte, unverletzte Soldaten. Sie haben sich noch zu beweisen, und wir haben eine offene Rechnung zu begleichen.«

Make richtete sich ein Stückchen höher auf und verspürte eine schwache Hoffnung in sich aufglimmen. *Kein wirklicher Rückzug, wir weichen nur auf eine Position neuer Stärke zurück.*

»Also gut, erteilt die Befehle. Bewaffnet so viele Zivilisten wie möglich, mit was immer ihr zusammenklauben könnt; sobald die Mirak merken, dass wir fort sind, werden sie sich einen Weg durch das Tor und über die Bresche bahnen, daher werden wir eine Nachhut benötigen. Ich will nur Freiwillige für diese Aufgabe, ihr alle wisst, warum.«

Grimmige Blicke wurden gewechselt, und Make schluckte; allein der Gedanke schnürte ihm die Kehle zu. »Setzt jetzt alle, die nicht kämpfen, in Bewegung. Lasst uns die Dunkelheit nutzen, solange wir können. Möge die Gnade der Tänzerin mit euch allen sein.«

Die anderen salutierten und gingen, und Make starrte zum Torhaus hinauf, das sich schwarz von der Schwärze dahinter abhob. »Wo zum Teufel seid Ihr, Major Carter?«, murmelte er. »Und wo, verdammt noch mal, ist der Fuchsgott?«

DOM

Fünfter Monat, dreiundvierzigster Tag der Belagerung, nachts
Juwelierviertel, dritter Ring, Rilporin, Weizenland

Irgendetwas fehlte. Sein Körper war fern und stumpf, und irgendetwas fehlte. Etwas, das eine gefühlte Ewigkeit bei ihm gewesen war.

Sie.

Sie war nicht mehr da, und der Gottesraum war ein zusammengeschrumpelter Mutterschoß bar jeden Lebens. Dom erschauderte, und das intensive Gefühl ihrer Abwesenheit erfüllte ihn mit Schmerz. *Meine Geliebte, warum hast du mich verlassen? Bin ich nicht dein guter Sohn, dein liebender Sohn? Wo bist du, meine Geliebte? Ich brauche dich.*

»Alles andere ist eine Lüge gewesen.«

Die Worte waren leise und unverfänglich, kamen mit dem rauchigen Wind herangeweht. Aber sie waren auch vertraut. Von früher. Eine Falte legte sich zwischen Doms Brauen und vertiefte sich, als er Geräusche hörte, die wie eine ferne Schlacht klangen. Schreie, dünn und hoch.

»Alles andere ist eine Lüge gewesen. Das hast du gesagt. Nachdem du mich gefoltert hattest.«

Schmerz, er zog von seinem Herzen bis in seinen Kopf. *Folter?* Die Erinnerung an die letzten Tage war unter einem undurchdringlichen Leichentuch verschwunden, alles besudelt und befleckt von der schrecklichen Abwesenheit der Dunklen Dame.

»Gottesblinder. So hat Lanta dich genannt, nicht wahr? Also, Gottesblinder, öffne die Augen. Ich weiß, dass du wach bist. Es ist an der Zeit, dass du dich deiner Wahrheit stellst und den Folgen deiner Taten.«

Dom schaute auf, und über ihm kamen verschwommen Dachbalken in Sicht, beinahe in den Schatten versunken. Das Licht einer einzelnen Kerze erhellte kaum die Umrisse der Gestalt an seiner Seite. »Wer ist da?«, brachte er heraus.

»Crys Tailorson. Vielleicht kennst du mich ja auch als den Fuchsgott, den Gauner. Ich weiß, dass ich dich einmal als einen Freund gekannt habe. Ich bin derjenige, den du an Lanta und Corvus verraten hast, der, den du mit Messern, Zangen, Brandeisen und Fäusten traktiert hast. Erinnerst du dich? Kannst du dich an all das erinnern, Gottesblinder, an meine Folterung und das Entzücken, das sie dir bereitet hat? Oder erwartest du wahrhaftig von mir, dir zu glauben, dass auch das eine Lüge gewesen ist?«

»Geteilte Seele?«, murmelte Dom.

Crys zog die Augenbrauen hoch. »Nicht mehr. Auch wenn du immer noch eine Dunkelseele bist.« Sein Gesicht lag im Schatten, und seine ungleichen Augen loderten gelb auf. Er packte Dom an den Schultern und riss ihn hoch. Dom kreischte, als Schmerz durch seinen linken Arm und bis zum Hals hinauf schoss. Er krümmte und wand sich, bis seine Schultern gegen eine Mauer krachten.

Crys zog die Kerze näher heran und hob sein zerlumptes Hemd hoch, ließ Linien und Striemen, Brandmale und große Schnittwunden überall auf seinem Bauch und seiner Brust sehen. Die Verletzungen reichten bis hinab in den Taillenbund seiner zu kurzen Hose, und weitere Male prangten auf seinen Schultern und Unterarmen und wahrscheinlich noch an anderen Stellen, die Dom nicht sehen konnte. Aber sie waren nicht rot oder bläulich lila, keine frischen, geschwollenen Wundränder, die von Stichen am Klaffen gehindert wurden. Dom runzelte die Stirn und schaute gegen seinen Willen genauer hin; dann keuchte er auf, und seine Haut wurde kalt.

Jede Wunde an Crys' Körper war verheilt, und jede war silbern überzogen, als seien ihm Linien von kostbarem Metall in den Körper eingenäht worden, ein wahres Vermögen für jeden Edelmetallschürfer. Wie Sonnenlicht auf Wasserstreifen. Wie Schuppen eines Fisches.

»Erinnerst du dich daran, wie du mir diese Wunden zugefügt hast?«, zischte Crys. »Und dass du mir die hier herausgezogen hast?« Er stieß Dom die Hand vors Gesicht. Drei seiner Nagelbetten lagen bloß und waren verhärtet, das Fleisch verbrannt und silbrig, es funkelte im Licht der Kerze. »Erinnerst du dich, wie du mich im Auftrag Lantas gefoltert hast, im Auftrag der Roten Götter? Erinnerst du dich? Tust du das?«

Dom schmeckte Blut im Mund, als er auf die silbernen Narben auf Crys' Haut schaute. »Es tut mir leid«, flüsterte er.

Crys schlug ihm ins Gesicht. »Das reicht nicht. Wird niemals reichen. Warum hast du es getan?«

Meine Geliebte? Meine Geliebte, was geht hier vor sich? Was sagt er da?

Er bekam keine Antwort, und Doms Angst wuchs, wie die Leere in ihm. *Sie hat mich verlassen. Ich habe sie enttäuscht. Bin irgendwie vom Pfad abgewichen, und meine Hand ist aus ihrer gerutscht.*

Meine Hand ...

Das Gefühl, dass mit seinem Körper etwas nicht stimmte, fand seine Quelle, der Schmerz seinen Ursprung. Dom hielt den Atem an und hob den linken Arm vors Gesicht. Mit zusammengekniffenen Augen blinzelte er in das gelbe Licht. Der Arm endete nicht mit einer Hand und Fingern. Er hörte auf halbem Weg hinter seinem Ellbogen einfach auf, endete in einem Tuch aus weißem und rotem Leinen. Doms linker Arm ... endete.

»Wo ist ... wo ist meine Hand?«, fragte er, obwohl er wusste, dass es eine dumme Frage war. »Was ist mit meiner Hand passiert? Wo ist meine verdammte Hand?«

»Ich habe sie dir abgeschnitten.« Crys lachte, seine triumphierenden Züge waren hässlich, und Eiseskälte und Gluthitze jagten einander durch Doms Körper, und sein Magen flatterte. Bilder stiegen aus dem Nebel seiner Erinnerung empor und verschwanden wieder darin, zusammenhanglos, mit Geräuschen und Gerüchen vermengt, die nicht dorthin gehörten.

Nichts ergibt mehr einen Sinn. Meine Geliebte, ich kann ohne dich nicht denken, kann nicht leben. Bitte, komm zurück. Ich verstehe nichts von alledem. Warum hat er mich so verletzt? Warum behauptet er, ich hätte ihn verletzt? Diese Erinnerungen sind nicht wirklich.

Oder doch?

Er erinnerte sich an die Berührung der Dunklen Dame in seiner Seele, an ihre Stimme in seinem Kopf, und blind tastete er nach ihr, streckte verzweifelt seine Sinne aus. Doch da war nichts. »Warum?«, fragte er schließlich.

Zur Antwort zog Crys erneut sein Hemd nach oben und knurrte, als Dom in wortlosem Leugnen den Kopf zur Wand rollte.

»Ich verstehe nicht. Ich habe nur getan, was sie von mir verlangt hat, was ich habe tun müssen.« Er sah Crys verwirrt und bestürzt in die Augen. »Es war nicht meine Schuld.«

Eine Axt erschien in Crys' Hand. Eine große Doppelaxt, und Crys legte eine ihrer Klingen auf Doms anderen Arm. »Nicht deine Schuld?«, zischte er. »Nicht deine Schuld?«, wiederholte er, lauter. »Du übernimmst verdammt noch mal die Verantwortung für deine Taten, oder ich werde dich auf eine Weise dafür bezahlen lassen, die du dir gar nicht vorstellen kannst.«

»Aber ich kann nicht … Was willst du von mir hören?«

»Ich will, dass du alles zugibst, was du getan hast. Erinnere dich«, befahl Crys, und Dom gehorchte mit einer schmerzlichen Eile, die die letzten Fetzen seiner Würde mit sich riss.

Scham schnürte ihm die Kehle zu, und sein Atem pfiff, eine Scham, die ihm wie die Finger eines Toten über die Haut kroch, eine Scham, die ihn zerriss. »Ich habe ihnen gesagt, wie sie ins Innere gelangen können, wann und wo sie ihre Verteidigungslinien durchbrechen können. Ich habe versucht, Gilda zu töten. Ich habe Gefangene getötet. Freunde, Kriegskameraden. Ich habe ihnen von Rillirin erzählt, ich habe ihnen von dir erzählt.«

Jedes Wort war ein Messer, das Stücke von dem Menschen wegschnitt, für den er sich immer gehalten hatte. Der zu sein er stets gekämpft hatte.

»Jetzt … erinnere ich mich daran, dass ich dir Schmerzen zugefügt habe«, stammelte er. »Ich erinnere mich, der Gesegneten gesagt zu haben, dass wir – dass sie und ihre Leute – den Krieg gewinnen würden, wenn es uns gelänge, den Fuchsgott aus dir herauszuholen.«

»Aber warum du?«, flüsterte Crys, und sein Zorn vermischte sich mit Traurigkeit. »Wir waren Freunde. Warum bist du derjenige gewesen, der mir wehgetan hat?«

Dom betrachtete die aufgeplatzten und geschwollenen Knöchel an seiner rechten Hand, Knöchel, mit denen er Crys' Gesicht und Rippen aufgeschürft hatte, und Scham durchflutete ihn, so heftig und so plötzlich, dass er würgen musste. »Es tut mir leid«, flüsterte er noch einmal.

Von einem Augenblick auf den nächsten war Crys' Zorn neu entfacht, er ließ seine Lippen weiß werden und spannte die Muskeln um seine Augen herum an. »Es tut dir leid. Tut dir leid? Hast du irgendeine Vorstellung davon, wie unzulänglich das ist? Tausende von Männern, Frauen und Kindern sind tot. Tausende. Die Stadt ist überrannt worden, die Mirak kontrollieren die äußeren Ringe, die Truppen sind auf dem Rückzug. Sie töten jeden, den sie finden können. Nur wegen dir.« Crys rammte die Axt in das Holz über Doms Kopf, und Dom fuhr zusammen und duckte sich. »Zeit aufzuwachen, Dunkelseele«, knurrte er. »Zeit, dich alledem zu stellen. Dich daran zu erinnern, warum ich dir den Arm abgeschnitten habe.«

Die Worte waren Splitter, die ihm unter die Haut drangen, Widerhaken in Doms Fleisch, die an ihm zogen und die ihn ein Stück weiter aufrissen, bis er ganz aufbrach und die schreckliche Wahrheit, die Erinnerung, die er so unbedingt unter alldem Rest hatte begraben wollen, in ihn zurückflutete.

Sie ist nicht hier, meine Geliebte, meine Blutige Mutter. Sie wird nie wieder hier sein.

Ich habe sie getötet.

Sein Herz tat einen gewaltigen Satz, und dann begann es so heftig zu hämmern, dass die Ränder seines Gesichtsfeldes grau wurden. Ein dünnes, hohes Wehklagen brach aus ihm heraus, und er glitt auf die Seite und rollte sich fest zusammen, von Schmerz und dem Wissen gemartert, dass sie seinetwegen aus der Welt verschwunden war. All die anderen Tode, all der Verrat, all das war nichts im Vergleich dazu.

»Nein«, flehte er. »Nein, sag mir, dass ich es nicht getan habe. Bitte, sag mir, dass ich sie nicht getötet habe. Nicht meine Geliebte.« Es schmerzte zu atmen, schmerzte, das wütende Entzücken in Crys' Augen zu sehen, die dunkle Gerechtigkeit.

Er spürte, wie der Wirbel zurückbrandete, der schwarze Wahnsinn. Er griff danach, blind. »Sie war… alles, meine ganze Welt.« Dom griff nach Crys' Hand. »Töte mich. Bitte, wie auch immer du es tun willst, so langsam, wie du magst, aber bitte, bitte, töte mich. Bitte.«

Crys blinzelte, dann veränderte er sich kaum merklich. Macht stieg in ihm auf, während er mit den Fingern über den Stumpf von Doms Arm strich und seinem Flehen keinerlei Beachtung schenkte. »Du hast sehr viel Böses verursacht, Dom Calestar. Dass du ein Gottesblinder und eine Dunkelseele werden würdest, sind Schicksale, die wir nicht vorausgesehen haben, und wir bedauern sie. Aber dein Auftrag ist noch nicht erfüllt.«

Dom sah den Fuchsgott aus den Ruinen heraus an, zu denen ihn sein Schmerz reduziert hatte, und kalter Schweiß badete seinen Rücken. »Nicht noch mehr«, bettelte er. »Bitte, Herr. Bitte, ich kann nicht mehr tun. Es ist zu viel. Lass mich sterben.«

»Sei geheilt«, sagte der Fuchsgott, und silbernes Licht erhob sich aus seiner Haut und schlängelte sich an Doms Arm herab, kroch unter seine Verbände. Dom schluchzte auf, als der zersplitterte Knochen und die Lappen aus Fleisch und Haut, die alles waren, was ihm von seinem Schwertarm noch geblieben war, zu einem nutzlosen, missgestalteten Klumpen verheilten, all seine Schmerzen dahinschwanden und seine Wunden sich schlossen. Tiefe Erschöpfung und kristallklare Erinnerungen erfüllten ihn, so scharf, dass sie wie schneidende Messer waren.

Sein Pfad, der immer so schlammig und unter all den Nebeln und Verwirrungen, für die die Dunkle Dame gesorgt hatte, so schwer zu finden gewesen war, lag nun klar und deutlich vor seinen Füßen. Er führte hin zu einem Ziel, das er jetzt noch nicht sehen konnte, das ihn aber mit nackter Angst erfüllte. Zu beiden Seiten gähnte der Abgrund ihres Verlustes, winkte ihn zu sich herab. Da war ein Verlangen in ihm, so tief, dass es keinen Namen haben konnte.

Dom stand für eine lange Zeit am Rand dieses Abgrunds und schaute hinab, während der Fuchsgott wartete, silbern wie Mondlicht, hart wie Stahl. Dann drehte Dom sich um, unendlich erschöpft, als stünde das Ende der Welt bevor, und nahm seinen Platz hinter seinem Herrn ein. Es gab keine Gnade und keine Vergebung, nicht für Menschen wie ihn. Aber es gab einen Auftrag zu erfüllen, und Dom würde dafür sorgen, dass er erfüllt wurde.

Dann würde er sich vielleicht ausruhen können. Dann würden sie ihn vielleicht sterben lassen.

TARA

Fünfter Monat, dreiundvierzigster Tag der Belagerung, nachts
Juwelierviertel, dritter Ring, Rilporin, Weizenland

Der Westen ist am besten!«, brüllte Tara, als sie den Königsweg entlang zu dem sich schließenden Tor in den vierten Ring hinaufrannte. »Wir kämpfen auf eurer Seite! Lasst das verdammte Tor offen!«

Tara und ihre Gefährten legten einen letzten verzweifelten Spurt hin, während Pfeile von hinten an ihnen vorbeizischten. Sie waren immer noch etwa zwanzig Schritte entfernt, als das Tor zuschlug und sie zusammen mit dem Feind im dritten Ring einsperrte. »Drecks…schweine«, keuchte sie. »Roger?«

Der Leutnant blieb nicht einmal stehen, sondern rannte an dem geschlossenen Tor vorbei und wich in eine Gasse hinein aus, die so schmal war, dass Tara sich den Ellbogen am Stein aufschürfte, als sie ihm folgte. Ash kam mit letzter Kraft hinter ihnen hereingeschlüpft.

Die Luft im dritten Ring war zum Schneiden dick vor Rauch, und Tara rang heftig nach Luft. Gegen ihren Willen wurde sie langsamer, und Roger war nur noch ein bloßer Schatten vor ihr. Sie versuchte, ihre Beine zu zwingen, schneller zu laufen, aber sie reagierten einfach nicht, und keine Minute später schoss Roger aus dem anderen Ende der Gasse hinaus. Eine Sekunde danach wurde er von einem Hagel von Pfeilen von den Füßen gerissen und geriet außer Sicht.

Tara blieb abrupt stehen, und Ash krachte von hinten in sie hinein, sodass sie beide auf den festgestampften Lehmboden klatschten, auf dem verfaulende Gemüsereste verteilt waren. Dann fand Ashs Hand ihr Gesicht und klopfte zweimal und dann erneut zweimal darauf – *rühr dich nicht von der Stelle.*

Pfeile zischten und klapperten über sie hinweg, blind in die Gasse geschossen, und Tara schloss einfach die Augen und versuchte, Luft in die Lunge zu bekommen, vor Anstrengung geschwächt und durch Ashs Gewicht niedergedrückt. Nach einer Zeitspanne, die ihr wie eine Stunde vorkam, ließ er sich langsam zur Seite gleiten und schob sich dann an der Mauer hoch, darauf bedacht, sich im dunkelsten Schatten zu halten. Tara wartete noch ein Weilchen länger, für den Fall, dass seine Bewegung einen Angriff provozierte, dann erhob auch sie sich und stellte sich neben ihn.

»Roger«, flüsterte sie, aber sie ging nicht nachschauen. Mirak vorn, Mirak hinten. Hatten sie noch einen Ausweg?

Ein leises Knarren ließ sie beide von der Wand wegwirbeln und ihre Waffen hochreißen. Gelbe Augen und ein wildes Grinsen begegneten ihren ungläubigen Blicken. »Wollt ihr nicht reinkommen?«, hauchte Crys, und sie drückten sich mit solcher Hast durch die Tür, dass sie beinahe erneut in einem Gewirr von Gliedmaßen zu Boden gegangen wären. Crys schloss hastig die Tür und legte sich den Zeigefinger an die Lippen, einen Finger, der sogleich weggeschlagen und durch Ashs Mund ersetzt wurde. Der Kuss dauerte so lange, dass Tara merkte, wie sie errötete.

Sie drehte ihnen den Rücken zu und sah, an der Wand gegenüber zusammengekauert, eine weitere Gestalt: einen Mann, der ihr vage bekannt vorkam. Er war so hager und ausgezehrt, dass sie seinem Gesicht keinen Namen zuordnen konnte, und er hatte keine Waffen, daher schenkte sie ihm weiter keine Beachtung, kroch zu einem zerbrochenen Fensterladen auf der gegenüberliegenden Seite des Raums und spähte hinaus. Die Straße wirkte leer.

Eine Hand klopfte ihr auf die Schulter, und Crys umarmte sie schnell. »Wie geht es dir?«, fragte er. Seine Augen leuchteten noch immer, und Taras Magen krampfte sich vor ehrfürchtiger Bewunderung zusammen.

»Nun ja, Herr«, sagte sie, zog den Kopf ein und kam sich ein wenig lächerlich vor – dieser Kerl war Crys! –, und doch konnte sie nicht anders.

Crys' Mundwinkel zuckten. »Lass diesen Scheiß«, entgegnete er. »Du erinnerst dich doch an Dom.«

Tara blinzelte verwundert und spähte erneut zu der gebeugten Gestalt hinüber. Dann stieß sie einen leisen, gehauchten Pfiff aus. »Donnerwetter. Gut, lass uns zu den anderen zurückkehren.«

»Keiner von uns kehrt zur Truppe zurück«, erklärte Crys, während Ash Dom umarmte. »Der Calestar, Ash und ich gehen nach Süden, um Verstärkung zu holen. Du kannst nicht mitkommen.«

»Ach ja, tun wir das?«, fragte Ash überrascht.

»Ich kann nicht mitkommen?«, fragte Tara und zog die Brauen hoch. »Wir haben stundenlang nach dir gesucht. Wir sind hier herausgekommen, haben unser Leben aufs Spiel gesetzt und Männer verloren, um dich zu finden und sicher zur Truppe zurückzubringen. Und jetzt erzählst du mir, dass du nicht nur desertierst, sondern dass es mir nicht einmal gestattet ist, mit dir zusammen zu desertieren?«

»Ich brauche dich hier, und die Sache wird nicht leicht werden.«

»Das ist eine Verteidigung nie«, antwortete Tara knapp und verschränkte die Arme vor der Brust.

»Die Stadt ist verloren. Die Verteidiger werden bis zum Morgengrauen tot oder geflohen sein oder sich ergeben haben.

Aber ich brauche dich hier, danach. Du musst hier etwas für mich erledigen.«

Tara blinzelte schnell und mit brennenden Augen. »Ist das ein Befehl von einem Mitoffizier oder …«

»Nicht von dem Offizier«, unterbrach Crys sie leise. »Von dem anderen.«

Scheiße.

Er reichte ihr ein Bündel Stoff, sie rollte es aus und lachte hustend. »Ein Kleid? Da habe ich zwei Fragen an dich. Erstens: Hast du mich jemals in Röcken gesehen? Die Antwort lautet Nein. Und zweitens: Wie soll ich in einem Kleid kämpfen?«

Crys' Gesicht war ernst; die anderen im Raum lauschten aufmerksam. »Die Mirak wissen, dass es weibliche Wölfe gibt, aber sie wissen nichts von dir und deiner Ausbildung, von deiner Fähigkeit, Pläne zu schmieden. Skerris könnte zwar etwas wissen, aber er ist dir nie persönlich begegnet, du hast kein Gesicht, das er erkennen könnte. Es wird Geiseln geben, wenn die Sache vorüber ist, und außerdem …«

Tara richtete ihren Blick wieder auf das Kleid und leckte sich den Schweiß von der Oberlippe. »Du willst, dass ich Corvus töte.«

»Ja. Und die Gesegnete.«

Schleiche dich in die Reihen der Mirak ein und töte die am besten bewachten und wichtigsten Persönlichkeiten ihrer Armee. Schlag der Schlange den Kopf ab – oder versuche es zumindest.

»Du bist der Gott; mach du es doch.«

Sie war schockiert über das, was sie da laut ausgesprochen hatte, aber Crys lächelte. Seine Augen – die Augen des Fuchsgottes – waren voller Vertrauen. Sie war die Einzige, die die Sache erledigen konnte. Er hatte seine Gründe, und er hatte sie hierzu erwählt. Sie wusste seinen Glauben an sie zu schätzen, aber trotzdem konnte sie nicht umhin, das Kleid in ihren Händen zusammenzuknüllen.

»Was ist mit diesen Geiseln?«

Crys blinzelte. »Was soll mit ihnen sein?«

»Wenn ich da reingehe, kann ich genauso gut auch das erledigen, bevor sie kurzen Prozess mit mir machen, denn ich denke, wir wissen beide, dass ich da nicht unbeschadet wieder rauskommen werde. Also werde ich jedwede Geiseln befreien, die ich bei ihnen vorfinde – wie du gesagt hast, sie werden sicherlich welche haben –, bevor ich Corvus und der Frau den Garaus mache. Der Tod der beiden sollte die Übrigen hinlänglich ablenken, dass die Befreiten fliehen können.«

»Ich glaube nicht, dass das eine gute Idee ist«, murmelte Ash. »Eine einzelne Frau, allein in diesem Schlangennest …«

Eine plötzliche Zornesanwandlung verzerrte Taras Züge, ein Zorn, von dem sie wusste, dass er nur die dünne Schicht über der ihren Magen zusammenkrampfenden Panik war, aber trotzdem machte Ash erschrocken einen Schritt zurück.

»Du kannst mich mal, Ash Schütze. Halt mir keine Predigten darüber, wie gefährlich es ist, eine Frau in der Welt der Mirak zu sein, denn du hast ja nicht die geringste Ahnung, wie es ist, eine Frau in einer Truppe zu sein, umgeben von Männern, die dich alle vögeln wollen, nicht weil du hübsch bist, sondern nur weil sie seit einem Jahr keine Titten mehr gesehen haben und weil sie glauben, was sie wollen, sei wichtiger als das, was ich will. Dass sie das Recht haben, sich zu nehmen, was immer sie wollen, und dass ich nur das Recht habe, es ihnen zu geben. Ich weiß genau, was mich dort erwartet, und ich weiß genau, was ich vielleicht werde tun müssen.« Tara holte tief Luft, geschockt über sich selbst, aber von wilder Energie erfüllt. »Ich verstehe die Risiken und akzeptiere den wahrscheinlichen Ausgang der Sache. Ich wähle selbst, was mit mir passiert, und wenn ich nicht wählen kann, so kämpfe ich. Gerade jetzt habe ich mich dafür entschieden, diese Aufgabe zu übernehmen, weil mein Freund und Offizierskamerad – und mein Herr – mich darum bittet.« Ash wirkte erschüttert, und Tara gab ihm einen Klaps vor die Brust, ehe er erneut das Wort ergreifen und ihren Mut noch weiter untergraben konnte. »Und unterschätz mich niemals mehr wegen meines Geschlechts, Wolf. Frauen haben mehr Kraft, als du je zu handhaben wüsstest. Wenn wir so gegen diese Wichser kämpfen müssen, dann kämpfen wir eben so.«

»Ich bin ein Wolf«, protestierte er schwach. »Frauen haben mich unterwiesen, und Frauen haben mir mein Leben lang den Hintern versohlt. Ich würde dich niemals für unfähig halten. Ich finde nur nicht, dass du allein gehen solltest.«

»Wie er bereits gesagt hat, ich bin die Einzige, bei der sie keinen Verdacht schöpfen werden, daher bin ich nun mal auch die Einzige, die infrage kommt.«

Crys nickte, und Tara nahm das Kleid und ging damit quer durch den Raum zurück und schlüpfte dann durch die Tür in die lange Küche hinüber, schlug sie hinter sich zu und lehnte sich mit dem Rücken dagegen. Übelkeit zog ihr den Magen zusammen. *Was habe ich getan? Wozu verdammt noch mal habe ich mich da gerade verpflichtet?*

»Lebendige Götter«, hörte sie Ash murmeln. »Die Frau ist eine verdammte Naturgewalt.«

Crys lachte leise, und Tara spürte, wie ein wenig Kraft in ihre Beine zurückkehrte. Der Hauch eines Lächelns glitt über ihre Züge, und sie machte sich daran, ihre Rüstung abzuschnallen.

»Das ist sie wirklich, Liebster«, antwortete Crys – oder der Fuchsgott. »Das kannst du laut sagen.« Er lachte erneut. »Wenn überhaupt jemand das schaffen kann, dann sie. Corvus ist im Arsch. Und das Beste ist, dass er es noch nicht einmal weiß.«

MAKE

Fünfter Monat, vierundvierzigster Tag der Belagerung, im Morgengrauen
Schlachterviertel, erster Ring, Rilporin, Weizenland

Hunderte waren tot, Hunderte weitere gefangen oder in alle Richtungen auf der Flucht, abgeschnitten vom Rest, während die Soldaten ihr Äußerstes leisteten, um sie zu retten. Der hinterhältige Angriff der Mirak war der Menschenmenge in die Flanke gefallen wie ein Wolf in eine Herde von Hirschen und hatte einige auseinanderlaufen lassen und den Rest in blinde Panik versetzt. Die Verteidiger hatten den Keil der Feinde aufgehalten und Mann für Mann niedergemetzelt, und nun stand Make in einer Reihe mit vielleicht hundert anderen, und sie fielen Schritt um Schritt zurück, wehrten die nächste Welle von Angreifern ab und schonten möglichst ihre Kräfte. Sie töteten nur, wenn sie keine andere Wahl hatten, viel zu müde, um noch mehr leisten zu können.

Die Zivilisten, die sich in verschiedene Richtungen verstreut hatten, rannten Gassen entlang und über Plätze, suchten Schutz in einfachen Bruchbuden und niedrigen Lagerhäusern, stapften durch verrauchte Straßen, während ihnen andere Mirak auf den Fersen waren, sie jagten und in die Enge trieben, sie niederknüppelten und mit Seilen fesselten wie Vieh. Einige schafften es, sich in Gebäuden zu verstecken, ohne dass jemand es bemerkte. Make sprach ein schnelles Gebet mit der Bitte, dass sie überleben würden, irgendwie in Sicherheit sein würden, da niemand mehr in der Stadt war, der sie beschützen konnte.

Sobald wir sie im Stich gelassen haben.

Jenseits der vielen Tausend schreienden, drängelnden, hysterischen Bürger klaffte das Nordtor, und jenseits dieses Tores warteten der Hafen und die Schiffe. Freiheit. Der durchdringende Geruch von altem Fleisch und schalem Blut erhob sich von den nahen Lagerhäusern, lastete schwer auf Nasen und Kehlen.

Zwanzig große, stämmige Männer und Frauen tauchten aus dem nächsten Schlachthof auf. Sie waren mit Fleischerhaken und Beilen, Ausbeinmessern und schweren Äxten bewaffnet, dazu trugen sie Kisten oder Hocker als improvisierte Schilde. Sie nahmen neben Makes Männern Aufstellung, ein Minimum an zusätzlicher Unterstützung, während sich die brodelnden Menschenmassen hinter ihnen einen Weg durch das Tor erzwangen. Sie drängelten, trampelten nieder, gingen zu Boden. Schrien.

Die meisten der Schlachter waren größer als die Soldaten, und Make bemerkte, wie ein müdes Grinsen über seine Züge glitt, als er sah, dass die Mirak bei ihrem Anblick zögerten. Der Zeitpunkt war perfekt gewählt.

Von oben regnete eine Salve von Pfeilen herab und dann noch eine und wieder eine. Dalli hatte den Eingang zum Nordturm eins freigeräumt und Bogenschützen auf der Galerie Stellung beziehen lassen. Die Mirak stoben auseinander.

»Gut, Jungs, bleibt hier stehen. Macht denen hinter euch ein wenig Platz«, keuchte Make. Er wusste um die Gefahren, die es mit sich brachte, wenn sich zwischen den Reihen der Truppe und den fliehenden Bürgern freier Raum auftat, doch er kannte auch die schlimmere Gefahr, die entstand, wenn man Männer und Frauen, die bereits in Panik waren, zu eng zusammenpferchte. Zu viele waren in Eibenhain unter den Füßen ihrer

Brüder gestorben; Make wollte unbedingt verhindern, dass hier das Gleiche passierte.

»Sie werden kommen«, murmelte ein Leibgardist neben ihm. »Sie wollen uns aus irgendeinem Grund lebend, daher werden sie kommen. Sie können es sich nicht leisten, so viele fliehen zu lassen. Wir kommen hier nicht raus, keiner von uns.«

»Das reicht jetzt, Soldat«, sagte Make leise. »Wir wissen alle, dass sie kommen werden. Du solltest deinen Kameraden jetzt keine Angst machen. Wir haben die Pflicht, diese Menschen zu beschützen. Lasst uns dafür sorgen, dass sie in Sicherheit sind, hm? Und dann konzentrieren wir uns auf unseren eigenen Weg hinaus.«

Der Leibgardist grunzte mürrisch, aber er neigte zustimmend den Kopf und behielt seine weiteren Ansichten für sich.

»Zurückweichen«, hörte er eine Stimme rufen und riskierte einen Blick über die Schulter. Die Menge war jetzt nicht mehr so dicht gedrängt und sogar ein wenig ruhiger geworden, und Make holte gerade tief Luft, um der Linie zu befehlen, sich zurückzuziehen, als plötzlich das Heulen der Mirak erneut aus der Dunkelheit drang. Sie hatten sich Schilde besorgt – einige stammten aus den Beständen der Truppe, die meisten waren einfach Stücke aus zusammengeklaubten Kisten –, und diese hielten sie nun als Schutz vor den Pfeilen in die Höhe und drängten den Reihen der Truppe entgegen.

Es waren verdammt noch mal Hunderte von ihnen, die wild auf sie einschlugen, Makes Linie von der Schar der Nichtkämpfer trennen, sie auseinanderreißen wollten, um dann das zarte Fleisch des unbewaffneten Volkes abzuschöpfen.

»Stellung halten!«, brüllte Make mit sich überschlagender Stimme. Die Abwehrbewegungen seines Arms wurden immer langsamer, seine Füße schlurften über den Stein und drohten, auf den blutigen Bächen auszurutschen, die die Straßenränder hinabrannen. »Stellung halten.«

Aber sie hielten die Stellung nicht. Weder seine Soldaten noch die Männer aus dem Schlachthaus. Der Angriff erfolgte mit voller Wucht und war absolut erdrückend. Wer immer diese Mirak anführte, hatte jeden verfügbaren Kämpfer in die Schlacht geworfen, und erneut gaben sie alle ihr Leben hin wie wertlose Kupfermünzen.

Der Leibgardist, der ihnen allen den Tod prophezeit hatte, ging neben ihm in die Knie. Als Make die Hand ausstreckte, um den Mann wieder hochzuziehen, blitzte eine Axt durch die Luft zwischen ihnen. Make zuckte zurück, und der Leibgardist wurde in den Brustpanzer getroffen und auf den Rücken geworfen; dann schleppten sie ihn aus dem Gedränge weg. Er war nicht tot, gute Götter, noch nicht tot.

»Für Rilpor!«

Der Ruf hallte durch das Schlachterviertel, und Make erkannte die Stimme als seine eigene. Seine Männer strafften ihre Kampfreihe, griffen seinen Schrei auf und brachten den Angriff der Mirak zu einem knirschenden, unruhigen Halt. Männer kämpften Brust an Brust, knurrten sich an und bissen einander, die Waffen ineinander verkeilt, oder droschen wild auf die Gegenseite ein.

»Für Koridam!«, hörte Make als Nächstes, und in seinen Augen brannten Tränen angesichts der Ehre, die sie seinem Vater erwiesen. Er ließ den Speer fallen und zog ein besser für den Nahkampf geeignetes Messer, rammte es vier-, fünf-, sechsmal in einen Bauch. Der Mann fiel, und neue kamen herbeigeeilt, um seinen Platz einzunehmen, und Make erwartete schon, im nächsten Augenblick überwältigt zu werden.

»Make!«, donnerten Männer überall um ihn herum. »Make! Make! Make!«, und das Beklemmungsgefühl in seiner Kehle verstärkte sich. Als Zeichen des Dankes schwang er sein Messer kurz in die Höhe und rammte es dann einem Mirak in den Hals, riss es heraus und versetzte dem Mann einen Tritt, der ihn hintenüberkippen ließ, in der Hoffnung, damit den Nächsten zum Stolpern zu bringen, mit dem er es zu tun bekommen würde.

»Vorderste Reihe! Durchwechseln!«, ertönte der Befehl, und Make trat nach links und dann zwei Schritte zurück, ohne einen Gedanken daran zu verschwenden. Die Bewegung war nach Tausenden Stunden des Exerzierens und über einem Dutzend Schlachten eine rein mechanische geworden. Nicht alle in der vordersten Reihe gehorchten, und Make hatte genug Zeit, sich zu fragen, wer wohl das Durchwechseln befohlen hatte, als Hände ihn von hinten packten und zurückzogen. Und in diesem Moment verstand er.

Zum zweiten Mal während dieser Belagerung starben andere, damit er überleben konnte. Während die Hälfte von Makes vorderen Soldaten dem Befehl gehorchte, machten die übrigen einfach einen Schritt zur Seite, um andere neben sie in die Linie treten zu lassen.

Make schaute zurück, während ihm vor Angst und Hoffnung übel war, und sah, dass der Weg zum Tor fast frei war. Und das Tor war nahe genug. »Brecht zum Tor durch!«, brüllte er, schüttelte die Hände ab, die ihn festhielten, und legte alles, was er hatte, in seinen Befehl. »Alle Soldaten zum Tor, und zwar verdammt noch mal im Laufschritt!«

Er drehte sich um und stapfte vor ihnen her, und klappernd folgten ihm seine Männer. Sie versuchten nun nicht mehr, das Vorwärtskommen des Feindes zu hemmen, sondern wollten ihnen einfach nur noch davonlaufen. Für eine kristallklare Sekunde erfüllte Make neue Hoffnung, und er war überzeugt, dass sie es schaffen würden. Und dann wurden sie von den Mirak in die Enge getrieben.

»Möge die Gnade der Tänzerin mit uns sein«, riefen sie, und Make sah Dutzende seiner Männer sich mit den Fingerspitzen aufs Herz klopfen. Er tat es ihnen nach, als er sich durch die

Öffnung hindurchschob, und kurz bevor das Tor zugezogen wurde, mit seinen Männern auf dessen Innenseite, sah er sie noch den Mirak den Rücken zukehren und sich zu Paaren finden, Soldat gegen Soldat, und ehe die Mirak sie zu entwaffnen vermochten, rammten sie sich gegenseitig ihre Klingen in Oberkörper und Kehlen.

Keine Seelen für die Roten Götter. Keine Leichen für die Gesegnete. Lieber Selbstmord als Opferung.

Und es war ein Opfer, das Make niemals vergessen würde. Eine Geste, die ihn innerlich zerbrach, wie das nichts anderes in all diesen langen Monaten vermocht hatte.

Da gab es keine Worte. Er half den anderen, Fässer, Schutt und aus den Schiffen entfernte Masten vor dem Tor aufzuhäufen, und dann flohen sie zum Hafen, hin zu den Schiffen und zu der zweifelhaften Sicherheit des Flusses.

Auf den Schiffen gab es nur Platz zum Stehen. Fünf Männer und Frauen konnten auf dem Platz stehen, den ein liegender Verletzter einnahm. Wenn Verletzte nicht mehr stehen konnten und niemand in der Lage war, sie aufrecht zu halten, wurden sie auf dem Kai zurückgelassen, und ihre leeren Gebete klangen den Fliehenden hohl in den Ohren.

Ihre Gesichter würden ihn bis in seine Todesstunde verfolgen.

Wir haben den letzten Rest unserer Menschlichkeit verloren. Wir sind auf die gleiche Stufe abgesunken wie die Mirak, sind so wild und brutal wie unsere Feinde, sind unseren Gefallenen gegenüber genauso gleichgültig wie jene, die wir zu besiegen getrachtet haben. Wir sind Ungeheuer, jeder Einzelne von uns.

Die Sonne erhellte den Himmel, und Make stand am Bug des hintersten Schiffes und sah zu, wie das Schwarz-Orange und der Schutt von Rilporin mit zunehmender Entfernung dahinschwanden. Sein Arm war fest um Dalli geschlungen, und die Hände der kleinen Wölfin waren hastig verbunden worden. Sie hatte sich die Haut von den Innenflächen geschürft, als sie in den letzten Sekunden, bevor die Mirak das Tor gestürmt hatten und zum Pier mit den ablegenden Schiffen gerannt waren, an einem Seil von der Nordmauer herabgerutscht war.

Die frühe Sonne färbte den Ostturm rosa und verwandelte den Fluss in ein Band aus geschmolzenem Gold, das in die Sicherheit führte.

Irgendwo an Deck begann jemand zu singen. Zuerst leise, doch nach und nach mit wachsender Inbrunst. Andere stimmten mit ein, und rau und brüchig erhoben sich die Stimmen über das Weinen und das müde Knarren der Ruder, bis sich das Lied von Schiff zu Schiff weiterverbreitete und Makes Herz, so gebrochen und schwer es auch war, mit einem Mal leichter wurde, von einer bebenden, zarten Hoffnung und einem schwachen, flackernden Flämmchen der Verheißung emporgetragen. *Vergeltung*, hauchte es. *Rache.*

»So sollte es eigentlich nicht sein«, flüsterte Dalli.

»Aber es ist so«, murmelte er, »zumindest vorerst. Doch wenn ich diese Stadt das nächste Mal sehe, wird das über den Leichen unserer Feinde geschehen. Diese Sache ist noch nicht vorbei. Noch lange nicht.« Er blickte zur Stadt hinüber. »Das schwöre ich.«

Die Sonne ging über einer zerstörten Landschaft auf, über dem Friedhof von allem, was sie gewesen waren, dem Scheiterhaufen all ihrer Hoffnungen.

So sollte es eigentlich nicht sein. Und doch sangen sie.

EPILOG

TARA

Fünfter Monat, erstes Jahr der Herrschaft von König Corvus
Platz des großen Tempels, erster Ring, Rilporin, Weizenland

Der Platz war zum Bersten gefüllt – Mirak, Soldaten der Osttruppe und so viele Sklaven, wie nur hineinpassten, drängten sich vor dem großen Tempel zusammen. Er war jetzt ein Beinhaus, das Licht weggewaschen von Opferblut, und Tara brachte es nicht fertig, in das klaffende, stinkende Maul des Tempels hineinzuschauen. Sie folgte Valan durch die Menge – ihrem Herrn, ja, in den letzten zehn Tagen ihr *Besitzer* – und blieb dann seitlich am Rand stehen, als er neben Corvus und die Gesegnete trat.

»Rilporin ist unser!«, rief Corvus unvermittelt, und verzücktes Schweigen legte sich über die Menge. »Die Stadt ist unser, auch wenn es uns mehr gekostet hat, als wir je geglaubt haben, zahlen zu müssen. Und wiewohl wir alle trauern, gibt es immer noch viel zu tun. Wisset jetzt, dass nicht alles verloren ist. Obwohl viele unserer Feinde nach Listre geflohen sind, gehört die Mehrzahl der Einwohner dieser Stadt und ihrer Verteidiger jetzt uns, und unsere tapferen Verbündeten der Osttruppe haben es zu verhindern vermocht, dass sie durch das Königstor fliehen konnten wie die Feiglinge, die sie sind. Diese Menschen werden uns als Sklaven und Gespielen dienen, bis wir unsere eigenen Leute von den Bergen herholen können. Der Lohn eines heiligen Krieges.«

Tara warf einen verstohlenen Blick in die Runde; entweder waren Corvus' Berechnungen völlig falsch, oder er konnte nicht zählen. Soweit sie sehen konnte, war nur ungefähr ein Drittel von Rilporins Bürgern übrig geblieben, und die gefangenen Soldaten waren gar nicht zugegen. Seit Valan sie hierhergebracht hatte, hatte Tara sie kein einziges Mal mehr gesehen, und sie hatte nicht die geringste Ahnung, wo sie festgehalten wurden. Sie wollte das Risiko, Corvus und Lanta auszuschalten, nicht eingehen, solange sie nicht wusste, ob sie die Gefangenen würde befreien können oder nicht.

Bald, versprach sie ihnen. *Vertraut mir und bleibt am Leben. Ich komme.*

Die Gesegnete hob die Arme. »Wir haben die Entscheidung über unsere nächsten Schritte gefällt. Die Osttruppe wird in alle Städte und sonstige wichtigere Orte Rilpors ausgesandt, um sie unter unsere Kontrolle zu bringen. Ihre erste Handlung soll darin bestehen, einen Zehnt aller Nahrungsmittel und Waren für uns zu sichern, die unserem Rang als ihre Oberherren entsprechen.«

Tara brummte in widerstrebender Billigung, ein Laut, der im Rauschen der allgemeinen Zustimmung unterging. Die Aussendung von Soldaten war weniger bedenklich, als eine Horde beutegieriger Mirak über die Städte herfallen zu lassen. Die Soldaten würden das Kriegsrecht verhängen und es gnadenlos durchsetzen, indes ohne unnötiges Blutvergießen.

»Wir Übrigen werden in Rilporin bleiben, um dafür zu sorgen, dass die Stadt in ihren alten Zustand versetzt wird und ihre Mauern zum Schutz vor der Bedrohung weiterer Angriffe wiederaufgebaut werden. Und auf uns, die wir dem wahren Glauben angehören, die wir den Dunklen Pfad unser Leben lang in Freude und Herrlichkeit beschritten haben, wartet noch eine andere Aufgabe: die Blutmagie des Glaubens zu praktizieren und uns auf die Suche nach unserer Blutigen Mutter zu begeben.«

Was?

Lanta deutete auf die Flecken auf ihren Armen und auf ihrem Gesicht, die schwarzen Wirbel, die, wenn die Gerüchte der Wahrheit entsprachen, nichts anderes als das Blut der Dunklen Dame selbst waren, das ihr Fleisch zierte. »Mein Glaube hat mir verkündet, dass ich dies tun soll; meine Verbindung mit den Göttern und zu ihrem Reich, mein Verständnis ihrer Bedürfnisse, das alles hat mich geleitet. Ich werde immer noch von ihnen geführt. Ich habe mich nicht von diesem Platz und dem ihnen neu geweihten Tempel entfernt, seit ich unseren Roten Vater angefleht habe zu kommen und Rache zu nehmen. Selbst als er über diesen verfluchten Ort hinweggeschritten ist, habe ich mich nicht von der Stelle gerührt. Ich habe hier gelegen, und ich habe gesucht – meine Seele, die Welt, den Schleier und, dahinter, die Wegstation. Ich bin bis an den Grenzen der jenseitigen Welt selbst gewesen«, verkündete sie, und eine Welle der Ehrfurcht ging durch die versammelten Menschen. »Und wisst ihr, was ich erfahren habe?« Lantas Stimme wurde plötzlich kreischend schrill. »Unsere Blutige Mutter ist nicht fort und dahin. Nicht für immer.«

Tara riss die Augen auf. *Nicht fort und dahin? Was zum Teufel meinst du damit?*

»Ich kann sie zurückholen.«

Eine endlose, nachhallende Sekunde lang herrschte auf dem Platz ehrfürchtiges Schweigen, und dann brach die Menge in wildes Geschrei aus, eine einzige brodelnde Masse der Freude einerseits und des Nicht-Wahrhaben-Wollens andererseits.

Tara stand unbeweglich vor der drängelnden und rempelnden Meute. *Ist das der wahre Grund, warum du mich hierhergeschickt hast, Fuchsgott? Einen König und eine wahnsinnige Priesterin zu töten, das bringe ich fertig. Doch eine Wiederkehr der Göttin des Todes zu verhindern könnte meine Fähigkeiten übersteigen.*

Ein irrsinniges Kichern drohte sie zu überkommen, und sie

schluckte es hinunter. Lanta deutete mit einer Geste an, dass die Audienz vorüber war, und Valan zog Tara am Arm und führte sie durch die teils jubelnde, teils verzweifelnde Menge zu dem Haus zurück, das er für sich beschlagnahmt hatte.

Taras Finger waren ungeschickt und linkisch, als sie ihm Schwert und Armschienen abschnallte, das Kettenhemd über den Kopf zog und es auf einen Tisch legte.

»Das hast du sehr behutsam gemacht«, sagte er. »Hast du früher deinen Mann für die Schlacht gekleidet?«

Tara blinzelte nervös und erinnerte sich leicht verspätet an die Geschichte, die sie zu ihrer Tarnung erfunden hatte. »Viele Male, Verehrter, damit er beim Kämpfen an mich denken würde.« Sie zögerte. »Verehrter, wie kann die Gesegnete Eure Göttin zurückholen? Wie ist so etwas möglich?«

Valan ließ Wein durch den Mund kreisen, schluckte und setzte sich dann ans Fenster, und sie ging bereits davon aus, dass er nicht mehr antworten würde. Er antwortete selten.

»Wir brauchen die Schwester des Königs«, sagte er schließlich, und Taras Kopf fuhr in die Höhe. Sie richtete den Blick auf sein Profil und starrte ihn unverwandt an. »Corvus' Schwester Rillirin ist schwanger. Die Gesegnete glaubt, dass das Kind das Gefäß sein wird, das die Dunkle Dame zu uns zurückführt, ein göttliches Wesen, gewandet in sterbliches Fleisch. Daher werden wir Rillirin hierherholen, und die Gesegnete wird tun, was notwendig ist, um uns unsere Göttin wiederzugeben.«

Nicht wenn ich das Miststück vorher abschlachten kann.

»Rillirin«, brachte Tara mühsam heraus. »Ein hübscher Name. Bestimmt wird sie sich freuen, ihren Bruder wiederzusehen.«

Valan stieß ein Schnauben aus und nahm noch einen Schluck Wein. »Weißt du, irgendwie bezweifle ich das.«

DANKSAGUNG

Wächter und Wölfe – Das Erwachen der Roten Götter zu schreiben hat sich als eine größere Herausforderung erwiesen, als ich gedacht hätte. Nach dem Höhepunkt, den die Veröffentlichung des ersten Bandes der Reihe, *Das Ende des Friedens,* für mich bedeutet hat, und voller gespannter Vorfreude auf all die Ungeheuerlichkeiten, die meine Leserschaft im dritten Band erwarten, musste ich feststellen, dass ich mir nicht ganz schlüssig war, wie ich *Das Erwachen der Roten Götter* zu einem würdigen mittleren Band mit einer eigenen Geschichte machen sollte.

Und so geht ein riesiges Dankeschön an Harry Illingworth, meinen supertollen Literaturagenten, und an Natasha Bardon, meine herausragende britische Lektorin, dafür, dass sie sich des weitschweifigen und unzusammenhängenden Chaos der ersten Fassung von *Das Erwachen der Roten Götter* angenommen und mir dabei geholfen haben, es in etwas zu verwandeln, auf das ich sehr stolz bin. Ich habe eine unglaubliche Menge gelernt, und ich glaube, gemeinsam haben wir einfach fantastische Arbeit geleistet. Ich hoffe, dass alle, die das Buch lesen, diese Ansicht teilen.

Danke auch an Jack Renninson und Jaime Frost von Harper Voyager dafür, dass sie im Großen und Ganzen all meinen Unsinn ertragen haben, an Dom Forbes für ein weiteres beeindruckendes Cover und an Richenda Todd für ihre hervorragende

Redaktion (man darf die Mauerzinnen nicht mit den Schießscharten dazwischen verwechseln; man lernt eben täglich dazu), an Cameron McClure von Donald Maass, an alle von Louisa Pritchard Associates, an die Marsh Agency und natürlich an meine ausländischen Verlage: Skyhorse in den USA, Bragelonne in Frankreich, Blanvalet in Deutschland, Luitingh-Sijthoff in den Niederlanden, DOBROVSKY Publishing in der Tschechischen Republik und Papierowy Ksiezyc/Caput Mundi Books in Polen.

Wie immer gilt mein ewiger Dank meiner mich stets unterstützenden und sehr stolzen Familie, sowohl den engeren Angehörigen als auch der Großfamilie im weiteren Sinne, dafür, dass sie mir im Bemühen, *Das Erwachen der Roten Götter* über die Ziellinie zu bringen, abwechselnd ermutigend die Hand gehalten und mir ein paar hinter die Löffel gegeben haben. Ich bin während der Niederschrift zeitweise ein ziemliches emotionales Chaos gewesen, und so bin ich euch dankbar, dass ihr mich ertragen und mich angespornt habt.

Ich danke Mark, dem besten Ehemann, Freund und Komplizen, den ich mir wünschen könnte: Deine unendliche Unterstützung bedeutet mir mehr, als du wissen kannst. Du bist unglaublich geduldig gewesen, während du dir meine vielen Schimpfkanonaden angehört und meine Wutanfälle, Verstimmtheiten und Nervenzusammenbrüche ertragen hast. Doch bei alledem hast du es irgendwie dennoch stets geschafft, mich zum Lachen zu bringen und mir dessen bewusst zu werden, dass, so schwer das Schreiben mir bisweilen auch gefallen ist, ich hier doch immer noch meinem Traumberuf nachgehe. Danke, dass du mir geholfen hast, mein Ziel nicht aus den Augen zu verlieren, und dafür, dass du mit mir zu so vielen Veranstaltungen und Tagungen gegangen bist. Dich mit dabeizuhaben hat alles in noch stärkerem Maße zu etwas Besonderem und auch weniger Beängstigendem gemacht.

Mein erstes Jahr als veröffentlichte Autorin ist in vielfacher Hinsicht ein Jahr der Reizüberflutung gewesen, aber viele Menschen haben aus dieser Zeit als wahre Leuchten herausgeragt … ich hätte fast »Leuchten von gesundem Menschenverstand« gesagt, aber das trifft es ganz eindeutig nicht, und so möchte ich ihnen einfach nur danken.

Meinen literarischen Mitdebütanten des Jahres 2017 danke ich dafür, dass sie den gleichen entzückten, aber verwirrten Gesichtsausdruck zur Schau getragen haben, den auch ich die meiste Zeit des vergangenen Jahres im Gesicht hatte, und für all die atemlosen, aufgeregten Gespräche über Rezensionen, Buchverkäufe und Veranstaltungen.

Und dann wären da die Fantasy Five – Mike Evans, Kareem Mahfouz, Laura Hughes, JP Ashman und Sadir Samir. Ihr habt euch einer sehr nervösen jungen Autorin angenommen und dafür gesorgt, dass sie sich bei euch unglaublich wohlfühlt. Seither seid ihr stets großartige Fürsprecher von *Das Ende des Friedens* gewesen, also danke vielmals. *Von wegen Nullachtfünfzehn!*

Mike ist hier sogar noch ein zweites Mal zu erwähnen, weil er alles andere stehen und liegen gelassen hat, um die vorletzte Fassung von *Das Erwachen der Roten Götter* gegenzulesen, und mir unschätzbar gute Ratschläge erteilt hat, als ich gerade mit einem Nervenzusammenbruch geliebäugelt habe. Ich habe nicht den blassesten Schimmer, wie er das neben seiner Arbeit, seiner Familie und den Vorbereitungen für seine Hochzeit noch hat unterbringen können. Da hat sich irgendetwas Übermenschliches abgespielt. Danke, Sarge.

Wie immer danke ich meinen Lieben Jen Williams, Edward Cox, Mark de Jager und Stuart Turton für Unterstützung, Gespräche und Bier – sie sind alle fabelhafte Autoren, haben alle Bücher geschrieben, die es wert sind, gekauft zu werden.

Und zuletzt ein herzliches Dankeschön an alle, die *Wächter und Wölfe – Das Ende des Friedens* gelesen haben und denen es gefallen hat, allen, die sich die Zeit genommen haben, das Buch zu besprechen oder es weiterzuempfehlen. Danke sehr! Es bedeutet mir mehr, als ihr wissen könnt. Ich hoffe, *Das Erwachen der Roten Götter* wird euren Erwartungen gerecht.

Als naive Prinzessin wurde sie verstoßen, als starke selbstbewusste Frau kehrt sie zurück.

704 Seiten. ISBN 978-3-7341-6171-1

Als Thronerbinnen des Waldkönigreichs Strata führen Flora und ihre ältere Schwester Amora ein behütetes Leben. Doch dann trifft Flora aus Liebe zu ihrer Schwester eine fatale Entscheidung, mit schrecklichen Konsequenzen. Sie wird von ihrem eigenen Vater verbannt und sieht sich plötzlich mit der wirklichen Welt, außerhalb des Palastes, konfrontiert. Von ihrer letzten Vertrauten verraten, ist Flora dem Tode nahe und endgültig auf sich gestellt. Doch sie ist nicht bereit aufzugeben. Flora kämpft und überlebt. Aus dem naiven Mädchen wird eine starke junge Frau, die bereit ist zu kämpfen, um die zu retten, die sie liebt …